Los mil nombres de la libertad

María Reig

Los mil nombres de la libertad

SUMA de letras

Papel certificado por el Forest Stewardship Council®

Primera edición: septiembre de 2022

Printed in Spain – Impreso en España

ISBN: 978-84-9129-405-4
Depósito legal: B-9747-2022

Compuesto en Blue Action
Impreso en Rodesa
Villatuerta (Navarra)

SL 9 4 0 5 4

A todas aquellas personas que me brindan
la oportunidad de llevarlas de viaje al pasado
en medio del a veces loco y confuso presente

Prefacio

I

Cuando el céfiro sople
y te encuentre la libertad,
pregunta cuál es su nombre...

Los labios de Blanca se movían, sin saber, tratando de averiguar cómo terminaba aquella cancioncilla que en la infancia su madre había convertido en nana para ella y sus hermanos. La llegada a una edad adulta que no admitía prórrogas había ensombrecido los versos de un final que ahora se le resistía. Sin dejar de admirar el paisaje dorado, intentaba no cejar en aquella búsqueda melódica. El mar, que siempre la había acompañado, incluso cuando no era capaz de verlo, se perdía en una calidez robada a golpe de pincel. El piar de unas gaviotas, que surcaban cielos infinitos de nubes hechiceras que borraban su silueta, se escuchaba más allá de la ventana. Empapó la brocha más fina en aquella combinación de verdes que, en un par de segundos, mutaría en frescas hojas de un frutal.

La algarabía de la calle, en disminución a esas alturas de la jornada, se colaba en su tarea y limitaba su inspiración. De tanto en tanto, también sus hermanos pequeños, Alejandra y Lorenzo, entraban en el gabinete donde estaba instalado el caballete en busca de divertimentos. Frunció el ceño, olvidando todo lo demás, y permitió que la pintura hiciera magia y cumpliera los deseos de su mente. De pronto, la puerta se abrió con un ímpetu mayor al de las ocasiones anteriores. Blanca se rindió entonces y soltó su instrumento creativo sobre la tabla en la que, con mimo, había creado un arcoíris de mezclas exquisitas y grotescas.

—Blanca, hija mía, debes comenzar a prepararte para la fiesta de esta noche. Llegaremos tarde.

—Sí, madre. Ya mismo voy. ¿Ha visto a Inés?

—No, no la he visto. Esta niña acabará con mis nervios. Salió hace un par de horas con una de las doncellas a dar un paseo y todavía no ha regresado.

No hizo falta que madre e hija aguardaran mucho más. Mientras cada una en sus aposentos y con ayuda del servicio se preparaban para asistir al baile, Inés, la hija mediana, apareció. Con energía, mientras mordisqueaba un trozo de pan que había cogido de la cocina, empezó a opinar sobre el vestido que había elegido su hermana para el evento. Las dos compartían habitación junto con la más pequeña, Alejandra. Obviando sus comentarios, la empleada que la había acompañado comenzó a desvestirla para que ella también se compusiera. En lo que esta alcanzó el vestido que reposaba sobre la cama, Inés se recolocó la camisa, el corsé y las enaguas a su modo.

—¿Dónde has estado? Estábamos preocupadas —le preguntó Blanca.

—Paseando por la Alameda. Necesito que me dé el aire, ejercitarme. No sé cómo eres capaz de estar tantas horas metida en el gabinete. ¿Terminaste ya el paisaje que quieres regalar al general el día de vuestra boda?

—No, todavía no. Pero falta poco. Quiero esmerarme en los detalles para que sea lo más realista posible. No soportaría que no le gustara mi primer obsequio como su esposa.

—Seguro que le encantará. Es un buen hombre. Si no se maravilla, disimulará —bromeó la más joven de las dos al tiempo que se abrochaba uno de los pendientes de coral.

—¡Inés! —No pudo evitar reírse, pero pronto recuperó la seriedad y reflexionó—. No me creo que en una semana vayamos a unirnos en matrimonio.

—Yo tampoco. Te echaré en falta aquí —confesó Inés.

—Pronto tendrás tu momento también, hermana.

Inés sonrió ilusionada. El anuncio de que sus padres ya estaban dispuestos a partir sirvió de acicate para que ambas remataran su atildamiento y bajaran al zaguán, donde los señores esperaban pacientes. De fondo, las vanas quejas de los pequeños de la casa, demasiado jóvenes para alternar en sociedad, y el ruido incesante del funcionamiento de un hogar burgués. Las puertas de madera de la casa de los De Villalta, coronadas con escudo, balcón y mirador, se cerraron con delicadeza. Las muchachas, pertrechadas con capotas, chales, guantes y abanicos, se unieron a sus padres y juntos marcharon por la calle del Castillo hacia la plaza de la Pila, donde se hallaba el palacio de Carta, la fastuosa residencia de los Rodríguez Carta. Durante el trayecto, las señoritas jugaron a adivinar, entre susurros, qué personalidades asistirían a aquel festejo. Los nombres del mariscal O'Reilly, nombrado segundo cabo y comandante general de las islas Canarias casi dos meses atrás; del marqués de Villanueva del Prado, que había sido presidente de la Junta Suprema de las islas al inicio de la guerra, y de las familias Murphy o Guezala se colaron entre las suposiciones de las hijas de Lorenzo de Villalta.

Cuando por fin cruzaron el umbral de aquel bello palacete construido en el siglo XVIII, observados desde lo alto por el inmaculado reloj que decoraba la fachada junto a una coqueta balconada, las hermanas examinaron con sus ojos castaños cada rincón del patio. Ya en el salón, rodeadas de los vestidos de muselina y de los fracs de las más mayúsculas fortunas del Santa Cruz de Tenerife de 1815, pudieron disipar sus dudas. Blanca de Villalta enseguida se reunió con su prometido, el general don Julio Gutiérrez del Peral, no sin que antes su futuro esposo saludase al resto de la familia. Don Lorenzo intercambió un par de frases sobre negocios con el que pronto sería su yerno, procedente de una familia hidalga de origen castellano dedicada al comercio de barrilla. Al despedirse, Inés observó con ternura la sonrisa complaciente de su hermana, ya del brazo de su prometido, mientras seguía a sus padres hacia el sinfín de cortesías que se exigían de ella en aquellos eventos —máxime si deseaba causar buena impresión en posibles pretendientes—.

La joven apretó la cuerda del ridículo. Durante las últimas semanas, en previsión de la celebración de aquella velada, fuera de la temporada oficial de bailes, había aceptado tres peticiones de caballeros que deseaban convertirse, por unos minutos, en sus compañeros de danza. La apertura no tardaría en producirse y debía asegurarse de estar visible para el primer acompañante. Sin embargo, hasta ese instante, su lugar estaba al lado de sus padres, quienes no parecían precisar un momento de calma para tomar aire entre charla y charla. Ella, inquieta en casa pero tímida en sociedad, trataba de seguir el ritmo de cumplidos y saludos con diligencia. Los parloteos de aquellos encuentros siempre se nutrían de las noticias, más o menos ciertas, que se escapaban imprudentes de los barcos que atracaban en el puerto, exordio y fin de las más excitantes expediciones. También de chismes y medias verdades. Justo en esos momentos, Inés buscaba eludir cualquier chascarrillo o pregunta malintencionada, ser dueña de su temple. Y es que en el aire festivo de cualquier evento social se colaba, desde hacía un tiempo, el aroma azufroso de los bisbiseos sobre las recientes desventuras de la familia De Villalta.

Después del segundo baile de Inés, don Lorenzo, de salud frágil desde hacía décadas, se sentó en una butaca próxima. Ella, que había divisado a lo lejos a sus tíos, los señores Aguilar, se acercó presurosa hacia donde se encontraban. Habían llegado a las islas desde Sevilla al principio de la primavera para gestionar sus propiedades en Tenerife y acudir al enlace de Blanca. Don Jacinto Aguilar era el hermano mayor de la señora de De Villalta, Micaela Aguilar. Su esposa, Virtudes Hinojosa, a la que había conocido al afincarse a orillas del Guadalquivir a inicios de la década de 1790, era hija del V barón de Tuy.

—Qué maravilla tenerlos aquí a los dos —los aduló Inés, que era atenta y cariñosa.

—Está siendo un auténtico placer poder veros tanto —respondió doña Virtudes—. Es una lástima que debamos regresar a la península en unas semanas. Os echaremos de menos.

—Será horrible tener que decirles adiós. Me he acostumbrado a sus visitas y a nuestros paseos. ¿Cuándo tienen previsto el viaje? —se interesó la joven.

—Si todo marcha como debiera, a finales de agosto —contestó su tío.

—Pero ¡eso es dentro de un mes! ¿Tan pronto? ¿No pueden alargarlo más?

—Es imposible, querida. Pero estaremos más que contentos si decidís visitarnos alguna vez. Me encantaría mostraros a ti y a tus hermanos algunos rincones de Andalucía ahora que el horror de la guerra ha terminado —la consoló doña Virtudes.

Inés hizo un mohín de disgusto, pero la llegada de su tercer compañero de baile le impidió replicar. ¿Ir a la península? Aquello sonaba a fantasía para una muchacha curiosa como ella. Al término de la pieza, Blanca fue a buscarla, con las mejillas inflamadas por un comentario indiscreto que había cazado al vuelo mientras hablaba con otra pareja. Ninguna de las dos hermanas llevaba bien que se susurrara a sus espaldas. La ruleta del destino había sido la responsable de que tuvieran que experimentar tal sensación, pues, por lo demás, la familia De Villalta era querida y bastante respetada en los círculos de Santa Cruz y La Laguna.

Aunque con lejanos vínculos hidalgos en el árbol genealógico, por aquellos tiempos los De Villalta eran un ejemplo del ascenso social de ciertos apellidos gracias al comercio con América y al arrendamiento de tierras a aristócratas poco dados a mancharse botas y manos en el campo. El inicio de la época dorada de la familia fue mérito de don Domingo de

Villalta, el abuelo de Blanca e Inés, pero don Lorenzo, hijo de aquel, la había consolidado al orientar el negocio a la exportación de vino de malvasía y a la importación de tabaco y cacao de las Américas. También participaba en intercambios puntuales vinculados al tejido, sobre todo de sedas y linos, con Francia y Holanda; poseía los terrenos arrendados por su padre en el valle de Tabares —en los que cultivaban plataneros—, y se hallaba en negociaciones con un portugués para adquirir dos navíos. En su escaso tiempo libre, y siempre que los achaques de su mermada salud se lo permitían, don Lorenzo gustaba de participar en la política local de Santa Cruz y en el Consejo Marítimo, ubicado en La Laguna. Todo ello, sabía, lo heredaría algún día el benjamín de la casa, el pequeño Lorenzo, que por entonces apenas contaba con diez años. Así, el castigado señor De Villalta rezaba todas las noches para que su vida se dilatara lo suficiente como para que el único hijo varón que había llegado a la niñez estuviera preparado para tomar el relevo.

Pero Lorenzo, como cualquier chiquillo, se hallaba en su alcoba dormido en un sueño profundo, mientras sus padres y sus hermanas mayores continuaban charlando y bailando. Por este motivo no oyó la precipitada llegada de un funcionario que, pidiendo mil perdones, había entregado una misiva al criado personal del señor De Villalta. La carta se le había traspapelado del correo de la mañana. El criado solo tuvo que advertir el nombre que figuraba como remitente para darse cuenta de lo importante que era que el escrito llegase esa misma noche a manos de sus señores. Así, aguardó estoico, batallando contra el sueño, en el zaguán. Entre parpadeos caducó el crepúsculo y, por fin, la familia hizo su aparición. La señora De Villalta comentaba con Inés las posibilidades que se habían abierto durante aquella velada en lo respectivo a su futuro. Blanca participaba en las valoraciones y el señor De Villalta, cuya agilidad se veía limitada por los estragos del alcohol, trataba de no errar en sus pasos, ayudado por un bastón.

—Buenas noches, señores, señoritas. Disculpe que altere su júbilo a estas alturas de la madrugada, pero llegó esto hace unas horas —explicó su criado personal, y extendió la misiva para que don Lorenzo pudiera alcanzarla.

El nombre del emisor dibujó un gesto de preocupación en las amables facciones del padre, que instó a su esposa a que lo acompañara. El matrimonio salió al patio, flanqueado por los balcones de la planta principal, y subió por la escalera. Sus hijas, alteradas, optaron por seguirlos. Ya arriba, cruzaron la antesala, una pequeña estancia de paso y llegaron al salón, el espacio en el que la familia se reunía para conversar, leer, tocar música o descansar en compañía. Cuando Blanca e Inés abrieron la puerta, su madre repasaba las líneas manuscritas mientras se cubría la boca con la mano y sus ojos brillaban más que las velas que se consumían alrededor en su lucha contra la oscuridad. El padre se había sentado cabizbajo.

—¿Qué ocurre? —se interesó Blanca, agitada.

La señora De Villalta no respondió. Terminó de devorar aquellas palabras, todavía anónimas para las hermanas y, cuando hubo acabado, pasó la carta a sus hijas. Blanca, que era mayor, la sostuvo hasta que el nerviosismo de Inés se la arrebató de las manos.

—Pero... —balbuceó la más joven.

—Vuestra madre y yo tenemos que hablar en privado. Tratad de descansar, hijas mías.

El padre, agotado, se acercó a las dos muchachas y les dio un beso en la frente. Después, tendió el brazo a su esposa, descompuesta por el disgusto, y desaparecieron por la puerta que llevaba al corredor de sus habitaciones. Inés no podía creer que el único antídoto fuera marcharse a la cama.

—Debemos hacer algo —opinó—. No podemos seguir fingiendo que nada ocurre. No es saludable para nadie.

—Inés, hagamos caso a padre. Es muy tarde. Ellos sabrán qué hacer —respondió la obediente Blanca.

Aunque Inés titubeó un instante, al final accedió a seguir el consejo familiar. Una criada aguardaba a las hermanas para ayudar a deshacer su efímera elegancia. Cuando el ritual terminó, Blanca se dejó abrazar por las sábanas. La otra, sin embargo, conservó la misiva y volvió a reencontrarse con la aspereza y el desconsuelo. Una cadena de emociones tejió aquella noche en vela en la que el alba arribó más rápido que el sosiego. Una y otra vez, marcada por la sensibilidad, la testarudez y la necesidad innata de ser de utilidad para su familia, la joven Inés llegaba a la misma conclusión. Un ácido pavor atrapaba su garganta si pensaba en decirla en voz alta, pero con el paso de las horas iba convenciéndose de que no había mejor alternativa. El sudor frío que acompaña cualquier revelación de ese calibre la despertó de la única media hora de reposo que se concedió. Al abrir los ojos, supo que no volvería a cerrarlos antes de tomar esa decisión, así que, envuelta en las últimas sombras nocturnas, llamó a la empleada para que la ayudara a vestirse. Blanca y Alejandra respiraban profundamente en sus camas.

Se acomodó reflexiva en el salón y dejó que las candelas fueran inútiles antes de solicitar ver a la señora De Villalta. Cuando esta estuvo disponible, la doncella avisó a Inés, que no se demoró en reunirse con ella en su gabinete, donde, tal y como narraban sus ojeras, había pasado toda la noche. A puerta cerrada, algo no muy habitual en aquella casa de costumbres burguesas, la hija devolvió la misiva a su madre y le habló de sus pensamientos. Micaela Aguilar se sorprendió ante la determinación y madurez de la joven. Al principio, rechazó su propuesta e indicó a su hija que don Lorenzo y ella estaban dispuestos a hallar una solución ese mismo día, tras las estériles divagaciones del amanecer. Pero Inés había reflexionado largas horas, también su madre, y era evidente que, por lo pronto, era la mejor solución.

—¿Estás segura de lo que dices, hija mía? No quiero ser injusta contigo ni pedirte algo que no te corresponde. Espero que seas consciente de que, quizá, si haces lo que te propones, debas renunciar a...

A Inés le escoció aquella suposición. No era nueva. Ella misma la había valorado durante horas.

—Lo soy, madre. —Bajó la mirada—. Puede que mi destino sea cuidar a la familia que ya tengo.

Micaela se emocionó.

—Hablaré con tu padre —prometió. Después se incorporó y se acercó a su hija para abrazarla—. Gracias, gracias, Inés.

Cuando la joven volvió al pasillo, unos miedos insospechados oprimieron sus pulmones. Sin embargo, fue capaz de recomponerse e ir a contarle todo a su hermana. Blanca, que estaba desayunando en el comedor, se negó a que Inés lograra su propósito. Se levantó y avanzó hasta el patio, ansiando que la vegetación le proporcionara un poco de aliento.

—Debería ir yo. No tú. Yo soy mayor —espetó nerviosa.

—Vas a casarte en unos días, Blanca. Tu lugar está junto a tu marido. Padre no podría soportar un viaje así. Por ese motivo no ha sido capaz de ir antes. Madre debe estar con él y con nuestros hermanos. Yo..., yo no tengo ninguna responsabilidad que me impida servir a esta familia más allá de la línea de costa.

—¿Y nuestros tíos? Ellos viven en Sevilla.

—Blanca, ellos deben atender sus negocios. Viajan constantemente —respondió consumiendo la última de las alternativas—. Te prometo que, si hubiera otra opción, la escogería sin dudar.

—Pero, Inés, ¿has pensado en lo que esto puede significar?

La muchacha se aproximó a su hermana, confidente y mejor amiga desde que tenía uso de razón, y le cogió las manos:

—Quizá todo mejore en poco tiempo. Me empeñaré a fondo para que así sea —prometió Inés.

Blanca la abrazó con esa combinación de intensidad y delicadeza que siempre impregnaba sus movimientos.

Al día siguiente, tras reunirse con doña Micaela en distintas ocasiones, el señor De Villalta quiso tener una conversación a solas con su hija. Le confesó que no terminaba de aceptar la idea, pero que, a la luz de las circunstancias, había comprendido que debía corresponder con transigencia. Le hizo formalizar un sinfín de promesas a las que ella consintió, casi segura de que las podría cumplir. Pero Inés desconocía el escaso control que tendría sobre su destino a partir de aquel 19 de julio.

Si hubieran preguntado a cualquiera de los De Villalta, habrían afirmado que el mes de agosto de 1815 pasó demasiado rápido. La boda de Blanca y los preparativos del viaje de Inés fueron los auténticos protagonistas, solo empañados por el eco de una actualidad que siempre se demoraba un tanto en atracar en las islas. Así, los rumores del fin definitivo de Napoleón, tras la derrota en Waterloo, se colaron en las calles de Santa Cruz. Los últimos coletazos habían tomado el nombre del Imperio de los Cien Días, periodo que se había extendido desde el 16 de marzo hasta el 8 de julio de aquel año. Pero ya no quedaba casi nada del poder que había puesto en jaque a una vieja Europa que ahora luchaba por recuperar el control en el Congreso de Viena, cuya acta final se había elaborado a principios del mes de junio.

Tal y como se acordó los días posteriores a aquellas conversaciones en el hogar de los De Villalta, Inés se dispuso a partir con sus tíos, los señores Aguilar, quienes accedieron a acompañarla hasta su destino en la península. Con su ayuda, pudieron arreglarlo todo para que la joven se uniera a ellos en el barco que debía salir del puerto de Santa Cruz el 25 de agosto. Antes de llegar al muelle, algo deteriorado desde 1812, Inés se despidió de su familia, un amargo trago para alguien cuyo mundo empezaba y terminaba en su hogar. Las gaviotas que había pintado Blanca en su cuadro revoloteaban por el puerto y edulcoraban los adioses. Inés y Blanca se fundieron en un largo abrazo, atrapando lamentos por todos los susurros que no podrían compartir en un tiempo. Cuando se separaron, la joven deseó a su hermana y al general Gutiérrez del Peral toda la dicha posible en aquellos primeros meses de matrimonio. Se apenó todavía más al pensar que, quizá, tendría que haber dicho «años». A sus hermanos pequeños les pellizcó las mejillas y les pidió que fueran buenos. A su padre le suplicó que cuidase de su salud. Entonces, su madre la miró a los ojos, orgullosa:

—Tienes un gran corazón, hija mía. Pero, sobre todo, fortaleza y valentía, aunque haya días en que no las sientas. Gracias por regalarnos una pizca de serenidad con tu ayuda. —La abrazó. Y, al oído, susurró—: Haz lo que yo haría.

Inés asintió conmovida. Disimuló hasta que subió por la rampa al buque, escoltada por los señores Aguilar, que vieron cómo las lágrimas la invadían mientras se despedía, ya en la distancia, de todo lo que había conocido en sus veintiún años de existencia. Doña Virtudes, empática y despierta, ofreció a la tierna muchacha un pañuelo para enjugar su anticipada nostalgia. Inés lo agradeció y lo usó durante las primeras horas de viaje, las más mohínas del trayecto. Pero un rabioso golpe de viento lo arrancó de sus manos enguantadas mientras buscaba calma desde proa, y lo condenó a moverse a merced de las mareas.

II

Al pensar en ese pañuelo, me gusta creer que se sumergió momentáneamente en el Atlántico y que, después, extendido como si se dispusiera a echar el vuelo, dejó que las corrientes lo guiaran. Quizá el céfiro sopló. O puede que fuera el levante. El agua salada seguro impregnó el bordado e hizo desaparecer la viveza del tinte. Se cruzó con todo tipo de peces, vio los restos de los buques perdidos en la batalla de Trafalgar, quedó atrapado en algas de largas hojas como tentáculos y se reencontró con la luna al regresar a la superficie, empujado por un oleaje violento que lo condenó a esperar sobre la arena de la Caleta. El juego de un niño harapiento, tras servir de referencia en un duelo acaecido la noche previa, permitió que alcanzara la puerta de la Caleta y se inmiscuyera en el nervio de la ciudad. Los ignorantes pasos de parroquianos despistados lo lanzaron por las calles de San Bernardo, San Nicolás, Peñalba y La Amargura hasta que la impoluta suela de Modesto Andújar lo pisó mientras deambulaba por la calle Ancha.

No se puede culpar al señorito Andújar de que ni siquiera se percatara de que había pisoteado aquel pañuelo, ya mugriento, con su bota. Andaba obnubilado, empapándose de cada detalle de esa hermosa joya del Mediodía, hogar de poetas, gestas y marineros. Su sonrisa denotaba que llevaba esperando aquel paseo mucho tiempo. Y era cierto. Pese a que las límpidas fachadas de cornisas, grandes ventanas y bellas balconadas neoclásicas lo tentaban desde arriba, Modesto estaba más interesado en lo que no era perceptible a la vista. Agudizó sus oídos para distinguir, entre los ofrecimientos de los vendedores de chapa y las risas de los gandules que pacían por la vía, las noticias que, según le habían contado, nacían y morían allí. Aunque todavía era temprano, algunas damas ya paseaban bajo sus sombrillas, animadas por la tregua que había dado el rigor del sol. Tampoco el señorito reparó en ellas. Continuó avanzando. Casi daba zancadas.

Al llegar a la plaza de San Antonio, se extrañó. Revisó con cautela cada portal de las primorosas casas que la cerraban, pero no halló lo que estaba buscando. Su frustración lo incitó a interrogar a dos ingleses que aparecieron por la calle de Linares. Después a un corrillo de señoritas que había adelantado en la calle Ancha. Y a un chiquillo al que dio tres maravedís. En ninguna de las ocasiones, la reacción fue la que esperaba. Los caballeros se echaron a reír. Las damas lo ignoraron. El muchacho le devolvió el dinero. Junto a la iglesia de San Antonio vio a una pareja de militares. Se dispuso a aclarar aquel malentendido. Ellos no podían negarse a solventar la duda de un honrado caballero. Sin embargo, antes de alcanzarlos, otro soldado le cerró el paso y lo cogió del brazo para reconducir sus pretensiones.

—¿Está usted loco? —le preguntó el militar sin hacer aspavientos.

—¿Qué hace? ¿Qué ocurre? —se sorprendió el señorito Modesto.

—Sígame. Y disimule lo que sea capaz —le ordenó.

—No he hecho nada malo, lo prometo.

—Bueno, eso según cómo se mire. Aunque no lo llamaría «malo». Diría que usted es absolutamente imprudente. Un majadero.

—Solo estaba...

—Sí, lo sé. Preguntaba por el café Apolo. Lo he escuchado las tres veces que ha importunado a alguien para indagar sobre su localización.

—Pero... ¿qué hay de malo?

El soldado se detuvo.

—¿De veras no lo sabe? ¿Ha vivido en una cueva el último año y medio?

—Más o menos. Mis padres han tratado de mantenerme al margen de la guerra, así que, en los últimos años, apenas he salido de nuestra hacienda en Jerez. Pero ahora eso ha cambiado. Mañana comienzo mis estudios en la Escuela de Comercio, aquí en Cádiz. Me he instalado con la familia de un doctor, primo de mi madre. Viven cerca de la plaza de San Francisco. He venido expresamente para ver, con mis propios ojos, el famoso café Apolo, las «Cortes chicas». También quiero visitar la iglesia de San Felipe Neri, el auditorio de los discursos de Argüelles y Martínez de la Rosa, ¡la cuna de la Constitución!

—Trate de no repetir lo que me acaba de contar si no quiere tener problemas, chico —le aconsejó el joven militar—. Ese Cádiz que ansía conocer ya no existe. Y no es recomendable buscarlo, ¿entendido? —El chico asintió—. Hasta la vista —se despidió, considerando cumplimentada su intervención.

Modesto Andújar se quedó quieto en medio de la calle, engullido por sombreros de copa, capotas, mantillas y tricornios. El soldado sintió lástima al haber despojado de ilusiones a aquel muchacho. Se dio la vuelta y lo vio allí, todavía buscando destino. El militar titubeó un instante y volvió sobre sus pasos.

—Venga, acompáñeme, lo invitaré a un trago —lo consoló.

El señorito hizo gala de la confianza ciega de cualquier mozalbete inexperto y siguió al soldado por las callejas aledañas hacia el sur. Dejaron atrás la plaza de San Fernando, la calle del Sacramento y giraron a la izquierda en la calle de Solano. Allí, casi inmersos en el humilde barrio de La Viña, se detuvieron ante una maltratada puerta y se dejaron embriagar por el aroma rancio del local. Tras acomodarse en una mesa, previa escueta petición de dos vinos, pudieron deshacerse de sus sombreros.

—¿Este es el nuevo Cádiz? —preguntó Modesto, nada atraído por el giro de los acontecimientos, al tiempo que inspeccionaba el entorno.

Otras cinco mesas, vacías, creaban cierta ilusión de recogimiento en la taberna, vigiladas por un dueño que, en calzón, chaleco y camisa, administraba evasión a los concurrentes. La mágica luz de aquella villa asomada al océano se perdía en el interior, por lo que los candeleros, que aguardaban solitarios en las repisas, daban servicio ininterrumpido. Sus halos amarillentos revelaban la presencia de barriles aquí y allá.

—Este es el que siempre ha existido, chico, no te equivoques.

—¿Y dónde están las tertulias? ¿El café del Correo sigue en funcionamiento? ¿Por qué ya no se puede entrar al Apolo?

—Lo cerraron el pasado año por conspirar contra el rey. Siguen existiendo sacamuelas, pero, ahora, no se gritan las opiniones; se susurran —le contó el soldado—. A todo esto, soy el capitán Conrado Íñiguez.

—Encantado. Mi nombre es Modesto Andújar...

El muchacho no se contentó con aquella respuesta, tampoco lo pausaron las formalidades, así que continuó preguntando.

—Para haber estado al margen de la política, conoce bien a los diputados y los chismes sobre esta plaza —opinó el capitán Íñiguez.

—Sí. Mi maestro de latinidad es el responsable. Durante nuestras lecciones, compartía conmigo las noticias que iban llegando desde Cádiz. Él decía que lo que pedían los liberales no eran más que barrabasadas, pero yo desarrollé una gran admiración por aquellos hombres. En mi aislamiento me imaginé todo, y por eso ando buscando lo que queda de esa época. Pensaba que, a pesar de las decisiones de Su Majestad, Cádiz seguiría conservando algo de aquello. No puedo creer que todo se haya esfumado.

—Como le he dicho, no todo, pero si es un hombre cuerdo, sabrá mantenerse al margen. Su maestro no le mintió sobre las sandeces que decían aquellos charlatanes. De hecho, esos hombres han tenido que abandonar el país o se pudren en el presidio. Si no quiere seguir sus pasos, será mejor que se centre en sus estudios. No son tiempos para llevar la contraria al rey. Y no siempre se va a topar con un tipo de buen humor como yo que, aun reprobando lo que usted dice admirar, sepa ver la inocencia y la confusión pueril en sus ojos.

Al tiempo que se resquebrajaba la imagen que el señorito Andújar tenía de Cádiz, la taberna fue admitiendo a nuevos vecinos sedientos de calma. El propietario cumplía los deseos de sus clientes valiéndose de las botellas que esperaban, en orden, en varias baldas de madera a su espalda. De pronto, una voz femenina se abrió paso entre los parloteos. Una mujer de cabellos azabache cogidos en un moño con redecilla, y bucles salvajes cayendo por sus sienes, se reía junto a un grupo de comerciantes. Casi como si fueran movimientos coreografiados, zanjó su carcajada, se cruzó la mantilla por encima del jubón de seda y dio varias vueltas sobre sí misma antes de apoyar el abanico en la barra. Desde ahí observó el diálogo del capitán Íñiguez y el señorito Andújar. Sonrió al tiempo que se hacía con dos chatos y se aproximó a la pareja.

—Buenas tardes, capitán. Cuánta seriedad veo por aquí —opinó mientras se sentaba en la única banqueta libre.

—Muy buenas tardes. Estoy espabilando a este jovencito jerezano. Casi le pregunta al coronel Valladares por el café Apolo —le contó.

—Así que un aspirante a preso... Interesante —bromeó ella.

Modesto que, por error, había pensado que uno de aquellos dos vasos sería para él, observó cómo la dama se bebía uno y reservaba el otro para más adelante. El capitán pidió una nueva ronda, consciente de que el chico necesitaría hidratar su desengaño.

—¿Y cómo se llama el muchachito?

—No soy un much...

—Ernesto Andújar.

—Mod...

—Encantada, señoritingo Andújar —respondió ella sin dejar de sonreír—. Yo soy Filomena Esquivel. Pero puede llamarme Filo.

—Mucho gusto, señorita Filo —correspondió el joven.

El capitán se rio. La Filo asintió y dio un trago a su segundo vino.

—¿Y la dejan a usted estar por aquí, señorita Filo?

—Verá, señorito Andújar, tengo la suerte de generar felicidad y eso está admitido en cualquier parte. Incluso en las que jamás lo reconocerían —se explicó en tono misterioso—. Oh, miren, Josefito también está aquí. ¡José! ¡Ahorcaperros! ¡Josefín!

Un hombre de edad avanzada y tez castigada por largas jornadas de trabajo se dio por aludido y se unió a ellos. Era de corta estatura, cabellos grises y dientes picados. Sus callosas manos sostenían su propio chato. En el intercambio inicial de palabras, el señorito Andújar se enteró de que era don José Salado, un pescador originario del Puerto de Santa María que había sido bautizado como Ahorcaperros por ser muy diestro en la realización del nudo marinero de dicho nombre. También pudo comprobar el futuro bachiller que don José era aficionado a reproducir al detalle aquella vez en la que, según él, el propio general Gravina le había pedido que hiciera uno antes de embarcar en el Príncipe de Asturias, justo en los momentos previos al desastre de Trafalgar. La Filo le susurró al oído que era solo una leyenda. Entre trago y gracia, la vergüenza del señorito Andújar se fue entumeciendo y, en cierto momento, confesó su verdadera vocación a sus nuevos e inesperados amigos. Peleándose con la pegajosa rigidez de su lengua, habló de sus planes de estudiar Leyes y de convertirse en el nuevo Argüelles. Amparados por el bullicio y la relajación de modales, todos aplaudieron su determinación, así que el señorito Andújar prosiguió con sus cánticos. «Si ustedes supieran... Me sé la Novísima a la perfección», añadió. Los demás, convencidos de que el chico sería más sabio al día siguiente, lo dejaron hablar.

El baile de entradas y salidas, telón de fondo de la conversación de aquel pintoresco cuarteto, no se detuvo ni un segundo. Disputas, risotadas, serenatas de apuestas y engaños se enlazaban entre sorbos. De pronto, un grito se apropió del interés de la gran mayoría de los presentes. Varios hombres se enzarzaron en una lucha invisible en torno a algo. El capitán Íñiguez, que había reaccionado con indiferencia —acostumbrado a las reyertas de las tabernas—, alzó una de sus cejas castañas. Un individuo, ataviado con una larga capa, se escapó de las garras de aquellos que pretendían retenerlo. El escándalo aumentó tanto que el señorito Modesto se vio obligado a parar su discurso. Empezaron a escucharse gritos. «Le han apuñalado». «Le han apuñalado». «Busquen un galeno». La Filo se levantó para husmear. El capitán Íñiguez se puso de servicio de forma inmediata:

—¡Atrápenlo! —ordenó, señalando al agresor, que luchaba por alejarse de la escena del crimen.

Algunos trataron de alcanzarlo, pero el criminal era escurridizo. Otros lanzaron vasos, tumbaron barriles. El dueño se dispuso a saltar la barra. Pero un caballero, hasta entonces dedicado por completo a relamer los restos de líquido de su chato, estiró su bastón y provocó que el fugitivo cayera de bruces contra el suelo. Esto dio margen para que tanto el tabernero como el capitán Íñiguez, escoltados por algún que otro borracho, acudieran a inmovilizarlo. El señorito Andújar observó al hombre que había logrado detener al malhechor. Impasible, devolvió su atención al vaso. Uno de los clientes se presentó como médico, así que el corrillo de sentidos y curiosos formó un pasillo para que el sanitario llegara hasta la víctima, que se retorcía de dolor en el suelo. La Filo corrió a ofrecer su pañuelo como gasa e invitó al resto a hacer lo propio. Un silencio incómodo inundó el local. Entonces se originó el rumor: «Es el ayudante del teniente general Jácome». «Han intentado matar a uno de los hombres del teniente general Jácome».

—¿Quién es el señor Jácome? —preguntó Modesto.

—El gobernador de Cádiz —dijo una voz grave junto a su cogote—. Y capitán general de Andalucía.

Era el caballero del bastón el que había contribuido a detener al criminal. Se sentó junto a él tras saludar al señor Salado, al que parecía conocer. Cuando la situación estuvo más o menos bajo control y entraron a la taberna refuerzos en uniforme, el capitán Íñiguez se acercó para anunciar que iba a llevar a aquel individuo al calabozo.

—Muchas gracias por tu ayuda. Veo que no has perdido la puntería —le dijo el capitán al desconocido que había tomado asiento junto a Modesto, cuya mirada destilaba embriaguez y aturdimiento.

—Eso será —respondió el otro—. ¿Quién es el chico?

—Lo recogí esta tarde en la plaza de San Antonio antes de que cometiera una estupidez. —El capitán se lo susurró al oído y el hombre se rio divertido—. ¿Podrías llevarlo de vuelta allí? No tengo muy claro que sepa regresar a su alojamiento desde aquí.

—¿Ahora soy un ayo?

—Te invitaré a vino durante dos meses —propuso el otro.

Modesto atendía a aquella negociación de la que era parte fundamental, pero que apenas lograba seguir con la pupila. Al final le pareció que el desconocido accedía, así que el capitán le dio un afectuoso golpe en la espalda y se despidió con un «Cuídese, chico. Y déjese de tonterías». El señor don José Salado también ahuecó el ala, reclamado por el necesario descanso antes de volver a echarse a la mar. La Filo, que buscaba recomponerse del susto, atendía a los cuchicheos para ser capaz de entender lo que había ocurrido. Por último, y después de que trasladasen al herido fuera de la taberna, el caballero sin nombre remató la bebida y animó al joven a seguirlo.

De vuelta por las calles de Cádiz, avanzaron entre las sombras. El muchacho recordó la grata impresión que le había causado el adoquinado de la ciudad aquella misma mañana. En lo general, las vías estaban bastante más limpias de lo esperado.

—Así que en busca del café Apolo —le dijo el amigo del capitán.

—Ya, ya sé. No hace falta que usted también se burle —respondió el señorito Andújar.

—No me burlo, no me malinterprete. Me hace gracia que todavía haya gente con ideales e ilusiones después de todo lo que ha ocurrido en este país.

—Muchas gracias —balbuceó el muchacho.

Al pasar al lado de un farol, Modesto analizó las facciones de su acompañante. Era un caballero un tanto desaliñado, con barba de varios días que llenaba su mentón. No parecía muy mayor, aunque la nocturnidad y los efluvios del alcohol no conferían al señorito Andújar todo su potencial para el análisis y el prejuicio. Portaba un tricornio ajado y botas embarradas. Su casaca estaba rota por varios sitios, sin remiendo, lo que dejaba patente un absoluto desinterés por su apariencia física.

—¿Dónde pasará la noche? —se interesó.

—En la calle del Rosario, número dos. Estoy alojado con un doctor, primo de mi señora madre —contestó el muchacho e hipó.

—Lo acompañaré hasta allí. No quiero despertarme mañana con la noticia de un cadáver con pinta de lechuguino.

Modesto tragó asustado e hipó de nuevo. Era cosa sabida que, en aquellos tiempos, deambular solo a partir de la caída del sol no era demasiado recomendable en ninguna ciudad española. Las voces y los crujidos, perdidos en las vaporosas tinieblas de la noche, alertaron al estudiante que, a cada paso, agradecía más la compañía. Sin saber muy bien por qué, su mirada se centró en aquel bastón que, como único complemento estético, anticipaba las pisadas del misterioso caballero.

—¿Puedo saber cómo se llama? —se interesó el jovencito.

—Don Alonso Guzmán a su servicio. ¿Y usted?

—Ernesto..., ¡Modesto! Modesto Andújar.

—Bonito nombre. Le va a juego con las ropas —respondió don Alonso.

—Gracias —murmuró el otro, sin saber si aquello había sido un cumplido o un insulto—. ¿Y de qué conoce al señor capitán Íñiguez?

—Combatimos juntos en la guerra contra los franceses.

—Humm... Qué interesante. ¿Y por qué usted no va vestido de militar?

—Demasiadas preguntas, señor Andújar —dijo, reservado—. Hemos llegado a su morada. Trate de no hacer ruido si quiere que el primo de su madre le deje vivir aquí durante un tiempo. Hasta la vista.

—Adiós, señor Guzmán. ¡Y gracias! —contestó, mientras el otro ya se alejaba con paso decidido y se perdía en la oscuridad.

El señorito Andújar llamó a la puerta. El mayordomo le abrió y le dedicó una mirada llena de acritud mientras le permitía el paso al patio. Modesto, sin poder controlar los espasmos de su cuerpo, empleó una maceta para descargar el estómago de todo el líquido que había absorbido aquella noche de septiembre. Sin capacidad para sentirse culpable, se distanció de su vergüenza y acometió el último reto del día: subir las escaleras. Mientras lo hacía, se preguntó si algún día sabría los secretos de aquel apuesto hombre escondido bajo los ropajes de un cualquiera.

III

Inés agradeció en un sinfín de ocasiones haber recordado llevarse algo para escribir. Durante las jornadas de aquel largo viaje, acumulaba imágenes en su mente para después, una vez se hubieran detenido a descansar en la venta o parador oportuno, anotarlas en octavillas que se convertirían en futuras cartas para su familia. Una de sus obsesiones era trasladar los matices de la península, desconocida para sus hermanos. Sin embargo, desde que habían desembarcado en Sanlúcar de Barrameda, los paisajes que había contemplado distaban mucho de las lindezas que ansiaba describir. Las ruinas y los campos plagados de restos de la batalla formaban un desalentador crisol de memorias que se colaba por la ventanilla del carruaje. Aunque, por supuesto, había excepciones, como lo que escribió al llegar a Montoro:

> *Hemos visitado la mezquita de Córdoba y he quedado embriagada por su belleza. Tardaría mil párrafos en contaros la grata impresión que causó en mí ese sobrescripto arquitectónico. Me pareció un simbólico abrazo entre dos culturas, un lienzo de la historia de esta tierra.*

Atrás quedaban sus opiniones sobre Jerez de la Frontera, Cabezas de San Juan, Dos Hermanas, Sevilla —donde se habían detenido unos días— o Écija. También un pequeño poema que, sobre la marcha, se había inventado para narrar que había estado en Bailén, lugar de la victoriosa batalla a cargo del general Reding, en los albores de aquella contienda culpable de todo. En los últimos siete años había escuchado un millar de comentarios sobre aquella proeza que había insuflado esperanza a los españoles, levantados en armas contra el enemigo sin un rey que los guiara. Cerca de allí, Inés descubrió otro rincón histórico, las Navas de Tolosa. Según le indicó su tío, en ese punto se había librado un relevante combate durante la conquista cristiana, allá por el siglo XIII. Sin embargo, aun con todo lo que estaba aprendiendo, pasado Despeñaperros, Inés comenzó a desear que los caballos trotaran más aprisa.

Hasta entonces, y aunque que estaba resultando una experiencia agotadora, la señorita De Villalta había tratado de sacar provecho de cada anécdota y conversación. Agradecía, sobre todo, haber podido compartir más tiempo con sus tíos, a pesar del empeño del señor Aguilar en recitarle, desde que habían salido de Santa Cruz, todos los pormenores del linaje familiar. Este aprovechó la curiosidad de la joven y su gran capacidad para escuchar largas horas en silencio, sin interrumpir. En el barco le habló del peligroso viaje que había emprendido el bisabuelo de Inés hacia Venezuela, donde había conseguido enriquecerse tras un par de generaciones en las que se había perdido el lustre del apellido, vinculado a una familia hidalga canaria de larga tradición. En Sevilla le contó que la excitante aventura colonial se había terminado con el padre del señor don Jacinto y de la señora doña Micaela —la madre de Inés—, que había regresado a las islas para adquirir tierras con el dinero obtenido. Cuando comieron en un parador en Carmona, prosiguió con el capítulo en que el abuelo había decidido asentarse en La Laguna tras contraer matrimonio con la abuela, Dolores Blanxart, hija de un vizconde de origen barcelonés de mermada fortuna e influencia. Finalmente, en Almuradiel, había zanjado la relación histórica con el momento en que él, como primogénito de los Aguilar-Blanxart, había heredado todas las posesiones familiares y había decidido instalarse en Sevilla a finales de siglo para diversificar sus posesiones y negocios. Todas estas disertaciones solían cesar gracias a la intervención de doña Virtudes, conocedora del amor por las palabras de su querido esposo, seguida de la risa divertida de Inés.

Por fin, el 23 de septiembre, después de un contratiempo con las ruedas delanteras, el vehículo se detuvo frente a su destino. En Valdepeñas, donde habían conseguido solventar la avería, continuaron el camino hacia el norte y, antes de alcanzar las inmediaciones de Manzanares —parada habitual de los viajeros que se internaban en La Mancha—, se desviaron por un desamparado sendero. Este se bifurcaba dando paso a otro que penetraba en los campos de olivos y trigo, prólogo de un grupo de casas que se erigían media legua al oeste. En una de ellas, la principal, un candil iluminaba las escaleras de entrada, donde aguardaban dos de los criados de los señores Aguilar —que habían ido de avanzadilla— y una de las empleadas de la vivienda. Inés sintió que el estómago se le contraía. Doña Virtudes le cogió la mano con dulzura y sonrió. Cuando el cochero detuvo el avance del carro y se abrieron las puertecillas, la joven supo que el viaje había terminado. Se anudó la capota a la barbilla y se dejó ayudar por un diligente trabajador para apearse.

La doncella, a un lado hasta que cruzaron el umbral, los condujo por el zaguán al patio, rodeado por una galería de columnas toscanas y en cuyo punto central se hallaba un hermoso aljibe. Avanzaron hacia las escaleras, que se perdían, en el lado opuesto, más allá de los pilares. Inés no prestó demasiada atención a los detalles decorativos, solo se fijó en dos aspectos: el frío y el silencio sepulcral. En la planta principal siguieron a la criada por un corredor. Antes de llegar al final, se detuvo y abrió, con mimo, una puerta. Inés no sabía muy bien qué iba a encontrarse, pero se exigió ser la mujer audaz que había descrito su madre en su despedida, y entró en la sala seguida de sus tíos. La vida robada de unos ojos con demasiada juventud como para hallarse en ese mar de lodo fue lo que más impactó a la señorita De Villalta. Sin embargo, el amor que sentía por ellos fue más fuerte que el miedo al rechazo. Olvidando las formalidades que tantas veces le habían repetido en casa, corrió junto a aquella butaca y, de rodillas, besó las manos de su hermana mayor.

—Dolores. Ay, Dolores... Cuánto he padecido por ti —dijo—. He venido a cuidarte. Te haré compañía para compartir tu carga —gimoteó emocionada.

Dolores de Villalta correspondió con ternura a la espontaneidad de su hermana. Hacía casi ocho años que no se veían. Toda una vida. Y no quedaba ni rastro de la muchacha risueña, vital y perspicaz de sus recuerdos. Los señores Aguilar se sumaron al encuentro con alegría. Inés, con los latidos del corazón acompasando sus frases, contó a su hermana los detalles más graciosos del viaje. También trató de ponerla al tanto de anécdotas y novedades familiares. Quiso contarle todas las noticias que se le ocurrieron sobre Santa Cruz. Dolores seguía sus comentarios con atención. Incluso con una pizca de entusiasmo.

Y así continuó el resto de los días en que los señores Aguilar se quedaron en la casa. Paseaban por las tierras, jugaban a las cartas, leían, parloteaban... A Inés la inundó un júbilo que no sentía desde hacía tiempo. Las murmuraciones de fiestas y tertulias se habían hecho chiquitas. Ahora no importaban. No debía rebatirlas, puesto que se hallaba en la posición más ventajosa para hacer algo al respecto. Era útil, un miembro adulto de la familia De Villalta. Cuando sus tíos se marcharon, lo hicieron satisfechos, con una mano en la péndola que se disponía a informar a don Lorenzo y doña Micaela de los esperanzadores avances en el estado de su primogénita.

Sin embargo, Inés había llegado para quedarse, así que fue testigo de cómo la tenue luz de Dolores volvía a apagarse en el transcurso del mes de octubre. No fue inmediatamente, sino cuestión de días. Momentos en los que, si su hermana antes accedía a salir al patio, ahora se recluía en su gabinete. Al principio, la más joven creyó que el ánimo regresaría, que quizá escucharía de nuevo aquella risa enérgica y contagiosa que siempre la había caracterizado, así que aguardó con sosiego a que el milagro se produjera. Por las mañanas se preparaba y esperaba a su hermana en el comedor, donde le leía, mientras esta desayunaba, fragmentos de una obra de don Pablo Olavide que había encontrado en la biblioteca. Después, si Dolores se negaba a pasear por el patio, Inés salía a buscar hojas secas y piedras para luego clasificarlas juntas en la sala de estar. Tras el almuerzo repasaban las misivas que Inés había escrito en su viaje y pensaban en cómo mejorarlas. La tarde era tiempo de labor, así que las hermanas bordaban en silencio hasta que Inés, fingiendo torpeza, pedía a Dolores, a la que siempre le había gustado ejercer de hermana mayor, que le enseñara cómo continuar. La oración y las charlas se colaban, discretas, entre sus quehaceres.

Inés no osó mentar la cuestión que había ocasionado que su hermana estuviera así. Solo se permitía recordarla en la soledad de la noche. En la cama rememoraba lo que había escrito Dolores en junio. Aquellas palabras eran como dagas oxidadas en el corazón. Cobraban fuerza cuanto más las repetía. Embrujaban. Quiso preguntar muchas veces, pero sabía que no habría respuestas. Solo alcanzó a tocar un pellizquito del alma de su amada hermana una tarde en la que, después de un día encerrada en su cuarto, Inés la visitó para tratar de animarla.

—Dolores, tienes que seguir adelante, por favor. No te recluyas. Deja que te ayude —le suplicó.

—Yo ya no tengo vida, hermana. No la tendré hasta que no recupere lo que he perdido. Y no la quiero si es así como he de tenerla —espetó furiosa.

Abrazó a Dolores y la dejó a solas, como esta le solicitó con cariño. Comprendió su dolor. Ahí se inició una retahíla de jornadas en las que la mayor de los De Villalta se aisló. Solo permitía que Inés entrara una vez al día en su cuarto para leer juntas. El resto del tiempo vagaba por sus dependencias, regalaba su aliento a unas ojeras que la acompañaban sin descanso y se consumía entre recuerdos y reproches.

Inés, por su parte, buscaba entretenimientos al tiempo que perdía la fe en que su hermana volviera a ser la persona de carácter que había reprobado sus primeras chiquilladas. Hizo buenas migas con el escaso servicio que trabajaba en aquella propiedad. Se ejercitaba dando paseos por los campos de olivos que componían la hacienda. Visitaba el corral y las bodegas. Corregía sus escritos y enviaba misivas, plagadas de falsa serenidad, a sus padres y a sus tíos. Jugaba al solitario con los naipes que habían utilizado para jugar a la escoba semanas atrás. Cambiaba de sitio los tiestos del patio. Intentó dibujar, con escaso éxito, el aljibe y a uno de los caballos. Investigaba qué más títulos se escondían en la biblioteca. Pensaba en excusas para hacer que su hermana saliera de la habitación mientras desayunaba, comía y cenaba sin compañía. Medía en zancadas el corredor de la planta principal, por cuyas ventanas, abiertas durante el día, se podían ver las bellas galerías del piso inferior. Y así fueron pasando las semanas. Para alguien como Inés, amante del aire libre, la bajada de temperaturas fue poco alentadora. Y aunque quiso resistirse, los criados insistieron en que no saliera más de la cuenta para no caer enferma. La joven hizo caso, por lo que debió rendirse a la monotonía y el aburrimiento. Pero, sobre todo, a aquella sensación de vacío que le causaba saberse incapaz de ayudar.

Una mañana de mediados de noviembre, al volver de la librería hacia su alcoba, para lo cual debía recorrer todo el pasillo, oyó un molesto soniquete procedente de las dependencias del lado este. Sabía que no era apropiado acceder a ellas, esa zona ya no estaba en uso, pero el tedio en el que estaba sumida estimuló su indiscreción. Agarró el picaporte y, después de asegurarse de que no tenía testigos, abrió la primera puerta. Una saleta, con muebles cubiertos con telas en las esquinas, servía de paso hacia una estancia más grande. En esta, las estanterías se habían librado del olvido, pero todo lo demás estaba escondido bajo tejidos claros. Por debajo de estos, no obstante, Inés identificó las patas de mesas y sillas. Se detuvo para cerciorarse del origen de aquel repetitivo ruido. Continuó avanzando. Un dormitorio. En esa habitación, dos de las contraventanas se habían cerrado, así que la iluminación era significativamente peor. Inés reflexionó entonces sobre los cuidados que se dispensaban a aquel cuarto. El resto de las salas disfrutaban de luz exterior, lo que indicaba que se ventilaban diariamente. Volvió a concentrarse en su búsqueda. Procedía de más allá de la pared. La muchacha abrió las contraventanas para ser dueña del espacio y repasó los muros de aquella cámara fantasmal. Entonces se percató: había una última puerta mimetizada en la propia pared. Con cuidado, la abrió. Ante ella apareció una última habitación.

A Inés le impresionó el estado de esta, pues, aunque sus muebles también estaban protegidos de las agujas del reloj, una sensación extraña invadía al visitante. Como si las paredes fueran capaces de señalar la intrusión. Sin ser consciente de dónde se estaba inmiscuyendo, Inés recorrió aquel despacho. De pronto, se dio cuenta de que una de las ventanas era la culpable del molesto ruido. Pero, a esas alturas, Inés ya no prestaba atención a la causa de su aventura. Se había quedado absorta observando un cuadro al óleo en el que tomaban forma las promesas y los horrores que atormentaban a su hermana. Se acercó para analizarlo en las distancias cortas. Acarició la superficie con el índice y el pulgar, como si aquello fuera a dar vida a la imagen. Inés se preguntó entonces si sería posible, algún día, recuperar el pasado. Se respondió a sí misma que no, pero, antes de capitular del todo, se fijó en que detrás del marco sobresalía con timidez, quizá al estar algo torcido, una bisagra. La joven dejó el libro que había cogido de la biblioteca sobre la tela que cubría el escritorio y se dispuso a descolgar aquella obra de arte. El pequeño formato facilitó la empresa. Lo dejó apoyado en la pared y admiró su hallazgo. En efecto, dos puertecillas disimuladas con el adorno del muro aparecieron delante de sus ojos. Inés revisó entonces todos los cajones del despacho. La llave no podía estar lejos.

El polvo se adhirió a sus curiosas manos, que, dirigidas por su obstinación, repasaron estantes y recovecos hasta que, de nuevo, el lienzo le dio la clave. Comprobó las esquinas de este hasta que sus dedos se encontraron con aquella delicada pieza de metal, escondida hasta entonces en una diminuta apertura entre el marco y la pintura. Introdujo la llave en el cerrojo y las puertecitas cedieron. Acto seguido, un montón de papeles y documentos se presentaron ante ella. Inés los cogió, seducida por el misterio, y empezó a ojearlos. Eran escritos, cartas, listas, libros... Frunció el ceño y se zambulló en la caligrafía que todo lo impregnaba, hasta el punto de perder la noción del tiempo. Esta solo regresó por un crujido inesperado a su espalda.

Primera parte

IV

Por qué arde una casa? Hay múltiples respuestas para esta cuestión, pero, en todo caso, es una desgracia. Las memorias de una vida se abrasan junto con las cortinas. Incinerados los lechos en los que se solía soñar. Agostados los esfuerzos de generaciones por construir un refugio de la locura exterior. Los buenos y malos ratos se calcinan, tornándose esqueletos de madera. Después cenizas. Hasta no existir más que como brisa cálida.

Hay viviendas, no obstante, que es difícil imaginar desapareciendo sin misericordia. Eso pensaban, por ejemplo, los habitantes cercanos a aquella propiedad de piedra, sita a pocas leguas de Mieres del Camino. Su imponente fachada barroca era el dulce merecido después de recorrer todo el sendero de tierra que, cercado por coquetos arbolitos, unía las dos puertas que debían abrirte si tenías el honor de ser invitado. Al hacerlo, oías el siseo de las mansas aguas del riachuelo que, por azar, formaba parte de la finca. También el aleteo furioso de las aves al aterrizar en el cilíndrico y esbelto palomar. Veías a la derecha una casa baja cuyo hedor susurraba, a conocidos y extraños, que allí se ubicaban las caballerizas. A la izquierda, una iglesia, elemental en cualquier hacienda piadosa con caudal suficiente.

Y, al fondo, más edificios de labor de los que salían y entraban solícitos trabajadores. Pero los visitantes más distinguidos no solían mirar más allá de la hermosa puerta de la casa principal, rematada por dos pilastras a los lados.

Aquel día, los rayos de la luz matinal acariciaban una niebla densa que desdibujaba los encantos de ese palacio rural. Desde fuera era imposible acertar qué estaría ocurriendo tras sus pesados muros. Y lo cierto es que en aquella jornada se había producido un cambio de rutina en el servicio. Para empezar, doña Fuencisla Baeza, el ama de llaves, se encontraba sentada, algo no demasiado habitual. Por otro lado, por la puerta de la cocina pasaban señoritas medianamente bien vestidas. Y, además, don Rafael Carrizo, el mayordomo, se asomaba de vez en cuando para controlar la situación. Bueno, aquello, quizá, no era tan excepcional. Sí será insólito, para la persona que esté leyendo estas líneas, saber que una de las muchachas que aguardaba a que llegase su turno no era otra que la señorita Inés de Villalta. Sus párpados, cargados de temor e impaciencia, caían e interrumpían su examen visual a todo lo que la rodeaba. Cada vez que una de las otras mujeres salía, se planteaba huir. Pero no podía. Era demasiado tarde para arrepentirse. Cuando su tesón se evaporaba, recordaba las palabras que le había dicho a Dolores tan solo un mes atrás:

—Hermana, he localizado a alguien que puede ayudarnos…, ayudarte. Pero tengo que hacer algo a cambio. Te prometo que solucionaré todo. Ten paciencia, Dolores. Volveré pronto.

El suave asentimiento de su hermana la llenó de gozo y la convenció de que no estaba errando. De que servía de algo todo lo que había hecho desde aquella mañana en la que había encontrado ese armario tras el lienzo. Habían pasado ocho meses. Un año casi desde que se había marchado de Santa Cruz. Recordó entonces las palabras de su madre: «Haz lo que yo haría». Y recuperó el control de su respiración.

—Doña Inés López —llamó la señora Baeza.

La joven entró en la cocina y siguió al ama de llaves hasta una diminuta oficina en la que había solo una mesa y una silla. Entendió que debía quedarse de pie.

—Buenos días.

—Buenos días, señora.

—¿Cómo ha sabido de la vacante?

—Lo leí en el *Diario de Avisos*, señora. En ese momento me encontraba en Oviedo por otro empleo y...

—Suficiente. ¿Tiene alguien que la abone?

—Sí, señora. He traído todos los documentos que solicitaban en el anuncio —contestó Inés, que no se sentía dueña de sus labios.

La señora Baeza cogió los papeles y los ojeó.

—Bien. ¿Algún problema de salud reseñable?

—No, señora.

—¿Está casada?

—No, señora.

La mujer levantó la vista de los pliegos que Inés le había entregado.

—Veo que tiene amplia experiencia en casas como esta.

—Sí, señora. Mi anterior señor se arruinó y debió prescindir de gran parte del servicio. Una auténtica tragedia —apostilló.

—Sí, gran tragedia —repitió la otra con una chispita de sarcasmo.

A continuación, Inés tuvo que dar una vuelta entera para que el ama de llaves juzgara su apariencia. Después, sin mediar palabra, le indicó que regresara con las demás y que esperara. La joven obedeció. Al contrario de lo que creía, su nerviosismo aumentó tras la entrevista. El resto de las candidatas miraban al suelo o jugueteaban con sus guantes. Inés, sin embargo, lanzaba vistazos a todas partes, ansiosa. Los caracoles oscuros de su cabello se asomaban por debajo del sombrero y le hacían cosquillas en los pómulos. Sintió entonces que, aquella mañana, quizá por la tensión, se había apretado mucho el moño en el que desaparecía, cada amanecer, su larga melena ondulada. Le dolía la cabeza.

—Las señoritas Margarita Fernández, Encarnación Poveda e Inés López síganme, por favor. El resto puede irse. Muchas gracias por su tiempo —las despidió la señora Baeza.

Un espasmo movió la mandíbula de Inés al tiempo que asimilaba que debía volver a entrar en aquella inmensa cocina en la que el carbón se consumía sin pausa. Por una puerta accedieron a un pasillo que abandonaron enseguida para entrar en un salón enorme, iluminado por una gran araña de hierro y torres de cera. A la joven le impresionaron las dimensiones de aquella sala. También le llamó la atención la evidente ausencia de un patio en aquel palacio. Era compacto, una mole llena de ventanales, velas y tragaluces. El señor Carrizo apareció por otro de los accesos y solicitó a la señora Baeza un resumen. Esta puso nombre y apellido a cada una de las muchachas, que aguardaban un desenlace sin pestañear. Bueno, todas menos Inés, que seguía analizando el artesonado del techo y los adornos que embellecían las esquinas. Después de la venia del mayordomo, la señora Baeza pidió un segundo a las candidatas.

—El marqués vendrá en un momento. En esta casa, él siempre tiene la última palabra en cuanto al servicio —explicó.

Asintieron al compás. Durante los minutos que tardó el marqués en aparecer por una de las cuatro puertas que conectaban el vasto recibidor con el pasillo por cada uno de los puntos cardinales, Inés tuvo ocasión de examinar a las otras dos señoritas. Le parecieron niñas. Quizá un poco mayores que su hermana Alejandra. Quizá de su misma edad. Supo que se habrían compuesto con sus ropas más decentes, aunque estas se hallaran a años luz de las que ella había tenido la oportunidad de ver en los bailes y tertulias de Santa Cruz. Tampoco ella iba vestida como solía hacerlo allí. De hecho, si sus padres la hubieran visto, no la habrían reconocido. Pero eso era buena señal. Debía pasar por una joven que necesitaba trabajar, así que los bonitos vestidos, algunos heredados de Dolores y Blanca, ya no formaban parte de su inexistente guardarropa. Solo había conservado el contenido de una faltriquera y un guardapelo que, discreto sobre su pecho, sostenía las palpitaciones de su cobardía.

—¿Estas son las muchachas? —preguntó un hombre que desgarró el silencio con su imponente voz y el repiqueteo de sus botas sobre el suelo.

—Sí, señor don Ildefonso. Ellas son las que más se ajustan a lo que usted solicitó —indicó el señor Carrizo.

—Déjeme ver.

El marqués, que vestía una levita marrón y pantalones, analizó, una por una, a las tres jóvenes. Inés sabía que habría un momento así, imposible de controlar, por lo que dejó que el destino fuera el que escribiera las siguientes líneas de su historia. Don Ildefonso permitió que el señor Carrizo le susurrara algunas de las aptitudes de la muchacha a la que, en ese momento, se dedicaba a examinar a pocos centímetros de distancia. Al parecer, una era hija de uno de los guardeses. Conocía a la familia y las normas de la casa. La otra era la prima del párroco de Rebollada. De virtud intachable y con vocación para la soltería. Pero solo Inés podía jactarse de tener una ficticia experiencia que la avalaba bajo ese techo. El marqués, sin ganas de regalar más segundos de su maravilloso día a aquel asunto, se decantó por el pragmatismo, tras corresponder con una arrogante sonrisa a la mirada baja de Inés.

—La mayor —concluyó—. Matamos dos pájaros de un tiro. Solo habrá que enseñarle las reglas. Así que toda suya, doña Fuencisla.

El ama de llaves asintió, presta a complacer la petición del señor. Inés escuchó aquel veredicto con alivio y amargura. Las otras señoritas supieron retirarse con dignidad. Ella, no obstante, se quedó quieta en medio del enorme recibidor y observó cómo el marqués salía por la puerta que llevaba al zaguán. Tal fue su concentración en los movimientos de aquel hombre que no se percató de que la señora Fuencisla Baeza había carraspeado con la clara pretensión de que la nueva empleada la siguiera. Inés reaccionó a tiempo y caminó, dos pasos por detrás, hasta las cocinas, en las que trajinaban las dos mujeres encargadas de alimentar a la familia.

—Como supondrá, la jornada en esta casa se inicia a las cinco de la mañana. A esa hora, todos debemos estar aquí, en las cocinas. Repasamos la agenda del día de los señores y repartimos tareas extraordinarias, si es que las hay. Después, usted y las otras criadas deberán preparar todas las estancias comunes para que estén al gusto de los señores una vez amanezcan. Suelen hacerlo a las ocho y media. Después, servirán el desayuno. Cuando terminen y hayan recogido todo, se encargarán de adecentar las alcobas, no sin antes preparar las salas que vayan a utilizar durante la mañana. El marqués suele retirarse a su despacho. La marquesa, al oratorio. Después, al gabinete de lectura. Visita a sus hijos y da un paseo por el jardín. El marqués se marcha a atender distintos asuntos alrededor de las diez y media. Cuando vuelve, es imperativo que esté preparado un almuerzo ligero en su gabinete. Más tarde, se relaja, da un paseo a caballo y parte de nuevo. Por otro lado, la marquesa...

Inés trató de registrar toda la información, al tiempo que asentía con diligencia. Mientras tanto, se preguntaba si sería posible estar en tantos lugares a la vez. Volvió a cuestionarse ese asunto al recorrer las distintas plantas de aquel palacio. Doña Fuencisla no dejaba de desvelarle matices y detalles sobre cómo servir a los marqueses, pero Inés se supo incapaz de retener todo a la vez. Por las escaleras de servicio, pasadizos que, cual hormiguero, conectaban los espacios de trabajo sin molestar, ascendieron a las buhardillas. Allí, en un angosto pasillo, varias puertas conducían a los dormitorios de las mujeres que trabajaban para la familia Somoza. Eran alcobas reducidas. Cuando doña Fuencisla abrió una de ellas, Inés comprendió que debía compartir alojamiento con otra de las empleadas.

—Esta es mi habitación. Su antecesora, que en paz descanse, dormía en ese catre. —Le señaló el ama de llaves—. Entramos las dos a la vez en esta casa y, desde entonces, no he compartido alcoba con nadie más. Le pido, por tanto, que sea respetuosa y aseada con el espacio común. Puede instalarse si lo desea. La espero dentro de veinte minutos en la cocina para indicarle sus primeras tareas.

Doña Fuencisla se acercó al armario y sacó unas ropas.

—Debe cubrirse el vestido con un delantal y usar cofia. ¿Tiene aguja e hilo?

Inés asintió.

—Podrá entonces remendarlo y ajustarlo a su talla.

Movió de nuevo la cabeza para afirmar.

—Hasta dentro de veinte minutos, señorita...

—Inés.

—Inés —repitió y se fue.

La joven dejó el atavío oficial sobre la cama. Sin quitarse la capota ni los guantes, se sentó a los pies de esta y se echó a llorar. ¿Dónde habían quedado los paseos por la Alameda? ¿Dónde los abrazos tiernos de su madre? ¿De veras era imposible recuperar el pasado? Inés saboreó sus penas que, como agua marina, inundaban sus labios. Sin embargo, no se permitió más segundos de flaqueza. Estaba ahí sentada por decisión propia, por una razón mucho más poderosa que su angustia. Tenía un cometido y debía cumplirlo. Se limpió las mejillas con rabia y se dispuso a dejar que desapareciera lo poco que quedaba de la hija mediana de los señores De Villalta.

Cuando volvió a reunirse con doña Fuencisla Baeza, ya con cofia y delantal, seguía pálida, pero la colección de órdenes que recibió, en un ligero parpadeo, encendió sus mejillas. Aunque ocultó como pudo la torpeza propia del principiante, Inés se topó, una y mil veces, con su bisoñez. Por suerte, el ama de llaves andaba tan ocupada escupiendo exigencias a otros trabajadores, que disimuló lo justo para que no se notara que dejaba la faena a medias o que buscaba, en todo momento, a alguien a quien preguntar. Otra de las ventajas de aquella primera jornada fue que apenas tuvo encargos directamente relacionados con el bienestar de la familia. Sus deberes se limitaron a limpiar una de las cuberterías, planchar unos manteles —que se quedaron en un par tras la intervención de la muchacha que, sin dudar, escondió las telas quemadas en un rincón de la despensa—, arreglar las medias de seda de la hija mayor de los marqueses, barrer las cocheras y recoger la mesa tras la cena.

Fue en esta última labor en la que coincidió con otra de sus compañeras. Mientras dejaban el comedor impoluto, Inés observó a la criada. Era flaca y, a tenor de lo que se apreciaba bajo la escofieta, tenía el cabello claro y rizado. Sin mediar palabra, la juzgó disciplinada, pues no parecía reparar en nada más que en los abandonados platos, vasos, cubiertos y velas. De regreso a las cocinas por una de esas escalerillas por las que se obraba la magia de la limpieza y el orden, Inés dudó si hablarle o no, pero no se atrevió. Vaciló en varias ocasiones hasta que, al terminar la tarea, ambas se sentaron a cenar a la luz de la última candela que quedaba por apagar en la planta baja de aquella casona asturiana. Se había levantado viento afuera.

—Me llamo Inés. He..., he empezado a trabajar aquí hoy —se presentó.

Su compañera, que acababa de meterse la cuchara en la boca, se dio prisa en masticar y, con gesto amable, asintió.

—Yo soy Julieta —respondió.

—Disculpa que no te haya dicho nada antes. No sabía...

—Es mejor. A doña Fuencisla no le gusta que chismorreemos mientras servimos.

—Sí, tiene sentido —contestó Inés, que jugueteaba con el cubierto deseando tener apetito—. Aunque, si no está, ¿cómo puede enterarse?

—¡Ja! —dijo divertida Julieta con la boca llena—. La llamamos «madama generala». Te sorprendería descubrir de lo que es capaz incluso cuando piensas que está dormida.

Inés se rio con disimulo. Había acertado en la impresión inicial que le había causado aquella mujer. Después, devolvió la atención al guiso que, ya frío, esperaba a ser comido.

—¿No te gusta?

—No tengo mucha hambre —se justificó.

La puerta de la cocina se abrió de golpe.

—Señoritas, coman y suban a sus alcobas. No se enreden. No quiero caras largas ni despistes por la mañana —ladró la señora Baeza y desapareció.

Las dos jóvenes intercambiaron una mirada cómplice y se echaron a reír. Inés decidió tragar dos cucharadas colmadas y dar por zanjado el día. Fue detrás de Julieta, cuya presencia agradeció mil veces mientras regresaban a la buhardilla y, en el pasillo, se despidieron.

—Duermo en esta habitación. Si necesitas algo...

—Gracias —la interrumpió Inés, calmada por vez primera en muchas horas.

Julieta, risueña, dijo adiós con la cabeza y se metió en su alcoba. Inés hizo lo propio. Doña Fuencisla rezaba el rosario cuando entró. La joven, no demasiado acostumbrada a desvestirse sin ayuda —y, mucho menos, acompañada de una desconocida—, se dio la vuelta para deshacerse del delantal, la falda, las medias, el jubón, la cofia, las enaguas y el corsé. Cuando se quedó tan solo con la camisa, se deshizo de aquel insoportable moño. Preparó su catre. Doña Fuencisla, que parecía haber pedido una pausa al Altísimo, juzgaba la destreza de Inés por el rabillo del ojo. Antes de que la joven se internase entre las sábanas, el ama de llaves apagó la vela que alumbraba la habitación con anaranjado fulgor. Y, ahí, envuelta en ropas extrañas, volvieron a humedecerse las pestañas de Inés. Pero, a esas alturas, estaba demasiado cansada como para reflexionar si sería capaz de superar un día más allí. O, más importante, si lograría el propósito que la había llevado hasta el palacio de los Somoza.

De pie, en torno a la mesa de la cocina, después de haber comido un poco de pan con mantequilla, Inés recibió el listado de deberes para ese día de julio. Con la grata sensación del desayuno todavía entre las muelas, analizó el número de personas que servían en aquella casa aristocrática. Contó diez. El señor Carrizo y la señora Baeza, en la cúspide jerárquica de la planta baja, presidían y regalaban encargos a diestro y siniestro. A sus lados, una doncella y una nodriza. Después, tres criadas domésticas, contando con Inés, las dos cocineras y un lacayo, que intercambiaba sutiles sonrisas con Julieta. A ella, precisamente, preguntó Inés cómo llegar hasta «los gabinetes gemelos», estancias que debía limpiar y preparar.

—Por esa puerta, antes de toparte con la repostería, verás unas escaleras de caracol. Sube un piso y sal al pasillo. Gira a la izquierda, luego a la izquierda otra vez y después a la derecha. Ve de frente y entra por la primera puerta que encuentres a tu derecha. De nuevo, a tu derecha, verás tres puertas. Las dos de los lados son los accesos a los gabinetes gemelos. Cuando termines, toma la escalerilla que encontrarás en el corredor opuesto. Llegarás antes al piso inferior. A los marqueses no les gusta cruzarse con mucho personal cuando salen de sus cuartos.

La sospecha de la ineptitud sobrevoló la escasa fe que le quedaba a Inés, después de una noche toledana de pesadillas y callejones sin salida. Aun así, intentó retener las pautas que le había dado Julieta mientras caminaba. Esa casa era lo más parecido a un laberinto que había visto jamás. Un entramado infinito de pasillos y puertas que te convertía en rehén al cruzar el zaguán.

El candelero de Inés fue iluminando los giros del corredor de la planta principal. La familia dormía plácidamente en sus respectivas habitaciones, así que luchó por que las suelas de sus zapatos se deslizaran suavemente por el suelo, sin provocar crujidos ni chirridos. Cuando abrió la primera puerta de su itinerario, le impactaron las numerosas cristaleras que, en el tambor de la cúpula, coronaban la parte superior de aquella sala. La tímida luz de la mañana se colaba por ellas y daba vida a las esculturas y los cuadros que decoraban el distribuidor.

Sin intención de que el éxtasis arquitectónico la detuviera, avanzó convencida y pasó a la antesala de uno de los dos gabinetes. Imitando lo que había visto hacer a las criadas de su casa de Santa Cruz, se aplicó en la limpieza de las repisas de aparadores y mesas, de la caoba vista de los muebles, de los tibores, relojes y otros objetos decorativos. También sacudió las telas, ahuecó los cojines y borró la huella de la pereza del forro de sillas, silloncitos, butacas y taburetes. Abrió las cortinas, ventiló las estancias. Barrió pisadas y percances. Y, sin permiso, contempló la salida del sol desde uno de los grandes ventanales en los que se dibujaba el jardín trasero, con aquella majestuosa fuente que despedía cenefas de agua. Al oír el primer signo de movimiento familiar, alcanzó su prestada colección de pertenencias y salió despavorida hacia la planta baja.

Una vez en la cocina, sin embargo, doña Fuencisla Baeza le recordó que debía limpiar las alcobas de los hijos de los marqueses durante el desayuno. Inés regresó a la planta principal y, con la cabeza gacha, se las ingenió para llegar a las estancias. Repitió el procedimiento. Hizo las camas, tarea en la que no era nada diestra, y fregó el suelo. Aireó las dos habitaciones que, aunque con más lujos, la trasladaron a esas noches de confidencias y risas con sus hermanas. Mientras ordenaba una selección de muñecas de porcelana, el giro del picaporte la alertó. Sin saber muy bien cómo actuar, dio una vuelta sobre sí misma y se escondió detrás de las pesadas cortinas del gabinete de juegos.

Voces infantiles se mezclaban en una discusión sobre una muñeca y sobre quién de los mayores debía vigilar a los pequeños. Ante el alboroto, acallado de pronto por una voz adulta, Inés sintió la necesidad de asomarse sin ser vista. Cuatro niños de edades no demasiado dispares observaban a la nodriza que, cargando con el quinto y más pequeño de todos, trataba de poner orden en aquella riña matutina. Ahí estaba Aurora, la mayor, una señorita de once años que acariciaba un mechón de su cabello mientras atendía a la empleada. Ildefonso, de postura erguida y altanera como su padre, era un muchachito de apenas nueve. Fernando y Beatriz, de mejillas sonrosadas y cabellos castaños, tenían seis y cuatro. Por su parte, el benjamín, Gaspar, que todavía no había cumplido el año, mostraba la poca paciencia que le quedaba con pucheros y simulacros de llantina. Pasaron los siguientes minutos calmándose y pidiéndose disculpas. Justo cuando el armisticio había entrado en vigor, apareció la señora marquesa. Inés comprobó cómo la soberbia elegancia de aquella mujer impregnaba cada uno de sus movimientos. Incluso la interacción con sus hijos. Sonrisas sinceras y diminutos gestos de cariño, aplacados por su posición, se entrelazaron en el ratito que concedió a sus criaturas. Después, les exigió compostura y obediencia y se marchó.

Por suerte, después de media hora, las actividades programadas para los hijos de los marqueses se llevaron a cabo en otras salas, así que, cuando el camino estuvo despejado, Inés pudo salir de su escondite y volver a las cocinas. La reacción de doña Fuencisla no fue alentadora. «¿Dónde estaba? ¿Sabía que ha dejado abierta una de las ventanas de los gabinetes gemelos? ¿Acaso no sabe poner los adornos en el exacto sitio en el que los encontró? Oh, ¡y los restos que se barren jamás se tiran por el balcón que da al jardín trasero! ¡Podrían caerle encima a la marquesa cuando da su paseo! Ahora vaya con la señorita Julieta a fregar el suelo de las habitaciones de invitados. Y no me provoque más jaquecas con su incompetencia». La joven, decepcionada consigo misma, acató la orden y rezó por ser capaz de cumplir con la petición que acababa de hacerle el ama de llaves. Alicaída, se limitó a seguir a Julieta hacia uno de los cuartos. Frotó con una fuerza que brotaba de su propia frustración. Sus carrillos estaban congestionados y su compañera lo notó. El buen corazón de la joven la impulsó a ignorar la recomendación de no hablar demasiado mientras trabajaban.

—¿Estás bien?

Inés asintió. Continuó restregando el paño húmedo sobre la superficie, liberada del baile de bordados de las alfombras.

—Si es por algo que te ha dicho doña Fuencisla, calma. El primer día siempre es así. No es que luego se relaje, pero pierde menos los nervios.

—Eso espero, pero no es ella la culpable. Entiendo que me reprenda. No lo estoy haciendo bien —respondió Inés, angustiada.

—¿Y quién lo hace bien el primer día?

—Yo debería. A juzgar por mi experiencia... —musitó.

—Cada casa es un mundo. Eso doña Fuencisla lo sabe. Solo tienes que acostumbrarte a esta —la consoló.

—Así debe ser. No puedo perder este trabajo, Julieta.

Las dos mujeres se miraron a los ojos y creyeron comprenderse.

—Entiendo lo que dices —respondió su nueva amiga.

Cada una dio un significado a la frase «no puedo perder este trabajo», pero no importaba. La necesidad era un parásito que se había adosado a la espalda de ambas, aunque con distinta forma y sombra.

—Yo te ayudaré —se ofreció— Para fregar no hace falta que aprietes tanto. Tienes que arrastrar la suciedad, no incrustarla.

Inés asintió con una débil sonrisa y abrazó cada uno de los consejos que aquella muchacha le regaló. Una vez concluyeron con la limpieza de las estancias de invitados, recogieron los cubos, paños y escobas, y se dirigieron a su siguiente tarea. Al descender por la escalerita de caracol, Julieta preguntó a Inés una duda que llevaba carcomiéndola un rato.

—¿Qué es «reprenda»?

Inés se dio cuenta de que, quizá, debía controlar el vocabulario que empleaba entre aquellas cuatro paredes.

—«Regañe». No sé, lo decía siempre mi antiguo señor —se inventó.

—Humm. Por aquí no me lo han dicho nunca. Espero que doña Fuencisla no lo aprenda. —Y se echó a reír.

Las siguientes semanas no fueron tranquilas para Inés. A pesar del apoyo de Julieta, su inexperiencia afloraba en pequeños y grandes detalles. Doña Fuencisla se arrepintió en varias ocasiones de haberla seleccionado. Preguntaba a la muchacha que cómo se servía en su antigua casa, a lo que Inés le contestaba que de forma muy muy distinta. El ama de llaves repasó los documentos que la joven había entregado en la entrevista. No había fisuras ni dudas. Pensó en esperar un tiempo prudencial y, si la muchacha no mejoraba, escribir unas líneas a su anterior familia para confirmar que había interpretado, de forma idónea, las alabanzas a su esmero.

Sin embargo, poco a poco, Inés fue más precisa en sus labores. No dejaba ventanas abiertas, las camas no parecían revueltas aun después de haberlas hecho, los adornos no cambiaban de mueble, no tardaba tanto tiempo en barrer y, solo de vez en cuando, se perdía por los pasillos y llegaba tarde a sus otras tareas. Además, aprendió, gracias a su compañera —quien se rio a carcajadas al saber que Inés se había escondido tras las cortinas del gabinete de juegos en su primer día—, que aquello de no cruzarse con la familia no era tan estricto. «Lo importante es que seas discreta y que tu trabajo no les entorpezca el paso o sus deseos», matizó Julieta. Aun así, cometió nuevos errores: al recibir pedidos y colocarlos en la despensa, al preparar el comedor, al lavar la vajilla, al recoger la ropa para entregarla a la lavandera, al pasar el polvo por las obras de arte, al abrillantar las botas del marqués o al limpiar el tocador de la marquesa. Otras torpezas, además, persistieron. Como, por ejemplo, su tendencia a dejar marcas imborrables sobre el tejido cuando planchaba con aquel endemoniado armatoste de hierro. De algunas telas conseguía deshacerse, pero de otras tuvo que responder. Los gritos de doña Fuencisla resonaban por toda la finca.

Una noche, cuando la señora Baeza terminó de rezar el rosario e Inés se disponía a descansar, la veterana empleada se interesó:

—Algún día me tendrá que contar cómo trabajaban en ese otro palacio. Ni planchar ni barrer ni ventilar. Apuesto a que sería una casa llena de inmundicia y suciedad.

—Otros criados lo hacían, doña Fuencisla. Era una familia decente —contestó, arañando energía a su agotado cuerpo.

—Y usted, ¿a qué se dedicaba?

—A otros menesteres que no se ceñían al trabajo doméstico. Acompañaba a la familia —dijo sobre la marcha, alejándose de la pauta dada.

—Humm... Así que doncella.

—Eso es, algo así —balbuceó—. Rebajé mis expectativas cuando busqué otro empleo porque no podía permitirme no encontrarlo.

—Ya... —contestó doña Fuencisla con frialdad—. Eso explica lo de sus manos.

—¿Qué ocurre con mis manos? —se extrañó la joven, que empezó a analizarlas con las palmas extendidas.

—No hay callo. Con manos como esas, no llegará muy lejos, señorita Inés. Procure que se endurezcan y se vuelvan ásperas. Solo así será señal de que es una buena sirvienta, digna de trabajar para la familia Somoza.

Inés continuó repasándolas un rato hasta que el irritante soplido de doña Fuencisla inundó de cegadora oscuridad aquella diminuta alcoba.

Cuando el sol ascendió el siguiente día, cuya luz quedaba cubierta por esa neblina constante de aquel verano, Inés tiraba con garbo de la cuerda del pozo. El cubo iba subiendo y perdía agua en el trayecto para horror de la muchacha. Ella y otra de las criadas, la señorita doña Eugenia Delgado, se turnaban para recoger aquel preciado líquido y llevarlo a las cocinas, donde una de las cocineras procedía a repartirla por usos. Al observar cómo la polea vencía a los designios de su brío, Inés reflexionó sobre lo rápido que transcurrían las jornadas en aquel palacio. Sin apenas tiempo libre ni ratos de esparcimiento como los que tanto saboreaba en Santa Cruz, en el paseo del muelle o en el teatro, la vida se había convertido en una trenza infinita de obligaciones. Cuando estaba a punto de rematar su labor, harta de cargar con barreños bajo la llovizna, olisqueó, al poner un pie en la cocina, la innegable tensión que se originó por una visita del señor don Rafael Carrizo, el mayordomo. Al oído, murmuró algo a doña Fuencisla quien, sin pestañear, ordenó a Julieta y Eugenia que fueran al despacho del marqués. Inés intentó descifrar los gestos de cada uno de los personajes de aquella opereta improvisada, pero supo que la falta de información degradaba su perspicacia.

Quiso curiosear durante esa semana. Ojalá hubiera sabido cómo enfocar el tema, ojalá las palabras no quedaran atrapadas en las garras de la prudencia que siempre la acompañaba más allá de su hogar. Julieta debía conocer el misterio. Pero ¿y si parecía una chismosa? Optó por buscar una circunstancia propicia y, mientras tanto, mantener los ojos bien abiertos. En lo que duró su espera, y con el verano ya en su madurez, llegó el correo. Doña Fuencisla entregó las misivas y esquelas a los destinatarios del servicio por la noche, en la cena. Este momento era uno de los rituales imprescindibles alrededor de esa mesa. Uno de los sobres que revolotearon por encima del queso y las aceitunas era para Inés. No la sorprendió. Sabía que recibiría noticias más pronto que tarde. Observó el remitente, que rezaba un ficticio «Dolores López», la supuesta hermana de la mujer en la que se había convertido al presentarse en aquella casa buscando trabajo. Reprimió las ganas de leer la nota, al tiempo que los demás, quienes no parecían codiciar intimidad, devoraban las palabras que seres queridos o funcionarios les habían dedicado. Julieta no recibió nada. Tampoco en las anteriores ocasiones en las que la correspondencia se había hecho con el protagonismo del final de la jornada.

—¿No te escriben? —dijo Inés, con un hilo de voz, sin querer sonar entrometida.

—¿A mí? ¡No, no! Sería absurdo. De tener a alguien afuera con algo que contarme no creo que supiera escribir…, y de hacerlo, yo no sabría leer sus cartas —contestó sin dejar de mascar—. Les pasa a muchos aquí. A la mayoría diría yo. Algunos disimulan y otros piden a doña Fuencisla que les descifre las comunicaciones para saber si deben vestir luto o temer por su libertad.

—Yo... —vaciló—. Si algún día necesitas que te lea algo... Te lo debo después de toda tu ayuda.

—No te preocupes. Me las apaño bien —respondió la otra, quitándole hierro y afilando un poquito su orgullo.

—Sí, entiendo. Por supuesto —retrocedió su compañera—. Bueno, voy a ir subiendo para... Quiero saber qué me cuenta mi hermana.

Julieta la miró y asintió, comprensiva, aunque continuó comiendo sin pausa. Los pasos de Inés evolucionaron desde la fingida parsimonia hasta el más ávido nervio. Cerró la puerta de la alcoba, suplicando en silencio que doña Fuencisla tardara en aparecer. Se sentó en el catre y desdobló el papel. Tal y como se había imaginado, no era la letra de su querida Dolores. Las líneas divagaban sobre supuestos chismes, misas interminables y empleos miserables. La joven cogió el guardapelo que colgaba de su cuello y lo abrió. De él extrajo una diminuta porción de tela que se fue haciendo un poquito más grande a medida que la iba extendiendo. En ella había anotados varios códigos. Recordó el procedimiento que se le había indicado: «Las letras se descifran con números. Los números, con letras». Como era una misiva llena de palabras, supo que el mensaje real tenía que ser el resultado de unir los vocablos en las posiciones que rezaba aquella guía: 3, 4, 7, 10, 11, 17, 19, 22, 27, 33. Aplicó la regla a la carta que reposaba sobre la falda y dio con la clave: «10 de agosto. 10. Iglesia. Segundo banco de la derecha».

V

La claraboya consentía que la iluminación se entrometiera en la paz pasajera del alba. Las botas y los ropajes, personajes secundarios, rondaban una cama ocupada en la que todavía se sentía el placer liberador otorgado por la noche. Una de las dos figuras se movió cuando la luz se intensificó. De pronto, las sábanas eran grilletes. La negra melena acarició el catre hasta saberse fugada de aquella tela de araña en la que caía, una y otra vez, por unos pocos cuartos. Era cierto, sin embargo, que aquella habitación era de sus preferidas. No por los lujos, pensó mientras se ataba las medias con un lazo, sino por sentirse a salvo. Aun así, sabía que sus visitas respondían a intereses más mundanos que el amor. Quizá, si había algo puro en lo que, en ocasiones, ocurría en la última planta de esa casa de vecinos, podía llamarse amistad. La Filo echó un último vistazo, envidiando la serenidad ajena. Se rehízo el moño, se colocó la redecilla y, sin hacer ruido, se marchó.

El alcohol siempre prorrogaba el despertar con pesadez y aturdimiento. Pero, por lo menos, la mente se volvía obtusa para configurar imágenes de terror. Cuando Alonso Guzmán se giró, confirmó que su compañera ya había abandonado su guarida. El calor, molesto en las horas centrales, pese a ser más suave que otros estíos, se unía a la aceitosa humedad de aquella mañana de agosto y convertía ese cuartucho en un infierno terrenal.

Alonso, que hubiera deseado desaparecer hasta el atardecer, se vio obligado a desperezarse y salir de allí. Por el medieval barrio de Santa María, las callejas tortuosas escupían a cumplidores y charlatanes. Él trataba de esquivarlos, harto de la humanidad, ahíto de ruido y jaleo. Sin embargo, fue lo suficientemente observador como para percatarse de que algo tenía alterada a la ciudad de Cádiz. Al llegar al muelle, notó que la ansiedad escalaba por encima de los murmullos. Vio a lo lejos a don José Salado, el Ahorcaperros, así que se ajustó el tricornio y fue a su encuentro. El pescador ya había vuelto de su visita diaria a la mar, su eterna prometida.

—Buen día, Ahorcaperros. ¿Ya de retirada?

—¡Dichosos los ojos! Pensé que usted no vivía más que de noche, Guzmán.

—Ojalá. Hay días en los que mi cueva es más insoportable que la calle —bromeó—. Por cierto, ¿sabe usted a qué viene tanto revuelo? Sospecho que algo ocurre.

—¿No se ha enterado?

Alonso negó.

—Atracó ayer un barco procedente de La Habana y parece que hay algún que otro contagiado de fiebre amarilla —le contó el marino.

—Qué oportuno. —Se rio Alonso—. Imagino el nerviosismo que habrá en la Corte.

Se figuró que más de uno en Madrid se estaría llevando las manos a la cabeza al enterarse de aquel contratiempo, justo en la plaza en la que habían de desembarcar las dos princesas portuguesas en unas semanas. Llevaban meses preparando el acontecimiento. Y es que no se concebían errores en el primer contacto de la futura reina de España, doña María Isabel de Braganza, con la que sería su patria a partir de entonces. La acompañaría su hermana, doña María Francisca, prometida del hermano del monarca, Carlos María Isidro. Dos hermanos para dos hermanas. Evocador, juzgó Alonso, de no ser por el hecho de que los unos eran tíos maternos de las otras.

El runrún sobre el peligro de contagio y los últimos chismes sobre las bodas reales que, por poderes, se iban a celebrar en la ciudad, revoloteó muy cerca de Alonso Guzmán en su trayecto a la taberna. Allí, en la que era su segunda morada, pidió un vino al que le exigió ser herida y cicatriz. Alrededor, solo maleantes que vivían sin horario. Como él. Dio un trago. Continuó pagando por una insensibilidad con la que no había nacido durante largo rato. Don José se unió en un momento determinado tras atender obligaciones que sí requerían su presencia y se dejó convidar a chatos sin descanso. Con aquel ácido roce en el paladar como hilo conductor, rieron, cantaron, discutieron, apostaron, jugaron y deambularon. Alonso alcanzó ese peligroso clímax de cada anochecer: el que borraba las huellas más hondas del pasado y también destruía el presente. La bacanal terminaba con la salida del sol, amigo incómodo que siempre reclamaba decencia.

En aquella ocasión, sin embargo, algo más lo arrancó de su reposo. Alguien vertió un cubo de agua sobre él. No estaba fría, pero la sensación fue de todo menos agradable. Alonso gruñó, arañando una pizca de consciencia a su desorientación. Movió sus extremidades y sintió que no estaba en su catre ni en su alcoba de medio pelo. Al tiempo que abría los ojos, un eco lejano de bullicio y trasiego se coló en su mundo de sombras. El graznido de las gaviotas lo estimuló a mirar a los lados. Estaba en el puerto, tumbado en una barca, abrazado a unas redes. El responsable de su despertar continuaba esperando a que reaccionara de pie frente a él. Fijó la vista y lo reconoció.

—Conrado, ¿qué? ¿Qué haces?

—Bien, no estás muerto. Ahora, levanta —le ordenó.

—¿Qué ocurre? Deja que… Ya hablaremos en otro momento. No me encuentro muy bien.

El capitán Íñiguez resopló y, con discreción, se puso de cuclillas junto a su compañero.

—Te buscan, Alonso. Y me da la impresión de que es importante. Espabílate, adecéntate y acude a la confitería de Cosi a la una en punto.

El otro asintió, confuso.

—Y haz algo con este olor. Apestas más que de costumbre.

El militar se irguió y se alejó de la escena, abandonando a Alonso con sus náuseas y sus preguntas. Tratando de no perder el equilibrio y volcar, se fue incorporando. Mientras recuperaba el control de su cuerpo, maldecía la hora en la que alguien se había acordado de su existencia. Aquella jornada, para su horror, no podría cobijarse en la circunferencia de un vaso, símbolo de su albedrío desde hacía meses. Recuperó su tricornio, que flotaba cautivo entre dos embarcaciones, y se alejó del muelle. Ni rastro de su bastón. Se hizo con una tinaja de agua en el lavadero común de la casa y, en su cuartucho, se aseó para hacer desaparecer la hediondez que se había enquistado en su piel y su cabello. Con una navaja, eliminó la barba que poblaba su rostro sin orden ni concierto y dejó a la vista aquella señal que, de la mandíbula al cuello, le recordaba el abismo. Con la ropa poco pudo hacer. Llevaba demasiado tiempo ignorando su aspecto. Aun así, cogió los pantalones y la casaca que menos descosidos tenían y se los puso encima de la camisa, el chaleco, los calzones y las medias. Se colocó la corbata, la única que conservaba, los guantes, las botas y volvió a ponerse el tricornio.

Aunque jamás lo habría admitido en voz alta, Alonso sintió cierta satisfacción al saberse limpio, sin el rastro de sus juergas nocturnas. Se apremió para llegar puntual a su cita. Intuía quién podía haber reclamado su presencia, pero estaba intrigado por confirmarlo. Desde la calle del Torno de Santa María, donde había fijado su residencia, anduvo hacia el norte, hasta el número 48 de la calle de San Francisco. Cuando se disponía a cruzar el umbral de aquel aristocrático café, después de dejar pasar a un elegante matrimonio, tuvo que enfrentarse a la mirada desconfiada de uno de los empleados. Él era consciente de que, incluso con su acicalamiento, no había conseguido una imagen digna para ese local, así que procedió a explicar el motivo por el que deseaba entrar.

—Mi nombre es Alonso Guzmán. Debo reunirme…

—Oh, el señor Guzmán. Sí, por supuesto. Disculpe, disculpe. Acompáñeme.

A partir de ese instante, Alonso dudó de sus suposiciones. Como no tenía nada mejor que hacer, optó por seguir al camarero hasta un gabinete privado. Por el camino, aprovechó para admirar las bárbaras dimensiones de la confitería, por la que pululaban trabajadores dedicados a servir a los destacados clientes. En aquel remanso de lujo, no se masticaba el salitre, sino el aroma de dulces recién glaseados. El empleado abrió la puerta y permitió pasar a Alonso que, una vez dentro, dejó de entender qué demonios hacía allí. Un hombre con anteojos, transparencias en la coronilla e impecable casaca estaba acomodado en el único velador de la sala. Este analizó con cierto disgusto el discutible estado en el que se había presentado su interlocutor. El camarero se retiró en silencio.

—Buenas tardes, señor Guzmán.

—Buenas tardes —respondió sin moverse.

—Veo que, al contrario de lo que muchos creían, sigue vivo.

—Sí, eso parece.

—Puede tomar asiento si lo desea. ¿Quiere café?

Alonso midió su ansia. Si hubiera estado solo, se habría lanzado sobre esa taza y la habría bebido sin pausa, en busca de sagacidad. No obstante, asintió con la cabeza y despacio, para no revelar el escaso control sobre su cuerpo, se sentó en una de las sillas.

—Antes de nada, tengo orden de felicitarle por sus éxitos en la contienda contra los invasores.

—¿En nombre de quién?

—De Su Majestad, por supuesto.

Alonso se tensó.

—Verá, señor Guzmán, no es ajeno para la Real Casa el sacrificio de usted y su familia en la guerra. Tampoco el servicio de la Casa Guzmán a los monarcas desde hace generaciones como Guardias de Corps y otros cargos en la Corte.

—Muchas gracias, señor…

—Quesada. Ventura Quesada. —El caballero dejó que Alonso bebiera café antes de continuar—. Como le iba comentando, Su Majestad Católica don Fernando VII sabe valorar la fidelidad. Y más en estos tiempos inciertos. Por ese motivo, el duque de Alagón, de acuerdo con lo que él mismo ha podido convenir con Su Majestad, me ha enviado a hablar con usted. Desea que, una vez más, el apellido Guzmán sirva a su rey en aras de su protección y seguridad.

El receptor de aquella propuesta se quedó absorto. Un espasmo nervioso hizo que le temblara la muñeca con la que sostenía la taza. La dejó sobre el inmaculado mantel para evitar que se derramara a causa de su incomprensión.

—Disculpe, señor Quesada, pero debe de haber un malentendido. Como quizá sabrán, mi hermano Cosme es el primogénito y, por tanto, heredero de los honores y compromisos de mi difunto padre.

—Sí, por supuesto. Y su hermano tiene una intachable presencia en la Corte, como parte de la Secretaría de Gracia y Justicia. Pero para lo que precisa el duque de Alagón y, por ende, el rey, lo necesitamos a usted.

—¿Y en qué consistiría tal honor? —disimuló Alonso.

—Verá, desde la vuelta del rey a España, una de sus prioridades ha sido la seguridad. Aunque los franceses se retiraron hace dos años, a su paso dejaron un auténtico legado de ideas impías y ensayos de gobiernos abominables. Por suerte, Su Majestad tuvo el acierto de acabar con la locura constitucional y reinstaurar la Inquisición, pero es consciente de que, a pesar de sus esfuerzos por devolver la paz a este país, existen voces disidentes que continúan constituyendo una amenaza. Estoy convencido de que tendrá noticia del intento de pronunciamiento del general Díaz Porlier en La Coruña hace un año, o de la conspiración contra la vida de nuestro rey en Madrid apenas cuatro meses atrás. Esta última se conoce como la conspiración del Triángulo y aunque, como en la ocasión anterior, se ha ejecutado a los responsables, hay nombres que se escapan a nuestro conocimiento. Por ese motivo y, teniendo en cuenta que usted lleva residiendo en las tripas de esta compleja ciudad desde antes del fin de la guerra, al duque de Alagón le gustaría contar con su vista y olfato para desenmascarar a cualquier traidor a la patria.

Alonso quiso digerir aquella dosis de información aliñada con propaganda. Quiso sentirse halagado, pero en el horizonte solo vio un episodio más de lucha, de todo de lo que se había querido alejar en los últimos tiempos.

—Vaya por delante lo honrado que me siento con este encargo de Su Majestad, señor Quesada. Sin embargo, no me veo preparado ni capacitado para la empresa que usted me ha descrito. Solo soy un soldado. Voluntario en tiempos de guerra como tantos otros. Ni siquiera llegué a formar parte de las Guardias de Corps.

—Es usted teniente coronel, señor Guzmán. No menos.

—Tampoco más. Y, por lo pronto, me gustaría que continuara siendo así. Yo… no tengo intención de servir en política ni en seguridad. Solo quiero retirarme, vivir con tranquilidad, quizá comprar un par de parcelas y cultivar olivos en Jaén.

El señor don Ventura Quesada miró de hito en hito a aquel hombre que, desesperado, buscaba escapar de aquella propuesta real. El embajador del duque de Alagón no se llevó una grata impresión. Supo que se estaba escondiendo en las cloacas, que se había convertido en una sanguijuela, en un hombre que ansiaba ser borrado del mapa. Por un segundo, sintió lástima.

—Su Majestad sabrá premiar su colaboración. Sepa que la Hacienda Real siempre está llena para los garantes de la monarquía.

Alonso se quedó callado un momento.

—Respeto y venero al rey. Le pido que no tome mi falta de preparación o mi honestidad como una señal de deslealtad porque no me lo perdonaría —acertó a decir—. Agradezco su confianza y generosidad, pero yo solo pretendo no generar problemas y hacer vida lejos de la Corte.

—Entiendo sus reparos y valoro su humildad, señor Guzmán. Pero no finja ingenuidad o torpeza porque no son adjetivos que estén vinculados a su trayectoria. Son numerosas las muestras de agudeza, eficacia y gallardía que ha dejado a su paso. El capitán Íñiguez dio parte de su reseñable contribución para apresar al criminal que intentó asesinar al ayudante del teniente general Jácome el pasado año.

Alonso arqueó las cejas.

—¡Eso fue una casualidad! Yo estaba... —La vergüenza lo detuvo—. Señor Quesada, no me gustan los asuntos políticos. Estoy convencido de que encontrarán a alguien más adecuado.

—Señor Guzmán, no solo he venido a Cádiz por usted. Debo trabajar en los preparativos de la llegada de Sus Majestades las princesas doña María Isabel y doña María Francisca de Braganza. Partiré hacia la Corte, con la comitiva real, el 11 de septiembre. Tiene hasta entonces para pensarlo, pero debo regresar a palacio con una respuesta y me gustaría, por su bien y el mío, que esta complaciera a Su Majestad.

El caballero le entregó una esquela en la que podía leerse la dirección de su alojamiento en la calle del Baluarte. Acto seguido, se colocó el sombrero de copa y, tras rematar su café, se levantó. Antes de abandonar el gabinete, añadió:

—El ostracismo no le va a servir toda la vida, señor Guzmán. No en los tiempos que vivimos.

Alonso se quedó quieto un rato, congelado ante aquella disyuntiva. Él creía que podía desertar de las responsabilidades y que estas jamás volverían a encontrarlo. Pero se equivocaba. Su apellido dejaba un rastro demasiado llamativo. Los canes al servicio de Fernando VII habían sabido encontrarlo. Sabuesos del diablo. Con sus modales y sus sintagmas pomposos, interminables. Se sirvió otra taza de café, aprovechando que estaba pagado, y la bebió de un trago, como hacía con otros elixires más poderosos. Se levantó y barruntó opciones. Había un modo más eficaz de desaparecer: ¿y si se marchaba a las Américas? Podría dedicarse al negocio de la caña de azúcar y bucear en barriles de ron. En medio de aquellas dulces cavilaciones, justo cuando abandonaba la confitería, una vocecilla llamó su atención y dio al traste con su amago de regresar a aquella taberna, refugio sin exigencias.

—¡Señor Guzmán! ¡Qué sorpresa!

Alonso levantó la vista y, aunque intentó zafarse de aquel encuentro, el otro caballero fue más rápido y lo alcanzó, emocionado.

—¿Se acuerda de mí?

Analizó la cuidada apariencia del joven, que portaba un libro en la mano.

—Soy Modesto Andújar. Me acompañó hace un tiempo a mi casa cuando yo estaba... Bueno, ya sabe usted... No muy católico.

—El del café Apolo —respondió Alonso.

—El mismo.

—Un placer volver a verlo. Ahora me disponía a march...

—¿Ha estado usted en el café de Cosi? Impresiona su tamaño, ¿verdad? Suelo venir mucho con el primo de mi madre y su familia, con los que vivo en la calle del Rosario. ¿Recuerda que aquella noche me acompañó hasta allí? Ya sabe, está aquí al lado. De hecho, me disponía a ir para allá. Casi es la hora de comer.

—No lo entretengo —intentó escabullirse Alonso.

—No, por supuesto que no. ¿Se dirigía usted a algún lugar interesante?

—Iba a... Humm, no, la verdad es que no iba a ningún sitio digno de mención.

—En ese caso, permítame que lo invite a comer. Quiero agradecerle su compañía aquella noche. A saber qué podría haberme ocurrido si llego a volver solo. No era yo muy dueño de mi sesera ni de mi fino, aunque delicado, instinto.

—No hace falta que lo jure. Gracias por la oferta, de verdad, pero no quiero incomodar.

—No lo hará, en absoluto. Seguro que todos se alegran de que tenga un amigo que sirvió en la guerra. Podrá usted contar anécdotas. Venga, acompáñeme. Será divertido. Además, la cocina de esa casa es una maravilla. Mi panza da saltos de alegría cada vez que se acerca el almuerzo.

Por segunda vez aquel día, Alonso sintió que estaba en un callejón sin salida. No tuvo la habilidad de desilusionar al chico, así que se dejó llevar. Además, tomó al pie de la letra lo que había mencionado acerca de la calidad de los platos a degustar. También su estómago, que rugió en su interior.

Tal y como había indicado el señorito Andújar, no tardaron en llegar a aquel palacete de impoluto frontón en el que se habían despedido la última vez. El servicio de la casa reaccionó con enmascarada extrañeza a la presencia de un comensal más. La familia de Modesto, quizá contrariada por la ausencia de protocolo, sacó a relucir la magnífica educación que precedía a su advenediza clase y trató con amabilidad al invitado, quien supo corresponder con cumplidos, discreción y ese ingenio y talante natural que sus ansias por desaparecer no habían logrado destruir. Modesto Andújar quiso sacar el asunto de la contienda, pero el primo de su madre supo empatizar con Alonso y no escarbó en heridas ajenas por mera curiosidad. Complacido y con el vientre lleno, se dispuso a partir después del recital de piano de una de las hijas del matrimonio. Se despidieron, afectando pretensiones de volver a verse.

Cuando puso un pie en la calle, Alonso se relajó. Dos pruebas superadas, ahora sí podía regresar a la normalidad. Sin embargo, pronto se dio cuenta de que esa jornada ya no era suya. El señorito Andújar lo siguió afuera y le suplicó que le dejase acompañarlo. Quería despejarse, salir del bucle infinito de estudios y compromisos en el que se había convertido su vida.

Alonso ni siquiera intentó evitarlo. Aceptó, con idea de endosarle el joven a algún conocido, una vez se hubieran acomodado en una mesa, abrazados a un par de chatos.

—¿Se ha enterado de lo del barco procedente de Cuba? Sería gracioso que, para un evento emocionante que va a pasar este año en Cádiz, lo suspendieran —parloteó Modesto de camino.

—Sí, algo escuché el otro día.

—¿Serán hermosas las princesas? Yo las imagino de ojos claros, no sé por qué.

—Seguro que el rey y el infante don Carlos se han asegurado de recibir exhaustivas descripciones de parte de su hermana Carlota Joaquina —comentó Alonso.

—Sí, eso es seguro. Ojalá la presencia de una reina calme los ánimos de Su Majestad.

—Ojalá esta no se muera antes de darle un heredero como la anterior.

—También —masculló Modesto—. ¿Usted tiene hijos, señor Guzmán?

—No que yo sepa.

—¿Y esposa?

—No que yo sepa.

—¿Los tendrá?

—¿Qué hará cuando termine sus estudios de Comercio? —contraatacó Alonso.

—Humm..., tengo ideas, pero todavía nada concreto. Me gustaría tener familia, eso sí. Pero antes desearía recorrer el país, escribir un libro y conocer a personas interesantes.

—Para eso necesitará toda una vida, señor Andújar. Va a tener que organizarse.

—Sí, bueno, eso es solo un boceto.

Al internarse en la taberna, se toparon con la Filo, que charlaba con dos clientes. Alzó la vista y sonrió, cálida bienvenida para aquellos jóvenes sin destino. Modesto, que solo recordaba algunos instantes de su última visita, se propuso beber con moderación. Alonso, sin embargo, tenía muchos quebraderos de cabeza que adormilar, así que se aplicó con gusto.

—Dígame, señor Andújar, ¿ya ha dejado de buscar liberales? —comentó, en tono jocoso.

—¡Ni por asomo! Verá, durante este tiempo, he podido indagar una miaja sobre el asunto. Aunque se cuidan mucho de poner su pescuezo a la vista, todavía existen hombres que añoran los días en los que la soberanía nacional se tenía por cierta y necesaria. Muchos luchan desde su exilio en Francia o Inglaterra.

—¿Sus pesquisas son teóricas?

—Por supuesto. No pondría yo en peligro el honor familiar por un palabro tan abstracto.

—Bien —respondió Alonso, relajado—. Aléjese de conspiraciones. Sé que no tardarán en limpiar el país de confabuladores.

—Sí, sí. Eso haré.

La Filo, que había sabido finiquitar con arte su diálogo con los otros, se acomodó junto a Alonso y Modesto.

—Bueno, bueno. ¿Qué tenemos aquí? ¿Y ese porte elegante, Alonso?

—Buenas tardes, señorita Filo.

—Qué sorpresa verlo, señoritingo. Hasta creo que se volvió más velludo en el tiempo que estuvo sin visitarnos —opinó ella.

El señor Andújar se rio, tímido de golpe.

—Al parecer, guarda muy buen recuerdo del día que pasó aquí y ha decidido acompañarme —explicó Alonso.

—Fue una tarde magnífica —espetó la Filo—. Aunque ¿no fue ese el día del ataque al señor Goyanes, el ayudante del teniente general?

—El mismo —contestó Modesto, orgulloso de formar parte del folclore de ese establecimiento de condensada fragancia a humedad y moscatel.

—Menos mal que se salvó. Yo temí por su vida. Sé que se recuperó, pero jamás ha vuelto a poner un pie por aquí. Una auténtica lástima. Dejaba buen parné. Aunque peor fue lo del pobre miserable de Jácome. ¿Sabe que murió unos días después? Qué extraño todo…, casi tanto como este verano fresco. Aunque el marqués de Castelldosrius no está mal, parece sensato. No como ese bruto del conde de La Bisbal —reflexionó en voz alta—. Bueno, cuénteme. ¿Ya ha conseguido pasar por algún calabozo?

—No, no, en absoluto. Comienzo mi segundo año en la Escuela de Comercio.

—¿Todavía no ha compartido su intención de estudiar Leyes y convocar Cortes a sus padres?

—No, no. —Una risita remató sus mejillas sonrojadas—. Verá, tiempo al tiempo. Pero gracias por acordarse.

—Tengo buena memoria, aunque muy mal aprovechada.

Ambos se rieron.

—¿Y es usted gaditana?

—No, de Úbeda. Hace ya siete años que me vine aquí.

—Entonces ¿usted vivió el bloqueo?

—Sí. Y no es un cuento bonito de contar, señoritingo Andújar. Pero he de decir que esta ciudad me enamoró desde el primer día. Ahora muchos se han marchado, pero, cuando yo llegué, las familias más ricachonas del país se resguardaban aquí. Los vendedores callejeros voceaban los números nuevos de *El Conciso* o *La Abeja,* se comentaban sus textos en los cafés y se parloteaba todo el día. Llegaron también los diputados con sus esposas e hijos. No había momento para el aburrimiento. Pero aparecieron los barcos franceses y los ingleses, acechando más allá de los baluartes y desde la bahía.

Los ojos de Modesto brillaban de agitación. Sin que se percataran, Alonso había llevado a término su plan y se había colocado en otra mesa, más tranquilo. Ahí meditó sobre lo extraña que había sido esa mañana. Hacía tanto tiempo que nadie le hablaba con la deferencia a la que siempre había estado acostumbrado que los parabienes llegados desde Sacedón le sonaron a brujería. Como bien había observado el compromisario de

Fernando VII, la Casa Guzmán había servido con creces a la Corona. No era justo que pidieran más. Sobre todo, teniendo en cuenta que una rama de la familia seguía en la Corte, abanicando los designios de Sus Majestades y Altezas Reales. ¿Cómo podía desquitarse de esa opresión en el pecho que sentía al pensar que, con su simple titubeo, estaba traicionando el legado de su abuelo, de su padre…? ¿Por qué no conseguía romper aquel lazo del todo? No tenía la respuesta, así que pidió otra ronda.

—Para beber sí que tienes cuartos, ¿eh, maldito bribón? Hoy hasta te has aseado.

Guzmán alzó la vista y se topó de frente con una de las personas que se había colado en sus suposiciones al dirigirse al café de Cosi horas antes. Erró al creer que su reencuentro sería pacífico. El caballero, sin apearse de su sombrero, lanzó su mano al cuello de la casaca de Alonso, que intentó escabullirse sin éxito. Alrededor, varios mozos con gesto de estar dispuestos a ayudar a su socio si la escena se torcía. La Filo y Modesto dejaron de hablar.

—Prometo que te pagaré lo que te debo. Necesito tiempo. Unas semanas —se justificó a medida que iba perdiendo la respiración por la opresión de la zarpa del otro.

—Eso dijiste la semana pasada. Y la anterior.

—Me enviarán dinero, pero necesito que me des más margen.

—Te lo he dado. Pero has demostrado ser una rata. Hasta que no pagues tu deuda, vendré todos los días para recibir el dinero que tengas en tus bolsillos.

El señorito Andújar quiso intervenir, pero la Filo lo detuvo. Alonso, que cada vez estaba más colorado, puso los dos reales que llevaba encima de la mesa. El caballero los cogió y lo soltó.

—Hasta mañana, rata —se despidió.

Cuando el horizonte se despejó, sin reparar en que volvía a ser dueño de su gaznate, reunió toda la rabia reprimida por cautela y estrelló el vaso contra el muro más cercano. El tabernero le pidió respeto, aunque estaba acostumbrado a ese tipo de comportamientos, pero Alonso no quiso escuchar más reprimendas. Cogió sus pertenencias y salió de allí, extrañamente atraído por el aire libre.

Aquello solo era la punta del iceberg. Una de las enseñanzas de aquella perla de ciudad era que el dinero siempre suavizaba las reyertas, mientras que la ausencia de él las multiplicaba. Detestaba sentirse un mendigo. Se dirigió al oeste hasta la muralla, más al norte del castillo de Santa Catalina. Meditó si los infelices que se pudrían en las celdas de aquella prisión militar serían más afortunados que él, cautivo de sus errores, sus miedos, sus odios. El océano, en su magnificencia, le hizo sentir diminuto. También redimensionó sus problemas. Se relajó. El sol se fundía más allá de las embarcaciones que, como ingratas salpicaduras, restaban inmensidad a la imagen.

—¿Quiénes eran esos hombres, señor Guzmán?

Modesto Andújar, haciendo gala de su nula discreción, había seguido a Alonso hasta allí.

—Caballeros con los que he contraído una cuantiosa deuda.

—Si necesita, yo puedo...

—No, señor Andújar. Cuidar de mí mismo es lo poco que sigo siendo capaz de hacer —se negó—. Pero gracias.

—¿Es cierto que lo reunirá en unas semanas?

—Hoy mismo me dispongo a encargarme de que así sea. No tengo ningún interés en morir de hambre o degollado a manos de ese amanuense de pacotilla —confesó Alonso.

—No irá a robarlo...

—¿Por quién me ha tomado?

Alonso estaba agotado, pero aquella suposición le puso de buen humor. Lanzó una carcajada.

—En realidad, es algo peor. Debo escribir a mi hermano. Una versión bastante menos agraciada y aburrida de mí. Asunto que, quizá, se deba a que solo compartimos padre —narró divertido.

—¿Él es rico? ¿Y por qué usted no?

—Deje ya de hacer tantas preguntas, señor Andújar. Le cortarán la lengua antes de ser capaz de pronunciar su primer discurso —le aconsejó, burlón, mientras iniciaba el camino de vuelta a casa.

Modesto Andújar se quedó allí un poco más. Ese hombre siempre esquivaba sus preguntas, como si fueran puñales arrojados a traición. Él solo quería hacer un amigo, tener una suerte de hermano mayor en la ciudad. El recuerdo del capitán Íñiguez le imponía, pero el señor Guzmán, con todo su sarcasmo y su extraño modo de vida, era un hombre cercano, considerado e interesante. Modesto se giró para contemplar cómo se alejaba, dejando a su paso el aroma de los secretos. Después, regaló el poder de sus ojos pardos al mar y a ese colosal crepúsculo de luz misteriosa. Casi sintió que perdía el aliento. Tanto tiempo encerrado cuando la libertad habitaba allí, en forma de brisa y oleaje.

Al llegar a su cuartucho, Alonso sacó el papel de carta, la pluma y el tintero que había guardado para asuntos urgentes. Sobre la mesa en la que, algunas noches, continuaba bebiendo en soledad, redactó aquella misiva que odiaba de antemano. La falsa cordialidad con la que siempre se comunicaba con Cosme impregnó las líneas hasta concluir en aquella petición que le escocía en el orgullo. Cuando terminó, la releyó y, sintiéndose un despojo, la dejó preparada para enviarla a Madrid. Rezó por que aquello fuera suficiente para saldar sus deudas y vivir en paz un poquito más. A punto de apagar la vela que alargaba aquella demente jornada, alguien llamó a la puerta. Hastiado de sobresaltos, agradeció ver la cara de la Filo al otro lado del umbral, con aquel gesto suyo despreocupado, al margen de los dimes y diretes de la humanidad.

—Hoy no tengo nada en los bolsillos, Filomena. Lo siento —le dijo.

—No te preocupes. Hoy vengo como amiga. La taberna ya está vacía.

Alonso asintió complacido y la dejó pasar.

VI

El 9 de agosto, el palacio de los Somoza se preparó para recibir a otro miembro de la familia que, rezagado, había postergado su llegada a la residencia rural de los marqueses de Riofrío y condes de Guetaria. Inés vivió en sus propias carnes lo que suponía limpiar y vestir un cuarto entero. Doña Fuencisla, nada amiga de las órdenes amistosas, organizaba a voces a las criadas, escoltada por don Rafael Carrizo. Aunque pronto se enteró de quién era la persona por la que tanto había que trabajar, desde el primer momento se figuró que sería alguien importante. Iba a ocupar las habitaciones situadas en el ala opuesta a las de los marqueses, también con vistas a ese lindo parterre con fontana barroca y bojes podados al estilo francés.

A las siete de la tarde, algo después de lo que se había prometido, el carruaje de la señora doña Genoveva Lecubarri recorrió el sendero arbolado que llevaba hasta la puerta principal de la casa. Era la madre del marqués, la baronesa de Carrión. Un sombrero blanco con detalles florales apareció por la puertecilla del coche. También un bastón que no hacía justicia a la elegancia que destilaba aquella dama. Sus cabellos, lejos de parecer canosos, simulaban las melenas empolvadas del siglo anterior. Acompañándola, una doncella de nombre Mari Nieves

Ulloa que, según Julieta, «jamás dice una palabra». También otra criada, la señorita doña Consuelo Vega, y un lacayo, don Diego Sazón. Inés, en silencio, quedó fascinada cuando la vio pasar desde la puerta de la cocina, mirilla por la que las criadas se convertían en testigos de aquella vida ajena plagada de lujos.

—La marquesa estará contenta. —Se rio Julieta.

—¿A qué te refieres? —se interesó Inés.

—No se soportan. El único momento en que pueden estar separadas de forma justificada es el mes de julio, antes de que la Gran Dama se traslade aquí para pasar el verano. Antes viajaba más, pero desde que ha perdido agilidad están condenadas a convivir durante casi todo el año.

—Ambas parecen mujeres con compostura. No sé por qué no han de avenirse.

—Las apariencias engañan, Inesita. Venga, vamos a terminar de secar la vajilla.

Al día siguiente, Inés tuvo la oportunidad de confirmar lo que le había contado Julieta. La marquesa, que aparecía por goteo en su jornada, estaba de muy mal humor. La Gran Dama, por su parte, pasó todo el día en su gabinete junto a la doncella. Mientras limpiaba el polvo de los bibelots de una vitrina del salón principal, se preguntó qué entretenimientos habrían escogido. Añoró entonces los ratos observando cómo su madre cantaba, Blanca dibujaba, Alejandra trataba de tocar el antiguo clavecín de la abuela o Dolores cosía. Quiso imaginarlas a todas continuando con sus rutinas, despreocupadas. Así lo había arreglado.

El servicio de casa de Dolores tenía el encargo de entregar las cartas dirigidas a Inés a un caballero que los visitaría periódicamente y que, a su vez, les entregaría las que ella escribiera para Dolores y para enviar a Santa Cruz. Así, Inés podría dibujar el idílico panorama que permitiría que sus padres conciliaran el sueño cada día. Su hermana mayor, mientras tanto, estaría inmersa en su dolor, pero respirando un poco mejor gracias a la esperanza que la propia Inés había cincelado en su ánimo. Su único cometido, desde su reclusión, era evitar, por todos los medios, que los señores Aguilar, sus tíos, la visitaran. No era difícil, pues aquel matrimonio vivía absorbido por los compromisos, siempre con la promesa de ser más atentos con la desdichada Dolores colgada de los labios.

Animada por las ganas de dar paz a su adorada Dolores y de que esta recuperara las mejillas sonrosadas por la risa de antaño, Inés cenó lo más rápido que pudo y, aprovechando que solo Eugenia, otra de las criadas, estaba con ella en la cocina, se escabulló sin dar explicaciones. Salió por la misma puertecilla por la que había entrado para aquella entrevista que había cambiado su vida de forma radical y, como un espectro, avanzó por la parte delantera de la finca en dirección a la iglesia. Cruzó transversalmente el sendero, ignorando su trazado, y al comprobar que no tenía compañía, se apresuró hasta alcanzar una de las aldabas del templo familiar.

Para su alivio, estaba abierto. Se santiguó. Hacía frío. El pasillo central separaba dos bloques de bancos de madera con cuatro filas cada uno. Varios cirios se consumían solitarios y bañaban de una cobriza claridad el retablo y algunos rincones de la pequeña nave rectangular. Una Asunción y un Ecce Homo colgaban de muros opuestos, como eterno debate sobre la pericia de los pinceles que los habían creado. Tal y como indicaba el mensaje en clave, Inés ocupó el segundo banco de la derecha. Aguardó un buen rato hasta que la puerta rechinó. Un hombre vestido de campesino se sentó a su lado, previa genuflexión. Con los ojos cerrados, simulando un rezo sincero, susurró a Inés:

—Felicitaciones por haber conseguido lo que se le mandó. Ahora que ya forma parte de esta casa, es preciso que comience a trabajar. Debe informar puntualmente sobre lo que usted ya sabe. Deje los mensajes, al anochecer de cada domingo, en la última página de la biblia que siempre encontrará en este banco. Recuerde que tienen que estar codificados. Ponga ahí también las cartas a su familia. Como se le dijo, salvo para el primer contacto y caso de urgencia, no se considera seguro utilizar el correo de la casa, así que lo controlaremos personalmente para que sus comunicaciones estén a salvo de la sospecha del servicio y los señores. Si no está segura, no ponga en peligro su cometido. Tal y como se acordó, nos encargaremos de recoger el correo en casa de su hermana y traérselo. También de llevar allí las cartas que usted escriba. Pero recuerde que, para compensar el esfuerzo que supone que pueda mantener el contacto con los suyos, usted debe corresponder con avances e información. Solo así será justo.

Inés asintió.

—No volveré a reunirme con usted si no es necesario.

—Discúlpeme, sé que es pronto quizá, pero ¿tiene usted alguna carta de mi familia? ¿Puede decirme cómo se encuentra mi hermana?

—Nada de momento. Pero cuando haya novedades, las encontrará en la biblia. Misma página, mismo banco, mismo día.

Antes de que la joven pudiera soltar una frase con sentido, el falso campesino se levantó y se fue, aliándose con la oscuridad, que daba alas a los intrusos. Inés se puso de rodillas, agarrotada por el vértigo. Murmuró oraciones que ansiaban una solución más sencilla, pero, como en cada ocasión, se supo olvidada de los anhelos de aquel en quien había depositado tantas ilusiones. Obcecada en su angustia, solo despertó con la repetición del chirrido de las bisagras. Se giró asustada.

—Siga, siga. Esta puerta es un poco escandalosa, disculpe —dijo el párroco.

Las pulsaciones de Inés se revolucionaron. ¿Y si hubiera llegado unos minutos antes? ¿Habría sospechado? ¿Podían escuchar aquellos muros de piedra? ¿Condenarían sus bisbiseos? De pronto, quiso salir de allí, llegar a su alcoba.

—Ya me marcho, perdóneme —contestó, mientras se dirigía a la salida con la cabeza gacha.

—Jamás se excuse por orar, señorita.

Inés alzó la vista y observó la honesta sonrisa de aquel joven sacerdote.

—Tiene usted razón. Disculpe. Quiero decir, gracias. —Alcanzó la salida—. Si no es indiscreción, padre, ¿siempre deja la iglesia abierta? Trabajo en la casa, pero me gustaría poder venir, de vez en cuando, antes de dormir —tanteó, recuperando el aplomo.

—Suelo cerrarla a las diez y media. ¿Es suficiente?

—Sí, creo que sí.

—Me alegrará verla por aquí —contestó.

—Lo hará. Buenas noches, padre.

—Buenas noches.

De camino a las buhardillas, Inés tomó conciencia de que, a partir del siguiente amanecer, debía ser más observadora que nunca. No podía escapársele ningún matiz. Sabía cuál era el objetivo, estaba grabado en su memoria. Desde sus inofensivas actividades como criada, estudiaba los movimientos y costumbres de don Ildefonso Somoza. Preguntaba a Julieta, tildándolo de tonta curiosidad. Permanecía callada mucho tiempo, discreta como siempre, pero su mente era un pliego lleno de anotaciones. Así, mientras lustraba la baranda de la escalera principal, contemplaba cómo aquel caballero se marchaba a primera hora después de haber pasado un rato en el despacho. Regresaba cuando Inés sacaba agua del pozo o arreglaba la alcoba de la señora Lecubarri. Recibía visitas por la tarde mientras ella estaba recluida en la cocina. A última hora, sabía que volvía a encerrarse en su oficina, sin compañía. Pero ella no podía comprobarlo, pues se encontraba ayudando a preparar el comedor para la cena, planchando o barriendo. Inés detestaba esa sensación de inaccesibilidad, como si pasara el día encadenada a un árbol sin poder deambular con libertad. Cuanto más interés tenía en recorrer aquellos pasillos que parecían un mal sueño de Dédalo, un mandato urgente brotaba de los pulmones del ama de llaves.

—Inés, vaya a ayudar a Consuelo con el servicio del chocolate en el gabinete gemelo oriental. Dese prisa. La marquesa y la Gran Dama están esperando.

La muchacha asintió, a sabiendas de que solo una disposición divina la libraría de esa tarea. Subió por una de las escaleras secundarias que arrancaban desde rincones ocultos de la planta baja y, en un santiamén, se unió a su compañera como camarera. No hacía falta ser muy astuta para percibir la tensión en el ambiente de la sala. Las dos mujeres habían cedido su mirada a puntos dispares de la habitación, decorada con colgaduras de seda amarilla y muebles de madera de caoba con tapizado a juego. Sobre la mesita en torno a la que se congregaban dos sillones y dos taburetes de tijera, las criadas prepararon las dos tazas y una bandeja de pastas recién elaboradas en un convento cercano. De fondo, el arrullo de la lluvia.

—¿Cuándo ha dicho mi hijo que llegan las princesas? —comentó de pronto la Gran Dama.

—En cuatro semanas, madre —respondió la marquesa.

—Dios quiera que no se asusten al ver el estado en el que ha quedado el país después de la guerra. Si yo fuera ellas, me volvería por dónde he venido.

—Seguro que se deleitan con las gentes de Cádiz. Imagino que en Madrid las recibirán con tedeums y grandes festejos.

—¡Ruinas por todas partes! Menos mal que este palacio ha logrado renacer tras los abusos de los soldados de Napoleón. ¿Recuerda cuando vinimos hace dos años y vimos los destrozos? Qué disgusto más grande —rememoró la señora Lecubarri con dramatismo, ignorando la aportación de su nuera.

En ese punto del diálogo, Inés y Consuelo se retiraron hasta nueva orden. Las dos aristócratas relajaron un tanto las sonrisas.

—Si no hubiéramos estado recluidos en Salamanca, podríamos haber cuidado de nuestras propiedades aquí —musitó la marquesa.

—Con usted, Mariana, la cuestión es no estar jamás conforme con su residencia.

La marquesa hizo un mohín de hartazgo.

—Por cierto, ¿qué edad tiene el pequeño Ildefonso? ¿No cree que pasa demasiado tiempo dedicado al juego y poco al estudio?

—Bueno, tiene nueve años. El señor Enríquez recomendó que hiciera ejercicio físico y tomara contacto con la naturaleza durante nuestra estancia aquí. El mes próximo volverá a su rutina normal.

—Los malcría, Mariana. A todos. Aurora apenas sabe comportarse. La holgazanería se convertirá en desgracia si no se ataja a tiempo. Recuerde mis palabras.

—Revisaré con el marqués los planes educativos de nuestros hijos, si así lo desea —respondió pausada y bebió un poquitín de chocolate.

—Y deberían recibir más visitas. Las familias de la zona van a creer que son unos desconsiderados. Cuando Ildefonso padre y yo pasábamos temporadas en esta residencia, no había tarde sin com-pro-mi-so. ¿Han visto ya a la señora Carrasquedo y a su hijo? ¿Y a alguno de los Bernaldo de Quirós? ¿Han comprobado si los marqueses de Valdecarzana se encuentran en la zona por una casualidad? No me haga padecer, Mariana, haga el favor. Me ausento unas semanas y todo es un caos.

Doña Mariana Fondevila reprimió la cascada de justificaciones y reproches que, de buena gana, habría dejado precipitarse más allá de la porcelana a la que estaban adosados sus labios. Su suegra continuó redecorando su vida hasta que la ausencia de bebida dio la excusa perfecta para zanjar aquella reunión que habían tenido por el bien del humor del marqués y del amado qué dirán. La marquesa se ofreció a buscar a la señorita Mari Nieves, la doncella. Con parsimonia, se aproximó a la puerta, cruzó la antesala y salió al pasillo, donde se detuvo a tomar aire. Inés, que regresaba al gabinete para encargarse de recogerlo todo, la vio. En todos los encuentros con ella le había parecido una mujer delicada y fría como la porcelana. Solo en ese instante comprobó que tenía aliento. Sus ojos se encontraron un segundo, después del cual la marquesa indicó a su criada que ya podía pasar. Se alejó con una mano en la mejilla y un poquito menos de paciencia.

Aquella noche, mientras la marquesa obviaba mentar las recomendaciones de la señora Lecubarri a su esposo, Julieta e Inés remataban la cena. Como aquel primer día de trabajo de la segunda, eran las últimas. Una única candela se derretía en la palmatoria. Como hilo musical, el roce de las cucharas en los platos. De pronto, la puerta exterior de la cocina se abrió. Entró uno de los lacayos, Valentín Miralles, con el que Julieta siempre andaba cuchicheando y riendo. Era un muchacho desgarbado e imberbe. Sus cabellos rubios y lisos acababan de liberarse de la peluca que debía llevar bajo aquel sombrero a juego con la librea.

—¿Todavía por aquí, señoritas? —se extrañó.

—Así se escribe la historia —contestó Julieta divertida—. ¿Y tú?

—Vengo de revisar el carruaje. El marqués parte mañana temprano para Sama.

Inés dejó de comer.

—¿Sama? ¿Dónde está eso?

—Al noreste de Mieres del Camino, en el concejo de Langreo. No a muchas leguas. Quizá podamos regresar mañana mismo si no hay problemas.

—Imagino que los asuntos de negocios son imprevisibles —disimuló Inés, que volvió a llenarse la boca.

—Sí. Cuando vamos allí, nunca sé cuánto nos demoraremos.

—¿Se ven las estrellas esta noche, Valentín? —preguntó Julieta, masticando.

—Bueno, más o menos —contestó él.

—Quizá mañana haya más suerte y amanezca despejado.

—Eso espero. Menudo verano… La última vez el carro se atrancó tres veces en el fango.

—¿Sabéis qué deberíamos hacer? Dar un paseo por el jardín ahora que todos duermen y nadie puede vernos —propuso Julieta.

—Una gran idea.

—¿Soléis hacerlo? —se extrañó Inés.

—De vez en cuando. Tenemos que aprovechar. El invierno se acerca.

Mientras le respondían, sus compañeros ya se habían incorporado para salir. Inés dudó un momento. No quería tener problemas. Nada podía poner en riesgo su permanencia en la casa de los marqueses. Pero echaba tanto de menos caminar al aire libre sin una labor al final del trayecto... Con aquel deseo oprimiendo su pecho, se levantó y siguió a Julieta y Valentín. El frescor de la noche recorrió el rostro y las manos de Inés. La hierba humedecía sus pasos. Sin querer, sonrió. Aceleró y se unió al ritmo de los otros que, después de dar un rodeo por las caballerizas y el palomar, se dirigieron al riachuelo. La luna moteaba el agua con luz blanquecina. Sus siluetas quedaban ocultas por los castaños que los rodeaban en forma de bosquecillo. Julieta se quitó los zapatos y cometió el atrevimiento de mojar los pies.

—¡Está congelada! —se quejó.

—Exageras.

Valentín la imitó, pero llegó a la misma conclusión.

—Y ahí va un héroe de la batalla de los Arapiles —se burló Julieta.

—Muy chistosa —respondió el otro.

—¿Combatiste allí? —preguntó Inés, que se había sentado junto a ellos, pero sin deshacerse de su calzado.

—Sí. Fui guerrillero. Y, aunque ahora trate de ocultarlo, el padre Benito, el cura de San Tirso que se ocupa de la iglesia familiar, también.

—¿El sacerdote?

—Sí, ese mismo. Aunque me sorprende tu cara. ¿Dónde estuviste durante la guerra contra los franchutes? —quiso indagar Valentín.

—Trabajando para una familia en Santa Cruz de Tenerife.

—Tate, por eso ese acentillo —respondió el otro.

—Exacto.

—Pues muchos curas se unieron a las filas de las partidas guerrilleras. ¿No has oído hablar del cura Merino?

Inés negó con la cabeza.

—Del Empecinado y de Julián Sánchez sí, ¿no?

La joven volvió a negar, esta vez fingiendo. Su padre les había hablado de ellos a Blanca y a ella un día en la sala de lectura de su casa de Santa Cruz. Por la noche, las dos hermanas se habían imaginado leyendas.

—¡¿Cómo es posible?! Ellos son los hacedores de la gloria. Se escondían en los caminos, cortaban la cabeza a los imperiales antes de que les diera tiempo a sacar la espada del tahalí. —Valentín estaba emocionado.

Inés volvió a dibujar en su mente aquella imagen de horror que, sin embargo, sonaba a cantar de gesta. Y echó de menos a la dulce y sensata Blanca.

—Todavía recuerdo cuando llegaron a Salamanca, junto con Wellington y don Carlos de España —rememoró el joven con ojos vidriosos.

—Bueno, dejemos de hablar de la guerra —pidió Julieta—. ¿Han mejorado los gritos de «madama generala», Inesita?

—Algo así. Todavía no logro hacerme del todo con mis tareas y sé que me observa constantemente.

—Eso no lo vas a poder evitar. Doña Fuencisla vive y muere por esta familia. Creo que forma parte del mayorazgo. —Se rio la otra.

—¿Y hay algún motivo para eso? —ahondó Inés, cada vez más cómoda con sus nuevos amigos.

—Empezó como criada a los once años, la anterior ama de llaves la enseñó a leer y a escribir, se aseguró en vida de que fuera su merecida sucesora. Y no le faltaba razón..., al fin y al cabo, toda su familia ha servido o sirve a la casa Somoza. Su padre era jornalero en las tierras que los marqueses poseen en Salamanca. Su madre trabajaba de costurera. Le hizo su primer vestido al marqués. Todos sus hermanos son braceros.

—Humm... —asintió—. Y si la residencia y las tierras de los marqueses están en Salamanca, ¿qué es este palacio? —disimuló la joven.

—La casa solariega de la rama asturiana de la familia. La del condado de Guetaria. Según tengo entendido, dejaron de involucrarse en la vida pública del concejo a partir de su unión con el marquesado de Riofrío. Pero a don Ildefonso le encanta venir aquí en temporadas cortas. Creo que participa en asuntos comerciales de la zona —le contó Julieta.

—Según me dijo el señor Rafael Carrizo un día, esta casa está edificada sobre un castillo fortaleza del siglo xv —comentó Valentín.

Inés lanzó la vista al cielo. No, no se veían apenas las estrellas. Pero si cerraba los ojos, creía escuchar el rumor de las victorias medievales de los Somoza, grabadas con sangre y honores en el escudo familiar, en sus propiedades y prebendas. Sus valedores habían desaparecido de la faz de la tierra, incluso se había cambiado de dinastía. Sin embargo, el brillo de su apellido competía con los astros. Y no había nube ni ley que, por lo pronto, pudiera borrarlo.

Los tres criados continuaron parloteando un rato más, como ninfas salidas de los renglones de Ovidio, hasta que el cielo derramó todas las lágrimas que llevaba guardando durante la noche. Jugaron a hacer una carrera hasta la cocina, luchando por no mojarse demasiado. Ya en el interior, quisieron reprimir las risas, pero no pudieron. Subieron las escaleras hasta el sobrado y se despidieron. Valentín se encaminó hacia el pasillo en el que se encontraban las alcobas de los sirvientes varones y las muchachas se adentraron en el corredor de sus respectivas habitaciones. Soltaron una última carcajada, que trataron de silenciar con las manos, y se dieron las buenas noches. Inés se alegró al comprobar que doña Fuencisla Baeza roncaba, quizá en un mundo feliz en el que tenía a cargo una compañía de granaderos. La joven se deslizó hasta su catre, se quitó las ropas mojadas sin darse tiempo a pestañear y sonrió.

Aunque las ojeras delataban a Inés y Julieta, las muchachas se esforzaron por ser lo más diligentes que pudieron ante el ama de llaves. La primera, encargada de la limpieza del salón distribuidor, pudo comprobar que, tal y como había indicado Valentín, el marqués se había propuesto abandonar el palacio a primera hora. Los pajes aguardaban junto al carruaje. El señor Carrizo canturreaba asuntos urgentes al desgastado oído de don Ildefonso mientras este avanzaba. Sin grandes aspavientos, se subió y le cerró la puerta en la cara a su mayordomo que, halagado por la ignorancia, hizo una reverencia y se apartó. Inés reflexionó sobre el gesto del marqués. ¿Podría decirse que estaba preocupado o concentrado? ¿Quizá cansado? Debía averiguar qué había en Sama.

Por suerte, el resto del día fue relativamente tranquilo. Por primera vez, tuvo media hora sin ninguna tarea asignada. No tenía muy claro si se debía a un fallo de doña Fuencisla o a la ausencia del marqués, pero, dado que no podía deambular por los espacios de la familia ni salir de la propiedad, aprovechó para leer sentada en los escalones que conectaban la cocina con el exterior. En realidad, ya había releído esa obra varias veces, pero era lo único que se había llevado de casa de Dolores. Mientras se perdía en los versos de Juan Meléndez Valdés, hincaba sus dientes en la tersa piel de un melocotón. De vez en cuando, debía ahuyentar a una avispa que, golosa, revoloteaba para cazar una chispita de ese pegajoso jugo. Inmersa en la lectura, no se fijó en que su dulce manjar iba goteando en el faldón de su delantal. Sin embargo, sí se le erizó el vello de la nuca cuando oyó un carraspeo. Levantó la mirada.

—¿Podría traerme un poco de agua, por favor? —solicitó la marquesa.

Inés cerró el libro de golpe, con el fruto mordisqueado como marcapáginas, se levantó en un suspiro y entró en la cocina para acatar aquella orden. Enseguida salió con un vaso. El bombeo de su corazón adelantó al ritmo de sus movimientos.

—¿Lee? —se interesó la señora doña Mariana.

—Sí, señora. No, señora. Es decir, lo siento, señora. Estaba… Doña Fuencisla no me necesita hasta dentro de cinco minutos. Solo estaba… Disculpe, de verdad. No volverá a ocurrir.

—Tranquilícese. Solo le he preguntado si sabe leer.

—Oh, de acuerdo. —Se detuvo—. Sí, sí sé.

La marquesa terminó de beber y devolvió el vaso a Inés.

—No sé si me parece bien.

Y se alejó, reanudando su paseo por el jardín bajo aquella magnífica sombrilla color crema que, para su lamento, no tenía testigos a la altura. Inés recuperó el libro y se dio cuenta del destrozo que había hecho por el susto. Tiró el melocotón e intentó limpiar lo mejor que pudo las páginas de aquel ejemplar prestado. Después, rezó por que aquello no fuera motivo de despido. Se flageló hasta la noche, trabajando más duro que de costumbre. Se acusó de egoísta por no haberse cuidado más. Aquello era una empresa seria, no podía seguir actuando como la niña que se escabullía de su casa de Santa Cruz para pasear por la Alameda del Marqués de Branciforte. Afortunadamente, y para calmar su culpa, al día siguiente pudo descifrar uno de los enigmas a los que se había enfrentado desde su llegada a la casa solariega de los Somoza más de un mes atrás.

Don Ildefonso llegó de madrugada, retrasado por las temidas lluvias. Sin embargo, no se demoró en llevar a cabo las actividades matutinas. Inés sirvió el desayuno a la Gran Dama a su habitación y después se sorprendió al ver que el marqués acudía al comedor para degustar el suyo. Quería cazar alguna impresión de lo que había ido a hacer en Sama, así que, aprovechando que era la encargada de recoger, se coló en la estancia antes de tiempo. Los marqueses comían y bebían en silencio. Inés se situó junto a una mesa de piedra en la que reposaban dos jarras y simuló que comprobaba su temperatura. Para su sorpresa, acostumbrada al charloteo familiar de primera hora, el marqués solo dirigió la palabra a su esposa cuando se limpió con la servilleta. Y fue para desearle una placentera jornada. La muchacha aguardó, por el bien de su reputación, a que la marquesa terminara. Sabía que tenía que llevar los platos a la cocina, pero decidió postergarlo unos segundos y tratar de identificar dónde estaba don Ildefonso.

No tardó en tener la información precisa, pues el taconeo de sus botas era como una hilera de motitas de pan. La criada salió al salón distribuidor, donde el marqués se había detenido a conversar con el mayordomo. Se escondió tras una de las estatuas para no comprometer su discreción. Sus ojos color avellana alcanzaron a ver cómo el empleado entregaba unas cartas a su señor. Este frunció el ceño al reparar en una de ellas y, sin molestarse en vocalizar un vulgar agradecimiento, reanudó sus pasos. Inés se aseguró de que el señor Carrizo se marchara con su inexistente orgullo a otra zona para salir del escondite. Al hacerlo, confió en aquel instintivo susurro que la impulsaba a dirigirse al despacho del marqués. La señorita Consuelo acababa de salir de disponerlo al gusto de don Ildefonso, así que la joven tuvo que disimular un instante recolocando uno de los cuadros del pasillo.

Pasado el peligro, se fijó en que su compañera había dejado la puerta medio abierta. Inés, temblorosa, se agazapó tras esta y confió en que el único filo de visión le diera algún dato que vender. Se percató entonces de que aquello solo era el paso a una antecámara. La cruzó y puso la oreja izquierda contra la puerta. No oyó nada durante unos cinco minutos. Después, el estruendo. Gritos de rabia por doquier, objetos estrellándose contra el suelo, cristal haciéndose añicos, golpes en muros irrompibles. Aterrada por si la ira atravesaba la puerta, la muchacha corrió en dirección opuesta ansiando reencontrarse con la vajilla sucia del desayuno. Una vez lo hizo, casi sin aire, intentó que su conmoción no dañara la loza.

En la cocina, al sumergir los platos en una tina llena de agua tibia, se repitió la escena que había contemplado días atrás y que no había podido comprender. El señor Carrizo comunicó algo a doña Fuencisla. Y el ama de llaves miró por encima del hombro y reclutó a Consuelo para ocuparse del asunto. A Inés le pareció absurda la reserva con la que lo trataban. Cualquiera que viviera en aquella casa durante un tiempo se daba cuenta de que algo ocurría. Y ella se propuso averiguarlo esa misma mañana. Debía limpiar las cocheras junto con Julieta, así que, entre barrido y barrido, se atrevió a compartir lo que había alcanzado a oír.

—¿Estabas cerca? ¿No te tocaba recoger el comedor?

—Sí, pero me perdí de camino. Otra vez —mintió.

—Bueno, entonces ya lo intuirás. Tienes suerte de que doña Fuencisla no quiera que te encargues de este tema, de momento. Cuando pasa, las tareas asignadas desaparecen y tienes que dedicarte a reorganizar lo que el marqués ha descolocado, a reparar lo que ha roto, a borrar lo que ha ocurrido...

—¿Es constante? Me refiero... ¿Son ataques de rabia habituales?

—A veces sí, a veces no. Suelen ser por motivos dispares. Desde una discusión con la marquesa a una mala noticia política, pasando por un número de fanegas inferior al que se proyectó recolectar.

—¿Y qué sospechas que ha podido alterarle hoy? —escarbó Inés.

—Ni idea. Puede que algo que haya ocurrido en Sama. Imagino que serán asuntos de negocios. Si no ha logrado su propósito, habrá montado en cólera.

—¿Sama es un centro comercial de Asturias?

—No, no. No conozco mucho esta tierra, yo soy de Madrid, pero diría que lo relevante de esta zona es el cultivo de maíz y habas.

—¿Y crees que el marqués está interesado en ampliar su patrimonio?

—Quizá. Estos señores con tanto dinero siempre andan pensando en cómo ser todavía más ricos. ¿Te imaginas el dolor de cabeza? Yo a duras penas puedo ahorrar unos pocos maravedíes. —Se rio.

La escoba de Inés se detuvo, como dormida de pronto. Aquello podía ser útil. Lo anotó mentalmente y sus manos, cada vez más castigadas, continuaron trabajando.

El resto del mes, el ánimo del marqués no mejoró. Estaba irritable. Inés informó de los nuevos datos sobre don Ildefonso y sus ocupaciones, así como de la persistencia del mal humor, siguiendo el método que le habían enseñado. Un papel lleno de números se colaba, cada domingo, entre las Sagradas Escrituras. La joven se angustiaba cada vez que profanaba los libros de los evangelistas con sus averiguaciones. Pero después recordaba los motivos que la habían llevado hasta allí, el deseo de recuperar a esa hermana que ya solo vivía en sus recuerdos. Y cerraba la biblia con convicción, despidiéndose de su breve examen de conciencia. Solo volvía a titubear cuando el padre Benito aplaudía su visita al templo familiar con una sonrisa de aprobación. En el catre, habiendo regalado los retazos de la vida del marqués, pensaba en los suyos. Todavía no tenía noticias de su familia ni de Dolores. Y así continuó hasta finales de aquel gris verano de 1816.

Antes de que el equinoccio diera la bienvenida a la época otoñal, el palacio de los Somoza recibió una visita acordada desde los días que siguieron a la tensa conversación de la marquesa y la Gran Dama. La señora doña Ángeles Carrasquedo, condesa de Valderas, y su hijo Jonás acudieron a cenar. Una vez más, las criadas fueron testigos de los excelsos modales de los convidados a aquella casa. La señora Lecubarri hizo una excepción y, en lugar de recluirse en su gabinete, se atildó con las mejores galas y se comportó además como la magnífica anfitriona que era. Los marqueses la acompañaron en su excelente trato a aquella familia, vieja amiga de los Somoza. Las anécdotas cortesanas, la rumorología matritense y el alborozo en nombre de tiempos mejores se atenuaban en las escaleras secundarias que Inés recorría. El joven Jonás encontró agradable la conversación con Aurora, a la que se permitió asistir al encuentro junto a su hermano Ildefonso, aburrido de antemano.

El mohín de fastidio del marqués, constante en los días previos, desapareció durante el rato en el que disfrutaron de varias bandejas que contenían un exquisito guiso de ternera, faisán estofado, trucha asada, puré de manzana, nabos y zanahorias, flan de huevo y un pastel de ciruelas. Por suerte, su gesto amable, en el que casi se apreciaba una sonrisa, permaneció mientras su esposa tocaba el arpa en el salón, ninguneada por su madre, que no se agotaba de dar conversación a la condesa. Y continuó presente cuando sus hijos se despidieron, demostrando que, al contrario de lo que su abuela opinaba, eran dos señoritos la mar de educados. Y, por supuesto, la fugaz afabilidad de su rostro no se extinguió en las ceremonias finales, hilo eterno que duró hasta que la condesa y su hijo se subieron al carruaje. Inés pudo ver este episodio desde una de las ventanas de la cocina. Poco a poco, iba descubriendo cómo tener ojos en todas partes. Sin embargo, en aquel momento, lejos de meditar sobre lo que hacía don Ildefonso, se sorprendió al verse fuera de aquellos protocolos, de aquellas despedidas eternas decoradas con diademas, plumas, chales de cachemira y zapatillas que se rebelaban al bailar.

La jornada que siguió a aquella velada, el marqués volvió a desaparecer. Inés supo a quién preguntar. A su vuelta, cuatro días después, Valentín le dijo que habían ido a Oviedo. La joven apreció el cambio de actitud de su señor. Descubrió entonces la otra cara de la moneda de aquel hombre: cuando estaba alegre, repartía halagos, agradecimientos, sonrisas. Hasta doña Fuencisla recibió una palmadita verbal en la espalda por una gestión. Había muchas capas en su personalidad. Demasiadas, a juicio de Inés. Quiso indagar un poquito más sobre los pormenores de sus quehaceres en la ciudad, pero Valentín era lacayo, no secretario, así que solo pudo hablarle, sin reparar en la maliciosa curiosidad de su compañera, de los trayectos y los tiempos de espera. «Creo que se reúne con otros nobles. Quizá con hombres de negocios. También con regidores y procuradores», supuso el sirviente. Aquellas elucubraciones eran papel mojado, así que Inés solo informó del viaje y de la repentina efusividad de don Ildefonso.

Una noche, antes de acostarse, mientras trasladaba las notas a aquel lenguaje secreto que nadie podía descubrir, la puerta de su alcoba se abrió con brío. Inés guardó los papeles en aquella deslucida primera edición de las poesías de Meléndez Valdés. Era doña Fuencisla, a quien la joven no esperaba hasta más tarde.

—La marquesa la requiere —espetó.

—¿A mí? —se extrañó la otra.

—Eso parece. Vístase y vaya a la antecámara de la Gran Dama.

No le dio tiempo a reaccionar. ¿Y si había reflexionado sobre su rato de lectura y deseaba que abandonara aquella casa? ¿Y si había fracasado? Sus carrillos aumentaron de temperatura ante la silenciosa contemplación del ama de llaves. Se adecentó lo más aprisa que pudo y voló, escaleras abajo, hasta el cuarto de la señora Lecubarri. Llamó a la puerta, conocedora de lo impropio que hubiera sido entrar sin anunciarse. Una voz calmada le dio acceso. La marquesa, todavía ataviada con el vestido que había llevado en la cena, la miró fijamente.

—Parece que la baronesa tiene gran urgencia por que alguien le lea unas páginas antes de dormir. Ha empezado a fallarle la vista y su doncella se traba. ¿Usted podría?

Inés comprendió que, en su nuevo estatus, su mundo se daba la vuelta por una sola duda de la marquesa. Aunque acababa de saber que nada estaba perdido, sus pulmones, fatigados, no se adaptaron hasta que respondió.

—Creo que sí.

—No veo demasiada convicción. Espero que le sirva por esta noche —valoró doña Mariana Fondevila que, sin más, dio dos toques a la puerta que las separaba del gabinete de su suegra.

Cuando entraron, Inés vio la desolación en el rostro de la señorita Mari Nieves Ulloa que, tal y como había vaticinado

Julieta, no había hablado desde su llegada. La señora Lecubarri estaba recostada sobre un diván con forma de góndola, única pieza de estilo Imperio. La habitación estaba decorada en verde, con infinidad de cuadros recargando las paredes. Las cortinas de seda ocultaban las fabulosas vistas que, a buen seguro, alegraban el día a la Gran Dama.

—¿Una criada? —se escandalizó—. ¿Me ha traído a una de las criadas, Mariana? Su osadía no tiene límites.

—Es la única que sabe leer y está libre. Confío en que logrará satisfacerla. Al menos, hasta que encontremos a alguna señorita.

—Más le vale. Con una sirvienta negada ya tengo suficiente. —Lanzó un vistazo a su doncella—. Puede retirarse, Mariana. Y tú, niña, coge el libro que hay sobre el aparador de la derecha. Volveremos a empezar. El tartamudeo de Mari Nieves habrá hecho que don José Cadalso se revuelva en su tumba.

La marquesa ya se había marchado. Inés temió que sus ojos se cerraran antes de ser capaz de cumplir con los deseos de la Gran Dama. Alcanzó el ejemplar de *Cartas marruecas* y se sentó en un taburete, algo distanciada de la señora Lecubarri. En los dos segundos que tardó en comenzar a leer, recordó las muchas veces en las que su madre había dicho lo buena lectora que era Blanca, siempre calmada, serena y paciente. A ella nunca le había reconocido tal mérito. Inés destacaba en corretear, en ser ocurrente y valiente. También era la más cariñosa y familiar. Pero no era la mejor lectora.

—Cuando quieras, niña. O me quedaré dormida antes de averiguar si eres analfabeta o no.

Inés asintió y leyó en voz alta. Sus mejillas estaban ardiendo. No obstante, encontró un gran placer al dejar que su lengua y su mente se desplazaran por aquellos renglones. Estaba tan cansada de trabajar... Extrañaba relajarse, el rato de lectura en el patio mientras su madre recogía flores para que las criadas hicieran un bonito ramo que decorase una de las rinconeras del salón. Sus labios secos pronunciaron las palabras con claridad y una entonación mejorable, pero bastante decente. Alguna vez se atascó, justo cuando dejaba de prestar atención completa a aquella insigne colección de epístolas y se planteaba si lo estaría haciendo bien. La Gran Dama cerró los ojos y permitió que la muchacha continuara. Inés se sumió en la reflexión sobre España de aquel ilustrado. Retrocedió en el tiempo hasta la época previa a su nacimiento. Cuando don Carlos IV gobernaba dejando que el gran Príncipe de la Paz, don Manuel Godoy, se apoyara sobre su cetro. ¿O era al revés? Casi una hora y media después, la señora abrió los ojos.

—Suficiente, niña. Ya puedes marcharte.

Inés cerró el libro y lo dejó en el mismo lugar en el que lo había encontrado. Mari Nieves la miró, todavía derrotada. En silencio, como si la lectura le hubiera hurtado toda palabra, se dirigió a la puerta. Antes de salir, la Gran Dama, que se incorporaba ayudada por la doncella, le dijo:

—Ven mañana a la misma hora.

Inés asintió y se fue. De regreso a su alcoba contó las pocas horas que le quedaban de reposo. Sin embargo, se sentía flotar. Su mente, ora severa, ora vigilante, había podido relajarse.

Doña Fuencisla Baeza, metomentodo oficial de aquella casa, interrogó a Inés en el desayuno del servicio.

—A propósito, ¿por qué sabe leer y escribir? Sepa que no es muy común tener una criada con un poemario entre sus pertenencias ni con la capacidad de garabatear con tanta soltura como usted hace algunas noches.

—Aprendí para la familia a la que solía servir, doña Fuencisla —se inventó la joven.

—Qué lástima que solo le enseñaran tareas inútiles, señorita Inés. Ande, vaya a limpiar la galería. Hoy tiene que encargarse de los retretes del ala oeste.

Inés hizo un mohín de desagrado. No era la primera vez, tampoco sería la última. Pero, desde aquella noche, podría combinar esa clase de labores con el deleite intelectual que le proporcionaba el momento de lectura. Cierto es que, a medida que pasaron los días, fue notando cómo el cansancio pesaba cada vez más, pero debía prescindir del descanso, olvidarse de dormir más de cuatro horas. Leía para la madre del marqués. Y aquello solo podía significar una prometedora ventana a más información sobre él. Así lo indicó en las notas codificadas de aquel domingo, que debió colocar antes de su visita al gabinete de la señora Lecubarri. El padre Benito le dio la bienvenida y la despidió, amable como siempre. Ella correspondió, agradecida por que alguien la tratara con un poquitín de estima, aunque fuera de postín. Después, marchó a cumplir su última obligación de la jornada. Cuando entró en el gabinete, madre e hijo estaban discutiendo. Se retiró, ansiando eliminar su presencia, pero ya era demasiado tarde. El marqués salió de la cámara, no sin antes analizar a la muchacha con aquella mirada cargada de siniestra prepotencia que siempre le dedicaba y se fue.

—Pasa, niña —le ordenó la Gran Dama.

Inés obedeció. Mientras alcanzaba el ejemplar, siempre colocado sobre el mismo aparador de mármol y patas doradas con forma de tritón, pudo escuchar las quejas de la señora a la señorita Ulloa.

—Seguro que lo ha convencido Mariana. Siempre tiene que conspirar en mi contra. ¡Pues no cederé! Mari Nieves, prepare todo. Regresaremos esta misma semana a Salamanca. No aceptaré posponer el viaje. ¡No porque lo ordene esa niña veleidosa!

—Sí, d-doña Genoveva. Así lo haré —respondió la otra, mientras le acercaba un vaso de leche.

—No puedo desatender a mis amistades cuatro semanas más. E Ildefonso tampoco puede ausentarse tanto tiempo de los campos. ¿En qué pensará?

Aquella pregunta hizo eco en el interior de Inés. Sin embargo, envuelta en su farsa, se acomodó en el taburete y aguardó la señal para comenzar a leer. La señora Lecubarri empleó unos minutos más en afirmar que la marquesa detestaba su palacio de Salamanca y que solo apreciaba ese porque todavía no se había hartado de él. Inés no osó alzar la vista. La centró en sus manos irritadas, contrapunto áspero a la suavidad de la piel curtida de la tapa del libro. Después de unos minutos, la señorita Mari Nieves se sentó y la Gran Dama devolvió a la joven su derecho a hablar en voz alta. Un poder efímero que estaba limitado por los párrafos y los enunciados dichos por otro.

Un dato que aprendió Inés, a colación de la escena que presenció esa velada, fue que el marqués tenía en gran consideración la opinión de su madre. Así, aunque combatió su negativa al principio, terminó cediendo en parte y fijó para el 16 de septiembre el regreso a Salamanca, en vez de aplazarlo a octubre. Quedaban trece días. Inés sintió vértigo. Necesitaba que alguien le diera alguna indicación. Quiso creer que era suficiente lo que había recabado y que, a partir de ahí, se encargaría otro de esas cuestiones. Podría relajarse. Pero por las noches, entre los ronquidos de doña Fuencisla, sabía que eso no sería así. Salamanca era la siguiente parada, más importante incluso que aquella residencia rústica, pues era el palacio Somoza por excelencia. Donde los secretos mejor guardados emergerían bajo la luz adecuada. Pero Inés precisaba una señal, algún detalle sobre el estado de Dolores, sobre la felicidad de su querida Blanca y el general Gutiérrez del Peral, sobre la salud de su padre, sobre la tranquilidad de su madre, sobre la educación de sus hermanos pequeños... También sobre la utilidad de los datos que obtenía sobre las rutinas y movimientos de don Ildefonso. Pero las dudas solo se resolvieron el día antes del viaje. Sentada en el segundo banco a la derecha.

VII

La corbata negra de lino dificultaba la inspiración entre zancadas. Tampoco ayudaba la casaca-frac que, con el sol en su cenit y la humedad flotando, se convertía en una jaula. Sin embargo, no se dio tregua. Continuó caminando a toda prisa. Al salir por la puerta de la Mar, los vio y se impacientó más. Pasaban varios minutos de las dos menos veinte. El buque portugués San Sebastián y la fragata española La Soledad fondeaban en la bahía. Llevaban más de sesenta días de trayecto y, por fin, habían arribado a tierras españolas desde el lejano Río de Janeiro, lugar al que se había trasladado la Corte lusa en 1807 ante el temor a ser invadidos por Napoleón. Quizá la persona que lee se pregunte: ¿y por qué no los imitaron los monarcas españoles? La respuesta es que lo intentaron. Carlos IV tenía la clara intención de marchar a las Américas en marzo de 1808, pero el motín de Aranjuez, orquestado por los enemigos de Manuel Godoy —su valido, protegido y adorado— y favorables a su hijo Fernando, dio al traste con el plan. A cambio, España recibió a un nuevo rey, Fernando VII, que, solo dos meses después, lloraba en el palacio francés de Valençay, junto a su querido hermano don Carlos María Isidro y su tío el infante don Antonio, sin libertad y sin corona.

Pero no nos desviemos. Es preciso seguir al caballero angustiado. Como iba diciendo, se apresuró lo más que pudo hasta alcanzar la rampa que lo reunió con las infantas y el marqués de Vallada. Un besamanos, entre sincero y protocolario, inauguró el cálido recibimiento que, por real decreto, había de dispensar a doña María Isabel y doña María Francisca de Braganza. Como mayordomo mayor, eran diversas las responsabilidades que se te podían atribuir, pero muy posiblemente el propio conde de Miranda se sorprendió al verse representando a don Fernando VII y a su hermano en aquella procesión de acontecimientos de nupcial acento. En principio, lo tendría que haber acompañado el duque del Infantado, pero este no había podido cumplir con tal cometido por otros compromisos. Aunque, ¿qué podía medirse con el honor de complacer a Su Majestad? Grave debía de ser, pensó el conde, mientras recuperaba el aliento. Pronto se sumaron el resto de los jefes de la comitiva real, entre los que se encontraba el señor don Ventura Quesada, con el que Alonso se había reunido en el café de Cosi semanas atrás.

Al haberse hecho demasiado tarde para celebrar los desposorios, se fijó la ceremonia para el siguiente día, el 5 de septiembre de 1816. Don Juan Acisclo Vera Delgado, arzobispo de Laocidea, con aquella grandilocuencia que derretía a cortesanos y cotillas, ofició la misa y formalizó el enlace, convirtiendo a aquellas princesas forasteras en reina e infanta de la tierra que se avistaba desde el San Sebastián. Como testigos, selectos asistentes entre los que se encontraba don Francisco Javier de Sentmenat Oms, marqués de Castelldosrius, gobernador de la plaza y capitán general de Andalucía. El señor don Ventura Quesada se deleitó a continuación con el almuerzo que se sirvió en el barco. Corrió a cargo de la Corte portuguesa, excepción que chirriaba con la parquedad en equipaje con la que se había enviado a las homenajeadas.

Con el hojaldre todavía pegado a los dientes, el conde de Miranda y el señor Quesada, junto con el resto de la comitiva real, acompañaron a las novias a la engalanada falúa real, su transporte hasta la orilla. El fragor de la artillería de los navíos comunicó a las gentes de Cádiz la llegada de su reina. Los campaneros, con el incesante tañido, se encargaron de llevar el mensaje por todas las callejas de la ciudad. Incluso a la del Torno de Santa María, en la que Alonso Guzmán enterraba la cabeza bajo la almohada para atenuar la algarabía, sin cabida en su mundo. Sin embargo, aunque luchó durante todo el día por ignorar el vocerío, el apasionamiento del pueblo fue más fuerte. El coro de vivas recorrió, junto al coche, la plaza de San Juan de Dios hacia la plazuela de San Martín, donde las princesas se apearon, escoltadas por el nuevo templo en construcción, para entrar en la catedral, que las deleitó con un tedeum.

Al caer el sol, aprovechando que las recién llegadas se habían retirado a la casa palacio de la viuda de Lavalle, en la plaza de San Antonio —aquella en la que el señorito Modesto Andújar había buscado el café Apolo—, Alonso salió de su madriguera. Evitó las zonas más concurridas por temor a toparse con un puñado de leales gritones. Se adentró en la taberna y comprobó, con ayuda del propietario, que su acreedor no se encontraba. Vaso de vino en mano, se acomodó en la banqueta libre que quedaba junto al capitán Íñiguez y el Ahorcaperros.

—Y pensar que la fiebre amarilla casi hace que nos perdamos este espectáculo —opinó Conrado.

—Absolutamente prescindible. No oigo ni mi respiración con tanto bullicio —se quejó Alonso.

—Vamos, Guzmán. —El militar le dio un golpe en la espalda a su compañero—. No seas cascarrabias. La ciudad está bonita. La gente está contenta.

—¿Y quién costeará el gasto? ¿Acaso se nos olvida que, mientras las luminarias inundan Cádiz, en las colonias hay nuevas batallas?

—¡Bah! No lo mires de ese modo. Demos un respiro a Su Majestad.

—Yo mañana seguiré teniendo que madrugar —indicó el marino.

—¿Ves? Lo que yo decía —apostilló Alonso.

La Filo apareció por la puerta con ojos centelleantes. Al ver a aquel trío de sedientos charlatanes, decidió unirse. Continuaban debatiendo. Ella, ignorando la multiplicidad de opiniones que suscitaba la circunstancia, compartió sus impresiones como parte de la estrepitosa audiencia.

—Deberíais haberlo visto. Las infantas se subieron al coche y algunos vecinos decidieron desengancharlo y ser ellos los que tiraran de él.

—Jamás me acostumbraré a esa manía de algunos de convertirse en acémilas —murmuró Alonso.

—Después, cuando llegaron al palacio, tuvieron el detalle de asomarse al balcón. Y allí pude verlas. ¡Qué primor! —se exaltó la joven, descubriendo con su voz rasgada que llevaba todo el día aclamando a las princesas—. De hecho, vengo de la plaza de San Antonio. Han vuelto a saludar hace solo un rato. He oído que están impresionadas con la belleza de la ciudad, con todas las luces. ¡La plaza está tan linda adornada!

—¿Ves, Alonso? La Filo también está feliz —observó el militar.

—¿Y quién no? ¿Alonso? ¿Pero él cuándo está de buen humor, a ver? —bromeó la otra.

—Muy graciosa.

De forma paulatina, la taberna fue acogiendo a aquellos que habían tomado el relevo de los festejos. Como bien decía don José Salado, todos debían madrugar al día siguiente —bueno, casi todos—, pero se había ordenado que la ciudad vistiera de gala y celebrase durante tres jornadas más el evento, hasta el sábado. Así que aquellos aventajados parroquianos optaron por beberse los chatos que, con certeza, no estaban degustando las infantas en el palacio de la viuda de Lavalle. Como siempre, los improperios y las apuestas se colaron en mesas y faltriqueras. Alonso agradeció que nadie fuera a desplumarle aquella velada, quizá entretenidos con menesteres regios. Aun así, se situó a una distancia prudente de las envidadas.

Aquella noche fueron muchos los atrevidos que quisieron predecir cuánto tiempo tardaría la reina doña María Isabel en dar un vástago a Fernando VII. Alonso, que consideraba carne de almanaque aquellos vaticinios, guardó sus cuartos a buen recaudo y se ensimismó. Al rato abandonó la banqueta y marchó afuera. El capitán Íñiguez no tardó en retirarse. Debía descansar, pues al día siguiente tenía que acudir a un besamanos real. Y poco gustaba más al militar que poner de manifiesto su sincero vasallaje a los Borbones. La Filo canturreó para un par de arrieros.

Después de beberse sus dos vasos de caldo religiosamente, el Ahorcaperros se levantó. Cuando salió a la calle, se extrañó al encontrar a Alonso sentado en el suelo, con la espalda apoyada en la pared exterior del local. En sus manos no había chato, solo medio maravedí atrapado en un juego entre sus nudillos. Miraba al horizonte.

—Muchacho, ¿está bien?

Alonso Guzmán reaccionó.

—Sí, sí… Necesitaba salir de ahí.

—Si huye todo el rato y, aun así, sigue sintiéndose mal, quizá el problema no sea el dónde, hijo.

Pese a que lo sabía, notó cómo las palabras del pescador atravesaban la boca de su estómago.

—Dígame una cosa, don José. ¿Hasta dónde llegaría por el dinero?

—¿Hablamos de avaricia o de paz? —preguntó, acomodándose a su lado.

—No sé dónde está el límite entre una y otra.

—Si el dinero significa tener qué llevarse a la boca, con qué mantener a tu familia o una forma de salvar tu vida, es paz. Si el dinero significa dinero, es avaricia.

—Es curioso, porque siempre he vivido en la segunda afirmación, pero desde hace un tiempo parece que solo entiendo la primera —reflexionó.

—No mate a nadie, si es lo que está pensando. La leva no es un destino deseable.

Alonso se rio.

—¿Por qué todo el mundo se piensa que voy a convertirme en un criminal? No, no, don José, no se trata de eso. Hace unas semanas escribí a mi hermano para pedirle más dinero, para mantenerme aquí. Pero le han llegado noticias sobre el estilo de vida que llevo últimamente y me ha negado un solo escudo más si no regreso y me reformo. Esto complica mi situación. He contraído una deuda que es como una soga. Y las dos opciones que tengo para saldarla se me presentan como dos formas de apretarla contra mi cuello.

—¿Y se puede saber qué alternativas son?

—Digamos que una me permitiría seguir viviendo aquí, por lo pronto. La otra consiste en sacarle brillo a las augustas posaderas de mi hermano mayor.

—Parece que, entonces, sabe usted la respuesta a su calvario —señaló el marino.

—Y la detesto, don José. No sabe cómo la repudio —respondió con rabia—. Supone perder mi libertad; servir, de nuevo, a una causa.

—Pero ¿es que de verdad cree que alguna vez fue libre, Guzmán?

Alonso, en cuyos ojos brillaba la frustración, se quedó sin palabras. El señor Salado se incorporó y se caló el sombrero antes de desaparecer en la penumbra del crepúsculo. El otro se retiró a su austera morada y, ya en el catre, repasó las líneas que había redactado Cosme. ¿Era posible que escuchara su voz dándole aquel discursito? Irritado, se zafó de los requerimientos familiares, tiró la misiva al suelo y se envolvió en las sábanas.

Conrado Íñiguez presentó sus respetos a la reina María Isabel y a la infanta María Francisca al día siguiente, antes del almuerzo. Por allí también deambulaban, como ángeles custodios, el conde de Miranda y el señor don Ventura Quesada. El capitán Íñiguez reconoció al segundo de cuando había visitado el cuartel en agosto para preguntar por el paradero del teniente coronel Guzmán. También ocurrió a la inversa. El señor Quesada, tras sus anteojos, supo que aquel era el hombre que le había asegurado conocer la ubicación del caballero al que buscaba, retirado del servicio activo en el ejército tras la contienda, como tantos otros voluntarios. Se saludaron con cortesía pero sin mencionar su encuentro previo. El señor don Ventura llevaba demasiado tiempo sin tener noticias de Alonso, pero en esos momentos debía ofrecer toda su atención a las portuguesas.

Y es que la sucesión de formalidades se extendió varios días más. Aquella misma tarde, por ejemplo, las recién casadas asistieron a la plaza de toros, pues se había organizado una corrida en su honor. Tanto a la ida como a la vuelta, la comitiva real recibió alegres vítores a los que se sumaba la Filo siempre que sus obligaciones se lo permitían. Para disgusto de algunos, no había rincón de la ciudad que quedara al margen del bullicio. Tampoco por la noche, cuando las hermanas habían paseado en carretela para admirar la encantadora apariencia de las calles de Cádiz. El domingo hubo una recepción para los representantes religiosos y otras gentes de las comarcas cercanas. Por la tarde, la Alameda se llenó de paseantes —vecinos y forasteros— dispuestos a cazar una primera impresión de las portuguesas. ¡Cómo difería aquella estampa de la vivida en 1810, cuando comenzó el sitio a manos de las tropas napoleónicas! Aunque, a decir verdad, tampoco sería comparable a ciertos acontecimientos que todavía estaban por venir…

El lunes, de buena mañana, la casa en la que residía el señorito Modesto Andújar era un torbellino de preparativos. La señora iba a asistir a un besamanos al palacio. Estaba bastante más nerviosa que contenta, así que Modesto optó por retirarse a la biblioteca y observar desde allí el vaivén de solicitudes que hacía al servicio con motivo de la elección de vestido, sombrero, sombrilla, guantes o zapatos. No obstante, aquel desinterés matutino se convirtió en inquietud cuando, por la tarde, debió prepararse él mismo para ir al teatro junto al resto de la familia. Y es que no todos los días uno acudía a la misma función que una reina. Modesto fantaseó con tener la oportunidad de conferenciar con doña María Isabel de Braganza en el entreacto y pedirle que convenciera a su real esposo de reabrir los viejos cafés. Si él le explicaba sus motivos, seguro que nadie en la Corte podría ver con malos ojos esos establecimientos. Sin embargo, el señorito Andújar apenas fue capaz de distinguir la silueta de las consortes entre la nube de efusivos aclamadores y molestos fisgones. Así que, un día más, sus discursos apenas lograron tomar forma entre sus labios, hartos de repetirlos cara al espejo que había colgado en una de las paredes de su habitación.

Tal era la obsesión del jovencito Andújar por las frases que no había podido entonar que no se percató de que, al girar por la calle de la Carne, de vuelta a su distinguida residencia, se había cruzado con una figura conocida: el reflexivo Alonso Guzmán. Regresaba a su casa con los bolsillos vacíos, irritante costumbre en aquel verano de 1816. Cada vez llevaba menos dinero encima, dispuesto a dosificar su extinta fortuna, pero notaba cómo la paciencia de su acreedor se evaporaba a la misma velocidad que sus reales. Guzmán también andaba distraído aquella velada, barruntando decisiones pendientes, así que ignoró que alguien lo seguía. Solo en la calle de Villalobos lo sospechó, pero prosiguió con su silencioso paseo. Al final, cuando casi había alcanzado la puerta de la casa de vecinos en la que se hospedaba, descubrió las intenciones de las personas que habían escoltado sus pasos. Tres caballeros, a los que reconoció como los socios de su fiador, se abalanzaron sobre él. Alonso reaccionó con rabia y luchó por liberarse de los golpes y por devolver alguno que otro. Sintió escozor en la cara, ardor en el estómago y una punzada en el hombro. También quemazón en los nudillos, que estrelló contra los dientes destartalados de uno de sus agresores. Pero al final, por mucho que peleó por salir ileso de aquella emboscada, notó cómo su pendenciera forma de pasar las jornadas le había restado agilidad y precisión. Las últimas patadas, ya en el suelo, las recibió con resignación. Aquellos recaderos zanjaron su gentil intervención con las palabras: «Ya no vale con las migajas, rata. Se acabó tu tiempo. O devuelves lo que debes antes del jueves o estás muerto».

Alonso Guzmán se quedó tendido allí hasta más allá de la medianoche. No se había granjeado una fama intachable en sus años en la ciudad, así que los moradores que se toparon con él apenas repararon en su presencia y continuaron con su itinerario, mascullando vanas suposiciones sobre lo acaecido. Cuando volvió a sentir las piernas y la espalda, trató de moverlas con cuidado y luchó por incorporarse. «Craso error», opinó al experimentar dolor por todo el cuerpo. Pero no podía quedarse más tiempo en medio de la calle. Se apoyó sobre el codo y, blasfemando, se levantó. Una cojera transitoria lo acompañó hasta la puerta y ese patio que siempre estaba abarrotado de vecinos que cocinaban, parloteaban o lavaban. También por las interminables escaleras hasta el tercer piso. Algunos se asomaron para confirmar que, un día más, Alonso había vuelto vivo. Él no reparó en el pernicioso huroneo de aquellas puertas sin nombre. Al cruzar la de su morada, cerró a conciencia y alcanzó una botella de vino de aquellas que le proporcionaban sosiego por la noche. Se bebió la mitad de un trago, ansiando que el alcohol borrara las magulladuras de su carne y su alma. Después se desplomó sobre el catre.

Las pesadillas y los pinchazos interrumpieron su descanso una y otra y otra vez. Pero sus ojos no se abrían, era como si se hubieran quedado pegados, impidiendo que reaccionara, que buscara un antídoto a sus males. La cama era paraíso y presidio. La luz solar mutó de fase y adecuó su intensidad a la hora hasta volver a desaparecer. En ese instante, sabiéndose de nuevo inmerso en las sombras nocturnas, Alonso se despertó. Su corazón palpitaba con furia. Buscó con la mano el reloj de bolsillo en la mesita. Eran las nueve. Las nueve de la noche del miércoles 10 de septiembre. Según había escuchado de boca de Conrado, la comitiva real tenía previsto salir de viaje a las ocho y media de la mañana siguiente. Sin ganas de volver al abrigo de las exigencias de su hermano Cosme, el encargo real se había convertido en la única salida para pagar su deuda y salvar su cuello. Apenas tenía margen, no podía presentarse así. La alternativa a aceptar aquella propuesta era huir. Pero ¿estaría mejor o, como le había indicado don José, sus demonios lo acompañarían hasta el fin del mundo? Reflexionó sobre su estado postrado en un catre. Quizá estaba muerto, pero ¿le importaba a alguien? Aquel planteamiento le dio vértigo, así que, sin dar más vueltas, se incorporó. Las náuseas sobrevolaron su cuerpo dolorido y fatigado. Tenía un poco de agua en la tina. Como pudo, se aseó y volvió a escoger las ropas menos indecentes. En uno de los bolsillos todavía estaba aquella esquela en la que figuraba la dirección del señor Quesada. Resopló y se marchó al número 118 de la calle del Baluarte.

El mayordomo de la distinguida familia con la que se hospedaba el embajador del duque de Alagón no ocultó su extrañeza al recibir visita a esas horas. Aun así, tras consultar, permitió que Alonso pasara. Cruzó un zaguán y siguió al empleado hasta la planta principal, en la que, tras una antesala, se abría un salón decorado en estilo rococó. Incluso habiéndose acicalado, Guzmán se sentía sucio, así que evitó acomodarse en cualquiera de las butaquitas tapizadas en tercianela rosada. Tras cinco minutos de espera, los anteojos del señor don Ventura aparecieron por una de las dos puertas. Su gesto combinaba la extrañeza y el alivio. Pidió a Alonso que se sentara, a lo que este se negó en un principio.

—Hágame el favor —insistió.

—Está bien.

—¿Puedo saber qué le ha ocurrido en la cara? —se interesó el enviado real.

—Nada digno de orgullo ni mención, señor.

El otro asintió, dándose por complacido.

—Bien, entiendo que si ha venido es porque ha tomado una determinación.

—Sí. Así es.

—¿Y?

Alonso fue capaz de oír las agujas del reloj suizo que decoraba la repisa de la chimenea. Quiso escuchar algo más, quizá una revelación divina que le impidiera dar el paso, pero solo hubo espacio para ese molesto tictac.

—Estoy dispuesto a servir a Su Majestad, una vez más, si no le importa mi falta de capacitación para esta empresa.

—¡Magnífico! —celebró el otro.

Puso sobre la mesita de jaspe una carpeta de piel que había carecido de importancia hasta ese instante.

—En estos pliegos tiene información sobre los perfiles que debe vigilar aquí en Cádiz. Como verá, son varios, pero no suficientes. Su cometido es ampliar la lista de sospechosos de conspirar contra el rey. Debe ser discreto. Su función no es apresar. Eso lo hará el Santo Oficio. Usted solo debe transmitir informes, desenmascarar traidores, sea cual sea su apellido. ¿Comprende?

Alonso asintió, tomó el relevo y revisó los papeles que se le habían entregado.

—¿Y a quién debo informar?

—A mí. Yo se lo trasladaré al duque de Alagón, que compartirá sus pesquisas con Su Majestad. Pero jamás debe figurar mi nombre en las comunicaciones. Deberá escribir a la duquesa de Grimaldo, una aristócrata ficticia. Siéntase libre de emplear el tono que considere oportuno para alejar toda sospecha de sus líneas en caso de que caigan en las manos incorrectas. Tiene toda la información ahí. Una vez la haya aprendido, destruya todos los pliegos.

—Está bien —contestó Alonso.

—Si no necesita nada más, será mejor que nos despidamos y no volvamos a tener contacto en persona —concluyó, levantándose.

—Aguarde, señor Quesada. Usted..., usted me comentó que se recompensarían mis servicios, ¿no es así? —se interesó Alonso, pues ese era el verdadero motivo de que estuviera sentado en aquel salón.

El funcionario arqueó las cejas.

—Evidentemente, señor Guzmán.

—No quisiera que mi petición fuera impertinente, pero me resultaría de gran ayuda tener un adelanto —planteó—. Vivir en Cádiz no es barato —bromeó.

—Oh, oh... Sí, por supuesto. Le enviaré un lacayo mañana con veinte escudos.

—¿Podrían ser treinta? Tengo algunas compras pendientes.

—Sí, treinta. En efecto —respondió don Ventura, algo desconcertado.

—Perfecto, entonces.

—Pero, señor Guzmán, no cometa la torpeza de cambiar de estilo de vida ni de ropas. Podría levantar recelos. Nadie debe saber a qué se dedica.

Alonso asintió, aceptando aquella liviana condición. El señor don Ventura Quesada se levantó y le tendió la mano para dar por finalizada la reunión. El otro correspondió y se retiró.

Por primera vez en mucho tiempo faltó a su cita con la taberna. Todavía estaba dolorido, externa e internamente, así que volvió a su guarida donde, eso sí, se terminó de beber la botella que había descorchado para que la inconsciencia diese sutura a las lesiones de la paliza. Entre trago y trago repasó los papeles que le había entregado aquel cortesano remilgado como el mercenario en el que acababa de convertirse. Imaginó cómo podría ser el duque de Alagón, al que no había tenido el gusto de conocer, pero del que corrían numerosos rumores en la plaza desde que se había convertido en la mano derecha del rey tras el regreso de este de Valençay.

Mientras repasaba anotaciones, Alonso se preguntó cuánto tardaría aquel advenedizo duque en caer. Estar próximo a

Su Majestad siempre tenía fecha de caducidad. Así lo habían demostrado casos como el de don Juan de Escóiquiz, el amado maestro y confesor de Fernando VII. Don Juan lo había apoyado cuando Carlos IV pareció poner en riesgo la subida al trono de su hijo con sus prebendas al Príncipe de la Paz; también había formado parte de la conjura de El Escorial en 1807 y del motín de Aranjuez en 1808 para asegurar la corona en el cabezón de aquel influenciable príncipe; se había marchado con él a Francia para entrevistarse con el gran Napoleón Bonaparte y, por último, había compartido su miserable destino como prisionero en los años de la ocupación. ¿Su moneda de cambio? Un paulatino alejamiento de la Corte hasta firmar su destierro en junio de 1815.

Tampoco quedaba atrás el de don Pedro Macanaz, caído en desgracia un año antes que el canónigo, acusado de corruptelas demasiado extendidas como para ser el verdadero objeto de ofensa para el monarca. ¿Cuánto tardaría aquel advenedizo duque en caer? Alonso Guzmán deseó que el tiempo preciso para que él se situara fuera de su órbita, alejado de cualquier salpicadura. Ese era, sin duda, uno de los grandes inconvenientes de tomar partido por una causa, aunque fuera solo por dinero: podías perderlo todo en un solo parpadeo. Por eso siempre se debía estar vigilante, atento a los cambios de viento para ser capaz de abandonar el barco antes de formar parte de la extinguida tripulación de un pecio. Y más todavía con aquel monarca, obsesionado con sombras que no veía.

En aquella primera ojeada, Alonso sacó una conclusión: la mayoría de los sujetos que levantaban suspicacia en la Corte eran militares. No le extrañó. Desde la vuelta de Fernando VII, se contaban tres intentos de pronunciamiento, con claras vinculaciones a un ejército que, a raíz de la contienda, había dejado de estar compuesto por los hijos de las familias privilegiadas. El líder guerrillero Espoz y Mina lo había intentado en Pamplona en 1814, y después habían venido los casos mencionados por el señor Quesada en su primera entrevista con Alonso: el general don Juan Díaz Porlier en La Coruña en 1815 y el comisario de guerra don Vicente Richart en Madrid en la primavera de 1816, conspiración en la que habían quedado muchos cabos sueltos. Como en casi todo últimamente. En Cádiz, cuya defensa era prioritaria como punto estratégico militar y comercial, había muchos soldados destinados a cargo de la guarnición. Ese era el caso del capitán Conrado Íñiguez. También otros que, desde principios de año, aguardaban como parte del ejército expedicionario a ser enviados a Buenos Aires para tratar de contener la incansable lucha de las colonias por su independencia. Alonso sabía que tenía trabajo por delante. Separar el trigo de la paja no sería tarea sencilla. Sin embargo, uno de aquellos nombres, escrito entre prisas y delicadeza por el desaparecido teniente general Jácome, le reveló por dónde debía empezar.

Las promesas de palacio, en ocasiones, son ciertas y, por suerte, el lacayo enviado por el señor don Ventura Quesada se presentó en la morada de Alonso a las ocho y veinte de la mañana. Este, que había trasnochado para estudiar aquellos documentos, se sobresaltó cuando oyó dos toques en su puerta. Levantó la cabeza y, despegándose el último papel de la frente, almohada incómoda en aquella noche sin descanso, abrió. Sentir el peso de treinta escudos suspendidos en el aire, acolchados por el suave terciopelo de aquel saquito, fue el mejor amanecer de cuantos hubiera podido inventar. Despidió al empleado, quemó los pliegos memorizados y, sin dar tiempo a que su fortuna se evaporara, se marchó para zanjar su deuda.

Fue curioso lo que experimentó cuando pagó a su acreedor, que no dudó en despedirlo con más amenazas si volvía a cruzarse en su camino. Por un lado, notaba aquella soga traicionera, pero, por otro, se supo más libre que en los últimos meses. ¿A aquella paz se refería don José? Quizá sí. Pero recordó que, poesías aparte, aquello era un adelanto y, como tal, exigía del cumplimiento de un deber, cincelado sobre su pecho desde que había aceptado aquella bolsita carmesí. O puede que antes. Dispuesto a llevar a cabo su primer movimiento en aquella empresa, recorrió las calles de la ciudad y respiró la calma que había dejado la marcha de las hermanas De Braganza. De nada había servido que la propia reina suplicara a los vecinos que cesara el despilfarro. El marqués de Castelldosrius se había empleado a fondo para dejar patente a Su Majestad que ninguna plaza amaba más a su nueva esposa que la antaño traidora Cádiz. Alonso deambuló hasta dar con el objeto de su deseo: su antiguo compañero, el capitán Conrado Íñiguez. Hacía la ronda por la Alameda. Se hizo el encontradizo, disimulando sus intenciones.

—¿Ya en pie, Guzmán? Creí que te habían matado. Hace días que no apareces por la taberna.

—Necesitaba alejarme de la multitud. Sabes que odio el griterío. ¡Menos mal que ya se ha ido ese pelotón de babosos cortesanos!

—¿Y qué te trae por aquí? ¿Buscas alguna dama a la que atormentar? —se burló.

—No, en realidad quería dar un paseo, estirar las piernas. Llevo días sin salir de casa. Por cierto, ¿querrás que te invite a un trago más tarde? Estaré en la taberna. Mi hermano me ha enviado más dinero y quiero celebrar los beneficios de su corta sesera —mintió.

—Sí, por supuesto. Aunque deberías conservar esos reales. Ya imagino que lo de la cara no habrá sido un accidente —opinó Conrado.

—Guarda cuidado. Sé lo que me hago. Te veo antes de la caída del sol. Avisa a Salado si lo ves —dijo mientras se alejaba.

En el tiempo que aguardó en la taberna, algún que otro concurrente se sorprendió de que siguiera respirando. Alonso se dio cuenta de que su constante presencia en aquel local lo había convertido en parte de él, como una pieza más de mobiliario. Así, su ausencia había tenido el mismo efecto en los habituales que si se hubiera reducido, de pronto y sin motivo, el número de banquetas. A eso de las ocho de la tarde, el capitán Íñiguez apareció. Alonso simuló ebriedad. Un as en la manga para aquella conversación pendiente. El soldado se acomodó a su lado, atraído por la posibilidad de no tener que pagar por sus vicios. Al parecer, no había visto al marino, así que la reunión sería de dos. El diálogo, tal y como había planeado Alonso, fue dando bandazos sin orden ni concierto. Charlaron sobre la actualidad, las últimas rarezas del clima y zafiedades varias. Incluso revivieron, por unos segundos, algunas de las experiencias compartidas en la batalla de Uclés, campaña en la que se habían conocido. Lamentaron la desgracia de otros y, al final, Alonso se atrevió a decir:

—Del que no termino de fiarme es de tu ayudante. Coincidí con él en la batalla de Sagunto, en 1811.

—¿Del teniente Rincón? —se extrañó Íñiguez—. ¿Y qué es lo que sospechas?

—No sé, no sé. Pero no me sorprendería que tuviera contactos con contrabandistas —se inventó—. Es de esa clase de hombre que jamás mira a los ojos. No es trigo limpio.

—No lo había pensado, pero tienes razón en eso de la mirada —musitó el otro, y dio un trago.

—¿No has notado nada extraño en su comportamiento? ¿Quizá compañías indeseables? ¿Ausencias injustificadas?

—No, no, nada en absoluto. Es diligente. Puntual. Respetuoso.

—¿Y siempre lleva las botas limpias? ¡No me digas más! Eso es que esconde algo peor que la mugre de sus zapatos.

—¿Tú crees, Guzmán?

—Lo que yo crea o no es totalmente irrelevante, pero si hay indicios, te recomiendo estar alerta. En la guerra no me concedí ni un segundo si observaba conductas extrañas. El olfato jamás me falló. Incluso identifiqué a un imperial infiltrado. Recuerda que, si hay sorpresas, no solo caerá el teniente Ángel Rincón. También tu nombre quedará en entredicho.

—¿Y qué me recomiendas hacer?

—Vigílalo. Observa de dónde viene, adónde suele ir, con quién se reúne.

—¿Piensas que tengo tiempo para eso? —Se rio el capitán.

—Yo te ayudaré, en la medida de lo posible. Como me sueles decir, quizá no haya perdido mi instinto. Y si esta vida miserable me lo ha arrebatado, lo sabremos a tiempo de dejar en paz a ese hombre.

—No te preocupes, yo me encargaré. No quiero que nadie te vea olisqueando el trasero de mi ayudante.

—Está bien, como tú desees, amigo mío. Pero yo que tú, seguiría mi consejo. ¿Brindamos? —prosiguió Alonso, que aborreció saberse al margen de las pesquisas.

Como era habitual, el sentido de la responsabilidad de Conrado lo impulsó a abandonar el local a hora temprana. Alonso se quedó un poco más. Canturreó con un comisario de barrio que, media hora más tarde, se convirtió en su enemigo al faltar el respeto a la Filo. No era aquella mujer muy estricta en cuanto a los miramientos que los hombres debían tener con ella, pero todo tenía un límite. El de Filomena Esquivel era tocar sin pagar. Alonso Guzmán lo sabía, así que se prestó a poner a raya a aquel caballero. Como siempre que pasaba algo así, el tabernero expulsó a los implicados de su local.

La Filo acompañó a Alonso a su casa. Se le habían abierto algunas de las heridas de la paliza previa. Por el camino, su amiga le pidió que no volviera a defenderla, necesitaba seguir entrando en la taberna. «Yo me basto y me sobro sola, Alonso. Tu ayuda puede hacer que pierda clientes, ¿entiendes?», le indicó, sofocada. Él, que ansiaba enmendar su error y tomar prestados besos que jamás serían suyos, le dio dos de los escudos de oro del saquito burdeos y dejó que ella lo guiara a ese oasis plagado de pétalos y espinas.

Cuando abrió los ojos aquella mañana, la Filo todavía no se había marchado. Algo nada común. Estaba despierta, contemplando las dos monedas que Alonso le había entregado.

—¿No tienes prisa hoy? —se interesó él.

—Una miaja solo.

Volvió el silencio.

—¿De veras puedo quedármelos? —se aseguró mientras manoseaba el dinero.

—Por supuesto. Contigo jamás dejo deudas pendientes. Me das más miedo que cualquier otro fiador de Cádiz —bromeó.

La Filo sonrió.

—Me pregunto si mi madre vio alguna vez una moneda de oro. Ella era hilandera, ¿sabes? Allá en Úbeda. Trabajó toda su vida y jamás tuvo un respiro. Al final, la miseria la mató.

—Tú sobrevivirás —intentó animarla.

—Sí, supongo que sí. Un tiempo.

Silencio.

—El problema es que hay mañanas, como la de hoy, en las que no quiero limitarme a sobrevivir, Alonso. Quiero vivir.

Su lagrimal liberó una gotita que, sin permiso, recorrió las pecas de su mejilla. Sin esperar un gesto de cariño, protocolo para el que no estaba educada, se levantó de la cama y se vistió. Alonso Guzmán se sintió miserable. No había nada bueno en su acto. Perpetuaba la infelicidad de aquella muchacha que merecía haber nacido con sus posibilidades, pero que, cada día, estaba más envuelta en el fango de la indecencia y la pobreza. Antes de que saliera por la puerta, se acercó a ella y besó aquellos labios magullados por la más ácida realidad. Ella sonrió, parte del servicio prestado, y se fue.

Alonso no se permitió darle más vueltas al asunto, se compuso a su modo y continuó con las averiguaciones. No tenía claro si su segundo paso lo convencía del todo. Titubeó un par de veces, pero al final concluyó que era preciso tantearlo.

Llamó a la puerta del número dos de la calle del Rosario y, como le ocurría últimamente, el mayordomo sacó a relucir su extrañeza ante su inusitada presencia. Pidió ver al señorito Modesto que, entre sorprendido y halagado, apareció por las escaleras del patio solo cinco minutos después. Allí aguardaba Alonso Guzmán, con su tricornio y una inédita sonrisa.

—Buenos días, señor Andújar.

—Buenos días, señor Guzmán. ¿Está usted bien? ¿Qué le ha pasado en la cara? ¿Qué le trae por aquí? Justo ahora me disponía a salir hacia la Escuela.

—No es nada. Magnífico. ¿Tiene tiempo de dar un paseo?

Modesto consultó su reloj de bolsillo y, sin ninguna gana de escuchar más peroratas sobre importaciones, exportaciones y aranceles, aceptó.

—Mi escuela está en la calle San Francisco, así que, si no le importa, vayamos hacia el norte. Si algún maestro me ve por allí temprano, es capaz de darme una lección personalizada.

—Sí, no se preocupe. Iremos hacia el baluarte de la Candelaria —lo tranquilizó Guzmán—. Bueno, cuénteme, ¿qué tal lo trata la vida? ¿Ha disfrutado de los festejos reales?

—Lo cierto es que no puedo quejarme. Han sido días bastante interesantes en comparación con la monotonía de mi existencia en esta ciudad. Bueno, y en general.

—Apuesto a que se hizo un frac nuevo para la ocasión. Y parece que ha visitado al barbero.

El señorito Andújar se puso rojo de vergüenza.

—Sí, bueno. Mi madre insistió en que no escatimara en mi apariencia.

—Hace bien. No querrá terminar como yo... —bromeó Alonso.

—Tengo la teoría de que su imagen es una decisión, no una consecuencia —compartió Modesto.

Alonso arqueó las cejas, impresionado por la franqueza del joven. Sin embargo, aprovechó aquel inexplicable interés por su pasado como anzuelo.

—Dígame una cosa, señor Andújar. ¿Qué le gustaría saber de mí?

Modesto reflexionó su respuesta.

—Por lo pronto, y dado que apenas lo conozco, me bastaría saber por qué es usted tan misterioso e introvertido.

—Parece que ignora lo ambiciosa que es su curiosidad.

—Quizá sí. Pero no tengo muchos amigos. Apenas he tratado con personas ajenas a mi familia o a un círculo cercano aceptado por mis padres. Usted es diferente por razones que se escapan a mis entendederas. Es inteligente, irreverente a ratos, no parece temer a nada o que algo le importe. Y mi afán por aprender sobre el mundo, por descubrir realidades diversas, me impulsa a interrogarlo, a tratar de comprender por qué un hombre de buena familia y excelente educación está cavando su propia tumba en una ciudad que no es su hogar.

—Se equivoca, Cádiz sí es mi hogar. Y sí me importan cosas. De hecho, creo que usted y yo nos parecemos en muchos aspectos. También a mí me interesan esas realidades diversas de las que habla. Aunque puede que sea por motivos dispares. Observo que esta ciudad oculta secretos y si quiero sobrevivir, necesito desvelarlos.

—¿Siguen persiguiéndolo por dinero, señor Guzmán?

—Algo así —respondió.

Tras cruzar la plaza de San Francisco, giraron por la calle del Calvario, que desembocaba en la Alameda. Los bancos, con aquellos respaldos de mármol, mirando al mar, flanqueaban su conversación por un costado.

—¿Puedo yo ayudarle en esa búsqueda, señor Guzmán? —se atrevió a decir Modesto.

—No lo creo. Usted lo ha dicho, apenas conoce a gente.

—Humm... Sí, es cierto...

—Aunque, quizá... Debe ser discreto con lo que le voy a decir, ¿entendido?

Modesto asintió con energía.

—¿Usted tiene noticia, por alguna casualidad, de algún movimiento a favor de la Constitución en el tiempo que lleva residiendo aquí? Conozco su fervor por la causa.

—¿Yo? ¿Qué habría de saber yo? Nada en absoluto. Y eso que he intentado indagar a fondo, pero no me han llegado datos ciertos. Solo rumores.

—¿Y qué rumores son esos?

—Ya se lo dije. Que todavía existen partidarios de la causa y que, bueno…, que continúa la actividad clandestina en la ciudad. Nada más.

—¿Y no sabe dónde?

—No, no. Pero ¿por qué necesita esa información?

—Desconfío de un hombre con el que he tenido problemas de dinero últimamente. Necesito chantajearle con algo. Mi nariz no va a aguantar muchos más puñetazos —disimuló Alonso.

—Oh, de acuerdo, de acuerdo. —Modesto se quedó pensativo—. Creo que puedo investigar un poco más. Si averiguo algo, se lo haré saber al instante.

—Eso sería de gran ayuda. Y demostraría que es un buen amigo. Quizá me sienta lo suficientemente cómodo como para compartir con usted algunos retazos de mi pasado —dejó caer Alonso.

Modesto sonrió y volvió a asentir. Ya habían llegado al baluarte de la Candelaria.

—Dígame una cosa, señor Guzmán. ¿Por qué se teme tanto mentar la palabra «liberal»? Me he dado cuenta de que, salvo usted, nadie lo dice. La mayoría actúa como si nada hubiera ocurrido.

—Bueno, el señor Villavicencio, el primer gobernador tras la vuelta de Fernando VII, prohibió el uso de esa palabra y también la de «servil». Después llegó el conde de La Bisbal, que cerró los cafés sospechosos a punta de fusil y se dedicó a apresar a vecinos por cualquier nimiedad. Tiene suerte de haber vivido aquí con gobernadores más dóciles. Para mi gusto, Castelldosrius es zalamero, pero, por lo menos, los gaditanos lo toleran.

—Ya decía yo… —masculló Modesto.

De pronto, se sobresaltó, recordando que tenía clases a las que asistir. Sin tener el control de su día a día, como sí disponía Alonso, Modesto se despidió y, corriendo con su cartera, se marchó a desempeñar sus obligaciones. Guzmán sabía que el estudiante cumpliría su promesa. También que el capitán Íñiguez analizaría con cautela los movimientos de su ayudante. Solo debía esperar, ser paciente, pues la siguiente pista de aquel enigmático entramado llegaría a él más pronto que tarde.

VIII

Las puertas de la muralla estaban a punto de cerrarse, como cada anochecer, cuando el carruaje de los marqueses de Riofrío cruzó la de Zamora. Un total de cinco coches, a los que se sumaban los dos que habían ido de avanzadilla el día anterior, llevaban a la familia, el servicio y algunas de las selectas posesiones de la familia Somoza. Los marqueses, acomodados en el primero, escuchaban quejarse a la Gran Dama, agotada desde que habían pasado La Perruca diez días atrás. Ni siquiera las ocurrencias del pequeño Ildefonso lograban animar a la baronesa, contrariada por no haber conseguido salirse enteramente con la suya respecto al viaje. El resto de los hermanos compartía ratos de siesta y adivinanzas en el segundo vehículo, vigilados por la nodriza. Unos metros rezagado, lo seguía el que compartían el señor Rafael Carrizo, doña Remedios Moyano —doncella de la marquesa— y doña Mari Nieves Ulloa, quizá aliviada por no tener que aguantar los lamentos de su señora. En el último de todos, en la base de aquella jerarquía andante, Julieta e Inés chismorreaban sin molestar a Loreto, una de las cocineras, amante del silencio.

Aunque la señora Lecubarri era la única con nervio y posición suficiente como para decirlo en voz alta, en realidad, todos estaban cansados. Una molesta lluvia los había acompañado en las primeras jornadas, tiñendo de gris el fabuloso puente de Santullano, así como las imágenes de Pola de Lena, Campomanes o el Puente de los Fierros. El aguacero también había decorado los extensos prados que, en las faldas de los montes que servían de límite entre el principado y el reino de León, contaban con plantaciones de trigo, centeno y maíz. Al llegar al puerto de Pajares, el clima, como siempre solía ocurrir, había enloquecido. En apenas unas leguas experimentaron las cuatro estaciones. El camino de La Pola los había recibido con una meteorología más amable. Inés fue observando, desde la ventanilla, cómo las parras y los fresnos limitaban el sendero que había de llevarla a su nuevo objetivo.

En su mente, mientras servía la comida y acomodaba a la familia en paradores o cerraba los ojos dejándose llevar por el balanceo ocasionado por las pisadas inciertas de los animales, recordaba las últimas indicaciones recibidas en la iglesia privada de los Somoza sobre en qué era prioritario que se fijase de la vida del marqués. Aquellos viajes a Sama habían interesado, así como la naturaleza de su carácter y sus diálogos. También repasaba las líneas escritas por los suyos en las misivas que, por fin, había recogido en aquel mismo templo tras pasar por las manos de aquel hombre para el que trabajaba. Supo así que Blanca estaba embarazada. Sus líneas dejaban patente la emoción, los nervios y esas primeras dudas de toda primeriza, deseosa, como en todo lo que se proponía, de ser excelente en aquel bonito cometido que tenía por delante. La carta de su madre le narró que su padre había tenido que pasar unas semanas en cama por un inicio de neumonía, pero que ambos estaban felices con los avances de Alejandra y Lorenzo, y más calmados al saber que Inés estaba ocupándose de cuidar de Dolores. Esta, sumergida en su llanto invisible y en los temores que la habían asaltado sobre aquel plan tras despedirse de Inés, le indicó en su escrito que continuaba desaparecida de esos eventos sociales que antes adoraba, y en los que solía destacar por su encantadora locuacidad. Inés no podía esperar a escribir las cartas de vuelta: dos con destino Santa Cruz, una para Blanca y otra para su madre, en las que inventaría actividades y breves sonrisas de Dolores; otra para su hermana mayor, en la que trataría de insuflar esperanza a su agotado corazón y le reiteraría que no tenía que preocuparse por ella, tan solo de mantener alejados a sus tíos. Intentó comenzarlas en los momentos libres que le quedaban antes de dormir, pero solo acertó a garabatear frases sin sentido, consecuencia de su fatiga física y emocional.

Así, atisbar el muro defensivo que rodeaba la bella y maltratada ciudad de Salamanca contentó a unos y otros. El carruaje se internó en la zona norte de la villa por la calle de Zamora, extensión de la carretera homónima que los había guiado hasta allí. Por la calle de la Peña, y dejando atrás la alfarería, llegaron hasta la calle de Toro, donde estaba ubicado el palacio de los marqueses. Contados faroles de aceite iluminaban detalles de unas vías ya dormidas. Uno de los mozos abrió dos enormes puertas de hierro por las que los vehículos de la familia entraron a la vivienda. Allí, Valentín Miralles y Diego Sazón, los lacayos, se aprestaron a ayudar a los marqueses y a la Gran Dama. Poco a poco, todos se fueron apeando de sus respectivos coches. Antes de ser capaces de tomar aire, Inés y Julieta oyeron chistar a doña Fuencisla, que las reclamó para contribuir con los últimos cabos sueltos que quedaban en la preparación de la casa. Inés no podía creerlo. Tenía la espalda y el trasero doloridos. Necesitaba dormir. Pero nada podía eximirla de sus responsabilidades, así que obedeció al ama de llaves.

Por las escaleras secundarias, símbolo arquitectónico de *statu quo,* subieron hasta las buhardillas donde las muchachas pudieron dejar sus escasas pertenencias. Inés se alegró al descubrir que, en aquel palacio, compartiría habitación con Julieta y Consuelo. Mientras esperaba a su compañera, se asomó por la galería y contempló aquel impresionante patio rectangular que, rematado con columnas corintias, firmaba sus lazos renacentistas. En las escasas horas que le quedaban a aquella jornada, las criadas ayudaron a deshacer los baúles del equipaje de la familia, colaboraron en el servicio y recogida de la cena y prepararon vasos de leche caliente por doquier. Antes de poder alcanzar la añorada cama, Inés debió cumplir con su cita diaria con la Gran Dama y leerle algunos versos de don José Iglesias de la Casa. Por suerte, la baronesa tenía sueño y no se demoró en solicitar a Inés que se retirara. Esta cayó rendida en el catre, olvidando que se le acumulaban las frases por redactar a su familia.

La dinámica de la vivienda salmantina de los marqueses era bastante similar a la del palacio en Asturias. Sin embargo, sí había algunas diferencias. Por un lado, el pequeño Ildefonso había reanudado sus lecciones con su ayo, el señor don Beltrán Enríquez. Aurora dedicaba largos ratos a escuchar las recomendaciones y consejos de su abuela sobre cómo ser una señorita refinada. La marquesa había sustituido sus paseos por el jardín por contadas salidas en coche por la ciudad. Y el marqués pasaba los días recluido en su despacho, donde recibía visitas. De vez en cuando, el matrimonio daba la bienvenida a algunas de sus amistades o se engalanaba para acudir a otras sublimes residencias. En cuanto al servicio, se había visto reforzado por otro criado, el señor Federico Cruz. No obstante, las jornadas eran igual de extenuantes.

Inés, en los primeros días allí, se había ofrecido voluntaria para atender a los proveedores que, por orden, acudían cada mañana a entregar los productos necesarios para el funcionamiento de aquel palacio. No es que ansiara más responsabilidades. Era una directriz. Una de tantas recibidas en el segundo banco a la derecha. Debía esperar paciente. No sería inmediato. Pero un día uno de los recaderos diría: «Aquí tiene. Leche de las vacas más lozanas del reino». Y entonces Inés sabría quién era el nuevo enlace. La persona a la que debería entregar las cartas para su familia y los mensajes codificados con sus averiguaciones sobre el marqués. Así lo hizo. Aguardó, abriendo la puerta trasera de las cocinas, una y otra vez, con las misivas escritas bajo su almohada.

Por fin, en la mañana del 4 de octubre, oyó aquella frase de los labios de un hombre de corta estatura y apariencia lamentable. Al principio ni siquiera lo miró, harta de ejecutar aquella tarea sin obtener el rédito esperado. Pero escuchar la frase clave la alertó. El caballero, de tez hostigada por el sol, le entregó la mercancía y se fue sin más. Inés se puso nerviosa. Por fin podría comunicarse. Aquello, sin duda, amenizó su jornada y endulzó sus quehaceres. Entretanto, dispuesta a perfeccionar su informe sobre el marqués, confirmó que, un día más, sus actividades se repetían. Recibió dos visitas por la mañana, momento en que Inés alcanzó a escuchar tres palabras liberadas por los labios del señor antes de que se cerrase la puerta de la antecámara: «proyecto», «ilusionado», «ayuda». La muchacha las repitió para sí mientras continuaba trabajando. Las tareas, como siempre, se extendieron hasta la noche. A las once y media fue momento de ir al cuarto de la señora Lecubarri a leerle unas líneas. Sin embargo, aquella velada la señorita Mari Nieves le notificó, nada más llamar a la puerta de la antecámara, que la Gran Dama estaba muy cansada y que volvía a tener esa rigidez en las manos que tanto le fastidiaba. La joven asintió y se retiró con cortesía, deshaciendo sus pasos con ligereza y una pizca de alivio por poder terminar el mensaje para su cómplice y repasar las cartas a su familia. En la cama, simuló que solo escribía notas y reflexiones para los suyos, y codificó los datos que había recabado sobre la rutina del marqués en esos primeros días en Salamanca, alumbrada por una vela que terminó molestando a sus compañeras de habitación.

Al amanecer se despertó más enérgica que cualquier otra jornada. Se vistió y se aseguró de estar en las cocinas antes de que llegasen los proveedores. Después del panadero y el carbonero, personajes sin cabida en la mente de Inés, entró aquel lechero desaliñado. Al coger las dos vasijas deslizó los papeles hasta notar que el hombre los sostenía. Este supo cómo ocultarlos enseguida. Se despidió sin aspavientos y se marchó. Inés, con las mejillas coloradas por la tensión, dejó ir las hojas manuscritas, único contacto con un mundo que cada día le parecía más desdibujado. Tras cerrar la puerta, miró alrededor, temerosa de que alguien hubiera juzgado sospechosa la forma en la que había recibido a aquel caballero. Pero las cocineras se afanaban en preparar el desayuno y doña Fuencisla revisaba el estado de unos manteles con ayuda de una lente. El único que pareció notar su congestión fue Valentín que, habiendo concluido la primera comida del día, se dirigía a las cocheras.

—¿Te encuentras bien?

—Sí, sí. Me sofoqué. Quizá sea por el calor del horno —disimuló y volvió a sus quehaceres.

Después de colocar todo en la despensa, y mientras se encargaba de vaciar los retretes, recordó la descripción en las misivas entregadas sobre aquellos agradables paseos que, se suponía, daba con Dolores cada tarde. También cómo, por el bien de su salud, le había transmitido a su hermana optimismo respecto a los avances de la empresa que tenían entre manos. A cambio de sus mentiras, solo quedaba esperar. Al regresar a las cocinas, una doña Fuencisla algo abrumada interceptó a Inés. Al principio, la muchacha se sobresaltó, temerosa de que alguien hubiera visto el intercambio con el lechero. Sin embargo, el ama de llaves la requería por un tema muy distinto.

—Los marqueses acaban de notificarme que tendrán invitados esta noche. Al ser una visita inesperada, no tenemos suficiente carne ni pescado. Vaya al mercado y hágase con suficiente producto para poder proceder con el servicio debidamente. Carmen le indicará.

—¿El mercado? ¿Yo? —balbuceó Inés—. No sé, yo...

—Dígale a Julieta que la acompañe. Pero es la última vez. No puedo prescindir de cuatro manos —ladró la otra—. Y dese prisa. Solo hay mercado hasta las nueve.

Inés no pudo más que asentir. Fue a buscar a Julieta, que resopló al ver su jornada alterada. Refunfuñando, se dirigió a la cocina donde cogió dos cestas. Por aquella puerta que servía a Inés de contacto con el lechero salieron a la calle, donde, esquivando paseantes, carretas y animales, fueron acercándose a su destino. En línea recta por la calle de Toro, dejaron atrás las residencias de otras ilustres familias salmantinas y se aproximaron a la plaza del Carbón, donde, rodeados por vetustas fachadas, se extendían puestos de legumbres, frutas, hortalizas y otras viandas.

—Perdona que me ponga así, pero es que detesto venir al mercado. Demasiada gente revuelta gritando —explicó Julieta.

—No te preocupes, creo que yo tampoco me voy a quedar con ganas de volver —contestó Inés, mientras esquivaba el aleteo de un pavo y a una mujer que se abría camino a codazos.

Julieta continuó andando hacia el sur hasta alcanzar la plaza del Corrillo. En aquella miscelánea de aromas, que iba desde las heces de las gallinas y los burros hasta el olor a tierra y a especias, cobró protagonismo el del pescado. Envuelta en aquel manto de esencias tan apetecibles como repulsivas, Inés identificó un puesto en el que se vendía carne de cordero y cabrito. Se lo señaló a su compañera, quien asintió. Las despachó un mercader que, orgulloso de su mercancía, les aseguró ternura en cada bocado.

—Si fuera a comérmelo recién hecho, no estaría aquí —bromeó Julieta.

Cuando quisieron iniciar el camino de vuelta, tras adquirir un poco de pescado, se encontraron con una plaza abarrotada en la que el trasiego de compradores comenzaba a combinarse con la recogida de cajones de algunos vendedores. Julieta, a sabiendas de que su avance sería lento a causa del peso, propuso dar un rodeo.

—Es más largo, pero avanzaremos más aprisa —le indicó.

Inés, como siempre últimamente, asintió. Se preguntó qué habría pensado su madre de haberla visto de aquella guisa, entre voces, pichones y lechugas. ¿Recibiría pronto sus líneas?

Tratando de que la cesta no se le escurriese, fue detrás de Julieta por las callejas salmantinas hacia el oeste y, después, vuelta hacia el norte por la calle de Cabrera hasta desembocar en la plazuela de Santo Tomé. A Inés, curiosa y reflexiva como acostumbraba, le sorprendió la cantidad de palacios que iban surgiendo a su paso. Aquella plaza, por ejemplo, tenía una iglesia en el centro, rodeada por bellísimas fachadas palaciegas. Al pasar por delante para encarar una callejuela que las llevaría de vuelta a la calle de Toro, le llamó la atención un coqueto templo de planta hexagonal que custodiaba la plazuela desde el flanco sureste. Mientras continuaban avanzando, Inés giró un par de veces la cabeza para fisgonear la escena que se representaba junto a una solicitada fuente, en la que, por turnos, algunos vecinos llenaban sus cántaros. La fila era larga y las caras de los que esperaban, un poema.

—Menos mal que la casa de los marqueses tiene su propio pozo en el patio —comentó Julieta al percatarse del análisis visual de su compañera.

—Sí, menos mal —respondió la otra—. ¿Por qué apenas avanza la fila?

—Bueno, en esta época todavía cae más agua, pero en verano, cuando solo sale una chispita..., se puede tardar días en que te toque.

Inés sintió que sus brazos se rendían por un momento y pidió una pausa a Julieta.

—Admiro tu capacidad para seguir el ritmo de doña Fuencisla —opinó Inés mientras cogía aire.

—¿Y qué remedio me queda? Por lo menos, al final del día, puedo comerme las sobras del asado de los marqueses o un guiso de morro y patata caliente. Y tengo un lecho, puedo vestirme... He conocido la alternativa y no te la recomiendo.

—¿De veras? —se interesó Inés, al tiempo que volvía a coger la cesta para proseguir.

—Madrid no fue un buen lugar hace años, ¿sabes? La gente caía muerta en la calle. Sin nada en las tripas. Llega un momento, cuando hace tanto que no comes, que no sientes apetito, solo la certeza, en tus huesos, de que te evaporas.

Inés tragó horrorizada.

—Siento mucho que tuvieras que vivir eso, Julieta.

—No te preocupes. Fue durante la guerra. ¿Alguien tiene buenas anécdotas de eso? —dijo con frivolidad.

La otra no quiso responder. Ella, que había vivido la contienda desde la distancia, solo podía imaginar aquellos pasajes a partir de los relatos de su padre, que siempre sonaban a cuento. Los años de la ocupación eran más épica que realidad para Inés. Sus consecuencias, sin embargo, formaban parte de su esqueleto. Quizá, como les ocurría a todos. Al volver a entrar en las cocinas, recibieron el consecuente graznido de la señora Fuencisla Baeza, que consideró que habían tardado demasiado. Julieta le dio las vueltas y se apresuró a reanudar sus tareas. Inés sacudió el polvoriento delantal y se dispuso a limpiar la sala de música. Por la noche, mientras llevaba y traía las bandejas donde reposaban los manjares que, *à la française,* degustaban o ignoraban los comensales, se esforzó en analizar el ambiente y cazar algún enunciado digno de mención, pero apenas consiguió descifrar nada.

A la semana, aunque sin notas personales, aquel lechero le entregó un pliego que Inés pudo desdoblar en su alcoba aprovechando que estaba vacía. Sacó la guía del guardapelo y leyó: «Nombres. Completos. Y. Cargos. Reuniones. Señor. Y. Cuándo. Cada. Una». Inés sintió cómo las gotitas de sudor abrillantaban su frente. Se quitó la cofia, queriendo liberarse de aquel difícil encargo, pero nada pudo mitigar la zozobra que la invadió. La acompañó durante ese otoño, a lo largo del cual se esmeró en seguir los pasos del marqués con mayor minuciosidad. Los sombreros de copa, los bastones y el crujido de las pisadas de las botas de elegantes caballeros cruzaban el umbral de la antecámara del señor día sí, día también. Inés anotaba los horarios ante la imposibilidad de saber cuáles eran las identidades de aquellos rostros, enmarcados entre patillas y rebeldes cabellos cortos, como mandaba la moda. Con el paso de los días, condena para las hojas de los caducifolios, se fue impacientando. No podía entregar un papel con simples horas. Así, decidió poner todos sus sentidos a disposición de aquella tarea.

Una noche de finales de octubre, mientras se relamía ante los restos de un estofado, se topó con una observación de doña Fuencisla:

—Mañana quiero que estén cinco minutos antes en las cocinas. Viene de visita el gobernador Cienfuegos y quiero asegurarme de que el palacio Somoza lo recibe de la mejor manera.

Inés levantó una ceja, y después disimuló. Como quien no quiere la cosa, antes de meterse en la boca la última cucharada, susurró a Julieta, con quien la prudencia se había ido difuminando:

—¿Gobernador?

—Sí, el señor don José Cienfuegos es el gobernador de Salamanca desde el fin de la guerra. Viene muchas veces. Creo que es buen amigo del marqués —explicó la otra.

La muchacha asintió victoriosa. Ya tenía un nombre, un cargo, un momento. Dos días más tarde, mientras doblaba y guardaba algunas camisas de lino, retiradas del uso hasta el próximo equinoccio, una breve disputa entre Consuelo y Eugenia le dio otra identidad, aunque de esta poco más pudo saber. Hablaban de la vez en la que Consuelo había tenido que recoger el servicio de café, tras la visita de un tal señor Calvo, porque Eugenia estaba desaparecida. Aun así, Inés lo escribió. A principios de noviembre, el rastro del aroma a incienso que despedían las ropas de otro de los recurrentes en el palacio le dio pie a preguntar a doña Fuencisla, quien, tras refunfuñar, respondió que se trataba del obispo de Salamanca, el prelado don Gerardo Vázquez. Sus ojos castaños, marcados desde hacía meses con la lacra de la culpabilidad, observaron a otros tres personajes sin título: un caballero que siempre portaba vistosos chalecos; otro, de elegante porte, que debía rondar los cuarenta años —o quizá más—; y otro que, siempre acompañado por carpetas y pliegos, destacaba por la perenne palidez de su rostro. Mediante el sistema acordado, fue pasando aquellas averiguaciones al lechero, cuyo gesto no siempre reflejaba satisfacción con la prolijidad del trabajo de Inés.

Entretanto, las obligaciones como criada no cesaban y, para su propia sorpresa, la Gran Dama, contenta con el estilo de lectura de la joven, había rehusado a buscarle sustituta. Aquello también contrarió a la marquesa, que no dudó en pedir a Inés que fuera a su antecámara para comunicarle, personalmente y mediante eufemismos, lo insólito de que alguien pudiera librarse de la afilada crítica de su suegra.

—No le pregunté en Asturias por qué sabe leer —se interesó, antes de que la criada abandonara la sala.

—Bueno, solía leer para mi anterior señora. Era su doncella. Se arruinaron y... necesitaba trabajar —aseguró, con la intención de proporcionar una versión parecida a la que había dado a doña Fuencisla.

Doña Mariana asintió.

—De todas formas, yo no celebraría nada. La veleidad es una virtud que la baronesa de Carrión siempre ejerce cuando menos lo esperas.

Inés hizo amago de responder, pero entonces la puerta se abrió. Era el marqués. La muchacha, rezando por que don Ildefonso no pudiera leer en su frente ninguna pista sobre sus pretensiones, entendió que tenía que retirarse. De camino a su alcoba, sintió el ardor en el orgullo que le generaba cada una de sus interacciones con aquel matrimonio. No eran muchas. Una criada debía mantenerse siempre a una distancia prudente de sus señores, ser invisible. No así los resultados de su trabajo de sol a sol. Desde detrás de la máscara que portaba desde hacía meses, se había dado cuenta de la tiranía que existía en las plantas principales de los palacios. En silencio, deseaba que el servicio de su casa de Santa Cruz jamás se hubiera sentido así. Pero imaginaba que ella misma habría sido causante de una angustia similar a la que ahora ella experimentaba vestida con aquel delantal siempre moteado de esfuerzo. Aunque estaba convencida de que, en su hogar, eran un tanto más amables, menos caprichosos y altivos. Quiso que tales cualidades fueran propias de esa familia, al igual que sus títulos. Con las orejas rojas por el hartazgo y la vergüenza que la carcomía desde que había entrado a trabajar allí, subió las escaleras.

Precisamente, gracias a ellas, a sus orejas, supo cómo dar el siguiente paso en su indagación. La señora Lecubarri estaba, como siempre, acomodada en un silloncito tapizado en damasco dorado. Era un espacio bastante similar al de la casa solariega en Asturias, aunque en Salamanca las paredes no soportaban el peso de tantas obras pictóricas anticuadas. En su lugar, ese damasco que lo recubría todo, hasta el mismo filo de las ventanas por las que se podía disfrutar de la huerta del palacio. Una de las costumbres de la baronesa era mascullar observaciones y juicios, aprovechando el cercano oído de la señorita Mari Nieves, dedicada a acomodarla. Inés tenía su lugar en un taburete junto a la puerta, parapetado, a su izquierda, por un secreter de caoba embutida en el que la doncella de la baronesa dejaba el ejemplar en uso.

—Detesto que se me comprometa sin mi permiso. Mi hijo antes no lo hacía. Seguro que es ella la que lo impulsa a mortificarme. No tengo ninguna gana de almorzar mañana con el señor De Mora y su familia —decía, mientras Inés se sentaba—. Estas manos mías, qué desesperación —masculló.

La joven registró aquel nombre y entonces, durante aquellos minutos en los que, con el libro abierto sobre la falda, esperaba a que la Gran Dama estuviera lista para escuchar, se le ocurrió una idea. A la mañana siguiente se puso manos a la obra. Cortó varias ramitas de romero de la huerta de los señores y procedió a repetir los pasos que su madre le había enseñado en su casa de Santa Cruz. Las dejó secar varios días. Después las metió en un tarro con aceite de oliva y las colocó en la despensa, donde debían reposar, guarnecidas del sol y la humedad. A Loreto y Carmen, las cocineras, les aseguró que no era para consumo propio. Parecieron contentarse, convencidas por los buenos modales y la afabilidad que siempre acompañaban a Inés, y ella se alegró de no tener que pasar por un interrogatorio de doña Fuencisla.

Mientras aquel ungüento maceraba, Inés continuó alerta, pero la buena racha de hallazgos parecía haberse agotado. Su preocupación aumentó por la expresión del lechero, que no se alegró al ver que, durante semanas, Inés no entregaba más papeles codificados. Quiso apaciguar los ánimos, ávida de noticias sobre su familia, e informó del número de veces en las que el gobernador, el obispo, los señores Calvo, De Mora y los tres desconocidos visitaban el despacho del marqués. Pero sabía que no era suficiente. A sus cavilaciones se sumó el nefasto anuncio de que la nodriza, Eugenia Delgado, y la señorita Moyano habían caído enfermas. También acabaron en cama el marqués, Ildefonso hijo y Beatriz. La señora Fuencisla arregló el aislamiento de las tres contagiadas en la misma alcoba y pidió al resto del servicio duplicar los esfuerzos para suplir las bajas. Durante dos semanas, Inés se olvidó hasta del tarro de aceite. E incluso de los problemas que la acosaban y de las ganas de leer unas líneas escritas por su adorada Blanca. Rodeada de las tinieblas de la noche, solo alcanzaba a escuchar la ristra de mandatos que marcaba el ritmo de sus movimientos, de su respiración, de su existencia.

Por fin, la mañana de Navidad, envuelta en una melancolía que jamás había pesado tanto, se dirigió al estante en el que había abandonado el frasco de unto. Tenía cinco minutos de descanso antes de recoger el desayuno de la señora Lecubarri, así que aprovechó para confirmar que ya estaba listo. Al abrirlo, el recuerdo de las tardes de verano con sus padres y hermanos impregnó todo su ser: las carcajadas de Dolores, las miradas cómplices de Blanca, las regañinas a Alejandra y Lorenzo, las historias de su padre, los consejos de su madre... Casi se sintió desfallecer. Sus ojos cargaban con todo y anhelaban expulsarlo, como cura a aquella angustia, a aquel miedo a perderse intentando encontrar algo. Se apoyó sobre la estantería e inspiró. «Tienes fortaleza y valentía», le había dicho su madre. ¿Dónde estaban ahora que las necesitaba tanto? ¿Era acaso una impostora que había hecho creer a los suyos que gozaba de una gallardía que, en realidad, no existía?, se preguntó furiosa y agotada. El chirrido de la puerta la despidió de aquel instante de flaqueza y, después de enjugarse la tristeza de las mejillas, dejó pasar a Loreto y se marchó a cumplir con sus obligaciones.

Cuando llegó al gabinete de la Gran Dama, donde esta disfrutaba de las comidas durante el día, se fijó en que, como contrapunto a su pesar, la señora estaba de muy buen humor. Había diversos motivos. Uno eran las Pascuas, fecha celebrada por todo buen cristiano —máxime en aquellos tiempos en los que la fe y la traición parecían ser cosa opuesta para el rey—. El otro era que el marqués, Beatriz y la nodriza parecían estar recuperados de la enfermedad. El pequeño Ildefonso evolucionaba sin peligro, así que solo quedaban por sanar la señorita Moyano y Eugenia. Julieta le había asegurado a Inés que estaba convencida de que la doncella y la criada estaban simulando sus males para poder descansar. Sea como fuere, la señora Lecubarri parecía relajada, así que Inés optó por ejecutar el plan. Antes de nada, retiró el desayuno y recolocó las sillas al gusto de la baronesa. Después, le pidió un momento antes de retirarse completamente.

—Dime. ¿Qué quieres, niña?

—Disculpe mi atrevimiento, pero me he tomado la libertad de prepararle un poco de aceite de romero. A mi padre le aliviaba la inflamación en las manos —respondió, mostrándole el frasco.

—Humm —se extrañó la señora.

—Quizá la señorita Ulloa podría masajeárselas cuando note rigidez. Yo solía encargarme…

La señorita Mari Nieves dio un paso al frente, pero la Gran Dama la detuvo.

—Hazlo tú misma.

Inés asintió. Acercó el taburete en el que solía leer y lo colocó junto al sillón de la baronesa. Con la delicadeza con la que solía frotar los dedos de su padre, supervisada por su madre, mojó sus manos con el bálsamo y trató de aliviar las de la señora.

—Huele bien —opinó la Gran Dama.

Inés sonrió.

—Me alegra mucho que le guste, señora.

—Eres una jovencita muy diligente.

—Es un honor poder serlo en su casa, señora —respondió Inés con dulzura.

—Sí, bueno, ojalá todos lo valoraran igualmente. La gandulería es un mal de las nuevas generaciones. Da igual cuál sea su estrato social.

La criada no respondió. Se limitó a volver a sonreír y a concentrarse en su tarea. Aunque era pronto para saber si aquel remedio conseguiría paliar el malestar de la señora Lecubarri, esta quedó satisfecha y pidió a Inés que repitiera el procedimiento todos los días. La señora Fuencisla Baeza aplaudió la iniciativa de la joven, que le llegó a través de susurros. «No sabe las ganas que tengo de conocer a su antiguo señor, Inés. No sé si me conmueve más todo lo que no tiene idea de cómo hacer o lo que sí», le espetó. Ella obvió contestar, orgullosa de que su artimaña hubiera tenido el éxito esperado. Se molestó en preparar más ungüento y, poco a poco, la señora empezó a manifestar lo bien que le iban los masajes con aceite de romero.

Tal como había vaticinado la joven, el detalle del aceite permitió que estuviera presente, durante más tiempo y sin censura, en la retahíla de monólogos de la Gran Dama. Gracias a esta maniobra de acercamiento a la baronesa, Inés no tardó en identificar a uno de los matrimonios con los que más se relacionaban los marqueses. Se trataba de los marqueses de Castellanos, una de las familias nobles más influyentes de la zona, cuyo palacio estaba ubicado en la calle del Prior. También pudo poner nombre a uno de los tres caballeros desconocidos, el de aspecto macilento, con motivo de una visita de este al palacio a principios de enero.

—No me gusta ver al señor don José Mintegui por aquí, lo siento. Entiendo que mi hijo tiene su criterio, pero, en ocasiones, me sorprende su arbitrariedad —farfulló la señora Lecubarri antes de dar un sorbito a su taza de leche, interludio entre el masaje y la lectura.

Inés no sabía a qué se refería, pero lo incluyó en su reporte. De hecho, apenas le dio importancia hasta que el lechero le entregó una nota en la que se le preguntaba si estaba absolutamente segura de que era ese el nombre. Ella lo confirmó, convencida de la exhaustividad con la que estaba procediendo. Y, para su sorpresa, unos días más tarde, volvió a toparse con aquel apellido que tan insignificante le había parecido al principio.

—En esta casa hay demasiado cuento. Ya lo irás notando —comentó Julieta con relación al dilatado reposo de Eugenia y Remedios mientras sacaban agua del pozo.

—¿La gente inventa el malestar?

—Algunos con poco miedo a perder su puesto. Yo jamás lo haría, por si las moscas. Pero es sabido que cuando se declara un infectado en el palacio, de pronto, caen otros tantos. Y siempre se recuperan más tarde los mismos —chismorreó Julieta, envidiosa del descanso ajeno.

Inés tiraba de la cuerda mientras continuaba escuchando las suposiciones de su compañera, que solo se interrumpieron por la llegada de Valentín Miralles. Este se percató de que las muchachas susurraban, deseosas de mantener al margen las opiniones que iban intercambiándose.

—¿Habláis de los sucesos de estas semanas? —quiso intervenir, valiéndose de un hilo de voz.

Julieta arqueó las cejas.

—Humm..., no. Estaba contándole a Inés mis teorías sobre las bajas injustificadas en algunos empleados del servicio.

—Ah, de acuerdo, de acuerdo. Entonces nada —respondió el otro.

—No, espera. ¿A qué sucesos te referías tú? —se interesó la madrileña.

—¿No os habéis enterado?

Las dos negaron con la cabeza.

—El pasado día 7 de enero apuñalaron al señor don Eustaquio Araújo, el canónigo.

Ambas se extrañaron.

—¿Y eso por qué?

—No tengo idea. Fue al salir de maitines, con la ciudad sumida en la oscuridad. Escalofriante. Salamanca siempre ha tenido malhechores, pero este año parece haber comenzado de la peor forma. No solo ha ocurrido eso... Ya se cuentan tres robos.

—¿Tres robos? ¿No fue el año pasado, por estas fechas, cuando también llegó la noticia de varios asaltos?

—Tate, ya decía yo que esto me resultaba familiar. Pero, aun así, el año pasado fue más leve. Han debido de ponerse de acuerdo todos los criminales para torturar a los vecinos —valoró Valentín.

—¿Y se sabe ya a quién han robado? —husmeó Julieta.

—Solo sé el nombre de una de las víctimas. El doctor don José Mintegui.

Inés, que era participante pasivo de aquella charla, sintió que las manos se le adormecían y la cuerda se escapaba a su control. El yute le raspó las palmas hasta saberse libre. O casi. La polea frenó el descenso, en caída libre, del cubo. Julieta y Valentín se lanzaron a ayudar, pero ya era tarde. El agua recogida había regresado al fondo del pozo, con lo que las jóvenes tenían que repetir el proceso.

—Me he despistado, lo siento —se disculpó Inés.

—No pasa nada. Anda, vete, Valentín, que todavía echaremos la mañana aquí si nos sigues distrayendo —indicó Julieta—. Pero infórmanos de todo lo que descubras, ¿eh?

—¡Eso está hecho, señoritas! Tened buen día.

—Hasta más ver —se despidieron ellas.

—¿Estás bien, Inés? Parece que has visto un fantasma —observó Julieta.

—Sí, sí. No te preocupes —mintió.

La joven se preguntó durante horas si el asalto al señor Mintegui tendría que ver, o no, con que ella hubiera dado parte de su vinculación con el marqués. Por un lado, estaba enmarcado en una sucesión de crímenes. Por otro, su nombre había despertado un interés especial en sus comunicaciones. Al saberse responsable, las manos le temblaron de nuevo. No contribuyó a su calma que, aquella misma mañana, don Ildefonso montara en cólera. Tiró la bandeja del desayuno, masacrando cada pieza de porcelana, derramando los líquidos sobre la alfombra de motivos florales y geométricos que recubría el suelo de su gabinete. El señor don Rafael Carrizo se retiró de la escena para regalar al señor la intimidad precisa y que siguiera aniquilando los adornos y la vajilla de la casa Somoza. Se repitió la cadena de requerimientos, pero aquella vez doña Fuencisla reparó en Inés, que regresaba de subir leña a la chimenea del gabinete de juegos de los niños. Como retribución a su aparente discreción y castigo por la animadversión que seguía generándole, solicitó que acompañara a Consuelo y que la ayudara a deshacer el desastre. El marqués, sin ganas de hablar con nadie, se fue del palacio, airado. El rastro de su furia debían borrarlo las criadas, hacedoras de magia con las durezas de sus manos.

Cuando Inés contempló el estado en el que había quedado la estancia, quedó impactada. Al tiempo que recolectaba añicos dispersados, se preguntó cómo alguien podía permitir que los nervios lo llevaran hasta ese límite. También barruntó sobre la posibilidad de que el robo al señor Mintegui hubiera provocado el ataque. ¿Podría ella tener la culpa de todo? Quiso pensar que no, pero su conciencia era poderosa y la asfixió mientras barría los escombros del humor del señor don Ildefonso. Poco a poco, Consuelo y ella devolvieron la normalidad a la cámara. Situaron las sillas volcadas junto a la pared. Reemplazaron, sobre la chimenea y la consola, los tibores rotos por otros procedentes del cuarto de invitados. Frotaron las manchas del tapiz. Llenaron de flores frescas el jarrón que había en la mesa de jaspe, superviviente del cataclismo. Irguieron la pantalla de la chimenea, tirada en el suelo como un vil objeto cualquiera. Y ataron con lazos las cortinas de seda, liberadas hasta entonces para ocultar la vergüenza de cualquier fisgón externo.

De vuelta a las cocinas, Inés agradeció la confianza a doña Fuencisla, quien respondió: «Si dice algo de lo que ha visto a una sola persona, estará despedida. ¿Entendido?». La joven asintió con energía y continuó con sus tareas. Estas se sucedieron hasta la hora de lectura con la Gran Dama. Pertrechada con el frasco de aceite, inició el ritual de cada anochecer. Primero masaje, luego versos. La señora Lecubarri tenía simpatía por Inés. La veía dispuesta, discreta, obediente. Sabía escuchar. Y, sobre todo, parecía darle la razón en todo. Incluso en la idea de que aquella, lejos de ser la propiedad de Mariana Fondevila, era su casa. Su familia. Y, por tanto, su criterio debía ser tenido en cuenta por encima del de la marquesa. En realidad, Inés se limitaba a asentir y sonreír. Pero cuando ansías tanto que alguien respalde tus ideas y enojos, no necesitas mucho más. La muchacha había comenzado a encontrar agradables aquellos momentos. Era la labor más pausada y agradecida que tenía con diferencia. Y se alegraba de que, lejos de los constantes reproches de doña Fuencisla, alguien valorara su dedicación. Aquella velada, además, quiso emplear su buena relación con la Gran Dama para sosegarse.

—Señora, perdone que la moleste con una pregunta, pero estoy preocupada y asustada. ¿Se sabe algo más de los robos? —se atrevió a preguntar Inés.

La baronesa de Carrión entendió el pesar de la joven, nueva en la ciudad.

—No se altere. Las autoridades darán buena cuenta de los responsables. No sería la primera vez. Recuerdo cuando, en 1802, apresaron a los criminales que llevaban tiempo aterrorizando a la provincia. Fue una época deplorable. Cada día se conocía la noticia de un nuevo horror: asaltos a viviendas, jóvenes deshonradas, párrocos maltratados... Por eso el Ayuntamiento colocó esos medallones en su balcón. Para agradecer a Su Majestad Carlos IV la ayuda para terminar con los vándalos. Incluso en las peores circunstancias se ha dado con la solución, así que estamos a salvo, no se inquiete.

—No cree que hayan regresado esos indeseables, ¿verdad? También he sabido lo del apuñalamiento al señor Araújo.

—No, no es probable. La ciudad es un lugar peligroso, sobre todo de noche. Por eso yo apenas salgo del palacio. Pero, aunque desconozco los motivos para querer herir al prebendado Araújo, sí sé que el señor Mintegui, otra de las víctimas, tiene más enemigos de los que se pueden contar con los dedos de una mano —le desveló.

—¿Enemigos?

—Tuvo una actitud errática durante la ocupación. Se vinculó con quien no debía. Y todo se paga, niña. Todo se paga. Aunque tiene suerte de que el gobernador Cienfuegos haga la vista gorda con los traidores. Se me revuelven las tripas al pensar en la cantidad de jurados y sectarios que hay por ahí sueltos —confesó—. Bueno, ya está bien de parloteos. ¿Por dónde nos quedamos ayer en la lectura?

Inés se limpió las manos en el delantal y corrió a por el libro. Las palabras de la baronesa se repitieron en bucle el tiempo en que se dedicó a leer. También mientras intentaba conciliar el sueño en su cama.

El ambiente en el palacio de los marqueses de Riofrío continuó enrarecido unos días más. No hubo visitas. Solo la salida y entrada de don Ildefonso. Inés lo notificó a aquel lechero de gesto desagradable. Se preguntó un millar de veces si ahondar en el asunto del señor Mintegui, pero conocía la respuesta. Y es que una de las condiciones exigidas en el trato era la mesura. No se admitían entrometimientos. Ahí se percató de cuántas veces había contraído promesas en los últimos tiempos sin saber si podría cumplirlas. Una mañana, al recorrer la galería de la primera planta de vuelta de limpiar una de las salas de visitas, sus pensamientos, a menudo atestados de culpabilidad, añoranza y temor, quedaron interrumpidos por una conversación fuera de tono, procedente del comedor. La puerta no estaba cerrada del todo, así que, sin poder reprimir su curiosidad, se acercó para escuchar tras ella.

—¡Deje de darme órdenes! No lo soporto más.

—Entonces usted debería dejar de plantear estupideces. Tiene cinco hijos, Mariana. Compórtese como una madre, no como una niña —le recriminó la otra—. Ildefonso está agotado de quejas y exigencias. ¡Mire de qué ánimo está!

—Sabe, al igual que yo, que su hijo se basta para perder la templanza. Y mis peticiones no son consecuencia de inmadurez. Al contrario, responden a cómo me enseñaron a defender mis títulos.

—Su familia tendrá su forma de proceder, pero aquí se estila otra. O se acostumbra o terminará encerrada en un convento, sin escuchar más voces que las de los santos.

Inés no podía creer que estuviera siendo testigo de tal enfrentamiento. No comprendía los motivos, pero era evidente que aquellas dos mujeres no se llevaban bien.

—¿Qué haces?

La joven se sobresaltó. Era Julieta, que se aproximó para confirmar lo que sospechaba. Al ver que la marquesa y la baronesa estaban enfrascadas en una disputa, miró a Inés. Esta creyó que iba a descubrirla o a delatarla a la señora Fuencisla, pero erró. Su compañera sonrió con picardía y se unió al espionaje.

—Ya está bien. No tolero que me hable así en mi casa.

—¡Esta no es su casa! No lo es si no la respeta. ¿Entiende? ¡Jamás lo per-mi-ti-ré!

—Ya verá como sí —contestó la marquesa y se dirigió a la salida.

Las dos criadas corrieron despavoridas y entraron en la biblioteca, la sala contigua al comedor. Desde allí, vieron cómo doña Mariana, con las mejillas encendidas, se dirigía al cuarto de sus hijos. También cómo la Gran Dama abandonaba la estancia, creyéndose vencedora, de vuelta a su gabinete.

—Te lo dije. No se soportan —apostilló Julieta.

—Jamás habría imaginado que su relación era tan nefasta. ¿Por qué crees que será?

—A saber... Pero cada vez estoy más convencida de que esta familia discute y se disgusta por aburrimiento —contestó.

Inés sonrió y después regaló toda su atención a la colección bibliográfica de los marqueses. Obras vetustas y recientes decoraban las repisas de las más de catorce estanterías de madera que recubrían las paredes de aquella sala. Nunca se había fijado en que, quizá, era la biblioteca más extensa a la que había tenido acceso. La de su casa de Santa Cruz era completa, pero distaba mucho de la magnitud de aquella recopilación de tomos traídos de diversas partes del mundo por los valerosos ancestros de los Somoza. Imaginó cuál de esos tomos escogería para llevárselo a Blanca o a Dolores.

—Deberíamos salir. No es bueno que no estemos donde se espera —propuso Julieta, tan concentrada en vigilar que apenas había echado un vistazo a aquella habitación que le mostraba tantas facetas fuera de su alcance.

—Sí, tienes razón —aceptó Inés, despidiéndose de aquella ensoñación fabricada en papel y piel curtida.

De regreso a las cocinas, Inés decidió borrar de su mente la imagen de sus hermanas por el bien de su juicio. A cambio, reflexionó sobre la escena que había atisbado, agazapada tras la puerta y con fingida indiferencia. ¿Sería cierto que aquellas mujeres no se entendían por afición? Quizá sí, quizá no. Lo que era seguro, aunque ella no lo sabía, es que esa maltrecha relación iba a repercutir en su vida y en todos los compromisos que había osado aceptar sin permiso del destino.

IX

Acababan de dar las seis en el reloj de bolsillo de Alonso Guzmán. Si no lo hubiera tenido a mano, la llamada a vísperas también le hubiera susurrado que su cita llegaba tarde. Aunque el invierno había calado en huesos y paredes, agradecía que el mar suavizase las temperaturas en aquella villa atlántica. Paciente, hizo bailar el líquido de su vaso. Su cuerpo se debatía entre el ansia de saber y el agotamiento. Y es que aquella empresa real, que le había permitido saldar su deuda, salvar su cuello y recuperar esa paz solo alcanzable con dinero, le había dado mucho trabajo en los últimos meses. Era gracioso, porque seguramente ningún vecino podría sospechar que bajo aquella discutible apariencia se hallaba un leal servidor de Su Majestad. Alguien capaz de todo por mantener el flujo de ingresos que había iniciado aquel mozo enviado por el señor don Ventura Quesada en septiembre y que, aun con nuevas obligaciones, le permitía continuar con su retiro y vicios.

El interés pecuniario, además, se entremezclaba con una excelente capacidad para la estrategia y una necesidad de probarse a sí mismo, y a su lastimado orgullo, que podía cumplir con su palabra, desenmascarar lo que nadie había logrado antes.

Algo que había demostrado con sus avances, tras colocar los anzuelos en los sitios precisos.

Así, en el mes de octubre, el capitán Íñiguez le había informado, en aquella misma taberna, de sus conclusiones tras pasar unas semanas observando a su ayudante, el teniente don Ángel Rincón.

—Tenías razón, Alonso.

—Por supuesto que sí —respondió en tono jocoso—. ¿A qué te refieres?

—A lo del teniente Rincón —bisbiseó Conrado—. He estado analizando su comportamiento.

—Oh, de acuerdo, de acuerdo. No lo recordaba, disculpa —mintió—. ¿Y? ¿Algo preocupante? —añadió con indiferencia.

—Bueno, en general, no. Pero es irritantemente fácil perderle la pista. No debería ser así, soy su superior. Y es demasiado escurridizo.

—Típico. Seguro que sabe que sospechas.

—No lo sé. Tampoco es que tenga noticia de que esté metido en nada escabroso, pero hay un detalle que sí me ha sorprendido.

Alonso bebió, rezando por que el capitán Íñiguez siguiera hablando sin necesidad de acicate.

—¿Recuerdas al comandante Rodrigo Prieto? Coincidimos con él al inicio del sitio, cuando nos enviaron aquí.

—¿Ese que estaba embebido en el papanatismo revolucionario de las Cortes?

—Ese mismo.

—¿Qué ocurre con él?

—De momento, nada, pero desconocía que mi ayudante era buen amigo del comandante Prieto. En las semanas en las que he estado alerta, han sido innumerables las veces en las que los he visto conferenciando. Y no siempre de forma pública —desveló Conrado, con aquel tono reservado con el que había decidido inundar el diálogo.

Acto seguido, como interludio a aquella cadena de confesiones, sacó una latita de la casaca militar y ofreció un poco de rapé a Alonso. Este aceptó, buscando alargar la reunión. Tras esnifar aquel polvo de tabaco, Guzmán, con las vías respiratorias hormigueantes, curioseó:

—¿Y a qué regimiento pertenece el comandante Prieto? Hace tiempo que no me topo con él.

—Llegó hace unos meses. También está en la guarnición.

—Humm...

—Tendré que seguir atento. No es que los imagine capaces de cometer ningún crimen, pero no me fío. Y detesto la idea de que alguien conspire delante de mis narices —aseguró, a la vez que sorbía los restos de tabaco que habían quedado atrapados en su fosa nasal derecha.

Alonso bebió un poco más de vino. Cometer un crimen... De golpe, conectó un par de ideas y su lengua se liberó:

—Hablando de fechorías. ¿Qué ocurrió con el indeseable que trató de asesinar al subordinado del teniente general Jácome?

—Creo que sigue pudriéndose en la cárcel, aunque su sentencia a garrote es un hecho. Imagino que no tardará en ejecutarse.

—Su vida se ha alargado más de lo que creía —opinó Alonso.

—Bueno, ya sabes cómo funcionan estos asuntos. Su caso se habrá traspapelado y, como es un muerto de hambre sin posibilidad de fuga, se habrán priorizado causas más urgentes.

—La suerte del miserable —ironizó Guzmán, que dio un último sorbo, pensativo.

De vuelta en su alcoba, había reflexionado sobre lo que había descubierto ese día. También sobre lo poco que encajaba el perfil del bandido que había intentado perpetrar aquel homicidio en la lista de sospechosos facilitada por el enviado del duque de Alagón. Supo que debía hablar con él. Más allá del contratiempo de que se encontrara aislado. Más allá de la certeza de que su existencia estuviera a punto de volatilizarse. Unas cuantas monedas fueron suficientes para convencer a un chiquillo de la calle, cuya madre llevaba varios años en una casa de corrección, de que le confirmase la ubicación exacta del reo.

Unos días más tarde, supo que estaba recluido en las celdas de la cárcel real, cuyo nuevo y saneado edificio se había erigido cerca de la Puerta de Tierra. Para acometer el despropósito de visitar al condenado, Alonso quitó el polvo a su uniforme militar. Debía asegurarse de que nadie lo interceptara haciéndose pasar por un soldado en activo. De lo contrario, también él tendría una cita con el verdugo. O quizá Fernando VII tendría a bien concederle un indulto por sus servicios. Repasó el plan para sí mientras se lavaba y se colocaba aquella casaca azul turquí. Después, los pantalones, también azules, el cuello blanco, las botas negras y el morrión. Y por último la espada, herencia familiar, escondida bajo la cama hasta entonces y cubierta por una vaina oscura que la hacía perderse en la oscuridad.

Al salir de su residencia se sintió el impostor que era. Aun así, avanzó con esa seguridad que lo caracterizaba por las callejas. Uno de los detalles que menos complacían a Guzmán de aquella villa, heroica desde el 30 de septiembre de ese año —gracias a los fastos en honor a la reina—, eran los numerosos inmuebles en plena edificación. Muchos de aquellos proyectos los firmaba el arquitecto don Torcuato Benjumeda, consecuencia de la fiebre higienista y neoclasicista de la Ilustración. Las guerras y el pésimo estado de las arcas públicas habían retrasado la conclusión de estos, de manera que ofrecían a vecinos y visitantes una ciudad de viviendas relucientes y escombros. Era el caso, por ejemplo, de la nueva prisión, en construcción desde 1794, pero a la que todavía le faltaba un tercio de su tamaño. Era cierto que, a pesar de estar inconclusa, la fachada neoclásica diseñada por el mencionado señor Benjumeda quitaba el hipo a cualquiera. Sin embargo, cuando uno subía los tres escalones y se internaba en el inmueble por uno de los tres arcos principales, dejando atrás esa exquisita composición de pilastras toscanas, esculturas y frontones triangulares, se daba cuenta de que el ideal humanista ilustrado continuaba tan incompleto como el edificio.

Nada más acceder al zaguán, Alonso tuvo que dar parte de su visita a un empleado que, entre aburrido y confuso, pidió la razón de su presencia. Guzmán le contó que era un asunto reservado y solicitó ver al alcaide. Por suerte, al tipo lo convencieron sus ropas y lo guio hasta el encargado de la prisión. En el bello patio principal se cruzaron con él, a quien no le hizo gracia aquel contratiempo, ocupado con el ingreso de una nueva tanda de presos venidos de la cárcel de Jerez.

—Buen día. ¿Qué se le ofrece?

—Buen día. Vengo a ver a un reo. Órdenes de la Audiencia.

—No se me ha informado —se molestó—. ¿Han dado parte al gobernador?

—Disculpe. Hasta donde sé, deberían saberlo. Habrá sido un error del mensajero. Tiene sentido porque se ha decidido esta misma mañana. Necesito interrogarlo sobre la noche en la que fue apresado. —Alonso se acercó al funcionario—. Se cree que puede tener un cómplice en la sombra.

El otro lo analizó, vacilante.

—¿Y de qué preso se trata?

—Del que intentó asesinar al señor Goyanes, el ayudante del teniente general Jácome.

—¿A Tomás Iborra? Pero si está a punto de entrar en capilla.

—Razón de más para no extender este diálogo —apostilló Alonso.

Aquel hombre no parecía estar conforme con las explicaciones de Guzmán. Algo no le encajaba del todo. El otro lo percibió, así que utilizó su última carta en aquella peligrosa partida.

—¿Cuál es su nombre?

—Soy el señor don José Francisco Segoviano.

—Muy bien, señor Segoviano, como no me permita cumplir con mi cometido, daré parte al mismo capitán general. Entiendo que él sabrá qué diablos hacer con el responsable de que no se haya podido avanzar con un importante caso que ha podido atentar con la misma vida de los garantes de la paz y el orden en esta ciudad —espetó, subiendo el volumen progresivamente.

—Pero…

—¡No hay peros! Si tiene alguna duda, consulte el informe del señor Iborra. Verá que yo, el teniente coronel Guzmán, fui uno de los que lograron apresarlo y traerlo aquí. Tenga claro que, si le puse grilletes a él, no me costará mucho ponérselos a usted también.

—¡Está bien! ¡Está bien! No se ponga así.

El alcaide pareció reaccionar. Alonso lo siguió hasta los calabozos, rezando por que no cambiara de parecer. A pesar de que no era de las peores prisiones, a Guzmán le pareció que aquellos pasillos eran una cueva pestilente en la que los presos se despedían de la libertad y de las ganas de vivir. Nada tenía que ver con el exterior. Olía a humedad, apenas había luz. Dos presos limpiaban el suelo sin levantar la cabeza, abrazados al trabajo como expiación. La inmundicia y las voces que parecían proceder del inframundo acompañaron a Guzmán hasta que el funcionario se detuvo frente a una de las celdas.

—Chiss. Iborra. Acércate. Quieren interrogarte.

Alonso se aclaró la voz y miró de soslayo al alcaide.

—¿Podría…? Es confidencial —concretó.

Aquel hombre, de ojos negros y piel grasienta, se retiró ofendido. Del fondo de la celda, sumergida en las tinieblas del desaliento, surgió una silueta desnutrida y harapienta, precedida por el frío ruido de unas cadenas. La escasa iluminación permitió a Alonso contemplar el iris amarillento que rodeaba la apagada pupila del convicto.

—¿Es usted Tomás Iborra? —se cercioró.

—¿Quién me quiere? ¿Ya es el día? Quiero huevos con chorizo.

—Lo requiere la poca dignidad que le queda, amigo. Solo necesito que me responda a una pregunta —le susurró a través de los barrotes—. ¿Quién le contrató para atentar contra la vida del señor Goyanes?

—¿Ahora soy un sicario?

—Dígamelo usted. Responda a mi pregunta.

—¿Quién quiere saberlo?

—Eso a usted no le incumbe. Conteste.

—Yo no trabajo a sueldo.

—Entonces ¿forma parte de alguna conspiración?

—Eso es otra pregunta.

—Me aseguraré de que se hinche a huevos con chorizo. Dígame —insistió Guzmán.

—No va a sacar nada de mí. Y menos por un precio tan bajo. Ustedes, los serviles, creen que pueden controlarlo todo ahora. Piensan que pueden callarnos o encontrarnos. Pero no lo van a lograr. ¿Estoy aquí encerrado? Sí. ¿Sabe usted quién soy en realidad? No. Nadie se lo ha preguntado porque nuestras ideas nunca fueron más invisibles y poderosas.

—¿De qué está hablando?

—¡Socorro! ¡Alcaide! ¡Socorro!

Alonso se retiró. Los pasos del señor Segoviano enseguida se escucharon a lo lejos.

—La cabeza del rey caerá —susurró el preso, antes de continuar chillando.

Guzmán comprendió que aquella idea había sido nefasta. Se dirigió presuroso hacia la salida. Los presidiarios que limpiaban no habían podido evitar curiosear. Antes de abandonar la zona de los calabozos, se cruzó con el alcaide. Lo detuvo y, con disimulo, le entregó cuatro escudos de oro.

—Consígale unos huevos con chorizo a ese pobre majadero —le indicó, sanando así el orgullo del otro, y se fue.

Regresó a su morada con la cabeza gacha, antítesis de la altanería que había sacado a pasear frente a los guardias de aquella prisión. Quiso pensar que el alcaide Segoviano, más allá de reparar en los detalles anticuados de su uniforme, se limitaría a comprobar que el reo todavía contaba con todos los dedos y, quizá, que el nombre de Guzmán aparecía en el informe de su detención. Algo casi seguro, a juzgar por la insistencia del capitán Íñiguez en regalarle méritos para que volviera al ejército de forma definitiva. La improductiva charla con el criminal Iborra le agrió el resto de la jornada. ¿A qué se había referido con invisible? Si no era un matón a sueldo, ¿quería decir que era un liberal? ¿O era un masón? ¿Un juramentado traidor tal vez? ¿O un espía de los partidarios de la vuelta de Carlos IV? No pudo saberlo porque, dos semanas más tarde, fue agarrotado.

Aquella yerma vía de información lo había condenado a abrazar el otro cabo suelto: el teniente Rincón y el comandante Prieto. Aunque había prometido a Conrado que no se entrometería, se vio obligado, por el bien de sus pesquisas y economía, a echar un ojo a aquella pareja de militares. Confirmó entonces lo que le había anticipado su excompañero de batallas: eran hábiles en el despiste. Alonso no se rindió. Mimetizado en su abyecta imagen, se alió con las esquinas, las sombras y los callejones para averiguar qué tramaban. Así había pasado el otoño y el inicio de aquel invierno. Sin embargo, las respuestas se le resistían.

Con aquellos recuerdos en la mente, volvió a mover el vaso en círculo. Ya eran las seis y diez en su reloj.

—¿Y esa cara mustia? —le preguntó la Filo, que llevaba un rato revoloteando por el local.

—¿Eh? Nada, nada…

—¿Esperas a alguien? —se interesó.

—En teoría.

La muchacha comprendió que el temple de Alonso se disolvía en el avance del minutero. De pronto, la puerta le devolvió una chispita de serenidad. Ella lo entendió y sonrió.

—Bueno, bueno, bueno. ¡Dichosos los ojos! Si sigue viniendo solo por Guzmán, terminaré pensando que no tiene interés en verme a mí —se divirtió la Filo.

Modesto hizo un mohín que reflejaba agradecimiento por el simpático saludo y vergüenza por las insinuaciones de la chica. Con los carrillos sonrojados, detalle oculto por la mejorable iluminación de la taberna, corrió hasta la mesa en la que Alonso aguardaba.

—Disculpe la tardanza. El primo de mi madre me ha obligado a quedarme a merendar en la casa. Han venido sus suegros de visita —se justificó, mientras se deshacía del sombrero.

Alonso asintió, aceptando el pretexto.

—¿Quiere tomar algo? Le invito —ofreció Guzmán.

—Oh..., gracias. ¿Seguro que puede? Bueno, en fin, si usted lo dice... Tomaré un fino.

El otro gestionó la comanda con el tabernero a voz en grito, lo que sobresaltó a Modesto, más acostumbrado a tomar el té en gabinetes de susurradas charlas.

—Soy todo suyo. ¿Qué quería comentarme?

—Es sobre lo que usted me dijo aquel día en el baluarte de la Candelaria. He estado investigando —le indicó el estudiante.

—Oh..., de acuerdo. ¿Y? ¿Algo valioso para librarme del martirio? —fingió el exmilitar.

—Creo que sí. Verá, he sabido que el lugar de reunión de algunos lib...

—Chiss.

—Perdón, perdón. Bueno, el lugar de reunión de quién usted ya sabe es la casa de un notable de la ciudad. No es la única, pero sí la más importante.

—¿A qué se refiere con «notable»?

—Buena posición social, dinero, prestigio, influencia... Es lo único que he podido averiguar. Si usted me da más tiempo, le traeré un nombre —aseguró Modesto, emocionado.

Alonso se quedó pensativo.

—¿Es segura su fuente de información?

—Diría yo que sí.

—Está bien. Pues reúnase conmigo cuando tenga algo más. No creo que con la pista que me ha dado vaya a conseguir poner contra las cuerdas a nadie —concluyó.

—De acuerdo, señor Guzmán. Así lo haré.

El más joven observó cómo el otro se incorporaba, dejando unas monedas sobre la mesa. El señorito Andújar no podía creer que la reunión fuera a terminarse así. Como se había acostumbrado a hacer, fue detrás de Alonso al exterior del local. Corrió tras él por la calle de San José y, justo cuando iba a girar por la de Santa Inés, lo detuvo.

—¡Señor Guzmán!

Alonso se dio la vuelta, cada vez menos extrañado de que Modesto apareciera de pronto.

—¿Quiere algo más?

—¿No va a contarme nada de usted?

—Cuando tenga lo que le he pedido, prometo dedicarle una tarde entera. Mientras tanto, debo avanzar por mis propios medios —le contestó.

—Si necesita dinero o un lugar en el que quedarse, puedo hablar con mis parientes —le ofreció.

—Muchacho..., a mis treinta años, creo que puedo sobrevivir por mi cuenta. Agradezco su preocupación, pero limítese a colaborar exclusivamente en lo que le he solicitado. Nada más.

—Disculpe, perdone. Tiene razón. No quiero que piense que lo trato con compasión.

—Si lo creyera, no le dirigiría la palabra —contestó el otro.

Modesto asintió. Después alzó la vista, movimiento al que se sumó su compañero. La límpida fachada del oratorio de San Felipe Neri se alzaba junto a ellos. Una bonita imagen que, sin embargo, era pura paradoja.

—Vivo en el número 12 de la calle del Torno de Santa María. Último piso. Venga a verme cuando tenga la información.

—De acuerdo —respondió Modesto.

—Si se le olvida sacar a pasear su más ferviente discreción, olvídese de su gaznate —lo amenazó.

El señorito Andújar volvió a asentir con brío y dejó marchar a aquel caballero. Antes de moverse, se dejó deslumbrar por el templo un poquito más. Continuaba pareciéndole increíble que todas las historias que su maestro le había contado sobre lo que ocurría en Cádiz cada vez que las Cortes se reunían fueran solo memorias proscritas. Quiso imaginar al sacerdote don Diego Muñoz Torrero, artífice del discurso inaugural del día 24 de septiembre de 1810, cruzando aquellas robustas puertas tras el traslado de las Cortes a Cádiz desde la isla de León. También al señor don José María Calatrava defendiendo la supresión de los mayorazgos desde su asiento, vapuleado por los absolutistas, cuyas quejas se extendían por el pavimento y las tribunas. Al señor don Blas de Ostolaza, mordiéndose las uñas ante la aprobación de decretos que hacían temblar las bases de su cordura. Y a tantos otros que, al citar a Montesquieu, Locke o Vattel, creyeron que revestirían de certeza aquellas argumentaciones que duraban hasta el anochecer. Y a los vecinos de Cádiz, multiplicados desde el inicio del conflicto, asistiendo con sus mejores galas a aquel festival de disputas en aras de una modernidad para la que nadie estaba preparado. Ni siquiera aquellos cuyo nombre estaba ahora prohibido.

Se figuró, mientras reanudaba su paseo, que las reflexiones de los diputados se habrían escapado por las ventanas hasta las callejas de la ciudad y entrelazado con las opiniones, los miedos y la propaganda hasta cobrar una segunda vida en los parloteos de los gaditanos. Las reliquias de aquellos cantos continuaban escondidas en Cádiz. Estaba convencido. Solo debía ser más incisivo. Y a ello se dedicó al día siguiente. La persona que le había proporcionado el dato que había confiado a Alonso era un compañero de la Escuela de Comercio. Al terminar las lecciones, Modesto se apresuró a alcanzarlo. Se dirigieron juntos a la salida. Primero comentaron un asunto relativo a la conferencia de su maestro. Después, cuando se hallaron fuera del marco de fisgoneo del resto de estudiantes, el señorito Andújar se atrevió.

—Por cierto, aquello que me comentaste sobre las reuniones clandestinas. ¿Dónde se celebran exactamente?

—No tengo idea. En el baile solo escuché lo que te dije. Se supone que las organiza alguien influyente. Pero no sé más.

—Eso es muy genérico. Hay muchas personas relevantes en la villa. ¿Alguien del ejército? ¿Un banquero?

—¡Quién puede saberlo! Por algo lo llevan en secreto. Si fuera *vox populi*, no sería tan sencillo reunirse —respondió el otro.

—Sí, en eso tienes razón...

—¿A qué viene tanto interés?

—Hum, no sé. Creo que sería muy emocionante asistir a uno de esos encuentros. Escuchar lo que dicen. Como si no hubiera pasado el tiempo... —soñó Andújar en voz alta para horror de su acompañante.

Este se detuvo en seco.

—¿Asistir dices? ¿Qué diablos...? En fin..., tengo que irme a casa rápido. Hasta..., hasta más ver. —Se alejó.

Modesto arqueó las cejas, sabiéndose abandonado en medio de la calle una vez más. «¿Tan grave es lo que he dicho?», se planteó. Concluyó que no. También que, al día siguiente, aclararía a su compañero que no se disponía a acudir a una tertulia de liberales. Aunque ¿podría leer en su mirada que mentía al asegurar que no le interesaba? No pudo contestar a esa pregunta, porque en las jornadas sucesivas, pese a que quiso aproximarse a él, el muchacho se esforzó concienzudamente en evitarlo. El señorito Andújar se rindió. Sin embargo, poco a poco, fue notando cómo otros estudiantes de su Escuela cuchicheaban, regalándole miradas cargadas de desconfianza. Quizá, después de todo, su fuente no era tan de fiar como había querido creer. Obvió mencionarlo al primo de su madre y su esposa, a sabiendas de que pondrían el grito en el cielo si sabían que había manifestado admiración por personajes y juicios censurados.

Una tarde, de vuelta de dar un solitario paseo por la ciudad, se percató de que los rumores viajaban a una velocidad mayor que las verdades. Lo único que pudo valorar de aquella situación fue que, por una vez, unos y otras coincidían. Un par de caballeros lo alcanzaron en el callejón de los Descalzos y lo empujaron hasta una vía sin salida, donde le propinaron golpes con el fin de borrar de la mente del joven cualquier atisbo de conversión al liberalismo. El libro que portaba en sus manos salió despedido. Sus pantalones claros quedaron teñidos por la mugre del suelo. Su sombrero, deformado. Su mandíbula, inflamada, y su redingote, salpicado de la sangre que salía de su contusionada nariz. El joven, retorcido de dolor, se sujetaba las costillas en posición fetal. Se quedó allí un rato, dándole vueltas a la advertencia con la que se habían despedido aquellos dos hombres: «Tenga cuidado con lo que dice o lo que hace o la próxima vez lo llevaremos ante el Santo Oficio».

Cuando Alonso Guzmán abrió la puerta y vio al dolorido muchacho, se extrañó. Dejó que pasara, después de esconder con presteza cualquier detalle que pudiera dar datos innecesarios al estudiante. Modesto había recordado su dirección y juzgó que, quizá, sería la única persona que no se escandalizaría por lo ocurrido. Y acertó. Guzmán estaba acostumbrado a las heridas. Le ofreció asiento y un buen trago a una botella, parte de su alijo secreto.

—¿Ha sido tan estúpido de decirle eso a un compañero del que apenas sabe nada? —reprobó Alonso—. ¡Me dijo que confiaba en su fuente!

—No pensé que fuera un tema tan delicado. Y con respecto a lo otro..., me equivoqué —respondió el chico, cuya vocalización estaba limitada por el entumecimiento de su labio partido.

—¿Ha escuchado el refrán que dice que uno es dueño de sus silencios y esclavo de sus palabras?

Modesto asintió.

—Pues grábeselo a fuego. Recuérdelo toda su vida. O lo matarán —espetó Alonso, nervioso—. No debí pedirle ayuda. Es culpa mía. Solo es un crío con ínfulas de grandeza y demasiado curioso como para ser cauto.

—¡Eso no es cierto! —se defendió—. Y no se crea tan importante. También quise averiguarlo por mí.

—Escúcheme, señor Andújar. Ni se le ocurra hablar con nadie más de este asunto. Sus contactos con los opositores del rey se han terminado aquí y ahora. ¿Entiende? Vuelva a su casa, termine sus estudios, regrese a su cortijo jerezano, cásese y engulla sus ideales. Trágueselos aunque se le indigesten.

Un repiqueteo en la puerta interrumpió el discurso de Alonso. Modesto se asustó, mas el otro sabía de quién se trataba. La Filo apareció sonriente; aquel gesto despreocupado se evaporó al descubrir el estado del chico.

—Pero… ¿qué ha pasado?

—Tropecé —mintió Modesto.

—Ya, seguro que sí. Señoritingo Andújar, no me crea tonta. Que no lo soy ni una miajita.

—Ha tenido un percance. Ya está. Fin de la historia. Filomena, otro día…, mañana… —intentó prometer Alonso.

Ella, sin embargo, lejos de aceptar la postergación de su encuentro, se acercó a Modesto. Con delicadeza, sacó un pañuelo de debajo de su jubón y lo empapó en el alcohol que, minutos antes, había hecho las veces de jarabe para el dolor. Apretó el trozo de tela sobre cada una de las lesiones del muchacho.

—No se deje influenciar por el estilo de vida de este truhan —le aconsejó ella.

—Te estoy escuchando —la informó Alonso.

—¿Y qué más me da? Tú lo sabes bien. Yo vivo de la calle, pero lo hago en paz. Este hombre podría echar el vuelo ya mismo y se esfuerza, una y otra vez, por no salir del barro.

—No se preocupe, señorita Filo. Esta vez he tenido yo la culpa —le explicó Modesto.

—Pues es una lástima. Creí que usted tenía más sesera.

Filomena Esquivel repasó con mimo todo el rostro del joven. Sin querer, admiró cada recoveco de aquellas facciones. Después trató de limpiar las rozaduras de sus manos.

—¿Y qué le va a decir a su familia?

—Todavía no lo he pensado. Algo compatible con hacer la digestión de mis ideales —barruntó el chico, correspondido con la ácida mirada de Alonso, que se encontraba sentado en otra silla.

—¿Eso se lo ha dicho Guzmán?

Modesto y la Filo cruzaron una mirada cómplice y se rieron.

—Los ideales mueren cuando gana el miedo —le susurró la otra—. Pero también es recomendable dejarse acompañar por el seso y el término medio.

El estudiante asintió, dolorido pero reconfortado.

—Si lo necesita, utilíceme de excusa cuando vuelva a su casa —le propuso ella.

—¿De excusa? ¿A usted? ¿Y cómo?

—No sé. Seguro que a un hombre de letras como usted se le ocurre algo. —Y volvió a sonreír.

Alonso los observó cuchichear desde su esquina, rincón desde el que oteaba el mundo en los últimos tiempos. Se arrepintió infinidad de veces de haber implicado al chico en aquel asunto. Pero se exigió lucidez. Cuando el estudiante y la señorita abandonaron su morada, repasó las pistas obtenidas: algunos opositores de Fernando VII se reunían clandestinamente en casa de un notable de la ciudad. Había más focos, pero ese era el más importante. Entre los sospechosos había tanto civiles como militares. Debía continuar vigilando al teniente Rincón y al comandante Prieto. Si todo estaba conectado, era solo cuestión de tiempo que acudieran a aquella reunión. ¿Sería una tertulia, heredera de la organizada por doña Margarita López de Morla, para posible disgusto de doña Frasquita Larrea, la otra gran anfitriona en el sitiado Cádiz de las Cortes, aunque más proclive al tradicionalismo? En realidad, Alonso pensó que, si así era, no se habían perdido las viejas costumbres. Las buenas familias continuaban cediendo sus salones en pro del debate. Con la intención de continuar con sus pesquisas por la mañana, apagó la vela de un soplido.

En paralelo, Modesto tuvo que hacer frente al nerviosismo familiar cuando apareció por la puerta. Al mayordomo casi se le salieron los ojos de las órbitas. Y la reacción del primo de su madre no fue menor. El muchacho, que no había podido comprobar el estado de su rostro todavía, balbuceó hasta que fue capaz de articular la explicación que calmó un poco el revuelo causado:

—He defendido a una dama. La importunaron de forma vil y tuve que entrometerme. No podía permitir que esta familia se mostrara indiferente ante tamaña injusticia.

Sus parientes parecieron sosegarse, pero solicitaron más detalles. ¿Qué le había ocurrido? ¿Conocía la identidad del criminal? Modesto negó y negó. Demasiada vergüenza, demasiado rápido. Sus tíos segundos terminaron contentándose con sus vagas justificaciones y con el hecho de que el joven continuara vivo. Ya acostado en su mullida cama, agradeció que la Filo hubiera ido un paso por delante. «¡Bendita mente! ¿Qué hace tan desaprovechada?», se preguntó el estudiante. Sin embargo, las sombras de la noche no respondieron a aquella duda que tantas veces se había colado en las reflexiones de la señorita Esquivel, hechas de cantos, bailes y promesas en venta. Tampoco apaciguaron su fervor por formar parte de aquella red clandestina de ideas. ¿Qué poder se pensaba Alonso Guzmán que tenía sobre él? ¿Creía que con su solo deseo toda su admiración se disiparía? Erraba del todo. El escozor de sus heridas solo le confirmaba que por nada del mundo iba a renunciar a sus principios. «¡Vive Dios que terminaré reuniéndome con ellos!», exclamó su excitada mente, vibrante, vacilante, durmiente…

Aquella misma semana, antes de que pasara más tiempo, Modesto decidió acudir a la taberna para dar las gracias a la Filo por su trato aquella fatídica noche. Desde que los hombres lo habían sorprendido, el estudiante caminaba inseguro, evitaba calles poco concurridas y demasiado estrechas. La joven se sintió halagada por la visita, aliviada por que las contusiones del muchacho hubieran iniciado su proceso de cura para convertirse en meras señales. Se rio con la explicación que había inventado el chico para justificar su estado ante sus familiares.

—¿Ve cómo sabía que daría con un buen cuento?

—Sí, aunque no sé cómo han podido creérselo.

—Bueno, puede que su familia lo crea un valiente caballero —dijo ella con picardía.

—Lo dudo, pero gracias por su confianza, señorita Filo. En fin, no la entretengo más.

Pese a que ella quiso decir «No importa», sus labios respondieron con «De acuerdo».

—Vuelva por aquí cuando guste, señoritingo. Le servirán vino aunque no esté Alonso —bromeó ella.

Modesto asintió y se fue.

Tal y como había planeado, además de a otros sujetos incluidos en la lista del señor don Ventura, Alonso Guzmán continuó vigilando a los dos militares. Su rutina era bastante monótona, por lo que ser testigo de esta no era una actividad muy reconfortante. Él estaba convencido de que ambos sabían bien cómo guardar sus misterios. No los culpaba. Su vida dependía de la discreción. La de Alonso, de las imprudencias que cometiesen. Pasó el mes de febrero sin obtener más allá de un bosquejo sobre los horarios de ambos y los locales a los que les gustaba acudir, entre los que se encontraba el café Cachucha, un lugar que Alonso detestaba. Una noche de principios de marzo, sin embargo, aguardando a que aquella pareja saliera del local, acunado por las notas musicales que, sin querer, se escapaban por las puertas del café, su mala racha se terminó. El teniente Rincón salió primero, nervioso. Lo seguía el comandante Prieto, que logró alcanzarlo e inmovilizarlo.

—Pensé que estabas comprometido —le recriminó el segundo.

—No así, no así.

—¡Maldita sea, Rincón! —Forcejearon.

—Suéltame o tendrás problemas.

El otro accedió a regañadientes.

—Tú también sabes que no es buena idea —se despidió el teniente, abandonando a su compañero.

El comandante Prieto, irritado, contempló cómo el otro se perdía, junto a su negativa, por la calle de la Bomba. Sin comprobar si algún parroquiano se hallaba agazapado en la penumbra de la que estaba recubierta toda la plaza de San Fernando, volvió adentro. Alonso se alegró de la disputa, que parecía evidenciar, por fin, que sus sospechas estaban justificadas. Pero lo que de verdad cambió su ánimo fue la esquela que, ya sin dueño, había quedado en el suelo, justo en el punto en el que los dos caballeros se habían enfrentado. Las botas de Guzmán, bañadas en la humedad que gobernaba los días y las noches de aquella villa, se detuvieron junto a aquella tarjeta. Confirmó que no había curiosos y la recogió, dispuesto a descubrir su contenido.

—¿Pero...? —se dijo a sí mismo sin entender.

X

Inés adoraba el momento antes de levantarse. Eran unos minutos regalados, sin órdenes ni exigencias. La oscuridad seguía allá afuera, pero ella debía comenzar a desperezarse. Aun así, nadie podía negarle aquel rato de paz al inicio de la jornada. Instantes en los que tomaba consciencia de sí misma y de sus músculos contraídos de tanto trabajar. El canto del gallo interrumpía la quietud e inundaba de crujidos, chirridos y lamentos las buhardillas del palacio. Julieta se restregaba los ojos veinte veces antes de ser capaz de ponerse de pie. Inés aguardaba hasta que sus compañeras le daban los buenos días para moverse. A continuación, un rápido aseo y el vestido. La mediana de los Villalta había desarrollado una gran animadversión por aquel atuendo. Lo sentía aferrado a su piel, antaño suave y rosada. Lo último que se colocaba era la cofia, que cerraba el ritual matutino. La más tardona cerraba la puerta de la alcoba. A Inés le tocó ese día. Cuando salió al pasillo, contempló cómo la puerta de la señorita Moyano estaba cerrada. Al bajar a las cocinas, la señora Fuencisla Baeza despejó sus dudas.

—La señorita Remedios continúa indispuesta, así que nos repartiremos sus obligaciones más urgentes. Yo me encargaré de atender a la marquesa personalmente, pero necesito que

Consuelo prepare los vestidos de hoy. Julieta, tú serás la responsable de todo lo relativo a los servicios de té. Eugenia me sustituirá en la supervisión de los menús. Mari Nieves tocará el piano para la señora a primera hora de la tarde, aprovechando la siesta de la Gran Dama. Federico ayudará al señor Carrizo con la revisión de las cuentas de la semana. E Inés limpiará el cuarto de la baronesa, el de los niños, la sala de música y el *serre*.

—Como la enfermedad de la señorita Moyano se extienda mucho más, vamos a necesitar manos nuevas —susurró Julieta a Inés, que se rio.

Doña Fuencisla las miró, sin ganas de jolgorio, como de costumbre. Aunque Inés habría deseado regresar a la cama, agarró los cubos y los trapos y se empleó a fondo en sus labores. Antes de eso, recibió a los repartidores. Los días previos había entregado una nota preguntando por misivas de su familia, pero la respuesta había sido rotunda: «Si no hay avances, no hay cartas». Así, aquella mañana volvió a negar sutilmente con la cabeza cuando el lechero le pasó las vasijas, hundida en la frustración. La quietud social en la que se había sumido el palacio desde el robo al señor Mintegui, sumada al ritmo de las obligaciones, dejaba poco margen a la indagación. Aunque Inés siempre estaba alerta. Continuaba dándole vueltas al asunto del hurto. También a la discusión de la marquesa y la Gran Dama. Pero poco podía hacer. Su sino ahora lo delimitaba el limpiar, el fregar y el frotar.

La convalecencia de la señorita Moyano, quien no parecía haber logrado superar las fiebres de diciembre con la misma fuerza que el resto de infectados, duró varios días, así que todos debieron resignarse a trabajar más. Doña Fuencisla siempre reservaba para Inés las tareas más desagradables, puesto que, según ella, no podía fiarse enteramente de que fuera capaz de realizar otras con una mayor conexión con la familia. Inés discrepaba. Muestra de su buen hacer era la relación que tenía con la señora Lecubarri, quien ya la recibía con una sonrisa y la interceptaba en el corredor para anunciarle la próxima lectura que tenía en mente. Los masajes con agua de romero no eran milagrosos, pero, después de tres meses, sí habían contribuido a que sus dedos artríticos se desinflamaran un tanto. Además, las quejas de la baronesa le habían aportado la escasa información que pudo reunir en las últimas semanas. Sin embargo, con el paso del tiempo, Inés había notado que una vez escuchabas tres veces a la señora, alcanzabas la totalidad de datos que estaba dispuesta a ofrecerte. Así, solo había conseguido sumar un nombre más a la lista de contactos del marqués: el vizconde de Revilla, otro noble salmantino. Era uno de los caballeros anónimos que la joven había visto, el de distinguido porte que rondaba los cuarenta. Un dato que no era extraño ni sorprendente.

—Otro libro terminado —comentó la señora Lecubarri desde su sillón.

Inés sonrió mientras cerraba el ejemplar sobre el delantal y contenía así su historia hasta que cayera en manos del siguiente lector. Las brasas de la chimenea crepitaban e inundaban el gabinete de calidez y de ese olor a leña que impregnaba todo tejido.

—¿Ha sido de su agrado, señora?

—Bah, no en demasía. Es la tercera vez que lo leo y siempre me deja con el mismo sabor de boca. ¡Insípido! ¡Insulso! ¡Vacío!

Inés y la señorita Ulloa se rieron.

—¿Sabe qué le gustaría leer a continuación? —se interesó Inés.

—La verdad es que estoy algo cansada de los títulos de la biblioteca de este palacio. —Se quedó pensativa—. Ya sé. Irás mañana a buscar un libro nuevo. Mari Nieves, dale unos pocos reales a la niña.

—¿Yo? Pero, señora, no sabría qué escoger —titubeó Inés.

—Evita autores franceses, obras de teatro y a santa Teresa de Jesús. No tengo nada en contra, pero soy demasiado mayor para el misticismo. Y la he leído tantas veces que podría recitarla sin mirar —comentó mientras se incorporaba, dispuesta a retirarse—. Te espero mañana. No me decepciones.

Inés se quedó muda. Asintió y se levantó. Colocó el taburete en su sitio. Mari Nieves se acercó a ella y le entregó las monedas solicitadas.

—E-evita a tod-da costa al señor don Leandro Fernández de Moratín. Al p-parecer, coincidieron hace años y n-no puede verlo ni en p-pintura —le aconsejó.

—Muchísimas gracias —contestó Inés, al tiempo que cogía el dinero.

—N-no es n-ada.

—Está claro que es una mujer difícil de contentar. Ojalá encuentre algo de su agrado.

—L-lo harás. En el f-fondo, es b-buena.

Las dos mujeres intercambiaron una sonrisa cómplice y marcharon en direcciones opuestas, guiadas por el protocolo.

Una vez más, doña Fuencisla recibió con extrañeza y acritud la noticia de que Inés tuviera un encargo especial. Aun así, ajustó el reparto de tareas para que la joven tuviera un rato libre para cumplir con el recado de la baronesa. Lo hizo con reparos y no tuvo problema en repetir a su subalterna, varias veces, que se diera toda la prisa posible en aquella empresa, pues la esperaban a su vuelta las verdaderas obligaciones que tenía que llevar a cabo. Y no admitiría excusas al final del día. Inés asintió, dejando que el ama de llaves se quejara a gusto mientras se comía su trozo de pan con manteca. Julieta le aconsejó que la ignorara, pero que no se entretuviera. «"Madama generala" es como un reloj con moño», masculló con la boca llena del desayuno. La otra asintió, saboreando y tragando.

Poco a poco, todos los empleados abandonaron la gran mesa de madera de la cocina, que se convertía en espacio de trabajo de las cocineras en cuanto todos se dispersaban. Inés admiraba el ritmo con el que aquellas mujeres iban cogiendo ingredientes de la despensa y utensilios de las alacenas, vigiladas por las ristras de ajos y pimientos secos que, colgadas, aromatizaban el espacio. Los cuchillos afilados, las cucharas de madera y los recipientes de barro iban de aquí para allá. Lavaban, troceaban, maceraban, sofreían, hervían o asaban con convicción. Solo hablaban a veces. Solo entre ellas. En un lenguaje que se escapaba a la comprensión de cualquier ignorante en el arte culinario. Entonces, las esencias a hierbas aromáticas, a bizcocho, a leche hervida, a pescado en salazón, a la canela de las cremas, al nabo y la zanahoria en ebullición transformaban el ambiente y convertían las cocinas en una burbuja de viajes sensoriales, iluminada por el reflejo de la luz que entraba por varias ventanas en las ollas y cazos de cobre.

Como es de suponer, Inés solo alcanzaba a visitar aquella estancia entre tarea y tarea. Por lo que era testigo de la evolución de las preparaciones, pero sin la pesadez de la espera. Después, si era la encargada, terminaba llevando las bandejas a la familia. No fue el caso de esa jornada. Eso sí, debió limpiar el comedor y preparar las mesas de los desayunos de los marqueses y los niños. A las diez de la mañana, con mucha fatiga ya acumulada, comprobó que continuaba llevando las monedas en el bolsillo del delantal y se dispuso a salir por la puerta de la cocina, como estaba indicado. Recorrió el lateral de la vivienda hasta hallarse en la calle de Toro, donde, para su sorpresa, estaba estacionada una de las berlinas de la familia Somoza. Se fijó mejor y vio a Valentín, que revisaba el buje de una de las ruedas. No dudó en acercarse, necesitada de algo de asesoramiento.

—Buenos días, Valentín. Perdona que te incordie, pero... ¿tú sabes dónde hay una librería por aquí cerca?

—¿Librería? Hum..., deja que piense. —Se quedó callado un momento—. No soy yo muy de librerías, pero si hay alguna en Salamanca, segurísimo que está en la calle de la Rúa —reflexionó de cuclillas, sin desatender su labor.

—¿Y eso está...?

—Oh, claro. Mm, ¿has ido al mercado?

—Sí, fui una vez con Julieta.

—Pasa los puestos de la plaza del Corrillo. Los de los forasteros. De las tres calles que van para abajo, la del medio.

—De acuerdo. Creo que sabré llegar.

—No tiene mucha pérdida, ya verás. Si no, pregunta cuando ya estés en la plaza del Carbón —le aconsejó.

—Muchísimas gracias, Valentín. Y buena suerte con la rueda —se despidió.

La joven dio varios pasos, dispuesta a cumplir con el cometido. Sin embargo, alguien la chistó desde dentro del vehículo. Se detuvo y alzó la vista. Era la marquesa, ligeramente airada por la avería que estaba retrasando su paseo.

—¿Adónde va? —solicitó.

—Buenos días, señora. La baronesa me ha pedido que vaya a comprar un libro nuevo para esta noche.

—¿Acaso le resultan pocos los que tiene a su disposición en la biblioteca? —preguntó la otra retóricamente.

—No lo sé, señora. Yo solo... —intentó explicarse Inés.

—Sí, ya, entiendo. Muy bien. No se demore ni se pierda, en ese caso —apostilló doña Mariana Fondevila.

Inés asintió y se dispuso a reanudar su camino.

—Aunque, ahora que me acuerdo. Ya que va a ir a hacer ese recado, me gustaría que me comprara un par de lazos color crema —indicó.

—Será un placer, señora. ¿Tiene alguna preferencia? ¿Alguna tienda de su gusto?

—La de la calle de San Justo. Valentín le dará dinero.

El lacayo Valentín Miralles, que acudió a la llamada de la marquesa, dio a Inés unos cuartos más. Entre susurros, le proporcionó las indicaciones precisas para que fuese capaz de dar con la otra vía. Tras esto, pudo iniciar su itinerario. La primera parte era sencilla, coincidía con el trayecto que había seguido con Julieta. Bajó por la calle de Toro hasta la plaza del Carbón, donde el mercado ya era un recuerdo. En silencio, iba repitiéndose a sí misma: «Libro, lazos y vuelta». Era una suerte de cántico, un ritual para olvidarse del temor a perder la noción del tiempo y del espacio. Aunque siempre le habían encantado los paseos al aire libre, no le gustaba caminar sola. Aquello lo decidió enseguida. Echaba en falta una confidente, alguien que tuviera la solución si todo se torcía. De tanto en tanto, lanzaba vistazos a los lados, convencida de que el carruaje de los Somoza la vigilaba desde atrás. En su avance, trató de fijarse en los nombres de las calles, pero solo algunas gozaban de rótulo. Aun así, buscó la calma en el relativo aplomo de sus pasos. Casi había conseguido que esta la abrazara cuando, por la plazuela del Peso, apareció un caballero que la detuvo con brusquedad. Inés quiso zafarse, asustada, furiosa, pero entonces reconoció el rostro avejentado del lechero. Sin que ella pudiera hacer nada por evitarlo, la llevó hasta una callejuela solitaria.

—¿Qué hace? Suélteme —pidió ella.

—Quédese quietecita. Usted sabe lo que se juega —advirtió el hombre mientras soltaba el brazo de la muchacha.

—Según tenía entendido, salvo en caso de urgencia, no habría comunicación más allá de las notas —contestó ella, mostrando ese carácter que, aun reservado para ocasiones especiales, sacaba cuando algo la ofendía.

—Esa era la idea. Esto solo es una excepción que se repetirá tantas veces como a mí me dé la gana si usted no empieza a cumplir su palabra, ¿entendido? No estoy aquí, pudriéndome en vida para nada.

—Ya se lo dije en mi última carta. No hay visitas. El marqués apenas se ha relacionado durante el invierno. Solo se reúne, de vez en cuando, con el gobernador, el obispo, el marqués de Castellanos y el vizconde de Revilla. No hay más nombres... —se esforzó por explicar, relajando las formas ante el enfado del lechero.

—El marqués no ha detenido sus actividades. Eso lo sabemos. Así que si no hay visitas en persona, rebusque en su correspondencia. Ese será su nuevo objetivo. Y sea precisa, no quiero que su incompetencia nos salpique a los dos —espetó.

—Lo intentaré, lo haré lo mejor que pueda... —prometió Inés, temerosa de poner en peligro el trato que iba a devolver la felicidad a su hermana.

—Bien. Debería. Tengo cartas para usted y supongo que tendrá ganas de leerlas. Pero primero debe cumplir con su parte. Ya lo sabe —le recordó—. Ya verá como, antes de que se dé cuenta, todo ha terminado con final feliz.

Inés asintió. El caballero hizo amago de marcharse, pero ella lo detuvo.

—¿Podría decirme si tuvieron ustedes algo que ver con el robo al señor Mintegui? Necesito saberlo... —se atrevió a preguntar con cautela.

El hombre la miró a los ojos.

—Cumpla con su parte. Y considere su ignorancia como una patente de corso. Sé de alguien que se disgustaría si le llegara a ocurrir algo. —Se despidió y se fue.

Inés tardó un par de minutos en recuperar el sosiego, usurpado por aquel hombre cómplice pero de actitud cuestionable. Notaba que su rostro estaba inflamado y contrastaba así con el ambiente fresco de aquella mañana de marzo. Mientras regresaba a la plazuela del Peso y se internaba en la calle de San Justo, Inés barruntó si el falso lechero llevaría las misivas de su familia en la faltriquera. Allí enseguida reconoció una coqueta mercería. Aceleró el paso, concentrándose en su labor, dejando que el pavor y las preguntas se desincrustasen de sus pulmones. Compró dos bonitos lazos de seda, lamentando que no fueran para ella. Pero sus manos, cada vez más ásperas, ya no eran dignas de tales tejidos. O eso pensó su mente que, poco a poco, olvidaba de dónde venía, a favor de aquel supuesto final feliz que tanto ansiaba. Después de aquella transacción, se dirigió a la calle de la Rúa.

Valentín había acertado. No era difícil llegar hasta ella. A Inés le abrumó la cantidad de vecinos que caminaban por aquella calle que no destacaba por su amplitud. Los bajos de las casas estaban invadidos por comercios de todo tipo. Allá un rótulo de una imprenta. Allí otro de un zapatero. Y de orfebres, sastres, vendedores de especias, de paños y de telas. Los balcones salientes de las fachadas aumentaban la sensación de encajonamiento, pero la muchacha se trasladó mentalmente al patio de su casa en Santa Cruz, desde donde se veían las bellas terrazas de la vivienda. Abstraída como estaba, se llevó un buen susto cuando un carromato pasó por la vía y la obligó a pegarse a la pared. Las pezuñas de las mulas y las ruedas del vehículo ignoraron las pequeñas aceras que decoraban las márgenes de la calle. Por un momento, detuvieron el nervio de los peatones. Sin embargo, a medida que seguía avanzando hacia el sur, los paseantes volvían a inundar la calzada, borrando el paso de aquel molesto carro. Deseosa de salir de allí, Inés trató de fijarse bien y dar, cuanto antes, con una librería. No se demoró en lograrlo. Después de unos cuantos pasos, y de esquivar a un hombre y a una cabra, la vio. Con cuidado de no ser arrollada por nada ni por nadie, cruzó hacia el otro lado de la calle y entró en el establecimiento.

—Una verdadera lástima lo del accidente del señor Pichel. Ojalá se recupere pronto. ¿Sabe que fue uno de los noventa estudiantes que formó parte de la compañía universitaria que marchó a la guerra en el año ocho? —parloteaba el dueño con un cliente.

—Sí, sí, por supuesto. Grandes hazañas se hacían por entonces. Ahora está todo el mundo riñendo.

—Y que lo diga. Se echan de menos aquellos tiempos. O una parte, al menos. Recuerdo cuando venían algunos vecinos a por el periódico de turno. Aunque pocos se suscribían… Una lástima. El señor don Francisco Prieto de Torres creó tantos en tan poco tiempo que, a veces, yo ya no sabía ni cómo se llamaba el que vendíamos —penó y rio el librero.

—Es que no hay dinero para las letras, señor mío. Y si lo hay, no es mucho. Da para unos pocos y contados libros. ¿Comer o leer? Ojalá no fueran antónimos para tantos tantas veces.

Inés, que escuchaba la charla con discreción, repasó los títulos que estaban colocados en una estantería junto a la entrada. Aquella tienda, biblioteca en venta, se le presentó como un maravilloso cobijo de la realidad. Quiso correr y resguardarse entre las páginas de alguna de aquellas historias, como si fueran las alas de un ave protegiendo a su cría. Rememoró la primera vez en la que había visitado una librería, junto a Blanca y su madre. Su hermana, lectora empedernida, había implorado a la señora Micaela que le permitiera escoger dos libros. Inés no comprendió el fervor con el que Blanca se aferraba a la lectura. Ahora lo entendía hasta tal punto que sus ojos buscaron por todo el local a alguien a quien suplicar un solo ejemplar para ella. Pero allí no se encontraba nadie que pudiera decidir sobre su libertad y posibilidades. ¿O es que quizá la única que no tenía tal capacidad era ella misma?

—Señorita, ¿puedo ayudarla en algo? —se interesó el librero, que ya había despachado al cliente con el que había estado chismorreando.

—Eh, sí. Sí, disculpe. Verá, me gustaría... Mi señora me envía a comprarle un libro. No le gustan los autores franceses. A santa Teresa de Jesús ya la conoce bien. No disfruta con las obras de teatro. Y, al parecer, no es seguidora de don Leandro Fernández de Moratín. No quedó muy contenta tras leer los *Cigarrales de Toledo* de don Tirso de Molina. Pero sí le agradó la *Fábula de Polifemo y Galatea,* de don Luis de Góngora.

El librero se quedó con la boca abierta.

—Su señora tiene un gusto muy afinado —valoró.

—Sí, señor.

—Déjeme pensar.

Inés observó cómo el caballero desaparecía entre las estanterías que, inaccesibles para los clientes, se extendían un poco más allá del mostrador de madera. Sonidos de escalerillas moviéndose, peldaños crujientes y tomos recolocados se escapaban desde allí y llegaban hasta donde se encontraba la muchacha.

—Pruebe con este —sugirió el librero, ya de vuelta, dejando el libro sobre la repisa que los separaba.

—Fábulas literarias de don Tomás de Iriarte. Madrid, Imprenta Real, 1805 —leyó ella.

—Suelen gustar. Aunque, ya sabe, sobre lo que un libro puede suponer para un lector poco se sabe de antemano. Es parte de la magia. Las mismas líneas pueden conseguir lo mejor y lo peor. Ser arte y aberración. Ser cura y dolor. Ser mentira y verdad. Ser un rincón al que volver o una encrucijada de la que escapar.

Inés lo miró y sonrió.

—Esperemos entonces que mi señora pasee con gusto por estas páginas. —Se decidió por el libro recomendado y sacó las monedas que Mari Nieves le había entregado.

—Suerte y buen día.

—Con Dios. —Se despidió la muchacha, agradecida.

Al salir de nuevo a la calle de la Rúa, se sintió más cómoda con el gentío que la rodeaba. Observó el ejemplar y trató de convencerse de que había sido una buena decisión. Después, inició el camino de regreso. Algunas residencias, se fijó, parecían pertenecer a personajes importantes. Conjeturó sobre si todos los palacios que coleccionaba aquella ciudad castellana tendrían el esplendor de antaño o si la vieja Salamanca habría sido víctima del fluir del tiempo. Sin respuesta para sus preguntas, Inés anduvo y anduvo. Meditó sobre el encuentro con la marquesa, sobre las palabras del lechero y sobre el libro escogido. Pero entonces empezó a dudar de si iba en la dirección correcta. Alcanzó una plazuela con una iglesia. ¿Era esa la del Corrillo? ¿Sería otra en la que no se había fijado a la ida? Caminó un poco más, solo para asegurarse de que su desconfianza estaba justificada. Entonces, lo vio. Por todas partes, esqueletos de edificios, ruinas, claustros convertidos en un par de arcos abandonados, fachadas no más altas que ella, recuerdos en piedra de una pesadilla de pólvora. Impactada por aquella imagen, herida abierta y supurante para todos los salmantinos, se detuvo un momento. Sí, se había fijado en desperfectos en algunas casas de la ciudad. También en las iglesias. Pero aquello era desolador. Negó con la cabeza, como si un interlocutor invisible pudiera recibir su muda valoración y, después, dio media vuelta, convencida de que aquel no era el camino correcto.

Como era de esperar, el mohín de desaprobación de doña Fuencisla la recibió nada más entrar por la puerta. Era cierto que había tardado más de lo planeado, pero no el tiempo equivalente al gesto y la exageración del ama de llaves. Inés, harta de que aquella mujer siempre encontrara motivos para reprenderla, optó por seguir el consejo de Julieta y desdeñar las palabras de su superiora. Se limitó a asentir, a pedir perdón y a marchar a entregar los artículos adquiridos a sus legítimas propietarias. La marquesa todavía no había regresado del paseo, así que le dio las cintas a Consuelo, la sustituta de la convaleciente señorita Moyano en los asuntos de vestido de doña Mariana. La Gran Dama, sin embargo, aceptó recibirla en el gabinete y pareció contentarse con la elección de Inés. «Lo conozco, sí. Pero no lo he leído. Veremos si no he de arrepentirme», concluyó. Inés sonrió, aliviada por haber cumplido con su cometido sin poner en riesgo su continuidad en la casa. En el camino de regreso a la primera planta, dispuesta a continuar con sus obligaciones, pasó por delante del cuarto del marqués. Recordó de golpe el nuevo objetivo que le habían encomendado: la correspondencia. Se estremeció al percatarse de que no tenía escapatoria. Tenía que cruzar esa línea mientras rezaba por que nadie la sorprendiera con las manos en la masa. Sin embargo, aquella mañana ya había vivido experiencias suficientes, así que se relegó a sí misma a ese discreto segundo plano desde el que servía a aquellos a quienes traicionaba sin descanso.

En la cena, mientras todos se deleitaban con un guiso de gallina, Inés aprovechó para preguntar a Julieta sobre los vestigios de templos y edificios que había descubierto aquella mañana.

—¿Llegaste hasta allí? —se sorprendió su compañera.

—Me perdí. Al salir de la librería, giré para el lado contrario y, bueno, al final, llegué hasta esa zona —le contó.

—Está probado que lo tuyo no son las direcciones, Inesita... —Se rio Julieta.

—Sí, tienes razón. —Sonrió—. Pero ¿por qué está todo destruido?

—Aquello es el barrio universitario. Quedó destrozado durante la guerra. Yo no soy de aquí, pero quizá Valentín pueda contarte algo más —opinó—. Chis, Valentín. ¿Qué había en el cerro de las Catedrales y en el de San Vicente antes de la ocupación?

—Los edificios más bellos que se puedan imaginar —se entrometió doña Fuencisla—. El colegio de Oviedo, el Trilingüe, el del Rey..., los conventos de San Agustín o San Cayetano. Todavía no me explico cómo ha podido desaparecer todo.

—A base de cañonazos, doña Fuencisla —dijo Valentín.

—¿Y por qué se han dejado así los solares? —les preguntó Inés.

—Dinero e intereses encontrados, imagino. Pero por mucho que lo intenten, nadie podrá devolver el esplendor a ese barrio. Cada vez que recuerdo cómo el monasterio de San Vicente se iba convirtiendo en un fuerte militar, me falta el aire. Franceses, ingleses, españoles..., todos fueron borrando una parte de la identidad de Salamanca. Esta ciudad no se merecía la destrucción a la que ha sido sometida —respondió doña Fuencisla, que había llegado a la conversación para quedarse.

—Desde el final de la guerra, se le llama «el barrio de los Caídos» porque, aunque hubo más zonas afectadas, aquella es la que peor parte se llevó —apostilló Valentín—. Los imperiales se ensañaron antes de marcharse.

—Sí, pero el problema inicial fue que los franceses se apropiaron de las iglesias, los monasterios y los conventos. Expulsaron a los religiosos de sus casas y se sirvieron de los templos para instalar los campamentos militares, las ciudadelas, los almacenes de artillería, convirtiéndolos en objetivo de obuses. Probablemente, José Bonaparte pensó que podía echar al Altísimo de estas tierras. Pero, por suerte, no lo consiguió

—intervino el mayordomo, Rafael Carrizo, a quien también le interesó la charla.

Doña Fuencisla se santiguó, agradeciendo la espiritual valoración del señor Carrizo.

—¿Recuerdan cuando debimos dar alojamiento también nosotros a esos generales bonapartistas? —rememoró Federico.

—Chiss. Eso no ha ocurrido, ¿entendido? Esta casa debió acceder a esa deshonra para salvar la vida, pero no ha de mencionarse jamás —indicó el mayordomo.

—Trajeron a un par de criados y Eugenia y yo aprendimos varias palabras en francés —contó Consuelo a las otras en voz baja.

—Seguro que os engañaron y solo sabéis decir «Me encantaría limpiar el trasero de Napoleón» —bromeó Julieta.

Inés se rio divertida. El diálogo se había dividido en tres. Por la cocina revoloteaban opiniones sobre la invasión, recuerdos de la bella Salamanca y comentarios jocosos sobre los soldados napoleónicos. Julieta lo tenía claro:

—Al infierno deben irse. Todos. Lástima que tuvieran tiempo de marcharse —espetó.

—En la próxima guerra, te tendrían que dar una bayoneta —opinó Eugenia.

La otra sonrió con los carrillos llenos de patata y, sin añadir nada más, dejó que la conversación feneciera. En la recogida, alentada por doña Fuencisla que, tras aquel momento de parloteo general, había determinado que ya era suficiente, Inés intentó sonsacar más información sobre la presencia de militares franceses en el palacio Somoza. Según le indicó Mari Nieves, esa situación fue bastante común en la ciudad, aunque no por ello menos vergonzosa. «A la b-baronesa casi le c-cuesta la vida el disgusto. Pero l-la familia siempre m-mostró su rechazo en soc-ciedad. G-guardaban las formas mínimas p-para no ten-ner p-problemas e im-magino que sup-pieron com-municar a las p-personas ad-decuadas que estab-ban inc-cómodos con la sit-tuación. Eso los deb-bió de salvar de la sospecha. Si n-o, quiz-zá hub-bieran term-minado com-mo el m-marqués de C-casa-C-calvo», le contó. Inés quedó satisfecha con aquella explicación, que no dudó en codificar antes de dormir.

Durante los días siguientes, trató de imaginar aquella época de invasión en esa vivienda aristocrática. También analizó las diversas posibilidades que le brindaba su jornada para consultar la correspondencia privada del señor don Ildefonso. El correo lo gestionaba el señor Rafael Carrizo, celoso de la intimidad ajena. Así, cada vez que pasaba cerca con aquella bandeja de plata en la que siempre colocaba las misivas, Inés intentaba leer los nombres escritos en sobres y esquelas. Pero le fue imposible configurar identidades con las escasas letras que conseguía cazar al vuelo. Una mañana, aprovechando que el mayordomo parecía haberse retrasado, quiso adelantarse y atender ella misma al recadero, pero el señor Carrizo apareció de pronto y solo pudo simular confusión. Al final, coligió que la única manera de lograr su objetivo era colándose en el despacho del marqués. Algo con lo que no estaba del todo conforme ni cómoda, pero que debía ejecutar más pronto que tarde.

No obstante, y pese a que aquella era su máxima prioridad, el ritmo de trabajo en el palacio no cesó. En una casa de esas dimensiones no se podía prescindir de dos manos como las de la señorita Moyano y, pese a que se reforzó el servicio para determinadas tareas a través de empleados por días, todos tuvieron que dar el callo sin rechistar. Entre las asignaciones que doña Fuencisla reservaba para Inés se colaron tareas como la reparación de juguetes de los hijos de los marqueses, el constante servicio de chocolate en las tardes lluviosas, la limpieza de sombrillas y guantes, la recolocación de los muebles en el gabinete de la baronesa, la compra de más libros y botones, el abrillantamiento de broches..., etcétera. Los empleados terminaban agotados, aunque siempre guardaban una chispita de humor para la cena, donde hacían competiciones sobre el número de veces que habían podido sentarse durante la jornada.

Una tarde, en el gabinete de doña Mariana Fondevila, mientras la señorita De Villalta revisaba la chimenea y echaba un trozo más de leña, se extrañó al ver el gesto descompuesto de doña Fuencisla, que solicitó audiencia privada. Inés salió volando, tras dejar el badil en su sitio. Ya en la galería, limpió el hollín de sus manos en el delantal y aguardó un instante, deseosa de descubrir el motivo de aquella conferencia a puerta cerrada. No obstante, la aparición del marqués la impulsó a reanudar su camino para no resultar sospechosa. Cruzaron miradas. La de don Ildefonso, vanidosa como siempre. La de Inés, solícita. Pero solo una era fingida. Bajó las escaleras en dirección a las cocinas, donde la esperaba su próxima labor: preparar más aceite de romero. Sus cavilaciones sobre qué habrían hablado doña Mariana Fondevila y el ama de llaves la acompañaron mientras recolectaba las ramitas y llenaba los tarros. Pero pronto descubrió el motivo: aquella misma noche, después de varias semanas recluida en su habitación, la señorita Remedios Moyano abandonó el palacio, llevándose todas sus pertenencias.

A la muchacha le resultó extraña la frialdad con la que se gestionó el asunto. Doña Fuencisla Baeza, todavía con aquella expresión de malestar recubriendo sus facciones, se limitó a anunciar en el desayuno lo evidente de la partida de Remedios. No proporcionó más datos. Y, por tanto, dio pie a que no se hablara de otro tema. Los murmullos invadieron todas y cada una de las plantas del palacio de los Somoza. Se escondieron tras las columnas corintias. Recorrieron las escaleras del servicio. Se aferraron a los cubos y a los trapos. Se convirtieron en cháchara en las cocinas y las alcobas. Y terminaron por empequeñecerse con el paso de los días.

Aquella noche, Inés apenas concilió el sueño. Se imaginaba cantos que se colaban en la quietud de la alcoba. Las sábanas la atrapaban y la liberaban. Sueños, que parecían reales, la envolvían sin permiso. Resoplidos, dientes chirriantes, bisbiseos sonámbulos, ronquidos. Al final, creyó escuchar la señal correcta y, sin vacilar, se incorporó con cautela. Alcanzó la palmatoria y una cerilla que reposaba junto a las demás sobre una de las mesitas y, sin respirar, salió de la habitación. Inés adoraba ese momento de antes de levantarse: calma, oscuridad, libertad. Por ese motivo lo había escogido para proceder con el asunto de la correspondencia del marqués. Había valorado alternativas, pero la ausencia definitiva de la señorita Moyano no había hecho más que acrecentar la cantidad de obligaciones repartidas entre los sirvientes. La joven sabía que no podía postergarlo más. No deseaba más visitas del lechero ni su mirada amarillenta amenazándola a escasos centímetros de distancia. Así, sumergida en los últimos momentos de la noche, se dispuso a cumplir con el objetivo. Sabía que doña Fuencisla daba por iniciada la jornada cuando el canto del gallo se hacía insistente, al amanecer. Pero el cacareo se oía antes, a medianoche. Entre uno y otro, la casa estaba desprotegida de vigilantes incómodos, exenta de labores sin fin. Era su única oportunidad para intentar moverse sin ser descubierta.

El siniestro corredor de las buhardillas la recibió, haciendo sonoros unos pasos que suplicaban ser imperceptibles. La joven notó cómo le temblaba la mano, pero rebuscó una pizquita de serenidad. Decidió ir a tientas hasta alcanzar las escaleras. La persona a quien más temía en aquella circunstancia era doña Fuencisla, de oído fino y amor por la intransigencia. Una vez accedió a las mismas, más allá de la alcoba que ocupaba el ama de llaves, suspiró y, luchando por controlar el temblor, encendió la candela. Su figura en camisón flotó por los escalones hasta llegar a la planta principal. Giró a la izquierda por la galería y se asomó para cerciorarse de que nadie avistaba la luz de su vela desde el patio. Libre de peligro, continuó hasta el final y después giró a la derecha hasta topar con la puerta de la antecámara del marqués, la primera estancia de su cuarto.

Las puntas de sus pies descalzos avanzaron por las alfombras, dulce caricia para aquellas plantas repletas ya de durezas y llagas. Al situarse frente a la entrada del despacho, tras cruzar el gabinete que había ayudado a limpiar meses atrás, el nerviosismo agarrotó sus músculos. Aquella sala era de uso privado del marqués. Solo accedían a ella el señor Rafael Carrizo y los invitados que, previo explícito permiso, tenían el privilegio de reunirse allí. Inés sabía que, si entraba, no habría vuelta atrás. No habría excusa válida si la sorprendían. Pero tampoco la habría si dejaba escapar aquella oportunidad de husmear en el correo del señor don Ildefonso Somoza. Ese puñado de cartas le permitía acceder a otro puñado de cartas. Y ella necesitaba saber que su familia estaba bien, necesitaba leer las agudas reflexiones y recomendaciones de Blanca; conocer el progreso de su embarazo, proceso que siempre había soñado vivir junto a ella; también deseaba confirmar que Dolores estaba estable y que sus padres y hermanos pequeños continuaban su vida con normalidad. No podía poner en riesgo el plan. Le había prometido a Dolores que aquello le devolvería las ganas de vivir. Así, giró el picaporte y cruzó aquel umbral que separaba mucho más que esas dos cámaras.

Una vez se supo dentro, respiró hondo y dejó la candela sobre un aparador de mármol blanco que había junto a la puerta. Por suerte, aquella sala solo tenía un acceso y era independiente del dormitorio. Inés se colocó por detrás de las orejas los rizos que se habían escapado de su trenza y se puso a registrar todos y cada uno de los muebles. Quiso aliarse con el silencio, pero en más de una ocasión la impulsividad de sus manos provocó ruidos que el temor que sentía amplió hasta convertirlos en estruendos. Cuando esto ocurría, se quedaba congelada, dejaba hasta de inspirar. Solo se permitía continuar cuando la siempre silente calma le susurraba que estaba a salvo.

Revisó las repisas y las cajoneras de los dos aparadores. También los recovecos de una rinconera de madera embutida. Después, analizó cada uno de los objetos que reposaban sobre el escritorio, una gran mesa, también de mármol blanco. Apartó documentos, movió un reloj, un portaplumas, un tintero y, entonces, vio una bandeja de cuero encarnado sobre la que estaban almacenados varios papeles. Se lanzó a alcanzarlos. Empezó a leer los nombres. También el contenido de algunas de las misivas. Se empleó a fondo en memorizar todos los detalles interesantes mientras paseaba por aquel ultrajado despacho. De pronto, y para su propia extrañeza, el cacareo del gallo se oyó a lo lejos. Inés empalideció. ¿Cuánto tiempo había estado ahí? ¿Había errado en sus cálculos? Con rapidez, trató de dejar todo en la misma posición en que lo había encontrado. Pero las prisas no son amigas de la exactitud. La joven, aterrada, cogió la palmatoria y, peleándose contra los crujidos, los chirridos y el avance del alba, regresó a la alcoba.

Por suerte, Julieta y Consuelo tardaron el tiempo suficiente en encender una candela. Cuando lo hicieron, Inés ya estaba sentada sobre el catre, repasando sus movimientos con la mente. Algo le decía que se había dejado cabos sueltos. Pero no tuvo tiempo de lamentos. Antes del desayuno, se quedó rezagada y, aprovechando aquella pasajera soledad, codificó todos los hallazgos para entregárselos al lechero aquella misma mañana. Al pasarle la nota, la impaciencia por leer las líneas de sus padres y hermanas se agudizó. Pero tenía que esperar a que validasen sus averiguaciones. Habían sido varias. El marqués había recibido un informe del señor don Adrián Castaño, el administrador de la Casa Somoza. También una misiva del señor don Vicente Calvo que, según se indicaba en el membrete, era alcalde mayor de Salamanca. Trataba de asuntos vinculados al consistorio, de políticas relativas a la urbe. El mismo tono empleaba el intendente, don Esteban Mejía. Y el regidor don Benito de Mora, aunque este también le hablaba de asuntos personales. Sin embargo, sobre todo, Inés había juzgado interesante el contenido de una carta del propietario de una casa de comercio, don Alejandro Palazuelos. En ella se mencionaban unas minas en Asturias, un proyecto a desarrollar y favores por cumplir.

A lo largo de aquel día, tan agotador como cualquier otro, Inés dio mil vueltas a lo que había leído. También estuvo más tensa que nunca. Creía que, en cualquier momento, alguien descubriría lo que había hecho. Lo que estaba haciendo. Mientras barría, se esforzaba por recordar dónde había colocado cada objeto. ¿Habría cerrado todos los cajones? El sudor aparecía de golpe y resbalaba por su frente y nuca al barajar la posibilidad de que el marqués hubiera detectado la presencia de un usurpador nocturno. Cada gesto, cada movimiento, cada frase le parecía una prueba indiscutible de su desenmascaramiento. Incluso creyó preocupantes los susurros que intercambiaban Julieta y Consuelo cuando llegó a la alcoba por la noche, tras la sesión de lectura con la señora Lecubarri. Con las mejillas lívidas y las ojeras colgadas de sus ojos castaños, se apresuró a desvestirse sin mirar a sus compañeras, convencida de que también ellas habían sido testigos de su excursión entre las sombras.

—Pobre miserable. Era cuestión de tiempo que se supiera —espetó Julieta, un poquitín más alto de lo que hubiera deseado.

Inés se dio por aludida y se giró hacia ellas, ya en camisa.

—¿Disculpa? —se quiso cerciorar.

—¡Julieta! —se quejó Consuelo—. Prometimos no decir nada.

—Perdona, perdona, es verdad. Pero Inesita es de confianza —argumentó.

—¿Qué..., qué pasa? —inquirió Inés.

—Ven siéntate —la invitó Julieta, acomodada en el catre de Consuelo.

La joven aceptó y se unió a sus compañeras.

—Verás, debes prometer no contarlo —comenzó Julieta.

—Sí, no como tú... —criticó Consuelo.

—Bah, no seas pesada. En fin, ya sabemos por qué se marchó Remedios. —Hizo una pausa—. Está embarazada.

—Pero ¿está casada? —respondió Inés.

Las otras dos se rieron.

—¡No! ¿Cómo va a estar casada? No, no —dijo Julieta.

—Pero... ¿entonces? —balbuceó Inés.

—Ay, pobrecita. Verás, Inés, hay algunas mujeres que se relacionan con hombres sin estar casadas. Y, bueno, es lo que ha ocurrido con Remedios. Al parecer, cuando comenzó a notar las primeras náuseas, aprovechó las fiebres para simular que estaba enferma. Después, una vez que todos mejoraron, aseguró a doña Fuencisla que seguía sintiéndose débil. El médico se fio de lo que le decía Remedios y supuso que la enfermedad le había afectado más. Así logró pasar tanto tiempo metida en su alcoba, sin trabajar. Pero hace unos días, doña Fuencisla fue a hablar con ella para valorar si podía servir ya a la familia. Remedios inventó que estaba muy débil, así que volvieron a llamar al galeno, y entonces ¡se descubrió la sorpresa! Le fue imposible ocultar la panza.

—Doña Fuencisla casi de desmaya. Una indecencia así es inadmisible en esta casa. Bueno, y en cualquiera —añadió Consuelo.

—Madre santísima —se horrorizó Inés—. Pero ¿se sabe quién es el padre?

—Ni idea. Aunque hay sospechas... —dijo Julieta con misterio—. Seguro que Mari Nieves lo sabe. Ella estaba enterada de todo desde el principio, porque compartían alcoba. Al menos, eso aseguró Loreto, según le dijo Federico.

—¿Y...? ¿Tiene familia que la sustente, un techo y comida para ella y su hijo? —continuó la señorita De Villalta.

—Quién sabe si aceptarán lo ocurrido... Esperemos que sí —opinó Consuelo.

—¿No os parece descorazonador que la hayan echado de esta forma? Es decir, no justifico lo que ha hecho, pero...

—Da escalofríos ponerse en su pellejo, pero es una de las normas básicas de esta casa. Nada de matrimonio ni hijos, y menos bastardos. Si incumples las reglas, te marchas en un santiamén. El marquesado de Riofrío no admite faltas tan graves. Nunca lo hará. Así que si quieres mi consejo, Inesita, mantén tu boca y tus piernas cerradas mientras trabajes para ellos —indicó Julieta.

—Lo que está claro es que doña Fuencisla va a ser mucho más puntillosa que antes. Hay que poder justificar cada paso que demos. Si no, es capaz de condenarnos a un auto de fe de esos sin preguntar —soltó, pesarosa, Consuelo.

Inés asintió. Aunque continuaron charlando un ratito más, la sensación de desazón no se marchó del esqueleto de la muchacha. En la cama, pensó en Remedios y en su criatura. A ella misma le escandalizaba lo que había hecho, pero no por ello justificaba que le hubieran negado el cobijo de repente. Rezó por ella y por que tuviera una familia que la apoyase, aun en aquellas delicadas circunstancias. Después, pensó en la suya. El ansia por recibir las cartas casi la condenó al insomnio, pero la aventura de la noche anterior en el despacho del marqués le pasó factura y terminó perdiendo el control de sus párpados.

Cuando amaneció, Inés se sintió renovada. La idea de encontrarse con el lechero hizo que se levantara con energía y buen humor. Su buen ánimo solo quedó empañado por el recuerdo de la señorita Moyano. Fue una de las primeras en desayunar. En el reparto de tareas, se fijó en que tendría unos minutos libres antes de limpiar el patio con Eugenia. Así, cuando los primeros proveedores llamaron a la puerta de la cocina, la muchacha ya estaba lista. Recibió todas las mercancías con una sonrisa, despidió a los recaderos con simpatía. Y cuando llegó su cómplice, sintió que su corazón se henchía. Alcanzó las cartas con sus dedos y, sin que nadie se percatara, las guardó en el bolsillo del delantal. El lechero parecía satisfecho con los hallazgos de Inés, pero, en un mensaje encriptado, solicitó a la joven que ahondara un poco más en el asunto de las minas y del favor al señor Palazuelos. Ella suspiró, cansada de aquellas intrigas que machacaban sus nervios con el mismo brío con el que la cocinera Carmen majaba ajos en el mortero.

No obstante, aquel día poco podía enturbiar su felicidad. Se retiró a la habitación en aquel ratito sin tarea asignada y leyó con gusto las líneas de su familia. Fue como tenerlos enfrente. Sentía que escuchaba sus voces. Las lágrimas empaparon los pliegos y emborronaron las bellas letras escritas por su madre y sus hermanas Blanca y Dolores, de similar caligrafía. En el momento en que doña Micaela y Blanca habían redactado las cartas, el embarazo de su hermana continuaba sin complicaciones. Esperaba al bebé para el mes de abril. Se sentía contenta y nerviosa. Le decía a Inés que la echaba mucho en falta, que soñaba con que cosían juntas para el bebé mientras jugaban a imaginar sus facciones. El señor don Lorenzo ya estaba recuperado de su último achaque. Alejandra había oficializado su entrada en sociedad a principios de la temporada de baile. Se movía como pez en el agua, según contaba su madre. El pequeño Lorenzo, por su parte, tenía encantado a su maestro, quien había elogiado su constancia. Doña Micaela, que siempre se dejaba para el final, había reubicado algunas de las plantas del patio y gozaba de buena salud. Por lo demás, manifestaba su pesar a Inés por no poder estar juntas. Le habló de la posibilidad de ir a visitarlas en un futuro cercano, algo que la hija supo que debía borrar de la mente de la madre en la contestación. Dolores, por su parte, continuaba recluida. Y sus tíos no habían manifestado intención alguna de visitarlas. Una fingida alegría por las promesas que le había hecho Inés impregnaba algunas de las frases que había escrito. Sin embargo, también se colaban el desaliento y el temor. Pidió a su hermana que no se arriesgara en exceso. No podría soportar más desgracias. Inés supo entonces que tenía que escribir una misiva para tranquilizarla, sosegarla. Solo así ganaría más tiempo para sanar su dolor por completo.

Todavía saboreando la ficticia cercanía de sus seres queridos, salió de la alcoba, decidida a reincorporarse a sus labores. También a ser lo más eficiente posible en su clandestino cometido para regresar junto a Dolores en poco tiempo. Quizá, si conseguía hacerla feliz de nuevo, podría volver a Santa Cruz. Asistir a aquellos bailes. Aceptar la mano de un apuesto pretendiente y danzar durante horas con un vestido de muselina y el cabello recogido en un moño repleto de flores. Visitar a

Blanca, cuchichear y reír con ella, ver crecer a su bebé. Volver a abrazar a sus padres. Molestar a sus hermanos pequeños. Aquella posibilidad la llenó de optimismo hasta que, en las escaleras, se topó con Consuelo.

—¿Dónde te habías metido? —preguntó alarmada.

—Eh..., estaba...

—Doña Fuencisla lleva buscándote un buen rato. Es urgente.

Y aunque el suave y frágil fulgor de la felicidad había recubierto su cuerpo y su alma por un momento, Inés se preparó para lo peor.

XI

Las candelas de aquella humilde vivienda se derretían, testigos de la frustración de Alonso que, día y noche, se preguntaba qué clase de conjuro había permitido que aquella esquela estuviera en blanco. Mientras reflexionaba, se acariciaba la cicatriz del cuello con el puñal que siempre lo acompañaba bajo las ropas. Arma y herida se encontraban, como viejas amigas, pero él solo podía pensar en aquel papel. El tormento de la ignorancia lo acompañó durante seis lunas, hasta que se decidió a realizar una pequeña investigación de campo. Para ello, fue al encuentro del señor don Patrick Moore, dedicado al negocio de la imprenta y entendido en asuntos de papeles y tintas. El señor Moore, debido a la crisis por la que pasaba su antaño floreciente sector —a causa del cese de la actividad periodística en la ciudad—, había desarrollado la misma afición por la bebida que Alonso. Compañeros de cánticos y risas en la taberna, conocían lo justo de la vida del otro para pedirse favores y dinero. En ese caso, para fortuna del inglés, Alonso precisaba de asesoramiento. Para relajar la lengua y la conciencia del impresor, lo convidó a varios chatos. Estos también acertaron a limitar la curiosidad, siempre molesta en asuntos reservados.

—¿Borrar lo escrito? No tengo noticia de que se pueda hacer —contestó con un delicado acento británico que acompañó el enésimo sorbo.

—Quizá con la temperatura. O mojando el papel —divagó Alonso.

—No, no... Lo único que puede parecerse a eso que dices es la tinta invisible.

—¿Tinta invisible?

—Bueno, no es que sea invisible. Puede verse si se aplica un reactivo. Calor, por ejemplo —concretó, dándole a entender que, de algún modo, había acertado en sus suposiciones.

—¿Y cómo...?

—Se consigue con ácidos. Basta el jugo de un limón o un poco de vinagre.

Alonso se terminó el contenido del vaso de un solo trago. Jamás habría imaginado que el mensaje continuara escrito. Había estado delante de sus narices. Disimuló el tiempo justo para no levantar sospechas en aquel impresor, pero, en cuanto este se halló medio inconsciente, se levantó de la banqueta y, tras despedirse de la Filo y el Ahorcaperros, regresó a casa.

La esquela continuaba en el mismo lugar en el que la había dejado horas antes. La cogió, también alcanzó una vela, y, valiéndose de la llama, fue revelando el mensaje encriptado que había robado al teniente Rincón y al comandante Prieto.

Nuevas del Norte. Estad preparados para la primavera.

Otra incógnita. «¿Qué demonios quiere decir esto?», se preguntó Alonso, rendido sobre la silla. De pronto, arqueó las cejas. Creyó entender el mensaje. Podía tratarse de una referencia al lugar de reunión, ubicado en la zona norte de la ciudad. Quizá tramaban un encuentro especial para las próximas semanas. Apenas quedaban unos días para que diera comienzo la nueva estación. Debía estar pendiente, se dijo a sí mismo, preocupado porque la Hacienda real dejara de costear su vida en Cádiz. Así, deambuló sin descanso por el barrio de San Carlos. Buscaba sospechosos. Una residencia pomposa que diera refugio a conspiradores. Puso doble atención si identificaba algún uniforme militar por la zona, algo bastante habitual, por otro lado. Sin embargo, no logró averiguar nada más. Ni rastro del teniente Rincón y del comandante Prieto, quienes no se habían vuelto a dejar ver en compañía. Su orgullo, cada vez más comprometido con la tarea, comenzaba a impacientarse. Necesitaba descubrir algún nombre lo suficientemente valioso como para que el rey le diera un golpecito en la espalda y unos cuantos escudos de oro más. El problema de Alonso Guzmán fue que estaba tan concentrado en probar su única teoría, ignorando otros perfiles de la lista, que no se percató de que los opositores de Fernando VII iban un paso por delante. Hizo falta que pasaran unas jornadas más. Entonces, ya inmersos en la temporada floral, llegó la noticia a Cádiz.

Cuando alcanzó sus oídos, a golpe de chismorreo en la taberna, la rabia de Alonso percutió sobre la mesa. La Filo dio un bote del susto. El señorito Andújar, que había tomado la palabra a la joven y cada vez iba con más frecuencia al local, donde bebía y parloteaba con Alonso, Conrado y compañía, calló un instante y, cuando comprobó que todo seguía en orden, prosiguió con aquella relación hablada. Al parecer, según había escuchado en la casa del primo de su madre, el 4 de abril se había iniciado un pronunciamiento a favor de la Constitución, orquestado por los generales don Luis de Lacy y don Francisco Milans del Bosch en Cataluña. Al igual que los anteriores intentos de derrocar el régimen absolutista, reinstaurado por Fernando VII tres años atrás, había fracasado. Los cuerpos que iban a unirse no lo hicieron, así que los planes de marchar sobre Barcelona e iniciar una nueva etapa constitucional eran ya papel mojado.

—Se dice que los delataron —apuntó el estudiante.

—Hay que ver, con la de buena fama que tenía el general Lacy por todas partes. ¡El héroe nacional! La verdad es que las apariencias engañan —opinó la Filo.

Alonso, cuyo ánimo se había avinagrado sin remedio, envidió al caballero que, más sagaz que él, había contribuido a que aquella conspiración no terminara como el rosario de la aurora para la Corona. Sin ganas de risas, se retiró, dejando solos a Modesto y a la Filo, que continuaron comentando un buen rato las últimas noticias, rodeados de borrachos y barriles.

—Es un fastidio que siempre se salgan con la suya los serviles —comentó el chico.

—Chisss. ¡No diga esas cosas! Ya vio lo que le ocurrió la otra vez...

—No se inquiete, señorita Filo. Solo las digo delante de gente de fiar. Como usted —respondió él, tranquilizándola—. Por eso detesto, todavía más que antes, ir a la Escuela. No soporto la idea de que haya tantos aduladores, soplones a sueldo con la cabeza llena de serrín.

Filomena se rio.

—¿Y cree que aquí encontrará algo diferente? Yo que usted no relajaría las formas ni cuando esté en el retrete. Esté donde esté, hoy en día, nadie se declarará enemigo de Su Majestad. La vida, aunque rastrera y miserable, es de lo poco que muchos tienen —le aconsejó—. Pero me gusta eso de ser de fiar. Suena bien.

—Lo es, señorita Filo —dijo sonriente el muchacho y bebió.

—Bueno, dejemos de hablar de política. Sígame contando cosas de su cortijo jerezano. Me encanta imaginarme allí. Yo habría sido una gran dama, no crea. Lo que pasa es que Dios tuvo otros planes para mí —bromeó ella, apoyando la cara en la mano del codo que reposaba sobre la mesa de madera, barnizada con los restos de líquido derramado por las temblorosas y torpes manos de los clientes.

El señorito Andújar hizo caso y continuó describiendo, al detalle, cada hectárea de la hacienda que poseía su familia. De tanto en tanto, una voz o una pelea lo interrumpían. Dos parroquianos, en concreto, ajustaban cuentas con relación a una apuesta que habían hecho, meses atrás, sobre el tiempo que tardaría la reina en quedarse embarazada. Y es que doña María Isabel de Braganza no se había demorado en demasía y esperaba su primer retoño para ese mismo verano. La fecha exacta era ahora motivo de nuevos juegos y de que los bolsillos de algunos continuaran vaciándose sin remedio.

—¡Yo digo que tenemos heredero en mayo!

—¡Ala, bestia! Será un garbanzo, entonces.

—¡En julio, en julio! Me he equivocado.

—¡Junio!

—¡Agosto!

—¡Octubre!

—¿Octubre? ¡Nacerá con barba pues!

La Filo y Modesto se reían, recordando el punto exacto de su charla para, una vez se hubiera reducido el barullo, regresar a ella.

Por su parte, Alonso hizo bien en lamentar su ausente clarividencia. Y más cuando tuvo en las manos aquella misiva de la ficticia duquesa de Grimaldo. En ella, valiéndose de un lenguaje simbólico pero bastante directo, se afeaba la lentitud de sus averiguaciones. Al parecer, el denostado general don Luis de Lacy había estado destinado unos meses en Andalucía el pasado otoño, por lo que, desde palacio, deploraban que Alonso no hubiera sido capaz de detectar nada. Además, con relación al nuevo nombre que había proporcionado, así como al dato de que existía una reunión de posible naturaleza disidente en la casa de un notable de la ciudad, criticaban la falta de pruebas fácticas. «Mi corazón, querido mío, no vive de suposiciones sino de hechos. Demuéstrame que lo que dices es cierto si quieres que la riqueza de nuestro amor perviva más allá de la primavera», habían escrito, en referencia a la retribución. No se podía negar que la camarilla de Fernando VII sabía cómo incentivar a Alonso Guzmán.

Ante aquel estrepitoso fallo de olfato, sin embargo, Alonso decidió abrazar la ebriedad por unas horas. Se hizo con una botella de vino y, empinando el codo, borró los rastros de la vergüenza y de la exasperación. Él sabía que no podía decepcionar de nuevo al rey, aquello no era una opción. Se había metido en aquella calle sin salida por deudas, por dinero, por continuar con su vida allí, alejado de Cosme, del pasado, de todo... Frente al maltratado espejo que colgaba de una de las paredes, se regaló una triste farfulla en la que se consoló con aquello de: «Si yo ya dije que no estaba preparado. ¿Para qué me he vuelto a meter bajo las alfombras de palacio? Ha sido un error, un error enorme. Y lo terminaré pagando...». Justo después se desmayó.

Cuando abrió los ojos, tendido en el suelo, el peso de las obligaciones adquirió colosales dimensiones. También la jaqueca. Temiendo no ser capaz de soportar la verticalidad del caballero andante, se quedó allí un poco más. Por mucho que buscaba otro camino, el alcohol parecía ser su recurrente pareja. Siempre regresaba a ese punto tan odiado por cualquier bebedor: el de la fría y cruel lucidez que sigue a la embriaguez. Alonso opinaba que justo esa sensación era la que atraía a los beodos hacia el siguiente chato. Y él, como tal, la detestaba. La mayor parte de los días solo encontraba paz al confirmar que la última botella no se había terminado del todo. Aquella mañana lo pensó. Pero solo duró un instante. La imagen de su madre se coló en la bajeza de su espíritu, también desparramado por los tablones de madera que simulaban que aquello era un hogar de verdad. Esta dio paso al rostro desdibujado de su hermano Cosme y, entonces, su cuerpo, que se había hecho arrogante en asuntos económicos, se incorporó. Un latigazo sacudió su espalda, pero no capituló. Se sentó en una de las sillas y revisó todos los datos que tenía.

Pasó allí varias horas, analizando qué pasos podía dar para enmendar sus torpezas. Recuperó la esquela y la observó detenidamente. Entonces, se le ocurrió. A la luz de lo ocurrido a principios de abril, aquel mensaje parecía evidenciar que alguien había intentado poner sobre aviso al teniente Rincón y al comandante Prieto acerca de la conspiración en Cataluña. Era lo más cercano a una prueba que podía aportar. Determinó que la incluiría en su siguiente comunicación con la duquesa de Grimaldo para justificar la inclusión del nombre del comandante Rodrigo Prieto en la lista. A continuación, siguió reflexionando. Rememoró la charla que había tenido con el señor don Ventura Quesada en el café de Cosi. Aquello despertó su apetito, aspecto que optó por solucionar a la mayor brevedad, pero, sobre todo, le dio una idea. Según el enviado del duque de Alagón, uno de los aspectos que más valoraban de Alonso era que se había mimetizado con las calles de Cádiz, que formaba parte de sus tripas. Y era cierto. Pocos sabían de su pasado. Nadie de su presente. Ni siquiera él de su futuro. Pero conocía qué piezas ponían en funcionamiento la maquinaria de aquella ciudad. Así, se colocó la casaca, el tricornio y las botas y salió de su residencia.

Aunque no eran pocas las visitas que hacía a Jerez de la Frontera, el señorito Andújar tenía la costumbre de escribir a sus padres cada dos semanas. De este modo, quedaban tranquilos sobre los avances de su único hijo y heredero del patrimonio familiar. Él, a sabiendas de que lo que más agradecían era que les hablase de los adquiridos conocimientos económicos, empleaba gran parte del pliego en contarles lo que tal profesor había asegurado, lo que cual autor había escrito y lo que él mismo opinaba. Para que cupiera su mayúscula erudición, copiada de anotaciones la mayor parte de las veces, debía dejar al margen del conocimiento de sus padres los verdaderos entretenimientos a los que se entregaba cada día y las auténticas intenciones que le movían a actuar. La verdad era que, tal y como había confesado a la Filo en la taberna, sus intereses cada vez estaban más alejados de la Escuela de Comercio. La paliza que le habían propinado había cambiado la forma de ver a sus compañeros. Ya no se sentía cómodo. No se imaginaba como parte de aquel ecosistema de futuros negociantes. Quizá nunca lo había sido, pero ahora estaba convencido de que la brújula de su destino apuntaba a las antípodas del cortijo de los Andújar.

Así, muchas jornadas, simulaba que asistía a las clases magistrales de aquellos entendidos teóricos, se desviaba y terminaba deambulando por la ciudad. Recalaba en la taberna, donde las risas de la Filo, las anécdotas de don José Salado, las historias de conquistas del capitán Íñiguez y las despreocupadas reflexiones del misterioso Alonso Guzmán sanaban su desorientación vital. Otras, sin embargo, se dejaba ver por las aulas, temiendo una reprimenda que, a buen seguro, volaría hasta sus padres y dinamitaría la reputación de su apellido y la paz de su alma, cinceladas, desde hacía dos años, a golpe de misiva. Fue en una de estas ocasiones cuando uno de sus compañeros se acercó a él. Era algo insólito, pues desde que había tenido el encontronazo con aquel alumno que pensó que era una buena fuente, pocos osaban dirigirle la palabra. Para evitar tomar consciencia de la desconfianza que había comenzado a despertar en algunos, Modesto recogía sus pertenencias y raudo salía a la calle, donde el gentío difuminaba los chismes sobre su persona. Aquella mañana, mientras cruzaba una de las enormes puertas que, embellecidas con molduras, decoraban la fachada del edificio, ese otro estudiante lo alcanzó.

—Buenos días —lo saludó.

—Buenos días. ¿Se le ofrece algo? —se interesó, alterado, Modesto.

—Usted es Modesto Andújar, ¿no es así? —corroboró el otro. El joven asintió—. Mi nombre es Víctor Hernando. Un placer saludarlo.

—Lo mismo digo. Tengo algo de prisa, así que... —intentó librarse.

—Oh, sí, sí. No querría entretenerlo. Solo... Bueno, quiero que sepa que yo no lo juzgo. He escuchado lo que dicen de usted y me alegra que haya más personas en esta Escuela que no estén sumidas en el letargo de la tradición.

Modesto levantó una ceja.

—¿Es alguna especie de trampa o de broma? —se aseguró tras confirmar que no había mirones o asaltantes alrededor.

—No, no... Se lo prometo. —El chico se acercó a su oreja y bajó el volumen—. Conozco a personas que siguen trabajando por la causa en la sombra. Si usted quiere, puedo presentarle a alguien.

El señorito Andújar, de fuertes convicciones pero limitado arrojo, se separó de su compañero y, negando con la cabeza, rehusó la oferta y se despidió. Pasó el resto del día callado. Mientras comía con su familia. Mientras leía unos reglamentos que debía memorizar. Mientras tocaba el piano para relajarse. Mientras paseaba por la Alameda. Mientras se perdía por las callejas que rodeaban la plaza de San Antonio, todavía huérfana de míticos cafés. Mientras bebía en la taberna, al margen de la cháchara general... El capitán Íñiguez lo despertó de su ensimismamiento cuando, al acercarse a la mesa en la que estaba acomodado, le propinó un golpe en la espalda a modo de saludo.

—¿Cómo le va todo, chico? Cada vez lo veo más por aquí. ¿Se ha agotado de fingir entusiasmo por el dinero? —lo saludó.

—Buenas tardes, capitán. Sí, algo así.

—Una lástima, entonces —respondió y se marchó a buscar un vaso de vino.

Don José Salado, a quien no se le escapaba un detalle, observó al muchacho durante un buen rato con gesto de preocupación.

—¿Está bien, joven?

—Sí, sí.

En ese momento, Conrado se sentó en una de las banquetas libres, seguido de Alonso, que acababa de llegar. La Filo, pizpireta como de costumbre, le tendió a Modesto un chato, invitación de la casa.

—Para que se despabile un poquito —justificó sonriendo.

El chico lo agradeció y lo situó junto al vaso que todavía estaba bebiendo.

—Así que desencantado con su vida burguesa —retomó el capitán.

—Bueno, no con eso. Solo es que... detesto ir a la Escuela. Y a mis compañeros. Sobre todo, a mis compañeros.

—¿Le han hecho algo? —se preocupó Alonso.

—No, no... Pero no me fío de ellos.

—Hace bien. Los comerciantes siempre tienen dos caras o más —opinó el capitán.

—Lástima que esta ciudad esté gobernada por ellos —añadió el Ahorcaperros.

—¿Y qué propone, que la controlen los marinos? —se burló Conrado.

—Mejor nos iría. Somos más honrados.

—Será que no hinchan los precios con eso de que solo ustedes son capaces de internarse en la mar y sus misterios —discutió el otro.

—No creo que nos valiera ninguna opción. A los españoles nos gusta demasiado quejarnos —intervino Alonso—. Pero, señor Andújar, no desespere. En menos que canta un gallo habrá terminado su formación.

—Y podré volver a casa, aislado —se afligió el estudiante.

—¿Está penando por eso? —se sorprendió la Filo—. Pero ¡si vive en un palacio!

—Ustedes no entienden —afirmó y se fue, angustiado.

Se quedaron callados, sin comprender lo que se pasaba por la mente del chico. La Filo quiso correr a consolarlo, pero las obligaciones la retenían entre aquellas cuatro paredes. Allí nacían y morían sus sueños, que jamás brillarían tanto como el agua de la fuente que, según le había contado, decoraba uno de los jardines de la hacienda de los señores Andújar. Buscando distracciones, se cambió de mesa y se dedicó a entretener a dos clientes con menos dientes que desvergüenza. Don José marchó al poco, por lo que los dos excompañeros de batalla tuvieron oportunidad de ponerse al día.

—Es un ultraje lo que está pasando en el ejército. Ni siquiera pondría la mano en el fuego por el general Castaños. ¿Sabes que apenas se está esforzando en coger a los traidores de Lacy y Milans del Bosch? Seguro que ya están en Londres, con el resto de sus amigos conspiradores y panfletistas —ladró el militar.

—Parece que el gusto por las conjuras ha calado bien en el Cuerpo —comentó Alonso.

—Demasiado para mi gusto. Por eso estoy harto de permanecer aquí, en Cádiz. Me da la sensación de que esta ciudad finge simpatía por el rey, pero sirve a causas sacrílegas sin que nos demos cuenta.

—Aquí y en todas partes, Conrado. Pero se está trabajando para terminar con la oposición a Fernando VII.

—Sí, exacto. Y por eso deseo marcharme a Madrid, y así estar cerca de Su Majestad. Hacer algo de utilidad por mantener la paz. No podría soportar otra guerra, Alonso.

—Si la hay, te pediré personalmente que me tires al mar —frivolizó el otro.

—Brindemos por ser capaces de evitarlo —propuso el capitán, a lo que Alonso accedió.

Aunque Guzmán no osó compartir sus pesquisas con Conrado, él sabía perfectamente que el ejército era uno de los grandes problemas del rey. Así lo confirmó la contestación a la carta en la que había proporcionado la irrefutable prueba de que el comandante Prieto debía pasar a engrosar la lista de sospechosos. Las líneas de la duquesa de Grimaldo, más sosegadas y satisfechas que en la anterior comunicación, lo invitaron a continuar vigilando a aquellos dos soldados para descubrir nuevas conexiones. A ello se dedicó lo que restaba de abril y todo mayo, motivado por una nueva remesa de monedas de oro y por la tranquilidad de quien complace al rey. No obstante, tal y como había observado con anterioridad, aquella pareja rara vez se había vuelto a reunir ante sus ojos. «¿Se habrá producido un cisma la noche en que intercepté la esquela secreta?», caviló Alonso, sin ser capaz de dar respuesta a su duda. Aun así, dispuesto a no defraudar a la Corona, vigiló a uno y a otro por separado. También puso en marcha el espionaje a algunos de los sujetos incluidos en la lista que le había entregado don Ventura. De esta forma, además de controlar a un mayor número de perfiles, identificó una más que estrecha relación entre el comandante Rodrigo Prieto y otro caballero, también perteneciente al ejército. Los había visto varias veces fumando en torno al castillo de San Sebastián. También en el café Cachucha. Y frecuentando una botillería cercana al puerto. El único inconveniente era que desconocía cuál era su nombre y rango. Así que, una noche, volvió a sacudir el polvo de su anticuado uniforme militar y, escondido en la homogeneidad que conferían tales ropajes, se decidió a averiguarlo.

A la caída del sol, paulatinamente aplazada por el avance del año 1817, siguió al militar desconocido desde el cuartel hasta un establecimiento sito en la calle de Comedias. Conocía aquella taberna de oídas, pero nunca había cruzado sus puertas, lo que a él mismo le extrañó. Nada más hallarse dentro, localizó al soldado, que parloteaba con otros dos compañeros acomodados en una mesa. Alonso se quitó el morrión y se obligó a jugar su primera carta. Con decisión, después de robar un chato a un vecino que, distraído con flagelaciones mentales, no reaccionó a tiempo, se acercó a aquel círculo blindado por medallas y méritos que habían empezado a decolorarse.

—Menudo botarate el posadero ese. ¿Acaso no vio que era militar? —decía uno.

—No andaba muy católico el italiano. Me pareció corto de miras, además —comentó el otro.

—Bah, esa gente no merece ni un maravedí.

Alonso notó que aquella no era reunión privada porque, aunque él se había incorporado como oyente, nadie hizo ademán de callarse. Así, fue asintiendo o negando con la cabeza durante la charla hasta que se animó a intervenir.

—Escalofriantes las nuevas que llegan desde Chile y Nueva Granada, ¿no creen?

Los soldados, lejos de extrañarse, aceptaron al nuevo interlocutor.

—Y que lo diga. ¿Usía tiene previsto partir hacia las Américas? —se interesó uno.

—No, no por lo pronto. Aunque, ¿quién sabe? Apuesto a que la situación se dilatará lo suficiente como para que la mitad del ejército pase por allí.

—Dirá para que la mitad del ejército se pierda allí. Ese don Simón Bolívar y todos los demás no parecen detenerse ante nada. Dudo que se vaya a notar la diferencia con nuestra presencia —opinó el soldado desconocido.

—¿Eso piensa? —curioseó Alonso.

—Bueno, mire la expedición del general Morillo. ¿Acaso ha mejorado la situación?

—Pero habrá que hacer algo. No podemos quedarnos con los brazos cruzados mientras perdemos todas las provincias de Ultramar —comentó otro de los acompañantes, cuyo entusiasmo contrastaba con su avanzada edad.

—¿Todos aguardan a embarcarse? —quiso confirmar Guzmán.

—Así es —contestó desganado el amigo del comandante Prieto.

Gracias a su afirmación, Alonso pudo concluir que aquel hombre pertenecía a las fuerzas acantonadas en la zona. En ese instante, pensó que estaba más cerca de conocer su identidad, pero entonces el soldado se incorporó y se marchó a otra mesa, quizá asqueado con aquel desalentador futuro que se presentaba ante él en forma de buque. Alonso disimuló un poco, charlando de otros asuntos más baladís con la pareja de militares que permanecía sentada. Por el rabillo del ojo, controló cada uno de los movimientos de su objetivo. En general, aquel soldado no se comportó de forma sospechosa. Parecía estar relajado, conversando con vecinos y compañeros. Riendo con ocurrencias de desconocidos e hidratando sus temores con un caldo más que aceptable. También jugó un rato al billar, divertimento que, sin duda, proporcionaba mayor popularidad a aquel local en comparación con el de la calle del Solano. Alonso Guzmán aprovechó que se quedaba solo, al finalizar una partida con otros tres clientes, para volver a acercarse a él.

—Tenga, invito yo —aseguró, tendiéndole un vaso.

—¿Acaso le doy pena? —Se rio el otro.

—Sí. Pero es una pena compartida —respondió Guzmán.

—¿Juega? —propuso el caballero.

Alonso cogió uno de los palos en señal de asentimiento. Iniciaron una partida que se aseguró de acompañar con bebida, siempre su pareja, su compañera. Incluso cuando deseaba cumplir con su deber. Pero los vasos a los que convidaba a aquel extraño eran una manera de desdibujar su propio rostro y sus comentarios. Un seguro de vida. El problema fue que el vino también recorría su garganta y ralentizaba sus habilidades de interrogación. Trató de centrarse en el juego y de ganarse la confianza de aquel hombre. A juzgar por la apariencia de aquel, determinó que tendría su edad. Quizá era algo mayor. También supo que era del norte, algo que enseguida había sospechado por el acento. Pero las pesquisas se entremezclaban con las bromas, las carcajadas y los comentarios sobre aspectos nada vinculados al motivo por el que Alonso estaba ahí, haciéndose pasar por militar en activo. De pronto, en medio de la centésima ronda, a la que se habían sumado otros tantos, la urgencia por obtener datos lo visitó como un viento gélido. Cambió el gesto. Rehusó continuar bebiendo y, recuperando la sonrisa, espetó:

—¡Ya sé de qué me resulta familiar! Usted es el teniente coronel Resano. Estuvo en la batalla de Tudela. ¿Verdad que sí? ¡Lo sabía!

Su compañero se rio.

—Me confunde, amigo. Soy el coronel Villasante.

—Leandro —continuó simulando Alonso.

—Juan Ramón. Pero estaba usted cerca por algunas letras.

—Disculpe…, perdone. Creo que estoy borracho y digo sandeces.

—No se preocupe. Yo estoy igual. Así que luchó en Tudela… ¿Y cómo dice que se llama?

Alonso respiró un momento, dispuesto a dar un nombre falso, pero entonces divisó una cara junto a la puerta que lo desconcentró. Ahí descubrió que no conocía aquella taberna de simples oídas. El capitán Íñiguez le había hablado de ella. Se le erizó la piel del cuello al pensar en lo que podría suponer que Conrado lo viera vestido con su viejo uniforme, charlando con otros soldados. Después, reparó en que el coronel Villasante continuaba esperando una respuesta.

—Teniente coronel Ramiro Menéndez a su servicio. Disculpe, perdone, pero debo irme —dijo abrumado.

—¿Tan pronto?

—Mmm, sí…, tengo que marcharme, olvidé que tengo… —balbuceó confundido—. Espero volver a verlo pronto, teniente.

—Lo hará —le anunció sonriente—. Hasta la vista.

—Un placer.

En aquella despedida, la simpatía de uno contrastó con la repentina frialdad del otro, cuya atención había quedado secuestrada por la presencia del capitán Íñiguez en el local. Alonso se colocó el morrión, dispuesto a alcanzar la puerta antes de que todo se torciera. Mientras caminaba, sorteando brindis y la efusividad desmedida que siempre se persona en las tabernas, sintió cómo el sudor le caía por la frente. No tenía la mente suficientemente despierta como para idear una excusa a su estado, pero luchó por tejerla, al tiempo que, con la cabeza gacha, continuaba avanzando.

De pronto, uno de los hombres con los que había estado hablando se le colgó del cuello y lo invitó a una copa más. Alonso intentó zafarse con buenas formas, pero la cercanía de su amigo lo llevó al límite. Empujó al entusiasta beodo, que cayó sobre una mesa, borrando la victoria y derrota de dos clientes que se entretenían con los naipes. Esto generó ofuscación, también revuelo. Como en toda escena de moral relajada, algunos no desaprovecharon la circunstancia para abalanzarse sobre otro, sin motivo aparente, e iniciar una ruidosa y aparatosa trifulca. Alonso Guzmán se valió de la confusión, las patadas y las quejas generales para salir de aquel entuerto.

De camino a su morada, no muy alejada de allí, notó cómo las palpitaciones continuaban aceleradas. «¿Habrá reconocido mi silueta?», se preguntó. Parte del sopor causado por el vino se había disipado, así que, cuando llegó a casa, pudo analizar lo que había descubierto. Todavía no tenía pruebas claras de que anduviera implicado en alguna conspiración en contra de Fernando VII, pero el nombre de Juan Ramón Villasante debía quedar registrado en la investigación. Sería cuestión de tiempo que diera un paso en falso frente a los inquisidores ojos de Alonso. En los siguientes días, caviló posibles estrategias para acelerar la torpeza de aquel, pero no quería volver a vestirse de militar por si las moscas. Tampoco convertirse en un elemento sospechoso para él. Así que ese plan se fue postergando sin remedio.

No obstante, una tarde en que paseaba junto al puerto, Alonso recordó la valoración que don José Salado había hecho el día en que Modesto Andújar había aparecido alicaído en la taberna. «La ciudad está gobernada por los comerciantes», rememoró. Aquello era una certeza. Eran muchas las familias enriquecidas por el mercadeo con las Américas que se habían instalado en Cádiz. Quizá una de ellas era la anfitriona de aquella reunión clandestina que, según había descubierto el estudiante, se celebraba en la ciudad. Alonso Guzmán supo que, aparte de continuar con la vigilancia a los soldados sospechosos y a los sujetos incluidos en la primitiva lista de don Ventura, debía elaborar un listado con los principales comerciantes que residían allí. De ese modo, podría ir descifrando la fidelidad de cada uno y dar con el centro neurálgico de la traición en aquella plaza atlántica. Así, aquel mercenario al servicio de Su Majestad se zambulló en esa ardua tarea. Comenzó a seguir y vigilar a muchos de aquellos apellidos. Cada vez estaba más cerca de las respuestas.

Cuando el señorito Andújar se cercioraba de que su prima segunda no tenía monopolizado el piano, se deslizaba hasta el taburete y, como pica en Flandes, sus dedos se apoderaban del instrumento. No era un gran músico, pero repasar algunas de las partituras que lo habían acompañado desde niño permitía que sus lamentos de adulto se relajasen. En ciertas ocasiones, la habilidad lo visitaba, acompañada de la petulancia, y se atrevía a juzgarse mejor pianista que la hija del primo de su madre, a la que sacaba unos siete años. En medio de aquella vanagloria de saldo, lo que más detestaba era que lo interrumpiesen. Sin embargo, pese a que él estuviera absorbido por aquel ensimismamiento melódico, no podía evitar que la vida en Cádiz siguiera su curso.

—Señorito Modesto, disculpe que lo moleste, pero tiene visita —anunció el mayordomo.

El estudiante gruñó. Después recordó los buenos modales que le habían inculcado sus maestros. Aceptó recibir al sujeto. Sin embargo, el fastidio por haber tenido que abandonar el piano hizo que olvidara preguntar el nombre del susodicho. Así, solo descubrió la identidad del desconocido cuando entró en la sala de visitas. Allí, de pie junto a una vitrina en la que destacaba una bella colección de figuritas de porcelana china, esperaba su compañero, Víctor Hernando.

—¿Qué hace aquí? —saludó Modesto.

—Buenas tardes.

—Si ha venido a causarme problemas, le ruego que se marche.

—No he venido a eso.

Ambos muchachos se sostuvieron la mirada un instante.

—¿Qué debo hacer para que confíe en mí?

—¿Por qué le interesa mi confianza?

—Porque necesitamos más personas como usted. La causa no ha muerto, pese a los esfuerzos de quién ya sabe para silenciar y borrar lo que ocurrió durante la guerra. Solo... Si de verdad apoya la libertad, no deje que los prejuicios le impidan luchar por ella o confundir a sus enemigos con sus amigos.

Modesto se quedó callado.

—He venido porque sé que lo que dicen de usted no son rumores. A la vista está que no ha delatado mis preferencias políticas. Yo también me arriesgo al mostrarle mis cartas en este asunto. No imagino una escena en la que yo pueda ser más vulnerable. Si, aun así, no confía en mis honestas intenciones, lo aceptaré. Pero, en ese caso, no vuelva a husmear ni a abanderar principios que abandona a la primera de cambio.

—Yo no he abandonado nada. Me dieron una paliza. Tuve que inventar una historia ridícula para que mi familia no sospechara —se defendió con una furia aplacada por el bajo tono de voz empleado.

—Si piensa que, en el mundo en que vivimos, un par de patadas son lo máximo a recibir por querer cambiarlo es que no entiende nada.

—No pienso eso. Yo... me asusté.

—E hizo bien. Pero si deja que los golpes lo silencien, habrán ganado. —Se detuvo un momento—. El próximo sábado, a las ocho menos cuarto, en la puerta del teatro del Balón.

Modesto quiso hablar, pero el joven lo interrumpió.

—Solo si sus ideales siguen intactos. De lo contrario, entenderé que ha decidido centrarse en otros asuntos y no volveré a molestarlo. Si me disculpa... —Se despidió el señorito Hernando.

El anfitrión, reflexivo, se quedó quieto, confiando en que el servicio de la casa fuera más deferente que él con su visitante.

Las cortinas de seda custodiaron sus dudas. Por un lado, no dejaba de escuchar el consejo de Alonso acerca de alejarse de aquellos círculos, de mantenerse a salvo. También recordó la inflamación de su orgullo y su costado tras la paliza. Pero después sus convicciones y la opción de vivir al margen de lo recomendado, de no permitir que el miedo infligido a puñetazos controlase sus decisiones, lo visitaron con más fuerza que nunca. Anotó mentalmente la cita con el que podía ser su nuevo amigo y aliado. Se preguntó qué hallaría si asistía.

Aquel runrún lo acompañó el resto de la semana. Así, cuando terminó de desayunar el sábado, se apresuró en conseguir un ejemplar del *Diario Mercantil de Cádiz,* una de las pocas cabeceras supervivientes al retorno del Deseado. Como en todos los números impresos, bajo el título «Consulado», figuraba el programa previsto en el teatro Principal y el del Balón. Para la tarde de aquel 24 de mayo se representarían *No puede ser guardar a una mujer, Boleras* y *La Lotería.* «¿Qué vinculación puede tener esto con mis intereses?», se planteó Modesto, demasiado preocupado por el encuentro con su compañero como para darse cuenta de que había estado a punto de chocarse con un parroquiano dispuesto a hacerse con otra copia del diario. Aquel caballero despierto supo esquivar la torpeza del muchacho. Sin embargo, fue incapaz de evitar el escrutinio de Alonso Guzmán cuando, ejemplar en mano, pasó por delante de él en la plaza de San Juan de Dios, antigua entrada de la villa.

Cierto es que el hecho de que aquel personaje despertase la suspicacia del exmilitar era ineludible en muchos sentidos. Por un lado, este vestía frac y pantalón de color claro, casi blanco, combinación no siempre habitual. El sombrero de copa estaba decorado con una cinta colorada, a juego con los guantes, y una flor. Sus andares confiados destilaban extravagancia por los cuatro costados. Por otro, Alonso había entrado en una suerte de paranoia a la hora de analizar a posibles sospechosos en la ciudad. Una de las últimas estratagemas para identificar a comerciantes era seguir, durante un rato, a todos aquellos que portasen una copia del mencionado periódico, cuyos contenidos atraían e interesaban a ese colectivo en especial. La mayoría no solía sorprenderle. Cuando ahondaba un poco, salía a la luz un apellido que ya había escuchado y, pasados unos días, descubría su lugar de residencia, cuánto tiempo llevaba instalado en Cádiz y su grado de influencia. Sin embargo, aquel caballero lo desconcertó desde el principio. Y todavía más al preguntar a su red de informadores, bastante prolífica en sus averiguaciones desde que la había activado tras recibir aquella bochornosa misiva de la duquesa de Grimaldo. La estaba construyendo con lentitud, valiéndose de todo lo que había aprendido en las calles y las noches gaditanas, pero iba dando buenos, aunque poco jugosos, resultados sobre los perfiles sospechosos. Salvo en esa ocasión. Para su extrañeza, le notificaron que nada se sabía de aquel hombre. Solo a mediados de junio pudieron facilitarle un nombre: don Nicolás de Loizaga.

XII

El simple roce de las manos con el laborioso encaje de ese vestido producía un placer sin precedentes en el alma perdida de Inés. Debía tener cuidado. Algunos habrían afirmado que el estado de aquella prenda valía más que su propia integridad. Y quizá era cierto. Pero ella no necesitaba ser consciente del incalculable valor de esas telas para mimarlas. Era algo innato, que le brotaba del estómago. Aun así, cada vez que tenía que sacarlas o devolverlas al guardarropa, rezaba por que esos cuidados bastaran. Y no eran pocas las ocasiones en las que debía hacerlo, no. Aquello se había convertido en costumbre, en obligación, desde aquella mañana de marzo en que doña Fuencisla la había requerido. Sin desatender la tarea, rememoró lo ocurrido.

Tras recibir el aviso de Consuelo, galopó por las escaleras, por las cocinas y el patio hasta dar con el ama de llaves. Esta, que también recorría el palacio en busca de Inés, terminó por aparecer en el pasillo de la planta principal. Pidió que la joven la acompañara a la planta baja. Allí, en una diminuta oficina que compartían el señor don Rafael Carrizo y ella, desveló a la mediana de los De Villalta el motivo de aquella apremiante reunión. Al cruzar el umbral, el rostro de Inés pasó de estar pálido a enrojecido. Sintió calor. Volvió a repasar cada uno de los movimientos que había ejecutado la noche en la que se había colado en el despacho del marqués. Mientras tanto, doña Fuencisla Baeza hablaba. Pronunció varias frases hasta que su interlocutora se percató del enfoque de aquella charla.

—No lo entiendo y no lo comparto, pero son los deseos de doña Mariana y, como señora de este palacio, debemos acatarlos —indicó.

Inés levantó una ceja y empezó a prestar atención al ama de llaves. Esta, aunque parecía contrariada, no había mencionado nada sobre don Ildefonso.

—Tampoco es que la situación haya facilitado este asunto, pero en fin... Esto es lo que ella ha solicitado, así que, a partir de mañana, usted pasará a ser la doncella personal de la marquesa.

La chica no comprendía. Se aferró a la silla en la que estaba sentada y fijó la mirada en el mohín de disgusto de doña Fuencisla.

—¿Disculpe? ¿Qué ha dicho?

—Mal empieza si no es capaz de recibir el mensaje, señorita Inés —espetó la otra—. Doña Mariana Fondevila desea que sustituya a la señorita Remedios como su doncella personal. Al parecer, usted se encargó de comunicarle que había trabajado como doncella para su anterior señora. Asunto que me gustaría comprobar, junto al resto de sus méritos, en algún momento de esta vida.

—¿Sigue dudando de mí, doña Fuencisla? —se fingió ofendida—. Creo que he demostrado que soy capaz de trabajar para esta familia. No recuerdo haberle dicho nada de eso a la marquesa, pero imagino que saldría el tema en alguno de nuestros contados encuentros.

—Ya, seguro... —musitó el ama de llaves—. También ha sabido ganarse el afecto de la Gran Dama. De eso no cabe duda.

—¿Y me lo reprocha? ¿No se supone que debemos agradar a nuestros señores? —preguntó con una prudencia que se iba derritiendo con cada palabra.

—Sí, pero de forma sincera. Y eso es lo que no termino de detectar en usted, señorita Inés. Lástima que solo sean impresiones mías.

—Pues eso serán, entonces.

—Quizá sí.

—Si no necesita nada más, volveré a mis tareas —se incorporó.

—Sí..., a propósito de eso, ¿dónde estaba en su rato libre?

Inés notaba cómo su glotis se constreñía. No podía responder a eso. No sin una pizca de ocultación.

—En mi alcoba. Me sentí mal por un momento.

—No hace falta que siga la estela de la señorita Moyano en todo. No sé si ha tenido oportunidad de percatarse de que no ha terminado muy bien. En fin, puede irse. Como ha dicho, sus tareas la esperan.

La muchacha quiso responder, pero las palabras quedaron atrapadas entre la furia y la cautela. Con la amarga opresión de quien no dice lo que ansía, se fue de la oficina y se reincorporó al trabajo. Reflexionó sobre aquel cambio en el papel que representaba en el palacio. No estaba previsto de ningún modo. Había surgido a raíz de justificar una y otra vez su torpeza e inexperiencia. Aunque también lo habían alentado motivaciones que se hallaban lejos de su control e iniciativa. Doña Fuencisla lo había mentado por encima. Pero fue durante la conferencia con la marquesa cuando la propia Inés comprendió el porqué de aquel rápido ascenso.

—La señorita Remedios era muy diligente. Espero de usted la misma implicación. También su exclusividad —comentó doña Mariana.

—Por supuesto, señora —asintió Inés.

—Me alegra. No me resultaría cómodo que mi criada personal anduviera parloteando y entreteniendo a otro miembro de la familia.

—Oh... —Inés entendió.

La pugna por el poder en la residencia de los Somoza había alcanzado nuevas cotas. Por suerte, Inés no tuvo que anunciar el fin de las lecturas a la señora Lecubarri. Tampoco hubiera tenido ocasión. Aquella noche, cuando llamó a la puerta de su antecámara, Mari Nieves le comunicó que la baronesa no deseaba leer más. Entre líneas, ambas sabían que era la última maniobra que le quedaba al herido orgullo de la Gran Dama ante la noticia. Inés lo aceptó y se marchó a descansar, despidiéndose de la que había sido su actividad favorita en aquel palacio.

Antes de dormir, escribió una nota en clave para el lechero, hablándole del repentino cambio de planes. Se la entregó a la mañana siguiente, tras convencer a doña Fuencisla de que podía seguir atendiendo a los proveedores, pese a su nueva situación en el palacio, ya que llegaban antes de que la marquesa se despertara. Una semana más tarde recibió respuesta: «Capilla del Carmen. 10 abril. Seis mañana. Tercer banco». La joven sabía que, con la salvedad de aquel desagradable encuentro con el lechero en medio de la calle, tomar contacto directo solo se planteaba en ocasiones excepcionales. Así se lo habían explicado antes de llevarla hasta la casa solariega de los Somoza en Asturias. En tales circunstancias debía afinar su perspicacia, acudir a la cita sin levantar una sola sospecha. Y, aunque aquello la preocupó, aquel día también tuvo tiempo de cavilar sobre otro asunto que la tenía intranquila: Julieta.

Su compañera había estado algo esquiva desde que doña Fuencisla había pregonado la —a su parecer— errónea decisión de la marquesa. Quizá hacía mal en preocuparse, pero se había encariñado y no deseaba renunciar a la única amiga que había conseguido en aquellos meses. No obstante, una vez más, la excesiva mesura había gobernado las determinaciones de Inés durante los días que siguieron al inesperado anuncio. Aquella mañana, sin embargo, con el peso de la orden de reunirse con su cómplice sobre los hombros, sintió que debía hablar con ella. Así, aprovechando que esta limpiaba parte de la colección de plata del palacio sentada en la cocina, Inés se acomodó a su lado y comenzó a ayudarla.

—No deberías emplear tu tiempo en estas labores. La marquesa se horrorizará si apareces con las uñas negras —comentó con parca simpatía.

—Me lavaré las manos después —argumentó Inés—. ¿Qué tal día estás teniendo?

—Bien, como siempre.

—Me alegro.

Silencio.

—Julieta, siento si te ha ofendido la decisión de la marquesa..., yo no he tenido elección —se justificó.

—¿Ofenderme? —Se rio—. No me ofende.

—¿Entonces?

Julieta volvió a enmudecer. Buscó su siguiente aportación, pero, al no hallarla, arrebató a Inés el cofre que estaba limpiando.

—De verdad, déjalo ya, te vas a destrozar todavía más las uñas —insistió.

—Julieta... —intentó Inés, mas su compañera se levantó y salió por la puerta que daba al exterior del palacio.

La otra la persiguió, dispuesta a satisfacer su anhelo de explicaciones. Julieta estaba sentada en el escalón que unía la tierra del jardín con el suelo de barro cocido de aquella estancia de aromas flotantes. Inés la imitó.

—No estoy enfadada contigo, Inesita. Pero que tú hayas podido convertirte en la doncella de la marquesa me ha hecho desearlo a mí —confesó—. Aunque agradezco tener este trabajo, hay días en que estoy cansada de la miseria y la suciedad.

—Lo entiendo —afirmó—. Yo no lo merezco, Julieta.

—No es eso, no...

—No, no, sé que no quieres decir eso. Pero es la verdad. Creo que ha sido una maniobra interna, una forma de fastidiar a la Gran Dama, de arrebatarle algo delante de todos y con el beneplácito del marqués —susurró Inés—. Llegará el día en que decida que no soy suficientemente buena para ella. Y entonces tú podrás convertirte en su doncella.

—No, Inés. Que lo desee no quiere decir que lo crea posible. Las chicas pobres nacemos y morimos trabajando por las migajas que otros nos permiten engullir. Es como si Dios se hubiera equivocado y nos hubiera creado sin que exista lugar para nosotras —se lamentó.

—No digas eso, Julieta. Dios no se equivoca. Las chicas pobres también podemos lograr mejoras, vivir de un modo más cómodo gracias a nuestro esfuerzo.

—Sé que tú eres diferente a mí, Inés. No soy boba. Solo espero que tengas un buen motivo para haber bajado tantos escalones.

La joven parpadeó. Después, cogió los dedos ennegrecidos de su amiga y los apretó con cariño.

—Lo tengo —respondió, correspondiendo con sinceridad a la honestidad de su compañera.

Julieta sonrió y asintió con la cabeza. Devolvió a Inés el afectuoso gesto de la mano e hizo amago de levantarse, dispuesta a seguir trabajando. La señorita De Villalta estuvo a punto de dejarla ir, pero entonces aprovechó:

—Por cierto, Julieta. ¿Tú sabes dónde está la capilla del Carmen?

—Sí…, es el templo de varias esquinas que hay en la plazuela de Santo Tomé. ¿La recuerdas? Pasamos por allí al volver del mercado, aquella vez en la que te acompañé. La de la fuente y la cola.

—Oh, ¿esa? Pienso igual que Valentín, entonces.

—¿Sobre qué?

—Discutía antes con Eugenia sobre si era bonita o no —se inventó.

—Mmm… La gente tiene unas conversaciones… —se burló Julieta y volvió a entrar en el palacio.

Inés agradeció identificar aquella capilla. Sin embargo, hacía mucho tiempo del día al que se refería Julieta y la ruta hacia allí había perdido nitidez. Con todo, sabía que era preciso que acudiera a la cita. Y para conseguirlo debía inventar una poderosa razón que hiciera posible que se ausentara de la residencia de los marqueses de Riofrío. Tardó en dar con una, pero, al final, una horrible pesadilla sobre una carta en la que se le anunciaba la muerte de su tío don Jacinto Aguilar inoculó en su mente el pretexto idóneo. Durante la vigilia, al término de la cena, se aproximó a doña Fuencisla y le pidió permiso para acudir a la iglesia por la mañana. El ama de llaves solicitó un motivo e Inés se lo dio: «Mi querido tío falleció... Mañana se cumple un año de su muerte. Me gustaría rezar por su alma, si no le importa. Prepararé el gabinete de la marquesa antes de irme y regresaré antes de que ella amanezca. Se lo prometo». La señora Baeza apretó sus finos labios un instante y después accedió a la petición de la joven.

Cuando, envuelta en una capa marrón, único sobretodo que poseía, salió del palacio, el frescor de la mañana, maridado con la delicada humedad del río Tormes, la recibió sin preaviso. Inés avanzó. La ligereza de sus pasos contrastaba con la pausada salida del sol, intruso contrapunto para los contados madrugadores que, como ella, ya habían inaugurado la jornada. La escasa concurrencia en las vías incomodó a la muchacha cuando abandonó la calle de Toro y se desvió por una rúa más estrecha. Su retorcido subconsciente le recordó todos y cada uno de los comentarios que había escuchado sobre asaltos y robos en la ciudad. Quiso tranquilizarse, pero la única salida era llegar a destino. Al terminar de recorrer aquella calleja y no ver aparecer la plaza, se dio cuenta de que se había equivocado. Sin embargo, tras dar unos pasos hacia el norte por la calle en la que había desembocado, la de Zamora, reconoció el templo de planta hexagonal. Se apresuró, miedosa y ansiosa, y entró. Como había supuesto, su interior estaba prácticamente vacío. Imaginó que el reducido tamaño y la cercanía de otras iglesias más relevantes desanimaban a los devotos menos perezosos a acudir allí a rezar por sus vivos y muertos.

El tercer banco estaba vacío y, pese a que no parecía que nadie más fuera a robarle el asiento, se dirigió a él con rapidez y determinación. Mientras tanto, afuera, doña Fuencisla Baeza daba por concluido el espionaje a la joven, confirmando que, tal y como había afirmado, deseaba dedicar unas oraciones a su difunto tío. El ama de llaves, estricta pero de buen corazón, se culpó por haber dudado de su subordinada. Negó con la cabeza al tiempo que retrocedía en dirección a aquel palacio que le proporcionaba un poder y una vanidad inútiles más allá de los decorados vanos. Los tempranos remordimientos de aquella mujer impidieron que fuera paciente. De haberlo sido, habría contemplado cómo un caballero entraba en aquel templo para interrumpir los rezos de Inés, quien no se cansaba de disculparse ante el Altísimo por profanar su casa con diálogos clandestinos al servicio de intereses mundanos.

—Me alegra que haya podido venir —murmuró el lechero.

—No ha sido sencillo. Ruego que no me hagan salir de palacio si no es urgente. Temo que ponga en riesgo mi permanencia allí.

—Lo sabemos, pero, como comprenderá, la noticia de su nombramiento como doncella ha desbaratado los planes. ¿Por qué ha ocurrido? ¿Está actuando al margen de lo que se le indicó?

—Tuve que ser más precisa con mi experiencia anterior. Y, bueno…, la marquesa y la baronesa no se llevan bien.

—¿Y a mí qué diantres me importa cómo se lleven? Usted debía formar parte del servicio, ser invisible, solo una insípida muchacha más. Si se hace notar, su conducta pesará más de lo debido y empezarán a hacer preguntas. Siendo doncella de la marquesa, estará todo el día pegada a sus faldas. Y no necesitamos eso. Lo que es necesario es que usted se mueva por toda la casa y siga proporcionando información sobre el marqués —espetó furioso entre susurros.

—No es tan fácil cumplir cada detalle del plan y pasar desapercibida. Si creen que pueden hacerlo mejor, me retiraré

—anunció ella, cada vez menos tolerante a las impertinencias de aquel hombre.

—A estas alturas, a nadie le interesa que usted se retire.

—En ese caso, dejen de cuestionarme. Si no... —intentó amenazar.

—¿Qué? ¿Acaso va a renunciar a la oferta? ¿Le hará eso a su pobre hermana, a su honor?

Inés se detuvo al recordar a Dolores.

—Seguiré observando al marqués de cerca. Me las ingeniaré —rectificó, aplacando ese carácter que cada vez luchaba más por sobresalir para procurarse respeto y límites.

—Eso espero. Y no más sorpresas —masculló el otro.

La joven, que había encontrado tiempo para redactar las cartas de vuelta a su familia, las sacó de entre sus ropas y se las entregó al caballero. Este las cogió y las guardó.

—A propósito de mi hermana... Sé que me pidieron paciencia, pero ¿hay novedades con respecto a, a..., a la otra parte del trato? —se interesó con miedo.

—Usted lo ha dicho. Sea paciente. Estamos en ello. —Y con estas palabras se despidió.

Los ojos de Inés brillaron, desamparados en aquel lugar de sosiego y resarcimiento espiritual.

Al recordarlo mientras colocaba el último vestido en el exquisito ropero de doña Mariana Fondevila, su mirada se volvió vidriosa. Todavía no había recibido noticias. Tampoco las misivas de su familia. Y ya habían pasado tres meses. Todo llevaba su tiempo, se decía a sí misma cada anochecer. Sin embargo, y aunque se exigía no pensar en ellos para no sufrir, a veces la angustia al saberse al margen del fluir de los acontecimientos que moldeaban la vida de sus seres queridos le oprimía los pulmones hasta dejarla sin ánimo. Ocurría al acostarse o en momentos como aquel, en los que la marquesa le daba un respiro. El resto del tiempo, tal y como había vaticinado el lechero, estaba delimitado por las directrices y exigencias de doña Mariana, que parecía vivir en paralelo a su marido, con el que apenas se reunía. Estas pasaban por ayudar a que se vistiera, peinara, aseara, cuidar de los vestidos y las más valiosas pertenencias, preparar las cremas y ungüentos cosméticos, ser una extensión de sus extremidades, controlar que todo en el cuarto estuviera siempre como ella deseaba, acompañarla, trasladar mensajes en su nombre...

Una de las labores en las que Inés destacó enseguida fue la de peinado. Igual que hacía en su casa de Santa Cruz con la buena de Blanca a modo de juego, cepillaba el largo cabello castaño de doña Mariana con cuidado y era capaz de realizar bonitos recogidos sin problema. Acordarse con exactitud de todas las manías de la marquesa de Riofrío con relación al dormitorio, el gabinete y ciertos detalles de su rutina diaria fue algo más complicado. Sin embargo, por lo general, Inés se sentía muchísimo más cómoda con aquellas tareas. El funcionamiento de muchas de ellas lo conocía bien. Bastaba con recordar el modo en que se hacían en su casa que, aunque más modesta y cálida que el palacio de Somoza, había ido adquiriendo algunas de las costumbres de la aristocracia. Además, el paseo diario en la berlina de la familia era una delicia. También la posibilidad de, salvo para determinadas labores, olvidarse del delantal.

Entretanto, la joven continuaba dispuesta a seguir investigando. En cuanto la señora no requería su presencia y servicios, deambulaba por el palacio en busca de los secretos del señor don Ildefonso. Estos parecían guardados a buen recaudo, pero Inés jamás dejaba de observar. Así, conectó el nombre del comerciante don Alejandro Palazuelos con el caballero que, desde su llegada a Salamanca, había visitado el palacio infinidad de ocasiones. Era el que llevaba chalecos vistosos y antiparras. Lo descubrió una mañana en la que, con motivo de la visita de este, oyó cómo el mayordomo lo anunciaba al marqués, habiéndose dejado la puerta de la antecámara entreabierta. Excitada por la posibilidad de obtener información, se quedó en la galería. Pero, como era de esperar, el señor Carrizo se aseguró de cerrar la puerta para garantizar la confidencialidad del diálogo de aquellos dos caballeros. Inés se retiró frustrada.

No deseaba dar la razón a su cómplice, pero, sin duda, había acabado por tener acceso al cuarto equivocado. Así lo reflexionó una de aquellas tardes de junio mientras aguardaba en la antecámara de la marquesa, a la que siempre escuchaba sin problemas en sus parloteos con sus amistades. Aquel día, en concreto, la visitaba la condesa de Vitigudino, con la que se solía reunir una vez por semana. A juzgar por los comentarios, la joven había podido determinar que la amiga de doña Mariana era un tanto impertinente. Una de esas personas que emplean la crítica como forma de alimentar su autoestima.

—Coincidí con ella en Madrid y no tiene gusto. Además, cuando llegó a España junto a su hermana, lo primero que debió hacer Su Majestad fue comprarle vestidos. Vinieron como dos muertas de hambre. ¿Se lo puede creer? Además, su mirada es ciertamente triste. No creo que una mujer así sea capaz de dar a este país el heredero que necesita. Escuche lo que le digo, Mariana, esa portuguesa tendrá una niña.

En Cádiz o Salamanca, en finos gabinetes o tabernas, todos trataban de adivinar lo imposible: el futuro.

—En poco tiempo se sabrá —respondió la otra, sin dejarse llevar por el agradable cosquilleo que produce compartir una opinión negativa sobre alguien.

Cuando se marchó, Inés entró en el gabinete para confirmar que la marquesa tenía todo lo que necesitaba. Esta le pidió que comunicara que deseaba cenar en privado. Así lo hizo. Después, la ayudó a ponerse la ropa de noche, preparó un poco de agua en el cuenco de opalina, junto al que colocó el cepillo y los polvos dentífricos, preparó otro con una crema de noche de aroma a rosas y almendras, deshizo el peinado y cepilló su melena ante aquel delicioso tocador de taracea. El dormitorio de la marquesa estaba decorado en damasco verde. Todos los muebles eran de madera, incluso los postes de la mullida cama que la esperaba cada noche. Una alfombra turca recubría el suelo y varias lámparas de aceite iluminaban con moderación algunos de los rincones que, embellecidos con selectas obras de arte en las que se representaban escenas bíblicas y mitológicas, recordaban la distinción de la persona que ocupaba la estancia.

—Hay personas que logran agotarme —confesó doña Mariana mientras dejaba que Inés mimara su cabellera.

La joven se extrañó de aquel repentino arranque de sinceridad. Aunque la marquesa no era una mujer desagradable *per se*, Inés sí había notado que, a diferencia de su suegra, doña Mariana no confiaba fácilmente en nadie, rehusaba hacer comentarios o compartir juicios. Ni siquiera había accedido a que la nueva doncella se encargara de gestionar la correspondencia. Aquello era responsabilidad del hinchado engreimiento del señor don Rafael Carrizo. La muchacha había aceptado y respetado la reserva de doña Mariana Fondevila, sacando a relucir aquella discreción que siempre la acompañaba más allá de su hogar. Así, ante aquella inusitada valoración, se limitó a sonreír.

—¿Usted qué cree? ¿Tendremos príncipe o infanta?

Inés sabía que era la única en la habitación, por lo que no había duda: la marquesa quería saber su opinión.

—No..., no tengo idea, señora —reflexionó. Después, buscó un modo de alargar la frase para no resultar descortés—. Mi madre dice que hay modos de saberlo. Por la forma de la barriga. Eso le ocurrió a ella. Acertó las tres veces que esperó varón. Aunque se confundió con mi hermana Alejandra. —Se rio.

La marquesa la observó con curiosidad.

—Así que tiene varios hermanos...

—Sí, señora.

Inés se arrepintió de haber sido demasiado explícita.

—¿Dónde viven?

—En..., en..., una aldea cerca de La Orotava. En la isla de Tenerife —mintió, corrigiendo su peligrosa sinceridad.

—Imagino que no será fácil estar tan lejos de su familia —empatizó la otra.

—No, no lo es. Pero me alegra no ser una carga y poder trabajar —respondió Inés, alejándose de su verdadera identidad.

—Ya..., sí —dijo la marquesa al percatarse de la abismal distancia que separaba la vida de ambas—. Ya puede retirarse. Deseo acostarme.

La muchacha obedeció. Ordenó el tocador, en el que reposaba la colección de cosméticos y un precioso joyero, y se dirigió a la puerta. Sin embargo, antes de abandonar la habitación, la marquesa le anunció algo más:

—Partiremos a Asturias en unos días. Mañana debería empezar a preparar mi equipaje.

—Sí, señora.

Y cerró la puerta. Sus tripas, controladas hasta ese instante, rugieron. Sin entretenerse más, se fue directa a las cocinas para catar un poco del puchero que había preparado Loreto.

Igual que había ocurrido cuando regresaron a Salamanca, el servicio tuvo que dar el do de pecho para que todo estuviera listo para la temporada estival. A diferencia de la anterior ocasión, el marqués se marchó antes que el resto de la familia. Inés supo que tenía que ver con el asunto de las minas, pero a tantas leguas era imposible averiguar algo más. Sin embargo, sí tuvo ocasión de presenciar una escena que la desconcertó por completo. El día antes del viaje, la señora doña Fuencisla Baeza apareció en el gabinete de la marquesa para indicarle que el señor Palazuelos aguardaba en la sala de visitas. Doña Mariana, lejos de sorprenderse, solicitó al ama de llaves que hiciera pasar al negociante y exigió a sus empleadas que se retiraran. Una vez más, Inés quedó al margen de los diálogos que le interesaban, pues doña Fuencisla escoltó a la joven hasta la galería de la planta principal, donde ella tuvo que esperar a que acabase la reunión. Aun así, el interés de aquel hombre por conversar con la marquesa de Riofrío planteaba un nuevo escenario: ¿y si doña Mariana tenía información relevante? ¿Y si, a pesar de la distancia y parca comunicación que irradiaban como matrimonio, la señora estaba al tanto de los asuntos de su marido? Aquello motivó a Inés a buscar formas de acercarse a la señora y lograr que esta confiara en ella. Pero ¿era eso posible?

Queriendo creer que sí, se esmeró al ultimar los detalles del traslado al norte y fue especialmente servicial durante el agotador trayecto. Al contrario de lo que hubiera deseado, no pudo contar con la compañía de Julieta en esa ocasión, pues esta había partido de avanzadilla para preparar el palacio para el señor don Ildefonso. Junto a ella, Federico, Carmen y Valentín. Así que Inés compartió coche con doña Fuencisla, Eugenia y Loreto —y la consiguiente pasión por el silencio de esta última—. Como cada verano, Mari Nieves y la Gran Dama permanecieron en Salamanca con una escueta representación del servicio de la casa y trabajadores por horas.

Cuando contempló de nuevo las verjas y el sendero que se internaba en la propiedad hasta la puerta, la invadió una sensación extraña. Por un lado, no podía creer que volviera a estar allí. Por otro, un vértigo incontrolable hizo que fuera consciente del terrorífico paso del tiempo. Comprobó que el templo privado de los Somoza seguía en el mismo sitio. Debía estarlo, pues otra vez iba a ser la vía de comunicación directa con los suyos. Justo ahí, en el segundo banco de la derecha, tenía que dejar los mensajes en clave y las misivas, como el verano pasado. Y precisamente en ese lugar recibió, días después, las cartas de su familia, respuesta de aquellas entregadas en la capilla del Carmen y que tanto había deseado devorar.

Aprovechando que, debido al merecido capricho de doña Fuencisla —pues quería tener su propia alcoba también en Asturias—, había pasado a compartir habitación con Mari Nieves y que esta no llegaba hasta el mes de agosto, se tumbó en el catre nada más recogerlas y las leyó sin pausa, rezando por que fueran más extensas de lo que en realidad eran. En aquellos minutos, celebró el nacimiento de su sobrina, asunto que había retrasado las cartas de su madre y de su hermana Blanca. Estaban pletóricas. Blanca compartió con ella dudas y miedos, la echaba en falta, lo que hizo que su estómago diera un vuelco. Se relajó al ver que doña Micaela había abandonado la idea de visitar la península. También le alegró la mejora en el ánimo de Dolores, quien parecía más esperanzada que nunca. La joven se durmió feliz, sosegada.

No obstante, cuando fue a las cocinas a la hora del desayuno, el ambiente revuelto volvió a inquietarla. Doña Fuencisla, que había dulcificado el tono con el que se dirigía a Inés desde que la había seguido hasta la capilla del Carmen, negaba con la cabeza. Eugenia y Julieta lanzaban preguntas al señor Carrizo, a cargo del relato, y Federico, Valentín y Consuelo opinaban en un diálogo paralelo. Inés se sentó en la silla vacía junto a Julieta. Sin hacer aspavientos, trató de ponerse al tanto de lo ocurrido. No hizo falta esperar mucho. Don Rafael Carrizo gustaba de reiterarse en sus averiguaciones, de enfatizar aquellos instantes de efímero protagonismo.

—Sí, al parecer, según dijo el señor don Ildefonso, lo ajusticiaron hace una semana. En Mallorca. Caso ejemplar para todos los conspiradores que osen atentar contra el soberano. Ni siquiera los grandes héroes se salvan de la única y verdadera justicia: la del patíbulo —afirmó embravecido.

—Esto no traerá nada bueno —murmuró la señora Baeza.

—Que te digo yo que coincidí con él en la guerra —insistía Valentín.

—¿Qué vas tú a haber coincidido con el capitán Lacy? —Se rio Federico.

—Tate, que sí, de verdad. Y si no era, mintió —siguió el mozo.

—La lástima es que el otro, el capitán Milans del Bosch, lograra escaparse. Dicen que cruzó la frontera, pero ¿quién puede saberlo? —comentó el mayordomo.

A Inés le costó tragarse el trozo de pan que se había metido en la boca. La manteca, la miga de pan de centeno y el miedo habían formado un engrudo difícil de digerir. Aunque era *vox populi* que, desde otoño de 1815, la traición se pagaba con la muerte, a la joven todavía le impresionaban aquellas noticias sobre el capítulo final de insignes caballeros que habían optado por discutir el régimen instaurado por aquel monarca anhelado por muchos y aborrecido por otros tantos. Y es que, cuando llegaban a sus oídos, reflexionaba sobre qué podía esperarle a una señorita sin méritos por la Corona si algún día se descubría lo que estaba haciendo. Le habían prometido protección incondicional, sí. Pero se sentía tan sola que a veces dudaba de que alguien pudiera salvarla si todo se torcía. Don Ildefonso no le inspiraba comedimiento ni templanza.

—... dicen que al capitán Lacy lo prendieron porque lo delató el individuo que le dio cobijo antes de huir en barco. Apuesto a que la altanería lo condenó a muerte —continuó barruntando el mayordomo, trovador ocasional que nutría el repertorio con conversaciones y opiniones ajenas.

A su pesar, aquel no fue el único momento en el que la ejecución del capitán don Luis de Lacy en el castillo de Bellver se coló en las conversaciones del palacio de Somoza. La marquesa, en una maniobra que mezclaba la afabilidad con el control, se interesó por el motivo que tenía tan parlanchines a los criados aquella jornada. Inés le habló de la charla del desayuno como la excelente confidente en que ansiaba convertirse.

—Oh, eso. ¿El funcionamiento de la justicia altera a mis empleados? Quizá debería preocuparme —bromeó.

Inés sonrió y continuó recogiendo. Acto seguido, el señor Carrizo apareció con el correo de doña Mariana. La muchacha se dispuso a retirarse. Sabía que ese rato era de suma intimidad para la señora. Sin embargo, esta le pidió que se quedara un segundo más.

—Verá, me gustaría que, aprovechando su probada habilidad para la lectura, dedicase una hora al día a leer a mis hijos.

Quiero que empiece hoy. El señor Enríquez me ha facilitado una lista con sus recomendaciones. Tenga —le entregó—. Apostaría a que las encontrará en la biblioteca sin demasiado problema.

Inés cogió el papel y asintió. Por un lado, agradeció volver a leer en voz alta. Por otro, detestó la idea de ver incrementadas sus obligaciones, lo que, a buen seguro, limitaría su capacidad para seguir de cerca al marqués. Este, además, estaba más ausente que nunca. Pasaba jornadas enteras lejos del palacio, reclamado por los negocios, por lo que fuera que se trajera entre manos con las minas y ese proyecto misterioso. Según iba sabiendo por Valentín, los destinos eran varios: Sama, Mieres del Camino y Oviedo. Pero solo el propio don Ildefonso y las selectas personas con las que se reunía sabían qué motivaciones existían en cada uno de ellos.

En paralelo, y de forma independiente a las idas y venidas del señor, la vida en la casa solariega del condado de Guetaria seguía su curso. Esto no solo comprendía las rutinas internas, sino la atención a las amistades. La marquesa, aunque liberada del ojo crítico de la Gran Dama por unas semanas, parecía haber optado por seguir su recomendación de ser más sociable en aquellas tierras. Así, sin dejar que el estío continuara avanzando, había convidado a la condesa de Valderas y a su hijo a que pasaran la tarde en el palacio.

Guarecidos del sol con ayuda de una bonita pérgola instalada en el jardín trasero, con vistas a la soberbia fuente de estilo barroco, madres e hijos disfrutaron de una variada merienda. La limonada, los pasteles de frutas, las galletas de mantequilla, las trufas y dos suculentos flanes de huevo se colaron entre las risas y las charlas infantiles. La nodriza, no demasiado lejos, contemplaba la escena, preparada para atender al pequeño Gaspar si este lo requería. Cuando los niños se dieron por satisfechos en aquel festín, la empleada entró irremediablemente en acción. Los alejó de la mesa y les propuso que idearan un juego para distraerse. Por imposición del pequeño pero intransigente Ildefonso se determinó que se esconderían y que Fernando tendría que encontrarlos. La marquesa lanzó un vistazo a sus hijos y, al ver que todos, incluido Jonás —el hijo de la condesa—, estaban entretenidos, se concentró en el parloteo con su invitada. Sin desatender las labores cotidianas, los criados del palacio sonreían al ver pasar a uno de los infantes o al contemplar cómo buscaban un rincón para ocultarse. Después, cuando Fernando empezó a recorrer cada recoveco con nula astucia, Julieta y Consuelo trataron de darle pistas para que cazara a alguno de sus contrincantes. La nodriza, desde el jardín, con el pequeño Gaspar en brazos, aguardaba a que los marquesitos volvieran para plantear un nuevo divertimento.

Al margen de los correteos, Inés terminaba de recoger el atuendo que la marquesa había utilizado antes de la visita de la señora doña Ángeles Carrasquedo y otros dos vestidos que se había probado, pero que, al final, había descartado. Por la ventana del dormitorio, comprobó que doña Mariana seguía en el jardín, conversando con su elegante amiga. Las analizó a ambas. Los tocados, los finos conjuntos en amarillo y blanco, los abanicos, los collares de perlas, los guantes, las sonrisas relajadas entre sorbo y sorbo de limonada. En cierto momento, vio cómo se incorporaban. Se tensó, pero después fue testigo de cómo abrían sus exquisitas sombrillas y paseaban alrededor del parterre, flotando como dos pompas de lino y algodón. Inés suspiró aliviada. Después, comprobó que todo estaba en su sitio y pasó al gabinete. El interés de la doncella en que doña Mariana estuviera distraída radicaba en la intención de consultar el contenido del canterano de caoba que había en aquella estancia. Tal y como había concluido tras observar a la señora, ahí era donde esta guardaba los documentos importantes, su correspondencia. Ante la imposibilidad de acercarse al ausente marqués, la joven había decidido avanzar en sus pesquisas a través de ella. Quizá, si tenía suerte, sus sospechas sobre la cantidad de información que doña Mariana tenía sobre los asuntos del marqués serían acertadas. Tal vez podría hallar respuestas en una misiva familiar, en un diario plagado de soliloquios sobre la compleja vida aristocrática o en un importante documento custodiado por su escepticismo.

Cerró con mimo la puerta que conectaba el dormitorio con el gabinete y volvió a confirmar que estaba sola. De puntillas, se acercó al mueble y trató de abrir los cajones, pero no fue capaz. Al parecer, la marquesa era precavida hasta en los más ínfimos detalles. Muestra de ello eran los diminutos cerrojos que decoraban, junto a los tiradores bañados en oro, cada una de las gavetas. Hacía falta una llave. Inés se puso manos a la obra. Miró en el interior de todos los tibores, en los jarrones y los cofres de porcelana. Se concentró en lograr su propósito, ansiosa, pero entonces una puerta abierta de sopetón y sin ninguna clase de protocolo la sobresaltó. Dejó el adorno que había volteado para comprobar que no había nada debajo y escuchó. Pisadas nerviosas recorrieron la antecámara hasta sumirse en un silencio imperfecto. La muchacha, extrañada, abandonó su registro clandestino al gabinete y pasó a la estancia contigua. Allí, agazapado tras las cortinas, uno de los jugadores del escondite intentaba, con todas sus fuerzas, recuperar el aliento tras la carrera. Inés tosió, anunciando así su presencia. De entre la seda, salió la cabecilla de Jonás.

—No debería estar... —empezó Inés.

El jovencito, que había crecido bastante el último año, le solicitó un minuto con señas. Antes de que esta pudiera concedérselo, la puerta se volvió a abrir. Era Fernando, quien, ignorando la presencia de Inés, quiso entrar a revisar la antecámara.

—No creo que a su madre le agrade que juegue aquí, señorito Fernando —le indicó ella.

—Es que... necesito mirar si alguien se ha escondido.

—Aquí no ha entrado nadie más —mintió—. Vuelva abajo. Seguro que los encuentra a todos por el jardín. A mí me ha parecido ver a alguno detrás de los arbustos que hay junto a la fuente —añadió con dulzura y determinación.

El pequeño, sin capacidad para detectar el embuste, creyó a la doncella y se fue. Jonás esperó un momento y después salió de su escondite.

—Muchas gracias, señorita...

—Inés.

—Gracias, señorita Inés —dijo simpático.

—Cuente hasta diez y salga. Si no, lo pillarán —le aconsejó.

El muchacho asintió, obediente. Antes de que abandonara la antecámara de la marquesa, Inés aprovechó para recordarle que la planta principal no era lugar para juegos. El chico correspondió con docilidad y se fue. Cuando volvió a estar sola, Inés miró por la ventana. Las damas ya no estaban en el jardín trasero. Nerviosa, se asomó al gabinete para asegurarse de que no había dejado nada descolocado y se marchó a algún lugar visible de la planta baja. Cuando lo hizo, descubrió que la marquesa y la condesa habían ampliado el recorrido de su paseo hacia la parte delantera del enorme jardín de la propiedad. Pero ya era tarde para regresar a por la llave. Doña Fuencisla la interceptó y, viéndola desocupada, pidió su colaboración en las cocinas.

—Qué lugar tan hermoso —valoró la invitada.

—Me alegra que esté disfrutando. Para el año próximo, queremos plantar más árboles junto al palomar.

—Exquisita decisión. Aunque es difícil imaginar este jardín más bello todavía.

—El suyo también es un primor, condesa —correspondió doña Mariana.

—Muchas gracias. Lo cierto es que, cuando la guerra terminó, intenté que recobrara su viejo esplendor, pero hace un año me di cuenta de que necesitaba nuevos aires, dado que es donde resido todo el tiempo. El padre don Eustaquio Gutiérrez de Lerma, mi mano derecha y el ayo de Jonás, me recomendó un fabuloso paisajista y llevamos trabajando desde entonces en dar una nueva vida a los alrededores del palacio. Colaboró en el diseño de algunos de los jardines del Real Sitio de Aranjuez, ¿sabe?

—¿De veras? Entonces debe de ser un excelente profesional. Pocos jardines me han cautivado tanto como aquellos —comentó la marquesa.

—Sí... Extraño visitarlos. Antes solíamos pasar temporadas allí, en el palacio que posee nuestra familia. Pero, ya sabe, ahora apenas vamos, así que lo alquilamos en la jornada primaveral.

—Imagino que no será sencillo desprenderse de él —supuso doña Mariana.

—Bueno, no crea; al menos así está en uso constante.

Las dos mujeres continuaron parloteando un rato más. Los niños cambiaron a otro juego más tranquilo. El servicio siguió trabajando sin descanso, aunque Julieta se bebió la limonada sobrante, lo que le valió un pescozón de parte de doña Fuencisla.

Cuando los invitados se retiraron, la marquesa se dirigió rauda a su cuarto, acusando un dulce agotamiento por tanto paseo. Cansada o no, Inés percibió cómo el ánimo de doña Mariana se apagaba en los días que siguieron a la visita de la condesa de Valderas. Esto, según la joven, podía deberse a dos motivos: el dilatado alejamiento de su marido y la llegada de su suegra a Asturias. Así, una de aquellas noches, mientras ayudaba a la señora a desvestirse, se atrevió a decir:

—Si se le ofrece algo, en cualquier momento, no dude en decírmelo. Recuerde que estoy aquí para servirla.

—Lo sé... Pero ¿por qué lo dice? —se sorprendió doña Mariana.

—No quiero parecer entrometida, pero he notado que está algo triste estos días. Solo..., solo deseo que sepa que puede contar conmigo. Sé que apenas me conoce, pero... Bueno, entiendo que no me conoce, pero si puedo ayudarla, será un placer.

Doña Mariana se quedó callada un momento.

—La han adiestrado bien —comentó al fin.

Inés no supo qué decir.

—Es una excelente doncella —concretó la señora—. Agradezco su observación y ofrecimiento. Lo tendré en cuenta.

La muchacha asintió aliviada, dibujando una leve sonrisa en su rostro encendido por la tensión a ser descubierta que siempre la acompañaba.

—¿Cómo van las lecturas con los niños? —se interesó.

—Bien, muy bien. La señorita Aurora parece tener un gran interés por los clásicos. El señorito Ildefonso formula agudas preguntas, aunque solo de los títulos que le interesan por alguna razón. El señorito Fernando y la señorita Beatriz todavía son jóvenes para comprender enteramente a los autores seleccionados, pero imagino que será formativo que vayan familiarizándose con ellos desde tan temprano.

—Sí, bueno, si cree que no entienden, debe explicárselo o, al menos, releerlo. Quiero que ejerciten su criterio. Fernando se unirá a las lecciones del señor Enríquez en otoño.

—Lo intentaré, señora —se comprometió.

—Bien...

Aunque, *a priori*, Inés pensó que su acercamiento a la marquesa había sido en balde, en los días que siguieron a aquella charla percibió una mayor relajación de la señora. En los momentos de aseo y peinado, preguntaba a Inés por su vida o por chismorreos del palacio. Incluso quiso indagar sobre los ratos de lectura que había compartido con la Gran Dama antes de ser su doncella a propósito de la llegada de esta. A las dos semanas, además, permitió que Inés comenzara a gestionar su correspondencia, apartando así al señor Carrizo de las cartas en las que figuraba su nombre. Gracias a esto, la muchacha fue capaz de presenciar el ritual de doña Mariana Fondevila y de descubrir dónde guardaba la llave del canterano: en una cajita de marfil que descansaba en una de las mesitas que custodiaban la cama.

Barruntó registrar aquel mueble en diversas ocasiones, pero se decidió a hacerlo una mañana, después de ser testigo de cómo la marquesa se enfurecía al leer el contenido de una breve esquela. No es que la joven la hubiera acompañado durante la lectura de las cartas, pero, tras aguardar un tiempo prudencial, solicitó entrar al cuarto de la marquesa para ir preparando la ropa de paseo. Obtuvo permiso inmediato. Al adentrarse en el gabinete, vio cómo doña Mariana masticaba improperios que, por educación, no debía pronunciar. La otra, al ver a la doncella, comprendió que debía abandonar la relectura de aquel mensaje y prepararse para ir a visitar a los Bernaldo de Quirós. Inés, simulando estar distraída, vio cómo la marquesa colocaba la misiva en el tercer cajón de la cuarta fila. La llave fue depositada en su ebúrneo escondrijo y, sin más, iniciaron el proceso de atildamiento de la señora.

Cuando doña Mariana se subió al coche de caballos, ayudada por Diego Sazón, el compañero de Valentín, Inés regresó al cuarto. Recuperó la llave, abrió la gaveta y extrajo la nota que había sulfurado a la marquesa. Leyó:

> *Debo aplazar mi regreso al palacio una semana más. Mañana llega el señor Palazuelos.*
> *Siempre tuyo,*
>
> *ILDEFONSO*

Un extraño regocijo acarició las extremidades de Inés. Aquello debía de ser importante. Tenía que comunicarlo a la mayor brevedad. Sin dar tiempo a que la ruleta de la fortuna conspirara en su contra, dejó todo como estaba y marchó a su alcoba para codificar el hallazgo. Guardó el papel en el único libro que tenía en su poder, aquel que seguía magullado por el jugo del melocotón que había empapado sus páginas un año antes. Allí debía permanecer hasta la noche del domingo, momento en que lo trasladaría al templo. Cuando terminó, liberada de obligaciones, bajó al primer piso. Al entrar en las cocinas, vio cómo Julieta y Eugenia trasladaban cubos de agua desde el pozo, al igual que había hecho ella. Sin dudar, decidió ayudarlas, aunque no tardó en arrepentirse. Julieta se burló de su pérdida de ritmo, a lo que Inés respondió con simpatía. No pararon de conversar y reír, al tiempo que cumplían con el latoso objetivo.

—Tengo ganas de ver a Valentín —confesó Julieta.

—¿Acaso lo extrañas? —comentó la otra con picardía.

—No, no... —mintió—. Solo quiero que nos cuente curiosidades de estas tierras y de sus viajes con el marqués.

—Ya... —Se rio la otra, incrédula.

Al cuarto trayecto al pozo, Inés se topó con la presencia de la Gran Dama quien, acompañada de Mari Nieves y su sempiterno bastón, caminaba relajadamente por la propiedad. Esta le hizo señas que, aunque confusas, parecían solicitar la presencia de la joven. Julieta también lo comprendió, así que cogió el cubo que portaba su compañera y la animó a reunirse con la baronesa. La muchacha dudó hasta el último momento, pero, al saberse sin alternativa, accedió. Nada más llegar adonde se encontraban, la señora Lecubarri le indicó que no debía dedicarse a esas labores.

—Como doncella de la señora debes limitarte a tus obligaciones, niña. ¿Qué ocurriría si te lastimaras? —la reprendió.

Inés asintió y se disculpó.

—Pasea con nosotras un rato —le ordenó.

Así lo hizo. Mientras sus zapatillas se hundían en la hierba, constató cómo el tono de la Gran Dama se iba suavizando. Le habló de las últimas lecturas, entre las que se encontraba un escrito de la señora doña María Rita de Barrenechea, también de los progresos de Mari Nieves en cuanto a la pronunciación. El buen gesto de la baronesa de dar una segunda oportunidad a la doncella se diluía en comentarios ofensivos que criticaban, sin un ápice de consideración, la afección de la señorita Ulloa. Inés intentó mantenerse al margen de estos, también de los comentarios que hacía la señora Lecubarri sobre sus nietos y su nuera. La joven enseguida se percató de que uno de los incentivos de aquella charla era escarbar en las confidencias que, con gran probabilidad, doña Mariana había facilitado a Inés. Sin embargo, como buena cómplice y mejor traidora, la muchacha no dijo una sola palabra al respecto. Ello no la salvó, sin embargo, de la ácida mirada de la marquesa que, de regreso, desde el carruaje, observó aquella reunión, alargada con comentarios sobre libros y futuras visitas a la biblioteca. Cuando el vehículo se detuvo frente a la puerta, Inés voló junto a la señora, cargando con una culpa que consumió todo atisbo de buen humor en su ser. No obstante, doña Mariana, lejos de regalarle un merecido reproche, se limitó a mostrar indiferencia.

El señor don Ildefonso Somoza llegó al palacio el miércoles 20 de agosto, un día antes del nacimiento de la infanta doña María Isabel Luisa de Borbón. Aquella misma tarde se reunió con su esposa en su despacho durante un par de horas. Tras la puerta, se intuyó una conferencia repleta de asuntos relevantes que mutó en una discusión plagada de recriminaciones acumuladas. Después, el impacto de piezas de cristal, de adornos de porcelana, condenados a convertirse en lascas en las irascibles manos del marqués. Doña Mariana, acostumbrada a las desmesuradas reacciones de su marido, se mantuvo estoica, sin parpadear, al tiempo que este volvía a tomarla con la decoración. Ella solo se movió cuando don Ildefonso, agotado de aquel ataque de furia, corrió a los brazos de su mujer. Ansió refugiarse en su cuerpo, pero la marquesa no estaba de ánimo, así que detuvo los besos que, con mezcla de odio y pasión, había decidido repartir por su cuello. Cuando quiso abandonar la estancia, este la tomó del brazo e intentó impedírselo, pero no fue capaz de retenerla.

—Avisaré para que limpien este destrozo —se despidió ella.

—Mariana, no te vayas. ¡Mariana!

La indiferencia de la marquesa tuvo una última víctima: una silla, volcada impunemente por la suela de la impecable bota del señor. Inés, escondida en uno de los recodos del corredor, vio cómo doña Mariana huía como alma que lleva el diablo de las fauces de su esposo. Se dirigió al dormitorio, donde dejó que uno de los almohadones absorbiera su grito de desesperación. La doncella aguardó en la antecámara, pero su señora tardó varias horas en reaparecer. Lejos de lo que Inés había temido, no había cambiado su actitud con ella. Parecía seguir confiando. Por suerte, en uno de sus encuentros por compromiso, la Gran Dama había tenido el acierto de aplaudir, a modo de ataque, la forma en la que su nuera había sellado los labios de la joven. «Pero me confesó que extrañaba nuestras lecturas. Por lo menos, no la ha convertido en una mentirosa», sentenció la baronesa. Así, cuando la marquesa salió de la alcoba, no ocultó su disgusto ni la evidencia de que había tenido un enfrentamiento con el marqués. Inés propuso cepillarle el pelo para relajarla, a lo que doña Mariana aceptó de buen grado.

El resto de aquella semana todo pareció volver a la normalidad. Los marqueses pasaron tiempo en compañía, también junto a sus hijos. Consuelo notificó la necesidad de adquirir nuevos adornos tras la extinción de la mayoría a causa de las rabietas del señor don Ildefonso. El señor Carrizo se ofreció a ocuparse del asunto. Inés continuó contestando a las preguntas de la marquesa, correspondiendo a su interés y simpatía. Esta la felicitó por su diligencia. También con respecto a las sesiones literarias con los niños. Y así, con una relativa sensación de calma, llegó el domingo por la noche, instante en que, tras una escueta charla con el padre Benito, Inés procedió a dejar sus mensajes. En aquella ocasión, sin embargo, sus contactos habían colocado uno con anterioridad. La joven miró a los lados antes de cogerlo y esconderlo.

En la habitación, a espaldas de la durmiente Mari Nieves, lo descodificó valiéndose de aquella guía que, aunque siempre presente en el guardapelo, ya casi se sabía de memoria. En él aludían al señor Palazuelos. Lo habían seguido en los últimos meses y se había reunido con el duque de San Carlos en Madrid. Nunca había tenido contacto directo con la Corte ese comerciante salmantino, por lo que todo parecía apuntar a que el marqués de Riofrío había facilitado ese encuentro para satisfacer alguna petición del prestamista Palazuelos. Quizá como parte de ese acuerdo de ayuda mutua que se intuía en sus comunicaciones. La nota finalizaba exigiendo a Inés que se esforzara en descubrir qué conexión existía entre el marqués e ilustres caballeros como el duque de San Carlos, gentilhombre de cámara de Su Majestad, embajador y director del Banco San Carlos, entre otros méritos. Inés se vio allí, en medio de las montañas astures, y no fue capaz de vislumbrar una rápida vinculación.

No obstante, dicen que todo esfuerzo termina dando sus frutos. Así que, a finales de agosto, la muchacha pudo recoger parte de lo que había ido sembrando. Fue con motivo de una visita de los marqueses a Oviedo. Doña Mariana, con pocas ganas de abandonar la residencia familiar, solicitó a Inés que le preparara el vestido azul de seda. Inés asintió y siguió los requerimientos de su señora. Mientras la ayudaba a colocarse el corsé sobre la camisa, esta le confesó que deseaba regresar antes de la caída del sol.

—No soporto las soporíferas reuniones a las que me obliga a asistir mi esposo. Solo se parlotea, sin concretar. Detesto la falta de determinación. Y mi marido apenas sabe tomar decisiones con contundencia. Siempre logran entretenerle con negociaciones y tratos.

—Seguro que su presencia ayuda a que se concentre en lo importante, señora —afirmó la complaciente Inés.

—Ojalá fuera así, pero no lo creo. El marqués me quiere por motivos menos obvios. En fin, solo espero que deje zanjados todos los asuntos de esa mina con la que se ha encaprichado. Lleva todo el año reuniéndose con potenciales inversores, pidiendo favores que no podrá devolver ni en diez años. Si no fuera tan idealista, vería que su planteamiento es poco práctico. Desde que adquirió la mina está empeñado en construir una red de caminos. Ya le han dicho, por activa y por pasiva, que existen proyectos en curso paralizados desde hace dos décadas. Pero él no ve más allá de sus narices. Su ambición es indiscutible, pero, oh, Señor, qué poca perspicacia tiene mi querido esposo.

Inés luchó por no errar más de la cuenta al abrochar los botones del fabuloso vestido índigo de doña Mariana. En su espalda se podían identificar las costuras que una mano sabia había dejado al adaptar aquel preciado montón de tela a los cambios en el cuerpo de su propietaria y a las tendencias dominantes en el final de aquel complejo decenio.

—En fin, asuntos aburridos —concluyó—. A propósito, en mi ausencia vaya a dar un paseo. Está algo macilenta.

Inés se tocó la cara inmediatamente, extrañada por aquella valoración.

Cuando los marqueses partieron, bajó a las cocinas, donde preguntó a Carmen y a Loreto si notaban que tuviera mala cara. Quizá, con todas las intrigas, había desatendido su salud. Las cocineras soltaron una risotada al conocer el origen de la preocupación de la joven.

—La marquesa es demasiado sutil como para decirte sin tapujos que no te acerques a la Gran Dama. Estos señoritos remilgados..., en mi casa te lo hubieran dicho a grito *pelao* —comentó Carmen.

La muchacha no se acostumbraba a leer entre líneas las frases de doña Mariana. Sin embargo, tras observar su rostro sano en uno de los espejos del amplio salón recibidor, entendió que las cocineras tenían razón. Así que para evitar que la baronesa pudiera interceptarla, cogió capa y capota y, tras dar aviso a doña Fuencisla, salió de la finca caminando por la senda que iba hasta Mieres. Al andar, analizó el torrente de información que había salido de labios de la marquesa. Esperaba que aquello no precisara de traducción. Ella lo había entendido todo, o casi. Por fin sabía qué se traía entre manos don Ildefonso: la construcción de una red de caminos que facilitasen el transporte del carbón extraído de una mina que había adquirido y, por ende, su comercialización más allá del Principado. No podía esperar a notificarlo. Estaba segura de que aquel hallazgo agilizaría la investigación, de que ya estaría más cerca de regresar a casa. La libertad que impregnó su esperanzado espíritu la trasladó a Santa Cruz una vez más.

Casi podía visualizar a la doncella que siempre la acompañaba en sus escapadas a la Alameda cuando Blanca prefería quedarse pintando en casa. Le encantaba observar a las familias, detectar a los solteros que, a lo mejor, pedirían un baile con ella en el próximo evento social. La única diferencia era que, aquel soleado día de agosto, no había ni rastro de la señorita alegre y despreocupada que solía ser. Solo quedaban los restos que había ido dejando la realidad. Mientras admiraba la cantidad de árboles frutales que se hallaban a ambas márgenes del sendero, con manzanas, peras y pavías arraigadas a ramas como un bebé al pecho de su madre, recordó los óleos y acuarelas de Blanca. También lo que solía decir: «De las cenizas del alma brotan las más bellas obras de arte». Inés reflexionó sobre esa afirmación. Aunque no podía contradecirla, luchaba por encontrar la obra que crearían los despojos de su espíritu, opacado por la mentira.

De pronto, en medio de aquella muda disertación consigo misma, vio a lo lejos una figura que jugueteaba a orillas del río San Juan. Sin vacilar, decidió acercarse y, de paso, descubrir esa perspectiva desde la que las verdes laderas de las montañas circundantes y los extensos prados se multiplicaban por obra del reflejo en aquellas incansables aguas. Al aproximarse reconoció a un perro, quizá perdido. Parecía nervioso, desorientado, así que la joven se arrodilló a su lado y, valiéndose de caricias en el lomo y las orejas, buscó calmarlo. Creyó conseguirlo, pero, de pronto, unas pisadas a su espalda revolucionaron al can, que se zafó de la ternura de Inés para reencontrarse con su dueño.

—¡Señorita Inés! —exclamó este, sonriente.

—Buenos días, señorito Jonás. ¿Es suyo?

—Sí..., siempre se escapa. ¿La ha incomodado?

—No, no se preocupe. Espero que no se haya hecho daño. Parecía alterado cuando lo encontré —le indicó sin acercarse.

El muchacho revisó las patitas del animal.

—No parece —concluyó—. Menos mal. Mi madre solo deja que me lo lleve de paseo cuando vengo a Mieres con mi maestro.

—¿Se ha perdido usted también? —se extrañó Inés.

—Oh, no, no... Verá, Quilón siempre se escapa. Me aseguro de no vigilar mucho la cuerda con la que lo ato mientras el padre Gutiérrez de Lerma me lee ensayos y tratados sobre filosofía sentado sobre una piedra. Así puedo airearme mientras lo traigo de vuelta. Es el único rato en que puedo pasear solo.

A Inés le hizo gracia la pericia de aquel jovencito. Supuso que sería solo uno o dos años mayor que su hermano Lorenzo, quien acababa de cumplir los doce, como la señorita Aurora Somoza.

—Puede quedarse aquí solo si lo desea. No diré que lo he visto —propuso Inés, dirigiéndose hacia el sendero que había abandonado.

—¿Va hacia Mieres? —se interesó el chico mientras la seguía, acompañado por los saltitos alegres de su perro.

—Sí, allá me dirijo.

—Entonces, voy con usted.

—¿No prefiere estar solo?

—No, no... Nos haremos compañía. Los caminos no son muy seguros y... Quizá haya tormenta.

Inés sonrió enternecida. Mientras avanzaban hacia la villa, el señorito Jonás parloteó sin descanso. Al rato, la joven sintió cierta lástima por el muchacho. Vivía en un palacio aislado, ubicado más allá de El Padrón —al norte de Mieres—, durante todo el año. Las únicas personas con las que tenía contacto eran su madre, su profesor y el servicio. Quizá por ese motivo hablaba con Inés con tanta naturalidad, ignorando jerarquías que, en unos años, él mismo se esforzaría por mantener. Las confidencias del niño actuaron como un bálsamo en su orgullo. Al escucharlo valoró todas las posibilidades que la infancia le había brindado en su casa de Santa Cruz. Recordó los juegos, las risas contagiosas y secretos con sus hermanas, las conversaciones plagadas de consejos con su madre, los cuentos y leyendas de su padre... Al parecer, incluso los aristócratas podían crecer con carencias. No todo lo daba el título. Por más que aquellos privilegiados estuvieran dispuestos a todo por mantenerse en la cúspide del reino.

Aun con todo, aquel chiquillo le pareció resuelto, amable e inteligente. Disfrutó de la charla hasta que el clérigo Gutiérrez de Lerma apareció en el camino, justo antes de llegar a Mieres. El ayo reprendió a su discípulo, preocupado. Dedicó tan solo un segundo en reparar en la presencia de la joven y obligar a Jonás a que se despidiera. Este lo obedeció y juntos marcharon hacia el carruaje que debía llevarlos al palacio, acompañados por el perro, ya atado, y varios libros. En ese momento, Inés se percató de que el sol se estaba ocultando. Las nubes rugían. Debía regresar antes de que la tormenta la alcanzara. Empezó a correr por aquel mismo sendero. Sin embargo, por mucho que quiso ser más veloz que los designios de la madre naturaleza, las gotas de lluvia fueron empapando el sombrero y la capa. Las zapatillas de la muchacha se hundían en los charcos y el lodo. Pero no se rindió. Al contrario, se sintió más viva que en el último año. Y es que Inés adoraba corretear, el aire libre. Lo hacía en su ciudad natal. También en las fincas que su familia tenía en el valle de Tabares, cuando acompañaba a su padre a visitar las plantaciones de plataneros. No recordó lo mucho que necesitaba ese tipo de ejercicio físico hasta aquella carrera a contrarreloj. Aunque alrededor solo había un paisaje extraño, intruso en aquella vida clandestina que había aceptado adoptar, su mente logró dibujar el pasado, su hogar, y a su hermana Blanca quedándose atrás, menos ágil que Inés.

Cuando alcanzó la puerta que daba paso a la propiedad de la casa Somoza, su respiración estaba revolucionada. También su ánimo. Empezó a reír, como si acabara de pasar los últimos minutos en casa, por fin. Poco importaba que estuviera completamente mojada, con los pulmones agotados y los pies doloridos. Su cuerpo deseaba que fuera feliz durante aquel momento. Y ella no se resistió. Volvió a recordar a su familia y entonces se preguntó: ¿sería devolverles la paz su auténtica obra maestra? Quizá sí, pero para eso debía cruzar la valla y descubrir qué había llevado al señor Palazuelos a Madrid.

XIII

El verano de 1817 no fue tranquilo para Alonso. Cádiz se presentaba ante él como un enorme manto que ocultaba las más siniestras pretensiones de aquellos que, diciendo amar a la patria, ansiaban atentar contra Su Majestad. Él no bebía los vientos por la política, pero detestaba la idea de inestabilidad, de cambio a base de pólvora. Además, las preferencias las marcaban los intereses, lo tenía claro. Quizá sonaba egoísta, pero era mucho más honesto que los que se aferraban a ideales simulando una nobleza que, en realidad, no existía. Ávido de parabienes y nuevos cobros que nutrieran su orgullo y cubrieran sus gastos, su obsesión por cumplir con su cometido fue incrementando con el paso de las semanas. Y, en concreto, se obcecó con aquel misterioso y estrafalario caballero, don Nicolás de Loizaga. Sin embargo, el tiempo solo arrojó nuevas incógnitas acerca de su persona: ¿por qué conocía a tanta gente? ¿De dónde había salido? ¿A qué se dedicaba exactamente?

Una vez más, apretó las tuercas de aquella red de informadores que había creado en primavera. Esta, que no era más que un buen puñado de chiquillos de la calle necesitados de dinero y sobrados de picaresca, solo fue capaz de recitarle algunos de los lugares que más frecuentaba: el café de Cosi, el café de las Cadenas, el café del León de Oro, la Alameda, la calle Ancha, el teatro Principal... También, a mediados de julio, supieron que era español americano, aunque no descubrieron de qué zona procedía en concreto. Con aquellas escasas pistas, Alonso Guzmán supo que la única solución era convertirse en su sombra. Así, pasaba los días y las noches pegado a su cogote, analizando cada uno de los movimientos, risas y extravagancias del caballero. Enseguida se percató de que el señor De Loizaga no discriminaba por clase. Se le podía ver parloteando con dos pescadores junto al puerto, riendo con un elegante matrimonio a la salida de misa o bebiendo con algunos miembros de una compañía teatral en un mesón.

En los ratos libres que le dejaba aquella empresa, Alonso se dejaba ver por la taberna, donde buscaba respuestas en el fondo del vaso o se recluía en su castillo de fango y hojalata, fortaleza solo expugnable por el eco de sus lamentos y la siempre cauterizadora compañía de Filomena Esquivel.

—Está muy raro —comentaba esta a José Salado en aquel local que había enlazado sus vidas.

—¿Y quién no lo está con este calor? —opinó el marino.

—No, viene de antes. El Guzmán es un tantito misterioso, pero a mí me da que tiene algo entre manos que no es capaz de gestar.

—Gestionar —le corrigió Modesto, que justo se acomodó junto a ellos en otra banqueta.

—Eso, gestionar. Qué chico más listo y apañado —dijo la Filo, guiñando un ojo al bachiller—. Pues eso, que Alonso está más desaborido de lo normal.

—Sí, yo también lo he notado. Parece más ausente —se sumó el chico.

—Usted no hable, señoritingo Andújar, que también lleva meses con cara de haberse tragado una gamba en mal estado —le acusó la Filo.

—Tonterías... A mí lo único que me ocurre es que tengo atragantada mi vida aquí. Pero he comprendido que eso cambiará tarde o temprano.

—¿Sigue planeando marchar a un calabozo en África? —se burló ella.

El Ahorcaperros se rio.

—Ja, ja, ja. Qué chistosa es, señorita Filo. Sigan riéndose a mi costa, no importa. Ya verán cuando se inviertan las tornas.

—¿Y qué tiene pensado hacer, chico? ¿No ha visto cómo ha terminado el general Lacy? —intervino Salado.

—Lo que haga o no es asunto mío. Pero los sorprenderé. A los dos —se atrevió a vaticinar—. Ya lo verán. Y tendrán que tragarse sus chascarrillos.

—Tendré que hacer gana entonces —continuó la otra.

Las puertas de la taberna se abrieron con un brío que atentó por un segundo contra la etílica paz de los concurrentes. El capitán Íñiguez, excitado, se sentó junto a su buen amigo Alonso quien, ensimismado como acostumbraba, tardó en interesarse por el motivo de su entusiasmo.

—Ya es oficial. En octubre parto a Madrid —anunció—. ¡Paquillo! Sirve una ronda a todos, yo invito.

—¿En concepto de qué? —escarbó Guzmán.

—Como teniente de la Brigada de Carabineros Reales.

—Vaya, veo que has logrado impresionar a las personas adecuadas —valoró Alonso.

—Bueno, digamos que con el apellido, los contactos precisos y una hoja de servicios llena de batallas en las que he ido perdiendo partes de mi cuerpo por el rey Fernando no ha sido complicado.

—No seas exagerado. Solo te falta un trozo de dedo del pie.

—Y estoy tan perforado como un queso —apostilló, mientras cogía un chato de las manos del tabernero quien, servicial, había acercado la comanda al generoso militar—. En fin, no sabes las ganas que tengo de marchar a la Corte y abandonar este nido de conspiradores y mequetrefes. Y tú deberías venir conmigo.

—Ni en sueños. Yo ya conozco todo aquello, Conrado. No tengo el más mínimo interés en volver a poner un pie en esa ciudad.

—Cádiz acabará pudriendo tus posibilidades, Alonso.

—Que así sea, pues —concluyó el otro, que se bebió de un trago la copa con la que celebraban la marcha del capitán.

Conrado Íñiguez capituló por esa vez. Ya volvería a intentar convencer a su excompañero de batallas de que debía cambiar de idea. Lo que deseaba era festejar la buena nueva, llegada en la posta horas antes. Así, brindó con extraños y conocidos, convidó a dos rondas más a todos los que supieron corresponder con júbilo suficiente y proclamó, con una voz desgarrada por el alcohol, su lealtad a la Corona y a la buena vida.

El señorito Andújar, aun habiendo compartido con Conrado y con Alonso innumerables chatos y conversaciones en la taberna, tenía sentimientos encontrados con respecto a aquel militar. Lo notaba cada vez más encandilado por el rey, más contundente y recurrente en sus afirmaciones sobre política. Dejando sus reflexiones para sí, el joven consultó su reloj y, al ver la hora, dio un respingo. Llegaba tarde. Dejó monedas para pagar su primera consumición, fuera de la oda al altruismo del soldado, y se dirigió a la puerta. Antes de que pudiera esfumarse, la Filo lo tomó del brazo.

—Chisss, señoritingo —le dijo en confidencia—. Si hablaba en serio antes..., tenga cuidado.

Modesto admiró los ojos negros que, llenos de honestidad, lo advirtieron. Asintió, buscando liberarse de consejos que, lejos de tranquilizar su irreverente espíritu, despertaban su cobardía. La muchacha percibió su esquivez, así que sacó un pañuelo de la manga de su jubón y se lo tendió.

—Choteos aparte, me alegra que no se haya tragado sus principios. Écheme un recuerdito si termina de diputado —añadió.

Modesto cogió la prenda y sonrió.

—Tenga por seguro que lo haré. Hasta mañana, señorita Filo.

—Hasta mañana, señoritingo Andújar.

Cuando el estudiante cruzó el umbral y se dejó engullir por la nocturnidad de las callejas, Filomena se despidió de su sonrisa y se llevó la mano a aquella mejilla incendiada por el miedo a no volver a verlo. Un grito del tabernero la trajo a la realidad y a sus obligaciones, todavía pendientes a aquellas alturas de la jornada.

Por su parte, Modesto caminó hacia el norte. En el número 3 de la calle de la Bendición, el muchacho se detuvo. Subió los dos escalones y llamó a la puerta valiéndose de la hermosa aldaba colgante. Una empleada, cuya espléndida tez trigueña había extasiado al joven desde su primera visita, le permitió el paso y lo guio hasta una saleta de paredes cubiertas por paneles de madera oscura. El señorito Andújar se sentó en una butaca de marchito estampado y jugueteó con la llama titilante de la candela más cercana. Antes de que pasaran cinco minutos, el señorito Hernando entró en la estancia acompañado de otro joven caballero. Modesto se incorporó.

—Buenas noches, señor Andújar. Disculpe, le estaba enseñando la colección de miniaturas de mi padre al señor Montero mientras lo esperábamos.

—Buenas noches. Perdónenme a mí la tardanza.

—No se preocupe. Así hemos podido hablar sobre barcos.

El estudiante asintió.

—Estaba deseando que pudieran conocerse. Sobran las presentaciones —añadió el anfitrión.

Era cierto. El señorito Hernando había hablado a Modesto del señor Montero en un sinfín de ocasiones. Según le había contado, era primordial que se conocieran, pues los jugosos contactos de aquel joven eran indispensables en el camino del señorito Andújar hacia los círculos clandestinos de la ciudad. Así, tras estrecharse la mano, se ubicaron en las butacas y sillones que rodeaban una mesa baja en la que había una licorera con varios vasos. Como acompañamiento musical, los crujidos del suelo y los muebles. Modesto lamentó haber aceptado los chatos en honor al capitán Íñiguez. Todavía sentía el ardor del último trago en su garganta mientras observaba cómo Víctor Hernando, ya sentado, servía sin pausa. Este, bastante parlanchín, contaba que, al principio del verano, había coincidido con el señor don Antonio Alcalá Galiano. Decía que, al contrario de lo que aseguraban las malas lenguas, parecía sobrio y respetable. El señorito Andújar, que creía haberlo visto de lejos en varias ocasiones desde su llegada a Cádiz, admiró las anécdotas de su nuevo amigo y deseó poder apropiárselas.

—Él también piensa que la inactividad de las logias es una pérdida de tiempo —afirmó el señorito Hernando.

—Calma, amigo. Todo lleva su tiempo. El cadáver del hermano Lacy todavía está caliente —contestó cauto el señor Montero.

—Por culpa de la desorganización, la falta de autoridad y la cantidad de pusilánimes que se esconden tras simbologías vacías de acción —juzgó.

—No le quito la razón, pero la tarea no es sencilla y es importante el debate, compartir ideas y propuestas. Si llega la acción, será gracias a ello —intervino de nuevo el joven visitante.

—O a pesar de ello —dijo Modesto ante la sorpresa del señorito Montero—. ¿Se seguirán celebrando reuniones? ¿Es cierto que puede conseguir que me acepten?

—Podría intentarlo, sí. Pero exigiría máxima discreción y compromiso. También paciencia. Fernando tiene espías y chivatos en cada esquina. —Silencio—. Ahora mismo es prioritaria la cooperación con las logias de Algeciras para ayudar a que los hermanos que han huido a Gibraltar puedan abandonar el continente.

—¿Habla del general Milans del Bosch? —quiso cerciorarse el bachiller.

—Sí. Menos mal que alguien logró escapar de ese desastre... —El final de la frase se perdió en el sorbo a su copa y se fusionó con aquel líquido amargo.

Modesto quiso creer que el señor Montero cumpliría su promesa. Estaba deseoso de adentrarse en ese mundo que daba sentido a todo, que parecía poner propósito a su descafeinada existencia. Aun con el fervor con el que ansiaba luchar por la causa desde aquella butaquita, era cierto que, al principio, había dudado. Se había planteado no acudir a la cita en el teatro del Balón y, cuando estuvo frente a la puerta, quiso salir corriendo, atravesando la procesión de asistentes que se convertirían en público de la función. Pero Víctor Hernando fue más puntual que sus remordimientos. Se alegró de identificar el frac azul marino del señorito Andújar entre la multitud y, sin dar opción a que su compañero se dirigiera a la ópera, lo invitó a seguirlo en dirección contraria.

Poco a poco se internaron de nuevo en el bullicio de la ciudad. Modesto, extrañado por el procedimiento, pidió explicaciones a Hernando, quien le aseguró que no podía arriesgarse a darle una dirección personal a un desconocido. Tampoco reunirse en un lugar solitario ni frecuentado por perfiles no adecuados. Durante aquel primer encuentro, Modesto analizó cada detalle de la apariencia y la personalidad de su compañero. Buscaba el tufillo que se desprende de toda artimaña. Pero no lo halló. O, al menos, sus fosas nasales y sus entrañas dieron por bueno a aquel muchachito. En ese paseo, el señorito Víctor le contó que, desde hacía un par de años, acudía, de forma más o menos regular, a las reuniones de una de las sociedades secretas que existían en Cádiz. Aunque Fernando VII las había prohibido y habían desaparecido la mayor parte de las creadas durante la ocupación, algunos hombres, casi desde 1814, habían trabajado incesantemente para reinstaurarlas por toda la geografía. Con especial éxito en el Levante y Andalucía, se habían ido transformando, en la sombra, durante aquellos tres años.

El señorito Andújar quedó fascinado con algunos de los relatos que el otro estudiante compartió con él. Es sabido que Modesto sospechaba de la actividad clandestina, tal y como había compartido con Alonso, pero, por fin, parecía que podía formar parte de ella. Atrás quedaba la ambivalencia, morderse esa lengua agotada de pronunciar discursos en balde. Era momento de cincelar su nombre sobre el mármol. Y no existía matón a sueldo ni Santo Oficio que pudiera aletargar el rugido de su conciencia.

Así se lo manifestó a su nuevo amigo tres días más tarde, en su primer encuentro en la sala de visitas de la casa de la familia Hernando, tan discreta como liberal. Desde entonces, habían compartido ideas, proyectos para mejorar el reino, cavilaciones sobre lo que habría ocurrido si la herrumbrosa monarquía no hubiera amordazado a la libertad. Todo ello sin saber que una de las personas que trabajaba al servicio de ese implacable silencio estaba mucho más cerca de lo que imaginaba.

—Ojalá llegue el día en que todos los ciegos súbditos de la tiranía de la camarilla de Fernando VII se hagan a un lado y besen el suelo que pisan los grandes oradores a los que han callado —aseguró Víctor Hernando, aferrado al vaso de licor.

—Y en que los ciudadanos sean regidos por leyes, no por caprichos despóticos —añadió Modesto.

—Me congratula la pasión que tienen, amigos míos, pero, insisto, si quieren formar parte de la causa, deben sustituir la emoción por la razón. Llegará ese día. Y no será dentro de muchos años —anunció el señor Montero.

Por fortuna o casualidad, Alonso estaba concentrado en otros asuntos. No obstante, también a él le llegó un soplo —gracias a su red de informadores— que hablaba de la presencia de conjurados en Gibraltar, a los que algunas facciones de las cercanías prestaban ayuda. Se lo contó en una carta al señor don Ventura Quesada, alias la duquesa de Grimaldo, pero, una vez más, la falta de pruebas sólidas convirtió en conjetura aquel dato. Alonso se ocupó entonces de otra cuestión que había ido posponiendo: el coronel don Juan Ramón Villasante. Después de barajar opciones, apostó por la alternativa más sutil. La noche del 29 de agosto la ejecutó. Un manzanillero, parte de su entramado de colaboradores, entregó una nota al militar en el café Cachucha. Esta tenía escrito un mensaje con la técnica de la tinta invisible. «Si es un traidor, sabrá cómo descifrarlo», se dijo Alonso a sí mismo. La esquela era un cebo.

Su emisor fingía ser uno de los suyos y lo citaba en una hora junto al hospicio.

—¿Qué cara ha puesto cuando se la has dado? —interrogó Alonso.

—No sé, señor. Extrañado. Pero parecía tranquilo. ¿Va a darme ya el dinero?

Alonso resopló y sacó varias monedas de la faltriquera que financiarían la siguiente borrachera de aquel pobre diablo. Después se parapetó en una de las esquinas de la calle San Leandro y esperó a que el coronel hiciera su aparición. Mientras tanto, divisando aquel firmamento infinito de estrellas y acunado por el arrullo de la mareta, lamentó la falta de tacto con la que había detenido las manos de la Filo el día anterior. Lo había visitado, como tantas otras veces, previo pago por su compañía y reputación. Se habían perdido en aquella pasión que ambos se vendían, pero que solo uno pagaba más allá del dinero. Alonso se había quedado medio dormido. No del todo. El insomnio siempre acariciaba sus párpados. La Filo, creyendo que su compañero no podía verla, se había deslizado fuera de la cama y había revisado los papeles que este había guardado en un baúl que había junto a la mesa, justo cuando ella había aparecido. Solo pudo ver la rúbrica de la duquesa de Grimaldo en cada uno de los diversos sobrescritos que almacenaba ahí. Cuando quiso leer una de las misivas, Alonso se la arrebató.

—¿Qué demonios estás haciendo?

—Per..., perdona, Alonso. Yo... Quería saber si te ocurría algo grave... ¿Quién es la duquesa de Grimaldo?

—Mi prometida —espetó él.

—Oh..., ¿tienes prometida? ¿Desde cuándo?

—Desde hace casi un año. Así que, por favor, si no te importa, no husmees en mi correspondencia ni en mis documentos nunca más. De lo contrario, me aseguraré de que no te vuelvan a dejar entrar en la taberna.

—No serías capaz.

—Te llevaré frente al obispo, entonces. Quizá le guste saber a qué te dedicas.

Filomena, llena de rabia, se acercó a Alonso lo más que pudo y mirándole a los ojos, respondió:

—Haz lo que te venga en gana. Ante Dios estamos pecando los dos. Por lo menos yo lo he sabido desde el principio.

Después se retiró, se vistió y se marchó airada.

Alonso sabía que debía disculparse. Y lo haría. Pero, por lo pronto, tenía que seguir esperando a que su plan surtiera el efecto deseado. Y aunque vaciló varias veces a lo largo de la hora que estuvo ahí escondido, la figura del coronel Villasante terminó por aparecer. Guzmán observó calma, después extrañeza y preocupación en los gestos del militar. Nadie se presentó a la cita, así que Alonso supuso que el sospechoso se estaría preguntando quién había sido el emisor y por qué no había cumplido su palabra. Después de quince minutos, el coronel dio por zanjado aquel misterioso encuentro y desapareció en la oscuridad de la calle de Belén. Alonso sonrió victorioso. ¡Lo tenía! Un nombre más a la lista de perfiles a vigilar. Aquella misma madrugada preparó la carta y, a la mañana siguiente, la envió.

Disueltas ya las dudas sobre cuándo nacería el primer vástago de Su Majestad, y habiendo aceptado que no se trataba del esperado heredero de toda monarquía, en virtud de la Ley Sálica de los Borbones, las apuestas debieron liquidarse. No obstante, algunos clientes asiduos de la taberna buscaron alargar el juego con más elucubraciones sobre embarazos reales y bebés que sacarían al reino de la incertidumbre. En el plano más protocolario, fueron muchos los que escribieron —en público y en privado— para felicitar a los reyes por la buena nueva.

—Mi madre parió siete mujeres. Así que nunca se sabe —comentó la Filo.

—Seguro que el Borbón tiene suerte. Solo por fastidiar —se quejó Modesto.

—Me recuerda a un escrito que me leyó un cliente hace unos meses. —Se rio ella.

—¿Se refiere a alguien que apoya la causa lib...?

—No lo diga. ¡Santo Dios! ¿Quiere usted que nos engrilleten a los dos?

—Perdón, perdón. Es verdad. Bueno..., usted ya me ha entendido.

—Pues no sé si será conocidillo por eso, pero aquel día habló como usted. Sin pelos en la lengua. Buscándose problemas. Menos mal que soy discreta.

—¿Está ahora aquí en la taberna? —se emocionó el señorito Andújar.

—No, no. ¿Por qué iba a estar aquí?

—Usted ha dicho cliente.

Filomena lo miró queriendo proporcionar una explicación alternativa a la realidad, pero esta fue tan evidente que no precisó que dijera nada. En ese instante, Alonso apareció. La joven se tensó, frunció el ceño y quiso levantarse de la mesa que había compartido con el bachiller durante aquella agradable tarde.

—Filo, espera —pidió Alonso—. He venido a disculparme por lo de hace dos noches. No, no quise ser tan brusco.

Modesto Andújar observaba la escena. La Filo se relajó.

—Yo tampoco me porté bien. Pero fue por un buen motivo, Alonso. Estaba preocupada por ti. Estás muy raro últimamente —se justificó.

—Lo sé. Lo siento. No has de preocuparte, todo está bien.

Ella asintió, complacida, y se fue a entretener a otra mesa. El estudiante se llamó estúpido en silencio. ¿Cómo podía ser tan inocente? Después miró a Alonso y terminó de comprender la presencia de la joven en la alcoba de este cuando le dieron la paliza. Bebió un trago. Guzmán, por su parte, dio un afectuoso golpe en la nuca al muchacho al tiempo que se sentaba en la banqueta que había quedado libre.

—¿Cómo le va todo?

—Bien, señor Guzmán. En dos días parto de nuevo a Jerez para pasar las semanas que quedan antes del inicio de las clases. Es mi último año en la Escuela, ¿sabe?

—Fantástico. Imagino que tendrá ganas de cambiar de aires.

—Sí, será agradable pasar tiempo con mi familia. Mi madre no puede gastar más papel en decirme lo mucho que me extraña.

—¿Ya ha pensado qué hará cuando termine los estudios?

—Sí, me quedaré un tiempo más por Cádiz. Quiero trabajar como pasante. Y quizá termine convenciendo a mis padres de que me permitan estudiar Leyes. El tiempo dirá...

—Con ese tesón, seguro que lo logra —opinó Alonso.

—Usted sigue vivo. Supongo que continúa sabiendo cómo sobrevivir aquí.

—En efecto. Digamos que no es mala época. Aunque tendré que volver a escribir a mi hermano próximamente —disimuló.

—Será mejor que no se entere de cómo se gasta su dinero. Si no, tendrá que buscar nuevas fuentes de financiación.

—Ya habla como un repollo —se burló Alonso—. Pero tiene razón. Tendré cuidado.

Modesto sonrió y después le comunicó su intención de irse. Debía cenar con sus parientes.

—Aunque me timara en su momento, sigo esperando esa conversación sincera que me prometió, señor Guzmán —le dijo mientras se levantaba y se calaba el sombrero de copa.

—Ya veremos, señor Andújar, ya veremos.

Un rato después, Alonso imitó al chico y también se marchó. Había acordado reunirse con algunos de sus informadores junto a la puerta de La Caleta. Allí, tras entregarle el jornal, escuchó los hallazgos sobre el señor don Nicolás de Loizaga. El niño había logrado averiguar dónde se hospedaba en Cádiz. «Se está quedando en la posada inglesa. De allí sale todas las mañanas», afirmó. Guzmán le encargó que, a partir de ese instante, vigilara al coronel Villasante. Se lo describió y le habló de sus rutinas. A otro le ordenó que no perdiese de vista al comandante Prieto. Y a uno más lo dejó a cargo del control de otros individuos de la lista inicial. Necesitaba que alguien les siguiera la pista mientras él continuaba con la investigación de aquel forastero. Tenía el presentimiento de que era lo suficientemente importante como para dedicarse en exclusiva a él. Quizá las reuniones se realizaban en alguna habitación secreta de la posada. De hecho, los comerciantes solían acudir a esos locales para cerrar tratos e intercambios. Así, Alonso hizo guardia en la plaza de los Pozos de las Nieves durante las siguientes semanas.

Tal y como le había adelantado el muchacho, era allí de donde el señor De Loizaga salía todas las mañanas y adonde regresaba al caer el sol. Sus actividades, entre alba y ocaso, continuaban siendo diversas: paseaba, se reunía en cafés, leía puntualmente el *Diario Mercantil de Cádiz*, frecuentaba una barbería en la calle del Molino, compraba dulces en una confitería de la calle Ancha, visitaba el mercado en la plaza de San Juan de Dios... Aquel ritmo de actividades parecía no tener fin hasta que, un día de septiembre, en lugar de ver cómo aquel caballero se mimetizaba con el nervio de las calles gaditanas, Alonso fue testigo de cómo dos mozos preparaban una berlina con el equipaje del señor.

Guzmán reaccionó lo más rápido que pudo. Se acercó a un parroquiano que tiraba de un caballo. Tres escudos de oro fueron suficientes para vender aquel viejo ejemplar que, si bien no daba mucha confianza, le serviría para alcanzar la posta más cercana. Aquel hombre sonrió, dejando visible su casi inexistente dentadura, y marchó a buscar formas de malgastar aquel dinero. Alonso, por su parte, disimuló hasta que el carruaje arrancó. Después, luchando por no resultar demasiado visible, lo siguió más allá de la puerta de Tierra, más allá de la isla de León, más allá de la bahía de los Puntales...

Cinco días más tarde, los cascos del caballo que había conseguido en una venta de Cabezas de San Juan cruzaron la puerta de la Carne. Era mediodía, así que las calles estaban colmadas de griterío, repletas de carromatos con direcciones contradictorias, de sombrillas, de pisadas, bestias, aves, reproches y carcajadas. Alonso Guzmán se esforzó en no perder de vista la berlina del señor De Loizaga, a pesar de lo difícil que resultaba con la ciudad en el culmen de su ajetreo. Las vías, también estrechas como las de Cádiz, serpenteaban, como acariciando las plazoletas, los comercios, las casas y los edificios religiosos que habían sobrevivido a la ocupación. Pasaron un par de templos y, después, el vehículo se adentró en zona de mercado, cuyos restos inundaban los aledaños de un fuerte aroma a salazones y carnes curadas.

De pronto, el carruaje giró y las ruedas se detuvieron frente a una casa de la calle Boteros. Alonso se apeó del caballo y se escondió tras los abandonados cajones de un vendedor. No pudo asomarse, no deseaba desvelar su posición, pero imaginó que los mozos estarían descargando el coche y que, quizá, el señor De Loizaga estaría saludando a la persona que iba a darle cobijo durante su estancia en Sevilla. Dejó pasar unos minutos en los que, gracias a su olfato, se percató de que su transporte acababa de defecar a su lado. «Estupendo...», murmuró. Después, miró. La berlina seguía aparcada frente a la puerta, pero, como había supuesto, parecía desocupada, liberada de la carga. Alonso, con el trasero dolorido y las botas llenas de polvo, barajó qué posibilidades había de cazar a aquel hombre con las manos en la masa. Podía adquirir ropas nuevas, crearse una identidad ficticia y visitar aquella residencia burguesa, cuyas puertas cerradas suponían el fin del viaje para él. Sin embargo, antes de ser capaz de elegir el siguiente movimiento, alguien le dio dos golpecitos en la espalda, requiriendo su atención. Al girarse, el impacto de unos nudillos en su rostro le nubló el juicio y coartó a su cuerpo de todo atisbo de decisión.

Cuando se despertó, no solo le dolían las posaderas. También el pómulo derecho y la espalda. No obstante, no parecía estar en la calle. Movió sus extremidades con cuidado, temeroso de roturas o dislocaciones. Le pareció que todo estaba en su sitio. Abrió los ojos, aterrado por lo que se podía encontrar al otro lado. Pero, una vez más, se sorprendió. Estaba tumbado en un sillón de suave tapizado. Cabeza y pies reposaban sobre almohadones con borlas doradas. Aun así, la comodidad le resultó todavía más desconcertante y peligrosa, así que se incorporó. Al hacerlo, la jaqueca se intensificó como si alguien hubiera prendido fuego a sus sesos. Se quejó, mas enseguida reparó en la figura que, acomodada en otro sillón, aguardaba a que reaccionara. Era el señor don Nicolás de Loizaga. Alonso supo que, en aquel momento, solo una colección de tragos infinitos a una botella de licor curaría su ánimo.

—Buenas tardes.

—Buenas tardes.

—¿Necesita algo? ¿Desea tomar un té?

Alonso alzó una ceja.

—No, no, muchas gracias. Yo... —quiso decir.

—Bien, si no necesita nada, me gustaría que nos centrásemos en abordar la cuestión de por qué me ha estado siguiendo.

—Soy..., mmm..., usted... —balbuceó el otro.

En ese instante, Guzmán se percató de que su soberbia y avaricia habían olvidado tener un plan por si alguno de los objetivos lo descubría.

—Sea más exhaustivo, caballero.

—Lo vigilo, señor De Loizaga —respondió al fin.

—¿A mí? ¿Y eso por qué? —preguntó calmado, casi riéndose de la situación.

—Posibles contactos con enemigos de la Corona.

—Oh, ya... ¿Se piensan que todos los americanos somos revolucionarios? ¿Nos vigilan por si somos espías llegados de las rebeldes provincias de Ultramar?

A Alonso le irritó la templanza con la que aquel caballero estaba dialogando. Su impoluta vestimenta recubría su esqueleto, alto y delgado, y varios anillos decoraban sus bellas manos morenas. Una sonrisa cínica decoraba su rostro, perfectamente rasurado.

—No, no tiene nada que ver con eso. Al menos, de momento. —Se detuvo un instante—. Dígame, señor De Loizaga, ¿ha tenido contacto con francmasones, liberales o algún grupúsculo de abyectos traidores? —añadió, buscando alterar aquellos nervios de acero.

—Aunque su pregunta es alarmantemente capciosa, le diré que quizá sí. No voy cuestionando a todas las personas con las que hablo sobre cuáles son sus ideales políticos ni sobre si, al caer la noche, participan en ritos y conjuras.

—No juegue con mi paciencia, señor De Loizaga. Si es uno de los promotores de esas prácticas en el Mediodía, terminaré probándolo.

—¿A quién? —se interesó—. Me refiero..., ¿para quién trabaja?

—Eso a usted no le importa. Pero es lo suficientemente importante como para que usted tenga profundo interés en convencerme de que no es quien creo que es.

El señor De Loizaga se levantó y caminó hasta la ventana. Echó un vistazo a la calle. Pero sus ojos marrones apenas atendieron a lo que ocurría.

—Vamos a hacer un trato —espetó de pronto—. Yo le ayudo y usted me ayuda.

—¿A qué se refiere?

—Verá, mis circunstancias y el modo de vida que he escogido requieren de grandes dosis de discreción. Puedo intuir, por la facilidad que ha tenido de viajar y lo torpe que ha sido ocultándose, que las comunicaciones con sus superiores llevan el membrete de la flor de lis. Y yo, aunque admiro con devoción enfermiza a cualquier hombre de poder e influencia, sea cual sea su capacidad intelectual, no estoy por la labor de que ese tipo de pesquisas se cuele en mis planes. No soy francmasón. Tampoco liberal. Ni siquiera me interesa la política. Me resulta aburrida y un nido de problemas. Yo abogo por un tipo de libertad al margen de cartas magnas, decretos y guerras: la económica. Para mantenerla preciso de reputación, contactos y literatura. No quisiera que se me negara ninguna de ellas por un malentendido. Así que le pido que borre mi nombre de cualquier esquela dirigida a la Corte y que se olvide de mí.

Alonso continuaba aborreciendo la parsimonia con la que aquel caballero intentaba chantajearlo.

—Digamos que le creo, señor De Loizaga, ¿qué obtengo a cambio de mi silencio?

—Información. Aunque no es un valor absoluto, la verdad. Dependerá de usted. Pero da la casualidad de que he venido a Sevilla a pasar unos días invitado por un buen amigo propietario de esta residencia, y esta misma noche me dispongo a acudir a una cena a la que sé que acudirá algún que otro personaje más interesante que yo para su investigación. Puede acompañarme. Tendrá carta blanca para indagar. Estoy convencido de que sacará algún dato jugoso para su magnánimo señor —propuso—. Eso sí, antes de salir de esta casa, quiero que se adecente. Como le he dicho, la reputación es un tesoro que hay que cuidar.

Su mente, que siempre andaba valorando opciones, le susurró que tomara aquella oferta. Al fin y al cabo, pasar más tiempo con aquel hombre solo podía tener consecuencias positivas para su indagación. Si escondía algo, lo descubriría esa misma noche. La clave era no dejarse distraer por falsos sospechosos. El principal objetivo continuaba siendo aquel americano.

—De acuerdo. Así lo haremos.

—Bien. Si infringe el acuerdo y lo veo pisándome los talones a partir de mañana, descubrirá a qué me refiero cuando hablo de tener los contactos precisos —remató y se dirigió a la puerta—. Avisaré a alguien para que le ayude con el aseo y le proporcione ropas decentes. Lo veo en un par de horas en el zaguán.

Unos minutos más tarde, un criado solicitó a Alonso que lo acompañara. Ahí comenzó una sesión de lavado, afeitado, peinado y vestido que tornó algo más elegante y distinguida su apariencia, ignorando la marca que, sobre el pómulo, había dejado el puñetazo. Cuando el señor De Loizaga vio el resultado, antes de subir al vehículo que los llevaría a la cena, aplaudió el trabajo del servicio de aquella casa. Un frac negro destacaba en aquel conjunto de pantalón, chaleco y corbatín blancos. En lo alto de su cabeza, como remate a su cabello castaño despeinado, un sombrero de copa alta, también azabache.

Por su parte, don Nicolás volvía a apostar por la originalidad vestido enteramente de blanco, salvo por su chaleco, una obra de arte con bordados imposibles sobre una seda dorada. El bastón del señor De Loizaga, rematado con un mango de marfil en el que estaban incrustados dos diamantes, detuvo la trayectoria de la puertecilla del coche y permitió que su compañero se subiera. Cuando escucharon al cochero azuzar a los caballos y el carruaje comenzó a moverse, Alonso se interesó:

—Solo tengo una pregunta con respecto a este plan. ¿Cómo va a lograr que me dejen entrar en una cena a la que no me han invitado?

—Envié un lacayo con una nota hace una hora. Ya saben que usted me acompaña. Aunque no pude darles un nombre, así que me limité a asegurar que somos viejos conocidos y que estoy seguro de que podrá aportar mucho a esta reunión.

—¿Y han aceptado?

—Lo comprobaremos cuando lleguemos —contestó don Nicolás.

—Oh... —valoró Alonso, desilusionado.

—Siéntase libre de dar su nombre real. No es ningún encuentro ilícito.

—Sí, bueno, ya veré.

Por el traqueteo del coche, Alonso notó cómo giraban una vez para encarar una vía de trazado irregular. Pasados unos minutos, tomaron otra calle hacia la izquierda en la que la berlina se detuvo. Por las ventanitas, pudo divisar muros que apenas distaban unos milímetros. Esperaron un momento y, después, el empleado que los había acompañado sentado en el pescante regresó con el permiso necesario para continuar. Un ensanche permitió que el carro hiciera la maniobra precisa para entrar en el apeadero de un palacio, oculto en aquella estrecha rúa llamada «de la Botica de las Aguas». Dos criados de librea abrieron ambas puertas y ayudaron a los caballeros a bajar del vehículo. La exquisita arquitectura mudéjar de aquel primer patio impresionó a Alonso, quien respiró hondo al percatarse de que sí habían accedido a que asistiera a aquella cena.

Obedientes, siguieron entonces a los empleados de aquella imponente residencia hasta la planta principal. En la galería, desde la que se podía saborear el gusto de otro patio de mayores dimensiones y una fuente de mármol en el centro, uno de los mozos preguntó a Alonso cómo deseaba ser presentado. Este, que escogió fiarse de las palabras del señor De Loizaga, dio su nombre completo: don Alonso Guzmán, barón de Castrover y hermano del V marqués de Urueña. Don Nicolás lo miró, impresionado por la pomposa longitud de su identidad. Aunque no parecía verdaderamente sorprendido. El impecable guante de uno de los lacayos abrió una puerta y les dio acceso, tras ser anunciados, a una sala ricamente decorada en la que ya se encontraban cuatro personas. Alonso notó que los gestos de los presentes mezclaban la complacencia, la extrañeza y la curiosidad. También que tales sensaciones no brotaban en exclusiva de su asistencia.

—Qué maravilla tenerlos aquí, señores Vandeval —exclamó el señor De Loizaga acercándose a ellos.

Alonso fue detrás de él como perro sin dueño. Don Nicolás resultó ser considerado y se esmeró en presentarlo a aquel matrimonio de comerciantes, llamados Baltasar y Ascensión. A los otros dos caballeros no los conocía, así que ambos debieron dedicar unos segundos a causar una decente buena impresión. Aquel convencionalismo inicial permitió a Alonso descubrir que eran un capellán, apellidado Albertos, y un alcalde del crimen de nombre Isidoro Megías. Alonso Guzmán no fue demasiado optimista con su papel allí y así se lo hizo saber a don Nicolás cuando nadie los escuchaba.

—¿Nuevos hidalgos, curas y jueces? ¿De veras cree que aquí voy a encontrar algo de interés? —le recriminó entre dientes.

—Si no es capaz de tener paciencia, jamás hallará nada —le respondió y regresó al amparo de sus amigos los señores Vandeval.

Alonso, cuya hipótesis de que aquello era una treta para distraerlo cobraba fuerza por momentos, se dedicó a charlar con el jurista sin quitar el ojo de encima al señor De Loizaga. Pronto nuevos asistentes cruzaron el umbral y se unieron al parloteo, aderezado con vino, que inundaba aquella sala envuelta en colgaduras y tapizados de damasco color crema. Guzmán, que desplegó su intermitente encanto, labia y educación sin problemas, conoció a un botánico, el señor don Carlos Imedio, y al teniente don José María Halcón y Mendoza, hijo del IV marqués de San Gil. Con el segundo habló por encima de la guerra, en la que también había iniciado su carrera militar.

Finalmente hizo su aparición el general don Juan O'Donojú. A Alonso le dio un vuelco el corazón. Aquel nombre estaba en la lista que le había entregado el señor don Ventura Quesada. Era conocida la vinculación con la causa liberal y las conjuras de aquel militar sevillano. Se le había querido condenar a cuatro años de prisión por su supuesta conexión con la conspiración del Triángulo, pero no se había podido probar su implicación, así que había vuelto, de cuartel, a su ciudad natal.

El interés de Alonso mermó ante la falta de originalidad, pero creció de nuevo ante la perspectiva de obtener algún dato que lo llevara, de lleno, a otros nombres e, incluso, a la irrefutable evidencia de que aquel caballero había tenido algo que ver con el intento de asesinato al rey. «¿Tendrá esto una recompensa lo suficientemente cuantiosa como para liberarme de encargos reales y vivir varios años en paz?», saboreó. Sin embargo, justo cuando se disponía a acercarse a él para presentarse, las puertas se abrieron de nuevo para dejar pasar a la anfitriona de aquel encuentro, la duquesa de Olivera, que les dio la bienvenida a su palacio y los invitó a pasar al comedor.

Aquella dama, de cabellos pelirrojos en los que se distinguían ya las primeras canas, presidió la mesa. Por indicación de un criado, Alonso supo que su sitio estaba junto a don Nicolás, en la cabecera y en las antípodas de donde se había situado el general. A su otro lado se hallaba aquel estudioso de la flora de empañados anteojos. La mesa era rectangular y del tamaño óptimo para que la duquesa pudiera lanzar alguna interrogación o comentario a cada uno de los nueve asistentes sin tener que alzar la voz en demasía. Dos sirvientes y dos sirvientas colocaron, con permiso del espectacular centro de mesa y los dos candelabros, humeantes bandejas repletas de comida: carnes, pescados, verduras, legumbres, compotas... Un auténtico festín. Un intenso aroma a comino y canela destacaba por encima del resto de esencias. En orden, y sin desatender los modales exigidos en tales eventos, los comensales se fueron sirviendo en sus platos lo que más les apetecía. En aquel baile de cubiertos, ordenados en escalera a sendos lados de la selección de vajilla de porcelana, Alonso fingió escuchar las divagaciones del señor Imedio sobre los beneficios de crear un jardín botánico en Sevilla a imagen y semejanza del fundado en Madrid medio siglo antes. No obstante, su mirada estaba fija en el general O'Donojú, quien charlaba animado con el capellán Albertos.

—Cuán grata ha sido la sorpresa de contar con su presencia, señor Guzmán —le dijo la duquesa de Olivera.

—El placer es mío, mi señora.

—Si no es indiscreción, ¿qué le ha pasado en la cara?

—Me caí del caballo, mi señora —mintió Alonso, tratando de ignorar la sonrisa malévola de don Nicolás, sentado entre ambos.

—Mmm..., ya —fingió creer—. ¿Y está en Sevilla de paso o he cometido la torpeza de no enterarme de que reside aquí?

—No, no, señora, de ninguna forma. Solo estoy pasando unos días en la ciudad. Mi hogar, desde hace años, es Cádiz.

—Un sitio interesante, ¿no cree, teniente? —respondió ella, introduciendo así al señor de Halcón y Mendoza en el diálogo, sentado en la primera silla del lado izquierdo de la duquesa, frente al señor De Loizaga.

—Absolutamente, duquesa —dijo este.

—¿De ahí se conocen ustedes dos? —continuó la anfitriona.

Alonso y don Nicolás se miraron.

—Sí, en efecto —se adelantó el señor De Loizaga—. La ruleta de los intereses siempre alumbra amistades insospechadas.

—Eso es —lo siguió Alonso, que añadió—: Y ustedes ¿de qué se conocen entre sí?

La duquesa se rio. Alonso Guzmán alzó una ceja sin entender.

—¿No le ha hablado de la dinámica de estas cenas, señor De Loizaga?

—Coincidimos por casualidad esta misma mañana. No tuve tiempo —respondió sin alterarse.

—Verá, señor Guzmán, organizo estos encuentros de vez en cuando. Invito a personas diversas. A algunas las conozco, a otras no. Algunas de ellas han tratado entre sí, otras no. Es una oportunidad para ampliar el círculo de contactos. Y solo yo sé quién está invitado, quién va a asistir.

—En ese caso, señora, debo agradecerle una vez más su hospitalidad.

—Hágalo, hágalo. No suelo hacer excepciones. Pero tampoco puedo resistirme a un invitado interesante. Ni tan galán

—reconoció divertida—. Lástima que los hombres no sean mi tipo.

Guzmán dudó si había escuchado correctamente aquellas palabras que, como pájaros liberados, habían volado de los exquisitos labios de la duquesa. Don Nicolás esbozó una sonrisa. El teniente hizo una mueca. Pero nadie dijo nada más. Alonso supuso que las preferencias de aquella interesante aristócrata debían de ser cosa conocida.

—Una lástima, sí —valoró entonces el señor De Loizaga.

—Lo que me ha dejado sin palabras es que usted haya resultado ser el hijo medio perdido del marqués de Urueña —remarcó ella, sin dar importancia a las vacuas reacciones de sus convidados.

Toda la mesa pudo escuchar aquella frase. Alonso se sintió desnudo ante aquella selección de desconocidos.

—Me siento terriblemente halagada de que haya optado por regresar a los actos sociales en mi casa.

—Sí... De hecho, más lo sentirá al saber que no tengo intención de dejarme ver muchas veces más. Estoy muy bien en mi retiro —afirmó Alonso.

—¿Aborrece este mundo, señor Guzmán?

—Solo a algunos de sus títeres, mi señora.

La duquesa asintió sonriendo y después pasó a interrogar a los señores Vandeval. Alonso dedicó un momento a admirar a aquel personaje. Según le contó don Nicolás al oído, la aristócrata era la única heredera de un poderoso mayorazgo que, entre otras primorosas propiedades, incluía aquel palacio construido en el siglo XV y reformado en tiempos de Felipe V. Un breve matrimonio en su más tierna juventud, del que no habían nacido descendientes, fue la única concesión que dio a aquella asfixiante sociedad. Fallecidos sus padres y su esposo, se dedicó a gestionar el patrimonio, cultivar su intelecto, ser mecenas de pintores y escritores, organizar selectos bailes y compartir su vida con la compañía que más le complacía, a espaldas de las amenazantes cadenas de la opinión ajena. Alonso concluyó que tampoco ella parecía sospechosa. Quizá sus eventos facilitaban conexiones entre conjurados, pero no eran el objetivo principal.

Al terminar de cenar, y desafiando al protocolo, la duquesa de Olivera acompañó a sus visitas a la sala de fumadores, reformada ese mismo año, y animó a la dubitativa señora doña Ascensión Vandeval a que la imitara. Allí, Alonso se esforzó en situarse lo más próximo que pudo al general, deseoso de ejecutar ese golpe maestro que lo haría libre. Se sentó a su lado, en un sillón. Un empleado pasó una caja con una selección de tabaco. El militar cogió un puro. Guzmán, un poco de rapé. Durante unos minutos, ambos atendieron a las palabras del señor Imedio, ahora centrado en diseccionar las cualidades de la hoja del tabaco. Después, aprovechando que todos estaban distraídos con sus respectivos diálogos, Alonso se lanzó:

—Qué alegría encontrarlo aquí.

—Qué bien que lo piense. No a todos satisface mi presencia. A aquel matrimonio casi se le salen los ojos de las órbitas —dijo, como precedente a una larga calada.

—Ya sabe, serviles —murmuró Alonso.

El general lo observó.

—Quién sabe —respondió.

—General, no quiero incomodarle. No me lo perdonaría. Pero, verá, resido en Cádiz y, aunque soy consciente de que continúa la actividad en pro de la soberanía nacional, temo no saber con quién tratar si deseo, ya sabe..., apoyar la causa —le indicó en confidencia.

El general arqueó las cejas y sonrió.

—Muchacho... Si sigue siendo tan discreto, terminará como yo.

—No le ha ido mal. A la vista está —opinó Alonso.

—No todo se ve —concretó—. Muchos de los hombres más comprometidos forman parte del Gobierno. Lo que pasa es que los que caemos sostenemos toda la desgracia. Nos convertimos en distracción.

—¿Habla de secretarios?

—No hace falta irse tan lejos. Basta con darse un paseo por la capitanía general.

Alonso hizo un mohín de extrañeza.

—¿Habla del marqués de Castelldosrius?

—Quizá —contestó.

Tenía sentido. Si los propios conjurados controlaban el gobierno de Andalucía, era una forma de facilitar sus encuentros, sus conspiraciones. Guzmán recordó entonces lo mucho que se había pospuesto la sentencia y ejecución del criminal que había atentado contra la vida del ayudante del teniente general Jácome. La hirviente sangre de la impaciencia lo condenó a pronunciar la siguiente frase:

—Si así es, debería haber sido capaz de impedir el agarrotamiento del señor Iborra.

El general volvió a reír.

—Lo aplazó. Pero no se podía evitar. Habrían sospechado, eran sus primeros doce meses en el cargo después del controvertido gobierno de La Bisbal. Además, Iborra, como usted lo llama, actuó por su cuenta. Me consta que se intentó evitar ese atentado, obra del apasionamiento y las pocas luces. Pero decidió desaparecer de Granada y lanzarse al vacío sin respaldo. Se inventó ese nombre y se hizo pasar por jornalero. Su plan inicial era matar al propio Jácome, proclamar la Constitución en el palacio de la Aduana y darse un baño de multitudes. Había perdido la cabeza. Lo que defendemos no es eso. En estos círculos, como en todos, hay que saber separar el trigo de la paja. Hágalo si decide dar un paso al frente. Es el único consejo que estoy en disposición de darle.

Alonso Guzmán no podía creer el torrente de información que acababa de compartir con él aquel militar.

—Pero usted..., usted contribuyó a atentar contra la vida del rey Fernando, ¿no es así?

—Mi cordura no me permite hablar de ese tema. Y menos con varias copas encima. Además, no es muy considerado referirse a una cuestión tan sensible con un caballero al que acaba de conocer. Podría creer que está buscando motivos para incriminarme. Y yo, como habrá comprobado, ni confirmo ni desmiento. Ha sido usted más evidente en sus convicciones que yo con las mías.

—Tiene toda la razón, general. Discúlpeme usía. Es mi fiel compromiso con la causa lo que entumece mis modales. Solo le molestaré con una pregunta más, porque me fío ciegamente de su criterio: ¿a quién me recomienda acudir en Cádiz? No querría verme envuelto en conspiraciones independientes de locos impulsivos que mancillarían mis ideales —dijo, despidiéndose del jugoso hallazgo gracias al que había soñado retirarse de su vida de mercenario.

El general O'Donojú dio otra calada a su puro. Con los pulmones envueltos en humo y la garganta reseca, le indicó que buscase a un ardoroso muchacho llamado don José Montero. Alonso asintió, ignorando que aquel hombre era el mismo que había conocido Modesto Andújar en casa de su compañero Víctor Hernando. Sin embargo, aquel original encuentro, que continuó con charlas, quizá menos interesantes y fructíferas, y un solo de pianoforte de la duquesa que todos aplaudieron, terminó de la forma más insospechada para Alonso. Ya de retirada, a punto de dirigirse a la puerta, el general O'Donojú quiso despedirse de él para desearle suerte, conmovido por el entusiasmo del joven. Al estrecharle la mano, lo observó y dejó escapar una afirmación que sería su tormento: «Supongo que, en cierto modo, lo lleva en la sangre, señor Guzmán». Y aunque quiso averiguar a qué se estaba refiriendo, las despedidas al resto de invitados lo reclamaron y, cuando se quiso dar cuenta, el militar había desaparecido.

Ya en la berlina del señor De Loizaga, este se interesó por la fecundidad de sus indagaciones. Alonso estaba ido, pero respondió con un «bien». Pasó todo el trayecto callado hasta que don Nicolás le preguntó dónde deseaba que lo dejaran. Guzmán se conformó con regresar a la casa de la calle Boteros, desde donde buscaría alojamiento. Antes de decir adiós a aquel misterioso caballero y a la posibilidad de desenmascararle, se detuvo en seco y preguntó:

—Una última duda, señor De Loizaga. Si no sabía quiénes eran los invitados, ¿cómo podía tener noticia de que el general O'Donojú acudiría?

—Sí lo sabía.

—¿Cómo?

—Creo que eso me lo guardaré para mí, con su permiso. Sepa, señor Guzmán, que yo nunca juego de farol. Por eso nadie debe conocer mis cartas —especificó.

Alonso asintió, complacido con la contestación, y se dispuso a abandonar el vehículo.

—Por supuesto, señor De Loizaga. Muchas gracias por su tiempo. Ha sido un placer.

—Lo mismo digo, señor Guzmán. Espero que no nos volvamos a encontrar. Puede quedarse la ropa.

Tras agradecerlo y ver cómo el señor De Loizaga desaparecía en el interior de aquella vivienda burguesa, Alonso deambuló por las vías de una Sevilla solo alumbrada por contados faroles y las imágenes que, en determinadas esquinas, conectaban con la divinidad aquel tortuoso entramado cercado por la imponente muralla. Desde lo alto, como vigilante silenciosa dibujada en el cielo, la Giralda se convertía en punto cardinal de sus errantes zancadas, arañadas al cansancio y al amargo desconsuelo. Salió a la Alfalfa, después a la zona de mercado por la que había pasado aquella misma mañana. Las tripas de pescado decoraban rincones ocultos por la oscuridad en la plaza del Pan.

Lo profundo de su disertación interna acerca de todos aquellos datos le hizo perderse la belleza de la iglesia colegial de San Salvador, que quedó a la izquierda hasta que se internó en callejuelas, atraído por la soledad y la miseria. Sin embargo, la suerte del visitante hizo que saliera a la plaza de San Francisco, que había tomado su forma actual gracias a la desaparición de un convento en tiempos de José I. Algunos cajones y dos gallinas perdidas llenaban aquel espacio en el que se había colgado la placa de la Constitución antes de la vuelta de Fernando VII y que ahora era testigo de ejecuciones y salvas al rey. Alonso pasó de largo los soportales y continuó caminando. La humedad, aunque menor que en Cádiz, se coló en sus huesos. La majestuosa belleza de la catedral se intuía en las sombras del crepúsculo. Agotado, se acomodó en sus escalones, donde logró quedarse medio dormido.

Cuando la ciudad volvió a cubrirse de la claridad dorada del sol y lo despertó el paso de una ruidosa tartana, se incorporó y siguió avanzando. Pasó la lonja y llegó al postigo del Carbón, flanqueado a la izquierda por la torre de la Plata, desde donde divisó las aguas del Guadalquivir. La torre del Oro, hermana mayor de la que lo había acompañado en su salida de la zona amurallada, era testigo del trajín de barcas que poblaba las orillas. Aquel puerto, aunque de mermada importancia en el último siglo, todavía respiraba el nervio del comercio. Alonso paseó por una coqueta alameda, desde la que contempló los edificios de la aduana, la maestranza de artillería y las capillas del Rosario y la Piedad. También la soberbia plaza de toros. Movido por su instinto, se dirigió al puente de Triana, por donde pasaban dos asnos de cargadas alforjas, controlados por un vecino con sombrero de paja. Allí se detuvo. Las velas recogidas de los barcos, las redes, las nubes espumosas, la danza sinuosa de la corriente y el irresistible embrujo de la luz de aquella villa lo envolvieron. Se apoyó en la piedra de aquella construcción, punto y seguido de cauce y población. Se fijó en el horizonte, plagado de parcelas sin nombre, y se preguntó: «¿Qué demonios habrá querido decir el general O'Donojú?».

XIV

Tras el avance en la investigación que Inés había logrado en agosto, una parte de su ser se sintió aliviada. Aun así, se esmeró todo lo que pudo en abordar aquella pregunta que exigía pronta respuesta: ¿por qué el comerciante Palazuelos se había reunido con el duque de San Carlos en Madrid? ¿Qué conectaba a don Ildefonso Somoza con tales personajes de la Corte? El marqués continuó desapareciendo durante días del palacio. Según pudo saber, gracias a la marquesa, estaba a punto de cerrar un acuerdo para construir un camino desde la mina hasta Sama y un almacén a orillas del río Nalón. Deseaba dejarlo zanjado antes de regresar a Salamanca. Inés lo comunicó, pero parecía que los datos eran insuficientes si no averiguaba nada del otro asunto, así que, durante las primeras semanas de septiembre, volvió a impacientarse. La tranquilidad siempre tenía fecha de caducidad. Varias veces intentó repetir su revisión a la correspondencia de don Ildefonso, pero Carrizo se cuidaba de garantizar la máxima confidencialidad hasta que su señor estuviera disponible para leerla. De tanto en tanto, curioseaba los remitentes con los que se carteaba la marquesa para cerciorarse de que no se colaba ninguna comunicación con su ausente esposo.

Por lo demás, la casa solariega de los marqueses de Riofrío continuó con su actividad regular de final de verano. Las cocineras prepararon conservas y confituras para trasladar a Salamanca con algunos de los frutos recogidos. Quedaron repartidas las tareas y los turnos de viaje. A la señora doña Fuencisla le entraron las prisas con todo lo que había quedado por hacer esa temporada y forzó al servicio a que fuera capaz de compensar en una semana lo que no se había hecho en dos meses. Entró un nuevo criado, como reemplazo de Inés, llamado Pablo García, un mozalbete de no más de quince. Inés, Julieta y la nodriza construyeron una suerte de cabaña con sábanas para que los hijos de los marqueses jugaran en un rincón del jardín. Estos, que tenían cita diaria con las lecturas de Inés, estaban atendiendo un poco más. Por razón de edad, la que parecía más interesada era Aurora, que se quedaba siempre cinco minutos para preguntar a la joven sobre algunos pasajes o versos que no había comprendido del todo. Inés trataba de satisfacer todas las dudas de la niña, pero no siempre le era posible. Aun con todo, le gustaba charlar con la señorita.

—Su abuela sabe mucho. Debería tomar el té con ella un día. Sé que también ha leído este libro. Seguro que pueden comentarlo —propuso Inés.

—Lo haré. Aunque creo que no está de humor estos días. Y me da un poco de miedo ir a verla y que se ofenda.

Era cierto. Como el año anterior, la marquesa y la baronesa tenían opiniones encontradas sobre cuándo era recomendable regresar a Salamanca. Aquella reyerta interminable agriaba el carácter de ambas, deseosas de que el marqués pusiera un pie en la casa para atraerlo, con argumentos y ataques, a una u otra alternativa. Sin embargo, ante la escasez de ocasiones en las que don Ildefonso prestaba atención a algo que no fueran sus negocios, la anunciada disputa se libró el 16 de septiembre en uno de los gabinetes gemelos. Tomaban ese chocolate, ceremonia que pretendía ignorar su mala relación y que acababa siendo un suplicio para las dos. Mari Nieves e Inés, como dedicadas doncellas, se habían asegurado de que tenían todo lo necesario antes de retirarse a la antesala, donde se les había solicitado que aguardaran.

Los murmullos reglamentarios fueron evolucionando, cargándose de tensión, hasta convertirse en recriminaciones expuestas con excelente oratoria, pero con un pesar y un volumen que no presagiaban nada bueno. Un cuarto de hora más tarde, la marquesa salió del gabinete y, tras hacer un gesto a Inés para que la siguiera, se marchó a sus dependencias.

Una de las costumbres que se había creado entre Inés y doña Mariana era la de cepillar el cabello de la señora cuando esta tenía un mal día. Los motivos de sus desvelos solían ser su esposo y su suegra. También una vez en la que el pequeño Ildefonso se había negado a acompañarla a visitar al procurador general del concejo. Y otra en la que Beatriz se había atragantado con el bicornio de un soldado en miniatura de Fernando. Inés había aprendido que, ante aquellos eventos, la marquesa se arrodillaba delante del altar que había instalado en el dormitorio. Después de varios minutos de silencio terrenal, cambiaba el reclinatorio por el tocador. La doncella cogía el cepillo de marfil y liberaba su melena de parte de la opresión a la que estaba sometida. Si era de noche, lo preparaba, enrollado en pequeños trozos de tela, para que se mantuvieran los bucles al dormir y así no abusar de las tenacillas de hierro. Algunos días se lanzaba a hablar. Otros, permanecían calladas hasta que doña Mariana levantaba su dedo índice, señal de que el reposo había terminado.

—Cada año se me hace más difícil volver a Salamanca —confesó, marcando la dinámica de aquella tarde.

Inés no dijo nada. Dejó que la otra continuara.

—Ella no lo entiende porque solo ha conocido palacetes de segunda. Lugares inhóspitos en los que apenas hay momento de defender un título. Pero yo no soy así. Me niego a vivir alejada de todo, aislada en casas, atada de pies y manos por un patrimonio y un honor que jamás serán míos.

Inés no comprendía muy bien a qué se refería. Dudó, quiso preguntar, pero antes de que pudiera abrir la boca, la marquesa siguió su discurso.

—Es tan difícil para mí la resignación... Mis padres me la inculcaron, pero algo debió de fallar porque no me es posible ejercerla. Extraño tanto mi hogar...

La falsa doncella observó cómo una fina lágrima había brotado de los ojos tristes de la señora y deslucía el colorete que había colocado aquella mañana en sus mejillas.

—A usted también le pasará, imagino —empatizó doña Mariana. Después, calló un momento—. Es estremecedor cómo debemos despedirnos de lo que somos, ¿verdad? Yo apenas recuerdo algunos detalles del palacio donde crecí. Estaba a poca distancia de la puerta de Atocha. Allí pasábamos el invierno. El resto del año seguíamos a la familia real a los Reales Sitios. Aranjuez, en primavera. La Granja, en verano. Y el Escorial, en otoño.

La mirada de la marquesa era brillante. Parecía revivir con la mera sombra de aquellas memorias. Sin embargo, el cepillo que sostenía Inés dejó de moverse por un instante. Observó el reflejo de la señora en el espejo del tocador. Tan distinguida y elegante. Aquella dama había pasado su infancia en la Corte. ¿Cómo había podido estar tan ciega? Ella era la conexión con Madrid, no el marqués. Quizá la artífice de la reunión entre el señor Palazuelos y el duque de San Carlos. Al fin y al cabo, ella había conferenciado con el primero en privado. «El marqués me quiere por motivos menos obvios», recordó Inés, en referencia a aquella vez en la que la señora lo había acompañado a sus reuniones. Las palpitaciones de la joven se precipitaron, adormilando su eficiencia y el ritmo de su respiración.

—A cambio, desde que contraje matrimonio, mis días se alternan entre una ciudad en ruinas de recuerdos penosos en la que me asfixio y un palacio que, aunque me hace sentir mejor, está demasiado alejado de todo. Y ni siquiera ese ligero consuelo se me ha de conceder... —añadió doña Mariana.

Estaba tan centrada en aquel discurso que, por una vez, no estaba siendo interrumpido por el apellido y las obligaciones de la casa Somoza, que la señora apenas percibió la perplejidad de su empleada. En cuanto el dedo índice de la marquesa se levantó, la discreta y afable Inés asintió, recogió todo y se retiró.

En el laberíntico corredor de la planta principal, se detuvo y reflexionó sobre las implicaciones que tenía todo lo que acababa de escuchar. Había hallado la respuesta exigida. Tenía que informar. Tenía que... ¿Por fin supondría el fin de aquella peligrosa pantomima? Ansiando resolver aquella incógnita, ese mismo domingo, el penúltimo del mes, bajó a la iglesia privada del palacio a dejar el papel en el que, con detalle, comunicaba su último e importante hallazgo: la marquesa tenía un pasado en la Corte y, quizá, jugosos contactos en ella. Después de hacerlo, se levantó y se dirigió a la puerta, donde se topó con el padre don Benito, ya dispuesto a cerrar el acceso al templo.

—Cada vez reza más rápido, señorita Inés —observó.

—Sí, es que hoy tengo algo de prisa. Pero dedico un rato a mis oraciones cada día antes de dormir, padre.

—Excelente. Seguro que el Señor sabe escuchar sus plegarias.

—Seguro que sí —afirmó y quiso salir de la iglesia.

—Por cierto, señorita, si desea que la confiese algún día de estos, antes de que se marchen de nuevo..., solo ha de pedírmelo.

Inés reflexionó un instante. ¿De qué serviría que aquel sacerdote la viera en confesión si no podía admitir sus pecados sin comprometer el trato con el que intentaba devolver la felicidad a su querida Dolores? Sonrió agradecida y contestó:

—Lo intentaré. Pero ya sabe cómo son los días previos al viaje. Le prometo que, en caso de no encontrar ocasión, me confesaré en Salamanca.

El cura asintió. Inés echó un último vistazo a aquel hombre. «¿De veras combatió en la guerra?», se preguntó incrédula mientras regresaba a las buhardillas. Al acostarse soñó con una esquela que narraba el fin del viaje, pero al despertar solo halló esa fatigante incertidumbre que se adosó a sus amaneceres y crepúsculos durante la última semana en Asturias.

Tal y como le había indicado al párroco, aquellos días fueron especialmente intensos. Los preparativos volvían a marcar la agenda del servicio y casi no había tiempo para tomar aire. Por suerte, existían ratos como el de la cena. La joven, que extrañaba coincidir con Julieta en las tareas, se alegraba sobremanera cuando se quedaban las últimas en las cocinas, relamiendo guisos reposados de más. Así ocurrió la noche del miércoles. En realidad, también las acompañó la señorita Mari Nieves, pero Julieta esperó a que esta se retirara para rebuscar en el bolsillo de su delantal y ofrecer a Inés un poco de tabaco que le había conseguido Valentín. Inés rehusó unirse, así que la otra guardó el cigarro restante para futuras ocasiones. Encendió el que se había quedado atrapado entre sus dedos con la vela que, momentos antes, había alumbrado aquella cena en la que se había cuidado mucho qué decir. Según aseguraba, el silencio de la doncella de la Gran Dama le daba mala espina, pese a los intentos de Inés por convencerla de lo contrario. Aquella primera calada la relajó de tal manera que su compañera estuvo a punto de sucumbir, pero el escozor de ojos generado por aquella envolvente nube de humo reforzó su decisión.

—En dos días volvemos a Salamanca. ¿Puedes creerlo? Y ya hace cuatro años que trabajo para la casa Somoza —reflexionó, Julieta, extasiada—. El tiempo pasa tan rápido...

—Y que lo digas. Yo hace un año que estoy aquí... Y no tengo esa sensación. Por un lado, han pasado muchas cosas, pero, por otro, Dios mío, ¡parece que fue ayer cuando doña Fuencisla me dio el delantal!

—«Madama generala» sabe cómo hacerse inolvidable. —Se rio Julieta.

Cada vez que se quedaban charlando, esta se deshacía de su cofia, como si la liberación de los rizos rubios no atados al moño la ayudara a sentirse más dueña de su vida. La dejaba sobre la mesa, a mano, por si doña Fuencisla Baeza o don Rafael Carrizo tenían el detalle de hacer una visita inesperada.

—Nunca te lo he preguntado, pero ¿por qué empezaste a servir a los marqueses? —se interesó Inés.

—Cuando llegué a Salamanca, escuché a dos señoritas comentar, en la puerta del mesón en el que me dejó la tartana, que buscaban criadas en el palacio de Riofrío. Yo no sabía quiénes eran los señores, pero pregunté a un vecino, que enseguida me supo indicar, y me presenté. Al parecer, los marqueses pillaron a uno de sus sirvientes siendo más simpático de lo debido con los franceses y decidieron despedirlo cuando se liberó la ciudad. Creo que las urgencias y el disgusto hicieron que no fueran del todo exigentes con mi trayectoria. Además, no había mucho donde elegir. Salamanca estaba desolada, era un montón de escombros. Nos presentamos cinco muchachas. Y por suerte solo yo tenía experiencia sirviendo. Las demás eran demasiado jóvenes, apenas cumplían más de doce. No habían trabajado antes. Así que me escogieron y me quedé —le contó y se quitó de la lengua parte del tabaco picado que se había escapado del artesano e irregular cilindro de hoja seca.

—¿Servías también a una familia como esta?

—No, no... Era lavandera para una familia de labradores, allá en Madrid. Estuve cerca de un año y medio trabajando para ellos. Con lo que gané pude pagarme el viaje hasta..., bueno, en realidad yo quería ir a la costa. Pero calculé mal y solo me llegó para Salamanca.

—Planear..., qué utopía —comentó Inés reflexiva—. Y... ¿no te arrepientes de haber dejado Madrid?

—¿Yo? No, no. Allí no hay nada bueno para mí. Esa ciudad me lo dio todo y después me lo quitó. No puedo olvidar el olor a muerte que cubrió cada calle durante años. Demasiados inocentes... Ahora muchos hablan de ellos, creen conocer sus historias, los motivos que los llevaron a terminar sepultados por los malditos franceses. Pero ni mil tedeums, ni doscientas mil salvas o celebraciones podrán devolvernos lo que perdimos —dijo con ojos llenos de rabia.

—Julieta, no tenía ni idea... Siento mucho... —respondió Inés, conmovida.

—No te preocupes.

Julieta le contó entonces cómo su madre, una lavandera, decidió unirse al levantamiento del 2 de mayo de 1808. Cuando el rumor de que el infante don Francisco de Paula también se marchaba de Madrid llegó a la fuente, ella y algunas de sus compañeras, animadas por la turba, abandonaron sus cestas colmadas de ropa y reclamaron la vuelta de la familia real en las inmediaciones de Palacio. Se atrincheraron en la calle Nueva. La ciudad llevaba tiempo enrarecida por la excesiva presencia de soldados bonapartistas, pero aquello fue la gota que colmó el vaso: ¿dónde estaba el nuevo rey, Fernando VII? ¿Dónde los reyes padres? ¿Por qué se iban todos, dejando desamparado al pueblo? ¿Acaso eran rehenes del implacable Napoleón? ¿Era aquello el inicio de la desaparición del reino, del mundo que conocían, con sus luces y sombras? La tensión fue *in crescendo* y los franceses comenzaron a disparar contra la población. En ese momento, su madre subió a la casa en la que vivían, situada en la calle de las Tres Cruces, muy cerca del lugar en el que se estaba aglutinando el gentío, la Puerta del Sol.

Igual que muchos otros, se puso a lanzar objetos por la ventana, también agua hirviendo. Animó a sus hijos a que buscaran provisiones, cuidándose de que no se asomaran. Mientras tanto, les contaba qué estaba ocurriendo. Sin embargo, la mala suerte, que siempre había tenido predilección por aquella familia, hizo que dos imperiales decidieran registrar la vivienda y detener a todo rebelde. Hallaron a la madre de Julieta con las manos en la masa. Aunque luchó por que no se la llevaran, poco pudo hacer. Tampoco sus hijos, a los que había ordenado que se escondieran en la habitación cuando vio que estaban entrando en los edificios. Julieta, que solo tenía diez años, salió a la puerta y vio cómo aquellos soldados maltrataban a su madre escaleras abajo. Su padre, que trabajaba de aguador, llevaba desaparecido desde el alba.

Por la noche, una vecina, que se había atrincherado tras una puerta cobarde, le dijo al hermano de Julieta, tres años mayor, que había escuchado que estaban llevando a los detenidos al monte del Príncipe Pío. Allá fueron los dos niños con la esperanza de hallar algún soldado clemente que la liberase. Sin embargo, el paso del tiempo solo les regaló el rugido de los fusiles, última nota musical en la existencia de aquellos valientes, ahora sin nombre. Ante la desgracia, su hermano se marchó a buscar a su padre y dejó a Julieta con una mujer amiga de su madre que vivía en la misma calle. Allí pasó la niña varias semanas hasta que se cansó de esperar a los suyos y decidió ir a buscarlos.

—Aquel día fue la primera vez que robé. Cogí pan y tres manzanas de la cocina de la mujer que me había cobijado y me escapé. Conseguí encontrar a mi padre y a mi hermano, pero solo sirvió para que los tres nos pudriésemos en la miseria. Mi padre perdió el trabajo y terminamos viviendo en la calle justo cuando los madrileños parecieron recluirse en sus hogares. Todavía no sé cómo sobrevivimos. Con esas dos sanguijuelas dedicándose a beber y yo rebañando los huesos ya relamidos por otros... Cuando cumplí trece años, quisieron hacer dinero a mi costa, pero me negué. Hui de ellos y fui perfeccionando la forma en que robaba. Una noche, un gendarme francés me pilló metiendo la mano en el bolso de una dama a la salida del teatro de la Cruz. Quiso llevarme al calabozo, quizá a un sitio peor, pero alcancé una piedra del suelo y le di tan fuerte en la cabeza que, cuando me fui corriendo, no supe si estaba vivo o muerto. Un mes más tarde conseguí el trabajo en la casa de los labradores.

Las mejillas de Julieta estaban empapadas de tristeza y angustia. La llama del cigarro se había consumido, ignorado por aquellos labios rosados, cuarteados, agotados.

—Mi alma es corrupta. Soy una ladrona, una asesina y lo peor de todo es que no hay arrepentimiento en mi corazón, Inés. Ni una pizca. —Negaba enérgicamente con la cabeza—.

De hecho, solo concilio el sueño si creo que maté a ese imperial. Ojo por ojo... Ellos se llevaron a mi madre. El único ser que me ha protegido en esta vida, aparte de mí misma.

Inés se levantó de la silla y se acercó a su amiga. La abrazó con fuerza, provocando que esta rompiera en mil llantos ahogados durante tanto tiempo.

—Creo que tu alma no ha tenido oportunidad de ser buena, Julieta —le susurró—. La mía tampoco reluce. La mía tampoco y yo sí, yo sí... —añadió, sin poder contener sus propias lágrimas.

Una noche pesada, sin estrellas en el cielo, se extendía más allá de las ventanas de las cocinas de aquel palacio. Afuera, los sonidos de la naturaleza cobraban protagonismo. El arroyo siseaba, como si fuera un animal más. Dentro, las ojeras mojadas de aquellas dos jóvenes buscaban cicatrizar, expiarse, y quizá recuperar la magia de una niñez exenta de carga. Un piso más arriba, las de doña Mariana se perfilaban mientras contemplaba los juegos de agua de la fuente del jardín al tiempo que sus dedos jugueteaban con ese colgante en forma de llave que, según se había fijado Inés, siempre llevaba en el cuello.

El regreso a Salamanca suponía la vuelta a los horarios y actividades de invierno. También el incremento de la vida social de los marqueses quienes, después de su aislamiento en la temporada previa tras el robo al señor Mintegui —y el cambio de humor del marqués—, habían recuperado viejas costumbres como la celebración de cenas y tertulias en el palacio de la calle de Toro. También, a principios de octubre, habían asistido a una representación en el teatro del Hospital, a punto de clausurar la temporada de comedias. Inés vivía a través de los ojos de su señora. Disfrutaba preparando los atuendos que se pasearían por bailes y selectas reuniones, casi como si fuera a ser ella la que los llevara.

Sin embargo, mientras los marqueses se subían a su carroza, Inés se quedaba en la residencia, atareada con labores que doña Mariana dejaba pautadas antes de echarse el agua de lilas y bergamota en el cuello. Y aunque con anterioridad hubiera aprovechado la ausencia de los señores para indagar sin el temor a que aparecieran, el nuevo objetivo que había recibido de la mano de aquel desagradable lechero precisaba de la presencia de doña Mariana. A los pocos días de llegar, Inés había visto cómo la ilusión de volver a casa se disipaba en el horizonte. A cambio, un mensaje encriptado y un reto mayor a cuantos se había enfrentado: «Marquesa. Debe. Ir. A. la. Corte». Desde entonces, Inés había reflexionado sobre cómo podría conseguir que aquello sucediera. En cada una de las ocasiones en las que estaba a solas con la marquesa, se planteaba abordar el tema sin parecer entrometida o sobrepasar los límites de aquella discreción que tan buenos resultados le había dado.

A finales de octubre, además, el palacio de Riofrío dio la bienvenida a un último miembro de la familia, de viaje desde antes del fin de la guerra. Se trataba del señor don Gregorio Somoza, el hermano menor de don Ildefonso. Ocupó el cuarto de invitados, ubicado entre el de los hijos de los marqueses y el de la señora doña Genoveva Lecubarri. Su criado, el señor don Sebastián Naranjo, se acomodó en la alcoba contigua a la del señor don Rafael Carrizo. La llegada de don Gregorio trajo a aquella aristocrática residencia los aires de la moda y la política que se estilaban más allá de los Pirineos. En sus años de «exploración intelectual», como él decía, había estado en París, en Londres, en Innsbruck, en Praga, en Augsburgo y en San Petersburgo. A lo que se había dedicado en tan excelsas urbes, nadie sabía. Pero en las cenas no escatimaba en detalles a la hora de describir la forma de servir a la rusa, el modo de vestir que había popularizado el señor don George Bryan Brummell —y que él copiaba como representante del dandismo en España— o las acertadísimas decisiones diplomáticas de Talleyrand o Metternich, en comparación con la actuación internacional de aquel descolorido reino.

—Es una lástima no poder presumir de patria allá en Europa —se quejaba siempre.

Doña Mariana, aunque lo encontraba más simpático que la Gran Dama, aborrecía los lamentos y la condescendencia del joven. En el servicio, siempre que el señor Naranjo no estaba delante, se reían de las peculiaridades del señor don Gregorio. Cada dos o tres días, este fijaba la visita de sastres y comerciantes para ampliar, todavía más, su colección de ropa. Mientras analizaba las prendas, reprobaba la manía de muchos en el país de vestir a la antigua. Gustaba de tomar té a todas horas, costumbre adquirida en Londres y San Petersburgo. Se quejaba de que el disponible en España no era comparable. «Terriblemente insípido, como todo aquí. ¿Alguien podría traerme un samovar?», lloriqueaba en su gabinete. Julieta juró que, si no cambiaba de actitud, estaba dispuesta a aderezar el agua que borboteaba en la tetera con un buen escupitajo. «A ver si así le sabe a algo. Menos *sasavar* o *sosavar*», bromeaba. Doña Fuencisla se alarmó al escuchar la mera sugerencia de que aquello podía ocurrir bajo su jurisdicción y solicitó a Julieta que se apartara, de forma indefinida, del servicio a don Gregorio.

Sin embargo, y aunque era un personaje un tanto cargante, los relatos que, como cuaderno de bitácora, compartía en la casa fueron un soplo de aire fresco. Hablaba de bellos templos ortodoxos en el Imperio ruso; del desaparecido periódico editado en Londres, *El Español*, obra de un escritor sevillano llamado don José María Blanco White; de los misterios en torno a la desaparición del hijo de Luis XVI de Francia en tiempos de la Revolución; de la existencia de una popular mujer novelista en Inglaterra llamada Jane Austen, que había fallecido aquel mismo verano; de un tipo que, en una tertulia en Innsbruck, le había hablado de la reciente erupción de un gran volcán en las antípodas... Unos y otros cazaban sus impresiones, completándolas con su propia versión de cómo serían aquellos imperios europeos que, aunque remotos para muchos, tenían mucho que decir en el desarrollo de la política en España. Sobre todo, la poderosa Rusia del zar Alejandro I, representada en la Corte de Fernando VII por el señor don Dmitri Pávlovich Tatischeff, buen amigo de don Antonio Ugarte, uno de los integrantes de la famosa camarilla del monarca. Ambos caballeros, de hecho, acababan de lograr la firma de un acuerdo por el que el Imperio ruso había vendido una flota de barcos al reino español, necesarios para aquella guerra colonial casi perdida.

Entretanto, don Gregorio también dedicaba tiempo a su amado hermano —siempre ocupado y distante con todos— y a su madre, envalentonada ante la perspectiva de tener más aliados entre aquellas cuatro paredes. Inés aprovechó el nerviosismo de la marquesa con respecto a ese detalle para, por fin, abordar el asunto de la Corte. Fue un día lluvioso de inicios de noviembre, mientras colocaba el brasero para calentar la cama de doña Mariana. Esta aguardaba junto a la chimenea del gabinete, dispuesta a cambiar sus ropas por la camisa de seda con la que dormía. El gesto mohíno que decoraba su cara sirvió a la doncella de pretexto para iniciar aquella temida conversación que había intentado tener en varias ocasiones, sin éxito.

—No parece que haya tenido muy buen día, mi señora. ¿Necesita algo? —se ofreció.

—Solo que termine ya. Me duele la cabeza.

Inés asintió. Pero, cada vez más alejada de aquella prudencia innata que todo lo ralentizaba, decidió tomar las riendas.

—¿No ha pensado en visitar la Corte ahora que el marqués y los niños están tan acompañados? —comentó.

La marquesa miró a Inés.

—Se sorprendería al saber la cantidad de ocasiones que lo he planteado sin obtener permiso para ello.

La joven se iba a dar por vencida, pero después recordó la risa marchita de Dolores y espetó:

—Pero eso es injusto.

Doña Mariana la observó, realmente sorprendida por la franqueza de su empleada.

—Quizá —respondió.

—Es fácil negar la venia cuando tienes a todos los tuyos aquí y vives en tu palacio. Pero pienso en usted, en la nostalgia que debe de sentir, y no comprendo cómo pueden ignorarlo —añadió Inés.

—Eso pienso yo —contestó con cautela, todavía extrañada por la sinceridad de aquella muchacha callada y obediente—. Pero consideran que es un capricho, que deseo ir allí a pasearme por fiestas y a comprometer el apellido Somoza. También que es una ofensa que desee visitar la Corte. Debería ser feliz allá donde esté mi familia. Pero no comprenden, no comprenden que aquí me asfixio. Si solo pudiera ir una vez... —soñó—. Pero mi conexión con la Corte solo sirve para prometer prebendas a potenciales inversores o asociados en el proyecto de la mina, como el señor Palazuelos. Para ponerlos en contacto con las personas adecuadas y favorecer así sus negocios, potenciar sus carreras hacia alguna secretaría, consejo o academia. Para vender el Dorado a cambio de sus escudos de oro, su protección o colaboración —añadió. Después, masculló—: ¿Se puede ser más hipócrita?

—En ese caso, mi señora, quizá encontrando un buen motivo entre los intereses de su esposo, pueda realizar ese viaje.

Doña Mariana Fondevila se quedó pensativa unos minutos. Pareció analizar con minuciosidad la propuesta de Inés. Sin embargo, lejos de proporcionar una respuesta a la joven, solicitó que la asistiera con la rutina de noche, que incluía cambio de ropas, aseo, cepillado y pomadas olorosas. Procedieron en silencio. Como si las palabras de la doncella continuaran llenando la caldeada alcoba de damasco verde.

Y así, sin más datos sobre el tema, continuaron pasando las semanas, avanzando hacia el invierno. La joven, que había comunicado todos sus movimientos al lechero, fue doblemente premiada por sus hallazgos del verano con la recepción de las cartas de su familia. Blanca, entre recomendaciones e ideas de actividades para que hicieran sus hermanas, llenó sus líneas de anécdotas sobre su primera hija, a la que había llamado Ana, y también con deseos de que su adorada Inés pudiera conocerla, cogerla en brazos, acompañarla en aquellos instantes tan dulces como complejos. «Le hablo de ti, hermana mía, aunque no me entienda. Quiero que te conozca. Porque tú estás conmigo, aunque no lo sepas», le decía. Inés soñaba despierta con conocer a su sobrina, ayudar a Blanca, recibir sus sabios consejos, abrazarla. Su madre, por otro lado, pudo informarle sobre un nuevo achaque en la salud de su padre, tema al que siempre intentaba quitar gravedad. Lo compensaba, además, con relatos sobre los planes que tenía para Alejandra y sobre la excelente evolución en los estudios del pequeño Lorenzo quien, en menos de un año, empezaría a formarse en el *savoir faire* del negocio familiar.

Dolores le contó que sus tíos, los señores Aguilar, habían enviado una esquela anunciando una visita. Había temido lo peor, pero, cuando se disponía a responder a su mensaje con algún pretexto para evitar que fueran, recibió una carta en la que posponían el viaje por asuntos del negocio. Como siempre hacían. No obstante, Dolores parecía mantener el buen ánimo y una débil esperanza, noticia que tuvo un potente efecto en su humor. Según decía, salía a pasear cada mañana, siempre que la lluvia lo permitía. Inés temía que aquello cambiara en su próxima misiva, pero solo podía aferrarse a las líneas presentes si deseaba continuar con aquella empresa sin volverse loca.

El regocijo se duplicó en aquella ocasión además por otro motivo, pues supo que se había conseguido avanzar, por fin, en «el otro asunto», en esa otra parte del trato por la que había aceptado cambiar de vida. Era posible que muy pronto le proporcionaran información vital. Un temblor provocado por la tensión y la alegría casi hizo que los papeles se le cayeran de las manos. Rápidamente los guardó debajo de la almohada cuando Julieta entró repentinamente en la alcoba. Inés detestaba no poder ser sincera con ella, sobre todo después de la conversación que habían tenido en la cocina del palacio de Asturias, pero nada ni nadie podía poner en riesgo el plan. No ahora que todo parecía tomar velocidad. No ahora que su felicidad pendía de un hilo: los arrestos de la marquesa.

Mientras observaba cualquier ínfimo detalle para comprobar si había movido ficha, continuaba recopilando datos sobre el marqués y sus gestiones, que parecían más activas que nunca. Gracias al intenso espionaje al que tenía sometida a doña Mariana, confirmó que el señor don Ildefonso había cesado toda actividad social el invierno anterior a causa del robo al señor don José Mintegui. Al parecer, aquel evento, del que no trascendieron detalles, había acobardado a la víctima que, por ese suceso, retiró la promesa de intercesión de un conocido a favor del proyecto de las minas y de un pleito vinculado a las tierras de los Somoza en Salamanca. Mucho había perdido el marqués en solo un par de días, así que, tras recibir la misiva, destrozó el despacho y se encerró en sí mismo. Al principio quiso capitular, pero después, no sin cierta paranoia, había optado por retomar los contactos por carta. Sin dudar, la joven, en ausencia de novedades del asunto de la Corte, notificó aquello al lechero.

A mediados de diciembre, vivió un tenso momento cuando la Gran Dama se interesó por estar presente en los ratos de lectura a los hijos de los marqueses. Doña Mariana se enteró y montó en cólera. Tuvieron otro de sus famosos enfrentamientos a puerta cerrada, después comentado en las cocinas. A Inés le pareció tremendamente divertido ver a Valentín imitar a la señora Lecubarri. Julieta hacía de doña Mariana. Los demás se desternillaban, sobre todo el joven Pablo García, hasta que apareció el señor don Rafael Carrizo, poco amigo de faltar a la familia con teatrillos malintencionados.

—Qué poco sentido del humor —murmuró Valentín.

—¡Miralles! —lo reprobó el otro.

Como pudo comprobar Inés, el marqués, al que debía seguir vigilando, continuó encontrándose con sus contactos en Salamanca. A unos los quería por su condición política, a otros por su capital disponible para invertir, a otros por sus conexiones con personas que parecían ser capaces de convertir en realidad aquellos planes que tenía para su mina tras el avance logrado en el verano. El señor Palazuelos, quizá satisfecho con su nueva e interesante vinculación con el duque de San Carlos, pasaba tardes enteras en el palacio discutiendo asuntos sobre la financiación del proyecto. En algunas ocasiones, la marquesa también estaba en las reuniones, como prueba de que, en aquella ilustre casa, se tenían las más interesantes amistades a solo una misiva de obrar a favor de nuevos conocidos. En uno de esos encuentros en el despacho de don Ildefonso, al que también acudió don Gregorio, además de seguir puliendo el proyecto de la red de caminos en la región minera, se debatió sobre la posibilidad de incluir postas en el camino que conectaría el área de su mina y Sama. Como acostumbraba a hacer, el marqués barruntaba en voz alta posibilidades poco realistas sobre el beneficio que reportaría a la zona que se uniera a la red de carreras de postas.

Doña Mariana, algo más lúcida, acertó a decir:

—Ese permiso solo puede darlo la Casa del Rey.

Mientras pronunciaba aquellas palabras, se percató de lo apropiada que era esa circunstancia para su propio interés. Se levantó de la butaca en la que estaba acomodada y se aproximó a él, de pie frente al escritorio de piedra sobre el que estaba extendido un mapa de Asturias, que también contemplaban los otros dos caballeros. Al oído, le susurró si podían hablar a solas, pues creía tener la solución. El marqués declinó la oferta, infravalorando el criterio de su mujer como en tantas otras ocasiones. Continuaron divagando sin rumbo un rato más. Sin embargo, doña Mariana no estaba dispuesta a perder aquella oportunidad, único cabo al que había podido agarrarse con aquellas ansiosas manos decoradas con bellas sortijas.

—Yo podría conseguir que el rey aceptara —afirmó, interrumpiendo la cháchara de los otros—. Solo tendría que ir a la Corte.

El rostro de don Ildefonso se fue congestionando poco a poco. Venas hinchadas en la carne roja se distribuían por frente y cuello. A sabiendas de que aquello podía ser la antesala a un ataque de ira, optó por despedir al señor Palazuelos y a don Gregorio y se sirvió una copa para calmar su extinta paciencia. Antes de que estallara, como tantas veces antes con respecto a ese tema, la marquesa se acercó a él y, con ternura, tomó su mano, también embellecida con anillos de oro y piedras preciosas.

—Ildefonso, perdóname. No intentaba contrariarte, pero de verdad considero que es la opción más plausible. Disculpa mi forma de plantearlo, pero necesitaba que me escucharais. Puedo servir de ayuda, por una...

—Jamás vuelvas a inmiscuirte de esa manera en conversaciones que no te incumben. Y menos delante de mis socios.

—Sí me incumben, Ildefonso. Tú me utilizas en ellas como señuelo. Has permitido que conozca tus planes y negocios. Me alegra tu confianza, pero también has de valorar mi criterio que, aunque no tan acertado como el tuyo, puede ser útil en esta circunstancia concreta —lo aduló.

—No vas a ir a la Corte, Mariana. No voy a permitir que me engañes y me abandones.

—Pero no pienso abandonarte. No es ese mi ánimo. Sabes que, aunque nuestro matrimonio es complicado, nunca me alejaría de esta familia más de lo necesario. Llevo años suplicándote que me dejes pasar un tiempo en la Corte. Y has acertado en no permitírmelo. Aquello era una necedad. ¿Qué debía hacer yo allá, sola, sin mi esposo y mis hijos? Pero ahora es distinto. Puedo favorecer a la Casa Somoza. Puedo ayudar.

Doña Mariana se había aproximado a su marido. Con cuidado, cogió el vaso que este apretaba con la mano y lo dejó sobre el escritorio. Desconocía cuál sería su reacción, pero, para aplacar la ira que había encendido los ojos del marqués, decidió besarle los labios. Este pareció agradecer la cercanía de su esposa y la correspondió. Tomó su cuerpo sin preguntar, pues cualquier persona habría afirmado que era suyo desde los desposorios celebrados en 1804. Ella se dejó, rezando por que aquello convenciese finalmente a su esposo. Sin embargo, cuando él se supo satisfecho, se alejó sin añadir nada más.

—¿Entonces? —quiso saber ella.

—Lo pensaré. Ahora vete.

La marquesa se recompuso, tratando de que nadie pudiera sospechar lo que acababa de ocurrir en ese despacho. Se sintió utilizada, tanto o más que el resto de las muchachas con las que, según tenía conocimiento, su marido se relacionaba a placer. Quiso chillar en medio de la galería de la planta principal. Insultar a la intransigente señora Lecubarri, rajar las camisas nuevas del pisaverde de don Gregorio, reprender a cada una de las personas del servicio que se cruzaran con ella, maldecir a Inés, artífice de aquel mayúsculo error... A cambio, se recluyó en su gabinete, exigiendo completa soledad. Solo lo abandonó al caer la noche, momento en que decidió visitar el cuarto de sus hijos, ya dormidos. Al contemplarlos, calmados y felices, se culpó por sus anhelos. En silencio, se preguntó si don Ildefonso, aquel que le arrebataba la templanza y la dignidad, estaría valorando su propuesta.

XV

Hay muchas formas de ser niño. Mientras aquellos privilegiados como los hijos de los marqueses de Riofrío soñaban sobre almohadones rellenos de plumas, otros, hermanados con la desgracia, corrían descalzos y vigilaban a sospechosos en calles sombrías al servicio de Alonso Guzmán. Al regresar de Sevilla, y tras despedirse de la posibilidad de seguir investigando al señor De Loizaga, se centró en el coronel Villasante, el teniente Ángel Rincón y el comandante Rodrigo Prieto. También se sirvió de aquellos desamparados chiquillos para rastrear las actividades del tal José Montero, quien, por lo pronto, parecía ausente de la ciudad. Así, durante aquellos meses, Guzmán apenas había podido avanzar en las pesquisas del que, según el general O'Donojú, era contacto esencial para cualquiera que quisiera adentrarse en los círculos opositores de Cádiz y con el que, por supuesto, el señorito Andújar había tenido el gusto de compartir copa y conversación. Por último, el pez más gordo, el marqués de Castelldosrius, era para él. Antes de que Conrado partiera hacia Madrid, aprovechó para que le facilitara una reunión con él.

—Dentro de dos días estará en el cuartel de batallones, en la isla de León. Pasará allí toda la mañana —le aseguró antes de despedirse.

Alonso asintió y le agradeció la información. El capitán Íñiguez se interesó por los motivos del encuentro, a lo que el otro respondió con un «cuestiones de familia». Su compañero se contentó con aquella explicación.

—Debo marcharme ya. La diligencia sale mañana muy temprano. Ojalá nos veamos pronto, Guzmán. Cuídate, aunque no quieras.

—Visítanos cuando te aburras de abanicar cortesanos. Ya sabes que por mucho que odies esta ciudad, siempre tendrás un chato recién servido en esta taberna —dijo Alonso—. Buen viaje.

Se estrecharon la mano y, después de reiterar sus buenos deseos, Conrado se marchó. Alonso tomó nota de la información que le había proporcionado sobre Castelldosrius, así que, dos días más tarde, fue bien vestido al cuartel. No tuvo dificultades para localizar al gobernador, pero sí le costó que lo recibiese. Tuvo que esperar un buen rato hasta que uno de los ayudantes lo llamó y permitió que pasara al despacho en el que se encontraba. La intención principal de reunirse con aquel caballero de pelo oscuro y facciones amables era tantear su fidelidad en primera persona. Necesitaba asegurarse de que lo que le había dicho el general O'Donojú en Sevilla era cierto. En su saludo, desplegó todo su nombre y sus títulos, esperando que a su interlocutor le sonara su abolengo. Así fue.

—No sabía que estaba usted residiendo aquí, señor Guzmán.

—Bueno, vivo algo retirado de la vida en sociedad. Estudiando y reflexionando, ya sabe. Casi nadie tiene noticia de cuál es mi residencia. Apenas mi familia —simuló.

—¿Exilio voluntario?

—Algo así. —Se rio Alonso.

—Sentí mucho lo de su padre. Me enteré tarde y mal, cuando me liberaron y pude volver de mi presidio en Francia.

Alonso recordó aquel fatídico episodio de su vida. Raudo, se aclaró la garganta de emoción.

—Gracias, señor De Sentmenat. ¿Se conocían?

—Bueno, él formaba parte de las Guardias de Corps cuando mi padre intentó que entrara en el cuerpo. El rey don Carlos III no lo aprobó, pero coincidí con él en distintas ocasiones en la Corte. Era un servidor de gran disciplina, con una mente pragmática como pocas y habilidad para la palabra. Confirmó la buena opinión que siempre me había merecido su apellido. Mi padre me comentó, en más de una ocasión, que tenía en gran consideración a su abuelo. Era un gran militar. Los veteranos todavía cuentan anécdotas de sus magníficas decisiones estratégicas en la guerra de los Siete Años.

—Sí, fue un gran soldado.

—Eso cuentan también de usted.

—No crea todo lo que oye —bromeó Alonso.

Aquellos dos caballeros continuaron parloteando sobre los tiempos en los que la Corte estaba dividida en el partido fernandino y los favorables al Príncipe de la Paz. Sobre las intrigas palaciegas, los rumores infundados de una relación entre la reina y el favorito del rey, propaganda orquestada por intereses más y menos evidentes. También compartieron impresiones de la guerra y, tal y como deseaba Alonso, se sinceraron sobre el panorama que los rodeaba. Guzmán quiso sonar convincente y criticó la situación económica del país, rodeado por un aura de misterio. Ese comentario dio pie para que el gobernador se relajara y compartiera con Alonso algunas quejas más que se guardaba bajo su impoluta casaca militar. En ningún momento fue demasiado explícito, pero Guzmán pudo entrever que aquel hombre no era un acérrimo defensor del gobierno actual. Parecía receptivo a los cambios. Se despidieron afectuosamente, como viejos conocidos, y prometieron comer en las próximas semanas. No obstante, en cuanto dejó de estar al alcance de la vista del marqués de Castelldosrius, Alonso cambió el gesto. Decidió continuar vigilándolo e investigar su pasado.

A las semanas, tras recopilar algunos datos de dudosa utilidad, optó por seguir su corazonada y prevenir a la duquesa de Grimaldo. Preparó un informe en el que convirtió cada detalle que sabía de la trayectoria del marqués en una prueba de su potencial adscripción a los círculos conspirativos del ejército. La base de su argumento era su impresión en la entrevista mantenida y la acusación por parte del general O'Donojú. Cuando terminó con aquella encendida exposición, reflexionó un momento. Si aceptaba que el general O'Donojú había dicho la verdad con respecto al capitán general de Andalucía, ¿cómo negar que había procedido con pareja sinceridad en aquel comentario sobre su sangre y, por ende, sobre su familia? Aquella disyuntiva lo aterró.

La amargura lo acompañó más allá de los tragos ácidos que le proporcionó una de aquellas botellas que siempre amansaban su espíritu. Sin querer, el miedo a que alguien con su apellido estuviera implicado en alguna conjura ocupó una parte importante de su concentración en los siguientes meses, arrebatada así de las pesquisas al servicio del duque de Alagón. No obstante, se forzó a continuar, a cumplir con el compromiso que había adquirido por dinero, pues a la motivación económica se había sumado su intención de no generarse más problemas. No podía permitir que dudaran de él o que escarbaran en los secretos de su familia movidos por la sospecha de su propia fidelidad antes de que averiguara a qué se había referido aquel general en el palacio de la duquesa de Olivera. Así, su trabajo, aunque poco fructífero durante ese otoño, tuvo una primera víctima en diciembre. El comandante Rodrigo Prieto fue detenido y llevado a los calabozos del Santo Oficio. Y en diciembre, la segunda. Enviaron al coronel Villasante a acuartelarse al norte.

Aquello, lejos de ser el único arresto, se unió a una serie de prendimientos que se extendió desde septiembre hasta principios del año 1818 en Andalucía y el Levante. El primero de todos afectó al general don Juan Van Halen. Este, poco astuto, había aceptado fiarse de un caballero llamado don Antonio Calvo, al que había conocido en un viaje a Ronda. A lo largo de su corta pero intensa amistad, no solo había compartido opiniones con él, sino también unos documentos reservados que habían terminado en la Corte. Y es que el señor Calvo no era más que otro de los agentes que trabajaban al servicio de Fernando VII, como Alonso Guzmán. Así, el capitán general de Valencia, don Francisco Javier Elío, había recibido la orden de arresto a finales de septiembre y había procedido a detener al general Van Halen. Lo llevaron a la cárcel del Santo Oficio en Murcia antes de trasladarlo a Madrid, de donde se terminó fugando misteriosamente poco tiempo después. También habían detenido al general Torrijos, al magistrado don Juan Romero Alpuente, al administrador general de Correos de Granada y al VII conde de Montijo, entre otros. Aquello evidenció, una vez más, que la traición se extendía por ejército, nobleza y administración. También que el rastreo de los espías como Alonso comenzaba a dar sus frutos.

En enero, además, en medio de la oleada de detenciones, había llegado una triste noticia a Cádiz. La hija de los reyes había fallecido en los primeros días del mes, lo que apenó a muchos y dio rienda suelta a nuevas apuestas para otros. Alonso Guzmán había aprendido a abstraerse del barullo de la taberna, aderezado con el trabajo sin pausa del propietario, que no admitía mano sin vaso ni bocas secas. A dos mesas de distancia, Modesto Andújar y el Ahorcaperros parloteaban sobre noticias frescas llegadas por carta o gracias al poderoso boca a boca del puerto y la calle Ancha. El estudiante trataba de explicar al marino por qué no estaba de acuerdo del todo con el llamado plan Garay, una reforma económica planteada por el entonces ministro de Hacienda. Se les unió un comerciante chileno, que les relató curiosidades y anécdotas de su tierra sin saber, todavía, que desde hacía más de quince días ya no formaba parte del deslucido Imperio. La Filo se sentó sobre las piernas del señorito Andújar y también escuchó al forastero. Sus ojos negros se maravillaban con los cuentos de lugares que se hallaban más allá del océano.

Cuando aquel parroquiano se agotó de ser el centro de atención, marchó a ser sujeto pasivo en otra mesa repleta de borrachos cantores. Alonso, de lejos, observó la actitud de la Filo con el bachiller. Desde hacía un tiempo lo sospechaba, pero sus expresiones solo confirmaban lo que suponía. Sonreía con mayor intensidad. Lo miraba con ternura. También con deseo. Sus gestos oscilaban entre el desparpajo y una timidez susurrada por la inseguridad, tentáculo que atrapaba palabras y verdades. De pronto, en mitad de su fisgoneo, sus ojos se cruzaron con los de don José Salado, que lo invitó a unirse con un grito y un tosco movimiento de brazo. Alonso negó con la cabeza. Su desgana sirvió para que los otros volvieran a mencionar el asunto de su cambio de actitud.

—Chitón con esto, pero... creo que es por su familia.

—¿Por qué dice eso, señorita Filo? —se interesó Modesto, que mantenía su educado trato a la muchacha.

—Bueno, hace un tiempo, con la mejor intención del mundo, dicho sea de paso, rebusqué entre unos papeles en su alcoba para ver si descubría qué diantres le pasaba. Y, bueno, había un montón de cartas de una duquesa. Le pregunté y me dijo, de muy mala gana, que era su prometida. ¿Acaso alguno lo sabía?

—¿Un matrimonio con una dama refinada lo pone de mal humor? Entonces sí que está perdido este Guzmán... —masculló el marino.

—Yo pienso que no está conforme con el acuerdo, pero que es una condición que le ha puesto su familia para seguir enviándole dinero. Aunque, si se relacionan con esa gente, ya podrían ser más generosos para que al hombre le dé para comprarse una casaca nueva —reflexionó Filomena.

—Tendría sentido —valoró Modesto—. Sé que ha tenido varios problemas de deudas y que la relación con su hermano no es muy buena.

—Sí, a mí también me dijo algo de eso —añadió el Ahorcaperros.

Al compás, echaron una miradita y constataron que Alonso continuaba en la misma posición.

—Quizá también echa de menos al capitán Íñiguez... —musitó Modesto.

—Puede —respondió la Filo—. Bueno, cambiando de tema. ¿A qué no saben qué? Voy a trabajar, algunos días por semana, en el café Cachucha. Cantaré para los clientes.

—¡Eso es estupendo! —exclamó don José—. Aunque mejor no hable muy alto, no vaya a ser que a Paquillo le dé por prohibirle entrar aquí por aquello de trabajar para la competencia.

—Siempre lo mismo en esta ciudad. Susurros por doquier —refunfuñó el estudiante—. En fin, debo irme —añadió, mirando su reloj.

Antes de salir, se aproximó a la mesa de Alonso y se despidió de él con afecto correspondido. Al dirigirse a la puerta, la Filo lo acompañó con la mirada. Don José opinó que el señor Andújar también andaba demasiado ocupado en los últimos tiempos. Y de humor cambiante. La muchacha asintió, pero, en realidad, solo escuchaba el eco de una libertad prohibida, retratada por los pasos de aquel joven que jamás se daba la vuelta para contemplar esa sonrisa cargada de ilusión y marchita de esperanza. Prisionera de la realidad, se quedó allí con el pescador hasta que este se fue. Después, entretuvo a un vecino que dijo ser zapatero y, al final, se sentó junto a Alonso, ignorando la necesidad de este de seguir con la reflexión sobre su familia y sus últimas averiguaciones para el rey.

Desde hacía unos pocos días, había sumado un nombre más a sus sospechosos principales que, aunque incluido en la lista inicial que se había aprendido de memoria, solo ahora había terminado por ser interesante: el oficial de correos don Lázaro Arias. Y es que Alonso, gracias a la vigilancia de su red de informadores, había conseguido interceptar una críptica esquela dirigida a él y procedente de Granada. Aquello le hizo prestar más atención a la conducta del funcionario quien, de vez en cuando, se reunía con algunos oficiales del regimiento del infante don Antonio, de guarnición en Cádiz. Así, ante la falta de actividades suspicaces de su otro gran objetivo, el teniente Rincón, y la partida a Lisboa de un vizconde al que también vigilaba, empezó a seguir a aquellos soldados para confirmar si debía incluirlos en la lista de sospechosos. Porque a eso se limitaban los esfuerzos de Guzmán. La última palabra la tenían, tal y como le había anunciado el señor Quesada, el Santo Oficio o los hombres del general don Francisco Eguía, que había regresado a la secretaria de Guerra en el verano de 1817, sustituyendo al V marqués de Camposagrado, buen amigo de la casa Somoza.

El cambio de secretarios era una constante con Fernando VII. En aquella ocasión había renunciado el propio marqués, pero no era extraño que el monarca nombrara y destituyera, o incluso desterrara, representantes en apenas unos meses. Incluso días. En cuatro años se habían sucedido cuatro secretarios de Estado, cinco de Guerra y seis de Hacienda. La estabilidad era una utopía solo válida para aquellos ilusos que creían que la España de 1808, símbolo de un Antiguo Régimen que había empezado a perecer en las luces del siglo XVIII, seguía viva. La camarilla, órgano de gobierno en la sombra del cuarto de Su Majestad, sabía cómo hacer soplar el viento a su favor, girando la veleta de la voluntad del rey mientras fumaban y bebían. Entre sus más destacados componentes se hallaban personajes como el ya conocido duque de Alagón, el duque del Infantado, el desconcertante Pedro Collado «Chamorro» —un vecino de Colmenar Viejo que había trabajado como aguador y barrendero en palacio y que, sin saber muy bien por qué, se había convertido en mano derecha de Fernando—, el taimado don Antonio Ugarte y su amigo Tatischeff.

Los dos últimos le sonarán a la persona que lee porque ya se mencionaron antes con relación a esa compra de barcos al Imperio ruso para reforzar la diezmada flota española, necesaria para luchar contra la independencia de los territorios de Ultramar. El acuerdo, con el mismo teniente general Eguía de plenipotenciario, se había firmado en agosto. En septiembre, los buques habían salido del puerto de Reval y habían iniciado una ardua travesía que los había retenido en aguas británicas durante dos meses. Al fin, el sábado 21 de febrero, los gaditanos pudieron otear las oscuras siluetas de ocho embarcaciones coronadas por enseñas blancas, rojas y azules, símbolo que gritó al expectante gentío que procedían de las tierras del zar. Muchos habían sido los rumores sobre aguas peligrosas y averías que habían ocasionado la demora de aquella flota extranjera. Sin embargo, cuando se aproximaron a la costa española, aquellos fueron sustituidos por las críticas acerca del cuestionable estado de los navíos.

—Al llegar a las Américas no serán más que ruinas, chatarra y madera podrida —juzgó don José Salado desde el puerto.

Muchos vecinos en aquella ciudad y, días después, en el resto del reino, se preguntaron si habían timado al rey de España. Como ocurre con todo chismorreo, de lo que se podía contemplar en la bahía a lo que llegó a ciertos rincones del país había un trecho. Las dudas sobre la calidad de los barcos se convirtieron en escombros flotantes en la imaginación de muchos y un envite más a la dignidad española para otros. Sin embargo, Cádiz supo cómo recibir a una comitiva extranjera una vez más. Se celebró un banquete en honor a los rusos, detalle que no contribuyó en demasía a limar asperezas entre el gobernador y capitán general, el marqués de Castelldosrius, y los ciudadanos, un tanto confundidos con aquella transacción marítima. Este, que había podido presumir de un gobierno estable, apoyado por la simpatía que la mayoría de los gaditanos sentían por él, había entrado en una espiral de dimes y diretes con el Ayuntamiento. Muchos pensaron que, como solía y suele ocurrir, el poder le había inoculado el deseo de que aquellas tierras fueran su señorío. El propio Alonso Guzmán había incluido una disertación en su última carta al señor don Ventura Quesada en la que insistía en los reparos que le generaba el marqués y en la que narraba la tensión reinante en aquellos lares, así como la urgencia de tenerlo atado en corto.

—Me encanta que pasen cosas interesantes en Cádiz —afirmó la Filo, tumbada en la cama, a solo unos centímetros de Alonso—. Además, es bueno para el negocio.

—¿Son buenos clientes los rusos? —se interesó él.

—Depende.

—Ya…

Guzmán miró a su compañera.

—¿Tú qué opinas del asunto de los barcos? Yo no los veo tan mal como cuentan… —continuó ella.

—No tengo ni la menor idea de cómo se valora el estado de un navío. Pero el Ahorcaperros dice que no tiene buena pinta el negocio —respondió incorporándose—. Por cierto, Filomena. Quería comentarte que, si alguna vez deseas que esto termine, solo tienes que decírmelo.

—¿Y por qué iba a querer eso?

—Bueno… Podrías pedir más días en el Cachucha. Dejar esto.

—No pagan tan bien, Alonso. Si no, lo tendría claro. No me desnudo delante de desconocidos por gusto —espetó ella.

—Si quieres, puedo ayudarte para que rehagas tu vida. Te daré dinero.

—¿Qué tiene de malo mi vida, Alonso? ¿Acaso sigues creyendo que la tuya es más digna?

—Filomena, como mujer, estás renunciando a tener… —empezó él.

—Como mujer, he tomado la decisión que tenía delante para no morirme de hambre, como le pasó a mi madre.

—Lo sé, lo sé…, perdona. Lo siento. —Se quedó callado—. He visto cómo miras al chico, Filo. Y no quiero que sufras.

—Nací para eso, Alonso. Déjame que, por lo menos, sueñe con que piensa en mí como una dama.

Alonso asintió. Sin hablar más, ambos se vistieron. Ella solicitó el cobro y él le dio aquellas monedas, árbitro de sus vicios y pasiones. Ya en soledad, se centró en revisar sus anotaciones. Continuaba sin datos del tal José Montero. Tampoco había podido avanzar en sus pesquisas sobre el supuesto lugar de reunión que le había señalado Modesto tiempo atrás. Aquel universo era demasiado reservado y, aunque estaba convencido de que sus dudas acerca del marqués de Castelldosrius eran sólidas y útiles, no podía dejar de pensar que la investigación se estaba atascando. ¿Cómo lograr una jugada maestra como la de aquel Antonio Calvo, que había metido en prisión a un ejemplar como el general Van Halen? Cada día se iba desesperando más. Deseaba encontrar un modo de saberse a salvo, cobijado en sus vicios, alejado de los fantasmas familiares. ¿Sería posible? ¿El rey le concedería aquel privilegio si conseguía ser verdaderamente útil?, se preguntó su alma, orgullosa, dolida, cansada. A la media hora, un repiqueteo en la puerta lo desconcentró. Al principio, pensó que sería la Filo, quizá deseando añadir algo más a su charla, pero cuando abrió, se sorprendió al encontrar a un correo que le entregó una misiva en mano. La desplegó sin espera. Al leerla, sus palpitaciones se aceleraron, retumbando en sus sienes, agotadas de intriga.

Segunda parte

XVI

El sol siempre salía y se ponía con mayor belleza en Aranjuez. Sobre todo, en primavera, estación en la que, tradicionalmente, la familia real se instalaba en el palacio, arrastrando a la Corte. Los tejados de pizarra y aquellos muros levantados en ladrillo rojo y blancuzca piedra de Colmenar de Oreja quedaban engullidos por la vegetación, auténtica protagonista de aquel rincón paradisíaco. Los cauces del Jarama y el Tajo abrazaban la vega y nutrían huertas y jardines. Un efímero verdor, regalo de las lluvias invernales, cubría los aledaños de la coqueta población que se había erigido junto a la residencia regia en el último siglo. Por los diversos caminos que conectaban ese edén con la realidad, iban llegando los coches de caballos de los más distinguidos súbditos de Su Majestad. Así, la exquisita berlina de la casa Somoza, tras pasar la plaza de las Doce calles, recorrió las últimas leguas del de Madrid hasta arribar al puente de Barcas, donde debió identificarse.

Primorosas falúas navegaban el Tajo mientras ruedas y pezuñas cruzaban a la plaza de San Antonio, que las recibía con un espectáculo de paseantes vespertinos, carrozas y algún que otro soldado de la Guardia Real. Cerrada por las arcadas de la Casa de Oficios y la imponente fachada de la Real Capilla de San Antonio, deleitaba a los concurrentes con el baile del agua de la límpida fuente que ocupaba el espacio central. Inés se agolpó contra la ventanilla sin darse cuenta, ansiando absorber cada detalle de aquel lugar maravilloso. El vehículo giró hacia el este, internándose en el caserío, compuesto por viviendas de muros blancos y contraventanas verdosas, así como por sencillos y bonitos palacios de estilo neoclásico. Cuando el coche llegó a la calle del Gobernador, se detuvo. Una diligente gestión por parte del mozo que habían contratado para el trayecto permitió que continuaran hasta adentrarse en el apeadero de una de aquellas magníficas viviendas. Mientras aguardaba a que el lacayo abriera la portezuela de la berlina, la marquesa suspiró sonriente y dejó ir un satisfecho: «Por fin en casa».

No había sido sencillo convencer al marqués de la idoneidad de aquel viaje. Después de días sin tener noticia de la decisión de su esposo, este la requirió en su despacho. Discutieron sobre las condiciones, sobre la estrategia, sobre otras fórmulas para lograr el mismo resultado. Al final, a mediados del mes de enero, llegaron a un acuerdo cuyas cláusulas solo ellos conocían. Así, como era de esperar, doña Mariana informó a Inés de los planes en los que ella, como su doncella personal, también estaba incluida. Después, la señora se centró en solventar el asunto del alojamiento. Como la falta de margen descartaba la posibilidad de acomodarse en el cuarto de caballeros, al límite de su capacidad, valoró la opción de alquilar una casa en Aranjuez. Si no lo lograba, probaría suerte en Ontígola o Alpajés, aunque deseaba ubicarse lo más cerca posible del palacio. En medio de sus cavilaciones, recordó la conversación que había tenido con la condesa de Valderas ese mismo verano. Contactó con ella sin dudar y, por suerte, esta le confirmó que su residencia todavía estaba disponible para la jornada. Bajo la supervisión del señor don Ildefonso, se hicieron los arreglos oportunos en lo relativo al coste y la contratación de servicio para esa temporada. En el tiempo restante, doña

Mariana se concentró en renovar su guardarropa. Aquello benefició a Inés, que recibió un par de vestidos anticuados de la señora para que engrosaran el escaso equipaje que debía preparar.

Por su parte, la joven había notificado al lechero el éxito de su cometido. Parecía que, por una vez, todo salía bien. Este, no obstante, no tardó en indicarle cuál debía ser su objetivo, aprovechando que ella también marchaba a Aranjuez: descubrir qué grado de poder y contactos tenía la marquesa en la Corte. Tenía que vigilarla. Ir solo un paso por detrás de su cogote. Según le habían notificado, siguiendo el plan inicial de enviar a alguien allí y gracias a todos los datos que ella les compartía, habían logrado infiltrarse entre los criados contratados por la condesa de Valderas —detalle que, por supuesto, esta ignoraba—. Para lograr la máxima discreción, ni siquiera Inés sabría de quién se trataba. Se comunicarían a través de la despensa. Bajo los tarros de conservas, se dejarían los mensajes codificados. Siempre en la noche del domingo. Jamás en otra ocasión. La muchacha puso interés en identificar la alacena que le habían descrito cuando pisó aquella estancia por vez primera. Las guiaba el ama de llaves de la casa, que hacía las veces de guardesa —junto a su marido, el mayordomo— en temporada baja.

El recorrido partió del enorme patio central en torno al que se distribuía la casa de tres pisos. La planta era rectangular y, en el ángulo nororiental, contaba con otro patio más pequeño. Inés iba detrás de la marquesa y el ama de llaves por el primer nivel, en el que se encontraban las caballerizas, un almacén, las cocinas —con zona de despensa y repostería— y una serie de estancias vacías que, otrora, habían hecho las veces de oficinas. A ambos lados del zaguán, así como en el lado opuesto a este, había escaleras que conectaban aquellas dependencias de labor con la vivienda. La planta principal contaba con un enorme gabinete para visitas, dos comedores, dos salones, una sala de música, una de lectura, una librería, dos oratorios y hasta ocho cuartos distintos, conformados por antecámara, gabinete privado y dormitorio. Estos estaban distribuidos en las zonas este y oeste de la casa. Según indicó la empleada, solo se había habilitado para alquiler el área occidental, mientras que la oriental continuaba conteniendo las preciadas posesiones de la familia.

Aunque para doña Mariana la visita terminó ahí, unas horas después, tras ayudar a la señora a acomodarse, Inés tuvo oportunidad de descubrir cuál sería su alcoba. Una escalerilla, situada detrás de una pared, justo al lado de los aposentos de la marquesa —que daban al coqueto patio menor—, la llevó hasta las buhardillas. De frente, en una pequeña habitación, pudo dejar sus limitadas pertenencias e imaginar qué clase de beldades se hallarían más allá del tragaluz.

Lo primero que pudo constatar Inés en sus primeros días en Aranjuez fue que la marquesa de Riofrío sí tenía contactos por aquellos lares, aunque su reputación y popularidad se habían oxidado con el tiempo. Además, durante el viaje, había mencionado que esperaba no cruzarse con determinadas personas, lo que dejaba patente que, además de amistades, doña Mariana también había cosechado rivales. Con todo, no tardó ni veinticuatro horas en tener su primera reunión, arreglada desde antes de su viaje. Fue con la señora doña Isabel Diezma, duquesa de Nogales, con la que dio un largo paseo por el jardín del Príncipe. Cuando la señora terminó de atildarse para la ocasión, la joven envidió la soberbia elegancia que desprendía cada detalle del atuendo. Se percató entonces de que, en la Corte, la vestimenta debía ser más sublime si cabe, que en cualquier otro rincón del reino. Tal y como le habían ordenado, Inés escoltó a la señora solo unos metros por detrás de su capota con plumas. El vaivén de sus piernas, rematadas por zapatillas de piel fina, armonizaba con la danza de aquella sombrilla blanca ya cerrada, como una flor más a la espera del esplendor primaveral. El *spencer,* color coral, lleno de encajes y con mangas abullonadas en los hombros, dejaba ver el precioso vestido, también blanco. Aun poniendo todo de su parte, la muchacha apenas podía escuchar de qué hablaban, y eso que la doncella de la señora Diezma no abría la boca, así que, rendida, se dedicó a admirar el entorno.

El punto de encuentro, como para tantas otras personas, fue la puerta de la calle de la Reina. Desde allí se adentraron en el jardín, dejando atrás el enrejado de hierro y los dos grupos de columnas jónicas que, sobre basamentos de piedra, envolvían en gusto clásico la bienvenida a los paseantes. A partir de ahí, un estudiado tejido de paseos y plazuelas plagados de chopos, acacias, álamos, plataneros, cedros, mirtos y sauces de Babilonia daban un toque celestial a las burdas divagaciones de los humanos que se adentraban en ese vergel. De tanto en tanto, restos de fuentes destruidas en tiempos de guerra. Ni siquiera el Olimpo se había librado de la artillería francesa. La duquesa de Nogales, que parecía conocer bien todo aquello, señalaba con decoro y nervio los desperfectos ocasionados, los retazos de épocas mejores. Doña Mariana lamentó comprobar que la fuente de Narciso estaba prácticamente desaparecida salvo por el pilón. También el maltratado estado de la del Cisne. Sin embargo, aquel lugar continuaba siendo delicioso gracias a la vegetación, superviviente del caos. Por la calle de la Princesa se toparon con conocidos a los que saludaron con fingida amabilidad. Inés quiso descifrar sus nombres, sus cargos, pero solo obtuvo el rastro de las sonrisas de aquellas dos damas.

Cuando regresaron al palacete, apremiadas por el frescor del azafranado atardecer, y mientras ayudaba a la señora a descalzarse, ya en su dormitorio, Inés intentó averiguar algún detalle más, mercancía precisa en su próxima visita a la despensa.

—¿Ha disfrutado del paseo, señora?

La marquesa remoloneó un poco antes de responder.

—Sí, sí, por supuesto. Aunque detesto ver ruinas. No esperaba tantos daños. Según me habían dicho, Aranjuez apenas se vio afectada durante la guerra…

—Quizá se referían al palacio, señora —observó la empleada.

Doña Mariana asintió, aceptando aquella valoración.

—La duquesa de Nogales parece una mujer agradable —añadió Inés, temerosa de dar pasos en falso.

—Sí..., lo es. La echaba en falta. A toda la familia, en realidad. Pero solo unos pocos siguen tan próximos a Sus Majestades.

—¿Es de su familia? Pensé que eran amigas.

—No, no, la duquesa es mi prima. —Se calló un momento, reflexiva—. Y un buen punto de partida para lo que hemos venido a hacer aquí. —Un nuevo silencio. Inés continuó desabrochando los botones del vestido de la señora—. Cuando termine, vaya a avisar de que, esta noche, cenaré en mi gabinete. No me apetece volver a cenar en el comedor sola...

—Sí, señora —contestó Inés.

Al final de su jornada, sentada en una de las sillas de la cocina, la joven notó lo distinto que era el ambiente en comparación con el palacio de Riofrío. Los empleados parloteaban, pero se apreciaba que casi no se conocían. La misma Inés se percató de que no tenía gran intención de socializar durante aquella estancia en Aranjuez. No deseaba ampliar su embuste. Bastaba con tener engañado a todo el servicio permanente de los Somoza. Mientras comía su ración de repollo, analizaba las expresiones del resto de los sirvientes. ¿Sería capaz de identificar quién era el que fingía? Se fijó en un criado de cabello rojizo. Después en una cocinera con el delantal moteado de grasa y faena. Y en un mozo quejumbroso que se había quitado las botas dejando a la vista sus medias ennegrecidas y agujereadas. No, no era capaz de adivinar de dónde procedían ni si eran de fiar. Y quizá aquello era buena señal. Así se sentirían Valentín o Eugenia. O doña Fuencisla Baeza. O su querida y atormentada Julieta. Al pensar en ellos, los extrañó de pronto.

Otro gallo hubiera cantado si hubiera sabido que, al tiempo que ella se dejaba abrazar por la melancolía, la señora Baeza había decidido compartir una reflexión en voz alta:

—¿Qué tal les estará yendo por la Corte a la marquesa y a la señorita Inés?

—Pues bien, seguro. Apuesto a que se pasarán la jornada de baile en baile —indicó Julieta con la boca llena.

—Menuda bribona. Llevo años trabajando para la familia y jamás me han llevado de viaje. Salvo a la casa de Asturias, donde pasamos más frío que en todo el año —criticó Consuelo.

—Tú no eres doncella —atacó Julieta.

—Y tú tampoco.

—Lo sé. Por eso no me quejo —contestó.

—Tendrá que encontrar una parroquia para rezar por su difunto tío. Ya casi es el aniversario de su muerte, una vez más —compartió doña Fuencisla, todavía arrepentida de haber dudado de la joven empleada.

—¿Su tío? —se extrañó Julieta.

—Sí, creo que estaban muy unidos. Puede que fuera él el que la crio... Desconozco los detalles. La cuestión es que el pasado año me pidió permiso para ir a rezar por su alma en el aniversario de su muerte. Fue a estas alturas del mes. Quizá un poco después. Marchó a la capilla del Carmen a primerísima hora. Un gesto pío y digno. Como ha de ser —concluyó el ama de llaves.

Julieta continuaba masticando. Aquella historia le resultaba extraña por dos motivos: Inés nunca había mencionado a su tío en su presencia, tampoco su muerte, pero la capilla del Carmen sí, aunque no como un lugar conocido o apreciado por ella. Esa idea, lejos de proporcionar ningún dato claro a la criada, motivó que empezara a pensar en lo poco que Inés había compartido sobre su pasado. Julieta tenía claro que su compañera no era como ella, que un buen motivo la había llevado a trabajar como criada durante un tiempo. Pero ¿y si había algo más? Así, sin querer, y con el transcurrir de los días, las dudas fueron carcomiendo su ciega confianza en la ahora doncella de la marquesa.

Esta, a años luz de sospechar lo que pasaba por la mente de Julieta Salas, bebía los vientos por jugosas averiguaciones.

En las semanas que siguieron a su llegada, la marquesa visitó a varias amistades alojadas en palacios situados en la calle del Rey, la de Stuart y la de Abastos. Día sí, día también, paseaba con la duquesa de Nogales por los jardines del Real Sitio. Por cada rincón se hablaba de futuros bailes, de recepciones reales, de secretarios y gentileshombres saliendo y entrando en palacio, de «los barcos destrozados de los rusos», de las nuevas tendencias llegadas desde París... Los contratiempos eran susurros allí, solo convertidos en grito al pasar por delante de un ornamento deteriorado. Doña Mariana gozaba de un humor variable. Algunos días se dormía satisfecha. Otros, mascullaba improperios dedicados a la ausencia de sesera y paciencia de su queridísimo esposo. Y es que, de puertas para fuera, todo era encanto y divertimento; de puertas para adentro, estrategia y frustración. Pero solo Inés tenía la oportunidad de apreciar las dos caras de aquella moneda llamada Mariana Fondevila.

La tarde del martes 24 de marzo, sin embargo, desbarató algunos de los planes de la señora. Como tantas otras veces, había salido a caminar con la señora Diezma. En aquella ocasión se les había unido la señora doña María Eulalia Queralt y Silva, duquesa de San Carlos. Aquello pareció interesar a la marquesa, que contó a Inés que se trataba de la esposa de uno de los grandes apoyos de Fernando VII, el duque de San Carlos, con el que se había reunido el señor Palazuelos. Según pudo entrever la joven, aquellas damas ya se conocían, lo que podía confirmar que la gestión del encuentro con el banquero salmantino había corrido a cargo de la marquesa. Charlaron sin pausa durante todo el paseo, pero al regresar a la calle de la Reina, doña Mariana empalideció. Se detuvo un instante. Las otras dos se extrañaron. También Inés, testigo de la escena desde su puesto detrás de la marquesa. Echó un vistazo para tratar de entender por qué doña Mariana se había parado. Entonces, las figuras del señorito Gregorio Somoza y de su criado, Sebastián Naranjo, aparecieron para dar respuesta al enigma.

—Discúlpenme un instante —solicitó la marquesa, que fue al encuentro de su cuñado.

Paradójicamente, don Gregorio también pareció extrañarse ante aquella coincidencia. Sonrió a su cuñada y le explicó que acababa de aposentarse en el palacio de la condesa de Valderas y que estaba dando un paseo. Doña Mariana pidió explicaciones de su presencia.

—Mi hermano ha concluido que se siente más cómodo si la acompaño en la jornada.

—No me puedo creer que su confianza sea tan frágil y su palabra, tan volátil —espetó ella.

—No padezca, Mariana. Creo que mi hermano tiene tan poca fe en usted como en las aves carroñeras de la Corte. Con mi presencia, al menos, habrá un cabeza de familia al que rendir cuentas.

A la marquesa se le escapó una carcajada.

—¿Disculpe?

—Represento a la Casa Somoza, por orden de mi hermano. Ahora, si es tan amable, me encantaría conocer a las dos damas con las que usted pasea. Sería descortés negarles el saludo. Después me iré. Quiero darme un baño antes de la cena. A propósito, ¿sabe de algún sastre que trabaje por aquí? Necesito un *carrick* y, además, temo que los chalecos que me he traído no sean suficientes. Y precisaré de un traje de corte, por supuesto. En Londres tenía contratado uno para este tipo de ocasiones, pero, ya sabe..., aquí nada es tan sencillo ni evidente.

Doña Mariana puso los ojos en blanco de la forma más elegante que pudo.

Ya en su gabinete, pidió a Inés que le preparara papel de carta, péndola y tintero. Apretando la mandíbula y aquellas manos inflamadas, exigió a don Ildefonso una explicación a tamaña ofensa. Cuando terminó de desahogarse en párrafos de atropellada caligrafía, se apoyó en el respaldo de la butaca y respiró hondo. Después, se levantó con parsimonia.

—No sé de qué me sorprendo —consideró, agotada.

Inés no se atrevió a hablar.

—Siempre habrá un Somoza en mi camino para recordarme que formo parte de su familia. Mi marido, mi cuñado, mi suegra, mi hijo...

—Piense que podría haber sido peor, mi señora. Podría haber venido la señora Lecubarri —se lanzó la joven.

La marquesa la miró. Y sonrió.

—En eso tiene razón. Don Gregorio es fácil de distraer. —De pronto, doña Mariana gruñó de desesperación—. Tengo todo planeado. Reuniones, conversaciones, encuentros... Detesto que ese crío venga a controlarme, a cuestionar mis métodos. Nada puede torcerse —confesó.

Inés registró aquella información. La marquesa calló. De forma pausada, regresó al secreter y cogió la misiva. La acercó a la llama de una vela y su irritación escrita empezó a desaparecer. Mientras sus ojos verdosos observaban cómo el papel se convertía en ceniza, repitió aquello de «nada puede torcerse...». Volvía a tocar el colgante en forma de llave. Inés había descubierto, un poco antes de marchar a Aranjuez, que no era solo una joya que embellecía su clavícula y pecho. Era una llave real, que abría uno de los cajones del escritorio de su gabinete de Salamanca.

En efecto, tal y como había anunciado doña Mariana, todo estaba previsto y don Gregorio no debía inmiscuirse. Así, se aseguró de informar de la llegada de su cuñado a sus amistades para que lo convidaran a paseos, timbas y tertulias. También se esmeró en que, dos veces por semana, un sastre venido de Madrid atendiera los requerimientos de aquel dandi de postín. Todo con un solo objetivo: que estuviera tan atareado que no dispusiera de tiempo libre para meter las narices en las gestiones de la marquesa. A Inés le pareció cómica la facilidad con la que aquel joven caballero se enredaba en tejidos, citas con el barbero y compromisos. Se creía el dueño y señor de la casa, pero en realidad, las conversaciones relevantes sobre los proyectos de su hermano se desarrollaban en paralelo a los variados divertimentos.

La marquesa, además, fue empleando diversas fórmulas para escapar del escrutinio del hermano de don Ildefonso. Una de ellas, muy habitual entre los aristócratas, era vestirse de doncella, cambiar papeles con Inés, para despistar. La primera vez que utilizaron aquella técnica, Inés quedó embelesada por la sensación de volver a sentir suaves telas acariciando su piel. Aquel hechizo solo duraba unas horas, pero, gracias a él, sentía que lo poco que quedaba de la mediana de los De Villalta despertaba de nuevo. Empleando este ardid o no, Inés consiguió convertirse en la sombra de doña Mariana en gran parte de las reuniones. Así, pudo ir descifrando con quién se relacionaba. Entre los perfiles que identificó, aparte de las dos duquesas mencionadas, se encontraban el nuncio Giacomo Giustiniani, doña María Antonia de Larrazábal, la mujer de Antonio Ugarte, la duquesa de Montemar o el señor don Vicente López Portaña, primer pintor de cámara y artista predilecto de los cortesanos —quienes parecían haber olvidado el pincel del torturado don Francisco de Goya—.

Desde la buhardilla, Inés codificaba todos los nombres y los comentarios hechos por la marquesa. Como le habían indicado, los mensajes quedaban atrapados por el tarro de conservas en la noche del domingo. El último del mes de marzo, amparada por aquella oscuridad cómplice, recibió una grata sorpresa: antes de poder colocar su papel, debió coger unos sobres escondidos tras los botes. Eran de su familia. Corrió al abrigo de la soledad de su alcoba y leyó aquellas líneas por las que supo que todos seguían bien. Unos días más tarde, en un rato libre, se lanzó a responder. Sin embargo, cada vez le resultaba más complicado mentir, ser coherente en la falsedad. Trataba de recordar qué había escrito la vez anterior, convencida de que se contradecía o repetía. Optó por ser escueta, centrarse en lo obvio y dejar ir aquellas palabras vacías de verdad que acrecentaban la angustiosa distancia con los suyos. Justo cuando terminó, todavía pensando en las sesudas reflexiones cotidianas de su querida Blanca, que siempre se quedaban con ella varios días, alguien dio varios golpes en la puerta. Escondió las misivas y abrió, presurosa. Era el ama de llaves. Al parecer, la marquesa la requería en su cuarto. Inés asintió y marchó a servir a la señora. Cuando llegó al gabinete, sin embargo, doña Mariana le hizo una propuesta que no esperaba. La lluvia había cancelado los planes de paseo y estaba aburrida. Deseaba jugar a los naipes. Inés se acomodó en la silla libre que había junto a una mesita de café y la butaca en la que se encontraba la marquesa.

—¿Sabe jugar al cinquillo?

—Sí, señora.

—Bien, baraje usted —ordenó.

La joven obedeció.

—Detesto el tedio... —suspiró—. Aunque debo admitir que un día sin compromisos no viene nada mal. Había olvidado lo que supone estar todo el tiempo demostrando complacencia y sometimiento. Imagino que es lo que suele ocurrir. Solo recordamos lo bueno de un lugar. Borramos las malas experiencias. Yo había olvidado el agotamiento de tener tanta vida social.

Inés sonrió. En silencio, aborreció el carácter narcisista y superficial de aquella mujer. Ojalá sus problemas se limitaran a acudir a demasiados paseos y tertulias... Sin dejar de barajar, analizó el gesto mohíno de doña Mariana. Y sintió más rabia. Pero se esforzó por no abandonar la sonrisa, por seguir escarbando en aquella vida ajena, oxidada llave a la felicidad.

—¿Ha podido rememorar alguna experiencia de su infancia en el tiempo que lleva aquí? —se interesó Inés, mostrándose como una doncella detallista y preocupada por el ánimo de su señora.

—No demasiado... Ha cambiado mucho todo esto. Mismos apellidos, distintas caras.

—¿Su residencia estaba también en estas calles? Si quisiera, podríamos ir a verla —planteó mientras repartía.

—Oh, no, no... —respondió, al tiempo que iba descubriendo sus cartas y formando un abanico con ellas—. Mi familia siempre tenía espacio en la Casa de Oficios o en la de la Reina. Allí pasábamos la jornada. Cuando era más pequeña, apenas veía a mis padres, pasaba el tiempo con mi hermano y el servicio a nuestro cargo. Ellos, ellos siempre estaban trabajando para los reyes. Mi padre fue gentilhombre de Su Majestad Carlos IV, formaba parte de la Secretaría de Estado. Mi madre fue camarista de la infanta María Josefa y después dama de la reina María Luisa. Solo se apartaron de la Corte en los años en que mi padre sirvió en la embajada de París. El resto del tiempo formaron parte de todo esto —le contó sin desatender la partida, que ya habían iniciado.

—Ahora comprendo su añoranza... —musitó Inés, agradecida por la confesión, al colocar la jota de bastos.

—No todo fueron luces en aquellos años. Pero, por algún motivo, mi alma sigue apegada a lo que fuimos entonces: la familia de los duques de Sotoserrano y condes de Marcoleja. Ahora ese es el título que precede a las presentaciones de mi hermano Blas, su mujer y sus hijos.

—¿Ellos no han venido?

—No, no... Ellos residen en Valencia, donde están gran parte de las propiedades familiares. Mi hermano decidió alejarse de la Corte. Menos mal que mi padre murió antes de verlo. Se ahorró ser testigo de la guerra. Falleció solo unos meses antes de que comenzara... Quiero pensar que su corazón lo sabía y no deseó contemplar tanta destrucción. Mi madre nos abandonó mucho antes..., yo tenía ocho años. —Sus dedos acariciaban el filo de uno de los naipes, próxima jugada. El pasado había capturado su concentración—. No soporto la forma en la que muchos me miran ahora, juzgando mi pertenencia. Durante mi juventud, ocupé un lugar muy relevante en palacio. Fui camarista de la princesa María Antonia de Nápoles. También amiga y confidente. Entonces, todos parecían tenerme respeto. Incluso mi padre. Estaba en los círculos más relevantes, en el cuarto de la princesa, siendo testigo de la lucha del entonces príncipe Fernando por hacer valer sus derechos frente al advenedizo de don Manuel Godoy, que parecía ser dueño y señor del reino por su mera amistad con los reyes. Mi padre y mi hermano también lo favorecieron, pero desde una postura más templada. Yo me contagié del entusiasmo de la princesa, dejé que me impregnara con su exotismo napolitano, con su distinción. Ella puso palabras a mis pensamientos. Ayudé a pasar mensajes secretos, estuve presente en tertulias y ensayos de conspiraciones. Era importante, influyente, y nadie podía negarlo. —Silencio—. Quizá por eso mi padre arregló mi matrimonio con una casa noble como la de los Somoza, alejada de la Corte. La tensión era palpable en palacio y le preocupaba mi cercanía a uno de los dos bandos. Godoy expulsó a todos los favorables al príncipe Fernando y su esposa en 1804, solo unos meses después de que yo me marchara para casarme con Ildefonso. Aun así, la princesa y yo nos carteamos hasta su triste muerte en 1806. Desde entonces, y durante la guerra, siempre ofrecí mi apoyo a la causa, aun en la distancia. Pero la influencia y la reputación en la Corte es un trabajo diario. Sobre todo, en el lenguaje de los negocios. Por eso es tan importante lo que estoy haciendo, cada paso dado. Deseo recuperar mi poder. Tener carta blanca para volver siempre que lo desee con el beneplácito de mi marido. Ser capaz de provocar decisiones importantes para mi familia y para el reino sin deber nada a nadie.

Inés rehusó añadir nada más. Asimiló aquel torrente de información que, sin duda, respondía a muchas de sus preguntas y, en concreto, a las vinculaciones pasadas de la señora. Pero no podía confiarse. Ahora debía prestar atención a sus conexiones presentes. Al rato, justo cuando se disponían a iniciar una nueva partida, entre anécdotas intrascendentes de la infancia de doña Mariana, el ama de llaves tocó a la puerta. La cena iba a servirse en una hora en el comedor a petición de don Gregorio. La señora resopló y, sin alternativa, accedió. La doncella la ayudó a cambiarse de atuendo. Después, recogió los restos del juego y escoltó a la marquesa por el corredor hasta el comedor occidental. Una vez entró, Inés se marchó a preparar el dormitorio para que estuviera al gusto de doña Mariana cuando se retirara a descansar. La señora, por su parte, se dispuso a cenar en compañía de su cuñado.

—Le habrá resultado difícil no pasearse hoy, querida Mariana —observó don Gregorio.

—No me paseo, estimado Gregorio. Trabajo al servicio de los intereses de esta familia —apostilló.

—Sí, sí, lo sé. Pero me gustaría formar parte de alguna de sus reuniones. Estoy convencido de que podría aportar un enfoque interesante en las negociaciones. Ya sabe que mi experiencia internacional es un valor incuestionable.

Doña Mariana sonrió.

—Por supuesto, don Gregorio. Si no ha sido incluido en los encuentros es porque usted mismo ha estado terriblemente ocupado. No quisiera recargar su agenda.

—No lo hace, doña Mariana, en absoluto. Aparte de atender a mis amistades, también he venido a acompañarla. Y estoy convencido de que todos nos sentiríamos más cómodos si, a partir de ahora, las invitaciones pasasen por mí. Al fin y al cabo, entre estas cuatro paredes, soy el máximo representante de la casa Somoza.

La señora notó cómo sus orejas se incendiaban. Un sarpullido de ira invadió su cuello. Pero se controló. Pinchó un espárrago con el tenedor y, sin decir nada más, se lo metió en la boca. De pronto, el mayordomo entró en el comedor, previa solicitud.

—Disculpe que interrumpa su cena, pero hay un lacayo en la puerta principal solicitando acceso para un carruaje.

Doña Mariana soltó el tenedor de mala gana.

—¿Va a venir toda la familia? —preguntó enfurecida—. ¿Eso es lo que valen los acuerdos con mi esposo?

Don Gregorio arqueó las cejas.

—¿Les ha dicho de quién se trata? No esperamos a nadie esta noche —indicó el hermano de don Ildefonso, al tiempo que dejaba la servilleta sobre el mantel.

—Habla en nombre de la familia propietaria, mi señor.

—Qué extraño… —mascculló, y se levantó para comprobar, en primera persona, qué estaba ocurriendo un piso más abajo.

Doña Mariana, sin intención de quedarse al margen, lo siguió por las escaleras hasta el zaguán. El ama de llaves conversaba con un mozo en la puerta. Parecían no entenderse. El rumor de la lluvia como telón de fondo. Don Gregorio Somoza pidió explicaciones al empleado, secundadas por la marquesa, confusa ante aquel evento.

—Buenas noches, señores. Pido me abran las puertas para que mi señor pueda apearse.

—¿Y quién es su señor?

—El hijo mayor de la condesa de Valderas, la actual propietaria del palacio. En teoría, deberían saber de su llegada…

Don Gregorio y doña Mariana, perplejos, se dispusieron a afirmar que no tenían noticia. Su contrariedad alcanzó cotas máximas cuando el supuesto caballero, harto de esperar en la berlina a que le dejasen acceder a su propiedad, se acercó a la puerta a pie. Alonso Guzmán, hastiado ya de formalidades, se presentó ante aquellos desconocidos:

—Buenas noches, señores. Por el tiempo que nos está llevando que abran una puerta, diría que he llegado antes que la carta de mi madre.

XVII

Las suposiciones de Alonso Guzmán no podían ser más acertadas. Por mucho que su madre, la señora doña Ángeles Carrasquedo, había querido poner sobre aviso a doña Mariana Fondevila y don Gregorio Somoza, los tiempos del correo eran los que eran y su hijo debía estar en Aranjuez en los primeros días de abril. Así se lo había indicado el señor don Ventura Quesada en la comunicación que había llegado, de forma inesperada, a su morada en el número 12 de la calle del Torno de Santa María, en Cádiz. Aquel requerimiento no era un capricho del funcionario. Al parecer, el propio Fernando VII había solicitado conferenciar en persona con él. Y justo por ese motivo, Alonso, que abominaba todo lugar que se hallase en las cercanías de su pasado, no había podido negarse. De este modo, supo que era imperativo que renovara su guardarropa, que visitara a un barbero, que limpiara cada pulgada de su piel... También que arreglara su traslado y estancia.

Se despidió de Cádiz, aunque no de Modesto, Filomena y don José —por evitar sospechas y preguntas—, el 10 de marzo. Más de veinte días después, la berlina que había alquilado se detuvo frente al palacete de su familia en la calle del Gobernador. Él sabía que tenía huéspedes aquella jornada, como solía ocurrir desde 1814, pero confiaba en que comprendieran el cambio de planes. Según le había asegurado su madre, podía disponer de las estancias de la zona oriental. Así vivirían de forma independiente, sin molestarse. Eso mismo escribió en la misiva dirigida a la familia Somoza, que llegaría unos días después. Aquella noche, sin embargo, ante la ausencia de esta, y para confirmar su identidad, Alonso entregó a don Gregorio la carta que su madre le había enviado a él antes de su partida. Doña Mariana se fijó entonces en sus facciones y lo reconoció. Habían coincidido en Asturias, antes de la guerra. Así, se dio permiso inmediato para que Guzmán se acomodara.

Cuando por fin se sentó en la confortable cama del dormitorio, preparado con prisas por dos criados, el cansancio penetró en su consciencia. Detestaba aquellos largos viajes. Llenos de paradas, de pausas, de esperas. Por un segundo, extrañó su vulgar catre, desprovisto de responsabilidades. Supo que tenía que descansar. A la mañana siguiente debía visitar al señor don Ventura Quesada. Por su parte, la marquesa, todavía sorprendida por los acontecimientos de la noche, también se exigió conciliar el sueño sin demora. Al igual que Alonso, tenía por delante un importante encuentro del que, por supuesto, no pensaba hacer cómplice a don Gregorio.

Engalanado como hacía tiempo, Alonso Guzmán salió del palacete. Un moderno frac gris enmarcaba el chaleco azul oscuro, visible, junto a la camisa blanca, gracias a un botón que, rebelde, había quedado sin abrochar. La buena temperatura le había permitido abandonar el sobretodo de turno. Al menos durante la mañana. Así que, antes de lanzarse a la calle, levantó las altas solapas del cuello e irguió el sombrero de copa. El paseo sería breve, pues la residencia del señor don Ventura Quesada estaba en la calle Montesinos, perpendicular a la vía donde arrancaba su itinerario. Avanzó algunos metros y entonces llamó a la puerta de la antigua casa de los herederos de Canosa, ahora perteneciente a la Corona como parte del entramado de edificios en los que se alojaba su séquito. Alonso conocía lo suficiente el ambientillo cortesano como para reconocer que aquella era una de las mejores viviendas que te podían asignar.

Un empleado lo condujo al interior de la casa. Giraron hacia la derecha y subieron por unas escaleras. Después, tomaron el pasillo que quedaba a la derecha del último escalón, lleno de puertas a ambos lados. El criado se detuvo frente a la tercera de la izquierda. Dio dos golpes y, tras obtener permiso, abrió. Un gabinete ricamente decorado en color crema apareció ante los ojos de Alonso. Espesas cortinas de delicada pasamanería abrazaban las vistas al patio. El señor Quesada se levantó del sillón en el que estaba acomodado, al tiempo que se recolocaba los anteojos. Nada había cambiado en él. Sus modales, sus enunciados rimbombantes, su impoluto aspecto. Solo un detalle evidenciaba el paso de los años: la coronilla iba perdiendo cada vez más vello. Sin embargo, el funcionario real sí notó una clara mejoría en la apariencia de Guzmán. Sonriente, lo invitó a que se sentara en uno de los asientos disponibles, tal y como había hecho en su última reunión.

—¿Ha tenido buen viaje, señor Guzmán?

—Mejorable, pero sí.

—Bien... Cuando su lacayo ha venido a dar aviso esta mañana, me ha congratulado saber que había llegado usted sano y salvo.

—Muchas gracias, señor Quesada. Sigo algo sorprendido porque se haya requerido mi presencia en la Corte —comentó—. Sorprendido y halagado, por supuesto.

—Sí, fue una decisión de Su Majestad, como ya le adelanté. Como imaginará, son muchas las relevantes conferencias y encuentros que tiene programados durante su gozosa estancia en Aranjuez. Así que debe estar usted disponible para que, en cualquier momento, lo llame a palacio.

—Por supuesto —respondió—. ¿Y sabe cuál es el objetivo principal de nuestra reunión?

—Desea analizar sus últimas pesquisas y coordinar estrategias. Preocupó mucho el informe de usted sobre el marqués de Castelldosrius. Siguiendo su recomendación, estamos vigilándolo de cerca desde enero —le reveló—. Cádiz es una plaza complicada. Un nido de rumores y medias verdades. Usted mismo halla dificultades para probar sus sospechas. Su Majestad desea tener un testimonio directo del ambiente que allí existe. Se teme que sea un foco de problemas sin solución.

—Lo es, señor Quesada. —Alonso se aclaró la voz—. Por cierto, me gustaría aprovechar la discreción de este encuentro para comentar con usted una cuestión. Hace unas semanas pude obtener una esquela perteneciente al oficial de correos que me ordenaron vigilar, el señor don Lázaro Arias. Procedía de Granada. Estaba llena de abreviaturas y palabras en clave. Al analizarla pensé que se trataba de una comunicación francmasónica. Sin embargo, ustedes indicaron en su informe que se trataba de un perfil liberal, implicado en las instituciones constitucionales. ¿Tiene algún sentido?

—Todo el del mundo, señor Guzmán. Tampoco yo lo terminé de comprender al principio, pero parece indudable la conexión entre francmasones y conjurados liberales a través de sociedades secretas. Con las detenciones acaecidas durante el otoño y el invierno, se ha conseguido desarticular lo que parece ser una importante red de comunicaciones entre logias francmasonas favorables a la causa liberal distribuidas por la península. Su centro estaba en Granada, con el conde de Montijo a la cabeza. El general Van Halen actuaba desde Murcia. Y el general Torrijos, en Cartagena, desde donde colaboró en la trama urdida por el general Lacy. Según descubrimos, fue él quien se puso en contacto con el comandante Prieto con aquella misteriosa esquela de tinta invisible.

—Entonces ¿liberal y masón es lo mismo en estos días? Pensaba que los francmasones habían desaparecido con la marcha del francés...

—Bueno, no es lo mismo, pero, sin duda, existe algún tipo de relación. Aunque todavía no tenemos clara cuál es.

Alonso asintió.

—De todos modos, no se puede ignorar ninguna de las esquirlas de la traición. Su Majestad está convencido de que esto solo es la punta del iceberg. Por eso es tan relevante que haga bien su trabajo, señor Guzmán. Todo agente es poco para desenmascarar a enemigos de la paz. Llamados masones, conjurados, liberales o judíos, todos son problemáticos, todos ponen en riesgo la estabilidad del reino. Y Cádiz es pieza fundamental en sus tramas. Estamos convencidos.

—Quizá sí, pero algo me dice que amordazando a Cádiz no se solventará nada.

—Intente no repetir eso delante de Su Majestad —le aconsejó don Ventura.

—¿Desean mi asesoramiento o mis lisonjas? —se cercioró el otro.

—Lo uno sin lo otro no interesa, señor Guzmán. Las verdades incómodas no ayudan a gobernar. Solo entorpecen el buen hacer. Así que escoja bien sus palabras cuando se encuentre con el rey. No habrá segundas oportunidades.

Alonso sintió cómo su temple se incineraba a medida que la conversación con el funcionario avanzaba. Al final de esta, don Ventura le indicó que el duque de Alagón deseaba reunirse con él antes de su visita a palacio. Guzmán no pudo más que aceptar. Así, fijaron un encuentro para dos días más tarde en el jardín del Príncipe. Antes de que se retirara, el señor Quesada añadió algo más:

—Por cierto, señor Guzmán. Se va a celebrar un baile en el palacio el próximo sábado, día 11 de abril. Será un placer contar con su presencia.

Alonso asintió, una vez más. En aquel lugar, las cortesías eran decretos. Con la agenda llena, volvió a colocarse el sombrero y salió de aquella fina casa.

Aguijoneado por la curiosidad y el ansia de huir, anduvo por la calle de las Infantas, paseo arbolado que, al igual que la del

Príncipe y la de la Reina, perecía en la plaza de San Antonio. Desde allí, ignorando la fachada oriental del palacio, se acercó a la verja que remataba el muro que ponía límite al Tajo. Una carretela estaba detenida en el puente de Barcas. Paseantes matutinos deambulaban por las proximidades, algunos en dirección al jardín de la Isla. Y, en medio de aquel gentío imbuido en el ambiente regio, divisó a una muchacha que se asomaba por la baranda, como si deseara tocar con los dedos la hermosa cascada que se formaba solo unos pies más allá de aquel puente de madera pintada en blanco y azul. Aquella imagen le hizo sonreír. Y, sin meditarlo en exceso, atraído por el resquicio de naturalidad que parecía abrirse paso en ese punto exacto del Real Sitio, se acercó.

—Sin duda, uno de mis rincones favoritos —compartió en voz alta con la simpatía y seguridad que lo caracterizaban desde siempre.

Inés alzó la vista, extrañada por que alguien se hubiera dirigido a ella. Tomó consciencia de la imagen que estaría dando desde fuera y se incorporó. Comprobó que Alonso, para ella un caballero elegantemente vestido, se había apoyado también en la valla, uniéndose a la contemplación del agua.

—Disculpe, señor. Lo siento, estaba... —se excusó Inés, demasiado acostumbrada a la supervisión y las amonestaciones.

—No, no, no se preocupe. Yo haría lo mismo si no llevara este frac tan ajustado, créame.

La joven se rio y asintió. Sin pretenderlo, cruzaron las miradas. Ojos oscuros, ojos avellana. Una nariz plagada de pecas. Un hoyuelo. Bucles oscuros que se escapaban de una capota amarilla. Tez recién afeitada. Labios rosados. Una cicatriz recorriendo una mandíbula definida. Inés notó que sus mejillas enrojecían, así que volvió a mirar al frente y disimuló. Alonso sintió la necesidad de aclararse la garganta, seca de pronto, y continuó oteando el paisaje. Se quedaron allí un rato, en silencio, hasta que el paso de una falúa animó a Guzmán a volver a hablar, casi de forma inconsciente, como en un subversivo soliloquio decidido a convertirse en conversación.

—Aquí nunca cambia nada —opinó.

Inés miró de reojo y, aunque al principio dudó si responder, al final se atrevió con esa mezcla de dulzura y agudeza que, poco a poco, se estaba fraguando en su personalidad.

—¿A alguien le interesa, señor?

Alonso la volvió a mirar y sonrió.

—Supongo que no.

De pronto, una voz a la espalda solicitó la atención de Inés. La joven se dio la vuelta. Era doña Mariana, que ya había salido de su cita en los jardines del parterre, donde se había reunido con las hermanas De Braganza gracias a la intercesión de la señora doña Isabel Diezma, quien había resultado ser camarista de la reina María Isabel. Había durado una hora y, al final, tuvo oportunidad de conferenciar unos minutos con el mismísimo monarca. Mientras tanto, había ordenado a su doncella que se quedara allí, aguardando a que terminara. Y eso hizo la joven. Doña Mariana se extrañó al toparse con el hijo de la condesa de Valderas, al que no dudó en saludar con fingido afecto.

—Qué grata sorpresa, señor Guzmán.

—Lo mismo digo, señora Fondevila. Acepte mis disculpas, una vez más, por la confusión de anoche.

Inés levantó una ceja, desubicada.

—No se preocupe. No debe disculparse por hacer uso de su residencia. Si alguien debe solicitar sus perdones somos nosotros. Imagino que tener que esperar tanto rato a que le permitiéramos acceder no fue de su gusto.

—Estamos en paz, de veras. Quede tranquila —contestó, deseando detener aquella espiral de formalidades.

—Me alegra saberlo —dijo ella y miró a su doncella—. Inés, nos vamos. Tenemos mucho que hacer.

—Sí, mi señora.

Por algún motivo, a Alonso le escoció descubrir que aquella dama servía a la marquesa. A cada paso, la libertad le parecía más una quimera. Su sonrisa se opacó en parte mientras veía cómo aquellas dos mujeres se alejaban. Volvió a admirar la cascada que había fascinado a Inés y después reanudó su paseo.

En dirección contraria, doña Mariana avanzaba con toda la ligereza que le permitían su atuendo y posición. La doncella intentaba alcanzarla y, sobre todo, comprender el motivo del nervio. Lo supo al llegar al palacete. Al parecer, la reina la había invitado personalmente al baile que iba a celebrarse en palacio el próximo sábado. Aquello hacía preciso que la señora encontrara un conjunto a la altura de las circunstancias.

Desde aquella misma mañana, hizo que Inés preparara todos sus vestidos de noche y limpiase cada una de las piezas de su joyero. Ordenó también que se plancharan los chales. Al día siguiente, probaron un sinfín de peinados. Y llamaron a un zapatero para adquirir un par especial para el evento. Entretanto, don Gregorio seguía anonadado porque la invitación no hubiera llegado a su nombre, como había exigido que ocurriera. Sin embargo, la esquela lo dejaba claro al rezar: DOÑA MARIANA FONDEVILA Y FAMILIA. La marquesa, por evitar problemas con su esposo, accedió a que su cuñado la acompañara. Este olvidó los pinchazos a su orgullo al unirse a la fiebre de los atuendos, de las compras, de los arreglos de última hora. Al fin y al cabo, esa era su verdadera vocación.

El lunes 6, dos días después de su reunión con don Ventura, tal y como se había acordado, Alonso tuvo la oportunidad de reunirse con el duque de Alagón, quien le repitió más o menos el mismo mensaje que el otro. Ambos le solicitaron paciencia y lo invitaron a que se relajara en el tiempo que durara su estancia en la bella Aranjuez. Guzmán asintió poco o nada convencido. Regresó al palacete de su familia. En aquellos días, las lecturas en su gabinete, el toqueteo de las figuras de un ajedrez instalado en el salón y los paseos sin rumbo se combinaban con la contemplación del revuelo formado en la residencia con motivo del baile, así como de las tiranteces entre los Somoza, detalle que no pasó inadvertido para él.

Mientras tanto, Inés andaba de arriba para abajo, guiada por órdenes y recados. Como siempre, solo lograba relajarse antes de dormir y justo antes de la salida del sol. Sin embargo, el jueves por la noche algo impidió que se reencontrara con aquella paz efímera. Tumbada en la cama, con una vela iluminando la relectura de algunas cartas de su familia, oyó pasos en el corredor. Alguien se aproximó a la puerta y, por la rendija, coló una nota. Inés se quedó quieta, temerosa. Cuando se cercioró de que el individuo ya se había alejado, apartó las sábanas y alcanzó el mensaje. Estaba codificado, pero era más largo que de costumbre. Si aquello ocurría, debía sumar 40 a cada número de la guía, 40 más si era preciso y así sucesivamente. Sin necesidad de extraerla del guardapelo, lo descifró:

> Vaya a la cara norte del convento de San Pascual a las 12 de la noche del sábado. Le entregarán unos documentos que deberá enviar por la posta, el lunes, a la imprenta de la plazuela del Ángel de Madrid.

Aquello era nuevo para Inés. Su cometido, hasta el momento, se había limitado a observar, espiar y comunicar. Nadie había mencionado nada de entrar en acción. Sin embargo, poco pudo hacer. Cuando salió al pasillo, deseando hallar al emisor de la nota, este ya había desaparecido. Inés sabía que dormía en una de las alcobas de ese corredor. Pero ¿en cuál? Capituló enseguida y regresó al abrigo de las palabras escritas por su madre, fuente de aliento cuando más miedo sentía.

Un piso más abajo, Alonso se servía una copa de licor mientras volvía a dar vueltas al asunto de su familia. Debía hablar con su hermano Cosme, averiguar quién era la oveja negra para estar prevenido. No sabía cuánto tiempo iba a ser capaz de contentar a todos aquellos cortesanos y no era cauto seguir a ciegas cuando estaba tan metido en los asuntos de palacio, tan próximo al olfato de los canes del rey. Por suerte o por desgracia, su hermano no había seguido a Fernando VII a Aranjuez.

Se había quedado en Madrid. Desde finales de 1817, Cosme había abandonado su cargo en la Secretaría de Gracia y Justicia para ocupar un puesto en la casa consistorial de la villa. Siempre había un acolchado asiento para un trasero aristocrático como el del marqués de Urueña. Un largo trago le obligó a rellenar el vaso. Repitió varias veces ese mismo proceso. La bebida volvía a ser la medicina al dolor. Y no era poco el que sentía al volver a visitar espacios que lo llevaban a tiempos felices con una compañía ahora ausente. ¿Por qué había dejado que sus vicios se convirtieran en deudas? ¿Por qué no había sido capaz de engañar mejor a Cosme para que no le arrebatara la financiación que le había permitido vivir retirado en Cádiz durante dos años sin normas ni obligaciones? ¿Por qué todo se estaba complicando cuando solo había buscado pagar a sus acreedores y obtener una renta para subsistir sin la condicionada ayuda familiar? ¿Por qué había permitido que las heridas volvieran a infectarse? Aquella realidad gangrenaba su alma, estaba convencido. Así que necesitaba salir de allí cuanto antes. Cambió la copa por la botella, sorbiendo su antiséptico, su sedante, su veneno.

El vestido dorado de corte imperio y mangas cortas abullonadas flotó por las escaleras hasta el zaguán. Un chal azul, con bordados también en tono ocre, rozaba los brazos de la marquesa, cubiertos por largos guantes estampados. Una diadema con plumas remataba el moño, obra de Inés. En el cuello, un collar de perlas. Una de las manos, en las que se apreciaba la labor del artesano a cargo de los detalles del tejido, se unió a la de don Gregorio. Este, que anunciaba su presencia gracias a la ingente cantidad de agua de perfume que había volcado en su persona, portaba una barba medio rizada, peinada con esmero. El cuello del frac estaba tieso y compartía protagonismo con el trabajado nudo del corbatín de muselina. El chaleco, como siempre, era una explosión de color. Y los pantalones, tan ajustados que parecían calzones. Inés se sintió satisfecha de la parte que le correspondía. Doña Mariana estaba esplendorosa, algo que hasta su propio cuñado tuvo a bien valorar.

Desde la escalera contempló cómo, con un movimiento armónico y elegante, se soltaban las manos, don Gregorio flexionaba el brazo y doña Mariana reposaba sus dedos en él, armisticio temporal mientras se dirigían al carruaje. Sin embargo, antes de empezar a caminar, por las escaleras del otro lado del zaguán, apareció Alonso, también preparado para el baile, aunque más discreto, con casaca frac oscura y pantalones beis.

—Vaya, veo que nos dirigimos al mismo sitio —comentó.

Doña Mariana, dispuesta a consolidar su relación con la condesa, invitó a Guzmán a que se uniera a ellos. Este aceptó, correspondiendo el detalle. Inés aguardó a que se marcharan desde aquel escalón. Sin saber muy bien por qué, Alonso miró hacia donde se encontraba la joven, al margen de aquel compromiso real. Sus miradas volvieron a cruzarse un segundo, pero ella la retiró enseguida. Él dejó ir aquella brisa fresca y, todavía sin tener muy claro por qué había deseado verla de nuevo, siguió a los Somoza. La doncella confirmó que la carroza alquilada abandonaba la propiedad antes de regresar al cuarto de la señora a ordenar todo. Mientras devolvía las prendas descartadas al guardarropa, se imaginaba ataviada con ellas, en aquel vehículo, de la mano de un caballero apuesto. Del brazo de alguien como aquel don Alonso Guzmán.

Le había sorprendido descubrir que era el hijo de la condesa de Valderas, hermano mayor del astuto y tristón Jonás. Aunque, al reflexionarlo, sí compartían algunas facciones y el cabello castaño y liso. También le extrañó que hubiera llegado sin más servicio que el propio de la casa. No tenía ayuda de cámara ni lacayo a los que vocear. Al principio, había querido indagar, pero se había percatado de que se trataba de un encuentro fortuito e inesperado, así que consideró innecesario ahondar en aquel perfil mientras no identificara alguna conexión con las influencias de doña Mariana. No obstante, sí tenía previsto informar sobre su presencia en su próxima comunicación, así como todo lo que había ocurrido en la última semana, comentarios del baile incluidos. Aquellos pensamientos hicieron que recordara la cita que tenía aquella misma madrugada. Se apresuró para terminar sus tareas y tener tiempo de prepararse.

Por otro lado, la carroza que transportaba a la familia Somoza y a Alonso se detuvo en el patio de armas, repleto de coches, guardias y cortesanos. Al apearse, Guzmán sintió pavor ante la posibilidad de toparse con el capitán Íñiguez, desconocedor de su doble vida. Así, buscó una ruta alejada de uniformes y, seguido por doña Mariana y don Gregorio, se adentró en la residencia regia. Tras identificarse ante un criado de librea, subieron con calma por la majestuosa escalera imperial, cuyos detalles decorativos realzaban el poder cuasi marchito de la casa Borbón. La balaustrada rococó de hierro forjado los recibió al alcanzar el segundo nivel, donde debieron seguir a otro empleado de atavío dieciochesco hasta el salón de baile, en cuyo acceso fueron anunciados. En el centro de este, algunos invitados ya habían comenzado con el vals. Por los lados, círculos de cortesanos y burbujeantes copas de champaña. La marquesa de Riofrío vio a la señora doña Isabel Diezma y sugirió a su cuñado unirse a su grupo. Este se dejó llevar. No así Alonso, quien supo que debía reunirse con el señor don Ventura Quesada y compañía.

Dos arañas de cristal colgaban del techo e iluminaban la sala, vestida en tafetán azul. Las cortinas, a juego, servían de frontera entre el deleite de la danza y las vistas al precioso jardín del parterre. Las damas más jóvenes susurraban oraciones entre sonrisa y sonrisa, deseosas de enlazar un compañero con otro. Los muchachos inexpertos eran azuzados por sus familias para ser el galante caballero que todo apellido quería para sí. Los matrimonios combinaban el baile, siempre por separado, con el parloteo, las risas comedidas y los sorbos a aquel líquido dorado, una gema más en el despliegue de ornamentos, abrillantados para la ocasión por los ausentes sirvientes. Faldas de seda giraban al son de las notas musicales, tejidas en el aire por los violines, las violas, el piano o el fagot. Estos solo callaron unos segundos, cuando la familia real hizo su esperada aparición. Entonces, todos miraron hacia la puerta que conectaba el espacio con las dependencias del rey, situadas en la zona norte. Las cabezas de los menos sobrados en altura luchaban por hallar un hueco entre mirón y mirón y así cazar una imagen del Deseado, de su esposa o del infante don Carlos y doña María Francisca. Una vez se integraron en el gentío, los músicos obtuvieron el permiso para reanudar la pieza y las parejas volvieron al baile, deseosas de que, entre vuelta y vuelta, los reyes repararan en su insignificante presencia.

Alonso, quien por el desarrollo de la velada había terminado en un círculo en el que se encontraban el conde de Miranda —aquel que había recibido a las hermanas De Braganza en Cádiz—, el marqués de Mataflorida y el duque del Infantado, se preguntó si no sería posible intercambiar impresiones con Su Majestad allí mismo para poder huir a la mañana siguiente. En su interior, conocedor de los tiempos en la Corte, sabía que no. Su interacción con los reyes e infantes se limitó a un saludo cortés y una conversación más vacua que larga. Sin embargo, la posibilidad de zanjar el asunto esa noche era lo único que le permitía soportar aquella sucesión de protocolos y falsedades. Eso y la copa que siempre sostenía en la mano.

Doña Mariana, por otro lado, estaba más que satisfecha con su presencia allí, pese a que supo ponerse a distancia prudencial de aquellos a quienes no deseaba tener que saludar, pese a que no pudo evitar un tenso cruce de miradas con uno de los caballeros que estaban en el mismo corrillo que Alonso. Al margen de eso, su vestido dorado revoloteaba de interlocutor en interlocutor. Ni siquiera su cuñado podía seguir el ritmo. Llegado un punto, tras acompañarla a adular y conferenciar un rato con los reyes, la liberó de su escrutinio y se dedicó a chismorrear, a fumar y a beber. La marquesa había ido allanando el terreno los días previos. Así que cuando mencionó el proyecto de su esposo delante de los duques de San Carlos, la duquesa de Nogales, el infante don Carlos y su mujer, nadie sospechó que había ido a Aranjuez con propósitos interesados. Quisieron saber más. Ella, fingiendo entusiasmo y esa chispita de torpeza que la sociedad siempre agradecía en una mujer, compartió algunos datos, reservándose otros para un próximo encuentro en privado con los infantes.

—Buenas noches, señores. Vengo a asegurarme de que no hay hombres jóvenes sin pareja para el cotillón. Me consta que más de una señorita no ha recibido petición todavía —indicó la esposa de don Antonio Ugarte al acercarse al selecto corrillo en el que estaba Alonso.

Este ignoró la sugerencia, pero, por razón de edad, el resto del grupo aguardó a que se ofreciera. A regañadientes aceptó y se acercó a una joven que pareció revivir al saber que no sería una de aquellas damas abandonadas en una silla, a merced de la ácida crítica social. Él, sin embargo, notó cómo la corbata se convertía en soga. Con intención de tomar aire, se disculpó ante sus acompañantes y se dirigió a uno de los balcones. Un empleado abrió la portezuela para que Guzmán pudiera salir de aquella pompa de murmuraciones, melodías y carcajadas. Apoyado en la baranda, se fue bebiendo la última copa que había alcanzado de la bandeja de un criado. Algunos puntos de luz permitían que los convidados al baile disfrutaran de la estructura y diseño de aquel jardín, herencia del gusto versallesco de los Borbones. Tres calles embellecidas por álamos de copas redondas al estilo francés marcaban los senderos por los que los monarcas solían pasear. Flores, bojes y macetas de mármol adornaban las encrucijadas que, junto a los cuatro estanques, eran alto obligado en el camino.

Mientras las figuras que adornaban el estanque del Tajo lo hechizaban, llevándolo a escenas de juegos y risas perdidas en el pasado, dos invitados no deseados se unieron a la contemplación. Uno era don Gregorio Somoza, que hipaba y reía con una señorita que parecía encantada con sus mediocres ocurrencias. Las contracciones corporales originadas por carcajadas y gestos de entusiasmo se convirtieron en codazos que motivaron que Alonso buscara otro lugar en el que recluirse. El cuñado de doña Mariana, de pronto consciente de la molestia originada, se disculpó, fingiendo compostura.

—Señor Guzmán, perdóneme. No lo había reconocido. ¿Lo hemos interrumpido?

—No, no se preocupe. La soledad, en un baile, siempre está de más. Disfruten ustedes. Yo ya me iba... —mintió—. Pero háganme un favor: no se acerquen mucho a la baranda —apostilló, entre cauto y divertido.

Don Gregorio asintió y continuó con su relato sobre la noche en la que conoció, en París, a la célebre pintora Marguerite Gérard. Alonso, que dudaba si creerse las gestas de aquel lechuguino, sonrió para sí y se adentró en la sala de baile. Solo fue por un momento. Los giros, las risas, la melodía, todo se alió para convertirse en yugo. Vio de lejos a los reyes, rodeados de aliados y liantes, y supo que aquella velada no avanzaría nada. Antes de perder la calma, se apresuró a salir de allí. Solo necesitaba tomar un poco de aire, despejarse, y después regresaría, como todos esperaban. Recorrió las dependencias menores del cuarto de la reina hasta la escalera imperial, donde se detuvo. ¿Y si huía? ¿Y si se marchaba sin decir nada? ¿Y si buscaba otro modo de lograr ser invisible para siempre? Estuvo a punto de cumplir su palabra, tentado por opciones que no existían, pero entonces sintió el peso del compromiso, del peligro de ofender al rey, de que su apellido fuera objeto de alguna investigación. ¿En qué estaba pensando?

Entretanto, de reojo, vio cómo una figura cabizbaja descendía por los escalones, empujando, quizá sin querer, a un anciano matrimonio que ya se retiraba. Alonso miró al alabardero más cercano, pero este, inmóvil, analizaba a una dama vestida en raso verdoso que pasaba justo por su lado. Hizo amago de dar aviso, pero temió que la ingesta de alcohol hiciera imprecisas las conclusiones de su juicio. Así, pensó que sería más eficaz perseguir a aquel caballero para confirmar el rastro sospechoso de sus movimientos. Bajó aquellos magníficos escalones hasta alcanzar otra vez el patio de armas, donde trató de identificar al susodicho entre carrozas y curiosos. Revisó la escena, pasó de largo a los aburridos cocheros e ignoró los resoplidos de los caballos, el roce de sus pezuñas impacientes, el hedor que rezumaban, contrapunto del festín floral y almizcleño del interior.

Entonces, tras uno de los carruajes, vio a un caballero que se detenía un instante para cubrirse con una capa. Sin dudar, acostumbrado a cazar sombras en el crepúsculo, caminó en la misma dirección que su objetivo. Este salió a la plaza de Parejas, desde donde recorrió la cara sur del palacio en dirección al parterre. Después, se encaminó a la plaza de San Antonio, pero, antes de proceder, fue cauto y miró alrededor. Justo en ese instante, cuando se percató de la presencia de Alonso, que quiso simular ser un paseante, el sospechoso, nada convencido de la fingida apariencia del testigo, comenzó a correr. Alonso, ya seguro de que algo estaba ocurriendo, pero sin refuerzos a mano, no cejó en su propósito e inició una persecución sin tregua.

Se adentraron en el caserío por la calle de las Postas. El fugitivo giró en la plaza de Abastos, después por la calle del Almíbar, por la de la Naranja. Guzmán supo que deseaba despistarlo, perderlo de vista. Se esforzó en memorizar algún rasgo característico de sus ropajes para reconocerlo en todo momento, pero el personaje era hábil aliándose con las esquinas y los cambios de rumbo. Solo intuyó que sostenía algo en la mano, quizá robado de palacio. Después de varios giros seguidos, Alonso notó que las sienes, palpitantes, pedían una pausa. Los estragos de la velada se adosaron a su garganta, a sus pulmones, y perdió velocidad. Aquello permitió que la distancia entre ambos se dilatara un poco. Al llegar a la calle del Capitán, el huido ganó ventaja definitiva. Alonso se detuvo, confundido, pero enseguida, ese orgullo con el que asumía cualquier responsabilidad lo forzó a continuar. Había girado por San Pascual, tenía que cazarlo. No podía permitir que se escapara. Quizá llevarlo a palacio maniatado agilizaría su entrevista con el rey. El misterioso fugado recorrió aquella vía sin darse margen a tomar aire. Allí, junto a la fachada norte del convento homónimo, esperaba Inés, vestida con una capa oscura. La joven vio aparecer al individuo, que llevaba un tubo portadocumentos de cuero en la mano. Corría, casi asfixiado. Entregó a su enlace el cilindro.

—Me han seguido. ¡Corra! —le anunció y, sin frenar, desapareció por una callejuela sin iluminación.

Inés no supo cómo reaccionar al principio, pero el repiqueteo de unas botas la impulsó a imitar a su cómplice. Este parecía haberse esfumado, así que la muchacha tuvo que improvisar. Tomó las calles sin orden ni concierto, continuando la misma táctica que había ejecutado, con relativo éxito, su compañero. Los faroles eran enemigos para Inés, así que priorizó las vías más oscuras. Su respiración se ahogaba en las palpitaciones de terror, invasor de su cuerpo. Cuando el eco de los pasos de su perseguidor alcanzaba sus oídos, la rigidez abrazaba cuello y manos. Siempre había destacado en las carreras con sus hermanos, pero jamás había imaginado que tendría que poner a prueba su velocidad en una circunstancia como aquella. Continuó corriendo, ansiando dejar de oír aquellas pisadas nerviosas.

De tanto en tanto, echaba un vistazo a su espalda para cerciorarse de que tenía opción de salir indemne. Y justo uno de aquellos gestos facilitó que la zapatilla se torciera al pisar entre dos adoquines. Cayó de bruces. Quiso levantarse enseguida, pero un pinchazo agudo le comunicó que se había hecho daño en uno de los tobillos. Aun así, no se permitió quedarse allí, junto a la iglesia de Alpajés. Se incorporó, ahogando un grito de dolor, y reanudó el paso, ahora cojeando, pero tratando de no perder ritmo. Topó de frente con el jardín del Príncipe, con su bella puerta y su necesaria oscuridad. Miró a los lados para confirmar que no había guardias y se deslizó entre dos de los barrotes de la verja. Una vez dentro, se permitió quejidos en voz baja cada vez que apoyaba el pie en el suelo. Pero pronto supo que la persona que la seguía la había visto entrar.

Optó por avanzar y no pararse. Al llegar al laberinto que había en los aledaños de la Casa del Labrador, se ocultó en él, rezando por que el peligro pasara pronto. Y así fue. Aunque Alonso recorrió la mayor parte del jardín, no fue capaz de encontrar al supuesto bandido. A la media hora, cansado y harto de que su vida se limitara a perseguir pistas que siempre se evaporaban, se marchó. Pero la joven no lo supo hasta un rato después. Se quedó allí sentada un poco más. Sabía que, cuando se levantara, no podría correr, así que no era cauto arriesgarse. Intentó entrar en calor, frotándose los brazos con las manos. Sus párpados caían y se levantaban, reflejo de su conexión con el mundo de los sueños, hasta que consiguió desvelarse. De pronto, un relámpago de curiosidad hizo que se preguntara qué diantres había en el interior de aquel tubo de piel. Volvió a asegurarse de que estaba sola y, con cuidado, abrió la hebilla que cerraba el cilindro. De él extrajo algunos pliegos. Los extendió. La tímida luz del amanecer fue suficiente para intuir el contenido. Aquellos legajos incluían información reservada sobre la familia real. Eran anotaciones sobre cuándo y dónde estarían durante el verano y el otoño. Inés se puso más nerviosa.

En las interminables conversaciones que habían mantenido durante 1816, el Benefactor, como ella debía llamarlo, le había asegurado que el trato no implicaría atentar contra nadie. Lo había jurado. Si aquello suponía contribuir a algún complot... Pero ¿cómo negarse? Ni siquiera sabía a quién acudir. El sudor de su frente se volvió frío, incómodo.

Varios golpes en la puerta despertaron a Alonso. Al principio gruñó, pero después recordó que estaba en Aranjuez y dio permiso al empleado para que pasara. Este, diligente, le comunicó que los Somoza deseaban que los acompañara en la comida. Guzmán quiso negarse. Buscó una excusa rápida. Pero su mente no alcanzó a dar con una lo suficientemente válida como para librarle de aquel compromiso. Aceptó con monosílabos y, en cuanto se supo solo, mordió la almohada para descargar su frustración. Una hora y media después, salió de su cuarto y se dirigió al comedor del ala oeste. Cuando entró, doña Mariana y don Gregorio ya estaban sentados. La marquesa gozaba de un aspecto envidiable para haber trasnochado. No así su cuñado, que parecía haber ingerido uno de los frascos de perfume que siempre llevaba encima.

—Buenos días, señor Guzmán —saludó ella.

—Buen día, señora Fondevila. La veo reluciente.

—Sí, ayer lo pasé francamente bien. Una noche de lo más divertida y entretenida —comentó—. Aunque, como imaginará, extrañé muchísimo la presencia de mi esposo.

—Por supuesto. No lo dudo, señora —contestó él.

—¿Usted disfrutó?

—Sí, sí, mucho. Mi estancia aquí, no obstante, tiene más que ver con las obligaciones que con el simple recreo. Así que imagino que no pude exprimir todo el jugo a la velada.

—Sí, bueno..., en la Corte nada es ocio sin más, don Alonso. Tampoco el trabajo son simples pactos o garabatos en oficinas —opinó, dando el peso idóneo a cada una de sus palabras—. A propósito, quiero que sepa que dejó desconsolada a la hija de los condes de Barbastro —añadió, mientras se servía ensalada.

—El cotillón... —recordó Alonso.

—En efecto. Un espectáculo dantesco. Pocos hombres, muchas mujeres tristes. Esa chiquilla lo estuvo buscando durante una hora. Al final, rompió a llorar, creyéndose despreciada. Tiene usted una explicación que dar en esa casa, señor Guzmán.

—Lo haré esta misma tarde, no se preocupe. Tuve que hacer algo al servicio del rey. Se lo contaría, pero entienda que primero debo dar parte de lo ocurrido a la ofendida —improvisó.

—Por supuesto, faltaría más. Me alegra saber, no obstante, que no disgustó a esa joven sin motivo.

—Jamás, doña Mariana. Soy un caballero —apostilló.

Inés llamó a la puerta del comedor. La marquesa la hizo pasar. La joven se acercó a su señora y le entregó varias esquelas.

—La correspondencia, señora. Como ha pedido —indicó.

—Estupendo, muchas gracias. Puede retirarse —dijo mientras se limpiaba las manos en la servilleta y cogía las notas.

Inés echó un vistazo rápido a la mesa. Don Gregorio bebía agua sin parar, sosteniéndose los retortijones con una mano. En el lado opuesto, Alonso, que todavía no había empezado a comer. Quiso comprobar si aquel caballero volvía a mirarla, así que alzó levemente los ojos. Sin embargo, Guzmán, distraído, se disponía a dar un trago al vaso de zumo. La ponzoña de la vanidad mermó su orgullo de golpe, así que la joven bajó la vista y siguió la indicación de doña Mariana. Cuando la doncella se dio la vuelta, Alonso se sintió lo suficientemente protegido como para fijarse otra vez en aquella muchacha. Inés tardó poco en olvidarse de aquel desencuentro visual. En el pasillo pudo respirar hondo y liberar el oprimido lamento por el dolor de su tobillo hinchado.

Alonso dedicó el resto del día a cumplir lo que le había dicho a doña Mariana. Además, su paz dominical quedó alterada por un mensaje del señor don Ventura Quesada. Al parecer, en palacio habían quedado preocupados después de que Alonso diera parte de lo ocurrido tras perder al sospechoso en el jardín del Príncipe. Así, en la esquela, el funcionario le notificó que, al día siguiente, se requería su presencia ante el duque de Alagón, comandante del Real Cuerpo de Guardias de Corps, para contar con su testimonio en la investigación confidencial. Una vez envió la confirmación de asistencia a aquella casa en la calle de Montesinos, se dirigió a la residencia de los condes de Barbastro. Allí, sin dar detalles sobre los sucesos para no comprometer la imagen de la Corona, habló de una urgencia real para excusarse ante la joven. Los condes, a sabiendas de que Alonso procedía de una familia más poderosa que la suya, aceptaron las disculpas y lo invitaron a merendar, ofrecimiento que, a pesar de lo que le dictaba su ánimo, debió aceptar.

Mientras tanto, la enérgica doña Mariana organizó su agenda para esa semana y escribió una larga misiva dirigida a don Ildefonso. En ella incluyó mensajes dedicados a sus hijos. Inés se esforzó en cumplir con sus obligaciones, ocultando su lesión. Temía que la marquesa sospechara si descubría que se había hecho daño. En teoría, estuvo toda la noche en el palacete, aguardando a la señora. Doña Mariana desconocía que había llegado solo media hora antes que ella, tras pasar la noche a la intemperie, oculta para no ser prendida. Inés supuso que su perseguidor habría sido un guardia de infantería de servicio aquella noche. Al salir del jardín, confirmó que otros tantos efectivos se habían sumado a la inspección con las primeras luces del amanecer. Ignoraba que había sido tras el aviso de Alonso. Es cierto que podía haberse resbalado por las escaleras, pero cuando cayó en la cuenta, ya estaba disimulando. Así, se tragó sus quejas y sirvió a la marquesa como mejor pudo. Entretanto, meditó sobre el contenido del tubo de cuero. Sabía que no tenía opción ni margen para negarse a enviarlo. Ni siquiera podía confesar que había leído aquellos pliegos, así que, por la noche, se limitó a dejar bajo el tarro de conservas de la despensa su informe de averiguaciones. Y cuando el lunes despuntó el alba, abandonó la residencia y gestionó el envío de los documentos a la imprenta de Madrid, tapadera que serviría para que otro cómplice los recogiera sin despertar suspicacias.

Guzmán, incapaz de figurarse que su sospechoso dormía bajo el mismo techo que él, acudió a su encuentro con el duque de Alagón en el cuarto de caballeros. Este le dio la oportunidad de describir con detalle el suceso. Después de atenderle, le pidió reserva en aquel asunto.

—Lo que más me preocupa es que hayan podido sustraer algo. Que cualquier información referente a la Casa esté ahora en manos de alguno de esos depravados conjurados es un potencial atentado al orden del reino.

—Absolutamente de acuerdo con usted, señor De Espés.

—¿Dice entonces que llegó a las escaleras desde la zona del cuarto del rey?

—Eso me pareció. Pero no puedo estar seguro... Ya sabe..., la fiesta.

—Ya, entiendo... —murmuró comprensivo el duque—. Es una lástima que se le escapara. Al término del baile, pude enviar a varios hombres a registrar el jardín y los aledaños, pero no hallaron nada. —Silencio—. ¿Cómo pudo entrar y salir sin ser visto?

—Temo que supieron escoger el mejor momento. Un evento así entretiene y distrae. Deja puntos ciegos en la seguridad —afirmó Alonso.

El duque de Alagón volvió a quedarse callado un momento.

—En fin, lo terminaremos descubriendo. Y no habrá piedad para el traidor —advirtió.

—No me cabe duda —lo aduló Alonso.

Tras un rato más analizando los pormenores del suceso, y al considerar cumplimentado su servicio al monarca, el duque comunicó a Alonso que se disponía a dar un paseo. «Puede acompañarme, si lo desea», lo invitó. Guzmán soñó despierto sobre cómo sería negarse a algo en aquel averno vestido de paraíso. Mientras se dirigían al exterior, echó de menos sus jornadas entre taberna y catre. Sin invitaciones. Caminaron por los alrededores de la cara norte del palacio en dirección al puente de Barcas. Justo antes de cruzarlo, su itinerario se aproximó al de doña Mariana, recién salida de su último chocolate. Inés, que iba dos pasos por detrás, sintió vértigo al toparse con aquellos dos caballeros. La marquesa, deseosa de estrechar lazos con el círculo más cercano a Fernando VII, no dudó en saludar. Intercambiaron palabras y sonrisas, cuidadosamente orquestadas por la experta mente de la señora Fondevila quien cada día estaba más convencida de consolidar su alianza con la Casa Guzmán, a juzgar por los exquisitos contactos de Alonso quien, a pesar de ser el segundón del marquesado, reflejaba con acierto la ventajosa posición que continuaba teniendo aquella familia tras la guerra. Tal fue la simpatía desplegada que el duque de Alagón propuso que se uniera al paseo. La marquesa aceptó, consciente de que su poder en la Corte había vuelto a florecer.

Inés quiso saber quién era el acompañante del señor Guzmán para añadirlo a la lista de conexiones de doña Mariana. Esta no hacía más que crecer. Sin embargo, como siempre, los dos metros que la separaban de la conversación complicaban el espionaje. Aquella mañana, además, al dejar atrás la fuente de Hércules, adentrándose así en el jardín de la Isla, Alonso, aburrido con el parloteo del duque y la marquesa, decidió quedar rezagado y caminar a la altura de Inés, cuyo tobillo clamaba que se detuviera. Filas de tilos y plátanos de Oriente se extendían ante ellos y trazaban los caminos que seguirían sus pasos, súbditos de la belleza. Rodearon la fuente de Apolo, usando dos de las ocho entradas —o salidas— que la circundaban. En los bancos, damas y caballeros cansados de andar, pero no de chismorrear. Inés los miraba con envidia. «¡Quién pudiera sentarse y dejar de sentir el bombeo del dolor!», se preguntó. Por la calle principal de aquel vergel, llamada «la Galería», caminaron sin pausa. Las paredes de boj, margen vegetal del tránsito, se estrechaban y ensanchaban para configurar los paseos y plazas, lugar de fuentes, cenadores y descanso. Alonso, que se dedicaba a contemplar charlas ajenas en silencio, notó el hormigueo del polen en la nariz. La primavera agradaba a sus ojos, pero no a su piel, que sentía el polvo adherirse a ella, colarse en su inspiración. Luchaba por contener los estornudos que se anunciaban con un picor molesto. Inés, identificando el apuro, sacó un pañuelo de la faltriquera y se lo tendió a Guzmán. Este, extrañado al principio, lo aceptó.

—Gracias.

Inés asintió y volvió a recluirse en su fachada ficticia. Desde aquella posición, atendió a los gestos de la marquesa. Aquella mujer era poderosa en sociedad. Parecía como si, incluso, tuviera pactados con Dios sus sonrojos.

—¿Lleva mucho tiempo trabajando para la familia Somoza? —se interesó Alonso, todavía luchando contra la congestión.

Inés frunció el labio y miró de soslayo al caballero. Se le había olvidado que, en ocasiones, ciertas personas podían tener interés en hablar con ella, más allá de las órdenes.

—Pronto hará dos años, señor —contestó sin alzar la mirada.

—¿Y le gusta todo esto?

—¿A mi señora? Sí, es muy feliz aquí. Aunque extraña muchísimo a su familia, por supuesto.

—No, no. —Se rio Alonso—. Me refiero a usted.

—Oh, a... ¿a mí?

La joven se quedó en blanco. Había estado tan concentrada en cumplir con sus obligaciones que apenas había formado una opinión sobre lo que le suscitaba aquel paraje del que tantas veces había oído hablar y que jamás había osado visitar. Levantó la vista y miró alrededor. Vio aquella sucesión de desconocidos que habitaban al margen de la desgracia. También a doña Mariana, entregada por completo a su diálogo con el duque.

—Sí, es un lugar bonito. Aunque tremendamente complejo —juzgó.

—La frivolidad es más simple de lo que parece —confesó Alonso, menos cauto en sus interacciones con extraños.

Inés sonrió.

—Quizá sí —le concedió, sintiéndose a salvo.

Se observaron mutuamente, risueños, cómplices. Sin embargo, pronto sus ojos buscaron aferrarse a un poste más seguro. Inés se fijó en un milano que revoloteaba a lo lejos. Alonso, en la huella que dejaban sus botas sobre la tierra del camino. Al llegar a la fuente de Baco, protegidos del sol gracias a las frondosas copas de los árboles, dieron media vuelta. Pasaron de largo la de don Juan y los deliciosos cenadores de la fuente de la Espina. El ritmo parsimonioso de los pasos se mezclaba con la tentación de volver a hablar, de encontrarse con la mirada una vez más. Pero Alonso sintió vértigo. E Inés, temor.

Aquella noche, en sus respectivas camas, se pensaron, tejiendo frases jamás pronunciadas en una conversación que se había marchitado demasiado rápido. Inés, que notaba los latidos de inflamación en su tobillo, supo enseguida que el paseo no había sido bueno para su lesión. Aun así, se exigió dormir tras anotar los avances del día. De vuelta al palacio, y tras despedirse, había podido averiguar la identidad del duque. También dedujo el peso de aquel hombre en la Corte y descubrió que, al contrario de lo que había creído, a doña Mariana no le caía demasiado bien. «Un recién llegado con los labios demasiado cerca del tímpano de Su Majestad», coligió mientras Inés terminaba de enrollar los mechones de su cabellera. «Además, me consta que tanto él como Chamorro promueven los vicios del rey», añadió. La marquesa cada vez se sentía más cómoda siendo sincera con su doncella. Inés, de apariencia inofensiva, se limitó a sonreír.

Tras apagar la vela que alumbraba su constante traición escrita, se dejó vencer por el cansancio. Una angustia gélida y pesada llenó sus pulmones antes de caer inconsciente. Entre densas nubes negras, atravesadas por contados rayos de luz violácea, su mente dibujó varios escalones. Dos pies descalzos empezaron a subirlos. Apenas sentía su cuerpo, solo un miedo profundo, asfixiante. Alguien o algo impedía que se girara, que buscara una ruta alternativa. Así, se rindió y continuó avanzando. Después del último peldaño, comprendió todo. Sus muñecas estaban atadas. El gentío estaba situado más allá de la tarima de madera en la que ella se encontraba. Manos nada amables la guiaron hasta el centro y colocaron la cuerda colgante en torno a su cuello. Y la apretaron. Algunos gritos pedían premura en la sentencia. Ni una cara conocida. Solo voces, solo extraños, solo culpa. Entonces, el verdugo, desdibujado, movió la palanca del destino, ahora abismo para Inés. Sus pies quisieron recuperar la superficie que los ataba a la vida, pero solo pudieron bailar en vano. La tráquea se rendía al tiempo que los cánticos que la acusaban de traidora se convertían en eco. La garganta se hacía pequeña, estrecha. No podía..., no era capaz..., no era posible respirar. Un último espasmo de vida permitió que su pecho se hinchara. Y entonces se despertó en aquel catre, tosiendo, luchando por salir ilesa de aquella pesadilla.

—¿Qué estoy haciendo? —se preguntó, mientras se incorporaba para recuperar el aliento—. ¿Qué estoy haciendo?

Sin saber si aquello era señal de lucidez o de cobardía, volvió a tumbarse. Consiguió serenarse y quiso creer que todo terminaría pronto, que nadie la descubriría. Sin embargo, aquella solo fue la primera vez que soñó con el patíbulo. Y es que, con el paso de la primavera, ese aterrador final se hizo más y más nítido cada vez que Inés cerraba los ojos.

XVIII

El resto del mes de abril de 1818, Alonso, que estaba experimentando en sus propias carnes aquello de que «las cosas de palacio van despacio», se entretuvo tomando parte en la investigación sobre lo ocurrido en el baile. Sobre todo tras descubrir, gracias a un lacayo y varias monedas, que el capitán Íñiguez se había quedado en Madrid. Algunos hubieran dicho que, más que implicado, estaba obsesionado. Y no les habría faltado razón. Ahíto de compromisos cortesanos, lo que comenzó siendo un pretexto fantástico para librarse de toda invitación terminó convirtiéndose en una cuestión personal, que enajenó su orgullo y razón y que trató de dar sentido a esa vuelta al lugar del que había huido. Además, sabía que todo buen servicio era recompensado con pagas y consideración real, particular veleta de sus vientos, que soplaban en dirección a Cádiz.

Algunas mañanas, privado del sueño, recorría todos los recodos del jardín del Príncipe en busca de pruebas o de una solución a la fuga de aquel criminal. Aprovechaba los instantes previos a que se llenara de corrillos de charlatanes. Y, en silencio, admiraba la indiscutible belleza de aquel paraje. Ante la ausencia de respuestas, sugirió al duque de Alagón que se realizara una lista con todos los efectivos en servicio aquella noche para, en caso necesario, proceder a interrogarlos. El duque aceptó, pero, como en lo demás, la elaboración de ese documento se demoró varias semanas. Finalmente, a principios de mayo, bajo la supervisión del señor don Ventura Quesada —que aplaudió su vocación de servicio a la Corona—, pudo proceder con las preguntas a los guardias.

Entretanto, la señora doña Mariana Fondevila continuó con su plan. Cada semana, el montón de esquelas que la convidaban a paseos, meriendas y tertulias aumentaba. Parecía ser el descubrimiento de la temporada. Se decía que incluso la reina le había escrito unas líneas. Sin embargo, su principal objetivo, encontrarse de nuevo con los infantes don Carlos María Isidro y doña María Francisca, interesados desde el baile en conocer más sobre el proyecto de don Ildefonso, no paraba de posponerse. Al parecer, la reina doña María Isabel andaba algo débil de salud y su hermana apenas se separaba de ella, decidida a cuidarla hasta su recuperación. Aquel detalle ralentizó los avances en el asunto Somoza y puso a prueba los nervios de la marquesa. Su vuelta a Salamanca tenía fecha y, tal y como había acordado con su esposo, no se admitían aplazamientos. Así, temerosa de regresar a casa en junio con las manos vacías, barajó distintas alternativas para agilizar el proceso.

—Comprendo tu interés, querida prima, pero dudo que haya ocasión de organizar un encuentro en las próximas semanas. Solo una razón de peso separaría a las hermanas De Braganza —le decía la señora doña Isabel Diezma mientras paseaban por la plaza de Abastos.

—Una verdadera lástima... —musitó la otra, balanceando su ridículo.

—Sí... Espero que la reina se recupere pronto. Además, no olvidemos que el infante don Francisco de Paula está próximo a llegar a la Corte y todo debe estar listo para su esperado regreso. Y sé de buena tinta que el encargado de disponer su cuarto es el infante don Carlos.

En efecto, tras su accidentada marcha de Madrid aquel histórico 2 de mayo de 1808, el hermano pequeño de Fernando VII y Carlos María Isidro había recibido permiso expreso del monarca para volver a formar parte de la Corte española. Con anterioridad, el infante había permanecido junto a sus padres, exiliado en Francia e Italia. Solo unos meses antes había iniciado un viaje por diversas Cortes europeas, animado por Su Majestad, asunto que había terminado por atrasar su vuelta. Sin embargo, su comitiva ya había emprendido el trayecto hacia su hogar y se esperaba que arribase durante aquel mes de mayo de 1818.

—Por supuesto. Imagino que tendrán mucho que preparar... —pareció capitular la marquesa.

—¿Y qué sabes de tu familia? ¿Sigue todo bien allá en Salamanca? —se interesó doña Isabel al tiempo que las adelantaban dos guardias de infantería.

—Sí, sí. El señor don Beltrán Enríquez está encantado con los progresos de Ildefonso y Fernando. Y mi amada suegra, la baronesa de Carrión, se está encargando personalmente de la educación de Aurora y Beatriz. Aunque deseo contratar a una institutriz en los próximos meses. Aurora cumplirá trece años en unos días y debe irse preparando para su entrada en sociedad.

—Absolutamente de acuerdo. Sería recomendable que pasara un tiempo en la Corte cuando sea un poco más mayor. Quizá podríamos encontrarle un buen matrimonio entre los descendientes de las grandes casas de Castilla.

—Eso sería maravilloso —valoró doña Mariana.

—¿Y el marqués? ¿Está bien?

—Sí, sí, atareado como acostumbra. Viaja constantemente a Asturias junto a sus socios. Espero que esté cuidando de su salud —aseguró, mientras se deleitaba con aquel ambiente cortesano, plagado de paseantes, calesas y abanicos, que extrañaba de antemano.

—Es una lástima que no prosperara su nombramiento como secretario de Hacienda hace un par de años...

—Sí...

Doña Mariana dio vueltas a lo que le había asegurado su prima en aquella conversación. Debía ser paciente y aguardar a que la reina se recuperara, pero, mientras tanto, era preciso continuar con su consolidación en la Corte, tras más de diez años alejada. Su estrategia era dejar claro que, pese a no residir en Madrid, su poder e influencia era un activo de interés. Una tarde, en el salón, mientras escuchaba las quejas de su cuñado, quien lamentaba que la temporada de bailes fuera tan breve, se le ocurrió: celebraría una cena en el palacete e invitaría a una selección de personajes de renombre para afianzar las alianzas construidas en esa jornada. La idea le pareció tan buena que dio un respingo y se levantó de la butaca en la que fingía leer. Don Gregorio, tumbado en un diván ubicado a pocos centímetros, se extrañó y abrevió un bostezo, máximo esfuerzo de la velada. La marquesa, quien sabía que no podía ignorar la presencia del hermano de su esposo, optó por aclararse la voz y, recuperando la compostura, hacerle partícipe de la ocurrencia. Este, deseoso de divertimentos, se unió sin dudar e hizo sugerencias a doña Mariana entre las que se encontraba una representación teatral a su cargo. Esta, nada convencida de las dotes artísticas de don Gregorio, quiso negarse, pero recordó que, ante todo, él era su aliado frente a don Ildefonso para justificar todo gasto.

Después de cenar, en su momento de la *toilette* nocturna, compartió con Inés la buena nueva. La doncella se emocionó en parte ante la perspectiva de los preparativos. Después recordó que ella formaría parte del servicio, no de los invitados, y se agobió. La marquesa, emocionada y orgullosa de su astucia, parloteó con más viveza que otras noches.

—Tengo que diseñar con inteligencia la lista de invitados. No creo que puedan asistir más de quince personas. Por supuesto, los duques de San Carlos o el duque de Alagón están más que incluidos. Es imperativo que ellos asistan. Serán los mejores embajadores en palacio de la riqueza y prestigio de esta familia. Detesto que haya quien piense que he pasado a formar parte de la nobleza provinciana, ociosa y venida a menos. No conviene para cerrar tratos ni para que te escuchen. Mi madre siempre me lo dijo: «Mariana, nunca dejes que nadie piense que te está haciendo un favor» —afirmó reflexiva, extasiada por un segundo—. En fin, deben enviarse ya las tarjetas. Mañana mismo pediré muestras. Y, por supuesto, una de ellas irá a palacio.

—Pero ¿es que pretende que asista la familia real, mi señora? —se extrañó Inés.

—No, en absoluto. Y menos con la llegada del infante. Sin embargo, es de vital importancia que sepan, de primera mano, que tengo poder de convocatoria en la Corte, que he heredado esa virtud de mis padres y de mis abuelos —desveló doña Mariana—. En cuanto enviemos las esquelas, debemos ser eficientes en la organización. Creo que la mejor fecha es el próximo día 12 de mayo.

—Seguro que logra celebrar una magnífica reunión, mi señora.

—Eso espero, Inés. No me perdonaría que no fuera así —confesó—. Cualquier evento puede ser un nido de buenas noticias o de terribles contratiempos. Si no, mire lo que cuentan sobre el baile que se celebró en palacio el mes pasado.

Inés deseó haber escuchado mal. Detuvo un segundo el ritmo de las suaves cerdas que se hundían en la melena de la señora.

—¿Qué... qué cuentan, mi señora? —se interesó, con la boca seca—. Si no es indiscreción.

—En absoluto. Entiendo que le preocupe. El tema no es baladí. Al parecer, interceptaron a un caballero vestido con larga capa huyendo de palacio en medio de la fiesta. Se ha iniciado una investigación reservada para averiguar por qué asistió al evento sin invitación y por qué se marchó así. Algunas voces catastrofistas afirman que pudo tratarse de un ladrón. ¿Imagina? ¡Un ladrón en palacio! —exclamó la marquesa, de excelente humor, pero sin ocultar su pesar por aquel episodio—.

En fin, esperemos no tener convidados indeseados en nuestro pequeño contubernio.

La joven, que creyó haber perdido la voz, asintió y sonrió a la marquesa.

—Seguro que no, mi señora. Será perfecto —acertó a decir.

De vuelta en su cuarto, sintió que el corazón se le desbordaba. Al menos, los rumores apuntaban a un caballero. Lo que, por lo pronto, la dejaba fuera del esquema. Pero ¿y si descubrían que había dos implicados en la sustracción de aquellos pliegos? ¿Y si daban con ella? ¿Y si el cadalso de sus pesadillas era una premonición? Con la mano temblorosa, escribió unas líneas codificadas, dispuesta a solicitar auxilio. Pero cuando terminó, su determinación vaciló y optó por destruir la nota. Seguía a salvo. No era sensato generar alarma sin necesidad. Eso sí, se exigió estar alerta con respecto a ese tema en los días sucesivos. Y así lo hizo. El problema fue que apenas podía levantar la mirada de cada una de las tareas que se acumulaban con cada amanecer. Y es que la llegada de las primeras confirmaciones de asistencia inició el vertiginoso ritmo de los preparativos. La marquesa, al límite del sosiego, no dejaba de dar órdenes, pautar recados, exigir mejoras…

Don Gregorio, aunque participó en la confección del menú, se retiró pronto de la coordinación para dedicarse a ensayar el monólogo con el que deleitaría a los asistentes tras la cena. De tanto en tanto, al pasar por delante del gabinete de visitas, Alonso tenía el placer de disfrutar de una pizca de aquella actuación. Cuando lo hacía, negaba divertido con la cabeza, sin comprender. «¿Puede existir una familia más ridículamente necesitada de atención?», se había preguntado al enterarse de la selecta reunión. Y es que doña Mariana, astuta, se había tomado la molestia de informarle de sus intenciones justo después de su momento de inspiración en el salón junto a don Gregorio. Alonso no vio motivo para oponerse. Tampoco razones para asistir. Una vez más, el trabajo era la perfecta excusa. Y, en cierto modo, no andaba alejada de la realidad.

Las primeras sesiones de instrucción habían alumbrado nuevos datos. Pero, sobre todo, habían confirmado las sospechas iniciales de Guzmán. Otro alabardero había tenido la misma impresión que él: el caballero huido había llegado a la escalera desde el cuarto del rey. Los vigías de aquellas dependencias, incluidos algunos Monteros de Espinosa, negaron haber dejado pasar a ningún hombre con capa oscura. Alonso, que casi perdió los nervios con un guardia tan pagado de sí mismo que rechazaba asumir que se podía haber producido un error, no dejó de darle vueltas a aquel sinsentido. Por la noche, tras dejar atrás los aullidos artísticos de don Gregorio, se sumía en la soledad de su dormitorio, donde siempre lo esperaba una botella, al fondo de la cual se encontraba una cura pasajera a su frustración.

En el mediodía del 10 de mayo, no obstante, descubrió que no era el único inestable en aquel palacete arancetano. Como en otras ocasiones, ese domingo se había visto obligado a aceptar la amable invitación de la señora doña Mariana y comer junto a los arrendados de su madre en el comedor del ala oeste. Aquella sala, luminosa gracias a las amplias ventanas, constaba de una mesa de nogal cubierta por un mantel con encajes, varias sillas tapizadas en damasco verde, dos aparadores de madera embutida y una chimenea sobre la que reposaba una vista al óleo de varias huertas sobre el Jarama, pintada por la condesa de Valderas. Dos sirvientes se encargaban de llevar y traer, en silencio, bandejas con la bebida y la comida, mientras don Gregorio, doña Mariana y Alonso buscaban puntos en común para nutrir la conversación.

Tanto Inés como Sebastián Naranjo, el ayuda de cámara de don Gregorio, debían aguardar fuera, pero a poca distancia. Cualquier motivo era bueno para requerir, con premura, su presencia. Aquellas esperas Inés las aborrecía. Detestaba no parar de trabajar, pero lo prefería a saberse presa en antecámaras y antesalas. En esa ocasión, por suerte, el mayordomo de la residencia apareció con un sobre. Aprovechando que el señorito Naranjo estaba encandilado con su propio reflejo en un espejo de pared, cazó la misiva y se ofreció a ser la que la entregara. Según pudo leer mientras daba un par de toques en la puerta, el destinatario era la representación del marquesado de Riofrío en Aranjuez. Y el remitente, el ducado de San Carlos. Tras obtener permiso para acceder al comedor, la joven titubeó. No supo a quién entregar la nota. Por suerte, el ambivalente orgullo de don Gregorio hizo su aparición y se dio por aludido al escuchar que la carta iba dirigida a su apellido.

—¡No puedo creerlo! —exclamó.

Doña Mariana se limpió la comisura de sus labios rosados con la servilleta. Sus ojos exigieron una pronta explicación. Su cuñado, adicto al drama, se hizo de rogar unos minutos, bisbiseando lamentos mientras releía las líneas escritas por el señor don José Miguel de Carvajal-Vargas. Al final, la marquesa obvió las formalidades e insistió.

—¿Qué ocurre, querido cuñado? No postergue más este sufrimiento, se lo ruego.

—Terrible... Los duques de San Carlos no van a poder asistir a la cena. El duque del Infantado organiza una ese mismo día y ya confirmaron.

—No puede ser —espetó doña Mariana, derrotada, contrariada.

—Si lo desea, puede leerlo usted misma —propuso don Gregorio y chistó a Inés para que trasladara el mensaje hasta las manos de su cuñada.

La joven obedeció, pese a que, en su fuero interno, se preguntaba dónde estaba el límite del esfuerzo para aquel hombre. Cuando la misiva estuvo en poder de doña Mariana, esta dejó escapar un suspiro de desilusión. Aquella jugada estaba perdida antes incluso de comenzar la partida. ¿Cómo competir con alguien de la talla del señor don Pedro Alcántara Álvarez de Toledo, caballero de mundo, mano derecha del rey desde su juventud, presidente del Consejo Real de Castilla? Sus mejillas se encendieron en aquel rostro desencajado por motivos más y menos obvios. Sin poder controlar su carácter, lanzó la carta sobre la mesa de mala gana.

—¿Qué vamos a hacer ahora? Está todo listo para la cena, pero seguro que los invitados más relevantes están en la misma situación, son más de la mitad —reflexionó—. ¿¡Qué vamos a hacer!?

Alonso, que postergaba su siguiente bocado desde el inicio de la escena, observaba cómo la calma se iba derritiendo como velas en hermosos candelabros de plata.

—Llevo días dedicada a este evento. Y ahora nada tiene sentido. ¡Nada!

—Qué ridículo más grotesco —opinó don Gregorio.

—No se atreva a decir eso. Esta familia jamás hace el ridículo.

Guzmán discrepaba y, entretanto, se preguntaba si ya procedía continuar masticando. Tenía hambre y, puesto que no tenía sentido que participara en aquella elegía, lo justo era que se le permitiera comer. Inés, a quien no habían dado orden de retirarse, aguardaba estoica a tres pies de la silla de doña Mariana. Esta, de pronto, se levantó y empezó a dar vueltas por el comedor. Sin intención de guardarse la angustia para sí, compartió con los presentes la retahíla de inconvenientes que se cernían sobre aquella cena. Don Gregorio, igualmente decepcionado, se unió a la copla, lo que no favoreció a que el ambiente se destensara.

—Ahora, sin apenas invitados, ¿qué sentido tiene que haga mi representación de *El barbero de Sevilla* de Beaumarchais en francés?

Doña Mariana lo miró extrañada.

—¿Y qué sentido hubiera tenido antes?

—Todo el del mundo. Al ser una ocasión especial, plagada de gentileshombres, iba a presentarlo como una pieza en honor a las hermanas De Braganza. ¿No estuvieron viviendo en París?

—¡En el Brasil! ¡Vivían en el Brasil! —subrayó la marquesa, exasperada.

Inés y Alonso no pudieron evitar reírse, con sutileza, de la situación. Y pronto se percataron de que eran cómplices frente al divertido caos reinante.

—Pero el rey y el infante don Carlos sí vivieron en Francia. ¿No es así? Podría haber sido en su honor... —quiso justificar don Gregorio.

—Sí, estuvieron, pero retenidos por Napoleón Bonaparte. Estoy convencida de que les encantaría saber que la familia Somoza revive en sus cenas ese episodio —ironizó ella, que volvió a sentarse, derrotada.

En el fondo, Inés lamentaba que todos aquellos esfuerzos y la ilusión de la marquesa fueran a ser en balde. Sabía que, al igual que ella, doña Mariana se jugaba mucho con cada paso dado en Aranjuez. Quiso aportar alguna idea, pero la habitación se sumió en un silencio tan incómodo, tan pesado, que daba apuro hasta ignorarlo. Alonso, que ya había dado por perdido el postre, esperó paciente a que la reunión se terminara. Miró por las ventanas, en las que se intuían las fachadas del otro lado de la calle del Gobernador, también analizó el mejorable cuadro pintado por su madre y, sin querer, reparó también en Inés quien, aun con la cabeza gacha, se supo observada, halagada.

—Enviaremos nuevas tarjetas. Diremos que se extraviaron. Así tendremos a nuestra selección de invitados. Quizá no es la que yo desearía, pero bastará para causar buena impresión y no ser objeto de burlas —dijo de pronto doña Mariana—. Que no se diga que en esta casa no tenemos don de gentes.

—¿De veras cree que es buena idea, Mariana? —se aseguró don Gregorio.

—No. Pero no hacerlo me parece peor —opinó y se levantó—. Inés, vámonos. Deseo descansar un rato. Después debemos rematar detalles. Si me disculpan, caballeros...

—Por supuesto, querida. Repose un rato. Yo también me echaré una siesta. Estos cambios de última hora alteran a cualquiera.

Alonso se reía por dentro, admirando la capacidad de don Gregorio para agotarse sin hacer nada.

—Faltaría más, doña Mariana. Descanse usted —se sumó, después de tragarse el tono cómico.

—Muchísimas gracias, señor Guzmán. Y siento que haya tenido que ser testigo de...

—No se preocupe, de verdad. Estará todo olvidado en cuanto salga por la puerta —prometió.

—Se lo agradezco —respondió, bajando levemente la cabeza—. ¿Podrá unirse a la cena finalmente?

—Tengo mucho trabajo, pero intentaré pasarme a saludar.

La marquesa asintió, conforme. Después, volvió a azuzar a Inés para que la siguiera. Esta, sin valor de mirar al frente, dio media vuelta y se marchó junto a su señora que, mientras abandonaba la estancia, murmuraba «tenía que ser él, justo él».

—Entonces ¿usted tampoco cree que sea buena idea lo de la representación en francés? —planteó don Gregorio.

Alonso negó enérgicamente con la cabeza. Acto seguido, temiendo que las reflexiones de don Gregorio lo retuvieran más tiempo en aquel comedor, se levantó, disculpándose por tener otros compromisos.

—Pruebe con algo menos arriesgado, amigo. Lope de Vega nunca falla —le aconsejó antes de marcharse.

Don Gregorio Somoza, que consideraba zafio y aburrido todo lo que no se hubiera creado más allá de las fronteras del reino, esbozó una frágil sonrisa que se esfumó una vez se supo solo.

Tal y como había anunciado doña Mariana, los preparativos no cesaron. En aquellos dos días, empleados de toda índole entraron y salieron del palacete. Asuntos como la decoración, la adquisición de las mejores viandas y pescados, los remates en el atuendo y la temida respuesta de los invitados se convirtieron en el eje central de las jornadas. Inés se pasó los dos días intentando adivinar la fórmula para que la marquesa no se pusiera más nerviosa. Pero no lo logró. Los recados vinculados al evento pasaron a ser prioritarios sobre todo lo demás. Sin embargo, doña Mariana no toleraba errores en la rutina. La intuida avalancha inicial de negativas tampoco apaciguó los ánimos, aunque las confirmaciones siempre eran un hálito de calma. Así, la joven terminó deseando que aquel acontecimiento pasara de una vez. No obstante, ella misma era consciente de la importancia de vigilar cada detalle de la reunión desde la sombra. Los asistentes eran indudables piezas de ajedrez y doña Mariana, la mano ejecutora.

Finalmente, y con una nada despreciable lista de invitados, la cena comenzó a las ocho y media del día 12. Desde esa hora, cortesanos, ministros y prohombres de farol se apearon de sus calesas junto a la compañía escogida y subieron por las escaleras, siempre escoltados por algún uniformado sirviente. Inés, tras volver a admirar la elegancia de su señora, se retiró a las tinieblas del corredor para no estar en medio. Poco a poco, el gabinete de visitas, una amplia estancia ubicada en la cara sur —al igual que los comedores y salones—, se fue llenando. La marquesa y don Gregorio, como orgullosos anfitriones, aparecieron a eso de las nueve menos diez. En ese momento, el señor Ugarte, entregado hasta entonces a la cata de aperitivos en el ambigú, se unió a su esposa en los cumplidos regalados a los Somoza con respecto a la decoración. El raso amarillo de paredes, cortinas y asientos combinaba a la perfección con la araña de cristal del techo y las consolas que, soberbias, sostenían esculturas de alabastro y jarrones repletos de rosas y paniculata.

Un pianista, un violinista y un violoncelista, muestra de que el boato pretendido impregnaba cada menudencia, amenizaban la bienvenida con una sonata. Cuando el mayordomo aseguró a los señores que ya se encontraban en la casa todos los confirmados, se dio paso al comedor. Este había sido embellecido con más cuadros, traídos de otras alcobas del palacete. El de la condesa de Valderas había quedado relegado a un plano secundario, mérito de sus mediocres pinceladas. Sobre un mantel de hilo blanco reposaba la vajilla de cerámica estampada, la cubertería de plata y un centro de cristal y pan de oro. Los aparadores habían sido sustituidos por dos consolas semicirculares con acabados en charol. Sobre ellos, más arreglos florales como los del gabinete. Como maridaje, un pesado aroma a ternera estofada, a pescado asado, compotas y purés, que se mezclaba con las aguas de colonia, las pomadas y perfumes cítricos y dulzones. Una vez se hubieron acomodado y las bandejas humeantes estuvieron al alcance de los comensales, Inés se aproximó a una de las puertas secundarias, disimulada en la pared. Su intención era controlar con qué personas y en qué tono se relacionaba doña Mariana para así dar parte al Benefactor y compañía.

Alonso Guzmán llegó cansado al palacete. Había sido un día de locos. El testimonio de uno de los ujieres en servicio durante la noche del baile había arrojado una nueva pista: un compañero llevaba desaparecido desde esa misma velada. Se había marchado a dar aviso por un incidente menor de carácter doméstico y no había vuelto. Los compañeros imaginaron que se había perdido en compañía de alguna dama. Pero su ausencia continuada había hecho que se preocuparan por su salud. Y, tras varias interpelaciones, se concluyó, a regañadientes, que, por la hora, podría tratarse del individuo que había abandonado el cuarto del rey. En principio, lo único que no cuadraba era el asunto de la capa. Pero cabía la posibilidad de que la hubiera escondido con anterioridad en algún punto entre aquella sala y el exterior del palacio. Su nombre era Elías Izaguirre. Excitado por aquella información, Alonso fue a visitar al duque de Alagón, quien, antes de marchar a la cena organizada por el duque del Infantado, dio luz verde para tratar de localizarlo.

Entretanto, fue llamado por el señor don Ventura Quesada para repasar todas las anotaciones de los interrogatorios. Sin novedades sobre el paradero de Izaguirre, pasó en la casa de la calle Montesinos toda la tarde hasta que la ausencia de luz y el escozor de ojos dieron por finalizada la jornada.

Así, al recordar que se había comprometido a hacer acto de presencia en la cena de la familia Somoza, creyó desfallecer. Se planteó incumplir su palabra, pero después pensó en su madre y se decidió a concederle aquellos minutos a su paz espiritual. Cuando entró en el gabinete de visitas, halló los rostros sonrientes de aquella selección cortesana, ya con la panza llena. En silencio escuchaban al trío de cuerda, a punto de terminar su exhibición. Sin hacer ruido pasó a la estancia y se acomodó en una de las dos sillas vacías. Mientras se convertía en maravillada audiencia, observó a los presentes. Habían asistido los Ugarte, los marqueses de Santa Cruz, los duques de Osuna, los condes de Barbastro, el príncipe de Anglona, los duques de Nogales y el señor don Martín de Garay —secretario de Hacienda criticado por Modesto unos meses antes— y esposa.

Al repasar las extasiadas facciones de todos ellos y al saludarlos uno a uno, después de que los músicos dejaran de tocar, se sintió vacío de pronto. No era sencillo explicar por qué. En principio, él había nacido en aquel mundo. También formaba parte de aquella rimbombante lista de invitados. Era el barón de Castrover, el hijo de los antaño marqueses de Urueña, el futuro conde de Valderas. El problema era que, aun con todos aquellos espléndidos modales y exquisitos salones, ese universo le había fallado. ¿Cuál de aquellas sonrisas era sincera? ¿Cuál una treta? ¿Alguno sabría de la existencia de una oveja negra en su familia? ¿Alguno estaría disimulando mientras lo acusaba por la espalda del crimen de la equidistancia? Aquellas suposiciones, sucios sables que aniquilaban su ánimo, lo impulsaron a buscar una copa.

Inés, que se había parapetado entre las cortinas que embellecían uno de los accesos al gabinete, se divirtió vigilando las risas y lisonjas de la marquesa. También comprobó que don Gregorio no desaprovechaba ocasión para hablar a los invitados de su fallida representación teatral. «Siento que vayan a perdérsela, pero todavía debo ensayar. Quizá en la próxima ocasión…», argumentaba. La joven sonreía al escuchar pedazos de conversaciones ajenas. Había disfrutado con el repertorio del trío de cuerda. Por un momento, su alma se había movido siguiendo aquellos compases que, otrora, habían guiado sus pies.

Entonces, protegida por el anonimato del pasillo, analizó la enmascarada incomodidad del señor Guzmán mientras intentaba mantener la atención en la conversación de tantos convidados relevantes. Este, al borde de su segunda copa y con una jaqueca a punto de entrar en escena, buscó una salida visual a la perorata del conde de Barbastro. En ese momento, vio a Inés agazapada tras el cortinaje. Una vez más, sus miradas se encontraron, lo que preocupó a la muchacha, sabiéndose una intrusa. Retrocedió y se marchó por el corredor. Alonso, sin tener muy clara la pertinencia de sus acciones, se disculpó ante su interlocutor y fue en su busca.

Ya en el pasillo, supuso que se había dirigido al ala occidental, en la que residían los Somoza. Giró y la vio al fondo, queriendo ser devorada por aquella oscuridad, indulto de crímenes.

—Señorita —la llamó.

Inés supo que debía responder, que no había escapatoria, así que detuvo sus pasos y se giró.

—Perdóneme, señor. No estaba... No quería ser una fisgona.

—No se preocupe. No creo que lo sea.

Inés arqueó las cejas, extrañada.

—Gracias —contestó.

La joven miró de frente a Alonso con toda la franqueza que le quedaba. Y aquel rostro, sin pretensiones de convencerlo de nada, sanó una pizca su mermada esperanza.

—Solo quería... —empezó, deseando alargar el momento—. Solo quería saber si se le ofrece algo, señorita.

Aquellas palabras fueron ventisca y abrigo para Inés. Por un instante, ansió responder, decir que sí, que quería que todo aquello terminara. Que cada vez el sueño era menor y el cansancio mayor. Que lo único que la hacía vibrar era la idea de cumplir con su cometido y volver a su casa, a Santa Cruz, al hogar de aquella niña que fue y que había ido masacrando con cada decisión. Quiso pedir ayuda, exhalar un grito de desesperación, un ruego que la conectase con alguien, divino o humano, capaz de solucionar sus problemas. Pero al verse detenida en aquel largo corredor, vestida de doncella, solo pudo dejar que sus ojos brillaran, agradecidos por el interés de aquel caballero desconocido.

—No, señor Guzmán. Muchas gracias. Me gusta la música, eso es todo. Y quería escucharla de cerca —logró decir, temerosa de que su mentira se le volviera en contra—. ¿Y a usted?

A Alonso también se le atragantaron las súplicas. Pero al final fue un poquito más sincero.

—Sería fabuloso descubrir la forma de no tener que asistir a este tipo de reuniones. Si se entera de cómo lograrlo, ruego que me lo diga.

—Basta con ser invisible para la pluma que escribe la lista de invitados —contestó ella.

—Eso ya lo he intentado —confesó, rendido.

Inés frunció el ceño, sin entender. Guzmán comprendió de pronto su falta de consideración con aquella joven, excluida del evento. Quiso disculparse, pero Inés fue más rápida en su réplica.

—En ese caso, señor Guzmán, temo que no lo ha hecho bien —juzgó ella, más habilidosa en su cambio de vida.

—Quizá —dijo él, relajado por la respuesta. Y sonrió.

Inés le devolvió la sonrisa, pero, de pronto, apartó la vista, deseosa de ponerse a salvo.

—Debo retirarme. Tengo que preparar, ya sabe... —se le ocurrió y volvió a mirarlo.

—Sí, sí, por supuesto. No quiero causarle problemas —respondió sincero.

—Gracias, señor. Espero que pueda escaparse pronto —le deseó y continuó avanzando.

Aprovechando la interrupción de su espionaje, Inés se dirigió al dormitorio de la marquesa para dejarlo listo. Una vez terminó el contubernio, ayudó a doña Mariana, exhausta, a que se pusiera la ropa de noche. Volvió a guardar el vestido azul que había escogido para la ocasión. Cepilló su cabello y confirmó las identidades de los asistentes. Sin embargo, poco más averiguó. El agotamiento coartó las palabras de la señora, que se acostó enseguida.

Cuando todo estuvo en orden, Inés se dirigió a su cuarto en la buhardilla. Al tiempo que subía las escaleras, recordaba lo cerca que había estado Alonso de descubrirla olisqueando el rastro de las negociaciones de doña Mariana. También lo amable que había sido siempre con ella. Al cerrar la puerta se sentó sobre el catre, acariciándose el tobillo, que todavía rugía cuando lo forzaba. Encima de su cabeza, un tragaluz le mostraba un cielo estrellado. Decidió abrirlo. Sonrió, acompañando el chirrido. Imaginó que las notas despedidas por aquellos instrumentos de cuerda habían ascendido por la casa hasta cristalizar, hasta convertirse en centellas brillantes. Aquellas que tantas veces había observado junto a su añorada Blanca, compañera de risas, confidencias y bailes en otra vida.

En su dormitorio, Guzmán se dejó envolver por la extraña paz que le proporcionaba aquella joven. Pero la brisa de la calma duraba poco en su piel. De pronto recordó el malestar al preguntarse por lo que se sabía en la Corte de su familia. No deseaba ser el último en enterarse. Así, aunque no tenía ninguna gana, se decidió a escribir una carta a su hermano Cosme para anunciarle su próxima visita a su residencia en Madrid. Debía confirmar que no era él la fuente de problemas. Que no había estado conjurando en aquellos años en los que no se habían visto. Que no sabía nada. Quizá, si lo ignoraba y era considerado con él, lo advertiría del peligro. Aunque, con franqueza, hacía años que había capitulado en sus intentos por tolerar a su hermano mayor.

La cena organizada por los Somoza fue todo un éxito y es que logró su principal objetivo: que se continuara hablando de la familia en los mejores términos. Y más concretamente de ella. «Tiene un gusto exquisito», decían. «Su esposo es un hombre culto y habilidoso en los negocios», afirmaban. «Su frescura y convicción complacen. Su devoción a la real familia convence», comentaban. «Fue camarista de la princesa María Antonia. Seguro que sería una gran confidente para la reina», sugerían. Así, dos semanas más tarde, el infante don Carlos María Isidro y su esposa la invitaron a escuchar música en sus apartamentos antes de la hora del paseo.

La marquesa estuvo pletórica los días previos. Se aprendió de memoria su discurso sobre el proyecto de don Ildefonso para ser certera en sus intervenciones. En sus ratos a solas, la doncella consiguió descubrir las intenciones de la señora en aquel deseado encuentro. Al parecer, los infantes eran piedras angulares en la Corte. Si ellos quedaban seducidos por el asunto de la mina, el desarrollo de caminos y la instalación de postas, era probable que terminara existiendo favor real. De lo contrario, había poca opción de que el rey Fernando tuviera hueco para atender aquella solicitud. Además, se decía que el infante tenía más olfato político y era menos influenciable. Y, aunque doña Mariana había hecho los deberes para causar buena impresión a ministros, damas y miembros de la camarilla, los designios del Deseado siempre eran impredecibles. Así que era imperativo convencer a don Carlos María Isidro y doña María Francisca.

Aquella tarde pidió a Inés que preparara uno de sus espectaculares conjuntos de visita. Y así lo hizo. La doncella la acompañó hasta la puerta y aguardó fuera a que la marquesa sedujera con su magia a los infantes. La reunión fue bien. Y de eso se dio cuenta enseguida Inés. Sin embargo, al regresar al palacete por los arcos de la capilla de San Antonio, doña Mariana cambió el gesto. Frente a ellas, el duque del Infantado esbozaba una amplia sonrisa. Inés se apartó protocolariamente.

—Buenas tardes, señora Fondevila. Cuánto tiempo sin verla. Me costó creer que había regresado a la Corte, después de todos estos años —afirmó, besándole la mano—. Sentí mucho la coincidencia de cenas. De haberlo sabido...

—Buenas tardes. Qué maravilla encontrarlo directamente por fin —respondió con falsedad, al tiempo que retiraba el brazo con gracia—. No se preocupe. Aranjuez siempre ha sido un lugar de intensa vida social. Estoy disfrutando mucho de mi estancia aquí. Echaba de menos esto, mi hogar.

—Su hogar, en efecto —masculló—. Veo que no ha tardado en ponerse al día. Pocas familias desconocen su vuelta. La vi muy bien acompañada en el baile de cierre de temporada.

—Ya sabe, por mucho tiempo que pase, hay ciertos aspectos inmutables de la vida en la Corte.

Inés pudo sentir, a cuatro pies de distancia, la plomiza tensión que se iba generando con cada frase. Era evidente que aquellos dos nobles se habían esforzado por evitarse durante la jornada, tarea harto complicada si deseaba hacerse con disimulo.

—Sí, imagino que echará en falta a más de una persona por estos lares. Si en algo destacó usted en su juventud fue en rodearse de las más poderosas compañías. Una lástima que matrimonio y extremaunción se hallaran en su camino. Imagino que la vida en Salamanca será de lo más aburrida.

—No tanto como en Guadalajara, señor Álvarez de Toledo.

—Sí, ya, en fin..., ¿tiene pensado quedarse mucho tiempo más por aquí?

—Solo el necesario. Pero volveré. Recuerde que yo siempre vuelvo, don Pedro.

De pronto, el tono cambió, ganó coherencia.

—Para disgusto de algunos —espetó—. Quizá le interese saber que corren rumores acerca de su habilidad para clavar puñales por la espalda, señora Fondevila.

—¿De qué está hablando? —masculló ella, entre extrañada y enfurecida.

El duque dio un paso al frente y, aproximándose a la oreja de la marquesa, apostilló:

—De don Pedro Macanaz, señora.

Doña Mariana lo miró escandalizada.

—Atrévase a afear mi conducta. Seguro que a más de uno le interesaría conocer sus fidelidades.

—No, no se la afeo. Pero es gracioso que precisamente usted jugara esa carta. No creo que nadie vuelva a fiarse de usted. Debió ser más sutil, dejar que otros se llevaran el mérito. Pero es demasiado ambiciosa. Ya me percaté antes de la guerra y veo que lo sigue siendo. Entra y sale de los cuartos reales, revolotea a su antojo con el único interés de beneficiarse de forma particular. No sé en Salamanca, pero a eso yo lo llamo comerciar con la traición. No es lealtad. No la verdadera.

—Hice lo que debía. Y fue por sincera lealtad. Aunque usted no lo entienda. —Silencio—. Tengo más información de la que piensa, señor Álvarez de Toledo. Así que le aconsejo que no vuelva a molestarme o a ponerse en mi camino.

En ese momento, fue el duque el que pareció perderse en la conversación.

—¿A qué se refiere?

—Aléjese de mí y no tendrá que preocuparse si termina por saberse toda la verdad. Ahora, si no precisa nada más, he de irme. Acabo de disfrutar de la compañía de los infantes y detestaría que un encuentro desafortunado me agriara un día espléndido.

Doña Mariana se ahorró las ceremonias y chistó a Inés para que la siguiera, al tiempo que el duque, confundido, continuaba avanzando en dirección a la Casa de Oficios. Las zancadas de la señora eran más ambiciosas de lo normal. Y aquello volvió a incomodar al tobillo mal curado de la doncella. Esta, sin comprender muy bien qué había ocurrido y por qué la señora estaba tan nerviosa, fue obediente, mantuvo el ritmo hasta alcanzar la puerta del palacete. Una vez dentro, la señora dejó caer un saludo descafeinado al mayordomo y subió a sus aposentos. En el dormitorio, mientras se deshacía los lazos de la capota, murmuraba excitada.

—¡No soporto a ese hombre! ¡Me lleva al límite! Casi había logrado evitarlo..., pero ¡tenía que aparecer! Con sus excelsos modales y su veneno. Jamás superará que le llevase la contraria, que tuviera influencia en el cuarto de los príncipes. ¡¿Por qué ha tenido que aparecer?!

Inés enmudeció. La marquesa daba vueltas por la habitación. Al final, optó por sentarse frente al tocador, agotada de murmurar improperios y lamentos sobre las consecuencias de aquella charla. Inés aprovechó para aproximarse y ofrecerse a peinar su cabellera. Sin embargo, la marquesa rechazó la propuesta y pidió a su doncella que se retirara. Deseaba estar sola. Inés lamentó la decisión. Aquel desencuentro podía significar algo. Y no podía permitirse despreciar información válida que agilizase todo el asunto de Dolores. Mientras obedecía a su señora y salía del dormitorio, alcanzó a escuchar un último suspiro de doña Mariana, que seguía en el tocador, odiando su reflejo:

—No debería haber dicho nada...

Entretanto, el lunes 1 de junio, Alonso por fin recibió la esquela en la que Su Majestad lo citaba en palacio. Por un lado sintió júbilo al saborear su cercana libertad. Por otro, detestó tener que interrumpir las pesquisas relativas a la noche del baile, a la que había dedicado tantas horas que se había convertido en una cuestión de honor personal. Todavía no se había conseguido localizar al guardia Izaguirre, por lo que se desechó la posibilidad de que hubiera permanecido en Aranjuez. Así, la búsqueda se extendió a las villas cercanas, incluida Madrid. Con aquella hipótesis sobre la mesa, habían vuelto a interrogar a algunos de los efectivos y a revisar cada rincón del itinerario de fuga.

Cuando, el día indicado, entró en las dependencias del monarca por la sala de guardias, recorrió con la mirada los espacios, incapaz de dejar de pensar en la instrucción. Dos grandes mapas de Aranjuez y Nápoles decoraban las paredes de una habitación ocupada por guardias, cajones y bancos. Habiendo obtenido permiso, pasó, precedido por un empleado, a la pieza de cubierto. Una araña de cristal custodió sus pasos desde arriba, al tiempo que quedaba impresionado por la colección de pinturas de animales. También dejó atrás aquella sala.

Se quitó el sombrero de copa y continuó avanzando, tratando de no quedar rezagado. Pasó por la antecámara del rey, vestida en damasco color caña, y la pieza de ujieres, invadida por tercianela roja. En ambas, la colección de cuadros representaba escenas pastoriles y rurales. Contrapunto melódico en aquel paseo por palacio. Pasó a la sala de Corte del rey, en la que la seda pequinesa era la protagonista. Finalmente, tal y como se había indicado en la invitación, accedió a la pieza de gentileshombres, cuyas paredes estaban recubiertas de raso verde. El lacayo le señaló una de las sillas para que se acomodara mientras Fernando VII hacía su aparición. Alonso obedeció. Durante el tiempo de espera, analizó una obra de gran formato en la que estaba representado el juicio de Salomón. Quiso levantarse para examinarla de cerca, pero sabía que no era prudente. Tras más de veinte minutos, anunciaron al Deseado. Guzmán se levantó y se postró ante aquel al que servía por dinero.

—Buenos días, Majestad —saludó Alonso—. Es un honor poder reunirme con usted, mi señor.

—Buenos días, señor Guzmán. Puede sentarse.

—Gracias, Majestad.

El rey se sentó en otra de las sillas, tapizadas en tercianela azul. Alonso, que no había tenido tiempo de analizar tan de cerca al monarca desde antes de la guerra, fue testigo de cómo la flor de la juventud se estaba marchitando en las facciones de este. Quizá también le estaba ocurriendo a él, pero quiso creer que el paso de los años había sido menos cruel con sus carnes. Aun así, continuaba caracterizando su cara una gruesa nariz, que casi alcanzaba aquellos labios rosados que remataban una boca no demasiado grande. Su cabello oscuro, corto y despeinado, había empezado a perder espesor. Y su mirada castaña, acunada por ojeras, seguía siendo inexpugnable.

—Bien, le he mandado llamar porque me preocupa el estado de las cosas en Cádiz. El duque de Alagón me ha mantenido al tanto de los avances en esa plaza y no me gusta el cariz que están tomando los acontecimientos. Sobre todo en lo respectivo a la capitanía general. ¿Confirma sus sospechas con respecto al marqués de Castelldosrius?

El aludido se aclaró la voz y enumeró las razones en las que estaba basada su desconfianza.

—Qué cantidad de calaña infecta hay en esa ciudad, carajo —valoró el rey.

Alonso estuvo a punto de echarse a reír, de colgar sus modales en el perchero más cercano, pero resistió.

—En fin, esto es confidencial, pero sepa que la destitución de Castelldosrius es prácticamente un hecho. No dejaremos de vigilarlo, pero mi intención es nombrar gobernador y capitán general al conde de La Bisbal. Ya ejerció antes. Está allí destinado al mando de las tropas que partirán pronto a las Américas.

Guzmán se removió en su asiento.

—Su gobierno fue un tanto tenso, Su Majestad. No sé si en Cádiz se alegrarán de su vuelta.

—¡Mejor me parece entonces! A ver si purga la villa, cojones. Estoy harto de conjurados y traidores. ¡Ni un segundo en paz desde hace más de diez años!

—Sí, Majestad. Por supuesto.

—Bien, ¿cuál es el estado actual de su investigación?

—Verá, Su Majestad, aparte de la vigilancia al marqués de Castelldosrius, tengo en el punto de mira al teniente don Ángel

Rincón y al señor don Lázaro Arias. Parece que el señor Arias tiene contactos con algunos oficiales del regimiento del infante don Antonio.

—Sí, me ha llegado la misma información por otra vía... Otro de mis agentes en Cádiz está encargándose de ello, pero usted también debe colaborar. Y ¿qué impresión le dio el general O'Donojú cuando conferenció con él en Sevilla? ¿Dijo algo del intento de atentado a mi persona? —se interesó el monarca, ignorando en parte la respuesta de su espía.

—Pues... —A Guzmán le aterrorizó recordar las palabras del general sevillano en aquella cámara regia—. No dijo nada de eso. Se cuidó mucho qué afirmar.

—Maldita sabandija... Ese francmasón es perro judío.

—Pero... —se aclaró la voz— como quizá sabrá por mis informes, aparte de señalar la capitanía general como un aliado de los conjurados, también me sugirió que contactara con el tal José Montero, al que definió como algo así como un ardoroso joven.

—¿Y cómo llegó a hablar con él?

—Pues, verá, Su Majestad, me encontraba..., estaba siguiendo a un posible sospechoso y coincidí con él por casualidad en Sevilla. —El rey pareció contentarse, así que Alonso, tras aclararse la garganta, desvió ligeramente el foco de atención para no tener que mencionar al señor De Loizaga, tal y como había prometido—. Tengo la teoría, gracias a un soplo anónimo, de que, en Cádiz, grandes familias de comerciantes sirven a la causa liberal. Sé que se reúnen, de forma clandestina, en casa de un notable. Es altamente probable que muchos de los sospechosos de la lista que me proporcionó el señor Quesada, incluidos los altos cargos militares, tomen parte en esas reuniones, que pertenezcan a sociedades secretas.

—Sí... —masculló—. Debe descubrirlas. Todas. Encuentre el apellido que da cobijo a esa calaña. Deme los nombres de cada hereje gaditano, sea militar o civil. Ponga atención a las familias de comerciantes que menciona. Quizá están financiando las conspiraciones contra mi persona. Y descubra quién demonios es ese José Montero. ¿Está claro?

—Sí, Majestad. Así lo haré.

—La conspiración es una plaga que afecta a todo. No dejan de informarme de posibles francmasones y conjurados. Gente que creía respetable y decente. Por eso, hace unos meses, solicité al general Eguía que se reforzara la comunicación con aquellos de confianza, como usted. Necesito ojos en todas partes. Quiero purgar esta tierra de la basura traída por los franceses y la aberración constitucional, ¿me entiende?

—Por supuesto, Majestad.

—Bien. Ahora cuénteme qué se sabe del ladrón del baile.

Alonso pasó entonces a compartir los pormenores de la investigación. Al monarca no le gustó saber que se encontraba en un punto muerto al no haber sido capaces de localizar al señor don Elías Izaguirre. Su irritación lo llevó a ordenar que se duplicaran los efectivos dedicados a la causa. Y así, solo unos días más tarde, consiguieron descubrir el paradero del fugitivo.

XIX

Un lacayo palaciego cruzó la plaza de San Antonio en dirección al caserío. Al llegar a la plaza de Abastos, giró por la calle del Gobernador hasta el palacete de la condesa de Valderas. Allí, ahogado por las prisas, notificó su presencia con ayuda de la aldaba. El mayordomo de la residencia abrió la puerta y permitió al empleado real pasar al zaguán. Juntos subieron las escaleras y se internaron en el corredor oeste. Dos golpes protocolarios en la puerta de la antecámara de la marquesa extrañaron a Inés, que levantó la vista del baúl que estaba llenando con algunas de las pertenencias de doña Mariana. Presta, se dispuso a abrir. Recibido el mensaje, solicitó permiso a la señora para dejar pasar al lacayo al gabinete. Una vez concedido, la doncella dio aviso y se retiró a un segundo plano, posponiendo unos minutos el arreglo de bártulos. La reunión duró casi veinte minutos. Al término de esta, el empleado partió con otro sobre en las manos. De fondo se oyó una victoriosa exclamación. Inés, cada vez menos dispuesta a dejar pasar detalles por alto tras no haber podido escarbar más en el desencuentro de la marquesa con el duque del Infantado, se asomó al gabinete.

—¿Todo bien, mi señora? ¿Necesita usted algo?

—¡Magnífico, Inés! ¡Magnífico! Haga llamar a don Gregorio. Dígale que tengo buenísimas noticias sobre el proyecto de la mina.

La doncella salió al pasillo, dispuesta a dar caza al mayordomo, pero este ya había desaparecido. Así, se dedicó un buen rato a buscarlo. En su defecto, también le valía toparse con el señorito Sebastián o con el mismísimo requerido. Bajó al patio y recorrió las dependencias circundantes. Se asomó al zaguán, a las cocinas y, por último, a las caballerizas. Ni rastro del mayordomo o de los otros dos caballeros. No obstante, al salir de estas, de regreso al patio, a punto estuvo de chocarse con Alonso.

—Dios santo, señor Guzmán. Qué susto —dijo sin pensar.

—Yo también me alegro de verla —respondió él, entre divertido y extrañado.

—Lo siento, disculpe. Estaba..., ¿ha visto por casualidad al mayordomo, al señorito Naranjo o al señor Somoza?

—El señor Somoza está de paseo. Lo he visto de camino aquí. El señorito Naranjo iba con él. No tengo vista envidiable, pero diría que iba recogiendo los pedazos de su dignidad —bromeó.

Inés sonrió comedida.

—En ese caso, seguiré buscando al mayordomo —concluyó ella.

—La dejo pasar entonces —dijo Alonso y se apartó.

La joven evitó lanzar mirada alguna al caballero que, antes de que esta se perdiera en sus labores, se atrevió a decir:

—Parten pronto, ¿verdad?

Inés se giró.

—Mañana mismo, señor. ¿Desea que le diga algo a mi señora de su parte?

—No, no se preocupe. Iré a despedirme en persona.

La chica asintió y reanudó el paso. Alonso estaba convencido de que, jerarquías aparte, aquella muchacha pensaba que era un idiota. Y en el fondo ni siquiera él podía contradecirla.

Todavía no tenía idea de por qué se alegraba al verla. Tampoco de por qué se apenaba al saber que, al día siguiente, se marcharía a Salamanca con los Somoza. Ella, por su parte, continuó con su cometido y terminó hallando al mayordomo en las escaleras. Al parecer, habían estado jugando al ratón y el gato. Trasladó la orden de la marquesa y regresó al cuarto de esta con la noticia de que su cuñado no se encontraba. Después de esa gestión pudo continuar llenando aquel baúl con la colección de objetos de doña Mariana.

Aquella noche los cuñados celebraron la buena nueva. La Corona invertiría en aquellos caminos ideados por don Ildefonso y estudiaría la posibilidad de instalar postas. Parecía que la animadversión del duque del Infantado y el tenso encuentro con la marquesa no se habían inmiscuido en las decisiones tomadas por la familia real. Guzmán, como había indicado, pasó a despedirse y, sin haberlo previsto, terminó brindando por negocios ajenos. Al día siguiente, desde el balcón, vio partir el carruaje de los inquilinos de su madre. Inés alcanzó a observar, una vez más, a aquel caballero desde la ventanilla del vehículo. Y, aunque no supo descifrar el porqué, algo le susurró que volvería a ver a Alonso Guzmán.

Un día más tarde de la partida de los Somoza, el palacete se cerró. Las habitaciones quedaron ventiladas. Poco a poco, telas vaporosas cubrieron los muebles. Y los criados contratados para la jornada se marcharon con sus hatillos a buscarse la vida en otra residencia, en otro campo, bajo otro yugo. Mayordomo y ama de llaves, habituados al silencio que sucedía al nervio de mayo, se centraron en poner al día las tareas que, por el trasiego de la primavera, habían quedado relegadas. Alonso les comunicó, antes de partir, que su madre enviaría una misiva con algunas consideraciones y solicitudes. Sin mirar atrás, se subió a la berlina del señor don Ventura Quesada y abandonó aquel rincón tan paradisíaco como aciago. En el vehículo repasaron las pruebas que se tenían contra el ujier huido, el señor don Elías Izaguirre, a quien se disponían a interrogar nada más llegar a Madrid. A principios de aquella semana lo habían encontrado en una de aquellas casas de tócame-roque, en la calle de Rodas. La delación de un vecino fue decisiva para vincular al recién llegado caballero con Izaguirre. Los guardias, no obstante, habían pasado nota de que se escondía tras una identidad distinta, detalle que dificultó su localización. En la villa, el ujier se hacía llamar Elías Castro, nombre que, a juzgar por los registros, era el auténtico.

En los ratos en silencio que sucedieron a la parada en Pinto, Alonso aprovechó para repasar su estrategia y mirar a través del cristal. Así, fue testigo de los avances de las obras en el canal navegable del Manzanares una vez se aproximaron a destino. A las seis de la tarde los caballos se internaron en la ciudad por la puerta de Atocha, dejando atrás el bien bautizado paseo de las Delicias y la cerca de Felipe IV. Guzmán alternó el asombro y la indiferencia al comprobar que la población en la que había crecido coleccionaba rincones en ruinas y proyectos de estructuras a medio hacer. Era como si Madrid rechazase volver a la normalidad, como si la llaga infligida en sus tripas fuera incapaz de cicatrizar al aire. El vehículo, ajeno a las divagaciones de su pasajero, enfiló la calle de Atocha hasta llegar a la cárcel de Corte, donde aguardaba el reo. Alonso, consciente de que continuaba en el reino del protocolo, siguió obediente al señor don Ventura, que se encargó de anunciar su llegada a un funcionario. Para sí, rememoró su clandestina visita a la cárcel de Cádiz. Formalidades aparte, juzgó que era más cómodo investigar cuando se era bienvenido.

Ignorando la imponente escalera de piedra, recorrieron una de las galerías que rodeaban el patio este y entraron en uno de los despachos. Allí los esperaba el tal Elías Castro, engrilletado, sudoroso, desvaído. Lo habían sentado en una silla. Otras dos quedaban libres, separadas del preso por una mesa. Todo de madera. Un ventanal enrejado dejaba pasar una luz todavía blanquecina que se convertía en sombra a pocos centímetros de los pliegos que el señor don Ventura colocó sobre el escritorio. Tres guardias: uno a cada lado del prisionero y otro en la puerta. Tal y como habían acordado en el coche, Alonso, que se había prometido a sí mismo ser el que zanjara el caso, tomó la iniciativa.

—Buenas tardes, señor Castro. Mi nombre es Alonso Guzmán y no me iré de aquí hasta que no me diga qué robó del palacio de Aranjuez en la noche del 11 de abril del presente.

A don Ventura Quesada no le convenció el tono agresivo, pero, cautivo de sus acuerdos, no intervino. Así, se recolocó los anteojos y esperó a la reacción del interrogado. Sin embargo, a aquel anuncio lo siguieron dos horas que fueron como sembrar en tierra yerma.

—Por cuarta vez, señor Castro. Tres caballeros, compañeros suyos de turno, aseguran que se marchó entre las doce y la una de la madrugada. Yo mismo vi a un hombre de sus proporciones cubierto con una capa esa noche. Salió de palacio y se internó en el caserío con un objeto cilíndrico en la mano. Lo seguí durante un buen rato, pero se escabulló en el jardín del Príncipe. —Alonso se detuvo un instante—. Supongo que aprovechó el lapso entre que me marché a informar y cuando pudieron acudir más efectivos para huir. Apuesto a que vino andando hasta Madrid, lejos de diligencias o testigos, bebiendo en abrevaderos como una bestia más.

Silencio. Guzmán cogió una de las cuartillas que había llevado el señor Quesada.

—Es curioso. Parece que sus dos identidades llevan conviviendo desde 1798. De un Elías Izaguirre que concuerde con su edad no hay rastro anterior. Claro que de un Elías Castro nacido en Talavera de la Reina en 1782 tenemos archivadas dos detenciones por robo en Madrid: una en 1795 y otra en 1797. Sin embargo, a partir de la fecha mencionada, nada. Hasta 1809. Ahí le dio por el contrabando y el amancebamiento. Parece que no es la primera vez que duerme «bajo el ángel», señor Castro. Aunque tengo que reconocer que, cuando se hace llamar Izaguirre, su conducta es ejemplar. Entró a servir como mozo de oficio de guardarropía en palacio en 1798, llamativa fecha si me lo permite, y fue ascendido a ayuda de guardarropía en 1802. Y a ujier de saleta en 1807. ¡Debe de ser usted muy diligente! Tomó una decisión excepcional al alejarse de palacio durante la estancia de José Bonaparte. Porque, por lo que veo, Su Majestad supo valorarlo devolviéndole su cargo en 1814.

Silencio. De pronto, un golpe sobre la mesa. El propio don Ventura se sobresaltó.

—¡Maldita sea, Castro! ¡Hable de una vez! Dudo que trabaje solo. Y también de que alguien venga a ayudarlo. Lleva cuatro días en el calabozo, casi dos meses escondido como una cucaracha. ¿Ha recibido alguna visita, alguna carta?

El reo levantó la vista por primera vez y observó a Alonso. Se tomó su tiempo para responder, consciente de que su interlocutor ansiaba respuestas.

—¿Hablar me hará recuperar la libertad? —tanteó.

Alonso lo miró a los ojos.

—No. Pero sí la dignidad.

Aquel hombre pareció entender. Sus hombros cayeron levemente hacia delante, rendidos. La fiereza del enviado real lo ponía contra las cuerdas, pero era la soledad lo que, en verdad, amilanaba su espíritu, ahora reliquia.

—Unos días antes del baile, recibí una misiva. En ella me amenazaban con destapar mis delitos y mi doble identidad ante el conde de Miranda, el mayordomo mayor de palacio, y ante el mismo rey. Decían tener pruebas, registros, testimonios. Solo podía evitarlo de una forma: trasladando un objeto desde la chimenea de la pieza de gentileshombres hasta el muro norte del convento de San Pascual. Al principio dudé. Pero no podía pedir ayuda. Era acceder o huir. Y, aunque con errores, me he esforzado mucho por salir de la podredumbre de la que vengo... —Se tomó un segundo—. Así que transigí. Tal y como se me indicaba en la carta, cuando los relojes de la pieza de ujieres dieron las once y media, fingí preocuparme por un ruido procedente de la pieza de gentileshombres. Me ofrecí para inspeccionar que todo estaba en orden. Alcancé el portadocumentos de la chimenea y, al regresar a mi puesto, me inventé que se había caído un jarrón y que me marchaba a dar parte para que limpiaran el estropicio. Pasé rápido, tratando de que no identificaran el objeto. En mi camino a la salida, me lo colgué a la espalda, dejando que se mimetizara con mi uniforme. Y, una vez llegué a la escalera, aceleré el paso para desaparecer. En el patio de armas, creyéndome libre de testigos, robé una capa olvidada en uno de los pescantes y me la coloqué. Enseguida me percaté de que alguien me seguía, así que corrí para despistarlo. Cuando creí haberlo dejado algo atrás, me dirigí a la cara norte del convento de San Pascual. Allí entregué la mercancía al siguiente enlace —confesó—. Y, antes de que me pregunte, no, no sé quién era.

—¿No lo vio?

—También iba con capa. Y falda o hábito. No sé si era un clérigo o una mujer. En cualquier caso, fue a esa persona a la que usted persiguió más allá del convento de San Pascual.

A Alonso le avergonzó su torpeza.

—¿Y usted qué hizo? Porque, según tengo entendido, no volvió a su puesto.

—No, no regresé. Creí que me había descubierto algún compañero, que me habían reconocido y que estaba perdido. No me atreví a volver. Así que eché a andar hacia Ontígola. Y allí me uní a una reata de arrieros hasta Madrid. Al final no sirvió de nada asumir riesgos. Estoy aquí, he perdido mi puesto... Todo por el crimen de querer vivir plácidamente.

—¿Qué había en el portadocumentos?

—Tampoco lo sé.

—¿No lo abrió? Vaya, señor Castro, por un momento le había considerado más perspicaz.

—Señor, con todos mis respetos, no sabe cómo me alegro de no saber qué ayudé a sustraer. Como le digo, soy una víctima más.

—Imagino que tampoco sabrá quién colocó el portadocumentos en la chimenea… —intervino don Ventura.

El reo lo miró extrañado, como si acabara de descubrir que se encontraba también en la sala.

—No, tampoco.

—¿Ningún nombre? —inquirió Alonso.

Silencio.

—No sé nada. ¡Soy una víctima, maldita sea! Quieren que parezca que soy cómplice, pero me obligaron. Sabían de mi pasado, querían quitármelo todo. Y lo han conseguido. ¡Me lo han quitado todo!

—¿No quiere añadir entonces nada más?

Un nuevo silencio. El señor don Ventura se levantó, harto de llantinas. Alonso lo siguió, convencido de que, después de casi tres horas, no había más que hacer. Antes de salir, sin embargo, le indicó al preso:

—Señor Castro, su crimen no es querer vivir plácidamente, es robar de nuevo para ocultar que robó… Por si le surge la duda mientras cumple condena.

Este bajó la vista, angustiado.

—¡Señor Guzmán! —lo llamó de pronto.

Alonso retrocedió.

—Les he dicho todo lo que sé. De verdad. No soy el caballero adecuado para saber más. Aunque, si de algo me sirven mis años en palacio es para tener por seguro que a ciertas cámaras solo tienen acceso personas muy concretas. La que dejó el portadocumentos en la chimenea debe de servir a Su Majestad muy de cerca —añadió, recuperando una chispita la compostura.

El otro asintió, consciente de que aquella reflexión era acertada.

—Trataré de que sean benévolos con usted —le prometió Guzmán.

Y, así, se despidieron. Cuando Alonso alcanzó al señor don Ventura en el pasillo, este le compartió su frustración por la lentitud en el avance de la investigación. Al principio Guzmán sintió lo mismo, pero al reflexionarlo con detenimiento, se percató de que sí tenían nuevos datos, pese a que estos lo complicaran todo. Ya no había un solo implicado. Eran tres. Uno era un fraile o una mujer. Otro, un criado palaciego o un gentilhombre. ¿Existían perfiles más desconcertantes?

—En fin, señor Guzmán, le doy las gracias en nombre del duque y de Su Majestad por sus impecables servicios en esta causa, que serán debidamente recompensados. A la luz de los nuevos interrogantes, continuaremos investigando. Le mantendremos al tanto de cualquier avance y, en caso necesario, requeriremos su presencia como testigo. Ha sido una suerte que sus compromisos personales hayan permitido que se encargue del interrogatorio a Castro. Sepa que ha generado muy buena impresión. Sin embargo ahora, tal y como indicó Su Majestad, debe volver a Cádiz y continuar con el relevante cometido que descansa en sus manos.

—Por supuesto, señor Quesada. Como siempre, es un honor servir a la familia real y sus más fieles consejeros. Quedo a su disposición para lo que puedan necesitar de mi persona. Entretanto, haré la deseada visita a mi hermano y me marcharé a Cádiz para ocuparme de mis deberes reales —le informó, feliz por saberse liberado para volver al Mediodía con los bolsillos llenos de monedas de oro y felicitaciones, a pesar de no haber podido cerrar del todo el asunto del robo como había deseado su infatigable necesidad de probarse a sí mismo con cada reto asumido.

—Tenga usted un placentero viaje y salude al marqués de mi parte.

Alonso bajó la cabeza. El señor Quesada se subió a la berlina para dirigirse al palacio, donde los reyes llegarían en unos días, antes de partir de nuevo, esta vez hacia el Real Sitio de La Granja de San Ildefonso o, en su defecto, al Real Sitio de la Isabela, en Sacedón, donde el monarca solía ir para tratarse con sus beneficiosas aguas. Aquel año, tras la vuelta del infante don Francisco de Paula, sería algo distinto, quizá mejor.

Guzmán, por su parte, y tras ver cómo el vehículo desaparecía más allá de la parroquia de Santa Cruz, tomó la calle de Toledo. A medida que avanzaba, notaba el cansancio acumulado en párpados y articulaciones. Habían dejado Aranjuez al alba y el cielo de Madrid ya era un festín de nubes coralinas, rojizas y púrpuras. En su itinerario se topó con paseantes que se retiraban ya a sus residencias. También con mozos exhaustos apurando la jornada. Acompañándolo, el soniquete de las pezuñas contra la grava, el crujido de las ruedas de los carruajes con destino al teatro, el eco de balidos y chillidos de corrales y corralas.

Sus botas esquivaban charcos de barro, buscando refugio en la maltratada y escasa pavimentación de las vías. Pasaba de largo por oficinas y comercios, que echaban el cierre, apilados en los bajos del caserío irregular. Lo abrazaba, de tanto en tanto, el pesado olor que se escapaba de las caballerizas. Y la animada concurrencia de fondas y tabernas, tentación omnipresente en toda la geografía. Al llegar al hospital de la Latina, cruzó la plaza de la Cebada, lugar de sentencias y verdugos. Pasó la puerta de Moros y se adentró en la carrera de San Francisco, vía que deleitaba a los paseantes con una bella imagen del templo homónimo, enmarcado por la arrebolada. No obstante, antes de alcanzarlo, se detuvo. Y es que, en la tercera manzana, se erigía el palacio de los marqueses de Urueña. Al contemplar aquella fachada de piedra y ladrillo, sita a poca distancia de la residencia matritense del duque del Infantado, Guzmán resopló. Vaciló. Era la última tarea antes de volver a su retiro.

Al final, se aproximó a la puerta, coronada por un frontón triangular, y llamó.

Alonso se presentó ante dos sirvientes y la mujer de su hermano antes de ser capaz de reunirse con él. Se alegró de haber avisado. De lo contrario, habría tenido que solicitar dispensa al mismísimo Papa. Después de esperar un cuarto de hora en un gabinete, la elegantísima levita rallada de Cosme apareció. Los hermanos se saludaron con un afecto que se había enfriado con el paso de los años. El anfitrión pidió al visitante que tomara asiento en uno de los silloncitos de la estancia. Este obedeció.

—Pronto servirán la cena, pero antes, deja que te invite a un aperitivo espirituoso, hermano mío —se ofreció Cosme.

Alonso no se negó. Cada vez que los labios no atrapaban el vaso, los dedos acariciaban el relieve del cristal. Ambas acciones eran inconscientes. Respuesta a los relatos de Cosme, crónicas de una realidad ajena.

—Bueno, ¿y cómo se encuentra tu madre y nuestro hermano Jonás? ¿Tienes noticias de ellos? —preguntó Cosme.

Aunque la relación entre Cosme y la condesa de Valderas nunca había sido muy estrecha, siempre habían mantenido una práctica cordialidad. El primogénito de don Bernardo Guzmán apenas había conocido a su madre, doña Elena Pedroza, hija de los marqueses de Montehermoso, fallecida por fiebres cuando él solo tenía dos años. Cuando contaba con cinco, su padre contrajo matrimonio con la señora doña Ángeles Carrasquedo, con la que formó una familia de la que él no siempre se sintió parte. Muchas veces pensaba que la velada frialdad con la que lo había tratado siempre la segunda esposa de su padre se debía al rechazo que sentía por el hecho de que el mayorazgo fuera a caer en manos del hijo de otra mujer. Aun así, Cosme buscó su cariño, pero con el tiempo, y sobre todo tras la muerte de su padre, se conformó con su respeto. La condesa sí le concedió la segunda de sus peticiones.

—Sí..., intento estar en contacto siempre que puedo. Ellos, gracias a Dios, están bien. —Dio un trago—. Pensé que os escribíais.

—Sí, bueno, de vez en cuando. Sobre todo, para estar al tanto de la educación de Jonás. Quisiera que viniera aquí conmigo. Su tutor es excelente, no deseo poner en cuestión los métodos del reverendísimo señor Gutiérrez de Lerma, pero me parece que, aquí en Madrid, podría ampliar sus conocimientos al máximo.

—Quizá. Pero allí en el norte puede respirar y vivir al margen de las intrigas cortesanas. Considero que es más beneficioso que cualquier libro que se encuentre aquí en Madrid.

—Ay, Alonso..., tú y tu aversión al compromiso y la política... Cambiarás de opinión. Es cuestión de tiempo.

—No lo creo, pero gracias por tu vaticinio de balde.

Ahora fue Cosme el que bebió.

—Pero, según tengo entendido, te relacionas con personas cercanas al rey. Has pasado la primavera en Aranjuez.

—Sí, en efecto. Pero eso es trabajo, hermano. No placer, como en tu caso.

—¿Y a qué te dedicas, si no es indiscreción?

—No puedo decírtelo. Pero agradezco tu interés.

—Y yo que hayas dejado de escribirme para que financie tus vicios. No fue plato de gusto suspender tu asignación. Así que, sea lo que sea lo que hagas, me alegra que te haya dado propósito e ingresos. Mi paciencia es reseñable, pero no infinita.

—Brindo por ello, querido hermano —contestó, sintiendo de pronto la simpar satisfacción que le proporcionaba el no depender económicamente de Cosme, de su condescendencia, de sus preguntas y condiciones—. Y ahora que soy un hombre decente, permíteme que me preocupe por ti. ¿Todo está bien en tu nuevo cargo? ¿Tu mujer y tus hijos?

—Todo excelente.

—Estupendo. Y solo por saber, ¿te vinculas, o te has vinculado alguna vez, con conspiradores liberales?

A Cosme casi se le atragantó el último sorbo.

—¿Disculpa? ¿Qué clase de calumnia es esa?

—Te estoy preguntando, Cosme —subrayó Alonso.

—Por supuesto que no. ¡Jamás! ¿Por quién me tomas? ¿Acaso has venido a mi casa a insultarme?

—Ojalá mi vida fuera tan frívola. Pero no. He venido a hacerte esta pregunta porque un hombre..., un liberal reconocido, me dio a entender que nuestra familia se ha relacionado con círculos contrarios a lo que el rey Fernando representa.

—¿Quién? ¿Qué te dijo? —interrogó el otro, escandalizado.

—No puedo decírtelo, es..., tiene que ver con mi servicio a palacio. Pero lo importante es que sugirió que en nuestra familia hay alguien que entró o ha entrado en contacto con conjurados. No sé, no fue muy concreto..., pero el caso es que parece ser que la traición, la oposición a Fernando VII y quizá la actividad clandestina tiñen nuestra sangre a ojos de ciertas personas.

—¿Y crees que soy yo? ¡Por Dios santísimo, Alonso! ¡Tendría más sentido que tú lo fueras en sueños!

—¿En quién querías que pensara?

—¡No sé! ¡No sé! —dijo y se levantó. Empezó a dar vueltas por el gabinete—. Quizá, quizá... No sabemos qué simpatías sentía nuestro hermano Joaquín. Quizá en la guerra...

Los ojos de Alonso se tornaron brillantes, inflamados.

—No te atrevas a mancillar su nombre, Cosme. Joaquín dio su vida por lo que tú hoy disfrutas.

—Todos luchamos de algún modo, Alonso. Quedarme aislado en Viena tampoco fue sencillo para mí.

—No me vengas con esas, Cosme. Podrías haber vuelto, otros lo hicieron. ¡Joaquín lo hubiera hecho! ¡Lo mataron en un campo de batalla que tú ni oliste! ¡Y era solo un crío! —gritó—. Concédele solo la honra que se ganó durante el tiempo que pudimos estar con él. Solo eso —suplicó agotado.

Un empleado llamó a la puerta para preguntar si ya podían servir la cena. Cosme le pidió unos minutos. Alonso miraba fijamente la alfombra sobre la que reposaban sus suelas, reprimiendo clamores y lágrimas.

—Disculpa, Alonso. No quería... Sé lo unidos que estabais. —Se sentó de nuevo—. Es que no se me ocurren más alternativas. Si tú y yo no somos, y dejando a tu madre y a Jonás fuera de toda sospecha, solo quedan Joaquín y padre. Y ninguno está aquí para responder a la pregunta.

Guzmán no pudo más que aceptar el perdón de su hermano y tranquilizarse. Cuando se sosegó, enterrando de nuevo el recuerdo de Joaquín con un trago de licor —como en la taberna, como siempre—, accedió a acompañar a Cosme al comedor, donde también acudió su esposa. La cena transcurrió entre viejas anécdotas y chascarrillos cortesanos. Alonso pronto se sació de lo uno, de lo otro y de los manjares. Después de esta, un mozo lo acompañó a sus habitaciones. Cosme quiso darle las buenas noches y confirmar que aquel espinoso tema estaba zanjado hasta nuevo aviso. Aunque Alonso quiso darle la razón, antes de que se retirara a su cuarto, le pidió permiso para visitar el antiguo despacho de su padre. Cosme, que ahora utilizaba aquella estancia como oficina, asintió a regañadientes, obsequio para intentar no perder del todo a su hermano.

—Lo he redecorado un poco —anunció al entrar en la sala—. Pero todos sus archivos están en esta librería —le indicó, señalando un mueble de caoba ubicado a pocos metros del escritorio.

—Parece otro —juzgó Alonso.

—Sí, bueno..., quería sentirlo como mío. Padre pasaba tantas horas aquí que, de no haber cambiado algún detalle, sentiría que me observa desde las sombras, reclamando su silla.

—Lo entiendo. Yo habría hecho lo mismo —le concedió.

Alonso recorrió, con los brazos en la espalda y toda la parsimonia del mundo, cada recoveco del despacho. Al final se detuvo frente a la mencionada estantería. Los pliegos de su padre estaban organizados por años. Sin pensar, alcanzó el último tomo de todos, el de 1812. Lo llevó a la mesa y pasó sus páginas. Solo llegaba hasta septiembre. Por eso era un poco más fino que los demás. Aquel amasijo de hojas manuscritas, misivas, notas, esquelas, cuentas e informes era lo más cerca que había estado de su padre desde que había partido a la guerra.

—Alonso, tómate el tiempo que necesites. Debo acostarme ya, mañana tengo una cita temprana.

Alonso lo miró y asintió.

—¿Te veré cuando regrese? —se interesó.

—No —respondió Alonso, entre angustiado y aliviado.

—En ese caso, cuídate.

—Tú también.

—Y no dejemos que desconocidos de poca monta nos hagan dudar del honor de nuestro apellido.

Alonso asintió de nuevo. Ya en soledad, se acomodó en el escritorio y continuó reencontrándose con la caligrafía de su padre. Las pestañas subían y bajaban al son de los envites de aquella batalla contra el sueño. Entre aleteos, páginas que le recordaban que aquel hombre tenía tantos asuntos que parecía disponer de mil vidas. Lástima que no hubiera sabido conservar la única que le importaba a Alonso. La de verdad. La de la carne, los huesos y esa alma que todo lo arrasa y transforma. A sabiendas de que estaba cabeceando, optó por recoger los pliegos y devolverlos a su lugar. Antes de marcharse echó un último vistazo a aquel despacho. Algo en él era inmutable. Quizá el aroma a tabaco. Quizá los recuerdos que, como termitas, devoraban cualquier atisbo de cambio. «¿Es posible que, en esta casa, haya dormido un traidor?», se preguntó, alimentando sus propias tinieblas. Cerró la puerta pidiendo piedad a los crujidos. Y en silencio se respondió que no.

Inés vivía con la dulce promesa de la próxima parada. Nunca había viajado tanto como en aquella época. Desplazarse por el interior de la isla de Tenerife no era tarea sencilla. Y menos llegar a la península, aventura costosa y pesada que, solo en ciertos casos, se repetía más de una vez en la vida. Y aunque había aprendido que, tal y como había sospechado por su innata curiosidad, le encantaba descubrir nuevos lugares, detestaba lo que suponía realizar el trayecto. En el fondo, sabía que no podía quejarse. Iba en la misma berlina que la marquesa, a su lado. Y, siempre que no necesitara de sus servicios, podía relajarse. Incluso apoyar la cabeza disimuladamente en la ventanilla para descansar o analizar el paisaje.

Cada vez que el coche se detenía para el cambio de caballos, para comer o para hacer noche, se reencontraba con aquellas ventas, postas y paradores que había conocido meses atrás. Ahora los veía con otros ojos. Con la pesadez que dejan los regresos. En las interminables horas de aburrido traqueteo, más de una vez se coló en su mente la amabilidad de Alonso. Su subversiva imaginación manipulaba las imágenes a su antojo y, como si fuera un diestro alfarero aferrado a su torno, inventaba situaciones que todavía no habían sucedido. Recreaba sonrisas, las hacía eternas. Saboreaba conversaciones de precipitado final. Y olvidaba adioses plagados de irritante realidad. Era extraño. Pues, por lo demás, solo tenía tiempo para darle vueltas a cómo se encontraría su familia, a cómo lograr que todo aquello terminara, a cómo sería volver a ser testigo de las ocurrencias y discursos de Dolores quien, a buen seguro, habría impresionado con su labia a doña Mariana de haber coincidido en algún chocolate en otro tiempo.

El día 16 de junio llegaron a Arévalo. Una repentina lluvia había hecho más pesada, si cabe, aquella jornada, así que Inés agradeció que el carruaje desacelerara. Los criados contratados para el viaje se ocuparon de gestionar el asunto del alojamiento y, cuando todo estuvo arreglado, la joven ayudó a su señora a apearse del vehículo y entrar en la venta sin mojarse demasiado. Las quejas de don Gregorio sobre el endemoniado clima y el tamaño de la habitación se escuchaban desde las escaleras. Doña Mariana, más flexible, se contentó con tener un lugar en el que descansar unas horas. Partirían cuando volviera a haber luz, aliada en los caminos. Debían llegar a Salamanca en dos días.

Aunque la marquesa al principio se negó, la doncella consiguió convencerla de comer algo. «Pediré que le preparen un poco de caldo caliente y se lo subiré, mi señora», se ofreció. La otra aceptó, tentada por el placer de entrar en calor, enemigo de la humedad que había impregnado su esqueleto. Al final, la muchacha regresó con una bandeja en la que reposaba un cuenco de sopa y una pequeña fuente con un surtido de fruta, queso y pan. Doña Mariana se acomodó en una butaquita. Inés dejó la bandeja en la mesita de café que había justo al lado y se dispuso a retirarse.

—No se vaya, Inés. Quédese. No deseo cenar sola.

La joven asintió y se quedó de pie junto a la puerta.

—Puede ir preparando la cama si lo desea. Así podrá ir a descansar cuanto antes. Caliéntela un poco, estoy helada.

La doncella volvió a asentir y se dispuso, brasero en mano, a templar aquellas sábanas prestadas. Mientras lo hacía, y dando por perdida cualquier confesión sobre el asunto del duque del Infantado, se le ocurrió indagar sobre las novedades en la investigación sobre el baile en palacio.

—Ese tema ha sido uno de los más hablados durante la jornada. Pero el duque de Alagón lo ha llevado con total discreción. Apenas se saben novedades. Y eso que me encargué de indagar a través del señor Guzmán. Pero nada. Ni una palabra. Imagino que, cuando tengan al criminal, lo sabremos. La pena es enterarse a la vez que el resto del reino cuando estuvimos tan, tan cerca.

—¿Al… al señor Guzmán, mi señora? ¿Cree que su amistad con el duque de Alagón es tan estrecha?

—No, no, en absoluto. Pero él ha sido el principal encargado de la investigación. Se dice que fue testigo, que vio al bandido. Y supongo que eso y su intachable servicio a la Corona habrán sido decisivos para hacerle partícipe del caso. Y he de admitir que a sus virtudes hay que añadir la de la prudencia. Pues ni después de dos copas de vino se relajó su lengua.

Las manos de Inés, torpes de pronto, a punto estuvieron de perder el control del brasero. Sus orejas ardían. Su estómago se contrajo sacudiendo su templanza. La colección de imágenes que, sin permiso, había utilizado para distraerse y emocionarse se convirtió en un hervidero de dudas y miedos. Consiguió disimular lo que duró su permanencia en el cuarto de la marquesa y, cuando subió las escaleras hasta el suyo, se detuvo un instante a recuperar las riendas del sentido. Detestó ser tan emocional, que ese corazón que había alabado su madre siempre la guiase por el tortuoso camino de los sentimientos a flor de piel. Debía ser más insensible, más dura. Al menos hasta que todo aquello terminara, hasta que pudiera regresar al cobijo familiar. El azúcar de aquellos encuentros, que la habían trasladado a aquella vida pasada en la que tenía nombre, se había vuelto azufre. Volvió a soñar otra vez con aquel cadalso en el que todo terminaba.

Justo en él se encontraba cuando, al anochecer del día 18, el grito del lacayo que viajaba en el pescante la advirtió de que habían llegado a la puerta salmantina de Santo Tomás.

La vuelta a la rutina, como en casi todos los casos, fue agridulce. Por un lado, le agradó reencontrarse con sus compañeros de cocinas y buhardillas. También el interés de todos en que, durante las cenas, Inés relatara anécdotas de la jornada. «¿Viste a los reyes?». «¿Cómo son?». «¿La marquesa acudió a algún baile?». «¿Y qué llevaba puesto?». «¿Es tan bonito aquello como cuentan?». Incluso doña Fuencisla parecía emocionada con las respuestas de Inés. Sin embargo, aquella realidad solo le recordaba que continuaba siendo prisionera de los pactos contraídos, que Aranjuez no había sido el primer paso para volver a casa y que, por muy tentadora que sonara otra vida, la suya ahora se reducía a ir un paso por detrás de doña Mariana. Así, se consagró al trabajo, a su reto de adormilar su corazón y a esperar que el Benefactor y los suyos dieran alguna señal. Y, como suponía, esta no tardó en llegar.

A los tres días, el tosco lechero le entregó una nota que la volvía a citar en la capilla del Carmen al amanecer del 23 de junio. Inés volvió a utilizar la excusa de los rezos para ausentarse antes del desayuno frente al ama de llaves. Esta, todavía arrepentida por su pasado espionaje, accedió de buena gana sin necesidad de ruegos. La joven, con carta blanca, se desperezó con agilidad a la hora indicada y, tras vestirse, se lanzó a aquellas calles medio dormidas que tanto la aterraban. Por suerte, en aquella ocasión, tomó la vía adecuada y, sin grandes problemas, salió a la plazuela de Santo Tomé. Al entrar en el templo se percató de que su cómplice ya se encontraba allí, así que aceleró el paso y se acomodó junto a él en el tercer banco.

—¿Todo en orden a su vuelta? —la saludó.

—Sí, todo está bien —respondió ella.

—Se han recibido todas sus comunicaciones. Enhorabuena por su trabajo en Aranjuez.

—Muchísimas gra...

—Sin embargo, todavía hay muchos interrogantes en torno a la figura de los marqueses y su poder en la Corte.

—Está todo en mis notas. La marquesa es hija de un gentilhombre de Carlos IV y una dama de la reina María Luisa. Y prima de una de las camaristas de la reina María Isabel de Braganza. Fue camarista de la princesa María Antonia. Tiene amistades en casi todas las familias nobles.

—Sí, pero todos esos vínculos solo reflejan que es una cortesana más. Hay muchas personas como ella. Descendientes de grandes nombres de la Corte de Carlos IV favorables al partido fernandino antes de la guerra. Pero eso no las hace poderosas. Solo nobles. Verá, cuando Fernando VII regresó, los Somoza recibieron prebendas y títulos. Atendiendo a la hoja de servicios del señor don Ildefonso, su participación en la guerra no fue tan brillante…, así que tiene que haber algo más. Y usted debe averiguarlo.

—Pero ¿cómo? Lo único extraño fue ese encuentro con el duque del Infantado. Pero no he podido saber más. Y apenas pude escuchar nada con claridad.

—Agudice su ingenio, señorita. Sepa, además, que se ha progresado en el otro asunto. Parece que, cada vez, la verdad está más cerca. Así que, si se esmera, pronto terminará todo.

A Inés la invadió esa emoción que estaba intentando amordazar desde hacía días.

—¿Lo dice en serio? —preguntó, consiguiendo controlarla solo en parte.

—Sí. A propósito de eso, ¿no recuerda si vio los documentos por los que le preguntó el Benefactor antes de entrar a trabajar para los Somoza? Serían de gran ayuda para descubrir lo que pasó.

—No, ya le dije que no. Si me acuerdo, se lo haré saber. Ya se lo dije al Benefactor en su día.

—Está bien. En ese caso, nos despedimos ya. Seguiremos como hasta ahora. En Asturias, vaya al templo. En Salamanca, a la puerta trasera. Esperaremos con ansia cualquier información valiosa.

La joven, un poco más esperanzada, asintió enérgica. Antes de que el lechero se marchara, quiso demostrar de nuevo su compromiso para incentivar que cumplieran con su parte del trato y demostrarse a sí misma que era capaz de dejar que la fría y segura practicidad tomase el control de su vida.

—Por cierto, el señor don Alonso Guzmán ha estado trabajando para el duque de Alagón en el caso del robo del baile. Por si les sirve de ayuda saberlo…

El hombre asintió y salió de la iglesia. Inés alzó la vista y contempló aquella cruz sobre el altar. Ni siquiera se había levantado y ya se arrepentía de mentar su nombre. Pero debía hacerlo. Sobre todo, para ganar tiempo. Continuar indagando sobre las conexiones de la casa Somoza en la Corte no sería fácil. Tampoco investigar más sobre el desencuentro con el duque del Infantado. Como si zanjara un rezo, se santiguó e inició el camino de vuelta. Lo hizo aprisa, mirando al suelo, resguardando su rostro bajo la capucha de aquella capa marrón.

De haber sido un poco más observadora, se habría percatado de que la buena de Julieta estaba arrodillada en el quinto banco. De sus labios no se escapaban oraciones, sino la muda pregunta de quién diantres era el caballero con el que se había reunido Inés y que tan familiar le resultaba.

XX

Supercherías! ¡Misticismo! ¡Terror! ¡Ignorancia! ¡Bandos conminatorios! Esas son las armas que el rey Fernando y su camarilla tienen para subyugar a sus siervos. —Una calurosa ovación hizo las veces de pausa dramática—. Pero se olvidan..., se olvidan, señores —repitió, para ser escuchado por todos—... que algunos de sus súbditos se han dejado alumbrar por la razón, por la modernidad, y ya no queremos ser sus vasallos. ¡Somos ciudadanos! ¡Somos soberanos! Y nuestro grito cada vez se oye desde más lejos, aunque muchos lo ignoren, aunque traten de silenciarnos con traición, barrotes, fusiles y horcas. Hagan lo que hagan, caerán de nuevo los privilegios, desaparecerán las tierras de nadie, volverán los periódicos, regresará el gobierno del pueblo, ¡volverá la libertad!

El aplauso acompañó al orador hasta que se volvió a sentar en la silla que había ocupado un rato antes. Iris sanguinolento, manos sudorosas, palpitaciones aceleradas. Acto seguido, otro de los concurrentes se incorporó e inició su particular reflexión sobre el estado de las cosas tras las terribles noticias llegadas desde Valencia. El coronel Joaquín Vidal y otros doce hombres habían sido ejecutados el día 22 de enero de aquel 1819 al descubrirse su intención de proclamar la Constitución de 1812 en un pronunciamiento en contra del capitán general de Valencia, don Francisco Javier Elío.

En la noche del 2 de enero, un cabo había marchado a la capitanía general a comunicar el lugar en el que varios hombres conspiraban en contra de la Corona, la sala de billar del Porche. El general Elío no dudó en desplazarse hasta allí, acompañado de una docena de soldados, dispuesto a prenderlos. El curso de la historia quiso que, en efecto, se encontraran en el mencionado salón de juego, tratando de replantear la conjura aplazada por la repentina muerte de la reina María Isabel de Braganza al dar a luz a su segunda hija, que también había fallecido en el parto. El planteamiento inicial era proceder durante una representación teatral a la que iba a acudir el capitán general en Valencia. No obstante, el luto en el que se había sumido el país desde diciembre había congelado las carteleras. Y, por tanto, había trastocado los planes del coronel Vidal y compañía. Estos, delatados a traición, trataron de huir al ser sorprendidos por el general Elío. El coronel Vidal incluso intentó herirlo, pero al final se llevó él un buen sablazo de vuelta que terminó por matarlo, días después, a los pies de la horca. En cuestión de horas, de días, se apresó a los conspiradores y, sin dejar que la burocracia alargase la causa en demasía, fueron sentenciados, pasados por las armas y colgados.

—No podemos fiarnos de nadie, hermanos míos. ¡De nadie! —incidió otro caballero, a cargo ahora de la retórica—. Miren lo que le ha pasado al hermano de nuestro buen amigo don Vicente Bertrán de Lis... Delatado impunemente, entregado como un criminal por sus propios vecinos mientras intentaba esconderse de Elío y sus hombres. Quizá ellos lo trataron como un pedestre bandido, ignorando la heroicidad de su padre en la guerra, pero nosotros haremos resonar su apellido por cada rincón de Valencia y Andalucía, por cada esquina de la península, para que sus delatores lo recuerden hasta el día de su muerte.

Modesto aplaudió, aunque, por el entusiasmo general, sabía que su intervención había sobresalido. Y aquello le encantaba. Por fin las palabras revoloteaban más allá del universo de las ideas. Era cierto que su modo de exponerlas había ido subiendo de tono en el último año, pero era el fiel reflejo de su adhesión a las mismas. Eran su credo. Y no podía esperar a que más y más gente lo descubriera; daban propósito a su vida, erradicando aquella putrefacta sumisión que corría por ríos y vientos. Víctor Hernando lo felicitó con una media sonrisa. Ambos estaban en su elemento. El aumento de la actividad en las sociedades secretas gaditanas y su consecuente iniciación en las mismas había bañado de realidad sus más profundas ilusiones. Parecía que, si caminabas en silencio por las calles, volvían a escucharse los discursos de tiempos de las Cortes.

Tras aquella ronda de incendiadas homilías, los caballeros presentes continuaron conversando. Uno de ellos tenía un marchito ejemplar del *Semanario Patriótico,* insigne cabecera liberal fundada por el señor don Manuel José Quintana en 1808 y en la que habían dejado su impronta personajes de la talla de don Bartolomé José Gallardo, don José María Blanco White o don Alberto Lista. Ninguno de ellos se encontraba en aquella reunión. Tampoco en Cádiz. Quintana cumplía pena de prisión en la ciudadela de Pamplona, Blanco White y Gallardo, condenado a muerte, vivían exiliados en Londres. Solo Lista parecía haber burlado la represión fernandina y, según se decía, había regresado a España tras varios años en el extranjero. En aquel encuentro, como en tantos otros, los rememoraron. También aplaudieron la reciente vuelta del señor don Antonio Alcalá Galiano a Cádiz tras su estancia en Madrid. Pero, sobre todo, pusieron en común próximos movimientos y confirmaron apoyos en el proyecto que tenían entre manos: pasar a la acción. Normalmente, cuando uno de aquellos caballeros cogía la batuta, los demás atendían emocionados, haciendo suyas las heridas, traiciones, luchas y ejecuciones de otros.

Aquella madrugada, ya en cama, Modesto reflexionó sobre aquello de no fiarse de nadie. Y es que, aunque era consciente de que el rey Fernando VII había prohibido las sociedades secretas y las juntas en mayo de 1814, y de que las detenciones de 1817 habían obligado a reorganizar la red clandestina, sus entrañas, soberbias, no se creían en peligro. Todo parecía estar en orden. Las sociedades funcionaban en Cádiz, en el Mediodía, en Madrid... Cada día descubría un nombre importante que resultaba apoyar la causa. Cada noche soñaba con la cristalización de sus ideales.

No obstante, y lejos de la ebriedad emocional en la que lo sumían las reuniones, trataba de ser reservado en lo relativo a sus andanzas nocturnas. Así, por mucho que la Filo trataba de tirarle de la lengua, él resistía. Confiaba ciegamente en ella. Sabía que su interés era solo por diversión. Pero no podía arriesgarse a que llegara a los oídos inadecuados. Y mucho menos a las bocas. Sin embargo, para aplacar la recurrente curiosidad de su amiga, Modesto le narraba chismes y anécdotas de sus horas como pasante en la oficina de un consignatario. De vez en cuando, dejaba caer alguna arenga entre dientes. Y, aunque se hacía la tonta, la Filo cazaba todas al vuelo, mientras, en silencio, suplicaba que aquel fervor por el cambio no terminara pasando factura al joven. Filomena Esquivel, con el tiempo, había sido testigo de cómo Modesto Andújar había dejado de ser un mozalbete inseguro y se había convertido en un audaz caballero. Y aquello no había hecho más que confundir sus sentimientos. Estos, amordazados, se sublevaban en los ratos en los que, a solas, se creía con derecho a imaginar otra vida en la que las interminables conversaciones en la taberna eran pan y cálido lecho.

—¿Y lo mustio que debe de estar ahora el rey? No me cambiaba por él, la verdad. ¡Menuda tragedia! Primero lo de la reina portuguesa y el bebé. Una semana después, la reina madre. Y dos más tarde, el rey padre don Carlos IV. No somos nadie... —reflexionó la Filo, mientras jugueteaba con un fleco del mantón que llevaba puesto.

—Las carambolas del destino... —farfulló don José Salado, entregado en cuerpo y alma al trajín del mondadientes.

—Todavía recuerdo cuando llegaron las hermanas. ¿Quién podía saber que iba a terminar en funeral en menos de tres años? —lamentaba ella.

—Filo, ya hace más de un mes de eso, mujer. Seguro que Su Majestad ya está buscando sustituta. Tú no padezcas por él. Allá en la Corte no se velan los muertos como aquí. La política es más importante que cualquier mortaja —le respondió don José.

—El Ahorcaperros tiene razón, señorita Filo. Seguro que su congoja es mayor a la de la mitad de la Corte. Están demasiado ocupados matando al pueblo de hambre, enviando al otro lado del océano a soldados malnutridos y sin preparación a que se desangren en nombre de su mediocridad.

—Ya estamos otra vez —resopló la Filo—. ¿Por qué siempre lo tiene que reducir todo a lo mismo? Todo el rato con su cantinela revolucionaria que solo trae problemas. Más hambre, más muertes. ¿Acaso no va a permitir al pobre rey que llore sobre la tumba de su esposa, su hija y sus padres, señoritingo Andújar? Me da que su arrogancia no conoce límites.

—No es eso. Solo es que no me dejo distraer por menudencias. ¿Tengo que compadecerme yo por sus bajas cuando él ni ha llorado las que se cobraron para traerle de vuelta y mientras, día a día, se engrosan las listas de supuestos traidores ajusticiados? Ellos también tienen familia. Y, al contrario que él, no conspiran en su contra: los traicionan y confinan al exilio.

La Filo alzó una ceja.

—Josefito, contéstale tú. A mí, cuando se pone así, me saca de quicio —dijo resuelta.

—Yo ya me he rendido con este joven, Filo. Es testarudo. Solo espero que su vida nunca dependa de que se desdiga de sus blasfemias. —Se rio el marino.

—Jamás lo haré —apostilló Modesto y tragó el culín de su chato.

En este punto, Paquillo, el tabernero, se acercó a sus fieles clientes para saludarlos. Además, aprovechó aquel intercambio para recordar al señorito Andújar que, si deseaba hablar de política, debía hacerlo de puertas afuera de su negocio. El chico asintió fastidiado. Después observó en voz alta lo poco que veía a Alonso últimamente. El resto se sumó a ese parecer.

Lo cierto es que Guzmán había estado bastante ocupado desde su vuelta ocho meses atrás. Ninguno hubiera sabido decir a qué se dedicaba exactamente. Pero parecían haber aceptado que su amigo de chatos tenía responsabilidades ineludibles más allá de aquella taberna de mesas pringosas, lenguas amojamadas y cánticos en coro. Como aquellas que lo habían retenido la primavera pasada en Dios sabe dónde. No en vano, Alonso se dejaba caer por allí, de vez en cuando, para no avivar preguntas que no podía responder.

Su principal objetivo, desde que había regresado de Madrid, era captar los posibles bolsillos que financiaban las conspiraciones andaluzas, además de dar apoyo a la vigilancia al teniente don Francisco Macías, el principal contacto en la guarnición del oficial de correos al que le había llegado la nota críptica, don Lázaro Arias. Aquello lo llevó, de nuevo, a una línea de investigación que ya había catado antes: las principales familias de comerciantes. En su momento, su mayor hallazgo había sido el señor don Nicolás de Loizaga y una serie de simpatías, sin pruebas, por la causa. No obstante, durante el otoño, había descubierto conexiones fundamentales. Todo fue gracias a la exhaustiva vigilancia a la que había sometido al señor don José Montero, el conocido de Modesto y contacto del general O'Donojú en Cádiz, quien había resultado ser un jovencísimo comerciante del que poco se sabía en la ciudad. Y aquel detalle fue el que retrasó más las pesquisas. Después de meses en los que su paradero parecía uno de los misterios de la creación, apareció dejando un valioso rastro. Este lo guio hasta una de las bellas viviendas que estaban ubicadas en la plaza de San Antonio, la de la familia Istúriz. Estaba claro que el prudente general O'Donojú no le había desvelado el nombre más importante, sino el que pasaba más desapercibido. Y aquello, aunque escurridizo al principio, suponía una vía directa al núcleo duro de las conjuras gaditanas.

El foco pasó entonces al señor don Francisco Javier de Istúriz, hermano del exiliado diputado de Cortes, don Tomás de Istúriz, ambos procedentes de una de las familias más antiguas y respetadas de Cádiz. También a la residencia que, según sospechaba Alonso, era una de aquellas casas notables que daban cobijo a las conspiraciones. ¿Era a la que se había referido Modesto años atrás? No sabía. Pero, ante los ojos inquisitivos de Guzmán, entraron en ella personajes que fue identificando a lo largo de aquellos meses. El espía real, falto de pruebas como acostumbraba, decidió tantear el terreno desde una perspectiva más próxima, replicando en cierto modo la jugada maestra del agente don Antonio Calvo en la detención del general Van Halen en 1817.

Así, escogió al eslabón más débil de la lista de asistentes a esa vivienda: el señor don Daniel Guinot. Según había sabido gracias a su red de informadores, Guinot era de Tortosa. La promesa de una vida mejor y un matrimonio de conveniencia lo habían llevado hasta orillas del Atlántico, donde se había especializado en pleitos mercantiles y en calentar sillas en cafés. Su falta de interés en pasar tiempo junto a la familia lo había convertido en un ser callejero, costumbre que, por azar o interés, lo había acercado a la casa de los Istúriz. Alonso estaba convencido de que era el caballero adecuado para responder a sus preguntas, pero, sobre todo, para tender una trampa. Así que a ello se había dedicado a principios del mes de diciembre de 1818.

Una noche se había hecho el encontradizo con Guinot en una taberna ubicada en la calle de Pedro Conde. Al principio sacó a relucir su elocuencia. Después, su fingida prudencia. Y, con un tropel de copas encima y una ficticia confianza recorriendo las venas del interrogado, manifestó su nostalgia hacia los tiempos de las Cortes. Habló de tertulias liberales que conocía pero a las que nunca había asistido. Compartió sueños y proyectos truncados por la vuelta del Deseado que no eran suyos.

—Admito las limitaciones de mi sesera, pero si supiera que hay una forma de traer de vuelta todo aquello... pondría todo de mi parte como el simple contador que soy... —disimuló Alonso.

El señor Guinot se quedó pensativo. Después de rumiar unos instantes, confió en él:

—¿Y si le dijera que hay un modo?

Alonso arqueó las cejas, fingiendo sorpresa. El letrado, hechizado por el alcohol y la posibilidad de contar con un nuevo aliado, compartió con Guzmán susurros atropellados sobre la actividad clandestina en la ciudad.

—Entonces ¿son sociedades secretas liberales o logias francmasonas lo que hay aquí en la ciudad de Cádiz? —quiso saber Alonso al rato.

—Bueno, una mezcla. Yo..., verá, la primera vez que supe de la francmasonería fue durante la guerra. Por entonces todo eran logias organizadas por los bonapartistas y los juramentados. Su influencia radicaba en su potencial para propagar las ideas reformistas del gobierno del rey francés por la geografía española, pero nada más. A mí entonces no me interesó, ¿me entiende? Pero, después, cuando los franceses se marcharon y volvió el rey Fernando, se reanudó la actividad de las logias a modo de sociedades secretas. Todo a pesar de las prohibiciones, ¡una locura!, pero necesaria, ¿me entiende? —remarcó con gravedad—. Poco a poco, los principios liberales fueron permeando en ellas y se han terminado convirtiendo, en la mayoría de los casos, en catalizadores de la lucha por el cambio o los distintos proyectos de cambio. O, si gusta más decirlo así, en grupos de oposición. Digamos, para que usted me entienda, que francmasonería y liberalismo, en el reino, ahora mismo, se complementan.

—¿Y qué se aportan? —interrogó. Acto seguido, cambió el tono—. Si no es indiscreción, señor Guinot...

—Principalmente la francmasonería ha aportado la estructura. Y con ella capacidad de expansión de las ideas políticas de oposición. A cambio ha recibido una causa que ha logrado vertebrarla y consolidarla. Aunque, si pregunta a un francmasón puro, le dirá que la francmasonería no tiene más causa que el humanismo y la filantropía y que, de hecho, no debería mezclarse en cuestiones políticas o religiosas. Pero el caso es que aquí, en el reino, siempre ha ido de la mano de la política. Sirvió al rey francés, quizá a algunos jurados, pero ahora está unida en gran medida a la oposición a Fernando VII. Y me parece lo obvio. ¿Hay mejor forma de servir a la humanidad que con una reforma política? No sé, a veces pienso que nos perdemos discutiendo por nimiedades…

—Entonces, si ahora van de la mano…, ¿quiere decir que en las sociedades o logias secretas liberales se hacen rituales? Escuché algo de eso sobre las logias francmasonas durante la guerra… —tanteó dando un trago a su vaso—. Me tira un poco para atrás ese aspecto. Aunque, como le he dicho, estoy dispuesto a hacer concesiones si con ello puedo ayudar a la causa.

—Bueno, en algunas, eso depende. Como comprenderá, hay cuestiones de las logias francmasonas más ortodoxas que se han heredado en muchas de las nuevas logias o sociedades secretas. Pero hay más literatura que verdad en los rumores que han corrido y corren sobre los rituales que se llevan a cabo. No son oscurantistas, como muchos creen. Simplemente se utiliza, en mayor o menor medida, una simbología concreta: sobrenombres, alfabetos y vocabularios secretos, ritos iniciáticos, jerarquías específicas, compromisos, deberes…, pero es por el bien de su propósito. Allí se vela porque todo mejore, se trabaja por la causa. Aunque, como le digo, no hay una verdad única. Cada cual tiene un objetivo y en eso debe tener ojo. A mí, por ejemplo, ni siquiera me cae mal el rey. Solo aspiro a que se reforme el gobierno, quizá elaborando una constitución un poquito menos disparatada que la de 1812. Pero hay muchos que están en otra página. En estos tiempos, he oído hablar de restaurar la Constitución del 12, de buscar un nuevo rey e incluso de instaurar una república al estilo revolucionario francés, ¿me entiende? No sé, es complicado. Vivimos tiempos de matices.

—No puedo estar más de acuerdo con usted. Y no sabe lo que agradezco su consejo, señor Guinot. Como le he dicho, es una suerte haber topado con un caballero sabio y cabal como usted en medio de mi confusión vital —brindó Alonso, que se quedó pensativo un momento asimilando la información—. Entonces… ¿se considera francmasón?

—Yo sí…, pero no ha de decirlo a nadie, ¿me entiende?

—Sí, sí…, por supuesto. ¿Tiene un nombre simbólico de esos?

—Sí, en la francmasonería cada hermano tiene un nombre simbólico que se da en la iniciación, en el nuevo nacimiento. Se utilizan los de emperadores romanos, poetas griegos, pensadores ilustrados, políticos famosos o, incluso, simples apodos, ¿me entiende?

—¿Hermano? ¿Iniciación?

—Bueno, al decir «hermanos» me refiero a «miembros». La iniciación es el rito por el que se empieza a formar parte de la orden. Se deja así de ser profano para ser un aprendiz. Hay tres niveles: ese, compañero y maestro. Algunas tenidas están abiertas para neófitos. Pero otras solo permiten acceso de compañeros o de maestros, ¿me entiende? Ahí se reparten por cargos y está el gran maestro, los vigilantes, el hermano secretario, el maestro de ceremonias, el guardatemplo… Se leen planchas, que son escritos; se hacen votaciones; se valora el ingreso de un nuevo hermano o se es testigo de la irradiación de otro.

—¿Disculpe? ¿Irra… qué?

—Irradiar es expulsar. Pero, bueno, como le digo, esto no es aplicable a toda sociedad secreta. Yo le estoy hablando de ciertos casos…

—Y ¿dónde se celebran todas estas reuniones? ¿Cómo es posible participar en ellas?

—Bueno, como le he dicho, aquí en Cádiz hay varias juntas. Entre ellas destaca una, pero nadie debe saber dónde se celebra. Es algo que solo se desvela cuando existe probada confianza. Si solicita su ingreso en alguna, yo lo apoyaré. Tengo buenos contactos.

Alonso fue tomando nota de todo lo que le compartía el señor don Daniel Guinot. Sus reflexiones, que duraron hasta que lo dejó en su casa, sentado sobre las escaleras medio inconsciente, fueron bastante provechosas. Aquel caballero le había confesado ser francmasón, liberal y le había dado algunas claves de aquel mundo extraño del que tantas veces había escuchado hablar, pero nunca de forma tan concreta. Aunque había querido hacerse el discreto con la dirección en la que se celebraba la reunión más importante, él sospechaba que se trataba de la de casa de los Istúriz.

Alonso se sintió satisfecho de su trabajo y así se lo notificó a la duquesa de Grimaldo en una extensa carta. Esta le devolvió otra en la que se le indicaba que el rey se pondría en contacto con el capitán general de Andalucía, el conde de La Bisbal, para que también él vigilara con sigilo cualquier reunión sospechosa para descubrir cuándo y dónde tomaban forma el resto de las sociedades secretas. Este prometió encargarse, pero a mediados de diciembre todavía no había descubierto nada. Sí se había sabido, por otra parte, que el teniente don Francisco Macías se reunía clandestinamente con otros compañeros en una casa de la calle de la Portería del Carmen. Con varias pruebas sobre la mesa aportadas por otros agentes de Fernando VII, se pasó el testigo al Santo Oficio y al inspector general de Infantería, encargados, a partir de entonces, de seguir los pasos de aquel extraño sospechoso. Así, Guzmán quedó a la espera de una misiva en la que se le informase de las pesquisas del capitán general para, de este modo, tomar consciencia de la magnitud de la red de sociedades y alinear con ella su trabajo. Sin embargo, a principios de febrero de 1819, en medio de la exhaustiva vigilancia a la casa de Istúriz y el resto de los sospechosos, Guzmán todavía esperaba novedades. Pero nada ocurrió. Y sin querer se obsesionó con la figura del conde de La Bisbal. ¿De veras todavía no había descubierto nada?

A aquella desconcertante situación se le sumó la falta de novedades con respecto al robo del baile en Aranjuez tras los acontecimientos de verano. A finales de agosto, el reo don Elías Castro había sido hallado muerto en su celda. Por la manera en que se había matado, alguien le había facilitado una cuchilla. Aunque quiso creer que no, Guzmán se planteó la posibilidad de que sus supuestos aliados hubieran descubierto que había confesado. Además, pocas semanas después se supo, tras una revisión a conciencia del despacho del rey en Aranjuez, que unos legajos en concreto no estaban en el orden exacto en el que siempre se dejaban. Eran los archivos correspondientes a los expedientes de aposentamiento de la familia real durante el verano y el otoño de 1818. Aquello hizo que sonaran todas las alarmas.

Se modificaron los días de viaje entre sitios reales. Y se guardó bajo llave el nuevo plan. Alonso, a solas en su habitación, estaba convencido de que se habían robado para tratar de atentar otra vez contra la vida del monarca. Quizá, aprovechando un traslado. Quizá, en un cruce de caminos en la sierra de Guadarrama. Azuzado por su rechazo a los cabos sueltos, el mismo que actuaba en su obsesión con el conde de La Bisbal y cada deber que asumía para la Corona, solicitó que le continuaran informando sobre el asunto. Pero la duquesa de Grimaldo ignoraba sus preguntas. Solo conocía de exigencias. Y durante el invierno de 1819 ni siquiera de eso.

En todos aquellos meses de investigación y esperas, se había colado en los tentáculos de su sesera la imagen desdibujada de Inés. Incluso en sueños. Incluso cuando, en un par de ocasiones, había regresado a los labios de la Filo con los ojos cerrados. Esa tendencia incontrolable era su talón de Aquiles. Una verdad que jamás diría en voz alta. Aguardaría a que el rostro de aquella doncella desapareciera del todo. Y después la trataría como un recuerdo más. Sublime, delicado e imperfecto.

Bañado del halo luminoso de la candela que siempre resplandecía en la mesa de madera de su cuartucho, y abrazado a botellas que cada vez tardaban más en vaciarse, se preguntaba por el paradero de los Somoza.

También recordaba la conversación con Cosme en su palacio de Madrid. Y la pesada evidencia de la pérdida, compañera en aquella primavera en la Corte. Según había sabido por carta de su madre, Jonás continuaba a salvo en Asturias, pero parecían haber llegado a un acuerdo para que, el año próximo, pasara una temporada en la capital acompañado por su omnipresente ayo. Cosme no parecía muy conforme con el hecho de tener que compartir la influencia sobre su hermano menor. Pero, a fin de cuentas, la que había sido la segunda esposa de su padre era una mujer de ideas claras. Algo que, si bien no era siempre ejercido, Alonso había heredado. Solo en casos muy puntuales, Guzmán se había permitido regresar a Sevilla y rememorar las palabras del general O'Donojú. Cuando esto ocurría, lo acusaba de necio y charlatán, adjetivos que daban sutura a las dudas sin respuesta.

—Primero el accidente en la prospección. Después el incendio del almacén. Y ahora desaparecen veinte trabajadores que estaban construyendo el trozo de camino que sale de la mina hacia La Paranza —exclamó don Ildefonso, al tiempo que volcaba una silla de su despacho con ayuda del tacón de la bota.

La marquesa, el señor don Gregorio, la Gran Dama, el señor Palazuelos y el señor don Adrián Castaño, su administrador, eran audiencia silenciosa de las quejas del marqués. Tenía motivos de sobra para sentirse frustrado. Irascible incluso. Pero el miedo a que aquello terminara por ser una debacle mobiliaria frenó su compasión. Sin embargo, don Ildefonso había emprendido ya el camino hacia la desesperación. Y aquello solo lo pudo frenar la voz de la baronesa de Carrión.

—Recomponte, hijo. Tienes invitados —espetó.

La frente del marqués enrojeció. Las venas se hincharon. Pero se controló por el bien de su apellido. Doña Mariana, sin ganas de servir en bandeja su reputación, se incorporó y animó al señor Palazuelos y al señor Castaño a que la acompañaran a tomar un refrigerio en el gabinete de visitas. Aquella espontánea decisión obligó a que doña Fuencisla reorganizara a su tropa particular. Gritos y órdenes recorrieron las escaleras secundarias para hacer posible un segundo servicio de merienda.

Inés, que leía para los hijos de los marqueses en la sala de estudio, percibió el revuelo, pero optó por continuar con aquella tarea. No es que la complaciera demasiado, pues si los niños no estaban medio dormidos, estaban revoltosos y apenas prestaban atención. Aurora, la única que antes parecía mostrar un mínimo de interés, ahora se extasiaba al imaginar su próxima entrada en sociedad. Inés no quería perder el ánimo. Tampoco la paciencia. Pero aquel día los murmullos y las risitas terminaron por desconcentrarla. Cerró el ejemplar de golpe.

—¿Alguien me está escuchando?

Los marquesitos se rieron. La doncella se fijó en que Fernando tenía algo escondido. Se levantó y se acercó a la silla en la que el niño estaba sentado. Sin vacilar, cazó el objeto misterioso.

—¿Qué es esto? —dijo, analizando la caja de madera que sostenía en la mano que no sujetaba el ignorado libro.

—Es del tío don Gregorio, señorita Inés. Fernando la ha cogido del suelo cuando la ha tirado esta mañana —acusó Beatriz.

—¿Quién la ha tirado?

—El tío don Gregorio, señorita.

—Chivata —se quejó el otro.

—¿La ha tirado al suelo? ¿Está segura, señorita Beatriz? Quizá se le ha podido caer… —quiso suponer la adulta.

—No, no, juro que no la he robado. La ha recibido junto a una carta después de desayunar. Y, como no ha podido abrirla, ha dicho que era un invento del demonio y la ha tirado. Yo he corrido a cogerla. Pero tiene razón. No se puede abrir. Es un invento del demonio —explicó Fernando.

—No hable así, señorito Fernando. —Inés devolvió su mirada a aquella bella cajita de madera tallada—. En fin, se la daré a su madre para que ella decida qué hacer. Ahora, volvamos a la lectura. Y si alguno se distrae, no tendrá postre. Se lo diré yo misma a doña Fuencisla.

Los más pequeños, con gesto de horror, asintieron. Ildefonso resopló. Aurora frunció el ceño, tratando de concentrarse.

—A estas alturas, ya tendrían que estar las obras en marcha. ¡Y me llega un correo diciendo que mis empleados no se presentan desde hace días! ¿Cuándo va a dejar de darme disgustos este proyecto? ¡Con todo lo que he trabajado por él!

—Ildefonso, la suerte no parece estar de tu lado, pero yo no creo en ella. Tienes contactos y dinero. Quizá tardes más de lo planeado en explotar esa mina y en que todo el reino conozca tu iniciativa de comunicaciones en esa zona. Pero ocurrirá. Si pierdes los nervios delante de tus administradores y socios, no te visitará la mala suerte sino la justicia. Así que no vuelvas a avergonzar a esta familia —le recriminó doña Genoveva Lecubarri.

—Si lo deseas, hermano, puedo partir mañana mismo hacia Asturias. Averiguaré lo que ha ocurrido —se ofreció don Gregorio.

—No, no. He de ir yo mismo. Tú te quedarás aquí, cuidando de las tierras y de la familia —coligió don Ildefonso.

—Pero él no sabe… —quiso aportar la Gran Dama, preocupada.

—Madre, Gregorio demostró en Aranjuez que es capaz de hacer brillar nuestro abolengo. Más allá de Salamanca. Así que confío en él —valoró, dejando patente a quién atribuía el mérito del favor real, incapaz de otorgárselo a su esposa, a quien deseaba muda, desvalida, a pocos metros—. Organizaré una reunión con el señor Castaño mañana mismo para que lo actualice e instruya. Yo marcharé en dos días. Necesito solventar este asunto en primera persona.

Aquella resolución llegó a oídos de doña Mariana en la cena. Ella, que ya estaba acostumbrada a que su marido se ausentase, asintió. En el fondo, estaba ansiosa por ver a don Gregorio encargándose de aquellos campos, la joya de la corona de la familia Somoza. Quizá eso daría pistas de su ineficiencia, le devolvería el reconocimiento que merecía por sus gestiones en Aranjuez. Al retirarse a su cuarto, comentó con Inés las novedades. Esta, consciente de que aquel boicot a las minas del marqués de Riofrío era posible solo gracias a las informaciones que pasaba puntualmente al lechero, fingió sorpresa y preocupación. Cuando ambas abandonaron su afectación, la doncella procedió a entregar la cajita de madera a doña Mariana. Esta, sin dar pábulo a la curiosidad, sentenció:

—Pues si no se puede abrir, ¿para qué la quiero yo? —Inés asintió—. Quédesela como recuerdo de las estúpidas amistades que mi cuñado tiene a lo largo y ancho de este mundo. Anda que enviar una caja rota... —añadió.

En la cama intentó hacer ceder aquel objeto. De reojo, miró a Consuelo y a Julieta, ya dormidas. La segunda llevaba un tiempo bastante arisca, tanto que Inés había olvidado si alguna vez se habían hablado con algo que no fueran monosílabos. Su orgullo musitaba convencido de que la envidia continuaba manejando el otrora noble corazón de Julieta. Estaba segura de que no podía soportar que ella hubiera sido la elegida para acompañar a la marquesa a la Corte. Pero no tenía intención de disculparse. Estaba allí por necesidad, no por gusto. Y si le preguntasen, Aranjuez no había sido más que un foco de problemas. El regreso, con aquel difícil cometido, no había sido mejor. No tenía, de momento, tiempo de solucionar nada con Julieta. Continuaba espiando tanto al marqués como a la marquesa, deseando hallar detalles que justificaran los premios recibidos tras la guerra, el peso de su influencia en palacio. Los datos sobre la mina, tema presente en los cuartos de los señores y las estancias públicas de la casa, la ayudaban a ganar tiempo. Y, a juzgar por las jugarretas del Benefactor, parecían ser de su gusto.

Mas Inés sabía que debía seguir escarbando en las intimidades de aquella familia. Para lograrlo, cada vez más angustiada, lo había intentado casi todo. Había vuelto a husmear en la correspondencia, había espiado charlas con amistades y socios, había continuado mimando la frágil confianza de doña Mariana, incluso había interrogado a Mari Nieves sobre lo ocurrido durante la ocupación, había querido mencionar por encima lo desagradable que le había parecido el duque del Infantado para animar la lengua de la marquesa sobre aquella enemistad... Pero nada. Inés sabía que apenas quedaban alternativas además de preguntarlo directamente. Y, por supuesto, aquello no era una opción.

Así, una vez más, se vio inmersa en aquel bucle de desinformación. Las últimas cartas de su familia habían llegado a sus manos a mediados del otoño de 1818. Habían accedido a recoger las suyas en diciembre, pero ni siquiera sabía si se habían enviado con puntualidad. Y ya habían pasado tres meses. Era un constante castigo a su ineficiencia. Pero ¿cómo explicar que no faltaban los intentos? Se sentía sola. Y más desde que Julieta se había distanciado. Cuando más triste estaba, sobrevivía a base de la relectura de las líneas de su madre y sus hermanas, con las que se exigía lucidez, ese control sobre las emociones que se había prometido por el bien de su cordura. En ellas le decían que el negocio seguía bien, que Alejandra ya tenía algún pretendiente a considerar y que Lorenzo se estaba implicando en los asuntos de la familia. ¡Y Blanca estaba embarazada de nuevo! Ambas hermanas estaban forzándose a aprender a vivir sin el cercano apoyo de la otra, lo que desconsolaba a Inés en silencio, pese a reconocer que era lo mejor para las dos. Las líneas de Dolores, sin embargo, volvían a ser fuente de preocupación. Había caído enferma y se sentía débil, tanto física como anímicamente. Como si ya no quisiera seguir luchando.

Inés deseaba poder salir de allí y correr junto a su hermana mayor, pero sabía que eso no la ayudaría. Lo realmente útil era permanecer en su sitio, cumplir con el cometido al que se había comprometido. Según le habían dicho, en parte para acrecentar su culpabilidad por la falta de datos, se habían hecho importantes descubrimientos en el otro asunto. «Más se harán si cumple con su parte», habían advertido. Así, cuanto más eficiente fuera, más cerca estaría la felicidad de Dolores, cuya contagiosa risa ya empezaba a confundirse en el olvido.

Como bien había anticipado doña Mariana, la partida de don Ildefonso dejó uno de los activos más importantes de la Casa Somoza en manos del zángano de don Gregorio. La Gran Dama, primera escéptica, iba siempre dos pasos por detrás de su hijo menor, recordándole reuniones y obligaciones. Este, más interesado en adquirir un nuevo par de corbatas de seda, bufaba y bufaba, lamentando su alarde de generosidad. En medio de sus ocupaciones, además, tuvo que hacer frente a otra cuestión: buscar esposa. La baronesa consideró que, asentado en Salamanca, debía formar familia. A don Gregorio se le acumulaba la faena entre peinado y siesta.

Con todo, a Inés había terminado por resultarle simpático, pese a que todos, en cocinas, aborrecían su esnobismo. Sobre todo por los baños que había empezado a darse de forma habitual, recomendados por un buen amigo moscovita. Para ellos solicitaba la expresa presencia de doña Fuencisla Baeza, a quien recitaba una lista de hierbas, aceites y jabones en polvo que debían prepararse para verter en la tina y que iban variando en relación con su humor y supuestas dolencias. «Madama generala», muy poco hecha a las excentricidades en el aseo, juraba en idiomas que ni siquiera conocía en cuanto quedaba liberada del escrutinio del maniático caballero.

En paralelo, la preparación de Ildefonso y Fernando iba viento en popa. Además, la nodriza había sido reemplazada definitivamente por un aya encargada de la educación de las niñas y de Gaspar hasta que este se sumara a las sesudas lecciones de latín del señor don Beltrán Enríquez. Se llamaba Sofía Marín, venía recomendada por la condesa de Vitigudino y no tardó en hacer buenas migas con la señorita Mari Nieves Ulloa. Uno de los principales cometidos de la nueva empleada era terminar de refinar a Aurora, próxima a entrar en sociedad. Poco a poco, en la mente de la niña, caló la idea de asistir a un baile, de conocer a pretendientes, de labrarse un futuro. Inés la veía y se trasladaba a unos años atrás, cuando ella misma había experimentado la emoción por descubrir lo nuevo, por hacerse un hueco en el mundo.

Una tarde lluviosa de mediados de febrero, después del rato de lectura, la primogénita de los Somoza se interesó por las experiencias de la doncella en sociedad. Inés, sin ser demasiado explícita, le contó que había podido asistir a algunos bailes, lo que atrajo la atención de la joven. Hablaron de los tipos de danzas, de interesantes conversaciones y despampanantes vestidos. La chiquilla, excitada, se marchó corriendo a hacerse con un abanico para practicar ese lenguaje secreto que le abriría las puertas de la intimidad.

Un rato después, en el gabinete de doña Mariana, Inés hizo partícipe a la madre del entusiasmo de su criatura. La marquesa reaccionó con ternura, aunque con una pizca de preocupación.

—Aurora es inteligente, pero un tanto ingenua. Espero que no sea la típica dama que se deja embelesar por uno de esos rufianes que prometen el paraíso y organizan fugas en la madrugada —valoró mientras, como tantas otras veces, colocaba unos pliegos en el segundo cajón del escritorio de caoba y lo cerraba con la llave que siempre colgaba de su cuello.

—No, mi señora. Eso sería terrible... Seguro que su hija tiene criterio —opinó Inés.

—Eso espero —suspiró—. En fin, estoy cansada. Creo que dejaré para mañana lo de escribir carta a mi esposo. Al fin y al cabo, no notará la diferencia con lo ocupado que está con el asunto de la mina.

—¿Logró solventarlo, mi señora? Parecía alterado cuando se fue.

—Bueno, en ello está. Al parecer, alguien contrató a sus trabajadores por más reales. Una estocada por la espalda.

—Cuánto lo siento —mintió Inés.

—Gracias —respondió la marquesa—. Pero logrará arreglarlo. Estoy convencida.

Inés asintió y comprobó que la chimenea estuviese al gusto de doña Mariana. Entonces, se le ocurrió.

—En unas semanas hará un año que partimos hacia Aranjuez —musitó.

—Sí, es cierto. Imagino que esta primavera el ambiente será bien distinto. Las muertes de la reina, la infanta y los reyes padres han dejado desolada a la familia real. Eso me ha dicho mi prima en su última misiva. Las exequias serán cosa recurrente estos meses. A saber cuándo llegan los cuerpos de los reyes padres desde Nápoles y Roma...

—Sí, terrible... —farfulló la doncella—. Apuesto a que la echarán en falta por allí. Pude ver lo querida que es en la Corte, mi señora, y seguro que la extrañan.

—Bueno, en la Corte todo depende de los intereses y de lo que puedas ofrecer. El as es la única carta que vale —reflexionó—. Y, aunque me encantaría pensar que todos me alaban, sé que no es así.

Inés tardó en responder, deseando que aquello fuera el prólogo de un soliloquio sobre los detalles ocultos de su pasado, sobre su enemistad con el duque del Infantado. Sin embargo, los labios de doña Mariana se congelaron tras aquella frase.

—Eso solo puede ser una buena señal, mi señora. Mi padre siempre dice que si se gusta a todo el mundo, no se gusta a nadie en verdad —la consoló al fin Inés—. Y lo que está claro es que usted tiene influencia, que conoce cómo lograr sus propósitos, que en la real familia la tienen en alta estima y consideración...

La doncella deseaba que aquello provocase alguna confesión, pero nada. Una vez más. La marquesa agradeció sus palabras y, siguiendo lo que había dicho, cambió el escritorio por una butaca, en la que se relajó, sumiéndose en un silencio falso en el que los verdaderos protagonistas eran los pensamientos.

Inés se acostó aquel día más pesimista que nunca. No era capaz de idear más formas de que doña Mariana le contara el porqué de sus repentinos y exagerados privilegios tras la contienda. Ni si su malograda relación con el duque del Infantado escondía algo más que la antigua lucha de orgullos en el cuarto de los otrora príncipes de Asturias. Y el lechero cada vez ocultaba menos su cara de decepción.

Así, días más tarde, atrapada por el ácido duermevela, recuperó algo que había entresacado de sus recuerdos durante esos meses, pero que había descartado comunicar por lo inexacto del contenido. Creía que era un nombre. Un nombre que el duque del Infantado había dicho a la marquesa al oído. Inés se había fijado en sus labios en un intento por leerlos, pero solo había alcanzado a esbozar dos palabras. No tenía claras cada una de sus letras, ni siquiera sabía si escrito sería ridículo o si tenía validez pasar una información así, tan desdibujada. Al principio había entendido «Ero Balacaz», pero, con el tiempo, se había decantado por la alternativa de que fuera un nombre y que la primera palabra fuera «Pedro». A esas alturas, estaba casi segura de que era algo parecido a «Pedro Balacaz» o «Pedro Bacalaz». Aunque no del todo. Pero la ausencia de novedades la empujó a convencerse de que, quizá, aquel nombre a medias podía ser un as para ganar tiempo, para saber de su familia, para dormir, para alejarse de aquel cadalso que la perseguía en el crepúsculo de su consciencia…

XXI

Se había convertido en sana costumbre que, después de la jornada laboral, Modesto se dejara caer por la taberna. La Filo tenía calculada la hora exacta en la que aparecía. Haciéndose la sorprendida, siempre remoloneaba un poco antes de servirle un chato. A lo largo de la tarde se unían otros parroquianos. Pero ese rato se había convertido en algo genuino. Ella, entre susurros, le contaba cómo le iba en el café Cachucha. Él bromeaba sobre el arsenal de papeles en el que estaba enterrado día tras día. En cierto modo, se habían convertido en confidentes, en amigos. Pero aquellos instantes de charlas y risas siempre se interrumpían por los compromisos del señorito Andújar. La Filo solo había visto al señorito Hernando en un par de ocasiones, pero lo aborrecía. Y, sin que nadie se enterara, lo envidiaba. En él parecían desembocar todos los atardeceres de Modesto. Con él compartía sus más ardientes pasiones. Y si no fuera porque su viejo oficio la ataba al sino de otros, la joven los hubiera acompañado para dilatar el tiempo compartido. Habría intentado comprenderlos, apoyar su causa o llevarles la contraria con picardía.

—¿Y no va a ir a visitar a sus padres, señoritingo Andújar? Ya hace que no se deja caer por su cortijillo jerezano.

—No, no. Estoy ocupado aquí en Cádiz. Muchos asuntos pendientes —dijo, zanjando su lugar común con un trago.

—Ya sé yo, pero sus padres querrán saber si sigue teniendo cara y ojos.

—Demasiado los han visto sin dejar que conociera mundo. Ahora es tiempo de labrarme un futuro. Y mis padres, aunque magníficos cristianos y mejores personas, me agobian.

—¿No va a regresar a Jerez entonces? ¿Se quedará aquí en Cádiz? Mire que me prometió llevarme algún día, señoritingo —bromeó.

—Allí no la llevaré, señorita Filo. Será un lugar mejor. Un mundo mejor.

A la joven le brillaron los ojos imaginando el edén al que Modesto podría llevarla algún día. Cruzaron una mirada, iluminada por el haz de luz que, rebelde, se coló en la taberna por la puerta, abierta de pronto.

—Seguro que me encanta —afirmó ella.

Modesto sonrió y bebió de nuevo. La Filo, dispuesta a alargar más ese momento, quiso añadir algo a aquella frase que se había quedado colgando de su tímida sonrisa. Sin embargo, cuando sus labios volvieron a ser valientes, el codo de Alonso se apoyó en la añeja barra de madera.

—Buenas tardes, Filo. Buenas tardes, señor Andújar. —Se detuvo en este último y se aclaró la voz—. ¿Le importa si conversamos en privado un momento?

El pasante levantó una ceja, miró a la Filo y, sin más información, asintió. Los dos se retiraron a una de las mesas. Los crujidos del suelo, ampliados por el contacto de los tacones y suelas de las botas de los caballeros, los escoltaron hasta que se dejaron caer en dos banquetas. Los sombreros, fieles compañeros, sobre la mesa, llena de estrías por las que rezumaba el aroma cuasi acre de tragos pasados, perdidos.

—¿No va a beber nada? —se interesó Modesto.

—No, no he venido a eso, amigo —respondió Alonso.

—Debe de ser serio entonces.

—Verá, no quiero entrometerme en sus asuntos, pero tenga cuidado con lo que hace y con las personas con las que se relaciona. Sé que no me ha hecho caso, pero tiene que ser cauto, señor Andújar. Si alguien lo ve en compañía inadecuada, en un lugar poco recomendable... —indicó, bajando la voz.

—¿Y por qué iba a pasar eso? ¿A qué se refiere?

—Cádiz no es tan grande como parece. Tampoco el reino. Solo quiero que tenga cuidado.

—Señor Guzmán, agradezco su preocupación, pero sé lo que me hago. No hay peligro alguno. Y estoy donde quiero estar...

—Ese es el problema. Que sí lo hay, maldita sea —subrayó.

—¿Cuál? —se extrañó Modesto—. ¿Acaso usted sabe algo?

Alonso dudó un momento. Gracias a —o por culpa de— la vigilancia a la que la tenía sometida, había visto a Modesto Andújar entrar en casa del señor Istúriz junto al señorito José Montero. Y, aunque aquello podía parecer una visita inocente o fortuita para muchos, Guzmán conocía las simpatías de aquel joven por el liberalismo.

—No. Solo tengo miedo de que se meta en problemas. Yo me he metido en muchos y no se lo recomiendo.

—Guarde cuidado, señor Guzmán. Ya no soy ese zagal al que usted conoció... Sé lo que quiero y sé guardar mis espaldas.

—Ojalá entonces esté usted en lo cierto —concluyó Alonso al tiempo que se levantaba y se iba.

Modesto no podía creer que, una vez más, Guzmán lo dejara así, con una sílaba en la punta de la lengua. Miró a la Filo quien, también extrañada, observó cómo Alonso abandonaba la que antaño había sido su guarida predilecta. Otro rayo de luz se coló en el local, broche final de aquella rápida visita.

De vuelta en la calle de Solano, Alonso se arrepintió de haber hablado a Modesto. Aunque deseaba protegerlo, sus ojos no eran los únicos que vigilaban al servicio de Su Majestad en

Cádiz y no se podía permitir que dudaran de él. Tampoco que la más mínima sospecha hiciera que los conjurados estuviesen alerta. Y menos en aquel momento en que todo le olía a chamusquina. No había recibido novedades de palacio. Y el conde de La Bisbal parecía ajeno a cualquier pista que le indicara dónde se desarrollaba la actividad clandestina en la ciudad. A cambio Alonso, que se había empleado a fondo en seguirlo y vigilarlo —ayudado por su red de informadores—, lo había visto charlando con otro militar recién llegado a la ciudad, el teniente coronel don Bartolomé Gutiérrez Acuña, al que, a su vez, había visto entrar en la residencia de los Istúriz. «¿Puede estar al tanto el capitán general de Andalucía de la red de conspiradores que puebla el Mediodía?», se planteaba Alonso una y otra vez. «¿Puede estar fingiendo y no querer hacer nada por evitarlo?», musitaba con temor.

La impaciencia, enemiga de las esperas, corroyó el humor de Alonso. Y, aunque se había prometido luchar en contra de su tendencia a buscar soluciones en la bebida, muchas noches acababa preso de la que había probado ser su única compañera. Aquella que nunca le daba la espalda, que siempre lo recibía con los brazos abiertos, aunque, a cambio, le regalara el juicio, la medida y el poco respeto que seguía sintiendo por sí mismo. Al amanecer, en cama propia o ajena, solo recuperaba dos de las tres. Un día, sin embargo, se encerró en su cuarto sin botellas a la vista. Solo lo acompañó una soledad necesaria para pensar en su siguiente movimiento, el que haría que regresaran las pagas más suculentas y las respuestas lógicas, otro de sus vicios más antiguos.

En una pila, las cartas que había escrito a la duquesa de Grimaldo, pero que no había enviado. Junto a ella, los papeles en los que anotaba sus averiguaciones. Los revisó atentamente. Trazó conexiones. Posibles explicaciones. A los nombres ya incluidos en la lista había sumado el de otro letrado, el señor don Sebastián Fernández Vallesa, y el del agente de comercio don Cenón Bonaplata. Sin embargo, en ningún caso tenía pruebas más allá de los contactos reincidentes con otros personajes sospechosos. Tenía a dos niños siguiendo la estela de don Antonio Alcalá Galiano, reconocido liberal que acababa de volver de Madrid, pero este también era cauto y no había logrado cazarlo con las manos en la masa. Así, tirado en la cama, forzando su mente para discernir una solución y a punto de capitular, se le ocurrió un plan que ejecutó al anochecer del día siguiente.

A las siete de la tarde dio dos toques en la puerta de una de las casas de la calle del Ángel. Lo atendió una empleada, que enseguida fue a avisar a su señor. Alonso dedicó aquellos minutos a dudar de su estrategia, pero en cuanto se le dio permiso para pasar, optó por seguir adelante. Le acompañaron hasta un salón decorado con gracia, pero sin demasiado lujo. Sin querer, se quedó extasiado mirando el cerco desteñido en el tapizado en seda verde y dorada de una silla Luis XIV. Solo con ese detalle era posible descifrar la decreciente fortuna de aquella familia a lo largo de la última centuria. Como suele ser costumbre en casas con suelos de madera, los crujientes pasos del dueño fueron prólogo de su aparición. Alonso comprobó que las mejillas del señor don Daniel Guinot habían abandonado ese tono rosáceo de su último encuentro. Al abogado le desconcertó encontrarse de nuevo con aquel caballero, pero disimuló su incomodidad ofreciendo una copa a su inesperado invitado.

—¿Qué le trae por aquí, señor Guzmán?

—Trabajo —espetó el otro, deteniendo el trayecto de la copa del señor Guinot hacia sus labios.

—¿Cómo dice?

—Vengo por trabajo. Y, con sinceridad, no me apetece alargarme en demasía.

—Vaya... No sé entonces en qué puedo ayudarlo yo. ¿Desea asesoría jurídica?

—No.

El señor Guinot se estaba perdiendo.

—Señor Guinot, el otro día usted me confesó ser francmasón. Me habló de las sociedades secretas. Y le he visto entrar varias veces en casa del señor don Francisco José Istúriz.

—Buen..., yo... —balbuceó.

—Craso error, amigo mío. Pues resulta que mi cometido en la ciudad es desenmascarar a traidores como usted —dijo con parsimonia.

El otro caballero estaba pálido. Sus ojos buscaron formas de escapar de aquella sala, pero sabía que, antes de ser capaz de alcanzar el pomo de la puerta o de una de las ventanas, Guzmán ya lo habría inmovilizado.

—¿No es contador? ¿Qué..., qué quiere de mí?

—Por suerte para usted, un trato. Verá, yo prometo interceder para que su nombre desaparezca de la lista de conjurados que llegará a la Corte y al Santo Oficio si usted me da información sobre lo que se está tramando en esas logias y me da nombres, pruebas.

—¿Quiere que me convierta en un traidor?

—Usted ya es un traidor, señor Guinot. Al menos, ante los ojos de quien ha de decidirlo —espetó Alonso—. Nadie se enterará de que me ha hablado. Mantendremos la mayor de las discreciones.

—Pero ¿y si alguien lo ha visto entrar aquí? ¿Y si se enteran? Ustedes son poderosos, pero no más que los hombres que cuestionan el régimen.

—Ahora mismo sí, amigo. Esos «hermanos» de los que usted me habló no son más que sanguinarios disfrazados con ritos, levitas y discursos. Pero no tienen poder real. No, si no forman parte del sistema —dijo bajo esa máscara de siervo real que portaba en cada interrogatorio.

—Está usted equivocado, señor Guzmán. Muy equivocado.

—Bien, ilústreme.

—Yo... —farfulló.

—Señor Guinot, solo tiene dos opciones: caer con ellos o dejar que caigan. Está en juego su libertad.

El letrado se tocó la frente, nervioso, encontrándose con las gotas de sudor que la poblaban. Después, se aflojó el corbatín. Seguía buscando maneras de huir de su propia casa. Algo que había hecho mil noches, pero que ahora se le presentaba como una retorcida fantasía.

—Bien, si prefiere no colaborar, me marcharé ya. Aunque primero haré una visita a su señora esposa para notificarle sus faltas. Así estará prevenida cuando vengan a arrestarle por conspirar en contra del rey. No quiero imaginar lo decepcionada que quedará su familia al conocer sus simpatías y a lo que se dedica en sus ausencias... —presionó Alonso, incorporándose.

—¡No! Espere. Espere... —dijo agobiado el chantajeado anfitrión.

Guzmán se detuvo.

—¿Qué quiere saber? —preguntó, nada convencido.

—¿El conde de La Bisbal está implicado en sus conciliábulos?

El señor Guinot tragó saliva, pero esta se convirtió en fuerte ardor.

—Más o menos...

—¿Cómo que más o menos?

—Digamos que deja hacer... Está siendo benévolo, haciendo la vista gorda en la ciudad. Entre usted y yo, he escuchado en alguna ocasión que La Bisbal es masón antiguo, ¿me entiende? Algunos señalan que incluso pudo participar en la conspiración del Triángulo, aquella que dejó tantos cabos sueltos en 1816.

—No entiendo nada... —murmuró Alonso, cada vez más confuso—. ¿Y acude también a las reuniones en casa de Istúriz?

—Ah, eso ya no lo sé... Yo no he coincidido con él. Pero sí sé que tiene contacto directo con el teniente coronel Gutiérrez Acuña y... Bueno, me parece que el médico que lo visita, el señor don Juan Manuel de Aréjula..., pero no estoy seguro, señor Guzmán. Hablo de oídas.

—Está bien. ¿Y qué están tramando en esas reuniones, sociedades o logias o como se llamen? ¿Hay algún proyecto concreto que aspire a atentar contra el rey?

El señor Guinot quiso callar, pero Alonso hizo amago de seguir avanzando, lo que, en todo caso, significaba su muerte social, económica y conyugal.

—Se prepara un levantamiento —anunció al fin—. Se llevará a cabo antes de que termine el año. Para ello, durante meses, se está trabajando en atraer a la causa a los soldados del ejército expedicionario.

—¿Y cómo se está haciendo eso?

—Prometiéndoles que, si apoyan la causa liberal, no tendrán que embarcar y desangrarse en las guerras de independencia —confesó.

Alonso reflexionó un momento.

—Imagino entonces que La Bisbal lo sabrá…

—Ya le he dicho que no lo sé, señor Guzmán.

El secuaz regio trató de digerir aquella retahíla de suposiciones.

—Bien… Ahora, dígame: ¿qué más sociedades existen, además de la que se reúne en casa del señor Istúriz? Y sea concreto.

El señor Guinot quedó aterrorizado ante la idea de continuar hablando. Pero tuvo que transigir. Por el bien de su matrimonio y su patrimonio. Contó a Alonso lo que sabía. Al parecer, además de aquella sociedad secreta gaditana que él mismo frecuentaba junto a personajes como el articulista Moreno de Guerra, el doctor Aréjula, el teniente coronel Gutiérrez Acuña, el comercial Montero o el propio Andújar, existían otras tantas en las poblaciones aledañas como el Puerto de Santa María, Jerez de la Frontera e incluso Sevilla. En esta última ciudad, el general O'Donojú era seguro uno de los nombres propios ligados a la actividad opositora. Un importante porcentaje de los miembros de tales juntas eran militares. De hecho, en los diversos cuerpos del ejército expedicionario acantonados en la zona se habían ido creando logias paulatinamente con el fin de que la adhesión a la causa bajara de forma sinuosa por el escalafón hasta alcanzar a la apasionada y manipulable tropa.

—Es imposible saber con exactitud el número o la naturaleza de cada una de las juntas secretas. Hay intereses diversos entremezclados, modos distintos de proceder, matices dispares entre caballeros... —advirtió.

—¿No hay comunicación entre unas y otras?

—Sí, bueno, sí la hay. Más con unas que con otras, señor Guzmán, ¿me entiende? Algunas comparten miembros. Pero digamos que, sobre todo, hay intercambio fluido de información con Madrid.

—¿Ahí está el nuevo centro? Sé que antes estaba en Granada.

El señor Guinot aborreció que aquel agente de Fernando VII supiera de más.

—Sí, señor. Así es —balbuceó.

—¿Y quién financia todo esto?

—Fortunas de la zona. La... La sociedad secreta principal se encarga de buscar financiación. Usted... usted cree que no formamos parte del sistema y se equivoca. Somos el sistema, ¿me entiende? Bebemos del antiguo *statu quo*, nos servimos del descontento, de las fisuras, para buscar el cambio. Los enemigos siempre estuvieron entre los amigos...

Alonso asintió reflexivo. Aquello le resultaba familiar. Después, se percató de que, una vez más, aquello era solo un testimonio. Arena al viento. Y reaccionó.

—Deme alguna prueba de algo de lo que dice.

—¿Cómo prueba? ¿Qué más quiere? Le he contado todo lo que sé.

—Usted y yo sabemos que no me ha contado todo. Y lo acepto. No estoy en disposición de torturarlo con su esposa al otro lado del pasillo. Pero quiero una prueba. Algo que me ayude a cazar a alguien en lugar de dar su nombre. Me lo debe, amigo.

Aunque Guinot estaba a punto de desvanecerse, apuró un poco más su gallardía e invitó a Alonso a que lo acompañara. Este lo siguió hasta su despacho. De un cajón sacó un sobre abierto.

—Esta es una carta del señor don Sebastián Fernández Vallesa en la que se dirige a mí por mi nombre simbólico. Ha llegado hoy. Si se la lleva, diré que la han interceptado. Menciona una conversación en casa de Istúriz sobre la necesidad de reformar el gobierno.

Como si fuera una escudilla repleta del agua de la fuente de la eterna juventud, Guzmán alcanzó la misiva. El señor Guinot le preguntó unas nueve veces si, después de aquel interrogatorio que había dejado su culpabilidad en carne viva, cumpliría su palabra. Alonso le confirmó que sí. Y le recomendó que rompiera lazos con aquellos conjurados más pronto que tarde.

—Daré orden de que no lo molesten por un tiempo, pero lo estarán vigilando. Si alguien lo encuentra entonando cánticos en pro de la Constitución, sepa que no podré ayudarlo —concluyó y se marchó, perdiéndose entre las tinieblas de aquella complicada noche para el letrado Guinot.

En su cuartucho, reflexionó sobre lo averiguado mientras recorría los escasos metros a los que llamaba hogar. Era preciso que en la Corte supieran lo que se estaba preparando en las sociedades secretas gaditanas. Que exigieran a La Bisbal informes exhaustivos sobre sus contactos con sujetos sospechosos. Debían saberlo lo antes posible para que la información fuera de utilidad. No había margen. Pero ¿con quién contar? ¿Cómo convencerlos con unas líneas de que el capitán general de Andalucía podía estar ocultando información? La frustración lo llevó a sentarse a los pies del catre y a dejar caer la cabeza sobre las manos. De pronto, tomó una decisión: informaría en persona, llevaría él mismo la prueba proporcionada por Guinot. Quizá aquello sería, por fin, la jugada maestra para marcharse muy muy lejos con una pensión vitalicia asignada por el eterno agradecimiento de Su Majestad.

Si había algo que Inés odiaba, era la incertidumbre. Tras pasar nota de aquellas opciones de nombre no hubo más mensajes.

Ahora era ella la que miraba de frente al lechero, arqueando una ceja, ansiando novedades. Sin embargo, sus nervios debieron acostumbrarse a la ausencia de comunicación. Al principio, creyó que se habían hartado, que no había nada importante relacionado con un nombre parecido a «Pedro Balacaz», que, como había supuesto al principio, no tenía sentido un nombre así y que iban a castigarla sin cartas de forma indefinida. Después, que todo estaba próximo a concluir. En el mejor o peor de los sentidos. Las pesadillas sobre su muerte se hicieron tan vívidas que se levantaba aterrada en medio de la noche.

Sin embargo, después de casi tres eternas semanas, al término de las cuales el marqués regresó a Salamanca, las vasijas volvieron a incluir un papel doblado. Inés se puso nerviosa, casi como si fuera la primera vez que recibía instrucciones del Benefactor. Intercambió una mirada cómplice y fugaz con el falso proveedor y, haciendo malabares, escondió la nota en su escote. El único inconveniente de aquella escena fue que, deseosa de saber más de Inés, Julieta había espiado cada movimiento. Así, cuando la doncella dejó los recipientes sobre una de las repisas de la cocina y se marchó por las escaleras a preparar el gabinete de su señora, una mano nada paciente detuvo sus pasos.

—¿Qué te ha dado el lechero? —preguntó incisiva, casi pálida.

—Julieta... —farfulló Inés.

—¿Qué te ha dado?

—Nada... solo... le pedí que me comprara algo... Fue una estupidez.

—No me mientas, Inés.

Si algo penalizaban los ojos de Julieta era la traición. Así que regalaron a su compañera una mirada cargada de repulsa hacia su conducta.

—No puedo decírtelo —susurró Inés, desesperada, arrepentida.

—Te vi en la capilla del Carmen hace tiempo. Al principio no lo reconocí..., pero te reuniste con ese lechero, ¿no es así?

—inquirió—. Sé que escondes algo. Y si no me lo dices, te juro que avisaré a doña Fuencisla para que ella misma lo averigüe.

Inés se quedó muda ante la amenaza de Julieta. De pronto, pareció entender el verdadero motivo de su distanciamiento. Julieta había abierto su corazón, le había hablado de su pasado, de sus fantasmas. E Inés no solo no había correspondido, sino que no había dejado de mentir. Y su otrora amiga se había dado cuenta.

—Julieta, por favor —suplicó la otra que, aprovechando la aparición de Consuelo, se liberó y terminó de subir los escalones a toda prisa.

En el gabinete, se decidió a leer la nota, ya que la marquesa todavía dormía. Desdobló el papel y, aplicando la guía de memoria, descifró: «Descubra. Relación. Pedro Macanaz. Y. Señora». ¡Ese era el nombre! Sí que existía alguien con una identidad similar a las opciones que había aportado. No había sido una necedad de la que avergonzarse. El Benefactor y sus hombres habían dado con la clave a partir de su nota. Y, al parecer, había resultado ser una pista útil. Todavía digiriendo el nuevo objetivo, y con una extraña sensación en el cuerpo, vio cómo la puerta del dormitorio de doña Mariana se abría. Rauda, se volvió a esconder el mensaje en el escote y, dejando a un lado el malestar por lo de Julieta, corrió a atender a la marquesa en el inicio de aquella jornada.

El día pasó sin pena ni gloria. Inés se planteó distintas fórmulas con las que averiguar esa información. Estaba agotada de inmiscuirse en vidas ajenas y, además, con el tiempo empezaba a sentir lástima por doña Mariana. ¿Era justo que traficara con sus errores y aciertos? Aquella jornada, además, reflexionó sobre el asunto de Julieta. Le preocupaban sus sospechas y amenazas. Comprendía su recelo, su ofensa. Pero ¿cómo subsanarlo sin poner en peligro la promesa a su querida hermana?

Una semana más tarde, con varios intentos fallidos de conversaciones sobre el pasado de la señora, a la falsa doncella se le ocurrió una idea para acercarse de nuevo a Julieta. Estaba ordenando algunos de los atavíos y adornos de doña Mariana cuando se percató de que un par de cintas habían sido víctimas del paso del tiempo. Tal y como le había indicado la marquesa en su primera semana de trabajo, aquellas prendas estropeadas debían retirarse de inmediato de su guardarropa. En ciertas ocasiones, Inés tenía oportunidad de quedárselas. En otras, se reconvertían o desaparecían. Utilizó aquello como pretexto y se atrevió a interrumpir la atenta lectura de la marquesa.

—Si lo desea, mi señora, puedo ir a comprarle dos lazos nuevos del mismo color que estos a la tienda de la calle de San Justo. Sé lo mucho que le gusta combinarlos con el vestido azul.

Doña Mariana, sin prestar demasiada atención a la propuesta de su doncella, asintió. Dos segundos más tarde llegó la confirmación de palabra. Le indicó que pidiera dinero a la señora doña Fuencisla Baeza. El ama de llaves, quien ya había asumido que Inés estaba fuera de la órbita de su control, proporcionó a la joven los cuartos necesarios. Antes de reincorporarse a sus tareas, la doncella la requirió un instante más:

—Doña Fuencisla, una cosa más. Debe acompañarme Julieta. La señora quiere que le enseñe la tienda por si alguna vez yo no puedo ir —mintió.

La señora Baeza resopló, pero sabía que no podía contradecir a doña Mariana. Se marchó a llamarla. Esta apareció unos minutos después, refunfuñando.

—No sé qué pretendes...

—Acompáñame y lo sabrás —espetó Inés.

Las dos jóvenes salieron del palacio Somoza con calma, como si la posibilidad de pasear no las sedujera. Una vez estuvieron en la calle de Toro, Julieta advirtió a Inés que no iba a permitir que la metiera en ningún lio.

—Julieta, si no te callas, no puedo pensar —se hartó la otra.

La señorita Salas enmudeció de golpe. Inés aceleró el paso e invitó a su compañera a seguirla. Debían alejarse lo suficiente de la casa de los marqueses de Riofrío. Las chicas caminaron y se internaron en el caserío aledaño a la plaza del Carbón. Al llegar a un callejón, Inés miró en todas direcciones para asegurarse de que estaban solas. En cualquier otro momento de su vida, aquello la hubiera horrorizado, pero ahora era imperativo. Una vez se aseguró de que no había chismosos, miró de frente a su acompañante y, con un nudo en el estómago, se atrevió a decir:

—Lo primero que debes saber es que no soy una mala persona. Si estoy mintiendo a todo el mundo es por una buena razón.

La otra asintió, poco o nada convencida.

—Mi hermana... mi hermana mayor ha tenido una vida complicada. Desde hace cinco años está enferma de tristeza por algo terrible que ocurrió...

Inés no había vivido el acontecimiento que había marcado la vida de Dolores para siempre, pero lo había imaginado muchas veces. Despierta. En sueños. Así, arrepintiéndose de cada palabra que pronunciaba, procedió a contarle a su amiga lo que había ocurrido aquella tarde de junio de 1814. La entonces risueña y resuelta Dolores, que solo se separaba de su familia para ir a la iglesia, había ido a rezar las vísperas a La Solana. Con permiso de su esposo, enternecido por su elocuente exposición, se había llevado el vehículo familiar. Él se quedó en casa, pues las obligaciones no le permitían salir. La había acompañado su doncella. Su mente, que había revoloteado por el plano celestial durante un buen rato pidiendo por la salud de su hijo Manuel, de apenas cuatro meses, de su marido y de sus padres y hermanos, a los que hacía tiempo que no veía, apenas pudo vaticinar lo que la esperaba al regresar a su hogar. Estaba ocupada en la oración, en recordar parloteos en corrillos, y lanzaba vistazos por la ventanilla para admirar los campos labrados de la hacienda, ideando mejoras para la casa y saboreando los buenos tiempos que estaban por llegar tras el fin de la guerra. Sin embargo, nada más apearse del coche, presintió que algo no iba bien. La puerta principal de la residencia estaba abierta de par en par.

Aceleró el paso, ignorando el ofrecimiento de la criada y el cochero, quienes trataron de adelantarse para confirmar que no había peligro. Dolores, valiente y decidida, cruzó el zaguán, donde encontró a un empleado inconsciente en el suelo. En ese momento temió lo peor. No dejó de llorar al tiempo que recorría la vivienda. Se topó con otros dos criados heridos en la planta principal. Uno de ellos, de gravedad. Y nadie más. ¿Dónde estaba su familia? ¿Qué había ocurrido? El silencio fue la única respuesta que recibió. Los criados atacados no recordaban nada. Solo una visita que el señor había querido atender personalmente y en la que, de pronto, todo se había revuelto. Chillidos, brazos que, por detrás, quitaban el aliento y dejaban inconsciente, eliminando testigos. Con aquellos parcos datos, las autoridades buscaron a su marido y a su hijo durante un tiempo, pero, a los meses, terminaron por rendirse. Los dieron por muertos precipitadamente, teoría a la que se sumaron los señores Aguilar, la única familia cercana, tras intentar convencer al alcalde mayor de Manzanares de que dilatara la investigación.

—Desde entonces, su dolor es tan profundo que apenas pasa dos semanas sin recluirse en su dormitorio. A veces, ni siquiera duerme. No siempre come. En el verano de 1815, cuando ya se contaba un año de la desaparición de su esposo y su hijo, envió una carta horrible a mis padres en la que decía que no deseaba vivir. Que planeaba dejarse morir si no regresaban... Decidí venir a la península para asegurarme de que no cometiera ninguna locura, para tratar de calmar su angustia y la de mis padres. Pero, con el paso de los meses, me di cuenta de que nada ni nadie podría devolverle la felicidad a mi hermana, que, de algún modo, la habíamos perdido para siempre. Sin embargo, un día, se presentó ante mí una alternativa...

Inés se trasladó entonces a aquella mañana de noviembre de 1815, rodeada de papeles ajenos en el despacho del esposo de Dolores. El crujido a su espalda la sorprendió de pronto, pero, tras confirmar que habían sido las bisagras de la puerta y que continuaba estando sola, se lanzó a revisar cada uno de los documentos que halló. Entre escritos y misivas, una esquela llamó su atención. En ella estaban unas señas de una venta de Pinto. Sobre ellas, una sugerente firma: El Benefactor. Inés, desesperada por encontrar algo de ayuda, decidió escribir una extensa carta con el fin de descubrir quién era aquel caballero y por qué el marido de Dolores había guardado sus datos con tanto celo. La incertidumbre la entretuvo durante varios días, en los que imaginó un sinfín de identidades. Sin embargo, pronto se impacientó ante la ausencia de respuesta. Esta llegó dos meses más tarde. Pero cuando Inés desdobló el papel y se encerró en su cuarto a leerlo, supo que había merecido la pena.

Aquel hombre era buen amigo de su cuñado. Manifestó sorpresa ante la tragedia, de la que no había tenido noticia. «Demasiados cambios, detenciones, exilios, desapariciones y recuentos de muertos en 1814...», decía la comunicación con acierto. A renglón seguido, se ofrecía a ayudar en lo que hiciera falta. Inés no tardó ni un día en responder. En aquella segunda misiva, dejó patente lo que su incendiada alma no dejaba de sentir: «Haría lo que fuera para que mi hermana fuera feliz de nuevo, para que volviera a reír, para que tuviera ganas de vivir, para traer de vuelta a mi cuñado y a mi sobrino si es que siguen vivos o, en caso de que no, darle la respuesta que necesita su corazón para empezar a sanar».

Y quizá fue aquella angustia escrita lo que animó al Benefactor a inmiscuirse de lleno en los asuntos de esa desdichada familia. Prometió encargarse de una investigación reservada. Tenía medios para financiarla, contactos para agilizarla. Pero Inés debía ser discreta y tener paciencia. La joven aceptó y decidió no avivar la fe de su hermana hasta que no hubiera novedades. En la primavera de 1816, cuando ya hacía más de cuatro meses desde que aquel bondadoso caballero había creado esperanza en medio del horror, de los días de llantos ahogados y de la ácida ausencia, llegó un mensaje que la citaba en Manzanares.

Inés se las ingenió para ausentarse. Le dijo a su hermana que se marchaba a hacer algunas compras y que necesitaba la berlina familiar. Esta, que llevaba varios días entre la cama y la mecedora, accedió sin mucha discusión. Aquella tarde fue la primera vez que Inés vio al Benefactor. Según le explicó, estaba de paso por negocios, pero no podía retrasarse ni desviarse. Dieron un paseo en el que él le comentó que el caso de su cuñado era más complejo de lo que pensaba y que, probablemente, las respuestas se demorarían. Le pidió fortaleza y mantener el sosiego. Después, con aire desinteresado, preguntó a Inés: «¿Hablaba en serio en sus cartas cuando decía que haría cualquier cosa por su hermana?». La chica asintió enérgica. De pronto, se asustó. No sabía a qué clase de propuesta estaba accediendo. Pero el Benefactor no dio margen a la imaginación:

—Verá, señorita De Villalta, hay un asunto para el que necesito su colaboración. Bien es verdad que requiere de disciplina, astucia y valentía. Pero usted, con su forma de tratar de buscar justicia para su familia, la ha demostrado con creces. Creo que tiene un perfil muy interesante, que sería de gran ayuda para un delicado tema que tengo entre manos. Dado que ambos estamos en apuros, sería como un intercambio. Un acuerdo sellado por el compromiso y la más sofisticada discreción.

—Pero... ¿yo? ¿Ayudarlo? Si solo soy una simple muchacha.

—Justo por eso, señorita De Villalta. Justo por eso —respondió el elegante caballero.

Inés no se planteó negarse, pues el Benefactor se lo vendió de la mejor de las formas. Él continuaría investigando. A cambio, Inés debía entrar a trabajar en el palacio de unos marqueses y pasar información. Él y sus hombres se encargarían de arreglarlo. Tendría una identidad distinta para no perjudicar su reputación. Se ocuparían de que pudiera seguir en contacto con su familia para estar al tanto de cualquier novedad y del estado de Dolores. Y sería por poco tiempo, eso era seguro. Una anécdota en su vida en comparación con el impacto que tendría el reunir a aquella familia rota o el terminar con la incertidumbre que estaba enterrando en vida a su hermana. Estaba confiado en que los dos asuntos se solventarían en un santiamén si se ayudaban mutuamente.

—Recuerde, señorita De Villalta, dos almas desesperadas como las nuestras deben protegerse, aliarse. Solo así se somete a la desgracia, a la injusticia, a los verdugos de la dicha y la fortuna —le había dicho.

La joven pensó en escribir a sus padres para hablarles del Benefactor y de todo lo que estaba pasando. Pero él le había advertido de que cuanta menos gente supiera lo que tenían entre manos, más eficaz sería el esfuerzo. Solo pudo darle una versión sin detalles a Dolores quien, naufragando en su egoísmo, dejó ir a su hermana con la promesa de que aquello, quizá, traería de vuelta a su familia o, al menos, proporcionaría respuestas a su calvario. Su ánimo mejoró tanto en los días antes de partir que Inés casi se sintió absurda al pedir al escaso servicio que doblaran sus atenciones a Dolores en el tiempo en que iba a ausentarse y que la avisaran, en las cartas que debían entregar al caballero que los visitaría en su nombre, de cualquier urgencia.

—Qué... qué historia tan triste... —farfulló Julieta en aquel callejón solitario—. Lo siento mucho..., yo... —añadió—. Pero, Inés..., lo que has aceptado hacer es muy peligroso. ¡Más en estos tiempos!

—¿Y qué podía hacer, Julieta? Prometí a mis padres que cuidaría de Dolores. Me juré a mí misma que no regresaría a Santa Cruz sin haberle devuelto las ganas de vivir. Todo tiene un precio... Aunque todo esto me quite el sueño, sé que merecerá la pena.

Julieta puso la mano en el hombro agotado de Inés.

—¿Y qué quiere saber de los marqueses? ¿Por qué los vigila? ¿El caballero del que me has hablado, el tal Benefactor, es el lechero?

—No, no... El Benefactor no está en primera línea. El lechero es solo el enlace con él. Los motivos de su interés en los marqueses de Riofrío son un misterio para mí. Yo solo paso información, acato órdenes.

—Pero, Inés…, ¿y si desean hacerles daño? ¿Podrías vivir con ello?

—No van a hacerles daño… El Benefactor no… —balbuceó.

Julieta asintió. No sonreía. Pero estaba satisfecha. Ahora ambas empataban en la desgracia. Tal y como Inés había hecho aquella noche en la cocina del palacio de Asturias, se acercó y la abrazó. No hubo lágrimas. El capítulo de la pena ya había pasado. Inés suplicó a su amiga que no dijera una palabra. Quiso creer su promesa. No tenía alternativa. Era el arancel impuesto al deleite de compartir, de confesar, de desahogarse, de no perder el único apoyo que tenía en aquella vida extraña en la que estaba sumida desde 1816. El Benefactor había dicho que sería por poco tiempo…, le había faltado preguntar cuánto era poco para él.

Las jóvenes pronto recordaron que tenían un cometido que cumplir lejos de conspiraciones. Cogidas del brazo, reanudaron su paseo y marcharon a por aquellas cintas para la marquesa. Entretanto, en la mente de Inés, resonó aquella duda: «¿Y si desean hacerles daño?». Había respondido que no. Pura mentira. No lo sabía. Todavía no había averiguado si el Benefactor y los suyos habían tenido algo que ver con el robo al doctor Mintegui. ¿Y si todas sus averiguaciones desembocaban en algo terrible? Al entrar en la mercería, la doncella sacudió la cabeza, desquitándose de la angustia, y se concentró en seleccionar los lazos.

Cuando salieron con la compra ya hecha, se sumieron en el silencio. ¿Qué decir después de una conversación como la que habían mantenido? Inés no paró de vigilar la calle. No deseaba toparse con el lechero. No ahora que había sucumbido, que había hablado por vez primera en años. Con ese ánimo propuso a su amiga callejear de vuelta. Pero al avanzar por la calle de la Parra sus ojos se toparon con algo que no esperaban. Sin embargo, Julieta se adelantó:

—¿Esa no es Remedios?

En efecto, sentada en la calle, apoyada en una pared que separaba una casa y un establo, trataba de amamantar a su hijo. Su rostro violáceo y sus labios agrietados no decían nada bueno de su estado de salud. Tampoco evidenciaban que estuviesen bien alimentados. Julieta, reacia a acercarse a una *persona non grata* en el palacio que permitía que no muriera de hambre, pidió a Inés que se desviaran para no pasar por delante. Inés quiso negarse, pero la fuerza de su compañera pudo más que su compasión.

Aquella imagen se unió al pesar que se había adosado a su humor tras recordar la tragedia de su hermana. Y, aunque luchó por borrarla, no la abandonó el resto de la jornada. Sin ser capaz de aplacar su sensibilidad, tiñó sus gestos y movimientos desde que entregó las cintas nuevas a doña Mariana hasta que, al anochecer, pidió permiso para retirarse tras el fin de la rutina de noche.

—Espere, Inés. No se vaya todavía. La he notado un tanto extraña durante el día de hoy. ¿Algo que yo deba saber?

La joven pensó en callarse y retirarse a su alcoba, llorar sobre la almohada por la desgracia ajena. Pero después reflexionó: la señorita Moyano era la antigua doncella de doña Mariana. Quizá, si conocía su deplorable estado, haría algo.

—Solo es que... cuando he ido esta mañana a comprar las cintas, mi señora, he visto a la señorita Remedios Moyano con su hijo. Creo que viven en la calle, su familia ha debido de repudiarla... Ella parece enferma, mi señora. Y... y no sé... no sé si usted podría hacer algo. Temo que no sobrevivan...

—¿Algo? ¿Yo? No soy yo la que debería hacer algo, Inés. —La marquesa se había puesto nerviosa de pronto—. Bastante que hago la vista gorda, que asumo que mi marido, como la mayoría de los esposos, se entretiene con otras mujeres. Incluso con mis doncellas. Si ella aceptó ser una de las amantes de mi esposo, suyas son las consecuencias de ese error. Sabía a lo que se arriesgaba. Todas ustedes lo saben.

Inés casi perdió el habla al escuchar aquello. ¿Era don Ildefonso el misterioso caballero que había dejado embarazada a la señorita Moyano? Luchando por ocultar su perplejidad, continuó:

—Pero, mi señora, están malnutridos, casi moribundos. Entiendo que no desee cobijar a las queridas de don Ildefonso, pero el niño... es solo un bebé. Quizá hijo de su marido. ¿No siente ni una pizca de lástima por ellos? Aunque hayan cometido fallos, no merecen ese infierno terrenal.

—A lo mejor sí. Quizá sea su forma de expiarse —respondió con inquina.

Inés abrió los ojos horrorizada.

—Deseo descansar. Ya puede marcharse. Y evite volver a sacar este tema. Me altera, y después no consigo conciliar el sueño.

La doncella, que no era capaz de sentir su cuerpo, asintió.

—Oh, e Inés... —solicitó doña Mariana—. No vuelva a hablarme de esa forma. No admito que se me juzgue en mi propia casa. Y menos por faltas ajenas.

La joven volvió a asentir y se retiró. Mientras cruzaba la antecámara, la galería y bajaba por las escaleras hacia la cocina sintió el escozor de la amonestación de la señora. También lo frágil que era su relación. Y lo desigual. Inés había llegado a creer que la consideraba, que tenía en cuenta sus sugerencias, pero no era más que otra empleada a la que podría dejar morir en la calle sin pestañear. ¿Cómo había podido llegar a sentir lástima por ella? ¿Es que no estaba aprendiendo nada? En aquella vida no importaba a nadie de forma sincera, incondicional. No lo merecía. No, con tantas mentiras. Y debía asumirlo cuanto antes. Así, amordazó sus remordimientos y se convenció de que, fuera cual fuese el plan del Benefactor, continuaría pasando nota con toda la información que reuniese sobre la vida de doña Mariana. Quizá lo que tuvieran preparado para ella sería también la manera de redimirse por su crueldad.

Con aquella idea en mente, y con la tranquilidad de ver cómo Julieta volvía a ser cercana con ella, continuó vigilando de cerca a la marquesa. En una de las visitas de doña Mariana a los marqueses de Castellanos, registró con cautela la correspondencia, que ya controlaba en ambas residencias. Si en Asturias la ocultaba en el cajón del canterano cerrado con llave, en Salamanca, la guardaba en un cofre del gabinete. En aquella ocasión había un par de esquelas de la condesa de Vitigudino. Largas cartas de la duquesa de Nogales, los duques de San Carlos, los Ugarte, la condesa de Valderas… Tras confirmar que, una vez más, no había información de utilidad, se quedó mirando el escritorio del gabinete. ¿Qué guardaría en el segundo cajón, aquel que abría el colgante que siempre llevaba? Ansiaba descubrirlo desde hacía tiempo, pero lo había obviado por la imposibilidad de arrebatarle el colgante del cuello sin levantar sospechas. Aun así, la parquedad de datos, tanto del tal Macanaz como de esa mina con la que ganaba tiempo, la empujó a notificar la existencia de ese resquicio de máxima intimidad en el cuarto de la marquesa.

Mientras aguardaba noticias, como siempre, o se esmeraba por idear nuevas fórmulas para contentar al Benefactor, era testigo del fluir de la cotidianeidad en aquel palacio salmantino. Los hijos de los marqueses asistían a sus lecciones con el señor don Beltrán Enríquez y la señorita doña Sofía Marín. También a las horas de lectura con Inés. De vez en cuando, Ildefonso acompañaba a su padre y al señor don Adrián Castaño a los campos. Aunque Aurora también deseaba ir con ellos, sus clases de baile y de piano siempre la retenían en el palacio. Una de esas mañanas se cogió un buen berrinche que solo supo aplacar su abuela, quien le prometió una «de-li-ciosa» vida si dejaba de comportarse «como una niña tonta». El servicio trabajaba a pleno rendimiento. Las cenas y los compromisos de los marqueses siempre teñían de ritmo y nervio las jornadas.

Durante aquella temporada, el señor Palazuelos, que viajaba constantemente a Madrid y a Asturias, era habitual. También los señores De Mora o los marqueses de Castellanos. Una noche, el comerciante Palazuelos llegó a la casa de los marqueses de Riofrío acompañado de otro caballero. Vestía de blanco. Inés enseguida percibió un aire distinguido en sus movimientos. Dudosa de si aquello sería importante para el Benefactor, se las ingenió para descubrir su identidad.

—Es un tal señor De Loizaga, un comerciante cubano —respondió doña Fuencisla en la cena, distraída con el reparto de tareas para el día siguiente.

Inés registró el nombre y, al llegar a su cuarto, lo anotó. Julieta, que había optado por ser discreta y dejar hacer a su amiga, miró de reojo las cuartillas que almacenaba y, sin decir nada, se acostó. La otra, obsesionada con ser capaz de abrir la cajita que habían enviado a don Gregorio, se entretuvo buscando la forma de hacerla ceder mientras se preguntaba qué papel jugaba aquel americano en los planes del marqués. El asunto de las minas parecía haberse reconducido tras su visita a Asturias, no había novedades, pero ella sabía que la calma no se mantendría por mucho tiempo. Un accidente, una carta o un cambio de opinión acechaban los sueños de don Ildefonso Somoza, que eran propiedad del Benefactor gracias a Inés. Quizá era un nuevo socio. O un potencial inversor. O una potente y escurridiza conexión con la Corte. La joven se durmió barajando opciones, abrazada a aquel artilugio de madera. Estas perdieron interés cuando se fijó en que el señor De Loizaga no volvía a visitar el palacio en los días que siguieron a aquella cena.

Sin embargo, en la mañana del 17 de marzo, la inmaculada levita de aquel mercader volvió a cruzar el zaguán. Inés quiso husmear, pero Diego Sazón la chistó para que atendiera a lo importante: subirse a la berlina de la marquesa.

El vehículo arrancó con parsimonia y alejó a la doncella del objeto de su investigación. A cambio, tuvo el honor de disfrutar de la parquedad en palabras de doña Mariana, entregada a disfrutar de las vistas que le proporcionaba la ventanilla, enmarcadas por cortinillas carmesíes. Entretanto, Inés observaba el colgante de la marquesa: inmutable, resplandeciente, inalcanzable. Estaba desesperada. De pronto, la señora decidió romper el hielo:

—A propósito, la señorita Moyano ha muerto.

Inés la miró.

—Envié al señor Carrizo a buscarla para llevarla a un sitio más seguro. Pero llegó tarde...

—Y, y...

—El bebé está bien. Vivirá con la hermana de don Rafael. Son una familia cristiana y modesta. Estará bien allí —contó, reprimiendo toda emoción.

La joven asintió, impactada por la noticia. Después, silencio. El vehículo continuó avanzando, con aquel traqueteo que sustituía conversaciones prohibidas. Inés se resguardó en el reflejo de la ventana y dejó caer dos lágrimas en honor a su antecesora. Solo se daría unos segundos de respiro antes de idear una nueva fórmula para averiguar la relación existente entre don Pedro Macanaz y la señora Fondevila. O para descubrir qué hacía el señor De Loizaga en el palacio y si su papel era poderoso. O para, o para... Entonces, mientras buscaba las palabras exactas, y justo cuando las primeras ruinas del barrio de los Caídos se colaron en su congoja, un chillido frenó el coche. Un golpe. Pisadas aceleradas. Más gritos en coro. Miró, aterrada, a doña Mariana. Observó cómo la puertecilla de su lado era forzada a traición. Un hombre con el rostro cubierto con un pañuelo gritó algo, apuntó a la señora y, sin titubear, disparó.

XXII

La casa del señor don Ventura Quesada en Madrid estaba en la calle de Leganitos, no muy lejos de su razón de ser, el Palacio Real. Alonso había llegado a la ciudad el día anterior. Tras ser recibido por su hermano Cosme, todavía impactado al verlo por segunda vez en un año, había enviado un lacayo para que notificase al funcionario que necesitaba hablar con él, con el duque de Alagón y con el mismísimo monarca lo antes posible. El señor Quesada le respondió con una esquela en la que lo citaba en su morada. Nada más sentarse en una de las butacas del gabinete en el que tuvieron la reunión supo que aquello sería lo más cerca que estaría de conferenciar con el rey.

—Mañana se celebran las exequias en honor a la augusta madre de Su Majestad, la reina María Luisa, en la iglesia de San Francisco el Grande. Comprenderá el recogimiento de estos días, señor Guzmán… No es momento de parlamentar.

—Desconocía tal coincidencia, señor Quesada. Pero insisto en que es imperativo que tratemos el asunto que me ha traído hasta aquí.

—He de reconocerle que me interesa saber qué es lo que ha motivado que regrese a la Corte. Recuerdo que me dijo que prefiere la supuesta vida relajada de las villas comerciales del litoral.

—Si tiene eso claro, sabrá valorarlo —opinó Alonso—. Y organizará los encuentros oportunos.

—Bien, soy todo oídos.

Guzmán, buscando ser certero con sus palabras, contó a don Ventura todo lo que el señor don Daniel Guinot le había confesado sobre las sociedades secretas, la conspiración en Cádiz y sus dudas sobre las posibles simpatías del conde de La Bisbal con la causa. Le entregó la carta del señor Vallesa y le mencionó el trato que había hecho con el letrado Guinot: debía quedar al margen de toda investigación o arresto. Cuando terminó, lejos de ver señal de asombro tras los anteojos, percibió una impasibilidad que lo dejó desconcertado.

—Sus acusaciones son ciertamente graves. Pero no podemos precipitarnos ni molestar al rey con conjeturas. Pediremos informes al resto de nuestros agentes para cotejarlos con los suyos y los del conde de La Bisbal.

Alonso frunció el ceño.

—¿Y van a seguir permitiendo que el conde les deje hacer?

—El señor don Enrique José O'Donnell ha demostrado con creces su servicio y fidelidad a Su Majestad —indicó don Ventura.

—No es eso lo que se dice por Cádiz... Ese hombre no está haciendo nada por frenar la conspiración. ¡A saber si él mismo está implicado! Deben apartarlo de ahí. Solo así se debilitará la trama que está en marcha. Sé que no tengo apenas pruebas de ello, pero aquel hombre me lo confirmó. Van a atentar contra la Corona en los próximos meses, están aliados con parte del ejército expedicionario. No hay tiempo que perder. Si lo desea, yo mismo puedo coordinar la operación... —se ofreció a la desesperada.

—Señor Guzmán, tranquilícese. No vamos a hacer nada hasta que no tengamos más informes. No podemos destituir al capitán general de Andalucía cada cierto tiempo. Sobre todo sin pruebas. ¿Se imagina la impresión que causaría? Y más en una tierra tan problemática... ¿Quién daría explicaciones al pueblo? ¿Usted?

A Guzmán le escoció aquella burla cortesana.

—¿Esto quiere decir que mis averiguaciones sobre las reuniones en casa del señor Istúriz no sirven de nada?

—No, no, por supuesto que serán tenidas en cuenta. Cotejaremos todo y continuaremos vigilando a los sujetos sospechosos. En caso de confirmar sus acusaciones, se informará al rey para que él tome las decisiones oportunas junto a sus secretarios y consejeros.

—¿Y qué propone que haga yo mientras tanto? —preguntó olvidándose del plan que incluía una felicitación, una gran recompensa y el permiso para marcharse donde quisiera.

El señor don Ventura meditó un momento, tras comprender la frustración de Alonso.

—Quédese por aquí unos días. Trataré de darle una respuesta lo antes posible para poder alinear su cometido con las necesidades actuales —respondió—. Seguro que a Su Majestad le congratula contar con su presencia en las vísperas y la misa de difuntos.

Alonso no pudo más que asentir.

De regreso al palacio del marqués de Urueña, en el centro de aquella plaza de Oriente a medio hacer, se percató de que, una vez más, era un preso de la burocracia, de aquel encargo aceptado por dinero. Madrid, que decía ser su hogar, era una jaula de oro y recuerdos asfixiantes. Cada calle exhalaba una voz, una risa y una imagen ahora perdidas.

Tal y como se le había sugerido, acudió junto a su hermano y la esposa de este a las honras fúnebres de la reina madre. Era el tercer funeral que se vivía en la villa en menos de cuatro meses. Los concurrentes se movían con triste soltura. Cosme, como grande de España, ocupó su lugar en el templo. También su mujer supo dónde ubicarse. A lo lejos vio al señor don Ventura Quesada. Alonso titubeó, pero pronto halló el banco destinado a aquellos nobles que, aunque al servicio de

Su Majestad, merecían un trato más llano. Cosas de ser un segundón. Se acomodó junto a un caballero casi calvo, pero con frondosas patillas. «Contraste interesante», opinó Guzmán. El señor don Víctor Damián Sáez, predicador del rey, se hizo cargo de la oración fúnebre tras la misa oficiada por el nuncio, don Santiago Giustiniani, la última de tres. La música, que hiló todos los rezos hasta el final de los responsos, impidió que alguno que otro se durmiera. Aunque, según avistó Alonso, acunó los sueños de una de las damas de la infanta María Francisca, amparados, desde arriba, por la fascinante cúpula.

Al terminar, tras despedir así a aquella a la que tanto se había juzgado por su amistad con el señor don Manuel Godoy, las fortunas y títulos más ilustres del reino se replegaron. Algunos, seguro, intercambiaron chascarrillos sobre el paradero del Príncipe de la Paz ahora que sus principales valedores habían abandonado el mundo de los vivos. De este se sabía que se había marchado con ellos al exilio en 1808. Primero a Francia, después a Italia. Pero, al igual que había ocurrido con los reyes padres, Fernando VII se había cuidado muy mucho de permitir su regreso al reino. Los viejos problemas no podían enturbiar el supuesto dichoso reinado del Deseado. Eran suficientes los nuevos retos. Las arcas vacías, la independencia de las colonias americanas, la proliferación de las voces rebeldes, los nombramientos y destituciones sin sentido, el descontento por la presión fiscal, el gusto por la corrupción y las intrigas de la mayor parte de los secretarios, los problemas ignorados desde 1814, su incapacidad de dar un heredero a la Corona...

A la salida de la iglesia de San Francisco, Guzmán se reunió con su familia y juntos se dirigieron a su palacio, sito a pocos metros del templo. En aquellos pasos en compañía, intercambiaron comentarios sobre viejos conocidos a los que Alonso había tenido la oportunidad de ver después de años. Su hermano le anunció entonces que aquella noche iban a cenar con el marqués de Mondéjar.

—¿No te importa quedarte solo?

—¿Hablas en serio? La soledad es mi amistad más antigua y valiosa —respondió aliviado Alonso, que creyó que se cernía sobre él una nueva ola de compromisos.

Así, el matrimonio se cambió de ropas y, tras besar a sus hijos y darles las buenas noches, se marcharon. Alonso cenó solo, en aquel comedor en el que tantas veces había bromeado con su hermano Joaquín. Intentó exigir a aquellas insolentes memorias que lo dejaran en paz. Bebió con brío. Comió sin gana. Hasta nuevo aviso, su vida volvía a estar en el aire. ¿Qué tarea le concedería Su Majestad? ¿Cabía posibilidad de que se acabase ahí su servicio a Fernando VII? Si así era, ¿qué podía hacer? Quizá, aquel viaje a las Américas… El dulce aroma del ron lo atraía. También la perspectiva de desembarazarse del pasado. Sus ojos mojados de nostalgia se quedaron mirando otra de las obras de su madre, colgada en aquella estancia a pesar de la parca relación que mantenía con Cosme. Quizá se le había olvidado retirarla y el paso del tiempo había sido más hábil que el ansia decoradora. Era una mejorable vista del paseo de las Delicias. Dio un último sorbo a su vaso de vino y, sin dudar, se retiró. Al salir al pasillo, sin embargo, se tomó una libertad que solo le permitía aquella vivienda. Se dirigió al cuarto de su hermano mayor. Quiso creer que este todavía consideraba adecuado que se internara en su despacho, así que, sin renovar aquel privilegio, giró el picaporte.

No había cambiado nada en aquellos meses. Solo el escritorio, un poco más desordenado. Se sentó en la antaño silla de su padre y se vio a sí mismo justo enfrente, once años atrás. Revivió la conversación que habían tenido sobre su futuro, sobre lo relevante que era que, en unos meses, lo admitieran en las Guardias de Corps, en las que él mismo había servido en su juventud. Cosme había preferido la vía diplomática y estaba en Viena, trabajando en la embajada. Joaquín, por su parte, más aplicado con los libros, haría carrera eclesiástica, asunto que no terminaba de convencerlo y sobre el que Alonso solía bromear. Todos habían asistido al Real Seminario de Nobles, donde se habían formado con los más excelsos profesores. Alonso, embrujado por aquella escena, sorbió su pena y cerró los ojos. De nuevo, aunque quiso evitarlo, las palabras del general O'Donojú carcomieron su conciencia: «Supongo que lo lleva en la sangre». Rememoró la contundencia que las había bañado. No podía tratarse de Joaquín. Cosme parecía al margen también. Abrió de nuevo los ojos y fijó la vista en la estantería en la que estaban los archivos de su padre. Se levantó con pausa y se aproximó a aquellos tomos. Quizá se le había escapado algo. Cogió los correspondientes a los años 1808, 1809, 1810, 1811 y 1812. Justo los que se había perdido por estar en el campo de batalla.

Como si de un mapa del tesoro se tratara, analizó cada uno de los pliegos que conformaban aquel amasijo de notas y registros. Las vagas conclusiones del inicio, acariciadas por unos párpados que se enfrentaban a un cansancio molesto, dieron paso a un sinfín de preguntas. Alonso apartó los documentos que le interesaban. Una vez terminó de repasar dos veces todos los tomos, se concentró en páginas concretas. Las analizó, regalando su máxima concentración a cada una de ellas. Uno de sus primeros interrogantes hacía referencia a varios apuntes en los libros de cuentas de 1810, 1811 y 1812. En ellos, había señalada una cantidad seguida de una línea tras la que se indicaban las letras B. D. J. También había tres contratos firmados con caballeros de nombre francés, fechados entre 1809 y 1812. Intentó ver si alguno de los firmantes cuadraba con las iniciales, pero no tuvo éxito. Sin pedir permiso, tomó prestado todo lo que consideró, devolvió a su sitio el resto de los legajos y marchó a su dormitorio. Sentado en la cama, acarició la caligrafía de su padre con el dedo pulgar. ¿A qué había destinado dinero de forma regular durante los años de ocupación? ¿Por qué había hecho tratos con franceses? ¿Qué había estado haciendo mientras Joaquín y él se enfrentaban a los imperiales? Cuando las letras escritas empezaron a desdoblarse y difuminarse, decidió pausar sus pesquisas. Continuaría al día siguiente.

Durante el desayuno, sin ánimo de posponer sus dudas, preguntó a Cosme si él conocía a alguien con las iniciales B. D. J. Dio varios ejemplos, no muchos, pero ninguno terminaba de tener sentido completo como receptor de pagos.

—Dijimos que no daríamos pábulo a las calumnias, Alonso. ¿Por qué te empeñas en poner piedras en tu camino? —se interesó mientras se preparaba para abrazar con los labios otra pizca de huevo pasado por agua.

—Porque soy incapaz de borrar de mi mente la frase de aquel hombre. Me atormenta..., y necesito probar que se equivoca. Pero los papeles de nuestro padre son un laberinto. Si hacía negocios con franceses, quizá..., quizá se hizo pasar..., o puede que lo obligaran...

—No sé, Alonso. Nadie estaba aquí para comprobarlo. Tu madre y nuestro hermano Jonás se retiraron a Asturias. Yo me quedé en Viena hasta el final de la guerra. Joaquín y tú estabais en el frente... Padre debió de sufrir mucho al ver a la familia separada, al saber de la muerte de Joaquín. Creo que aquellas fiebres lo sorprendieron agotado de esperar la normalidad. Madrid era una cloaca, el inframundo de las urbes. José Bonaparte rehízo la Corte. Padre trató de conservar el patrimonio y la influencia, a pesar de la invasión. Y, métodos aparte, lo logró. Analizar todos los pasos que dio en esos cuatro años es una bonita forma de perder el tiempo. Además, me gustaría que, al menos, me informaras de tus intenciones de regresar a mi despacho. Los papeles de nuestro padre son tan tuyos como míos, pero agradecería que no entraras y salieras de mi oficina sin avisar.

Alonso asintió a esto último y, después, se quedó pensativo. Aunque le hubiera encantado seguir la estela de su hermano, optó por ignorar su inválido consejo y, tras poner fin a la primera comida del día, regresó junto a los libros de cuentas y los contratos de su padre que había trasladado a su cuarto.

A su estudio dedicó, sin ningún resultado, las jornadas que siguieron a aquel 23 de marzo de 1819. Este solo se vio interrumpido por la visita de un lacayo el martes día 30. El empleado le entregó una esquela en la que el señor don Ventura Quesada lo volvía a citar en su palacete de la calle Leganitos. Allá fue Guzmán, sin rechistar, para recibir las instrucciones precisas para continuar con su investigación en Cádiz o para cesar su servicio con honores. Sin embargo, el funcionario lo recibió con una noticia bien distinta.

—El duque de Alagón quedó muy contento con su trabajo en el asunto del robo en Aranjuez y tanto él como Su Majestad desean que se quede en la Corte. Trabajará a las órdenes del general Eguía en la elaboración de listas de personas susceptibles de no ser de fiar. El objetivo principal está en palacio. Todavía se desconoce la identidad de la persona que copió los expedientes de aposentamiento y los dejó en la chimenea para que el ujier Castro los pudiera sustraer. Su Majestad está realmente angustiado con ese asunto y desea reforzar la investigación. Teme tener al enemigo en casa —le contó.

—¿Y mi trabajo en Cádiz? ¿No van a dejar que continúe indagando allí? Tengo cabos sueltos, personajes a los que es imperativo seguir. Se está tramando algo, señor Quesada —probó, horrorizado con la idea de quedarse en la Corte.

—¡Ya está bien, señor Guzmán! Nadie desea que regrese a Cádiz. Su lugar está en Madrid. Eso ha dicho Su Majestad. Contradecirle no tendría gratas consecuencias para usted.

—Usted y yo acordamos algo muy distinto —espetó Alonso forzando la paciencia de su interlocutor.

—Las prioridades cambian. Y con ellas, los servicios precisados por la Corona. Tenemos más informantes en Cádiz, que pasarán nota de todo cuanto acontezca mientras el conde de La Bisbal continúa ojo avizor. Se compararán informes como hasta ahora. Si alguien aporta pruebas que confirmen su teoría, lo indagaremos. Pero, por lo pronto, usted es más útil aquí. Mañana se reunirá con el general Eguía en su oficina de palacio. Él le dará las indicaciones oportunas a partir de ahora.

Cuando se reencontró de nuevo con el cielo matritense, Alonso supo que no tenía opción. También que se había convertido en un elemento molesto en Cádiz. Deseaban atarlo en corto. Quizá temían que, solo en Cádiz, desatendiera la cadena de mando y complicara la delicada coyuntura que tenían entre manos y de la que, estaba seguro, él solo sabía una parte. Pero en aquellos lares hasta las degradaciones sonaban a copla. Sus sospechas se confirmaron al reunirse con Eguía, al que conocía de la guerra, en palacio. Aquel hombre, que parecía resistirse al paso del tiempo y a las modas de esa década, dedicó diez minutos a enunciar lo que se requería de él y una extensa media hora a todo en lo que debía quedarse al margen. Guzmán admiró la perenne coleta y la impecable casaca azul con vueltas granas del secretario hasta que la ceremonia de despedida le devolvió esa libertad pasajera de la que, a veces, se creía dueño. En el pasillo de aquella primera planta de la residencia regia se cruzó con secretarios y administrativos de las oficinas de Marina, ubicadas al lado de las que él había visitado. También con un mayordomo de semana. Todos se preparaban para el inminente traslado a Aranjuez. Alonso había quedado excluido. Tenía trabajo por hacer.

Una de sus primeras encomiendas era visitar las oficinas del Santo Oficio para colaborar en la puesta en común de informes. El general Eguía le había indicado que, a partir de la fecha, podía decir que era oficial de la secretaría de Estado y del despacho universal de la Guerra, pero que su verdadero cometido debía seguir siendo reservado. «Nadie quiere que se sepa que presta su olfato para captar traidores. Perdería interés y efectividad», le había advertido. La asignación, por otro lado, se iba a mantener intacta. Así, trató de caminar aprisa y evitar posibles encuentros. Sin embargo, al llegar a la plaza de armas, tras dejar la primorosa fachada principal a su espalda, divisó un rostro familiar. Aquellos ojos, agazapados tras un mechón de cabello y un protuberante casco, también se extrañaron. Alonso sabía que no tenía escapatoria, así que se aclaró la garganta, desempolvó los pretextos y se acercó al edificio de las Reales Caballerizas y la Real Armería, junto al que, subido a un caballo, se encontraba Conrado Íñiguez.

—¡No puedo creerlo! ¡Tú aquí! ¡Me hiciste caso! —Se rio su amigo, que se bajó del animal para saludar.

—Buenos días, Conrado. Sí, bueno..., más o menos.

—Alguien me dijo que te había visto en Aranjuez el año pasado, pero no lo creí. —Le dio una palmada en la espalda—. Estaba equivocado.

Se abrazaron.

—Ya sabes, al final las responsabilidades mandan.

—Sí, y te sientan bien, amigo. ¡Mírate! Apenas te reconozco sin sangre en la cara o manchas de vino en las solapas.

Alonso sonrió.

—Veo que a ti tampoco te va mal. En primera línea, sirviendo a Su Majestad —observó con afecto.

—Vayamos a tomar unos tragos esta noche. Como en los viejos tiempos.

—Yo, bueno..., vivo con mi hermano Cosme y... —balbuceó temiendo un interrogatorio.

—¡Anda ya! No digas sandeces. Ni que ahora te importara lo que él piense. Te veo a las ocho en la Puerta del Sol. No admito excusas —afirmó mientras volvía a montar.

Sin posibilidad de eludir el encuentro, Alonso acudió a la cita con el teniente Íñiguez. Este, que parecía conocer los mejores escondites de la villa, llevó a su compañero a una taberna ubicada en la calle de Alcalá llamada de Pedro Sevilla. Allí revivieron los tiempos de Cádiz, hidratando las anécdotas y las noticias con un buen caldo. Guzmán le contó lo poco que sabía de José Salado, la Filo y Modesto. El otro le habló de sus últimas vivencias como miembro de la Real Guardia de Carabineros. De lo que más le gustaba de residir en la Corte. Con algunos vasos encima, compartió con él los rumores que circulaban por Madrid sobre las escapadas nocturnas del rey y el duque de Alagón haciéndose pasar por caballeros anónimos para unirse a la diversión del crepúsculo. Se rieron de eso y de otros chascarrillos cortesanos como las ocurrencias de Chamorro. Alonso le confesó que servía a los intereses de palacio, pero obvió ser demasiado explícito. Y, gracias al aturdimiento de su amigo en esa circunstancia, la explicación bastó.

—En el tiempo que llevo aquí, he llegado a la conclusión de que esos asquerosos francmasones están por todas partes. Y me da arcadas... —aseguró Conrado, medio borracho—. Si no, ¿cómo se explican episodios como la fuga de la cárcel del general Van Halen hace un año?

—Sí..., están en cada esquina —le concedió Alonso.

—Ojalá los encuentren a todos y los pasen por las armas..., y después los cuelguen... y los quemen. Solo así se extinguirá esa plaga...

Guzmán, que tampoco estaba en su máximo esplendor, percibió una agresividad inusual en su amigo. Conrado siempre había sido favorable al rey, pero algo en él se había oscurecido. Lo miró de reojo y, aunque quiso responder, terminó olvidando su réplica y optó por pedir más bebida.

El resto de la noche fue una colección de recuerdos difusos a la mañana siguiente: apuestas, billares, una reunión en casa de un actor, señoritas alegres, cánticos, el alba despuntando más allá del cuartel de Artillería... Varios golpes en la puerta lo despertaron. Sin fuerza para moverse, cerró la boca, desparramada sobre el lecho. Pasó un rato más en el que nadie lo volvió a molestar. Sin embargo, cuando pensaba que iba a poder quedarse ahí todo el día, la voz de Cosme se adentró en lo más profundo de su inconsciencia.

—¡Alonso!

Gruñó. Quiso ignorarlo, pero recordó que vivía con él, así que tuvo la deferencia de abrir un ojo. Cosme estaba junto a la puerta esperando que reaccionara. Alonso se incorporó con cuidado. Estaba vestido, botas y redingote incluidos, apestaba, y se había quedado dormido tumbado de forma transversal sobre la cama. A los pies de esta, su sombrero y una última copa derramada sobre la alfombra.

—No grites, te lo suplico —le pidió mientras volvía en sí.

Cosme cerró la puerta tras él. Después dio un paso al frente.

—Vienes a mi casa, te mueves como si fuera tuya, revuelves papeles, desapareces y apareces… y no te digo nada. Pero no tienes suficiente. No estás en una posada de mala muerte como en las que, seguramente, has vivido estos años, ¡maldita sea, Alonso! Aquí vive mi familia. Mis hijos. ¿Y si alguien te ve así? ¿No tienes respeto por nada? ¿Ni siquiera por nuestro apellido? —le recriminó subiendo el volumen con cada sílaba—. Ya estoy harto. He intentado que me perdones por no haber luchado con vosotros en la guerra, por haber sido la rata cobarde que ves cada vez que me miras. Me he esforzado por comprenderte. Pero es mi límite. Si vas a vivir aquí y quieres recuperar tu pensión, no quiero verte cerca de una botella. Ni actuando como un cualquiera. ¡Eres el barón de Castrover! Y si no deseas serlo ni vivir en consecuencia, creo que lo justo sería que renunciaras a todo y desaparecieras para siempre. Sin pedir nada.

Alonso había conseguido sentarse. Se quedó un instante mirando los pantalones beis salpicados de vino y barro. Se pellizcó el tabique nasal en busca de placidez y control. Después miró a su hermano mayor.

—Seguro que así vivirías más tranquilo… Solo te quedaría Jonás, joven e inocente, que podría ser además el hermano que jamás tuviste.

—¿Crees que es lo que quiero? ¿Piensas que mi interés en ti es controlarte a mi antojo? ¿Acaso pasarme años financiando tu flagelación es ejemplo de ello? Renunciaste a la dignidad hace mucho, hermano mío. No vengas a destruir lo que queda de la familia para seguir expiándote. No lo permitiré.

—Tú no tienes ni idea, Cosme. ¡No tienes ni idea! Solo vives en esta casa y finges que nada ha pasado después de esconderte en Viena bajo las faldas de la mujer a la que ahora llamas esposa. Pero es lo que tú haces, mirar hacia otro lado cada vez que algo te incomoda. Como yo… ¡Mírame a los ojos! ¡Mírame! —le exigió—. Jamás he pretendido destruir a esta familia. Por eso me marché lejos de aquí. Sabe Dios que supliqué desaparecer cada noche, cada día, durante años. Pero, después de las pesadillas, siempre vuelvo a despertarme. Una nueva oportunidad para recordar que todo en lo que creía no existe. Para saber que no volveré a estar con Joaquín ni con padre. Para rememorar a cada persona que maté durante más de cinco años de infierno. Para acordarme del hambre, del frío, de la enfermedad y de la desesperación —dijo—. No tienes ni idea...

Una lágrima se escapó de aquella mirada cargada de furia y desconsuelo. Sin añadir nada más, alcanzó su sombrero y se marchó. Cosme quiso decir algo, pero no se le ocurrió un argumento que fuera capaz de detener los pasos de Alonso. Este se dirigió al portillo de Gilimón, por donde salió de la ciudad hacia la vega. Por sus caminos, que ordenaban la entrada y salida a Madrid a través de las puertas de Toledo, de Segovia, de San Vicente y del Conde Duque, deambuló aquel saco de remordimientos. Llegó hasta el puente de Segovia, que cruzaba el río Manzanares, en el que se refrescó. Entró un instante en la ermita de Nuestra Señora del Puerto. Al salir, sabiéndose todavía en las garras del ángel caído, se detuvo un rato y admiró aquel paraje. El Palacio Real en lo alto de la colina, acompañado por la cerca. El caserío solo se intuía y, aun así, se percibía su raigambre árabe, medieval, renacentista, barroca... Tartanas y carromatos tirados por mulas y hombres entre las huertas, jardines y bosques. Mercaderes, guardias y viajeros acumulados en los registros de los accesos a la Corte. En la ribera, lavanderas entregadas a la limpieza de ropas amontonadas en cestas de mimbre. Hileras de telas blancas tendidas al sol. Patos, cisnes, gallinas y perros a placer. Caballos que descansaban o cogían fuerzas para el trayecto. Casetas humildes de arrabal. Y hacia el oeste, la promesa, en forma de frondosas copas de árbol, de aquella Casa de Campo en la que se deleitaban reyes y cortesanos.

Continuó caminando por la ribera hacia el sur. Después de media hora de angustioso paseo, alcanzó las inmediaciones de otra ermita, la de San Isidro del Campo. Allí, en el cementerio sacramental que se había inaugurado durante la guerra, descansaban los restos de su padre. No le fue difícil encontrar la tumba, era de las primeras. Y la única lápida a la que podía aferrarse para llorar sus pérdidas. Alonso, roto en aquel camposanto, no sabía qué demonios hacía allí, en Madrid, tan cerca de todo lo que necesitaba olvidar. Había caído preso de su avaricia. Deseaba dinero para ser libre, pero aquella mano traidora que lo había incitado a creer que era posible, ahora lo confinaba en la Corte para repasar informes ajenos. Sus ojeras mojadas estaban agotadas. Sobre todo, de remar a contracorriente. Solo un motivo lo sacaba de aquel bucle de culpabilidad y rencor: averiguar la verdad sobre su familia. Y es que, aunque echara a correr por los senderos que se desdibujaban más allá de los campos, las palabras del general O'Donojú continuarían atormentándolo. La solución se hallaba en aquel cuarto prestado, en casa de su hermano. Así que, sin estar del todo convencido, acarició su apellido esculpido en el mármol y después volvió al palacio del marqués de Urueña. Cosme lo recibió en su despacho sin intención de dar más importancia de la debida a la escena.

—Me comportaré. Lo prometo —dijo Alonso, recuperado en parte.

Su hermano mayor dejó la lectura de unos documentos, alzó la mirada, lo vio derrotado y asintió.

—Yo también los echo de menos, Alonso. Y me atormenta saber lo que viviste...

—Lo sé —respondió el otro y salió de la estancia, dispuesto a devolver la concentración a su hermano.

Aquel día supuso un antes y un después en la forma de pasar las jornadas. Alonso se prometió llevar una vida decente y tranquila hasta averiguar la verdad. Después, ya vería. A fin de cuentas, las pagas seguían siendo buenas y, al vivir con Cosme y su familia, podría ahorrar por si en el futuro hallaba una forma de alejarse de aquella ciudad. Así, se centró en cumplir con sus obligaciones y en continuar revisando los papeles de su padre. Trató de limitar la ingesta de alcohol a una copa diaria para evitar nuevas trifulcas, aunque no siempre lo conseguía. La marcha de gran parte de los usuales anfitriones de cenas y bailes a Aranjuez facilitó aquel objetivo. También que el teniente Íñiguez siguiera a la familia real en la jornada primaveral. Lo único malo de aquello era que cualquier consulta o petición al general Eguía se alargaba y ponía a prueba la paciencia de Alonso.

Durante las primeras semanas acudió puntualmente a la calle Torija, donde se encontraba el Consejo Supremo de la Inquisición. Aquel edificio, inaugurado en los últimos años del siglo XVIII y coronado en el dintel por el lema EXURGE DOMINE ET JUDICA CAUSAM TUAM, guardaba en su interior un sinfín de documentos relativos a la actividad del Santo Oficio en el reino. No obstante, y pese a que, tiempo atrás, cruzar aquellas puertas podía generar cierto respeto, el ambiente que se respiraba dejaba patente la debilidad con la que Fernando VII la había reinstaurado en junio de 1814.

Un dedicado archivero preparaba a Alonso un escritorio repleto de legajos cada mañana. Eran anotaciones e informes sobre investigaciones, arrestos y fugas de jurados, liberales y francmasones. También documentos interceptados. Todo ello para detectar si alguien que sirviera en palacio había tenido contacto con alguna de las formas de la traición, aunque fuera mínimo. Guzmán llegaba siempre con ganas de avanzar y acabar. Pero no dejaban de aparecer papeles polvorientos y datos desactualizados. No obstante, una de aquellas mañanas, entre lectura y anotación, detuvo la péndola. Acababa de abreviar algo para ir más rápido. El corazón palpitó en sienes y garganta. Regresó a aquellas letras que acababa de plasmar, de un modo automático, sobre la octavilla:

B. D. J.

El eco lejano del terror inundaba los tímpanos de Inés día y noche. El hedor a pólvora y sangre se había enquistado en su nariz. Jamás había tenido a la parca tan cerca. Los gritos de auxilio, la mirada perdida de doña Mariana, los movimientos atropellados de Diego Sazón y el cochero. Parroquianos que aparecían de pronto, como siluetas difuminadas sobre un fondo sin sentido. Durante horas, Inés se sintió fuera de sí. No recordaba los detalles, solo generalidades. La compleja intervención a la que tuvo que someterse doña Mariana para extraer la bala del hombro parecía eterna. Y con ella la duda de si la señora sobreviviría. Todos en la casa estaban consternados, cada cual a su modo. Pero Diego Sazón, el cochero, herido levemente, e Inés lo vivieron de una manera distinta. Casi como si pudieran imaginarse debatiéndose entre la vida y la muerte en una realidad paralela en la que el proyectil había estado destinado a perforar su efímera y delicada carne.

Cuando la intervención, llevada a cabo por el doctor Eulalio Plaza, por fin terminó, comenzó una noche eterna. Y días de fiebres y delirios. Inés y doña Fuencisla, ayudadas de tanto en tanto por alguna de las criadas, no se separaron de la cama de la marquesa. Custodiaron los lamentos inconscientes, el sueño profundo. Limpiaron los sudores con paños húmedos. Lavaron la herida con mimo. Observaron cada movimiento. Valentín era el encargado de ir a buscar al galeno ante cualquier cambio, así que debía estar siempre accesible, próximo al cuarto de la señora. Durante aquellas noches determinantes, toda la residencia parecía estar en vela. Aurora preguntaba por su madre constantemente, pedía verla. Los pequeños, alborotados, no entendían qué pasaba, entretenidos con eufemismos infantiles, opio temporal. Don Ildefonso rehusó salir del palacio, pero continuó atendiendo sus ocupaciones desde su despacho, cuya puerta dejó abierta como excepción. La Gran Dama enterró el hacha de guerra y dio un respiro también a don Gregorio, que escribió una pormenorizada carta a un amigo médico que vivía en Londres para solicitar una innecesaria segunda opinión sobre el delicado estado de su cuñada.

Una semana más tarde del nefasto acontecimiento, la salud de doña Mariana pareció estabilizarse, aspecto que terminó por confirmar el doctor Plaza. La temperatura de su cuerpo bajó y su rostro recuperó parte de su color habitual. Según comunicó a don Ildefonso, el estado continuaba revistiendo gravedad, pero lo peor había pasado. Así, el ritmo en la casa volvió a reanudarse, aunque con cautela. Doña Mariana dormía casi todo el tiempo. Don Ildefonso canceló viajes, pero no dejó de visitar los campos junto al señor Castaño. También se reunió con el señor Palazuelos, el gobernador Cienfuegos o el obispo. Aun así, siempre visitaba a su esposa a primera y última hora. Los niños pasaban a verla antes del almuerzo, vigilados por los ayos, que no admitían revuelo. La señora Lecubarri y don Gregorio iban en días alternos. Pero las que siempre estaban allí eran doña Fuencisla e Inés. Se habían mimetizado con las colgaduras y las colchas de damasco verde. Al estar la calma tan valorada en tales circunstancias, la mayor parte del tiempo permanecían sin hablar. Algunas tardes, cuando la doncella se quedaba sola con la señora, se sentaba en una silla y leía en voz alta mientras la otra dormía profundamente.

—No se puede negar que es una mujer fuerte la marquesa —opinó Federico durante la cena.

—Absolutamente —apoyó doña Fuencisla.

—¿Y ya se sabe qué pasó? —indagó la señorita Marín.

—¿No has oído los rumores? Al parecer, fue un bandido..., creyó que portaba joyas. Un robo como tantos otros en esta ciudad en la que los criminales se multiplican a placer —señaló Eugenia.

—Es que estos ricachones se compran carros muy *fisnos* y después vienen los disgustos. Yo, si fuera ellos, me trasladaría en una tartana cualquiera —apuntó la cocinera Loreto.

—Pero ¡entonces verían las capotas, los corbatines, casacas y preciosos redingotes! —Se rio Pablo.

—No habléis así. Parece que sea difícil ser rico. Yo preferiría que me robaran a pasar hambre, la verdad —comentó

Julieta—. Y si tuviera los coches que tienen los Somoza, los vendería todos y me compraría uno de oro macizo —bromeó.

—Bueno, bueno, ya está bien. Terminen y vayan retirándose. Con risas no se prepara uno para una nueva jornada —indicó doña Fuencisla, apoyada por el señor Carrizo.

Inés se quedó mirando al mayordomo. Recordó de pronto lo que le había contado la marquesa del hijo de Remedios. Nadie más sabía lo que había pasado con ella. Analizó al resto de muchachas que trabajaban al servicio de los marqueses: Consuelo, Eugenia, Nieves, Sofía, Carmen, Loreto, Julieta... Quiso creer que ninguna habría caído en las redes de don Ildefonso, que lo de Remedios había sido una excepción, que no se repetiría la historia. Sin embargo, sabía que, de ser así, no se enteraría. En cuestiones de queridas, y sobre todo si estas formaban parte del servicio, la discreción era activo fundamental para ambas partes. Quizá, solo con el tiempo, los rumores aparecerían con timidez hasta convertirse en habitual chismorreo. Poco a poco, todos los empleados fueron marchándose a dormir. Julieta, encargada de lavar los últimos platos utilizados, se quedó rezagada junto a Inés. Cuando la primera se aseguró de que estaban solas, sacó a su amiga de su ensimismamiento y se interesó:

—¿Tú también piensas que fue un atraco, Inesita?

La joven se despertó y abandonó las reflexiones sobre la señorita Moyano.

—Tú estabas ahí. ¿Era un bandido como dicen?

—Humm, no..., no sé, Julieta. Todo pasó muy rápido. Apenas recuerdo...

—Sazón dice que llevaba la cara tapada con un pañuelo.

—Sí..., eso es verdad. También me fijé.

Julieta volvió a dedicarse a enjuagar unos minutos. La cocina, lugar de aromas y soniquetes, se sumió en un silencio atípico.

—Inés..., he estado pensando... Tú no crees que tus amigos hayan tenido nada que ver con todo esto, ¿verdad?

La doncella alzó una ceja.

—Humm, no..., no. No podría ser. No tendría sentido —respondió—. ¿Por qué harían algo así?

—No sé. Quizá por presionar...

—No tiene sentido. Es una fuente de información... ¿Y si muere?

—No creo que nadie sea capaz de calcular la efectividad de un disparo. La hirieron en el hombro. Hasta donde sé, si quieres acabar con alguien, apuntas a la frente. Es lo que yo haría si me topara con uno de los franceses que mataron a mi madre.

Inés tragó saliva e intentó digerir las crudas suposiciones de Julieta.

—Pero si dices que no, será que no. Solo me lo he preguntado porque eres la única enemiga de los marqueses que conozco. Pero quizá tengo demasiada imaginación —concluyó—. En fin, vayamos arriba. Mañana hay mucho tajo.

En la cama, espacio en el que la conciencia despierta, al tiempo que los ojos ansían cerrarse, la muchacha temió que las palabras de su amiga tuvieran algo de verdad. ¿Tenía sentido preguntar después de la forma en la que habían rehusado confirmar su vinculación con el asalto al doctor Mintegui? Inés resolvió que no. Así, no pudo desembarazarse de aquella sensación ni de los remordimientos al haber deseado mal a la marquesa. Tampoco de las miradas impacientes del lechero. Una mañana, tras semanas sin pasar nota, la exasperación de aquel hombre lo llevó a murmurar mientras pasaba las vasijas de leche.

—Traiga algo mañana o se acaba el trato —la amenazó.

Inés quiso hablar, decirle que necesitaba tiempo después del ataque. Pero aquel hombre se marchó rápido, como queriendo borrar sus palabras, arriesgada decisión en su tapadera. De vuelta en el dormitorio de la marquesa, como cada día, pensó en cómo conseguir algún dato sin ausentarse de su constante vigilancia del estado de la señora. Entonces, mientras manoseaba el libro que se disponía a leer, se fijó en que doña Mariana, condenada a los camisones de algodón y a una cabellera trenzada sin fuerza, no llevaba las joyas puestas. El corazón de la joven se revolucionó. Examinó visualmente todo el dormitorio y se fijó en el joyero del tocador. Sin hacer ruido para no despertar a la marquesa, se acercó y lo abrió. Allí estaba el colgante de la llave. Dudó un momento. Se acercó a la cama para asegurarse de que no había peligro. Y, una vez más, el recuerdo de su hermana la llevó a dejar el libro, alcanzar el collar y pasar al gabinete. Rezando por que la señora no se despertara, giró la llave y registró el cajón del escritorio. Estaba lleno de documentos que solo pudo revisar por encima. Apartó papeles de vital importancia para el Benefactor sin darse cuenta y se concentró en un legajo en el que podía leerse el nombre de don Pedro Macanaz. Desató el cordel que unía los papeles y revisó cada escrito al tiempo que controlaba que nadie irrumpiera en la estancia. Eran cartas. Algunas escritas durante la ocupación desde París. Otras en 1814 desde Madrid. Una, de finales de 1814, sin remite.

> *Gracias por su diligente servicio en el asunto Macanaz. Está hecho. Se la recompensará.*

Inés comprobó que el tono de las misivas con el señor Macanaz era paternal y cariñoso. Incluían comentarios sobre anécdotas familiares de la infancia y lamentos sobre la muerte del padre de la marquesa a los que siempre seguían promesas de protección a doña Mariana. Se fijó en una que se había enviado desde Madrid en septiembre de 1814. En ella decía a la marquesa que se disponía a ir a Valladolid por un asunto importante, pero que después planeaba parar en Salamanca y así visitarla. Otra de octubre de 1814 confirmaba que se habían reunido. El señor Macanaz aplaudía la hospitalidad, agradecía el magnífico trato y le recordaba, en la última línea, que «debía aprovecharse de lo que sabía, al igual que él, para no caer en las fauces de aquellos que cometen las más graves faltas al margen del honor y la justicia».

—¿Inés? Inés, ¿está ahí? —solicitó la marquesa.

La joven dio un respingo y, temiendo lo peor, guardó todo en el cajón. Lo cerró con cuidado; presa del pánico, guardó la llave en su puño.

—Sí, señora. Aquí estoy. Estaba ventilando el gabinete. Disculpe —dijo mientras entraba en el dormitorio.

—Tengo sed.

—Por supuesto, mi señora —asintió la joven, que tomó la jarra que reposaba en una de las mesitas de noche y sirvió un vaso que acercó a la marquesa.

Esperó a que bebiera para devolverlo a su sitio. El colgante todavía en su puño. Una vez cumplimentada la tarea, la marquesa le pidió un poco de lectura en voz alta. Inés asintió. De vuelta a la silla en la que ahora pasaba los días, se detuvo con disimulo junto al tocador de taracea, cogió el libro y dejó caer la llave. Al comenzar a leer, reflexionó sobre lo mucho que había facilitado el estado de doña Mariana aquella empresa y se le erizó la piel de la nuca. ¿Acaso Julieta tenía razón? ¿Deseaba saberlo? Se dijo a sí misma que, por lo pronto, no. Y siguió leyendo. Por la noche, al codificar los datos extraídos de la correspondencia entre doña Mariana y don Pedro, pensó en ese mensaje anónimo e incomprensible. ¿Qué era el asunto Macanaz y por qué debía recompensarse a doña Mariana por su servicio? Tras desechar la posibilidad de comprender sin más información, comunicó sus avances al lechero, quien pareció endulzar el gesto una chispita.

En torno al primero de mayo, el estado de la marquesa comenzó a mejorar. Ya pasaba la mayor parte del tiempo despierta. Atendía a las visitas familiares que, no obstante, debían ser cortas para no agotarla. Leía el correo. Comía con apetito. Daba breves paseos por su dormitorio. Se sentaba en una butaca junto a la ventana. Una semana más tarde, el médico comunicó a la familia que la recuperación estaba próxima. Sin embargo, el enigma de la identidad del asaltante continuaba flotando en conversaciones y monólogos internos. Tal y como señalaban los rumores, el corregidor parecía haberse decantado por la teoría del robo, noticia que llegó al palacio a mediados de mes. Don Ildefonso, sin ganas de dar pábulo a las habladurías, aceptó aquella versión y solicitó que se apresara cuanto antes al culpable más plausible. El problema era que la principal afectada no fue tan fácil de complacer. Una noche, cuando Inés ya se retiraba, se cruzó en la antecámara de la marquesa con el señor.

—¿Está mi esposa despierta? —exigió.

—Creo que sí, mi señor. Acabo de dejarla en cama, pero todavía tenía los ojos abiertos. —respondió la chica.

—Vaya a comprobarlo. Quiero hablar con ella.

Inés asintió y se dirigió a cumplir la orden. Doña Mariana no se había dormido, así que la joven anunció al marqués y se retiró. Pero, antes de salir del gabinete, lo pensó mejor y decidió quedarse junto a la puerta durante unos minutos. No era habitual que don Ildefonso deseara ver a su esposa con tanta urgencia.

—Me encuentro mejor sí. Pero el doctor dice que debo ser cauta en los próximos meses. No me convienen esfuerzos.

—Ni disgustos. Por eso te traigo una magnífica noticia. Han apresado al criminal. Al parecer se trata de uno de los malhechores de la comarca. Una de esas sanguijuelas que llevan años torturando a las gentes de la zona. No volverá a molestarnos...

Doña Mariana resopló.

—¿Esa es tu reacción? ¿Acaso pretendes que lo agarroten en tu presencia?

—No, no es eso, Ildefonso.

—¿Entonces?

—Temo que no fuera un robo. No se llevaron nada. Ni lo pretendieron. El atacante fue directo a por mí. Ni siquiera dañó a nuestro servicio. Podría haber apuntado a Inés, que iba a mi lado. Pero sabía a quién debía disparar.

—Porque reconoció tu estatus, sabía quién llevaba las alhajas más valiosas.

—No robó nada, Ildefonso —repitió la marquesa—. Creo que han intentado asustarme.

—Pero ¿por qué querrían asustarte?

—Por todo lo que sé.

—Mariana, querida, nada que sepas o hayas hecho puede ser tan importante como para que alguien se moleste en atentar contra tu vida. Creo que debes descansar. Mañana lo verás todo con perspectiva.

La marquesa intentó hablar pero no tuvo fuerza. O quizá no quiso hacer cómplice a su esposo. Don Ildefonso, tras sacar a relucir la versión de su carácter más amorosa y afable, aquella que emergía en los días buenos, deseó buenas noches a su esposa con un beso en la frente. Inés, al escuchar las botas del marqués dirigirse hacia la puerta, salió despavorida. La tensión hizo que se olvidara de bajar a las cocinas a cenar. Se marchó a las buhardillas, desde dónde trató de adivinar qué había querido decir la señora. ¿Sería el Benefactor parte de los fantasmas de doña Mariana? En lo más profundo de su ser, volvió a repetirse que no quería saberlo. Al fin y al cabo, tal y como le había dicho él en el último de sus encuentros, dos días antes del inicio del plan, «cuanto menos sepa, señorita De Villalta, más libre será después de todo esto».

La libertad. Oh, la libertad. ¿Continuaba existiendo más allá de las ventanas enrejadas del palacio de los marqueses de Riofrío? ¿Estaba próximo el día en que recuperaría sus alas, aunque estas solo sirvieran para planear? A juzgar por las notas del lechero, no. Y es que, a pesar de que la revisión del archivo secreto de doña Mariana había sido de utilidad, la nota de vuelta no vaticinaba un fin próximo: «Seguir. Vigilando. Durante. Verano. Investigación. En. Marcha. Pronto. Noticias». ¿Todo el verano? ¿Seguiría ahí atrapada? Nadie contestó.

Durante las siguientes semanas, y aunque doña Mariana insistió, la familia decidió que solo don Ildefonso marcharía a

Asturias. Aquello consolidaba el distanciamiento periódico de los Somoza, pero el médico había desaconsejado que la marquesa hiciera un viaje tan largo durante su convalecencia. Don Ildefonso, por su parte, había considerado que era mejor que los niños se quedaran con su madre. Ya disfrutarían del norte al año próximo. La Gran Dama deseaba estar cerca de su hijo menor, para quien estaba a punto de cerrar un provechoso matrimonio con una condesa viuda de Ciudad Rodrigo. Así que también se quedarían en Salamanca. Una mínima parte del servicio partiría a Asturias, pero la mayoría podría permanecer gracias a los empleados por días. En la víspera de la enésima marcha de don Ildefonso, el 30 de junio, por fin el lechero pasó una carta de su familia a Inés. La primera en meses. Tardó horas en poder leerla, pues debió colaborar con algunos preparativos, aprovechando que la marquesa no la necesitaba durante la mañana. Aquel día, la esperanza impregnó cada gesto de la joven. Estaba convencida de que serían buenas noticias. Tras la cena, pidió a Julieta que la cubriera y subió a la habitación, al abrigo de la intimidad. Intentó controlar la emoción y abrió el sobre. Y con aquella misiva llegó el desaliento.

XXIII

Los paseos sin rumbo no engrasan las articulaciones, sino la sesera. Por ese motivo, Modesto recorría los metros que ocupaba el gabinete de visitas de la familia Hernando. Necesitaba llegar a una conclusión, decantarse por una teoría. Las últimas semanas habían sido demasiado intensas. Jamás se había sentido tan conectado a una causa, a un propósito. Ahora no solo palpitaba su espíritu, también su voz, audible más allá del miedo. Sin embargo, todo el trabajo previo pendía de un solo hilo y a este lo balanceaba la amarga incertidumbre del que espera invidente. De pronto, el señor Montero, al que había estado vigilando Alonso unos meses atrás, apareció en la puerta, sudoroso, abandonando toda ceremonia. Los otros dos jóvenes se alegraron de verlo y, en los segundos que tardó en comenzar a hablar, desearon ser capaces de leer en su mente si portaba buenas o malas noticias en aquella noche del 7 de julio de 1819.

—Al parecer, La Bisbal se dirige al Puerto de Santa María.

—¿No es allí donde envió a los batallones de Quiroga y San Miguel hace unos días? —corroboró Modesto, quien había tenido oportunidad de conocer a los jefes militares mencionados en juntas clandestinas.

—Exactamente. En el Puerto y el campamento de la Victoria están muchos de los batallones afines a la causa.

—Me han dicho —informó don José Montero en tono confidencial— que, al parecer, La Bisbal ha asegurado, antes de partir, que se dispone a proclamar la Constitución mañana. Se dice que está agrupando a las fuerzas revolucionarias para favorecer el levantamiento.

—¡Eso es brillante! —exclamó Hernando—. Exacto, ¡buen movimiento! No debimos dudar de él.

—Pero improvisa, ¿por qué improvisa? —reflexionó Modesto, nervioso.

—Porque el ánimo de las tropas está muy enrarecido tras el último anuncio de embarque. Se lo escuché decir ayer al señor Moreno Guerra. Además, todo Cádiz lleva días hablando del levantamiento como algo seguro. Era ahora o nunca —contestó Hernando.

—Es cosa clara que los militares han tomado el relevo absoluto de la conspiración... —comentó Modesto.

—Como ha de ser, señor Andújar. Solo ellos tienen la fuerza suficiente. Nosotros los apoyaremos con el motín popular en cuanto recibamos noticia del éxito del pronunciamiento de La Bisbal —explicó el señor Montero.

—¿Y el general Sarsfield? —se interesó Modesto.

—Imagino que se habrán coordinado. Irá desde Jerez hasta el Puerto con la caballería de línea —coligió José Montero.

—¿Se dan cuenta, caballeros? Estamos más cerca que nunca de derrocar a este anticuado gobierno —dijo Hernando emocionado.

Los tres jóvenes decidieron pasar la noche en vela en aquel gabinete por si llegaba algún correo y debían salir a las calles a apoyar el pronunciamiento de La Bisbal. Para estar despiertos, bebieron café. También un brandy de discutible calidad. De fondo solo se escuchaba el crujido de vigas, suelos y puertas, exhalación de la vivienda. Soñaron con todo lo que ocurriría si el movimiento del conde era un éxito. Quizá, al despuntar el alba, comenzaría un nuevo periodo constitucional. ¿Regresarían los exiliados? ¿Bailarían al son de los discursos de Canga Argüelles antes del fin de aquel verano de 1819? La ausencia de respuestas más allá del amanecer los condenó a una siestecilla involuntaria de la que los despertó el padre del señorito Hernando. Habían llegado los primeros datos sobre el proyecto de La Bisbal y, aunque quisieron no creer lo que escucharon, la realidad terminó hablando por sí misma.

La maniobra del conde, lejos de haber sido en pro de la Constitución, había servido a un propósito más simple: reunir a las tropas desleales para arrestar a los jefes implicados. A tamaña trampa lo había ayudado el general don Pedro Sarsfield, que había llegado al Mediodía tan solo un mes atrás. Este también había manifestado su intención de colaborar a los conjurados que, en busca de apoyos, se habían reunido con él en repetidas ocasiones. Uno y otro habían optado por la falsedad y la contrarrevolución. Por Fernando VII y su cuello a fin de cuentas. Modesto sintió repulsa, ira, frustración. Estas se incrementaron conforme iba conociendo detalles del suceso. Al parecer, antes de salir de Jerez, el general Sarsfield había mandado arrestar a sus principales interlocutores en aquellas semanas de supuestos preparativos: el teniente coronel don José Grases y el teniente coronel don Bartolomé Gutiérrez Acuña. El conde de La Bisbal había llegado al Palmar del Puerto de Santa María, donde los batallones allí desplazados estaban en formación, al grito de «¡Viva el rey!». «¿Existe un escenario peor?», se preguntaron los ojos vidriosos de Modesto.

En las horas que siguieron a la irrupción del señor Hernando en el gabinete, los nombres de don Evaristo y don Santos San Miguel, don Felipe del Arco Agüero o don Antonio Quiroga también se sumaron a la lista de detenidos. Modesto había conocido a algunos de ellos, como a los hermanos San Miguel, en las juntas secretas. También a Arco Agüero en una reunión clandestina de la logia del Puerto de Santa María a la que había asistido a finales de junio para participar en planes operativos.

Durante aquellos meses, el señorito Andújar había dudado un sinfín de ocasiones de la capacidad de cohesión de los conjurados. Y es que entre los caballeros con los que se había topado en logias y debates en cafés había intereses muy diversos, tal y como le había anunciado el señor Guinot a Alonso.

Unos deseaban exigir que se cumpliera lo estipulado en el Manifiesto de los Persas de 1814, texto infame para Modesto. Otros que se promulgara una nueva constitución, más templada que la del año 12. El grupo al que pertenecía el joven pasante deseaba restituir la carta magna alumbrada por las Cortes de Cádiz sin modificar una sola coma. Y luego estaban todos los que no deseaban que el cuerpo expedicionario embarcara. Algunos americanos lo apoyaban en la sombra para facilitar la independencia de las colonias. Otros estaban convencidos de que con batallas no se lograría una solución estable para las partes. Y muchos soldados, agotados, no querían formar parte de esa página de la historia. Sin embargo, y pese a que las debilidades internas eran numerosas, jamás habría podido prever una traición así. Él pensaba que el conde de La Bisbal terminaría echándose para atrás, que quizá Sarsfield ejecutaría el levantamiento. Pero no. Aquello había sido una puñalada trapera orquestada por las dos personas que debían haber potenciado el pronunciamiento, firmarlo con su gallardía al estilo del general Lacy.

Los tres jóvenes caballeros, tras lamentarse en voz alta y grave silencio, decidieron separarse, recluirse cada uno en su casa hasta que pasara la tormenta.

El señorito Andújar avanzó angustiado por las calles gaditanas, temiendo un índice que lo apuntara, un grito que lo condenara a una mugrienta celda en el castillo de San Sebastián. Por aquí y por allá se veían a los efectivos leales al rey, enviados por La Bisbal para sustituir a los batallones de mayoría revolucionaria que se había llevado al Puerto. Algunos oficiales incluso registraban las viviendas de los detenidos. Al llegar a la casa del primo de su madre, ignoró los interrogatorios sobre dónde había estado. Se encerró en su dormitorio al borde de un ataque de pánico. El fracaso no estaba en sus planes. No había dejado espacio para él en lo que debían ser los anales de su existencia. ¿Por qué lo visitaba de pronto? Los rizos mojados de histeria sobre su frente lo acompañaron durante dos días en los que no recibió una sola nota. El aislamiento, aunque aseguraba su pescuezo, lo desesperaba. Sus tíos segundos creyeron que había caído enfermo, así que dejaron que reposara. Pero, en realidad, Modesto, sin poder pegar ojo, repasaba cada una de las pruebas que podían condenarlo si La Bisbal y compañía las encontraban. Su entusiasmo había provocado que dejara huellas en demasiadas partes, víctima de la soberbia. Y quizá a causa de ello su familia caería en las garras del desconsuelo y la vergüenza.

Finalmente, el día 11 recibió una comunicación en clave secreta.

—Lo ha traído un correo a primera hora para usted, señorito Modesto —le comunicó el mayordomo de la casa mientras él se preparaba para bajar a desayunar tras dos jornadas de reclusión.

El mensaje le devolvió la esperanza. Era del señorito don Víctor Hernando. Se reunirían algunos *hermanos* aquel mismo día. Durante el desayuno, los tíos de Modesto se alegraron al ver que el joven comía con apetito e incluso hablaba. Mencionaron por encima las breves novedades sobre el asunto que, con el tiempo, se llamó el suceso de El Palmar.

—Al parecer, los dueños de los cafés recibieron orden el pasado día 2 de espiar toda conversación política que se desarrollara en sus locales. No son buenos tiempos para tener opiniones contrarias al rey. Está toda la ciudad revolucionada, muchos muertos de miedo. ¿Y para qué? —comentó el primo de su madre.

El joven lo observó y lamentó su trasnochada postura. Sin embargo, optó por guardar sus valoraciones para más tarde, con aquellos con los que compartía proyecto e ideales. A aquella peligrosa reunión acudieron pocos conjurados. Estaba don Antonio Alcalá Galiano. También Montero y Hernando. El señor don Olegario de los Cuetos, Ramón Ceruti y alguno más. El muchacho se enteró ahí de que muchos de los miembros de la sociedad secreta principal de Cádiz, entre ellos el propio don José María Istúriz, habían huido o lo planeaban. Estaban aterrados. El mismo Alcalá Galiano manifestó su intención de buscar refugio en Gibraltar. Y es que, aunque desde mediados de junio la logia gaditana, y sobre todo sus miembros más moderados, había quedado algo al margen del epicentro de la conspiración, que se había tornado eminentemente militar, sí había sido el cerebro principal, artífice del adoctrinamiento, de la financiación, de la estrategia inicial... Los más radicales, aquellos que deseaban forzar al rey a jurar la Constitución de 1812, como el señorito Andújar y sus amigos, aunque con escaso poder de influencia se habían mantenido a poca distancia de los nuevos centros de preparación del golpe con todo lo que ello conllevaba. Modesto se planteó entonces la posibilidad de regresar a Jerez. Mientras analizaba opciones, el resto se desahogó maldiciendo a La Bisbal y a Sarsfield. Alguno que otro propuso acabar con el primero, matarlo y así cobrarse la estocada por la espalda. Todos estaban alterados, más exaltados que ningún otro día. Proclamas más fanáticas que realistas se colaron en aquel rato en el que se concedieron el privilegio de arreglar aquel entuerto, el reino y el mundo. Sin embargo, pronto debieron separarse de nuevo con la promesa de organizarse una vez pasado el peligro.

El señorito Andújar, privado de su pasión y vicio, aumentó sus visitas a la taberna tras justificar su ausencia en la oficina del consignatario y confirmar que, por lo pronto, nadie sospechaba de él. Sus jornadas se dividían entre papeles y chatos. Y en ellas el bien más preciado eran sus parloteos con la Filo y el Ahorcaperros.

Gracias a la habilidad informativa de la primera, supo que el conde de La Bisbal había prometido protección a los conjurados tras su traición. Aquello hizo que le hirviera la sangre, pues demostraba que aquel patán continuaba jugando a dos bandas. No tenía escrúpulos ni piedad. Rumores callejeros se colaron entre los brindis de los parroquianos y susurraron a los clientes que tanto el coronel Grases como el teniente coronel Gutiérrez Acuña habían escapado de su confinamiento en Jerez. Algunos decían que habían pasado a Portugal. Otros a Gibraltar. Nadie lo sabía con seguridad. Y por si aquel suceso había sabido a poco, a mediados del mes de julio la ciudad recibió un nuevo azote: el número de contagios de fiebre amarilla se multiplicó en la isla de León. Así, cuando el señorito Modesto cruzó las puertas de la taberna de Paquillo en la tarde del 20 de julio y no encontró a la Filo, se lanzó a preguntar al dueño. Este le confirmó sus temores. Había caído enferma.

Alonso tuvo sentimientos encontrados cuando supo lo ocurrido en el Palmar del Puerto. Y todavía más cuando, en los primeros días de agosto, el señor don Ventura Quesada se reunió con él para informarle de que al final sus suposiciones eran acertadas. Desde mayo, la conjunción de informes de diversos agentes de la zona había confirmado que el conde de La Bisbal estaba ignorando la evidencia. Uno de ellos había aportado una prueba que demostraba que se estaba preparando un levantamiento en el ejército expedicionario acantonado en Andalucía. Lo que se tardó más en comprobar fue la implicación directa del conde. Así, el mismísimo monarca había iniciado una correspondencia reservada con este para informarle de la gravedad de la situación. En sus líneas tuvo oportunidad de prometerle jugosos privilegios si se mantenía fiel a la Corona y le servía con la diligencia esperada. Quizá aquellas comunicaciones tuvieron que ver en la resolución final del conde, que no dudó en aliarse con Sarsfield para atajar el problema. ¡Gran muestra de fidelidad! El problema fue que, a medida que se interrogaba a los encausados, la idea de que La Bisbal estaba implicado en la conspiración fue tomando fuerza. El rey no tuvo más opción que llamarlo a Madrid. El conde se presentó a finales de julio y no regresó a su puesto.

Al mando de la capitanía general de Andalucía se quedó el mariscal de campo don Blas de Fournás, absolutista hasta las trancas. Él debía continuar con la investigación, depurar responsabilidades y embarcar al ejército expedicionario «de una santa vez», según había dicho don Ventura. Pero no fue sencillo llevarlo a término. Las extrañas fugas, el desconocimiento sobre la magnitud de la conspiración, que iba más allá de una pataleta de unos militares que no deseaban ir a combatir a las colonias, y la epidemia de fiebre amarilla ralentizaron el procedimiento.

Guzmán, por su parte, y aunque ya habituado a su nueva rutina en la Corte, creyó que la demostración de su teoría tendría la recompensa soñada. Sin embargo, cuando el señor don Ventura Quesada lo citó, se limitó a remarcar lo satisfecho que se sentía el rey al tener a alguien con su olfato trabajando tan próximo a él. El funcionario regio le comunicó que enviarían a más informadores cuando la epidemia estuviera controlada y que les proporcionarían los últimos informes de Guzmán para que lo retomaran donde él lo había dejado. Alonso quiso solicitar permiso para ser él quien siguiera encargándose, para formar parte de la causa del Palmar, para llegar al *quid* de la conjura, a los nombres más poderosos y peligrosos, y así recuperar aquella libertad impregnada en argento y salitre. Pero sabía que no había opción. Su lugar, según los designios de Su Majestad y los enigmas familiares, ya no estaba en el bello tómbolo andaluz.

—Dígales a sus nuevos contactos que dejen al señor Guinot tranquilo por un tiempo si no lo delatan sus actos. Soy hombre de palabra. O al menos eso intento —se atrevió a pedir.

—Me encargaré de ello —prometió don Ventura—. A propósito del señor Guinot. Usted no se llevó consigo, por casualidad, la carta que él le entregó y que me mostró como prueba de la asistencia a las reuniones del señor Istúriz de otro conjurado, ¿verdad?

—No. Se la di a usted en esta misma sala, en nuestro primer encuentro, cuando se la enseñé. ¿Por qué?

—Se ha extraviado.

—¿Disculpe?

—Estamos investigándolo, no se preocupe. La encontraremos.

Alonso no podía entender cómo habían podido perder una evidencia tan valiosa. De vuelta en la residencia de su hermano, se preguntó si había servido para algo su invasivo interrogatorio a aquel pobre letrado de Tortosa. En su cuarto leyó la enésima carta de su madre, en la que le suplicaba que la visitara en Asturias. Guzmán habría aceptado de buena gana. Sobre todo, para escapar del calor. Pero las responsabilidades lo retenían en Madrid. No solo las relativas al rey, sino también las referentes a su padre. Como solía hacer cada tarde, caducadas las horas al servicio de otros, repasó los datos que había ido recopilando desde abril. El primero de todos, escrito en mayúsculas, era la resolución del enigma sobre las iniciales B. D. J. La respuesta lo había aterrorizado. Era la abreviatura del nombre de una de las logias francmasonas activas en Madrid durante la ocupación: la Beneficencia de Josefina. En los archivos del Santo Oficio se había depositado un libro de actas de esta que el mismo Alonso había tenido que analizar en busca de conexiones y sospechosos en palacio. Aquel documento, repleto de abreviaturas y vocabulario simbólico, contenía los registros de la actividad de la logia en los años 1810 y 1811. Alonso se había empleado a fondo en cumplir con el encargo que le habían hecho, pero, más de un día, había consumido horas asegurándose de que no había nada que lo vinculara con su padre. Sin embargo, a mediados de mayo encontró un detalle que confirmó sus peores presagios. En la entrada del 22 de julio de 1811, leyó:

Se nombró una comisión compuesta de los H. H. ~~Guzmán~~, Cifuentes, Mayor, Cordovés, Esquivel y Alva para visitar a nombre de la L. al M. P. Ven. De la de Sta. Julia, que se halla enfermo y manifestarle los más vivos deseos de su restablecimiento.

La evidencia era más poderosa que cualquier conjetura. Y alguien había intentado deshacerse de ella. Aunque había más personas apellidadas Guzmán en aquella villa, era poco probable que no se tratara de su padre. Sobre todo, si se tenía en cuenta que las iniciales de aquella logia estaban en sus libros de cuentas. ¿Cómo podía ser aquello cierto? ¿A qué se había dedicado su padre mientras Joaquín y él luchaban contra el invasor? ¿Se había aliado con él? A Alonso no se le pasó por alto el hecho de que, tal y como le había explicado el letrado Guinot, las logias creadas durante la ocupación estaban vinculadas a los soldados franceses y a los juramentados españoles, después llamados afrancesados. ¿Su padre era de la peor clase de opositor posible? ¿Se había alineado con el enemigo que había matado a Joaquín?

Aquel día, sin ser dueño de sus actos, había abandonado antes de hora las dependencias del Santo Oficio para irse al palacio de su hermano. Se había encerrado en el dormitorio y, en soledad, había gritado y llorado de rabia. La tomó con la pantalla de la chimenea a falta de bebida y compañía. No podía soportar saber que el general O'Donojú había dicho la verdad. Su padre era un vulgar traidor. A Alonso le costó el sueño y el ánimo durante la primavera. Vivía al borde de la rendición. Avistaba copas ajenas, las ansiaba suyas. Pero sabía que Cosme no le daría más oportunidades. Y, como ya había concluido, para llegar al fondo de la cuestión, único motivo que lo mantenía cuerdo, debía continuar teniendo acceso a aquella casa. Al temer que desvelar a su hermano que seguía hurgando en el pasado de su padre fuera también motivo de desahucio, se guardó la revelación para sí y prosiguió con sus pesquisas en soledad. Ya decidiría más adelante si compartía sus averiguaciones con él.

La angustia de aquellos meses se combinó con una obsesión enfermiza por comprender qué había movido a su padre. Así, aprovechó su servicio a la Corona para estudiar cada línea del libro de actas de la logia. Aquello le descubrió la existencia de otras dos: la de Santa Julia, mencionada en el renglón que, presuntamente, implicaba a su padre, y la Estrella de Napoleón. Se empleó a fondo en indagar sobre la francmasonería y confirmar o completar los datos que ya conocía. Tuvo suerte de toparse con un oficial del Santo Oficio que había podido extraer algunas conclusiones en sus años persiguiendo a aquellos supuestos herejes. También se sirvió de copias de interrogatorios y delaciones. Poco a poco fue encajando las piezas. Supo que la francmasonería revoloteaba por España desde el siglo XVIII pero con escaso éxito. Sus orígenes radicaban en el mundo gremial de los constructores de catedrales medievales, pero no había sido hasta el siglo XVII cuando se había refundado en Inglaterra. Sobre el papel de las constituciones de Anderson de 1725, la francmasonería o masonería favorecía el aprendizaje del ser humano a través de la reflexión y la conexión fraternal con sus semejantes. Tal y como le había indicado Guinot, no tenía vinculación política o religiosa.

En el Siglo de las Luces y la razón, había funcionado como catalizador del libre pensamiento y el asociacionismo, así como de la defensa del derecho de reunión. Sin embargo, durante esa centuria, la rama continental de la francmasonería, al contrario de la implantada en las islas británicas, había empezado a tomar contacto con proyectos políticos revolucionarios. El primer ejemplo había sido su vinculación en las fases iniciales de la Revolución francesa. El segundo, la forma en la que Napoleón Bonaparte la había utilizado como un instrumento de propaganda en los territorios que anexionaba a su imperio. A través de esta segunda fórmula había llegado a España durante la guerra contra los franceses. José I, como rey y gran maestre, había creado una red de logias por una geografía que, desde el punto de vista militar y social, se le estaba resistiendo. Algunas de estas, las primitivas, estuvieron formadas por soldados imperiales, pero en paralelo funcionaron otras, con centro en Madrid, que estaban integradas por españoles jurados (o afrancesados, como pasarían a la historia). Así se llegó a crear un órgano supremo regional, el Grande Oriente Español, y muchas dejaron de depender del preexistente Grande Oriente Francés.

Al volver Fernando VII, una de sus primeras medidas fue erradicar el sistema de asociación y adoctrinamiento instaurado por los bonapartistas. Persiguió la francmasonería, quiso hacer desaparecer las logias. Aunque sí se desarticularon las vigentes durante la ocupación, la actividad continuó en la sombra y, poco a poco, tras la caída definitiva del Imperio napoleónico, se alió con la causa revolucionaria que había tomado fuerza en Cádiz: el liberalismo. Este, tal y como le había dicho el letrado Guinot, se había valido de la estructura y simbología de la francmasonería para expandirse por la península y crear redes de colaboración y comunicación. ¿Su objetivo? Conspirar contra el régimen vigente, derrocarlo. Aunque, cierto es, había múltiples soluciones y grados de moderación, pues no todos soñaban con la misma libertad. Con todos aquellos datos sobre la mesa, en aquel verano de 1819 Guzmán tenía bastante claro que si su padre había formado parte de la Beneficencia de Josefina era porque se sentía próximo a los postulados de los jurados, juramentados o afrancesados. Los liberales, en sus distintas formas, todavía no habían enlazado intereses con la francmasonería por entonces. Aquello lo horrorizaba todavía más.

Desde la guerra, Alonso había optado por alejarse de todo discurso político, de toda causa, de todo principio. Cumplía las órdenes de la Corona sin cuestionarlas. Había adormilado sus ideales por el bien de su bolsillo y de esa paz interior que no lograba jamás cuando se comprometía con algo desde las tripas, como le había pasado en la contienda. Una cosa era obsesionarse por orgullo propio, por el gusto de un trabajo bien hecho, por la necesidad de hallar la lógica a un mar de preguntas. Otra, hacerlo con el alma en carne viva. Temía reflexionar sobre el trasfondo de su servicio al rey por miedo a que una opinión en contra despertara su conciencia y mandara todo al traste, como le pasaba cuando le daba por ser coherente, por dejar que su moral hablara. Sin embargo, en medio de aquel letargo ético, había algo con lo que no lograba reconciliarse: con aquellos que durante la guerra contra el francés habían formado parte del bando de los invasores, culpable de su desgracia, del infierno que vivía desde entonces. Así, aquel hallazgo hizo que rechazara la imagen de su padre, que lo censurara en sus recuerdos. Pero, sobre todo, que ansiara saber el porqué.

Queriendo o sin querer, eterna duda en la conciencia de Alonso, se propuso analizar cada detalle de la pila de documentos que acunaban sus pesadillas. Gracias a ello, a principios de junio había detectado otro aspecto de interés: un nombre familiar. Fue en una entrada de abril de 1811 en la que ponía:

> *Se recibió con los honores debidos al R. H. Benegas, natural de Daimiel, después de examinar y comprobar su diploma.*

En un primer momento no había acertado a decir por qué le sonaba, pero al releer las anotaciones del libro de cuentas de 1812, lo descubrió. Su padre había señalado pagos sistemáticos a un tal J. B. Benegas durante ese año. Pero aquello no fue lo único. A mediados de julio, mientras Modesto lloraba la traición del Palmar, Alonso regresó al despacho de Cosme aprovechando que este no se encontraba en el palacio. Extrajo los volúmenes comprendidos entre los años 1809 y 1812, y sin piedad se los llevó a su cuarto. Se sentó en el suelo y sobre la alfombra extendió papeles que revisó durante horas. Hasta que halló una nueva pista: una misiva de don Juan Bautista Benegas fechada en septiembre de 1811, en la que invitaba a don Bernardo Guzmán a ser visitante en su tierra. Alonso sabía perfectamente lo que quería decir esa palabra: «visitante». La había leído en las actas de la logia francmasona a la que pertenecía su padre. Era la manera en que nombraban a los hermanos de otras logias que asistían a una reunión. Con aquel nombre revoloteando en su mente, devolvió los pliegos a la oficina de su hermano mayor para no comprometer su estancia allí y guardó la carta a buen recaudo, a la espera de encontrar más información.

Durante aquel verano de 1819, y a medida que llegaban las penosas noticias sobre el estado de la epidemia en el Mediodía, la esperanza de encontrar nuevas pistas se fue derritiendo. Alonso, que había olvidado lo mucho que aborrecía el estío en la Corte, deseó ser capaz de desaparecer, de hallar el mar entre tanto compromiso con la familia de su hermano y con los requerimientos de la Secretaría. En cuestiones de mando, se había producido, además, una modificación en pleno mes de junio, cuando la conspiración gaditana estaba en su apogeo. El general don Francisco Eguía había abandonado su puesto y había tomado el testigo el general don José María Alós. De puertas para afuera de la oficina de Guerra, Guzmán estaba al entero servicio del nuevo secretario. Sin embargo, continuaba cumpliendo órdenes del general Eguía, auténtico encargado de la elaboración de listas de desleales para Fernando VII. Los escasos momentos de calma a los que tenía acceso Alonso, siempre con la medida como compañera, eran los ratos de taberna o posada con el teniente Íñiguez, quien había regresado en junio de su servicio en la jornada de Aranjuez. Aunque nada era como en Cádiz, aquellos dos marchitos héroes de guerra jugaban a simularlo con memorias y tragos de vino que, en el caso de Alonso, no eran tan seguidos como antes. De tanto en tanto, recordaban alguna de las ocurrencias del Ahorcaperros. La risa contagiosa de la Filo. Los gritos de Paquillo. Los peligrosos sueños de Modesto…

El martes 17 de agosto, no obstante, y con el ánimo de refrescarse, aquel par de viejos amigos se dirigió a la casa de baños de Canet, ubicada en el número 51 de la calle de los Jardines, vía perpendicular a la calle de la Montera, muy próxima a la Red de San Luis. No era la única que allí se encontraba, pero era la preferida de Conrado, aficionado a lavarse en aquellos establecimientos. Sentados en un par de sillas, esperaron a que les tocara el turno. De los aposentos privados salían parroquianos recién aseados. Debían marcharse rápido para que el calor acumulado en las salas interiores de aquellos baños no se adosara a su ahora limpia piel. Aquel recinto de piedra clara combinaba los peores y mejores olores. Dos empleados pululaban con cubos llenos del pozo. Vecinos impacientes se desesperaban ante el avance del tiempo en su reloj de bolsillo. Algunos incluso se rindieron. Guzmán estuvo a punto, pero Conrado insistió.

—Ya verás como me lo agradeces en un rato.

—Eso está por ver.

—Vamos, un caballero debe estar decente para cortejar a las damas.

—Yo me adecento. Solo que no en baños públicos… —respondió—. Además, yo no voy a cortejar a nadie hoy.

—Pero yo sí. Mi hermosa cantante de ópera me espera al atardecer.

—¿Sigues encontrándote con ella? ¿No estaba casada? —se interesó, al tiempo que se corrían un asiento a la derecha, acariciando casi con los dedos su turno.

—Comprometida.

—¿Y te parece sensato?

—No. Pero me da igual.

—Humm…

—Deberías acompañarme más veces. Encontraríamos a alguien perfecto para ti. Una bella señorita que reemplace el vacío de la Filo…

—Sí, bueno, ese tiempo pasó. Ahora me debo a las asfixiantes normas de mi hermano.

—Ya no eres el que eras —bromeó el otro.

De pronto, ya incorporados para pasar, la sonrisa burlona del teniente Íñiguez se disipó. Cruzó una mirada envenenada con un caballero que se disponía a salir de la casa de baños. Cuando este se encontró a una distancia prudente, Conrado escupió al suelo que aquel había pisado. Alonso lanzó una mirada al desconocido y lo vio abandonar el edificio.

—Maldita escoria —masculló.

—¿Qué pasa? ¿Quién era?

—Un oficial de las guardias valonas. Hay rumores de que luchó en el bando francés en la guerra, en uno de los regimientos de jurados traidores. Dicen que participó en la batalla de Almonacid y formó parte de la guarnición de Ciudad Real. Se pasó casi al final. Y no sé cómo demonios se las ingenió después para salir indemne.

Alonso se quedó callado, pensativo. Uno de los empleados indicó a los dos clientes que ya tenían su tina preparada. Obedecieron y se zambulleron en sus respectivos habitáculos. Alonso se desnudó. Su cuerpo, lleno de recuerdos de batallas y palizas innecesarias, se contrajo al sumergirse en aquella bañera de agua templada. Se prometió disfrutar del baño. Había pagado diez bonitos reales por él. «Ya puede ser reconstituyente», pensó. Cerró los ojos y deseó dejar la mente en blanco. Pero no fue posible. Imágenes, letras, listas y diálogos bailaban al son de su infinita obstinación.

Aquella ansia por llegar al fondo de las cuestiones lo había acompañado desde niño con los constantes porqués a su padre y a sus profesores. También en la guerra, donde había sido amonestado en un par de ocasiones por solicitar datos y responsabilidad de más. No obstante, el entusiasmo del pertinaz, pese a ser irritante, puede ser bastante útil. Así, había sido el hijo más astuto, el estudiante más aplicado y el combatiente más eficaz. De pronto, abrió los ojos rescatando un detalle que había aparecido sigiloso, pero que podía ser de gran ayuda para todos los cometidos que tenía entre manos.

Impaciente, zanjó su remojo antes de tiempo y aguardó a que su amigo saliera dando tumbos por la primera sala. Conrado, que apareció con las mejillas rosadas y rostro sonriente, interrogó a Alonso sobre la experiencia. Este, preocupado con otros menesteres, le dio la razón y lo invitó a salir de aquel hervidero. Ya en la calle, en dirección a la de la Montera, Guzmán atajó la cuestión que había impedido que la calma del baño lo abrazara.

—Conrado, perdona que te interrumpa, pero... ¿cuál es el nombre del tipo que me has señalado antes?

—¿El guardia?

—Ese, sí.

—Se llama Marcos Liaño. ¿Por qué lo preguntas?

—Nada, nada... Solo que creía que... —balbuceó buscando respuesta.

—No vayas a querer más venganza por lo que te pasó en la cara, ¿eh? Ya tuviste tu oportunidad. Este es mío. Conseguiré que caiga. Él y todos los traidores.

Alonso no comprendió a qué se refería al principio. Después tocó con la mano la cicatriz que bajaba de la mandíbula al cuello. A veces olvidaba que la tenía. Aunque jamás lo que significaba. Sin querer dilatar la conversación, se limitó a reír y asentir. Así, su interés en aquel oficial se diluyó en el resto de las charlas que mantuvieron mientras comían en el mesón de la Herradura. No obstante, y pese a todas las risas que compartió con Conrado hasta que este se fue a buscar a su querida, Alonso no dejó de pensar en aquel tipo. Su canturreada hoja de servicios en el ejército de don José Bonaparte lo acompañó durante todo el día. Y a la semana siguiente. Mientras comía y cenaba con la familia de Cosme. Mientras tomaba una copa con su hermano en aquel despacho plagado de recuerdos prohibidos y simulaba que todo estaba bien por una vez. Mientras escribía a su madre para pedir perdón por su ausencia. Mientras trabajaba incasable al servicio de los justificados miedos de Su Majestad.

Un día de final de agosto, carcomido por las dudas, optó por seguir al tal oficial Liaño. Se dijo a sí mismo que averiguar más sobre aquel caballero no solo ayudaría a su particular investigación familiar, sino también a aquella purga que ansiaba hacer el monarca entre los nombres vinculados al palacio. Así, vigiló cada uno de sus movimientos, fue testigo de sus rutinas, hasta que una noche, cuando como de costumbre el susodicho salió del mesón de los Huevos del brazo de una moza, Guzmán los siguió hasta un callejón oscuro que nacía en la misma calle en la que estaba el local, la de la Concepción Jerónima. El hedor de aquel recoveco encajonado en el centro de la villa a pocos metros de la plaza Mayor era insoportable. Aun así, de fondo, Alonso pudo escuchar las risitas picaronas de aquel par de tortolitos de postín. Sin intención de alargar más la incertidumbre que lo condenaba a pacer como un espectro en el crepúsculo matritense, aceleró el paso y, sin respeto a los arrumacos, llamó al oficial Liaño e instó a la señorita a que volviera al local a buscar otra compañía. El guardia no entendió muy bien a qué se debía aquella insolente interrupción. Y menos comprendió cuando Alonso se abalanzó sobre él y lo inmovilizó contra la pared, con el antebrazo apretándole la garganta. Sin piedad ni paciencia comenzó el interrogatorio.

Inés se pasó el verano ideando la manera de hablar con la marquesa de un asunto que le estaba quitando el sueño. Cada vez que creía decidirse, la puerta del gabinete se convertía en una muralla impenetrable, defendida por arcos y ballestas que esquilmaban su arrojo. Julieta le había aconsejado no titubear. Sin embargo, y aunque ella hubiera recomendado lo mismo a alguien en su posición, de la teoría a la práctica hay siempre un trecho. Y este estaba custodiado por la larga sombra del miedo. El ánimo cambiante de doña Mariana, todavía con molestias derivadas del ataque, no ayudaba en absoluto a que surgieran momentos propicios para aquel diálogo pendiente. Tampoco los encontronazos que protagonizaba con la Gran Dama y don Gregorio. Ni la parca correspondencia de don Ildefonso. Ni el calor insoportable del estío salmantino. En aquella casa, los únicos que parecían mantener el buen humor eran los niños, siempre dispuestos a jugar, a imaginar, a soñar despiertos. El resto era un saco de quejas, solo aliviadas ante la perspectiva del otoño.

Así, a pocos días de entrar en septiembre, y tras entregar a la marquesa la esquela en la que el marqués anunciaba su próximo regreso, Inés se lanzó al vacío. Mientras corría las cortinas con el fin de que entrara más luz a la estancia, tal y como le había indicado su señora, empezó a balbucear hasta que, por fin, una frase con sentido salió de su boca.

—Me, me preguntaba, mi señora... Verá, mi hermana está muy enferma. Deseo, desearía ir a verla, si usted me lo permite. Serán solo unos días. Solo para ayudar...

—Ni hablar. ¿No tiene más familia?

—Sí, bueno, pero ellos están lej...

—Estoy segura de que, si está muy grave, encontrarán la manera de ir. Usted tiene que trabajar. No puedo prescindir de doncella. Menos ahora, que parece que estoy casi recuperada y voy a poder reanudar mis actividades. Siento muchísimo la circunstancia, señorita Inés, pero cuando entró a trabajar aquí, y estoy segura de que en su anterior residencia era igual, sabía que no podría ausentarse.

—Per...

—No es una negociación. Y no estoy de humor para súplicas. Ahora, vaya a avisar a la señora Baeza. Tengo que hablar con ella.

Inés asintió derrotada y marchó a ejecutar su tarea. Sin que nadie la viera, se escondió unos minutos en la despensa para liberar lágrimas de frustración, de las pocas que se había consentido a sí misma en los últimos tiempos. Sabía que sin el permiso de doña Mariana no podía alejarse de la casa. Sin aquel beneplácito no tendría el del Benefactor. Una plomiza opresión en el pecho se adueñó de su respiración. No tenía escapatoria, no había piedad para ella. Después de unos minutos, se enjugó su angustia y salió de nuevo al campo de batalla.

A partir de aquel día rezó cada noche por que Dolores hubiera mejorado. Las líneas que había recibido de su parte a principios del verano dejaban patente que estaba muy débil de salud y que apenas tenía ánimo para luchar contra la enfermedad que, meses atrás, se había sumado a sus dolencias previas. Pasaba el día en cama. Apenas comía. E Inés no era capaz de quitarse de la mente la imagen de su rostro. Julieta intentó consolarla, le dijo que, con gran seguridad, a aquellas alturas y sin los rigores del invierno, su hermana ya estaría recuperada. La joven quiso creerla. Luchó por concentrarse y cumplir con la última orden: vigilar y esperar. Revisaba las pocas cartas que don Ildefonso mandaba a su esposa y anotaba cuestiones sobre las minas. El primer tramo del camino se había terminado, ahora tenían problemas con el abastecimiento de madera para el almacén. Inés sabía que era obra del Benefactor. También continuaba espiando los encuentros de la señora, poco reveladores. Y meditaba sobre nuevos escenarios en los que pudiera volver a registrar aquel misterioso cajón del escritorio del gabinete en busca de más datos sobre el tal Macanaz o los secretos mejor guardados de doña Mariana.

Sin embargo, y pese a que había querido confiar en que todo se arreglaría y en que la falta de nuevos encargos del Benefactor quizá significaba el preludio del fin de su parte del trato, a mediados de septiembre, con la casa revolucionada ante la vuelta del marqués, una nueva misiva de Dolores terminó de preocupar a Inés. En aquella ocasión, aparte de una escueta carta de su hermana, el sobre incluía una esquela escrita por el párroco de La Solana. En ella le hablaba del delicado estado de su hermana.

... no sé si llegará al invierno.

Aquel augurio terminó de un plumazo con todos sus planes, con la calma que compraban a diario las oraciones murmuradas antes de dormir. Aquella frase lo cambiaba todo. Durante esa jornada fue eficiente como siempre, pero no dueña de sus actos. Parecía un fantasma a merced de las órdenes y normas de aquel palacio. No dejaba de pensar en qué sentido tenía ya todo aquello. Había prometido a sus padres que cuidaría de su hermana mayor. Y ahora estaba en cama, despidiéndose de esa vida mientras ella se dedicaba a servir a intereses ajenos, hechizada por una promesa que jamás parecía cumplirse, a la espera de más y más órdenes. Por la noche, en la cena, comió su ración de tortilla y pescado en salazón. No habló mucho, pero trató de distraerse con la charla reinante. En aquella velada, los empleados de los marqueses parloteaban sobre el reciente matrimonio del infante don Francisco de Paula con la princesa Luisa Carlota de Nápoles, su sobrina, y la aparente mala relación entre esta y la infanta doña María Francisca de Braganza, esposa de don Carlos María Isidro, futuro rey si Fernando VII no daba heredero. También sobre la llegada de la nueva reina, una jovencísima princesa sajona llamada doña María Josefa Amalia. Con ella se había casado por poderes el rey Fernando solo unas semanas atrás, el 28 de agosto.

—Dicen que ya ha emprendido viaje desde *Dredse* —comentó Federico Cruz.

—Es Dresde —corrigió la señorita Marín.

—Eso, Dresde.

—Si al rey se le siguen muriendo las esposas, va a terminar casándose con sus sobrinas nietas —bromeó Consuelo.

—Camino va de ello. La nueva reina solo tiene dieciséis. Y el rey ya casi está en los cuarenta.

—¿Y cómo será la niña? —trató de imaginar la cocinera Carmen—. Lo mismo pone paz entre portuguesas y napolitana.

—No sé, ni siquiera sabemos cómo eran las otras dos reinas —reflexionó Federico.

—La que a lo mejor vio a la anterior es Inés. ¡Inesita! ¿Viste a las hermanas De Braganza en Aranjuez? ¿Cómo era la reina María Isabel? —curioseó Julieta.

—Que en paz descanse —se santiguó doña Fuencisla.

Inés, que no planeaba hablar, observó a todos sus compañeros, que aguardaban una respuesta.

—Solo de lejos. Apenas pude identificar sus facciones.

El gesto de la desilusión asomó a los rostros de los empleados que, sin aquel jugoso dato, volvieron a las elucubraciones. Inés, en cambio, se ensimismó. Contempló una de las ristras de ajos que se balanceaba suavemente desde que doña Carmen había pasado por ese lado en busca de restos de pudin para compartir como postre. Aquel péndulo la hipnotizó durante el resto de la cena hasta que la retirada general la despertó en todos los sentidos. Después de recoger, subió a las buhardillas y, ya en el cuarto, recuperó la esquela del bienintencionado cura. Se quedó sentada en su cama releyéndola el tiempo que Julieta tardó en cambiarse y acostarse. Apagó su candela y pidió a Inés que no se demorara en hacer lo mismo. Ella asintió. A los cinco minutos sopló y aniquiló aquella titilante llama. Sin embargo, en lugar de meterse en la cama, reunió todas las cartas que le había enviado su familia, las únicas que conservaba sin quemar. Las metió en aquel dañado libro que todavía guardaba. Comprobó que, como siempre, llevaba encima la faltriquera en la que ocultaba los cuartos que había reservado para urgencias. Alcanzó la capa y la capota. Se arrodilló junto a la cama de Julieta. La llamó con dos toques en el hombro, descubierto por la sábana y la camisa.

—Voy con mi hermana, Julieta. Está muy enferma. Volveremos a vernos. Te lo prometo.

La muchacha alzó aquellos ojos que habían buscado el sueño segundos atrás y, sin dudar, abrazó a su amiga. Al oído, le susurró que tuviera cuidado. «No vuelvas si no es necesario», aconsejó. Inés asintió y, con un nudo en la garganta, se alejó del catre de su compañera y, sin hacer ruido, abandonó aquel cuarto. Bajó a las cocinas, donde Consuelo y Federico todavía trajinaban. Sin que la vieran, aprovechando la distracción que generaban en aquellos dos sus constantes chismorreos, salió por la puerta todavía abierta. Por el lateral del palacio alcanzó la calle de Toro. La omnipresente oscuridad le recordó que no era cauto estar en la calle a aquellas horas, pero no tenía alternativa. De día no podría escabullirse. Sabía que en los aledaños de la plaza Mayor había una posada de la que salían diligencias y tartanas a diario, lo había visto en sus paseos con la marquesa.

Así que caminó hasta allí aguantando la respiración, suplicando que ningún bandido la asaltase. Las risas y voces de algún que otro borracho casi la forzaron a dar media vuelta, pero al fin consiguió entrar en el establecimiento. Solicitó cama y la hora del próximo coche que saliera de Salamanca hacia el sur. El dueño, un tipo grueso de barba canosa y camisa amarillenta, le indicó que solo había uno a las seis de la mañana que se dirigía a Ciudad Rodrigo. Inés asintió. Ir en esa dirección alargaría el trayecto, pero le permitiría salir de la ciudad lo antes posible.

—¿Está usted sola, señorita?

—No. Mi marido está en la taberna. Imagino que vendrá de un momento a otro, pero yo deseo acostarme.

El posadero pareció contentarse con aquel cuento y entregó la llave de una de las habitaciones a Inés, que pagó por adelantado para poder desaparecer cuanto antes. Encerrada en aquel cuarto de parco gusto y limpieza, se dedicó a releer todas las misivas que llevaba encima, su particular joya de la corona. Sintió la voz de su madre y las de sus hermanas. No sabía si las recordaba bien o si el olvido las pintaba distintas tras aquellos años sin verlas. Imaginó los rostros de sus sobrinos al tiempo que pasaban las horas que la separaban de Dolores. El bombeo en las sienes la acompañó, murmurando los riesgos de su atrevimiento, los peligros de aquella osadía que estaba cometiendo.

Al rayar el alba abandonó la habitación y bajó a la puerta, dispuesta a lanzarse dentro de la diligencia en cuanto esta hiciera su aparición. Se mordió las uñas y evitó la mirada del dueño de la posada, que ya había llegado a la conclusión de que la joven estaba sola. Inés supo que no podía dilatar su estancia allí, así que cuando vio que el prometido vehículo se aproximaba al establecimiento, casi se echó a llorar. Preguntó al cochero por la disponibilidad de asiento y este le confirmó que había dos libres. Pagó por el viaje y se subió, ignorando el análisis al que el posadero la tenía sometida desde hacía una hora. Después de esperar a que todos los viajeros se acomodaran, de comprobar las ruedas y de dar de beber a los caballos, el coche arrancó. Inés miró por la ventanilla sin querer ser demasiado consciente de las implicaciones que tendría aquella arriesgada decisión.

Las jornadas que siguieron a aquel primer viaje fueron similares. En Ciudad Rodrigo tomó una tartana que ofrecía tres huecos en dirección a Talavera de la Reina. De ahí, otro vehículo la llevó hasta Toledo, desde donde, finalmente, tomó otra diligencia que la dejó en Manzanares. Para poder pagar ese último trayecto tuvo que vender el guardapelo en el que había ocultado la guía para descodificar los mensajes del Benefactor. Se deshizo también de aquel trozo de tela. Pero no importaba. Se sabía de memoria lo que contenía. Desde allí, caminó hasta la hacienda en la que vivía su hermana, ubicada a pocas leguas de La Solana. Entrar en aquellos dominios la llenó de nostalgia y abatimiento. Avanzó sin pausa, sintiendo el escozor de las llagas que se habían creado en sus pies, protegidos solo por aquellas zapatillas que debía llevar para servir a la marquesa en palacio. Su rostro estaba sucio de tierra y sudor. Los lazos de su capota danzaban libres con la brisa. Aquel vestido azul, salpicado de barro, de caldo y de vino ajeno, la hacía sentir inmunda. Aun así, continuó caminando. Al avistar la vivienda corrió sin parar. Y no se detuvo hasta que llegó a la puerta. Tras ella apareció la criada de Dolores con gesto desencajado.

—¡Señorita Inés! —exclamó aliviada—. ¡El Señor ha escuchado nuestras plegarias!

—¿Dónde está?

—Arriba, acompáñeme.

La joven jamás había subido escalones con tanto impulso. Siguió a la empleada por el pasillo, por el gabinete de Dolores, hasta su dormitorio. ¿Dormía? ¿Vivía? Inés no podía saberlo, así que caminó rápido hasta ella, se arrodilló junto al lecho y se deshizo en lamentos y llantos. Recibió entonces una caricia de aquella hermana derrotada.

—No tendría que haberte dejado aquí sola. Perdóname, hermana mía, perdóname.

—Inés, no llores. Tú me has regalado esperanza. Gracias a ti, mi marido y mi hijo volverán a casa. No importa si yo no estoy.

—¡No digas eso! No, no..., tú vas a estar. Volveréis a estar juntos.

—No, Inés... —dijo con ojos llorosos—. Pero no deberías haber venido. ¿No habrás puesto en peligro los planes?

A Inés la invadió un sudor frío.

—No, no... Me dieron permiso —mintió.

—Pues no postergues tu marcha. Debes ir a su encuentro, Inés. Debes traer de vuelta a Manuelín. Él... él tiene una mancha rosada de nacimiento detrás de la oreja izquierda, ¿sabes? Con forma de lágrima, muy estrecha en uno de los lados. Cuando vayas a buscarlo, lo reconocerás por eso. —Sonrió de pronto. Después, se puso seria de nuevo con gesto grave—. Tengo que levantarme, tengo que prepararlo todo para cuando lleguen. No me perdonaría que estuviera la casa sucia. Mandaré que hagan postres. Se lo merecen. Se merecen todos los dulces del reino. Y chocolate. Mucho chocolate.

Inés no comprendía. Su hermana quiso incorporarse, pero las fuerzas le fallaron enseguida, así que se volvió a tumbar, rendida. La joven miró a la criada con ojos vidriosos. Su rostro dejaba patente que aquello era normal. Inés acercó la mano a la frente de su hermana. Estaba ardiendo.

—Yo prepararé todo para su vuelta, Dolores. Te lo prometo —dijo a punto de romper a llorar.

Dolores asintió. Se aferró a la mano de Inés, le extrañó la aspereza de su piel, aunque no habló. Después se relajó hasta dormirse. Inés no se alejó de aquella cama a partir de entonces.

Solo lo hacía para comer, momentos en los que la criada le contaba cómo había evolucionado todo. Al parecer, ella había sido la que había pedido al párroco, tras una visita, que escribiera unas líneas para comunicarle la gravedad de la situación. La empleada, astuta, se había fijado en que el caballero que pasaba a buscar la correspondencia de Inés cada cierto tiempo revisaba los sobres cuando se los entregaba. También, a raíz de algunos desvaríos de Dolores, sospechó que la joven había asumido responsabilidades lejos de allí y que no sería sencillo que la dejasen volver. Y, además, aquel hombre le había empezado a parecer un fisgón un día en que, de vuelta en el zaguán ya con las misivas en las manos, lo había sorprendido deambulando por la planta baja de la vivienda sin aparente permiso. Así, con objeto de que nadie interceptara el mensaje, había metido la esquela del cura en el mismo sobre de la inocente misiva de Dolores. Y gracias a ello, Inés pudo velar los delirios de su hermana mayor, su reposo, con paños húmedos y caricias.

Cuando, en la tarde del 2 de octubre, el corazón de Dolores dejó de latir, Inés estaba leyendo en voz alta y no se percató. Sin embargo, hubo un momento en que un amargo vacío llenó la habitación. La joven contempló a su hermana, que ya no sufría ni esperaba. Intentó terminar una frase, pero las lágrimas no permitieron que viera las letras. Se abrazó al libro, que parecía sostener su estómago y su espíritu mientras se deshacía en un llanto desesperado. Había regalado una vida junto a ella por un trato que no se había cumplido a tiempo. Las lágrimas de la joven alertaron a la empleada que, sin aguardar órdenes, pidió que llamaran a un cura y a un galeno.

Inés fue mudo testigo de cómo los escasos cuatro empleados que servían en aquella residencia se coordinaban para prepararlo todo. Ella, pálida e incapaz de hablar, se dedicó a recibir a las pocas visitas que quisieron dar el pésame. También preparó a su hermana y la acompañó en sus últimas horas en aquella casa, en aquel mundo, tan dichoso para unos como cruel para otros. Apoyada por el párroco, organizó una misa fúnebre que se celebró a los dos días de su muerte. La enterraron junto a la iglesia, en el panteón familiar de su desaparecido esposo. Al volver del cementerio, Inés pensó que ya se había reconciliado con la espantosa idea de la muerte de su hermana. Sin embargo, en la soledad del crepúsculo, debió afrontar el mayor de los horrores: escribir a la familia. Acomodada en una mesa de nogal que había en el gabinete de invitados, la péndola dio forma a su pesadilla.

Dolores ha muerto.

Asqueada ante aquella perspectiva, tiró la pluma. Lanzó la misiva al suelo. Negó con la cabeza. Se levantó y se marchó al dormitorio para buscar cobijo o una puerta oculta al pasado. Pero allí no había nada más que presente. Angustioso presente. Solo había tomado malas decisiones. Un sinfín de tropiezos y sacrificios que habían terminado en muerte y amargura. Cogió un almohadón y lo tiró con rabia. Había pasado tres años luchando por una quimera, por devolver la felicidad a una persona que acababa de morir. No había servido para nada más que para perder tiempo. ¿Lo había hecho egoístamente? ¿Había querido abandonar aquella casa por aburrimiento y frustración? Dio una patada a un espejo. En lugar de estar junto al lecho de su hermana, había estado espiando a una familia que poco o nada le importaba. Incluso se había reído. Había osado reírse, incluso disfrutar un ápice mientras Dolores luchaba por vivir. Mientras el misterio de su cuñado y su sobrino continuaba sin resolverse. Se deshizo con rabia el moño.

—La vida no tenía que ser así..., no era esto —empezó a decir mientras regresaba al gabinete—. ¡No tenías que haberte muerto, hermana! ¿Por qué no luchaste más? Tu felicidad y la de nuestra familia debía ser mi obra maestra, la razón de mi existencia... ¿Acaso no ha servido de nada todo lo que he hecho? —Silencio. Observó la misiva que había tirado al suelo—. No, claro que no sirve. He renunciado a todo. A tener familia, a tener dignidad, a mi apellido, a mi libertad... Me he involucrado en asuntos que no me competían en absoluto, ¿y esta es la moneda de cambio? ¡Pues no estoy dispuesta! Estoy harta. No puedo más. —Y no pudo reprimir el llanto—. ¡No puedo más! ¿Me escuchas, hermana? Yo, yo... No tenías que haber muerto. ¡Tenías que estar viva, maldita sea! Solo tenías que esperarlos. Yo iba a ocuparme del resto. ¡Me he estado ocupando del resto! A pesar de las exigencias del Benefactor, de las órdenes de doña Mariana, de las mentiras a nuestros padres y a Blanca, del trabajo incesante, de las noches sin dormir. Yo, yo... Ahora no tengo nada... La vida no era esto. No la imaginé así. ¡No puede ser así!

Ansiosa por respirar aire puro, salió al corredor, bajó las escaleras y cruzó el patio. Abandonó la casa por el zaguán. Corrió por las tierras de aquella hacienda manchega buscando agotarse, castigar a sus pies por haberse alejado del lado de Dolores. De pronto, se paró, cansada. Miró alrededor. Campos abandonados por el dolor. El cielo estaba a punto de apagarse por completo. Sus mechones de cabello al viento eran látigos en sus lágrimas. Gotas de tristeza, de culpabilidad y de rabia que no parecían tener fin. Sentir dolía demasiado. Una opresión en el pecho entrecortaba su llanto desconsolado. Una punzada insoportable de la que no había escapatoria. No había remedio. No había alternativa.

Dolores se había ido para siempre: la risa contagiosa, las ocurrencias, las mejillas sonrosadas de la emoción, las ácidas opiniones dichas del modo más encantador, los discursos y consejos de hermana mayor, la gracia natural. Y con ella la dulzura de la infancia, la paz de los recuerdos, la esperanza del porvenir. Gruñó de rabia, mordiéndose unos labios inflamados, mojados de pesar. Entonces, en medio de las tinieblas de aquella noche infernal, vio algo que la desconcertó y coartó su espíritu salvaje en medio de esa batalla entre flagelación y expiación. A lo lejos, por el camino de tierra, una berlina avanzaba en dirección a la casa.

XXIV

Filomena Esquivel vivía a pocas calles de la taberna de Paquillo, cerca de la puerta de La Caleta. Aunque era un partido pequeño en el último piso de una casa de vecinos humilde, había decorado su hogar con algunos objetos que había ido adquiriendo, a modo de compra, de pago u obsequio, en los años que residía allí. Así, en las paredes, como centro de mesa o en el suelo, oropeles varios hacían un tantito más acogedor aquel rincón del mundo. Cierto era que apenas medía treinta pies de punta a punta en diagonal. Que el techo tenía dos goteras. Que la cama estaba coja y el colchón no impedía que el tablado se clavara en las vértebras. Que los vecinos no podían ser más ruidosos. Pero al asomarte por la única de sus ventanas se podía intuir la línea añil del Atlántico. Y eso, para la Filo, era motivo suficiente para ignorar todo lo demás.

Además del lecho, había dos taburetes de madera de pino y una mesa redonda, de tamaño mediano, cubierta con un mantel que ella misma había bordado. También un espejo roto sobre un pequeño tocador en el que almacenaba los regalos de algunos clientes: alhajas, jabones, pomadas y aguas de colonia. A los pies de la cama, había un arcón en el que guardaba las ropas que no colgaban destartaladas de la cuerda que había bajo la ventana en busca de un rayo de sol que las secara. En la pared contraria, un armarito de madera de cedro, que contenía los escasos utensilios de cocina que poseía, y que llevaba y traía a la lumbre comunitaria —dos vasos, tres platos, dos cucharas, un cuchillo y una olla—, así como un tarro de arcilla con sus cuartos menguantes.

En las numerosas jornadas que Modesto había ido a visitarla durante su enfermedad, siempre intentaba que una de las puertas del citado armario se mantuviera cerrada. Y es que, por mucho que la acompañase con su delicada mano cada vez que pasaba por delante, la puertecilla terminaba rebelándose y dejaba a la vista sus baldas casi desiertas.

—Chico, está rota. Por mucho que se empeñe en cerrarla, si no se arregla, volverá a abrirse en cuanto se dé la vuelta —le había dicho el Ahorcaperros en una ocasión.

Modesto había asentido y se había vuelto a sentar en uno de los taburetes.

—¿Cree que sobrevivirá, don José? —había preguntado el muchacho.

—Sí... Ya ha pasado el peligro. Ahora solo debe descansar.

—¿Cómo ha sabido la manera de aliviarla, de protegerla?

—Mi mujer, mi hija y yo contrajimos la enfermedad en 1800. Solo yo sobreviví.

Modesto tragó saliva, apurado, asfixiado por el corbatín.

—Vaya, señor José, lo siento muchísimo.

El marino asintió aceptando el pésame del pasante.

—¿Y no ha tenido miedo de contagiarse? —se interesó el joven.

—Sí. Pero no podía dejar a la Filo sola.

—Eso es cierto...

—¿Y usted? Aunque más tarde, también ha venido a visitarla.

—Yo... —balbuceó el señorito Andújar—. Mucho, señor José. Por eso no acudí al principio. Quise, pero me frenó la prudencia. No..., no podía tirar mi futuro por la borda después de todo. Tenía que esperar a que la situación mejorara.

—Suerte entonces que a mí no me importe tanto el mío. —Se rio el Ahorcaperros.

—¿Cómo no puede importarle? Es todo lo que tenemos. Mirar hacia delante a pesar del hoy.

—Mire, chico, llega un momento en la vida en la que el futuro deja de ser estimulante y comienza a ser aterrador. Lo que yo tengo es el presente. A pesar del mañana.

Modesto no comprendía nada. Y don José se percató.

—Ya lo verá con el paso del tiempo, joven. Cuando llegue a mi edad, descubrirá que los días son una hora. Y los años, una tarde que culmina en una misteriosa puesta de sol. Y entonces hasta un segundo del hoy le parecerá precioso, importante, más valioso que cualquier porvenir inventado en sueños. Querrá retenerlo, pero... ¿se puede atrapar un segundo? —terminó con retórica.

El señorito Andújar seguía sin entender al marino, pero no osó rebatir a la sabia experiencia. Para él, la perspectiva del cambio, de un mañana mejor, era una razón para despertarse cada amanecer. Sin ella, no tenía más que dudas y frustraciones. Por ese motivo, entre las horas en la oficina del consignatario, los compromisos familiares y las visitas a la convaleciente Filomena, había vuelto a reunirse con los que, como él, eran partidarios de ese futuro. Erraba al creer que solo había una forma de posteridad posible, aceptable. Pero aquella enseñanza, como la del Ahorcaperros, debía llegar con la veteranía, más allá de la tierna y fogosa juventud.

A mediados de septiembre había regresado a Cádiz el señor don Antonio Alcalá Galiano, al que el señor Montero había dado cobijo en casa junto al señor don Olegario de los Cuetos. Aquel grupúsculo, al que enseguida se habían unido Víctor Hernando y Modesto Andújar, había reanudado la actividad conspiradora. Estaba sobre la mesa un nuevo proyecto de levantamiento y esa vez se iban a asegurar de que ningún conde de La Bisbal ni ningún general Sarsfield lo estropearan. Reunidos en tertulia, sabían que, temores aparte, debían lograr un contacto poderoso en el ejército expedicionario, un general que, esta vez sí, capitaneara el golpe y liderara a la tropa. Sus cavilaciones tenían pros y contras. Por un lado, con objeto de controlar la epidemia, se habían creado cordones sanitarios que no podían ser violados a riesgo de ser ajusticiado. Así, Cádiz estaba aislada, confinada, y no era sencillo moverse por los alrededores ni establecer contacto con los diversos regimientos acantonados en las comarcas aledañas y las respectivas logias creadas en ellos. Por otro, la deplorable situación sanitaria había frenado, por lo pronto, el embarque de las tropas y había ralentizado la investigación del suceso del Palmar. Y aquello solo significaba una cosa: más tiempo.

Modesto, que había aborrecido aquellos dos meses sin esperanza, volvió a trabajar intensamente en la causa. Así, fue testigo de cómo algunos de los viejos conspiradores se habían alejado de la conjura, quizá desengañados, quizá temerosos. También de cómo nuevos adeptos, quizá insensatos, quizá valientes, se iniciaban en esa francmasonería que flotaba sobre los preparativos de aquel nuevo envite al régimen de Fernando VII. Y de cómo llegaban susurros sobre la permanencia de muchas de las sociedades secretas operativas tras el duro golpe del 8 de julio.

Día tras día, el señorito Andújar soñaba con el fin del aislamiento, con la recuperación de la Filo, con la hora de la rebelión. A inicios de octubre solo se había cumplido la segunda de sus peticiones. La joven, a la que brillaban los ojos de felicidad desde que había sabido que tanto su querido Josefín como su anhelado Modesto habían velado por su salud, continuaba encerrada en casa por recomendación del marino. «Hasta que no estés recuperada del todo, no es cauto *salir afuera*. Está la ciudad llena de enfermos y moribundos infecciosos…». De esta forma, pescador y pasante se alternaban para llevarle comida o cariño. Don José la mimaba, rezaba por que aquella hija adoptiva no se le marchara. Modesto la entretenía con parloteos y risas, agradecido por la calidez exenta de juicios que desprendía aquella mujer.

—¿¡Cómo es posible que le hiciera eso a su prima!? —Se reía a carcajadas la Filo, interludio entre mordisco y mordisco a un muslo de pollo, parte del banquete que había robado Modesto de la cocina de la residencia del primo de su madre.

—Se lo merecía. Así aprenderá a no interrumpirme —continuó el otro.

—Anda que esconderle la banquetilla del piano a la pobre niñita —opinó ella, divertida—. Debería pedirle disculpas.

—¡Ni hablar!

—Esto está muy rico, señoritingo Andújar, pero sin un poco de vino, no vale nada. ¿Quiere? —ofreció mientras se levantaba y se dirigía al armarito de la puerta rota.

—Está bien, pero solo un poco. Debo ir a otro sitio ahora y necesito tener la mente despejada.

La Filo cogió los dos vasos y se giró, dejando ambas puertas de par en par, lo que desconcentró un momento a Modesto.

—¿Y a qué tipo de lugar se va de noche a pensar? —reflexionó. Acto seguido, alcanzó la botella y volvió a la mesa.

—No puedo decirle, señorita Filo. Es confidencial —respondió.

—Soy muy discreta —presionó ella al tiempo que servía la bebida.

—Si no es por usted…, es que prometí no hablar. Es, es…, es complicado.

—Cuénteme entonces por qué. Eso sí puede hacerlo, ¿no? ¿O es que los *framasones* y sus amigos le han arrebatado el poder sobre sus pensamientos?

El señorito Andújar arqueó las cejas.

—No, no, en absoluto. Ellos, nosotros… no. Disculpe, ¿cómo sabe…?

—Soy discreta, no estúpida. Sé en qué camas me meto. Es parte de mi trabajo.

Modesto se tensó. Después admiró la resuelta forma en la que la joven se chupaba la salsa de los dedos y se relajó.

—La idea, señorita Filo, es un sistema más justo. Desde que regresó el rey Fernando la situación del reino es un desastre. Ya lo era antes, pero ahora su gobierno solo entiende de nombramientos por interés y de maquinaciones palaciegas. Hay mucho que solventar. No solo en lo político. También en lo económico. Y en el ejército. Debe ser reformado. Su estructura, tras la guerra, es un auténtico disparate. Muchos héroes fueron relegados a cargos menores por su origen humilde. Es el motivo por el que muchos están descontentos. Aparte de por el asunto de la guerra en América. Llegan noticias terribles sobre la situación allí..., ¿y el rey Fernando quiere que su hueste esté feliz por marchar a una muerte casi segura? ¡No tiene sentido! Mire, señorita Filo, nosotros, bueno, muchos de nosotros, deseamos que la Constitución de 1812 vuelva a entrar en vigor. Con ella, el reino dejaría de ser solo la propiedad de un monarca. Sería el inicio del reino como propiedad del rey y del pueblo, representado en Cortes, que serían elegidas por hombres respetables. Los tres principales poderes de todo reino estarían separados, lo que reduciría las decisiones arbitrarias y caprichosas. Se terminaría con la acumulación de riquezas, poder y prebendas en manos de unos pocos, con la eliminación de los señoríos jurisdiccionales y los mayorazgos. En consecuencia, se terminaría con los nobles que imparten justicia en sus tierras al margen de una ley común, y con la tradición de herencia del primogénito sin opción a repartir el patrimonio. También así se liberarían las tierras en manos muertas, que podrían trabajarse para combatir el hambre y la pobreza, para mejorar la producción. Se protegería la propiedad burguesa, vía de enriquecimiento y evolución. Se dejaría de enviar dinero a esa guerra ya perdida en las colonias. Y se emplearía en cuestiones más importantes que contribuirían al progreso y la modernización. Como la educación. Desaparecería, de una vez por todas, la Inquisición. Y volvería la libertad de imprenta, aunque evidentemente se seguirían persiguiendo escritos heréticos.

La Filo había escuchado toda la proclama de Modesto y, aunque no había entendido muchas de las cuestiones mencionadas, los motivos de su lucha la encandilaron. Quizá, en el mundo con el que soñaba el señorito Andújar, las personas como ella vivirían mejor. Sonrió.

—Parece un buen motivo para no beber mucho vino.

El chico asintió complacido.

—¿Y qué es eso de manos muertas? —preguntó.

Modesto, orgulloso de haber despertado el interés de la muchacha, se lanzó a contestar. En su interior agradeció poder desarrollar su pensamiento sin interrupciones. Ni siquiera en las reuniones clandestinas podía explayarse así. Pero la Filo era audiencia amable y agradecida. Asentía con cada axioma. Fruncía el ceño con cada énfasis. Y sonreía con cada pausa. En realidad, y aunque muchas de las ideas que defendía Modesto le parecían maravillosas, su mente revoloteaba más allá de la política y, sin querer, se inventaba en esa nueva realidad cogida de su brazo, acariciando sus labios, alejándose del destino cruel que marcaba su carne desde que nació.

Las siluetas desdibujadas del vehículo y los caballos alertaron a Inés, que se enjugó la pena con las manos y se puso a correr. Debía llegar antes a la casa para prevenir al servicio y controlar la situación. No esperaba invitados. No quedaban pésames por dar, a excepción de su familia, a la que todavía no había informado. Sus piernas avanzaron con nervio por aquellos terrenos sin labrar, con olivos languidecientes y estériles esquejes de lo que una vez fue cereal. Con gran probabilidad, dentro de la berlina viajaba el Benefactor o alguno de sus hombres. Y estaba convencida de que buscaban una explicación que justificase su deserción. También de que ninguna sería válida. No estaba contemplada en el pacto. Un sinfín de argumentos bailaron entre zancada y zancada. De tanto en tanto, echaba un vistazo al camino para confirmar que el coche no la había adelantado. Era poco probable. Inés era rápida, ágil. Pero, sobre todo, testaruda.

Llamó con el aldabón para que abrieran la puerta. En cuanto pasó al zaguán, comunicó a los cuatro criados que nadie debía saber que estaba allí. Tampoco que Dolores había muerto. Necesitaba más tiempo para dar con la forma de escabullirse de las reprimendas y de renovar el trato con otras condiciones.

—Atienda al visitante. Pida su nombre, agradézcale la visita y dígale que no es posible cumplir sus deseos esta noche.

—Pero, señorita..., ¿y si es alguien importante?

—Me quedaré en la galería del patio. Si no intervengo, asegúrese de que se vaya. Y los demás, por favor, quédense en las cocinas y traten de no hacer ruido.

Los empleados asintieron. Inés se colocó en su posición y la criada se quedó en el zaguán. Las pisadas de los caballos y el chirrido de las ruedas se oyeron cada vez más cerca. Entonces, alguien dijo «So». El mozo saltó del pescante y abrió la puertecilla. Dos botas impolutas pisaron la polvorienta tierra que precedía a los escalones que llevaban a aquella vivienda abandonada en apariencia. El lacayo, atento, se esforzó por adelantarse a los movimientos de su señor y tomó la aldaba con determinación. La criada respiró hondo, nada acostumbrada a mentir. Construyó una sonrisa con la vocación de servicio que caracterizaba su vida y una pizquita de temor. Abrió la puerta.

—Buenas noches, caballeros. ¿Qué se les ofrece?

El mozo quiso hablar, pero el otro se adelantó.

—Buenas noches. Disculpe las horas. Busco a la viuda del señor don Diego Núñez de León. Es preciso que conferencie con ella cuanto antes. Es urgente.

La empleada no supo qué responder. Las normas de Inés inhabilitaban casi cualquier opción. Entonces recordó la directriz principal.

—No va a ser posible cumplir sus deseos por esta noche, caballero. Pero si me dice su nombre, daré el recado.

—Mi nombre es Alonso Guzmán. Pero le repito que es urgente que me reúna con ella.

Inés no podía creer lo que estaba escuchando. ¿Por qué el señor don Alonso Guzmán estaba ahí? ¿Por qué deseaba hablar con Dolores? Su curiosidad tomó una decisión poco sensata y, sin permitir que la criada continuara con la pantomima, salió de su escondite. Guzmán tardó una milésima de segundo en reconocer aquellas facciones diluidas en el transcurso de los meses. Sin ser dueño de sus modales, arqueó las cejas y, sin comprender muy bien, preguntó:

—¿Es... usted la viuda de Núñez de León?

La criada se dio la vuelta y vio a Inés, pálida.

—Buenas noches, señor Guzmán. No, no..., a quien usted busca es a mi hermana.

—Oh, oh... —dijo, como si, de pronto, todo encajara mejor—. Pero...

En realidad, Alonso continuaba perdido. La empleada dio un paso al lado, convencida de que su papel había terminado. Pero Inés la miró y le pidió que escoltara al invitado hasta el salón de visitas.

—Hay un abrevadero en la cara oeste de la casa —anunció al mozo, que aguardaba junto a la puerta.

La joven, que no había olvidado las normas de cortesía de toda señorita burguesa en sus años como sirvienta, marchó veloz al dormitorio. Allí volvió a recogerse el pelo y trató de calmarse. ¿Qué hacía ese hombre ahí? ¿Quizá era una trampa? ¿Habría descubierto que había ayudado a robar aquellos pliegos del palacio de Aranjuez? Lo último que sabía de él era que formaba parte de la investigación del robo. La joven se miró en el espejo del tocador y respiró hondo. No podía permitirse fallos, debía tranquilizarse y fingir. La lucidez debía enterrar todas las sensaciones que sentía al volver a ver a aquel caballero.

Por su parte, Alonso esperó sentado en un sillón de tapizado descolorido al tiempo que repasaba todos los movimientos que había dado en el último mes. Su interrogatorio al oficial don Marcos Liaño a la salida del mesón de los Huevos había arrojado luz al mar de dudas en el que habitaba desde que investigaba el pasado de su padre. La presencia de aquel jurado en La Mancha durante la guerra, como parte del Regimiento Madrid número 1 de la infantería de línea de José Bonaparte, había servido para que le hablara de la existencia de dos logias francmasonas de españoles en la zona: la de Manzanares y la de Almagro. Con aquel dato, y tras descubrir que el señor don Juan Bautista Benegas, presbítero, llevaba muerto desde 1817, buceó en los archivos del Santo Oficio de Toledo para detectar nombres vinculados a la actividad francmasona manchega. Encontró varios: don Florentino Sarachaga, don José Pérez de Gracia, don Pedro Estala, don Benito María Ciria... Mas solo uno de ellos había vuelto a la península tras lograr que la Secretaría de Despacho de Gracia y Justicia aceptase su petición de regreso, algo no muy habitual: el médico don Santiago Ruipérez. Alonso fue a visitarlo. Y a través de su testimonio, arrancado a regañadientes, se topó con el nombre de don Diego Núñez de León. Descubrió que residía a pocas leguas de Manzanares en dirección a La Solana. También que había fallecido en 1814. Pero que su mujer todavía vivía allí. Así, no se había demorado en desplazarse hasta aquella vivienda en cuyo salón de visitas estaba sentado.

—Buenas noches de nuevo, señor Guzmán —dijo Inés, más serena—. ¿Desea beber algo?

—Buenas noches —respondió, algo nervioso por volver a encontrarse con aquella mirada—. No, no, muchas gracias.

—Bien... —musitó ella y se acomodó, a distancia prudente, en otro sillón.

—¿Su hermana...?

—Señor Guzmán, mi hermana, lamentablemente, falleció hace unos días.

Alonso se quedó callado un momento. Después, reaccionó.

—Lo siento muchísimo.

—Muchas gracias, señor Guzmán. Se lo agradezco.

—Yo... —balbuceó, sin saber muy bien cómo continuar con aquella charla.

—Ha dicho que deseaba hablar con Dolores. No sabía que tenían relación... —indagó con disimulo.

—No, no la teníamos, señorita...

—De Villalta. Soy Inés de Villalta.

A Guzmán se le acumulaban las preguntas, pero luchó por concentrarse.

—Sí, mmm..., verá, señorita De Villalta, yo buscaba... Esto ha sido un error. Debería irme. No quisiera molestar. Pensé que su hermana..., ya sabe. Su marido...

Inés unió ideas de golpe. Aquel hombre trabajaba para el rey. Investigaba. Quizá...

—¿Han descubierto dónde está el señor Núñez de León? ¿Saben qué le pasó? —dijo esperanzada, olvidando su estratagema.

—No, no... Espere. ¿No se supone que está muerto?

—No se sabe con seguridad. Eso afirmaron las autoridades a los pocos meses de su desaparición. Pero yo quiero confiar en que está vivo. Quizá retenido en contra de su voluntad, quizá herido. Aquel día... aquel día también se llevaron a mi sobrino. Y quiero pensar que ambos están bien. Que volverán para reunirse... para... para estar en su casa.

—Qué extraño...

La joven alzó una ceja sin entender la reacción de Guzmán.

—¿Y no se tiene ninguna pista de qué pudo haber originado tamaña tragedia?

—No..., pero me estoy encargando de ello —contestó la joven con contundencia.

—Oh, está bien. —Silencio—. Imagino que no habrá sido fácil...

—Ni un ápice, señor Guzmán —dijo Inés reprimiendo la emoción, el centelleo en sus ojos—. En fin, no sé si desea...

Alonso se mordió el labio, apretó los puños, se alisó el pantalón. Quizá no todo estaba perdido pese a la inesperada ausencia de la interlocutora a la que esperaba interrogar.

—Verá, señorita De Villalta, estoy en medio de una investigación reservada, en calidad de oficial de la Secretaría de Guerra, acerca de la actividad francmasona en La Mancha. He tenido noticia de que su cuñado, el señor don Diego Núñez de León, que no combatió en la guerra a causa de una cojera crónica, formó parte de la logia de Manzanares en los años de la ocupación junto a otros soldados y civiles.

—¿Disculpe? —se extrañó Inés.

—Mi interés en dar con su hermana radica en el papel que jugó su esposo en la logia. Era el hermano secretario, el miembro que tomaba nota de cuanto acontecía en las reuniones. Según me han indicado, el libro de actas estaba en su poder. Yo... necesitaría ver ese documento para avanzar en mi investigación. Sepa que el fin último es velar por la estabilidad del reino, destapar a los traidores.

La joven, lejos de sentir el cosquilleo de todo vasallo obediente, se levantó del sillón. Inés tenía un carácter que despertaba ante las injusticias, lo compartía con su querida y desaparecida Dolores. Por eso reaccionó enseguida.

—¿Viene a esta casa a llamar traidor a mi cuñado desaparecido justo cuando mi hermana acaba de morir? ¿Está usted en su sano juicio?

A Alonso se le atropellaron las justificaciones y las disculpas.

—Vendrá un empleado a acompañarlo hasta la puerta. Y le ruego que no vuelva a molestarnos. Mi cuñado no es ningún francmasón, no conspiró durante la guerra ni guarda archivos prohibidos en esta casa. Esta familia ha sufrido demasiado, señor Guzmán. No venga a echar sal en las heridas. Seguro que ha habido algún error en sus pesquisas. Revíselas. Estoy convencida de que lo llevarán a otro hogar más dichoso. Ahora, si me disculpa... —espetó, harta de consentir, de callar, de dudar.

Inés se dirigió a la salida y rezó para que aquel caballero fuese amable y se fuera por donde había venido.

—¡Señorita De Villalta! Espere.

Inés se detuvo. Guzmán se había levantado.

—He mentido.

La joven se giró sin entender.

—No, no se trata de una investigación oficial. Mi padre formó parte de la francmasonería durante la guerra, se alió con los juramentados y los franceses. Estoy intentando entender por qué. Repasar sus últimas decisiones antes de morir para volver a conciliar el sueño. Es lo que me ha traído hasta aquí. Necesito ver si el nombre de mi padre aparece en ese libro.

Ella, con la frente arrugada de preocupación, trató de comprender el relato. Hasta donde sabía, gracias a los diálogos con doña Mariana entre peinado y peinado, la casa Guzmán era prestigiosa, poderosa. Marqueses de Urueña, condes de Almiar, caballeros de la Orden de Carlos III. Y, sin embargo, la vergüenza teñía los ojos de aquel hombre, huérfano de pretextos.

—No he venido a mancillar el apellido de su cuñado ni de su sobrino, señorita De Villalta. Pues para ello tendría que empezar por el mío.

Alonso había jugado mucho durante sus años de retiro en Cádiz. Por eso era capaz de saber cuándo había utilizado su última carta y cuándo debía aguantar la respiración y esperar el movimiento del adversario. Inés, desesperada, creyó hallar verdad en las palabras de aquel hombre que aparecía en su vida sin permiso. Reflexionó un instante para arrancar evidencias de la espesa oscuridad que ahora recubría su vida. Y su deseo de encontrar algo de luz sucumbió.

—Entonces ¿cree que mi cuñado pudo estar involucrado en...?

—No lo sé, señorita De Villalta. Pero, como le digo, no he venido por él. Si no encontramos nada, prometo que desapareceré. Jamás mencionaré esta conversación. Y lo mismo si lo hallamos.

Silencio.

—Piense que, si tengo razón, si su cuñado entró en contacto con los juramentados o los imperiales…, quizá ese libro le dé alguna pista sobre el motivo de su desaparición.

Inés valoró aquel punto de vista. Si el Benefactor decidía romper el acuerdo, no le vendría nada mal tener más información sobre el marido de su hermana para cumplir aquella promesa que seguía vigente aunque ella hubiera muerto. Tenía que descubrir la verdad, costara lo que costase. Y, por lo pronto, mientras tomaba una determinación en relación con todo el asunto del espionaje a los marqueses, su huida y en qué quedaban los términos del pacto, era aconsejable que buscara otras vías para lograr su propósito.

—No sé, señor Guzmán. Entienda que me violente darle acceso a una casa que no es mía. Yo no sé…

—No tocaré nada que usted no me permita. Se lo juro.

La chica pareció transigir.

—De todas formas, dudo que hallemos nada de utilidad. En esta casa solo hay papeles antiguos y polvo.

—¿El señor Núñez de León disponía de un despacho?

Inés asintió, todavía incómoda con la decisión que acababa de tomar.

—Quizá sería conveniente empezar por ahí —propuso él.

—De acuerdo. Pero no tocará nada sin permiso. Lo ha jurado.

—Y cumpliré mi palabra —aseguró.

Se miraron a los ojos, desafiándose en un duelo que ninguno podía ganar.

—Acompáñeme.

—Señorita, solo una cosa más. Se precisa intimidad para esta empresa. Despida a todo el servicio que no sea imprescindible hasta nuevo aviso. Con una criada discreta bastará.

—Usted no dirige esta casa, señor Guzmán.

—¿Y quién lo hace?

Silencio.

—Yo —espetó, queriendo sonar tan segura de sus resoluciones como él.

—Entiendo..., está bien. En ese caso, le recomiendo que reduzca el servicio a lo necesario. Espero que acepte de buen grado el humilde consejo de este caballero para garantizar el honor de su familia y de la mía.

—Me quedaré con dos criados. Serán invisibles. Me preocupa el honor de ambos apellidos, pero también la honra del mío. Si va a quedarse aquí, necesito testigos.

—Está todo dicho, entonces —respondió él.

Inés pasó a la antesala, donde morían los peldaños que arrancaban en el patio. Alonso se quedó quieto hasta que ella regresó tras concluir las gestiones. Desde la puerta, candelero en mano, lo animó a que la siguiera. Al cruzar la mencionada antesala, accedieron a una estancia de paso que llevaba al corredor que la joven había medido en zancadas tantas veces en 1815 y 1816. Este dibujaba un rectángulo, casi cuadrado, solo interrumpido por el hueco de la escalera. No demasiado amplio ni luminoso, pero con ventanas desde las que se podía admirar el pozo, armaba la estructura de las habitaciones de aquella casa manchega. A distancia de tres pies, recorrieron la cara oeste, la cara norte, giraron y encararon la este. En ella se encontraban las habitaciones de don Diego Núñez de León. Tal y como había podido comprobar cuatro años atrás, el cuarto se limpiaba y se ventilaba, pero cada mueble, cada recuerdo, estaba cubierto por telas de considerado olvido. Cruzaron la antecámara. El gabinete. El dormitorio. La mano de la joven se inmiscuyó convencida en la parte de la pared en la que se mimetizaba el paso a la siguiente estancia. Sin mucho problema, empujó y el umbral del despacho apareció ante el halo de la vela, guía en la noche. Con la llama de esta prendió un candelabro que descubrió con la otra mano. La luz ambarina fue ganando fulgor a medida que la muchacha prendía candelas por la oficina.

—Quédese ahí. Y no toque nada —repitió con aquel frío tono que la protegía.

Alonso volvió a asentir, temeroso de que un parpadeo involuntario lo expulsara de aquella sala sin preaviso. Desde la entrada del despacho observó cómo la chica descolgaba una pintura en la que estaba retratada aquella desgraciada familia: Dolores, de cabello oscuro como Inés, sentada con un vestido blanco y con su bebé en los brazos. Don Diego Núñez de León, un caballero desgarbado y de gesto afable, tenía una mano reposando sobre un bastón y otra sobre el hombro de su esposa. Se fijó en que los dedos de Inés recorrieron el marco, extrajeron una llave y abrieron una puertecilla que había quedado descubierta al apartar el cuadro. Del interior sacó varios legajos que depositó sobre el escritorio.

—Este es el archivo personal de mi cuñado. Si no está aquí lo que busca, no creo que lo encuentre.

Guzmán asintió, cuidadoso.

—Puede sentarse y revisarlo. Me quedaré aquí hasta que termine.

Obediente, tomó asiento al tiempo que dejaba el sombrero en la mesa, apartado de los documentos a analizar. Sin querer ser consciente de lo cansado que estaba, se frotó los ojos y empezó a rebuscar y a leer aquello que le llamaba la atención. Inés vigiló cada movimiento. Cada ínfima expresión en el rostro del caballero le aceleraba el pulso sin su consentimiento. Notaba el continúo vaivén de aquella cicatriz a causa de la respiración. Alonso estaba tan desarmado ante los designios de aquella misteriosa señorita que no osó levantar la vista de los legajos. Sin embargo, preguntas sobre de dónde venía y por qué estaba con los Somoza durante la jornada de Aranjuez detuvieron el ritmo de la lectura varias veces. Pero no capituló. Siguió ojeando manuscritos hasta que el despacho se bañó en la claridad blanquecina de la mañana. Y, entonces, uno de ellos le proporcionó una valiosa información.

XXV

Lo sabía!

Inés, que llevaba varias horas sumida en un duermevela, se despejó de golpe. Recordó la presencia de Guzmán y, simulando frescura, se levantó de la silla en la que había pasado la noche. Acto seguido se acercó al escritorio.

—¿Qué sucede? ¿Ha encontrado las actas?

Alonso miraba orgulloso un papel.

—No. Pero sí una misiva bastante esclarecedora. He tenido la ocasión de investigar sobre la francmasonería en los últimos tiempos y esta comunicación incluye gran parte de los elementos identificativos. Lenguaje simbólico vinculado con la arquitectura y la construcción, abreviaturas, sobrenombres... No hay duda, señorita De Villalta, de que su cuñado era..., quiero decir..., es francmasón. Esto confirma mis datos y hace más plausible la idea de que tuviera contacto con las logias introducidas por los franceses durante la ocupación. El libro de actas tiene que estar en alguna parte...

A Inés se le erizó el vello de la nuca.

—¿Quiere decir... quiere decir que esa carta prueba su teoría de que mi cuñado era... es un francmasón?

—Sí, exacto, es lo que quiero decir. Parece que tenían proyectos entre manos, que compartía con el emisor ideas sobre las reformas desde arriba. Todos estos papeles parecen pertenecer al mismo asunto... Imagino que por eso los guardó a conciencia —concluyó orgulloso Alonso antes de alzar la vista y percatarse del gesto sombrío de la señorita—. ¿Está usted bien?

—Perfectamente. Necesito ir a refrescarme.

La joven salió del cuarto de don Diego y se marchó a sus dependencias. De camino se topó con la criada, a la que mandó vigilar a Alonso mientras ella se recomponía. En el gabinete recogió la misiva dirigida a sus padres, todavía en el suelo. Después pasó al dormitorio y se sentó a los pies de la cama. ¿Tendría razón el señor Guzmán? Entre aquellos papeles había encontrado la esquela con las señas del Benefactor. ¿Y si él también era un juramentado, un traidor? ¿Y si se conocían por eso? ¿Acaso debía avergonzarse por las prácticas del hombre que se había casado con su hermana? ¿Tendrían algo que ver con su sino? Se acomodó en el tocador. Tomó un paño y lo mojó en la tina que había dejado preparada la noche anterior. Se empapó el cuello, la cara, el escote. Y, una vez más, se exigió templanza, practicidad, mente fría, dejar a un lado su tendencia a vivir desde la boca del estómago —detalle que podía permitirse en Santa Cruz, pero no en aquella vida, en aquellas circunstancias—. Tenía que haber una explicación con sentido. Tenía... tenía que encontrar ese libro de actas. Quizá, si lo hallaba, tendría las respuestas que nadie le daba. Un relámpago de ira, de orgullo, aceleró su aseo. Cuando lo hubo cumplimentado, y tras prometerse que escribiría la carta a su familia aquella misma tarde, con el vestido negro de crepé que anunciaba su luto regresó a la oficina de su cuñado donde estaba Alonso a la espera de una señal.

—¿Tiene hambre, señor Guzmán? —propuso—. Necesito comer algo antes de seguir buscando. Lo ayudaré para ser más eficientes.

Alonso no supo si asentir o sonreír. Así que coordinó ambas y acompañó a la joven al comedor. Un rato en silencio más tarde, la criada les acercó pan, manteca, huevos y leche. Uno y otra agradecieron su presencia, que se dilató más de lo debido por orden de Inés.

—Le agradezco su hospitalidad, señorita De Villalta.

—No es molestia, señor Guzmán.

Silencio.

—Los Somoza deben de ser personas tremendamente comprensivas. No todo el mundo prescinde de doncella unos días. ¿O es que ya no trabaja para ellos? —tanteó, deseoso de comprender, aprovechando la aparente calma.

Un pellizco de pan, abrazado por los dedos de Inés, llenos de marcas de trabajo incesante, se detuvo un instante en el camino hacia la boca.

—No, es decir, bueno..., Doña Mariana es bondadosa.

—Y que lo diga —apostilló Alonso.

Silencio.

—¿Y cómo es que está al servicio de los marqueses? Si no es indiscreción...

—Mis padres lo arreglaron. Somos una familia acomodada de Santa Cruz, pero el negocio de mi padre no pasa por su mejor momento. Casaron a Dolores, pero, después de toda la tragedia, decidieron probar con otro modo de asegurar mi futuro —mintió, sin levantar la vista del plato para que su mirada, educada para ser honesta, no la traicionara.

—Humm...

—No tengo muchos días disponibles. Debo regresar a Salamanca, como imaginará. Así que cuanto antes encontremos lo que buscamos, mejor —se afirmó en la mentira.

Alonso asintió. Continuaron comiendo y lanzándose miradas de reojo. Una vez terminaron, se organizaron. Él proseguiría con los papeles del despacho. Inés registraría el resto de la casa por si don Diego había optado por esconder el libro en algún espacio menos obvio. Los criados se mantendrían ocupados en las cocinas y el corral. Así, aquella jornada estuvo plagada de búsqueda en recovecos, avistamiento de documentos y aniquilación de la intimidad de aquella familia ausente.

Guzmán, a quien el sueño pesó en más de una ocasión, pasó las hojas de todos los libros que encontró. Abrió cajones, coló su cabeza en armarios, continuó leyendo octavillas del archivo personal, compuesto por misivas, cuentas, varios estudios manuscritos sobre economía, un ambicioso plan para la creación de fábricas en la zona y un árbol genealógico que situaba a los Núñez de León como los propietarios rurales enriquecidos que eran y de los que el malogrado don Diego era único superviviente en 1807.

Inés, por su parte, entró en las habitaciones sintiéndose una intrusa. Se detuvo en los libros, en todo lo que pareciera un cuaderno de actas. En un momento dado, aquella idea hizo que interrumpiera su indagación. El Benefactor, en la última de sus reuniones, justo antes de entrar a trabajar para los Somoza, le había preguntado por algo que pudiese parecer un libro, un documento que era de suma importancia para averiguar qué había pasado en 1814. En ese momento no sabía a qué podía referirse. Dijo que no tenía idea de qué era. Que no lo había visto. Y se lo repitió con la misma convicción al lechero en la capilla del Carmen. ¿Y si era aquel libro? Con mayor aplomo reanudó la inspección, que la condenó a pasar varias horas encerrada en la biblioteca, buscando aquellas actas disimuladas en las estanterías, entre prosa y poesía. Sin embargo, al caer el sol, continuaban sin hallazgos. La criada, diligente, se asomó cautelosa a la biblioteca y anunció a Inés que había servido algo de cena en el comedor para ella y su visita. La señorita De Villalta asintió y, aunque quiso resistirse a zanjar la jornada, terminó capitulando en favor de un plato caliente.

De nuevo en el comedor, ambos comensales dedicaron completa atención a la sopa y al guiso de gallina y patata con el que se había entretenido la criada durante todo el día. Las palabras pesaban. Cualquier conversación parecía un laberinto del que no sabían si podrían salir.

—Señor Guzmán, usted dijo... dijo que había estado informándose... —comenzó de pronto Inés—. ¿Ha averiguado por qué hombres de prestigio decidieron ponerse del lado de los imperiales durante la guerra?

—Bueno..., no hay una explicación única, señorita De Villalta. Como en nada. Pero muchos lo hicieron por convicción. Otros, por interés o temor. Según he podido saber, los primeros, entre los que se cuentan, por ejemplo, los españoles que integraron el gobierno durante la ocupación, creyeron que el rey francés sería el adalid de las reformas, del progreso, del fin del retraso, de la ilustración en mayúsculas... En el segundo grupo están los pragmáticos, dispuestos a abanicar al mejor postor, y los que no vieron otra opción para salvar la vida o su empleo. De todos ellos, un selecto grupo decidió dar un paso más e iniciarse en logias francmasonas. Imagino que cada cual con sus razones, aunque los más sería por adhesión a las ideas que habían llegado al reino con los franceses, alineadas con ese afán reformista moderado —le contó, ocultando su deseo de saber a cuál de esos grupos pertenecía su padre.

—Y... ¿qué fue de todos ellos?

—Algunos se marcharon con el rey francés. Otros fueron asesinados o apresados. A la mayoría les secuestraron sus bienes. Parte de las penas cayeron también en las viudas y los hijos, aunque hace poco se los amnistió.

Alonso, acostumbrado a aquel torbellino de traición y represión, comía sin percatarse de que Inés masticaba sin ganas.

—Pero, en general, Su Majestad el rey Fernando VII terminó con todos ellos a su vuelta. O, por lo menos, con su influencia. El problema es que la actividad de las logias llegó para quedarse, se replanteó, se enquistó en la jerarquía militar, adoptó nuevos propósitos políticos y ahora organiza o apoya los pronunciamientos que, año tras año, debilitan la estabilidad del reino. En fin, no hay nada más peligroso que un puñado de hombres ambiciosos y descontentos con un enemigo común.

—Si el rey fuera más capaz, quizá no debería preocuparse porque sus detractores se alíen.

Guzmán la miró, sorprendido por la aguda crítica que había manifestado la joven, sin mucha información sobre política —más allá de los chismorreos en la cocina del palacio de los Somoza y de lo que recordaba de los cuentos incompletos de su padre—, pero con criterio suficiente como para darse cuenta de aquel detalle.

—En esto tiene toda la razón —admitió y sonrió, maravillado por la mezcla de dulzura, luz, carácter y misterio de aquella mujer.

Continuaron comiendo en silencio. Cuando terminaron, la criada pidió permiso para entrar. Susurró a Inés una sugerencia que ella planteó en voz alta.

—Señor Guzmán, me dice mi atenta empleada que es tarde y ha empezado a llover. Puede preparar el cuarto de invitados si desea pasar aquí la noche.

A Alonso le pilló desprevenido la oferta, pero, tras abrirse paso entre balbuceos dubitativos, terminó aceptando. Inés asintió y anunció su retirada. Tenía una carta que escribir. Antes de abandonar el comedor, indicó:

—Mañana terminaremos de revisar la casa.

—Si no encontramos nada, me marcharé por donde he venido como le prometí.

—Vendrán a buscarlo cuando estén las dependencias listas. —Y se marchó a su gabinete, donde se reencontró con aquella péndola, paloma mensajera de malas noticias.

Cinco líneas más tarde, tachadas después por el dolor y la eterna duda de cómo contar que Dolores había muerto del modo menos terrible, Inés decidió dar un paseo por la casa. Aquí y allá encontraba retales de memorias proscritas por la pérdida. Sus pómulos, iluminados de amargura, añoraban las sonrisas inocentes de la niñez. No podía dejar de pensar en todo lo que había vivido desde que se había marchado de Santa Cruz. Echaba de menos la convicción que había sentido al hablar con su madre o al escribir al Benefactor.

Al pasar por delante del cuarto de invitados, su mente se tomó un momento para curiosear. La puerta estaba cerrada, pero por la rutilante rendija se intuían, como sombras, los erráticos pasos de su ocupante, fuente de interrogantes para Inés. Por segunda vez, aquel caballero se había colado en su mundo para desordenar sus pensamientos e infiltrarse en el pícaro subconsciente. Los dedos de la joven, atrevidos, rozaron la moldura de la puerta, pero, antes de que su presencia se hiciera evidente, la señorita que seguía habitando en ella forzó las capitulaciones y continuó caminando. Tenía sueño, era hora de dormir. Alonso, acomodado en ese dormitorio prestado y sin advertir aquel sutil espionaje, se desvistió, dejó el puñal que siempre llevaba sobre la mesita de noche y, sin más, se desplomó sobre el colchón.

La mañana siempre aporta viveza a los sentidos. Estos, tras un buen reposo, se tornan rápidos, solícitos. ¿Y qué decir de un buen desayuno? Aunque la marchita hacienda de los Núñez de León contaba con pocas gallinas, menos ovejas y un huerto que poco tenía que ver con las parcelas labradas de otros tiempos, los criados se habían vuelto expertos en exprimir al máximo las reservas para que no hubiera mesa sin plato. Al terminar aquella primera comida del día, Alonso e Inés acordaron continuar con el mismo procedimiento que la jornada anterior. Guzmán salió al pasillo y se dispuso a recorrerlo en dirección al abandonado cuarto de don Diego. Sin embargo, de pronto, al mirar por aquellas ventanas abiertas de par en par, fuente de luz y frescor, se detuvo. Dio la vuelta y fue a buscar a Inés, que se disponía a entrar en las dependencias de Dolores, sitas en el lado opuesto de la casa.

—¡Señorita De Villalta! —exclamó él, antes de que ella abriera la puerta.

Inés lo observó extrañada.

—¿Qué ocurre?

—¿Hay algo debajo del primer piso?

—¿Disculpe?

—Hay unas escaleras en el patio, ¿son útiles?

—Sí, van a la bodega.

Cruzaron una mirada cómplice y, a la vez, iniciaron el camino hacia la planta inferior. Bajaron las escaleras y, tras hacerse con una vela, se dirigieron a las otras, a las de la bodega. Barriles olvidados despedían un aroma ácido. Una temperatura agradable, amiga de las fermentaciones, convertía a aquella cueva en un paraíso a cualquier hora de cualquier día. Comenzaron a buscar por todas partes. Alonso repasó los muros con las manos hasta que dos ladrillos que sobresalían sutilmente en la pared que daba al pozo lo alertaron. Inés se unió a la exploración. Los retiraron y, tras ellos, emparedado, vieron un libro de cubiertas ajadas, parcialmente devoradas por la despiadada humedad. Al tiempo que lo liberaban de su escondite, ambos sonreían a aquel documento, su particular grial. Regresaron a la planta principal y, buscando la mayor de las reservas, a pesar de la reticencia inicial de Inés, cerraron la puerta del despacho de don Diego. La joven, sin intención de hacer más concesiones, exigió ser la que pasara las hojas.

—Mis manos son más pequeñas. Seré más precisa —justificó.

Alonso se apartó aceptando el argumento. Durante varias horas, se dedicaron a descifrar las anotaciones, a veces crípticas, de aquellas páginas prematuramente envejecidas. El nombre de don Diego apareció sin demora. También, en los registros de 1810, el del presbítero don Juan Bautista Benegas. Por la tarde, también encontraron el del juramentado resarcido al que Alonso había visitado, el señor Ruipérez. Iban lentos, luchando contra cabriolas y símbolos, pues no podían permitirse obviar un detalle valioso. Estaban tan concentrados que olvidaron que el mundo, más allá de aquellas cuatro paredes, seguía existiendo. Así, la única interrupción a la que tuvieron que hacer frente fue a los dos golpes que dio la empleada para solicitar permiso.

—Señorita Inés, es importante.

—Escóndalo —le pidió a Alonso.

—Debería haberme hecho caso y haber reducido al máximo los testigos —masculló el otro, que colocó el tomo en un cajón del escritorio.

Con la situación bajo control, Inés dejó pasar a la criada.

—Disculpe, estábamos con los asuntos de mi querida hermana. Como le dije, el señor Guzmán es un letrado, buen amigo de la familia, y me está ayudando con todo el asunto de la herencia.

La empleada asintió.

—Perdonen, no quería molestar. Pero es que tiene visita, señorita Inés. Una señora desea verla urgentemente.

—Le advertí de que no debía dejar pasar a nadie. Ni decir que estoy aquí.

Alonso estaba confuso ante las palabras de Inés.

—Lo sé. Pero esa mujer dio por hecho que usted se encontraba aquí. No me ha dado opción —argumentó la otra—. La está esperando en el salón de visitas.

Inés, olvidando que sus cuentos tenían demasiadas fisuras, se atusó la falda del vestido y acompañó a la criada. Sabía que cualquier visita, en sus circunstancias actuales, iba a ser un problema. Pero intentó ignorar el sudor frío del cuello, el ardor en el estómago, el calor en sus mejillas. Y entró en el salón de visitas. Sentada en el mismo sillón en el que se había acomodado Alonso días atrás encontró a una dama con sobretodo y capota gris. Las manos, cubiertas con guantes, sobre la falda. Se fijó bien. Ni la ausencia de uniforme ni lo desapercibida que había pasado para ella en su momento la despistaron. Aquella mujer era una de las criadas que habían servido en el palacio de la condesa de Valderas en Aranjuez. Por fin conocía a la infiltrada. Y eso quería decir que el Benefactor había descubierto lo ocurrido. Venía de su parte. Inés, controlando el temblor de sus muñecas, se ubicó en otro asiento.

—Buenas noches, señorita De Villalta.

—Buenas noches —dijo sin alzar la vista.

—He venido en representación de los intereses del Benefactor, como imaginará. Desea que usted sepa lo decepcionado que se siente ante sus últimas decisiones. No hay justificación alguna para que, por su cuenta y riesgo y sin informar, se marchara así de Salamanca. ¿Cómo se ha atrevido? Después de todo lo que estamos haciendo por usted y su familia…

—Mi hermana Dolores ha muerto. Solo vine para despedirme. Eso es todo. Mi intención es regresar en cuanto deje todo solucionado por aquí.

—¿De verdad cree que la esperan con los brazos abiertos? ¿Acaso no sabe que la familia Somoza ha contratado a una nueva doncella para doña Mariana? ¿En qué demonios estaba pensando para tirar todo el plan por la borda, señorita De Villalta? —dijo con agresividad, pero sin alterar el tono.

—Mi hermana Dolores ha muerto, señora —repitió, con ojos llorosos, mirando al suelo—. Yo… siento de veras todos los problemas que haya podido ocasionar, pero no tenía opción.

—Sí la tenía. Usted abandonó a su hermana hace años. Una despedida no ha cambiado nada. Solo ha empeorado su situación y la nuestra.

—¡No la abandoné! —gritó Inés, que, de pronto, se atrevió a fijar los ojos en aquella mujer inflexible—. En tres años de exigencias, de averiguaciones, de espionaje sin pausa a los marqueses de Riofrío no he recibido una sola información sobre mi cuñado y mi sobrino. ¡Se suponía que tenían que reunirse! ¡Y ahora mi hermana está muerta!

—Se le pidió paciencia, señorita. Nadie le dio fecha para las respuestas. Tampoco prometimos que fuera a ser fácil o que no fuera a requerir de su sacrificio. ¿Acaso cree que a alguien le interesa que esto se alargue? No trate de buscar culpables a sus insensateces…

La joven se tomó un momento, después decidió continuar por un sendero distinto al que, seguramente, esperaba aquella dama. Su determinación se abrió paso entre el miedo.

—Pues, con todos mis respetos, no puedo más... He esperado un tiempo prudencial, he sido obediente, pero no me pida que me arrepienta porque no voy a reconocerlo. —Tragó saliva—. He sabido que mi cuñado formó parte de las logias francmasonas. ¿El Benefactor comparte ese pasado y por eso se hicieron amigos? Necesito saberlo, señora. Necesito saber algo —suplicó—. Esto es desesperante... —se le quebró la voz.

—¿Cómo sabe eso? ¿Quién le ha dicho lo de las logias? —se tensó la enviada.

Inés se quedó en blanco. Después, dio con una solución.

—Dolores me lo contó en su lecho de muerte. Al parecer, la parca le dio la claridad mental que no tuvo en sus últimos cinco años de vida.

El rostro de Inés estaba inflamado.

—Bien, puesto que usted ya tiene esa información, será más fácil compartir lo que hemos podido descubrir sobre su cuñado. Vaya por delante que todas las pesquisas que se han llevado a cabo durante estos años han sido a expensas de la fortuna del caballero al que ha decidido traicionar con su abandono repentino... Pero él mismo me ha enviado aquí para cumplir con dos deberes. Uno es compartir los hallazgos que se han hecho. Lamentablemente, se ha sabido que una turba de patriotas convencidos se llevó a su cuñado y a su sobrino tras una delación procedente de la criada de la casa en la que se reunía la logia. Como usted sabrá bien, no es bueno fiarse del servicio... —Sonrió relajando aquellas facciones rígidas—. Se cree que el decreto del rey Fernando VII de mayo de 1814 los debió de envalentonar y decidieron honrar al nuevo monarca purgando estas tierras de posibles opositores. Hemos sabido que terminaron con la vida de los dos el mismo día en que se los llevaron. El Benefactor ha intentado averiguar el lugar de la muerte, pero todo parece indicar que fue en tierra de nadie, a sangre fría. Entiende que no le será fácil asumirlo, igual que a él no le ha resultado sencillo digerir el trágico final de su buen amigo… Llegó a esta conclusión unos días antes de que usted desapareciera. Íbamos a contárselo, pero…

La joven se tapó la boca con las manos para ahogar un chillido de horror. Las lágrimas recorrían su piel hasta precipitarse en el abismo. Aquella señora sin nombre se levantó de su asiento y se aproximó al lugar en el que Inés se encontraba.

—Espero que reflexione sobre sus actos egoístas y que llegue a la conclusión de que usted sigue en deuda con el Benefactor. Tiene la información que quería sobre su familia, él ha cumplido su parte, ahora debe corresponder y cumplir con su obligación, que aún no ha concluido. Y este es el segundo motivo por el que me ha enviado hasta aquí. Quiere que sepa que, al fin y al cabo, y por más que él desee no llegar hasta ese punto, si se le ocurre desertar del pacto que cerró con él o traicionarlo, un par de misivas a las personas adecuadas serán suficientes para acusar a su cuñado de traidor o a usted de espía. No olvide que ayudó a extraer información sensible del palacio de Aranjuez, señorita. Y eso, por muy enternecedoras que sean sus razones, la convierte en una ladrona, en una conspiradora. Nos encargamos de silenciar a un chivato, pero podemos cantar a placer. Así que le aconsejo, por su bien, que se limpie las lágrimas esta noche y que, en los próximos días, regrese al palacio de los marqueses de Riofrío en Salamanca y se las ingenie para volver a formar parte del servicio. Da igual si, para ello, tiene que decir a sus padres que usted también ha muerto o ser amante de don Ildefonso, ¿entiende? Al parecer, tiene debilidad por las jovencitas estúpidas.

Quiso hallar palabras que defendieran su honor, pero no pudo.

—Cuando llegue, céntrese en continuar vigilando y revise de nuevo el contenido del archivo de la marquesa, el del cajón del escritorio. Ahora, si me disculpa… —Y se dirigió a aquella puerta entreabierta desde la que Alonso, necesitado de datos que dieran sentido al comportamiento de Inés, había escuchado toda la conversación.

Este, raudo, corrió hacia el pasillo y se ocultó. Cuando comprobó, a través de las ventanas, que el repiqueteo de las suelas de la mujer cruzaba el patio y se perdía en el zaguán, retrocedió. Sin demasiado protocolo, se coló en el salón de visitas, donde Inés intentaba recomponerse.

—¿Espía a los marqueses de Riofrío? ¿Usted es... usted contribuyó al robo de los expedientes de aposentamiento en Aranjuez? ¿Quién es el Benefactor? ¿Qué, qué... quién es usted?

Inés se tomó su tiempo para respirar y mirar a Alonso.

—¿Quién se cree usted para juzgarme?

—Un agente de Fernando VII. Aunque no esté aquí por cuestiones oficiales, me encargo de apresar a personas como usted, señorita. De evitar conspiraciones, atentados, levantamientos, una nueva guerra. Me pagan por ello.

—Entonces, haga conmigo lo que quiera. No me resistiré si quiere detenerme —afirmó rendida, a sabiendas de que no tenía escapatoria.

Alonso dudó. ¿Había sido aquella señorita a la que había perdido en las lúgubres calles de Aranjuez? ¿Cómo era posible? Tanto tiempo buscando solventar aquel entuerto y tenía la respuesta frente a él. Mas no era la que esperaba.

—No..., no voy a detenerla, por el amor de Dios. No lo haré si me dice en qué está metida, por qué ha estado espiando a los Somoza y quién más está involucrado en el robo de los expedientes.

Las lágrimas habían alcanzado el cuello de Inés, que reflexionó sobre si era cauto hablar. Pero, una vez más, se dijo que no había solución, que la situación no podía empeorar.

—Espío para el Benefactor a cambio de información sobre la familia de mi hermana. Ellos se iban a encargar de encontrarlos para reunirlos y así cumplir la promesa que les hice a mis padres: devolver la felicidad a mi hermana Dolores. Pero ahora ya da igual..., todos han muerto. Y yo...

—¿Desde cuándo?

Inés se percató de que Alonso no iba a dar pábulo a sus balbuceos o lamentos. Se limpió las lágrimas, acto reflejo con el que buscaba formar frases sin machacar el sentido con la entrecortada respiración que dominaba su pecho.

—Desde el verano de 1816. —Se aclaró la voz—. No soy pobre ni necesito trabajar. Vine aquí desde Santa Cruz, donde me esperaba un futuro dichoso de la mano de algún buen hombre, para cuidar de Dolores. Pero la situación era extrema, desesperada. Y tuve que buscar alternativas, no podía solo acariciar sus ojeras o ver cómo se encerraba en su cuarto durante días. Primero, fui criada. Después, doncella de doña Mariana.

—¿Y qué tipo de datos debía recopilar?

—Muchos. No sé. Y no tengo idea del fin último de las averiguaciones... Jamás me han hecho cómplice de esa información...

—¿Y lo de Aranjuez? ¿Cómo...?

Aquel punto era determinante. Inés lo miró y recordó su promesa de no detenerla. Quizá aquello era lo más parecido a una patente de corso que tendría por tamaño delito.

—Me enviaron una nota. Debía esperar en el convento de San Pascual a las doce de la noche del baile. Cogí el cilindro. El hombre que me lo entregó me avisó de que lo estaban siguiendo, así que corrí todo lo que pude. Me escondí en el laberinto del Jardín del Príncipe y esperé a que pasara el peligro. El lunes por la mañana, tal y como rezaba la comunicación, lo envié a la imprenta de la plaza del Ángel de Madrid. No sé nada más. Ese caballero me llama conspiradora, pero no tengo idea de por qué sustrajeron esos documentos de palacio. Ni sé cómo procedieron. Yo solo los recogí y los envié.

—Pues, con todos mis respetos, señorita, usted podría haber sido cómplice del asesinato del rey. —Silencio—. ¿No sabe quién más colaboró? ¿Quién colocó los documentos al alcance del hombre que se los entregó a usted?

—No, no sé nada, de verdad.

—Esto es un completo sinsentido... El caballero que le entregó el cilindro tampoco tenía idea, lo chantajearon con notas anónimas. Y si la tenía, tal y como suponía, se han encargado de que no hable más de la cuenta. A los pocos meses de ser detenido lo encontraron muerto en su celda. Desconozco cómo llegaron a él, cómo supieron que yo me estaba encargando de la investigación, que lo había interrogado y que me había contado la verdad.

Inés bajó la vista, arrepentida al recordar su chivatazo al lechero, pero no osó confesar ningún pecado más por aquel día. La bondad que había atribuido al Benefactor en aquellas cartas, en sus encuentros, perdía lustre por momentos. Un vacío que nacía de la boca del estómago la acusaba de cómplice de asesinatos y ataques.

—Yo... Estoy... estoy cansada. Quiero irme a dormir —solicitó, a punto de volver a sucumbir al llanto.

—¿Va a volver? ¿Seguirá espiando y trabajando para ellos? ¿Va a hacer lo que esa mujer ha sugerido?

—No lo sé... ¡Estoy atrapada, señor Guzmán! —espetó atormentada—. Por mi culpa. Por ser ingenua. Por... —Silencio, rocío en sus pestañas—. Tengo que pensar, pero quizá mis padres prefieran perdernos a las dos a descubrir a lo que me he dedicado estos años. A fin de cuentas, no he cumplido mi promesa. Así que solo me queda desaparecer e intentar que la situación no empeore. Cumpliendo mi parte del trato con el Benefactor, por lo menos mantendré el honor de mi familia. Siempre que usted me guarde el secreto, claro —reflexionó, buscando la cooperación de Guzmán.

—Pero... —intentó él.

—Deme un respiro, por favor —solicitó—. Necesito estar sola.

Alonso asintió, rendido, y vio cómo la joven abandonaba el salón de visitas y desaparecía en la penumbra del pasillo. ¿Cómo era posible? ¿Quién era ese Benefactor? ¿Qué tramaba? ¿Descubriría algún día toda la verdad sobre el robo en

Aranjuez? ¿Terminaría la señorita De Villalta como el ujier Castro? Una angustia desconocida lo invadió. Pero no podía hacer nada más. Solo regresar a aquel libro, distraer su mente de la encrucijada de aquella joven que no dejaba de fascinarlo.

Entre página y página, recordó la primera vez que la vio mientras admiraba la bella cascada que había junto al puente de Barcas, en Aranjuez. Su sonrisa sincera le hizo creer que su mundo estaba a salvo de la tragedia. Mas ¿qué quedaba al margen de la amargura? Guzmán se concentró en reducir la suya aquel crepúsculo. Ignoró anotaciones, analizó otras hasta la saciedad. Y, finalmente, cuando apenas quedaban hojas por revisar, se topó con lo que había ido a buscar. El problema fue que lo que halló era más desconcertante de lo que esperaba. Pasó la noche en vela. Entre el despacho y su dormitorio. Dando vueltas a todo aquel asunto de su familia, que aniquilaba su buen humor a cada paso.

En el lado opuesto de aquella vivienda, los párpados de Inés luchaban por mantenerse cerrados, por no ceder al terror. Todas las conversaciones con el Benefactor se le vinieron encima. Todos los tratos, los acuerdos. Imaginó a su sobrino en la cuneta que había descrito aquella insensible mujer, muriendo por una realidad que no había podido conocer, y sintió que le faltaba el aire. Lo único que la consolaba era saber que Dolores se había marchado a tiempo de ignorar el descorazonador final de su familia. Pero Inés seguía viva. Su corazón continuaba latiendo al compás de los reveses y de las exigencias de otros. En sueños, se inventó una espiral coloreada con patíbulos, chillidos, recuerdos y remordimientos. Y ella en caída libre. Sin nada a lo que sujetarse para recuperar la sensación de tierra, de control. La vida no era aquello, no debía ser así. Por telepatía, quiso comunicarse con su hermana Blanca, quien, a buen seguro, acunaba las plácidas sonrisas de sus hijos. Deseó que escuchara su aullido en la noche, que construyera una fortaleza con las sábanas y susurrara la solución a sus encrucijadas, de espaldas al resto de la humanidad, como solían hacer de pequeñas.

El breve candor del recuerdo se esfumó en las tinieblas del dormitorio. Nadie podía oírla. Estaba sola. Y sus pulmones volvieron a encogerse con histeria.

Por la mañana, los fantasmas de uno y otro, espantados por la luz, se reencontraron en el comedor. Alonso no tenía apetito, pero pensó que, con la panza llena, sería capaz de entender el enigma. Inés, que también había acudido por simple inercia, se sentó y optó por ensimismarse, sin saber muy bien qué desear de aquel día. Entonces se percató de que Guzmán rumiaba algo. Temiendo que estuviera debatiéndose entre delatarla o no, se lanzó a hablar.

—Si se arrepiente de no haberme llevado ya al calabozo, lo entenderé, señor Guzmán. Me hago cargo de que cada cual tiene sus intereses —indicó con toda la frivolidad que supo reunir, coraza inexpugnable.

Alonso pareció despertar. Analizó las palabras de la señorita y después reaccionó.

—No, no, no se preocupe. No es por lo de anoche.

Silencio. Inés aguardó una respuesta, con las cejas alzadas y el tenedor pausado. Guzmán supo que debía ser más explícito.

—Es... Ayer... ayer por fin... El nombre de mi padre aparece en el libro de actas.

—Eso es bueno. Encontró lo que quería.

—Sí, bueno... —Silencio—. El problema, señorita De Villalta, es que se lo menciona como visitante el 3 de diciembre de 1812 y el 2 de febrero de 1813.

—¿Y?

—Mi padre murió en septiembre de 1812.

Inés comprendió enseguida la magnitud del entuerto. Tragó el trozo de pan que acababa de morder casi sin masticar.

—¿Y qué planea hacer ahora?

—No tengo la menor idea. No estaba preparado para esto. Si es cierto lo que pone en el libro, mi padre no murió..., podría no estar..., podría estar vivo.

—Quizá hubo un error con las fechas.

—Las actas siguen una exhaustiva cronología. No se saltan ni una reunión. Todo está anotado. Gracias a la dedicación de su cuñado, por supuesto. Pero esto no tiene sentido alguno...

—¿No conoce a nadie que formara parte de esa logia? Quizá recuerde a su padre o si hubo algún cambio en el modo de dejar constancia de lo que acontecía en las reuniones.

Guzmán recordó entonces al señor Ruipérez. No vivía lejos de allí. Quizá a una jornada, ida y vuelta, como máximo. Era una idea magnífica. Y así se lo hizo saber a Inés. Entonces ella, que tenía el cerebro hecho trizas de tanto pensar en formas de salir de la madriguera en la que se había metido, afirmó que lo acompañaría, deseaba conocer más el rol de su cuñado en aquella logia.

También quería descubrir a los posibles sanguinarios que habían terminado con su vida y la de su sobrino. Alonso solo se opuso en un primer momento. Después, acató los deseos de la señorita. Solo le rogó que lo dejara hablar a él. Ella asintió. Inés contó a los empleados que se marchaban a hacer un par de gestiones a Manzanares, pero que regresarían al anochecer. La laboriosa criada prometió un suculento puchero a su vuelta. El otro fue a buscar cochero a La Solana. Prepararon el vehículo familiar. El transporte de Alonso, contratado solo para llegar, se había ido a buscar nuevos clientes a Valdepeñas nada más cumplir su cometido y dar de beber a los caballos.

Una vez estuvo todo dispuesto para el viaje, Guzmán ayudó a subir a aquella dama a la berlina. El negro del duelo, lejos de resultar desfavorecedor, afinaba sus rasgos, agrandaba sus ojos —ora tristes, ora curiosos—, hacía más rosados sus labios, que destacaban en aquella piel de alabastro moteada en nariz, frente y mejillas. El cabello rizado oscuro, recogido en un moño perdido bajo la capota azabache. Las manos magulladas desaparecían en guantes bordados con sutileza en el mismo color. Un ridículo extraído del guardarropa de Dolores, como todo lo demás, quedó aferrado a su vientre cuando se sentó.

Alonso se sacudió la zozobra que le causaba admirar a Inés, efigie de deseos, misterios y temores. Esta, que se hacía la distraída, lo vio dar la vuelta al vehículo y entrar por la otra puertecilla. La levita marrón, aquellos pantalones beis y las botas negras hacían justicia a su esbeltez. El pelo corto despeinado, con mechones castaños aquí y allá. Las patillas que anunciaban esa mandíbula perfilada, rasurada algunos días atrás, con aquella extraña cicatriz que se desdibujaba a la altura del cuello de la camisa, decorado con una corbata, todo en blanco. La muchacha se aclaró la garganta y reprendió a sus ojos por entregarse al libertinaje.

En las casi tres horas que duró el trayecto, permanecieron en silencio. Y no era por falta de conversación. Pero el miedo también se había subido a aquel coche de caballos. Inés optó por mirar por la ventanilla por la que se colaban los campos rojizos de esa zona de La Mancha. Alonso repasó sus teorías para sí y, de vez en cuando, comprobaba a qué se dedicaba Inés.

Cuando por fin llegaron a la vivienda, ubicada entre Manzanares y Daimiel, Guzmán, acostumbrado a trabajar solo y de forma metódica, insistió en que solo hablaría él para no comprometer el interrogatorio con preguntas encontradas. Inés aceptó la condición y lo siguió. Los criados de la residencia enseguida supusieron que no era buena señal que un hombre con el que su señor había disputado hacía días estuviera de vuelta. Aun así, procedieron con normalidad, aunque con un ligero nerviosismo.

El requerido correspondió con amabilidad y dejó que pasaran a la sala en la que recibía las escasas visitas que tenían a bien dejarse caer por la casa de un juramentado regresado del exilio. La mayoría, amores aparte, eran por puro chismorreo. Pero aquel caballero sabía que Alonso no encajaba en ninguno de los dos grupos. Así, con gesto grave, aguardó a que le diera la última estocada a su roída esperanza de borrar el pasado.

—No quiero molestarlo en demasía, señor Ruipérez. Solo necesito que me aclare una duda. He encontrado el libro de actas de la logia de Manzanares. Como usted apuntó, estaba en posesión de la familia Núñez de León. El problema es que hay un nombre incluido que no tiene sentido alguno por la cronología de los acontecimientos.

—¿Usted no se agota nunca? Dijo que era una investigación reservada que me dejaría fuera de toda sospecha. Pero ha traído compañía esta vez. ¿Quiere que me agarroten?

—No se preocupe, está a salvo conmigo. Se lo prometo. Y ella es de confianza. No dirá una sola palabra.

—Ya, ya, seguro que no. Se sorprendería de la cantidad de delaciones de personas discretas que pusieron en jaque a hombres y mujeres hace años.

—Por favor, señor Ruipérez. Es importante. Si responde a mis preguntas, me iré y no volveré.

—Eso dijo la otra vez y mire dónde estamos —refunfuñó.

Inés observó a aquel canoso caballero. El mohín de hartazgo adquiría un tono cómico gracias a los pelos blancos que se le escapaban de los orificios de la nariz. Sus ropas eran sencillas, pero estaban cuidadas.

—Yo me aseguraré de que no lo vuelva a molestar —intervino ella, saltándose las normas—. Si ha venido esta vez, ha sido por mí. Verá, señor Ruipérez, solo necesitamos un par de datos que podrían salvar nuestra vida. Solo eso.

—¿Y quién es usted? ¿Su querida? ¿Una sirena cantora que comercia con información?

—No, no, en absoluto —dijo, desembarazándose de aquellos epítetos—. Mi nombre es Inés de Villalta. Soy la cuñada de don Diego Núñez de León. Mi hermana murió hace unos días. En los últimos años de su vida, la consumió la pena, señor Ruipérez. Buscaba reencontrarse con su hijo Manuel y su marido. Desaparecieron en 1814. Hay muchas incógnitas que rodean a esa logia y quiero descubrirlas para poder dar sepultura a las conjeturas, honrar a los muertos y buscar justicia entre los vivos.

—¿Ha muerto? Qué lástima de familia... —penó—. No sé, yo apenas recuerdo. No me enorgullece haber sido desleal a Su Majestad. Yo amo con toda mi alma a Su Majestad Católica Fernando VII —aquel hombre subió el volumen de sus alabanzas, como si quisiera que familia, servicio, vecinos y aldea conocieran su ciega devoción a la Corona—, del que soy vasallo y siervo hasta el día de mi muerte.

Silencio. Ni Alonso ni Inés supieron bien cómo reaccionar.

—Dicho esto, ¿qué desea saber?

Comenzaron por el tema de Alonso, que se vio fuera del diálogo por la perspicacia y afabilidad de Inés. El señor Ruipérez recordaba a varios visitantes, no muchos. Y menos en los episodios finales de la presencia francesa en La Mancha. Haciendo memoria, sí parecía haber coincidido en una tenida con un caballero forastero de pelo oscuro, modales exquisitos y gusto por la dialéctica, amigo del presbítero don Juan Bautista Benegas. Mas no podía confirmar fechas. Tampoco identidades. Después pasaron a la cuestión que había llevado a Inés a aquella casa.

—¿Turba de patriotas? Bueno, sí las hubo, al igual que detenciones cuando volvió a funcionar la Inquisición, pero no creo que el señor Núñez de León fuera más culpable o conocido que otros. De hecho, por lo que sé, don Diego tuvo bastantes dudas poco antes de la disolución de las logias. Nos veía demasiado moderados, distraídos con los detalles. Hablaba de Cádiz, del cambio posible. Dejó de acudir a las reuniones —contó—. ¿Quiere decir que alguien así sería linchado por liberales o serviles, inmaculados españoles? No, no lo creo, señorita. Antes deberíamos haber acabado con las tripas desparramadas cualquier otro. Yo mismamente. Aunque ahora, como he dicho, nada de lo que pensaba en el pasado me tienta. Nada en absoluto. ¡Son auténticas barrabasadas de lunáticos perversos, herejes, revolucionarios asesinos! Amo a mi rey, lo seguiré donde haga falta —volvió a subir el volumen de su voz.

Cuando el anciano se cansó de hurgar en el pasado, invitó a sus visitantes a dejarlo solo.

—Ha prometido que no permitirá que vuelva, señorita —le recordó a Inés.

—Y no lo hará —respondió ella sonriente.

Afuera, caminando hacia el vehículo, la joven percibió que Alonso estaba molesto. Sin mediar palabra, la ayudó a subir y se sentó de mala gana en la berlina. Inés quiso averiguar por qué su compañero tenía ese rostro tan serio.

—¿Ocurre algo, señor Guzmán?

—Sí, señorita De Villalta. Me gusta que, cuando se acuerda algo, se cumpla. Le pedí que no hablara. Tenía que gestionar yo el interrogatorio. Tengo experiencia, sé cómo hacer que la gente cante.

—Pero ¡si estaba a punto de perderlo! Solo lo he ayudado. He acudido en su rescate porque sus métodos solo enfurecían al señor Ruipérez. ¿Acaso debo disculparme?

—¿Y quién le dice que no se haya guardado información valiosa? Ahora jamás lo sabremos porque usted le ha prometido que no volveré a pisar esa casa. ¡Magnífico! —Se calló un momento. Aquella mujer despertaba en él tantas sensaciones que se veía incapaz de digerirlas todas—. Dios santo, me duele la cabeza. Creo que necesito un trago —murmuró para sí.

—Llevo tres años espiando a una familia sin que nadie se entere. Ni siquiera usted y su espléndido olfato de agente de Su Majestad dudaron de mí. Así que, con sinceridad, no creo que exista más por sonsacar a ese pobre hombre. Si está frustrado con la investigación de su padre, le pido que no lo pague conmigo —contestó con rotundidad.

Alonso hizo ademán de discutir, pero decidió callar. Su plan era llegar a la casa de los Núñez de León y abrazarse a la primera botella que encontrara.

El problema fue que pudo más su curiosidad, así que, al ver cómo la señorita De Villalta aceleraba el paso al cruzar el zaguán, decidió interesarse por los motivos de aquella premura. Ella le comunicó, olvidando en parte la aspereza de horas antes, que necesitaba volver a consultar el libro. Guzmán decidió unirse. Nada más llegar al despacho, las manos de Inés se abalanzaron sobre el tomo, que abrió por la última página. Tal y como había elucubrado, imbuida en la quietud de la berlina, no había más registros anotados por don Diego Núñez de León más allá del 1 de mayo de 1813. Más de un año antes de su desaparición. No sabía si era por egoísmo o intuición, pero cada vez estaba más segura de que las pesquisas del Benefactor eran erróneas. Entonces, Alonso dio con la reflexión exacta:

—Si abandonó la logia..., ¿por qué guardaba él el libro de actas?

Inés se quedó un rato sentada, mirando el libro sin hablar. Guzmán respetó la reserva. Entonces, justo cuando Alonso estaba pensando en retirarse a su cuarto para proporcionarle a la señorita aquella soledad que él siempre apreciaba en momentos como aquel, la joven habló.

—Esto lo cambia todo, creo que la enviada del Benefactor mintió. Eso o se han cometido errores en la investigación... Tengo que encontrar una manera de que mis padres me dejen permanecer en la península sin riesgo de atentar contra mi apellido. Tengo que hallar un modo de mantener distraído y satisfecho al Benefactor para que no me cause problemas. Porque ahora, más que nunca, tengo que saber qué pasó en realidad con don Diego y Manuel. Se lo debo a Dolores.

Miró a Alonso a los ojos, cansada, llorosa, decidida. Y, sin esperar una contestación que no necesitaba, se levantó y se fue a su cuarto. Tenía mucho que planificar. Mucho que decidir. Su vida se había convertido en un laberinto custodiado por minotauros impíos. En trance, por el agotamiento y la angustia, se quitó los guantes y la capota. Desató el vestido y se quedó en camisa, enaguas y medias, donde no existía más luto que el de su piel. El peor de todos. El más real. Se sentó a los pies de la cama. Deslizó los dedos por el cabello, liberándolo. Y fue barajando opciones que permitieran que lograse su propósito.

Guzmán, ya retirado en su aposento tras catar el puchero en soledad, se unió a las cavilaciones de asuntos propios y ajenos. ¿Por qué, aun con todos sus problemas, se sentía a salvo con ella? ¿Por qué se reanimaban sentimientos aniquilados desde hacía tanto tiempo? ¿Por qué ahora sonreía al recordar el interrogatorio al señor Ruipérez y su discusión de después en la berlina? Se sirvió una sola copa que saboreó hasta la última gota. Al término de esta había valorado tantos escenarios que cuando llegó aquella idea apenas le prestó atención. Pero regresó a ella de puntillas en sueños. Y una vez más al despertar. La valoró con cautela a lo largo de la mañana mientras esperaba a que Inés regresara de su paseo por los campos yermos que circundaban la propiedad.

El sol, juguetón aquella jornada, se asomaba y escondía en las nubes vaporosas del piélago celeste, como un niño que cree borrada su presencia al cubrirse el rostro con las manos. En su pasatiempo, los rayos acariciaban la frente de la joven, a veces libre de la capota cuando no había testigos. Su mirada avellanada, chispeante a la luz del día, analizaba el horizonte inalcanzable al tiempo que se planteaba si la sugerencia de la dama cómplice del Benefactor sería la única salida posible a aquel caos. ¿Cómo despedirse para siempre de su familia? ¿Cómo decir a unos padres que dos de sus hijas habían muerto? ¿Cómo dejar que su cuerpo fuera mercancía al servicio de las manos y el retorcido capricho de don Ildefonso Somoza? ¿Acaso importaba? Después de sus actos, de sus errores, quizá aquel camino no era tan impropio de ella. Solo debía desembarazarse de los pocos escrúpulos que quedaban adosados a su esqueleto, despedirse de la pátina moral con la que sus padres y el dedo social habían recubierto su vida. Desquitarse del todo del privilegio de sentir.

Con la capota en las manos, entró de nuevo a la casa. El aroma a ganado se colaba por las rendijas del acceso al corral por el patio. El sol había vuelto a ocultarse. Alonso, que había estado toda la mañana en su cuarto, mordiéndose la uñas, tomó la determinación de ir al encuentro de Inés. La halló en el despacho de don Diego, leyendo los textos a los que él mismo había regalado su tiempo los días previos. Guzmán dudó si entrar, pero finalmente creyó que el motivo justificaba la interrupción.

—Señorita De Villalta, ¿puedo hablar un momento con usted?

Inés alzó la vista. Los titubeos de aquel caballero la desconcertaron, así que asintió intrigada. Le ofreció que tomara asiento. Él accedió, pero pronto la tensión lo obligó a incorporarse.

—Verá, señorita... Yo, bueno, he estado pensando en todo lo que está ocurriendo. Bueno, en lo que nos pasa a ambos. Vaya por delante lo profundamente agradecido que me siento por su hospitalidad y confianza en estos días. Ha sido de gran ayuda para avanzar en el asunto de mi familia. Y, aunque todavía tengo muchas preguntas, solo puedo darle las gracias por la oportunidad que me ha brindado. Yo, verá, sé que no es asunto mío. Pero al ser audiencia silenciosa de su problema he sentido el impulso de pensar en formas de corresponder, de ayudarla.

Inés se iba perdiendo con cada frase.

—Su situación no es sencilla. —La joven arqueó las cejas—. Aunque eso creo que ya lo sabe —murmuró él para sí—. Con todo lo que ha pasado su familia, no me gustaría que una señorita como usted terminara como manceba o condenada a la peligrosa soledad. No es seguro, no podría depararle nada bueno. Y, pese a que entiendo que no es la opción ideal para usted en muchos sentidos, he pensado que la única forma que tengo de ofrecerle mi ayuda es pidiendo su mano.

XXVI

Inés dio un respingo y se levantó de la silla.

—¿Disculpe?

Guzmán no había dedicado mucho tiempo a pensar en las reacciones posibles a una propuesta de matrimonio salida de su boca, pero, de haberlo hecho, aquella no habría sido una opción.

—Según he entendido, la permanencia en la península, de cara a su familia, se justificaba porque estaba cuidando de su hermana, ¿no es así?

Inés asintió, todavía sin entender muy bien.

—Y, ante la muerte de Dolores, querrán que regrese junto a ellos, lo que le impediría llevar a cabo el plan que usted compartió conmigo ayer, el que incluye distraer al Benefactor cumpliendo su parte del acuerdo para que no le cause problemas y averiguar, de una vez por todas, qué les ocurrió a su cuñado y a su sobrino. —Ella volvió a asentir—. Y la mujer que la visitó le propuso la opción de desaparecer para su familia fingiendo su muerte, para que no reclamen su vuelta. Me da la sensación de que está valorando firmemente tomar esa vía. Lo que me hace pensar que no existe la posibilidad de que su familia la apoye en esta empresa.

La joven volvió a mover la cabeza, sorprendida por el cariz de la decisión que estaba dispuesta a tomar a la desesperada. Todavía no había enviado la carta comunicándoles el triste final de su hermana mayor. Podía hacerse pasar por el párroco de La Solana y anunciarles que las dos hermanas habían muerto de unas fiebres.

—Con mi propuesta le doy otro camino, señorita. No tendría que hacer pasar a su familia por un luto más doloroso del que ya deben afrontar. Sé lo que es perder a dos seres queridos en poco tiempo y no se lo deseo a nadie. —Se detuvo para tragar sentimientos y recuerdos—. Podrá decir que se ha casado, que tiene una familia en la península y que, por ese motivo, no puede volver de momento junto a ellos. Estoy seguro de que mi apellido y título les darán paz y aceptarán que los visitemos en un tiempo. Me comprometo a dejar que cumpla con el plan que usted ha ideado, podrá investigar, ganar tiempo con el Benefactor espiando para él en casa de los Somoza hasta que se nos ocurra algo para liberarla de su yugo. Le ofrezco mi protección, mi intermediación para que doña Mariana la vuelva a contratar, así tampoco deberá convertirse en amante de nadie, como sugirió también esa mujer. Intentaré desviar cualquier prueba que la señale en el robo de Aranjuez, aunque no me haré cargo de más errores como ese. Y quizá cuando todo termine podremos... —quiso plantear algo más, pero se detuvo ante el gesto de Inés.

—No, no..., no —balbuceó—. No estará pensando en casarse conmigo por compasión, ¿verdad?

—No es eso, señorita. Solo deseo corresponder, ayudar —mintió en parte—. La veo desesperada, en una encrucijada imposible, dispuesta a tomar decisiones extremas que, a la larga, no serían beneficiosas para nadie más que para ese caballero con el que selló un acuerdo tan tentador como peligroso. ¿De verdad desea perder a su familia para siempre, renunciar a cualquier futuro o reputación? —preguntó mirándola a esos ojos que tanto lo confundían.

Inés bajó la vista y sopesó la pregunta de Alonso. No, no deseaba aquello en absoluto.

—Pero, pero ¿por qué quiere ayudarme así? No he sido tan amable, tengo demasiados problemas... Y usted... —Lo miró—. No, no puedo... —espetó su orgullo, bombeando bajo su piel.

—¿Y qué alternativa se le ocurre?

—Pues, pues... Quizá un convento.

—Estoy seguro de que a las hermanas carmelitas les encantará que usted vaya de aquí para allá siguiendo pistas o que desaparezca por estar infiltrada en la casa de los marqueses. —Silencio—. Señorita De Villalta, puedo ofrecerle protección y discreción. Se lo ocultaremos al Benefactor hasta que consiga lo que quiere. Y quizá en el futuro podamos tratar de buscar la forma de ser felices.

Inés se quedó callada, hechizada por la flauta dulce de aquellas promesas, aterrada por lo que podían acarrear.

—Señor Guzmán, agradezco la oferta, de verdad. Pero, como le he dicho, no tengo intención de casarme. Debo concentrarme para dar con una solución más sencilla.

Alonso entendió.

—Siento entonces haberla importunado, señorita. Si no me necesita, me marcharé a arreglar mi viaje de vuelta a Madrid. —Y se retiró de la oficina.

Entre vistazo y vistazo a los documentos de don Diego, Inés revivió la escena de nuevo. Ella sí había dedicado tiempo a imaginar la proposición que sería el prólogo de su nueva vida. Y la que acababa de presenciar tampoco era una alternativa. Quizá en otro momento, con otro vestido. Quizá en el salón de su casa de Santa Cruz, con la bendición de su padre quien, sobre el papel, seguía siendo dueño de sus decisiones aunque llevara tiempo actuando a espaldas de su autoridad gracias a las mentiras. Quizá después de un baile y cuatro o cinco encuentros con carabina. Quizá tras escuchar cómo su pretendiente entonaba, con cierto apasionamiento, los atributos y motivos, vinculados tanto a su encanto como al patrimonio de su familia, por los que había decidido dar el paso.

Ya en el dormitorio, recordó aquellas charlas breves en Aranjuez, cuando su nombre no importaba. Las veces que lo había mirado de reojo sin que él se diera cuenta. La forma amable y respetuosa con la que Alonso siempre la había tratado. Los sueños en el camino de vuelta a Salamanca hasta que había descubierto a qué se dedicaba. Su seguridad, obstinación, el modo en que la miraba y escuchaba, cómo se preocupaba por su familia. Y no pudo creer lo que acababa de ocurrir. ¿De veras era una obra de caridad? ¿A eso había llegado la dulce e ilusa niña que fue? Una parte de sí misma se rio incrédula. La otra quiso llorar. Ambas se reunieron en aquella batalla constante frente a la misiva que todavía tenía que escribir.

Alonso, tras dar recado al criado de que le buscara transporte para partir en dos días, valoró la propuesta que acababa de poner sobre la mesa. Quizá Inés tenía razón. Era un absoluto disparate. Una locura. Al fin y al cabo, ella estaba implicada en el espionaje a una familia respetable, vieja amiga de la suya, y era una de las protagonistas del robo de la noche del baile en Aranjuez. Y el matrimonio jamás había entrado en sus planes, podía complicar su futuro, que ansiaba muy lejos de todo lo que le recordaba al pasado.

Sin dar oportunidad a que el pesar del rechazo supurara, se levantó y dedicó el resto de la jornada a preparar su viaje de vuelta a Madrid. La familia real y sus acaramelados cortesanos estaban en San Lorenzo de El Escorial, pero intuía que, más pronto que tarde, tendría que reunirse con el general Eguía, el señor don Ventura Quesada, el duque de Alagón o el mismísimo rey para dar cuenta de sus averiguaciones sobre los supuestos traidores que poblaban el palacio. Había algunos nombres de jurados arrepentidos que habían recuperado cargos en los aledaños de la nariz de Fernando VII. También hombres en los que había descubierto simpatía por la causa liberal o por ser más templados de lo debido. Y otros que traficaban con opiniones en confabulaciones palaciegas en virtud de sus propios intereses. ¿Averiguaría si en aquellas listas estaba el nombre de quien había colocado los expedientes de aposentamiento en la chimenea de la pieza de gentileshombres? Si era sincero consigo mismo —algo que, como ya sabemos, no solía ser—, no se sentía orgulloso de su trabajo. No tenía especial apego con los métodos de Fernando VII y su camarilla. Su única convicción política era que no hubiera una nueva contienda. Así, en ocasiones puntuales como aquella en la que su opinión sobresalía entre los deberes, se desembarazaba de ella recordando, una vez más, la capacidad que tenía el dinero para ahuyentar problemas —y requerimientos de Cosme— y lo mucho que necesitaba llaves de poderosas puertas para descubrir esa verdad sobre su padre que tanto se le resistía.

Su plan era regresar al despacho de Cosme y buscar evidencias de la muerte de su padre. El servicio era distinto, la mayoría se había marchado durante la guerra. El fallecimiento de don Bernardo había provocado un cierto abandono del palacio, asunto que solo se solventó con la vuelta de Cosme en abril de 1814. Pero quizá podría encontrar a alguno de los viejos empleados en otras residencias madrileñas. A lo mejor, alguno le confirmaría la fecha de los viajes de su padre a La Mancha y alejaría de su mente la enorme confusión en la que estaba sumido.

Una noche más, con los ojos cerrados, soñó con su padre, al que hablaba sin ser escuchado. También con Joaquín, que empezaba a desangrarse en una calle sin nombre, rodeado de cañonazos incesantes. Y volvió a sentir el escozor de ese corte en la cara que tendría que haber seccionado su cuello. También el odio, la ira, el rencor. Entonces notó que un objeto frío rozaba su garganta. Un resplandor lejano, que le arrebató poder a las pesadillas. ¿Había gritado? Abrió los ojos de golpe y vio a Inés empuñando aquel cuchillo que él mismo había dejado, como cada noche, en la mesilla. Se había sentado en la cama. Una vela iluminaba su rostro serio.

—¿Qué demonios está haciendo? —dijo él sin comprender, amenazado por el arma.

—He estado pensando. Y... si sigue en pie la oferta, me casaré con usted. Pero no se atreverá a tocarme sin mi permiso —exigió, y apretó la hoja metálica sobre la carne—. Hasta que no averigüe la verdad sobre la familia de mi hermana y logre liberarme del Benefactor, no me requerirá constantemente para compromisos sociales ni me dará órdenes. Escribirá una extensa carta a mi padre exponiéndole sus motivos y lo feliz que desea hacerme. Le dirá que la muerte de Dolores precipitó el dulce acontecimiento y que promete protegerme, que viviré con usted en Madrid y que, en cuanto sea posible, iremos a visitarlos a Santa Cruz. Pedirá disculpas por proceder de este modo, sin su consentimiento, de lo que aportará alguna razón plausible. No se inmiscuirá en mis asuntos con los Somoza, yo me encargaré de ello. Será más seguro para que el Benefactor no sospeche. Tengo un modo de conseguir que me acepten de vuelta en el servicio sin necesidad de ser concubina del marqués. Me permitirá investigar. Y... no podrá decir a nadie que soy su esposa. Solo lo haremos público en sociedad cuando todo haya terminado. Solo así estaremos seguros de que todo esto no llega a oídos del Benefactor mientras trabajo para él. A cambio me comprometo a no pedirle nada más, a escribirle con cualquier dato que tenga que ver con su padre, a ayudarle en lo que pueda... No le pediré dinero ni mancillaré su apellido. Y, cuando acabe todo, seré una buena esposa, alejada de conspiraciones e intrigas.

Se miraron fijamente y naufragaron en una tempestad de palabras y actos reprimidos. Alonso analizó con detenimiento las cláusulas de aquel pacto. Quiso ser racional, sopesar los pormenores, pero, ante aquellos ojos castaños, no fue capaz.

—Está bien —accedió al fin—. Lo haremos así.

Inés suspiró por dentro. En un segundo, con aquella confirmación abrazando su rebelde espíritu, se convenció de que ese camino era el correcto. No tenía una opción mejor. No vendía su alma al diablo. Solo era una solución radical a una situación imposible. Tal y como había acertado Alonso, decir la verdad a sus padres podía complicarlo todo. Ella sabía que se disgustarían al descubrir que había estado mintiendo y la obligarían a volver a Santa Cruz. Si no la acusaban de fantasiosa por asegurar que el caso de la familia de Dolores no estaba cerrado del todo; sus tíos, en algún hueco entre compromisos, activarían de nuevo una estéril investigación que se terminaría pronto, como la de 1814. Si aquello ocurría, si la obligaban a regresar, no podría cumplir con su parte del trato con el Benefactor y este cumpliría con su amenaza de delatarla, de difamar a la familia de su difunta hermana o, quizá, dados los interrogantes que aún tenía sobre el doctor Mintegui y el disparo a la marquesa, algo peor. Por otra parte, optar por fingir su muerte o convertirse en la amante de don Ildefonso le daba náuseas. Y era cierto que la alternativa del convento sonaba ridícula al decirla en voz alta.

Inés, presa de su tiempo, estaba sola. Y cada letra de aquella palabra contaba en su contra. Necesitaba protección, deseaba un porvenir y no quería hacer sufrir a su familia más de lo debido. Así, aunque el orgullo y los sentimientos que siempre tambaleaban su razón habrían deseado que Alonso pidiera su mano por otros motivos, se dijo a sí misma que aquella historia tal vez hubiera sido posible para la Inés que vivía en Santa Cruz, pero no lo era para la del presente. Esta había aprendido que debía ser resolutiva, dejar a un lado su corazón para ponerse a salvo, para concederse a sí misma ese amparo que nadie más podía proporcionarle. La mano de Alonso, aunque desconocida en muchos aspectos, parecía la solución más adecuada. Pues en sus ojos también brillaban los fantasmas y el afán por descubrir la verdad. Pero, sobre todo, porque, por alguna razón, sabía que podía confiar en él. Así, satisfecha, apartó el puñal del cuello de Guzmán y lo dejó en la mesilla. Después tomó la palmatoria y se levantó.

—¿Cómo sabe que voy a cumplir mi palabra? —se interesó él.

La joven se giró.

—Porque ni siquiera ha intentado arrebatarme el cuchillo.

Alonso se dio cuenta de que, por muy jugador que hubiera sido, en aquella partida nadie le había repartido naipes. La silueta de la joven desapareció por la puerta y se detuvo un segundo en el corredor, intentando recuperarse del leve roce con su piel. De pronto, Alonso, que también necesitó un instante para serenarse, olvidó todos los inconvenientes que su herido orgullo había enumerado para descartar la idea de casarse con ella. En el fondo ninguno conseguía eclipsar la razón por la que se lo había propuesto y por la que acababa de aceptar aquella retahíla de condiciones sin analizarlas como el hombre cabal y pragmático que era: la perspectiva de un futuro con ella, llegara cuando llegase, le parecía mejor que cualquier plan de huida, que cualquier retiro, que cualquier forma de borrarse del mapa para siempre.

Su única preocupación, tras reflexionar sobre algunas de las palabras de Inés, era que estaba convencido de que, por muy unidos en matrimonio que estuvieran, la señorita De Villalta estaba lejos de verlo como algo que no fuera una ayuda desesperada ante una situación compleja. Un precio por lograr descubrir la verdad sobre la familia de su hermana. Pero era incapaz de abandonarla a su suerte. Así, se dijo a sí mismo que, una vez más, sería el hombre de palabra que gustaba ser para que, por lo menos, Inés no terminara odiándolo. Aquel delicado pacto, aunque removió las tripas de ambos, les concedió una de las primeras noches de descanso en aquella vivienda e hizo que en la mente de Inés se difuminara la imagen del cadalso que la llevaba persiguiendo un tiempo.

A la mañana siguiente, tras comprobar que el acuerdo nocturno seguía vigente, Alonso modificó los detalles del viaje. Se quedaría unos días más por allí para gestionar el asunto de la boda y terminar de revisar los documentos de la casa. El párroco de La Solana, buen amigo de los Núñez de León y el mismo que había avisado a Inés del estado de su hermana, accedió a oficiar la ceremonia tras comprobar que todo estaba en orden. Por supuesto que lo estaba. De ello se habían encargado antes incluso de proponérselo. Inés había podido al fin escribir aquella misiva dirigida a sus padres y a sus tíos. Informó de la muerte de Dolores, pero también de su matrimonio con el señor don Alonso Guzmán, barón de Castrover y futuro conde de Valderas, del que mencionó riquezas y prebendas. También la necesidad de máxima discreción con respecto a su unión debido a graves pleitos familiares que no concretó. Prometió visitas pero no concretó fechas. Contó, tal y como habían ideado entre los dos, que la madre de Alonso estaba muy delicada de salud y que no podían emprender un viaje tan largo y complicado hasta Santa Cruz por miedo a que falleciera en su ausencia. «En estos primeros momentos, me debo a mi nueva familia, pero viajaremos tan pronto se pueda y la epidemia de fiebre amarilla esté totalmente apaciguada», escribió. Les indicó que, a partir de aquel momento, por tanto, las misivas debían ser enviadas a la dirección en Madrid especificada en esas líneas. Él, por su parte, preparó los documentos exigidos por la joven y, tras asegurarse de que nadie lo veía o seguía, montó a caballo a una posta lo suficientemente lejana para enviarlos.

La tarde del día 14 de octubre de 1819 el cielo estaba plagado de promesas de tormenta. Ráfagas centelleantes atravesaban un mar de nubes espesas. Bajo los rugidos celestiales, la iglesia de Santa Catalina de La Solana daba cobijo a buenos y malos cristianos. Como testigos de aquel enlace, solo los dos empleados de la casa, conmovidos por una escena que, de algún modo, provocaba un ambiente cálido. Inés dudó un millar de veces hasta que cruzó el umbral del templo. Entonces, sin el gran atuendo que había imaginado para aquel evento crucial en su vida, la mirada de Alonso le pareció magnética. Se creyó con derecho de analizar al que iba a ser su marido sin temor o vergüenza. Sin considerarse una fisgona, una mujer sin virtud. Guzmán, sin embargo, pareció retraerse y luchar por no ser descortés, por no ofender a aquella señorita.

Las gotas de lluvia impactaron contra las ventanas en lo alto. Desde fuera, los muros rojizos, color de aquella tierra, ocultaban la liturgia, los pecados confesados y sin confesar, los rezos ahogados de las almas necesitadas de compasión. Cuando el cura zanjó el rito y se supieron casados, a Inés la invadió el vacío. A Alonso, el pánico. Cruzaron una mirada y sonrieron, sabiéndose cómplices, ocultando los nervios delatores. De vuelta a la casa de los Núñez de León, quizá como reprimenda a sus mentiras y falsificaciones, una de las ruedas de la berlina se quedó hundida en el fango. El cochero se peleó durante un buen rato con ella, hasta Alonso tuvo que apearse para ayudar. Pero nada, no lo lograron. El empleado se ofreció a ir a buscar a alguien a La Solana. Guzmán, temiendo que se hiciera de noche en medio del camino, y al calcular que solo quedaban unos quince minutos a pie hasta la vivienda, propuso a la joven caminar. Inés aceptó, seducida por la libertad que sentía al pasear bajo la lluvia.

Mientras andaban, jugaron a ignorarse. A Alonso le gustó ver la paz con la que Inés dejaba que el aguacero calara sus ropas. Ella lamentó que él se hubiera tenido que manchar de barro los pantalones y el redingote. Sus guantes, separados apenas un palmo, parecían pertenecer a órbitas de distintos cuerpos celestes. Solo a veces, distraídos, se aproximaban en la cortina de lluvia que impactaba contra sus pasos. Cuando alcanzaron la puerta de la vivienda, Alonso permitió que ella pasara primero y abriera con la llave. Refugiados en el zaguán, contemplaron sus ropas empapadas. Los zapatos encenagados. La señorita De Villalta admiró el rostro mojado de Guzmán. Quiso saber si procedía que dos esposos se acercaran un poco más en un instante como aquel. Si era posible que ese hombre tomara la iniciativa y dejara a un lado las condiciones y protocolos y la besara. Pero nada de aquello era una posibilidad en la mente de Alonso. No por falta de ganas, sino porque no deseaba ofenderla incumpliendo el pacto nada más casarse. Así, intentó obviar la forma en la que la señorita parecía aguardar un comportamiento por su parte y se excusó para ir a secarse.

Inés asintió y dejó ir aquellos labios que había censurado por miedo a no estar preparada para ser una esposa al completo, con todas y cada una de las responsabilidades que debía asumir. Llegaría el momento de cumplir con ello, no creía estar lista. Aunque... si solo fuera posible sentir cómo era que él le diera un cálido beso... Después se recordó a sí misma que Alonso solo se casaba por ayudarla, no porque sintiera nada por ella, no porque viera en su rostro algo genuino que le atrajera, no porque la deseara. Quizá, incluso le resultaba desagradable la perspectiva de besarla. Aquella idea agrió su ánimo, al que, retirada en su cuarto, le exigió, una vez más, ser racional, lúcido, práctico. Ajeno a aquella hecatombe emocional, y convencido de que había procedido como el caballero de palabra que presumía ser, Alonso se sirvió una copa, un regalo a sus nervios, durmió como un bendito y amaneció envuelto en el *petrichor* que sucede a todo diluvio.

Inés, por su parte, apareció a las once de la mañana después de que sus inseguridades le infligieran varias estocadas en el estómago y de que su orgullo renaciera como el ave fénix en busca de claridad mental. Encontró a Alonso en el despacho de don Diego, terminando de cotejar datos y de anotar posibles pistas a seguir cuando regresara a Madrid. Después de varios minutos sintiéndose observado, alzó la vista.

—Buenos días, señorita. ¿Ha descansado usted bien?

—Sí, perfectamente —respondió ella—. ¿Cuándo parte a la Corte?

—Mañana temprano. Mis obligaciones me esperan. Pero ya sabe la dirección en Madrid a la que debe escribirme si lo precisa.

La joven asintió y se sentó en la silla que encaraba el escritorio por el lado contrario al de Guzmán.

—¿Usted qué va a hacer? ¿Cómo va a contentar al Benefactor?

—Estoy barajando varias opciones —contestó ella.

Silencio.

—¿Cómo se hizo la cicatriz del cuello? —se interesó de pronto al admirarla sin pensar.

Alonso abandonó momentáneamente su tarea, extrañado por la pregunta.

—Fue en la guerra.

—Le he preguntado cómo, no cuándo.

Guzmán se supo acorralado. Dejó de escribir.

—Nos hemos casado, señor Guzmán. Y me gustaría saber algo más de usted —justificó ella.

Él quiso rebatirle aquel argumento, preguntarle en qué aspectos su matrimonio era convencional y en cuáles, una artimaña. Pero el sincero interés de los ojos de la señorita lo desarmó. Se aclaró la voz.

—Un viejo amigo me la hizo en la acción del Baúl en mayo de 1811. Portaba el uniforme del ejército francés. Se había pasado al bando enemigo al caer preso en la batalla de Ocaña. —Silencio—. Ni siquiera titubeó al verme cuando coincidimos frente a frente. Se lanzó a mi cuello —pausó el relato—. Pero yo fui más rápido y lo maté. Y me quedé con su cuchillo de recuerdo —contó, perdiendo gravedad al final.

—Pero eso es terrible —opinó Inés.

—Sí, lo sé.

—¿Y cómo ha conseguido seguir adelante después de una vivencia así?

—No lo he conseguido —confesó, contemplando la nada, secuestrado por el pasado, por la profunda y amarga decepción que había supuesto que su amigo Ramiro Menéndez se hubiera convertido en enemigo—. Cuando me alisté como voluntario en 1808, pensé que la carrera militar sería mi cima. Deseaba ser un héroe, un caballero de honor, como mi bisabuelo, mi abuelo y mi padre. Morir en el campo de batalla, con la casaca perforada pero llena de medallas. Mas la guerra fue una carnicería angustiosa donde el hambre y la enfermedad se cobraron tantas vidas como la pólvora. En apenas un par de años me enteré de la muerte de mi hermano pequeño, Joaquín, en el sitio de Zaragoza. Maté a un amigo. Combatí en primera línea en batallas terribles como la de Tudela o la de Uclés, en la que apenas sobrevivieron hombres de mi regimiento. Los pocos que quedamos marchamos a Cádiz, donde tuvimos que hacer frente al asedio. Después de más y más batallas, de tratar de ganar terreno a los imperiales en el Mediodía y el Levante, llegó la esquela en la que se me informaba de que mi padre también había fallecido. —Miró a Inés—. Creo que ese día me di cuenta, por fin, de que no estaba hecho para la guerra. Pero tampoco para la vida. Cuando se terminaron las campañas, cobré mi pensión y me retiré. Me recluí en Cádiz, ciudad en la que he sido tan feliz como desdichado, pero en la que me creí libre: sin obligaciones, sin etiquetas, sin apariciones en sociedad... El problema es que, al ser el hijo del marqués de Urueña, nunca se está lo suficientemente lejos de las responsabilidades.

—¿Y por qué no se negó a volver? ¿Por qué abandonó su retiro?

—Por dinero.

Inés arqueó las cejas.

—¿Tan frágil es su determinación?

—Creí que no éramos quiénes para juzgarnos —apostilló él.

La joven se quedó callada.

—Tiene razón, disculpe —rectificó—. La otra noche, cuando fui a su habitación, parecía estar sufriendo mucho en sus sueños...

—La noche siempre ha sido mi talón de Aquiles.

Inés asintió.

—Verá, he estado pensando y su situación mejoraría si tuviera clara la identidad del Benefactor. Así podría ser más consciente de a lo que se enfrenta —cambió de tema—. ¿Jamás le ha dicho su nombre real o ha oído que alguien lo llamase?

—No, nunca. Solo lo he visto unas tres veces. Es un caballero elegante, rico, y apuesto a que poderoso. Sus modales son magníficos. Habla con dulzura y contundencia. Pero temo que los resortes de su carácter son infinitos —comentó ella—. Encontré una esquela con sus señas entre los papeles privados de don Diego. Por eso sabía dónde estaba la llave del armario oculto tras el lienzo y dónde se encontraba su archivo secreto. Así pude ponerme en contacto con él. El otro día pensé que, si esa tarjeta estaba ahí, quizá quiere decir que él también es francmasón, quizá don Diego y él se conocieron en la logia. Al parecer, eran buenos amigos. Yo creí que era un aliado en la búsqueda de respuestas, pero, a juzgar por las lagunas de sus hallazgos, ya no sé nada...

—¿Y qué lugar figuraba en sus señas? ¿Dónde reside? Puede ser un inicio para encontrarlo...

—Una venta en Pinto.

Alonso sonrió.

—Por supuesto.

—¿Por qué es gracioso?

—Porque es un cruce de caminos. Y una buena manera de que nadie sepa dónde vive y, por ende, no se averigüe su identidad.

Inés se quedó pensativa.

—No obstante..., recuerdo que, una ocasión, una de las veces que lo vi dijo que debía regresar a Madrid. Así que quizá sea allí donde pase la mayor parte del tiempo.

—Bueno, podemos arriesgarnos a seguir esa pista... —barruntó Alonso—. ¿Usted podría describírmelo con detalle? Con esa información podría buscarlo por la Corte. Pero tiene que pensar en rasgos muy característicos, no generalidades.

La chica abrazó aquella idea. Después se paró a pensar.

—¿Por qué me está ayudando tanto, señor Guzmán? ¿Tanta lástima le causo?

Alonso se rio.

—No haga preguntas de las que no quiere respuesta, señorita De Villalta —comentó con picardía, y volvió a los papeles.

Inés se irritó de nuevo.

—Está bien, pero lo terminaré descubriendo —lo amenazó mientras se levantaba.

—No le dé tantas vueltas, señorita. Me sentiré correspondido si usted, a cambio, deja que me lleve el libro de actas a Madrid y algunos papeles de su cuñado. Creo que pueden servirme para conocer más la red en la que andaba mi padre.

—Todos suyos. —Y se fue.

La señorita De Villalta regresó a su cuarto e intentó recuperar la templanza que le arrebataban los diálogos con Alonso Guzmán. Cuando hubo controlado sus deseos y dudas, volvió a centrarse en lo importante. Aunque había respondido con vaguedad a la pregunta de qué pensaba hacer, en realidad tenía una idea más o menos clara. Para proceder con eficacia debía seguir una serie de pasos que activaría una vez se hubiera marchado Alonso en su berlina de alquiler.

Pero antes de que aquello pasara, quedaba todavía una velada, una cena en el comedor en la que servirían verduras y algo de carne, una última ocasión de estar juntos en la misma habitación. Para ello se esmeró en atildarse, dentro de los límites del luto por su hermana. Rebuscó en el tocador de Dolores, que llevaba años arrinconado. La extrañó a través de sus joyas y ungüentos. Se preguntó cuáles de ellos la habrían acompañado en los días felices que precedieron a su calvario. Tomó el frasco de agua de azahar y dejó caer dos gotitas en su pálida muñeca. Olió y, gracias a aquel aroma, creyó abrazarla.

La dibujó saliendo de su casa de Santa Cruz del brazo de don Diego, al que había conocido en el invierno de 1806 en un baile en casa de los Russell, una familia de comerciantes de origen irlandés. Don Diego estaba en la ciudad de paso tras haber viajado por Estados Unidos y por Europa. Locamente enamorados, se habían casado dos meses atrás de aquella escena que recordaba Inés, en febrero de 1807, justo cuando se marchaban para la península tras la repentina muerte del padre de don Diego. Blanca e Inés se asomaron por el balcón de la fachada principal para despedir a su risueña hermana mayor, convertida en la esposa de un mayorazgo de La Mancha, con aquel precioso vestido camisa de muselina y aquel chal francés anaranjado. Inés la envidió, ansió su historia, su facilidad para causar impresión en la gente, su sabiduría, su desenvoltura, su encanto, su sonrisa..., hasta el día en que llegó la misiva, moteada con lágrimas, en la que contaba que su marido y su hijo habían desaparecido. Volvió a olerse la muñeca. Si la sentía tan cerca, ¿cómo podía haberse ido para siempre? No era posible. Creía que, en cualquier momento, aparecería cabizbaja por la puerta, preguntando a Inés si le importaba que volvieran a comer caldo de ave con trozos de patata o si podían posponer el juego de cartas para otro momento.

Antes de la cena, Inés aprovechó a visitar las cocinas para ofrecer ayuda. La criada agradeció el gesto, pero confirmó que ya estaba todo listo. Así, se dirigió a su gabinete, donde aguardó el rato necesario para ser la segunda en entrar al comedor. Una vez estuvieron ambos acomodados a la mesa, se sometieron de nuevo a las leyes de aquel baile silencioso entre capricho y mesura. Alonso, también consciente de que apenas quedaba tiempo para la despedida, admiró cada gesto de la señorita. No obstante, se esmeró en ocultar sus deseos a base de tragos a aquella copa de vino que nunca se vaciaba. Pasaron un rato sin hablarse, hasta que Inés se lanzó a hacer una pregunta que parecía sacada de una reflexión solitaria en su mente.

—¿Por qué fue tan feliz en Cádiz?

Guzmán, como siempre, se adaptó con rapidez al cambio de ritmo.

—Conocí a buenas personas. Me alejé del mundo que conocía, el que me había llevado al desencanto más amargo... y, de paso, también de las expectativas que tenían puestas en mí tanto en el ejército como en mi familia. Es difícil vivir con ellas picoteando tu oreja.

—¿Le incomoda que confíen en usted?

—No, me molesta que den por hecho lo que quiero o de lo que soy capaz. Cuando haces que tu nombre esté constantemente en boca de otros, vives a la sombra de tus éxitos, acechado a cada paso por tus fracasos. Cuando no eres nadie, no debes demostrar nada. Vives en paz.

—El éxito constriñe. El fracaso libera —recitó ella.

—Exacto. —Sonrió él y cruzaron miradas.

Ella se sonrojó y dejó escapar también una sonrisa.

—Y, usted..., respóndame a una duda. En todos los años que ha estado al servicio de los marqueses de Riofrío, ¿no se planteó abandonar?

—No podía. Dolores... Ahora parece confuso porque no está. Pero ella creía de veras que íbamos a lograrlo por fin. No ha sido nada fácil. Sobre todo, por las largas temporadas sin noticias sobre mi familia. Yo... Ellos controlaban el correo para protegerme, para ocultar mi identidad, para no poner el riesgo el plan. Pero con el tiempo empecé a sentir que lo utilizaban como una manera de presionarme si no obtenía datos suficientes. Y eso conseguía desesperarme..., aunque no puedo decir que no tuviera el efecto deseado para ellos. Quiero pensar que mis días de trabajo constante, mis mentiras, mis faltas, mi preocupación, mi angustia y mis noches en vela sirvieron para darle esperanza durante un tiempo... Por lo menos...

—Apuesto a que sí —correspondió él.

Siguieron comiendo.

—¿Y nadie dudó de usted? —preguntó Alonso con curiosidad.

—Sí... Al principio, doña Fuencisla Baeza, el ama de llaves, a quien llamamos «madama generala», estaba especialmente contrariada con mi presencia, hacía demasiadas preguntas. Pero logré convencerla de algún modo. Y, bueno..., al final, Julieta. Ella es una buena chica, luchadora y trabajadora como nadie. Nos hicimos amigas y empezó a sospechar. Me siguió en uno de los encuentros con uno de los hombres del Benefactor. Y... tuve que decirle la verdad.

—¿Y es de fiar?

—Quiero pensar que sí.

—Debería asegurarse. No le conviene que nadie la delate.

—Lo sé. Pero, como le he dicho, Julieta es buena —confirmó ella.

Aquella confianza ciega y peligrosa le recordó al señorito Andújar, así que, sin pedir permiso, pasó a presentárselo a Inés a través de ocurrencias y recuerdos en la taberna. También le habló de la Filo, de su don de gentes y su gran corazón. Y de don José, sabio marino con sobrenombre de leyenda. Sin darse cuenta, la señorita De Villalta rio con gana con las anécdotas gaditanas de Alonso. Se imaginó en aquella taberna, con Paquillo dando voces a los parroquianos que armaban jaleo, también paseando por la Alameda, con el Atlántico cuidando sus traspiés, y escuchando los sueños de ese tal Modesto, aspirante a diputado de unas Cortes que no existían. Sin premeditarlo, pasaron a charlar sobre la familia de Inés. Ella le contó que tenía dos hermanas más, aparte de Dolores, y un hermano. Blanca era la mejor amiga que nunca había tenido. Era inteligente, le encantaba escuchar, daba grandes consejos y hacía suyos los sueños de los demás. Alejandra era alocada y parlanchina. Y Lorenzo tímido y ocurrente.

—Mi padre no anda muy bien de salud. Por eso vine yo a ocuparme del asunto de Dolores. No podría haber soportado un viaje así. En las cartas de mi madre son constantes las noticias de achaques y días en cama. Ella es vital, siempre está a disposición de todos. Por eso también quise darle un respiro. Sabía que ella no podía abandonar la casa sin fecha de vuelta —le contó, relajada. Después se le ocurrió y aprovechó—. Aunque no es que yo estuviera desocupada. Valorábamos tres propuestas de matrimonio cuando decidí venir. De no haberlo hecho, no seguiría soltera.

—No lo es —bromeó Alonso, divertido.

—Bueno, usted ya me entiende.

—No, no es verdad. —Se rio.

Inés lo miró concentrada, buscando descifrar el porqué de aquella risa. Pero la respuesta que ansiaba no estaba tras aquellos ojos risueños que se tornaban sombríos cada vez que recordaban que partirían al alba. Terminaron de cenar entre vistazos y conversaciones que morían antes incluso de nacer. Cuando salieron al pasillo, supieron que tenían que decirse adiós hasta nuevo aviso. La tensión que siempre recubría sus cuerpos cuando se hallaban frente a frente construía y destruía el muro que los separaba. En un minuto eran valientes, invencibles. Al siguiente, una simple mota de polvo disuelta en la inmensidad. Pero un inconveniente de los minutos es que, si se suceden varios, la emoción más pura se desintegra. Queda en carne viva la razón. Y con ella, la ceremonia, carcasa de miedos, torpezas e inseguridades. Inés tendió su mano con delicadeza y Alonso la tomó. La besó con parsimonia, orgulloso de proteger su corazón, de cumplir el pacto, única puerta conocida para cruzar la muralla que rodeaba a aquella señorita. Ella aceptó el frío protocolo. Y, despidiéndose con la mirada, se dirigieron a sus respectivos cuartos.

Tal y como había planeado, Alonso abandonó la casa al amanecer con los documentos prometidos bajo el brazo. Cuando tan solo había avanzado cinco leguas, ya deseó leer la misiva donde la señorita De Villalta le narraría cómo había solucionado todo, donde le anunciaría el principio de aquella vida en la que tendría la oportunidad de intentar despertar algún sentimiento sincero en ella. Pero debía ser paciente y concentrarse en sus asuntos.

Inés, por su parte, desayunó con calma en el comedor. Después llamó a los dos empleados de la residencia, a los que entregó algunas de las joyas de su hermana como pago a su discreción y buen hacer. También les regaló el escaso ganado, las hortalizas y las conservas almacenadas. Les dijo que debían buscar otro hogar en el que servir, pero que aquello ayudaría a que pudieran mantenerse hasta lograrlo. O incluso para vivir mejor. Con pena, pero sin sorpresa, los criados asintieron y se marcharon por la tarde con un carromato lleno de recursos para sobrevivir.

La señorita revisó todas las estancias. Comprobó que llevaba todo lo necesario y un poquito más en su faltriquera. También que no había moradores ocultos. Cuando hubo confirmado que la vivienda estaba vacía, se dirigió al comedor. Se sentó en una de las sillas y cerró los ojos. Pasaron por su mente imágenes de las cenas compartidas con su hermana y con Alonso y ficciones sobre escenas familiares que no había presenciado.

Las noches en vela en casa de Dolores habían sido tan crudas como esclarecedoras. Con el duelo todavía sobre los hombros, abrió los ojos y divisó aquella estancia vacía, despojada de felicidad. Alonso y ella habían penetrado en las entrañas de la vivienda, habían sustraído información importante para peligrosos aliados y enemigos invisibles. Fuera lo que fuese lo que le había pasado a don Diego y al niño, aquellas cuatro paredes ya no eran seguras. Jamás lo serían. Eran la casa de un hombre desaparecido misteriosamente, vinculado a las logias de juramentados, cancerbero de documentos. Se levantó lentamente, entre dudosa y decidida. Se acercó a un candelabro y tomó una de las velas. Con lágrimas en los ojos, avanzó hacia las ventanas que daban a la fachada principal de la casa y, ahogando el llanto, prendió las cortinas. Una enorme lengua de fuego devoró el tejido. La joven, embrujada por la llama, reaccionó y se movió con rapidez. Pasó al salón y repitió el procedimiento. También en el salón de visitas y en otra antecámara. Cuando el crepitar del incendio y el calor despedido por las llamaradas asesinas dominaron la planta principal, bajó con premura las escaleras, cruzó el patio, donde la humareda se iba haciendo densa, y salió por el zaguán al exterior.

Avanzó sin mirar atrás por el camino que se internaba en aquellos campos baldíos de los Núñez de León, tosiendo de angustia. Solo una vez se giró, a punto de perder de vista aquella vivienda en descomposición. Por muy doloroso que le pudiera parecer, había concluido que no podía permitirse dejarla sin vigilancia, a disposición del Benefactor o de los hombres que se habían llevado a don Diego y Manuel. Tanto por lo que estaba allí como por lo que habían sustraído. Si lograba encontrar a su sobrino y su cuñado, los llevaría a un lugar seguro, donde nadie pudiera volver a lastimarlos. Quizá podrían vender las tierras, huir a otra región. Pero, por lo pronto, aquella mole de malos recuerdos debía desaparecer. No eran tiempos de sentir, era momento de pensar. La nube negra de humo escoltó los pasos de Inés que, decididos, ansiaban resarcirse más allá de las lágrimas, del dolor que se adosaba a ella sin permiso. Mientras se alejaba en dirección a Manzanares, desde donde tomaría su transporte, se imaginó a los lugareños de la zona mirando al cielo, contemplando las llamas que devoraban el hogar de su hermana y preguntándose: «¿Por qué arde una casa?».

Tercera parte

XXVII

El casco de madera, viejo intruso, surcaba la espuma de las olas. La respiración del océano, que inhalaba corrientes y exhalaba ondas, era la canción preferida de marinos y bucaneros. Un runrún que en ocasiones parecía detenerse con un silencio breve, imperceptible para quien no presta atención a los detalles. Abrazado a las redes portadoras de cosecha o desdicha, uno perdía la noción del tiempo bajo las estrellas. El frío húmedo inflamaba los huesos. El tira y afloja concluía con las luces del alba que, como una paradoja, apagaban el cielo.

A don José Salado los riñones le daban más guerra que nada en los últimos años. Después de recoger los frutos de la pleamar, se ponía la mano en el costado y mimaba una espalda huérfana de amores cálidos y bienvenidas tras una noche de trabajo. Aquella jornada confirmó que no regresaría con los cubos de madera repletos, pero poco más podía hacer. Así funciona el ciclo natural. El hombre sueña con controlarlo, mas la bajamar siempre llega, al margen de peticiones y maldiciones entre dientes. A medida que la embarcación se aproximaba a puerto, el hálito del mar dejaba de oírse. En su lugar, susurros —luego gritos— de un gentío ruidoso y egoísta. La soledad de horas antes, purgatorio y paraíso, se volvía quimera. Cuando amarraba el barco, el Ahorcaperros sentía que volvía a despertarse. Allá, sin nadie más, la vida era otra. La muerte lo visitaba, lo invitaba a reencontrarse con su familia. Pero al regresar a la orilla, las risas inventadas de su mujer e hija se perdían junto a aquel canto marino que acunaba sus deseos al zarpar.

Aquella mañana, no obstante, don José tuvo la agudeza de percibir que el barullo gaditano era más molesto de lo normal. Sin necesidad de preguntar, el correveidile matutino le alcanzó en forma de diálogo ajeno.

—Se dice que han proclamado la Constitución en Cabezas de San Juan.

—¿Quién?

—Creo que un oficial del ejército de Ultramar.

Las tripas del pescador se encogieron temiendo problemas. Y no se equivocó. Aquella misma tarde las puertas de la ciudad se cerraron a cal y canto. Por la noche tuvo que prescindir de salir a la mar, pues se había abierto fuego en la Cortadura entre las tropas leales al rey y las sublevadas, que habían tratado de penetrar en Cádiz. El enfrentamiento no duró demasiado, los batallones constitucionales se retiraron dejando pocas bajas tras ellos. Sin embargo, dos días más tarde volvieron a intentarlo. Varias ofensivas sobre la Cortadura y el arsenal de la Carraca se sucedieron durante las siguientes semanas, y solo cayó en manos liberales el segundo de los objetivos. Mas, a pesar de las alianzas civiles que tenían intramuros y de lograr liberar del castillo de San Sebastián a algunos de los presos por la causa de El Palmar —como don Felipe del Arco Agüero o los hermanos San Miguel—, la plaza se les resistía. No obstante, durante aquel mes de enero de 1820, no dejaron de llegar noticias sobre la proclamación de la Constitución y el nombramiento de alcaldes constitucionales en poblaciones cercanas, que pasaban de bocas enteradas a orejas ansiosas en la calle Ancha y los cafés.

Poco a poco, don José puso nombre a los protagonistas de aquel episodio. El oficial que había leído el primer bando en la población sevillana de Cabezas de San Juan era el teniente coronel del segundo batallón de Asturias, don Rafael del Riego. Sin embargo, el militar que sobre el papel se hallaba en la cúspide de las fuerzas sublevadas era el coronel don Antonio Quiroga, liberado en los primeros días del año de su presidio en Alcalá de los Gazules, donde estaba confinado desde el suceso de El Palmar. Quizá, de haber interrogado al señorito Andújar, habría tenido más información sobre el asunto. Pero en el fondo, ni al Ahorcaperros le interesaban tanto los pormenores ni Modesto podía ser todo lo concreto que le hubiera gustado.

Desde dentro de la conspiración, eso sí, se vivían los acontecimientos con un punto de vista especial. Al pasante no le pilló desprevenido la noticia del levantamiento. Tampoco los intentos de tomar Cádiz. Ni la actividad más allá de la muralla gaditana. Conocía los nombres de los oficiales que lideraban los movimientos desde hacía semanas. Él había participado en muchas de las reuniones en casa de don José Montero, lugar al que acudía desde el resurgimiento de la actividad clandestina tras los sucesos de El Palmar, en las que se había tramado cada paso de aquella decisiva operación. La casa de Istúriz, al que habían detenido al regresar a Cádiz desde Gibraltar, ya no era segura. Había sabido, en primicia, de la elección de Quiroga como adalid militar del levantamiento tras no poder convencer al general O'Donojú —ni a ningún otro general— para que se convirtiese en líder. Los planes, atrasados por la epidemia y el lluvioso temporal de finales de otoño, por fin se llevaban a término, aunque no con la contundencia esperada en las febriles ensoñaciones del jerezano.

Así, aunque había aplaudido la liberación de muchos compañeros apresados en julio tras la vil traición del conde de La Bisbal y el general Sarsfield, los movimientos de los batallones levantados en armas no estaban siendo todo lo precisos que debieran. Además, sabía que el fracaso de tomar Cádiz sería una auténtica lacra. Y es que, por su pasado de resistencia,

Cortes, prensa y cafés, aquella ciudad era un símbolo, una auténtica caja de resonancia para aquel grito de cambio. En aquellas tardes tristes en las que aguardaba buenas nuevas procedentes de la isla de León o de las localidades próximas, el señor Andújar se preguntaba si realmente había servido de algo la implicación de otros conjurados ya amigos, como el abogado don Sebastián Fernández Vallesa, el señor don Antonio Alcalá Galiano o el señor don Juan Álvarez de Mendizábal. Muchos de ellos, además de participar en la organización del pronunciamiento, habían aportado capital para financiarlo. Era el modo en que aquellos civiles podían contribuir de forma efectiva, pues lo que seguían teniendo claro en aquellos círculos masónico-liberales era que el golpe de gracia debía darse desde el ejército, a cuya tropa habían continuado convenciendo con la promesa de evitar su embarque forzoso hacia la guerra colonial a bordo de aquellos «buques podridos» comprados a Rusia.

Como una rutina abrazada de forma inconsciente y silenciosa, Modesto, a veces harto de la tensión que se respiraba en todas partes, se cobijaba en casa de la Filo. Esta, aunque ya se había reincorporado a la vida pública, siempre guardaba un ratito para conversar con el señorito Andújar. Le gustaba conocer las últimas noticias. También datos que, sin querer, se escapaban de los labios de un Modesto agotado de soñar en balde. Con él confirmaba los rumores que cazaba al vuelo con su mantón, entre baile y risotada, como, por ejemplo, que las tropas del coronel Quiroga estaban arrinconadas en la isla de León por el general Freyre o que las del teniente coronel Del Riego se movían, cada vez más desgastadas, por el Mediodía, perseguidas sin descanso por el general don José O'Donnell. Entre discursos, lamentos y consuelos pasaron las primeras semanas del mes de febrero. Hasta que, a mediados de la última, llegó a oídos del señorito Andújar la noticia que embraveció su espíritu, empoderó su garganta y abrillantó sus más profundas ilusiones. El coronel Álvarez de Acevedo había proclamado la Constitución en La Coruña. Un gesto que se replicó en otras ciudades del reino como Santiago de Compostela, Lugo, Oviedo, Murcia, Pamplona, Zaragoza o Barcelona. El día 6 de marzo, el conde de La Bisbal, destinado en Ocaña desde su controvertido comportamiento en los sucesos del verano anterior, se sumó al levantamiento haciendo gala de su veleidad.

Ya en los primeros días de marzo, los pronunciamientos militares habían encontrado correspondencia en algunos sectores de la población civil, que formaron turbas a favor del restablecimiento de la Constitución, quizá, en muchos casos, sin tener idea de qué implicaciones tendría en sus vidas. Y sin poder hacer nada por remediarlo, la revuelta llegó a las puertas de palacio y envalentonó a los liberales residentes en la Corte, que salieron a la calle a exigir que el rey jurara la carta de 1812.

Modesto no podía creerlo. Aquello había ocurrido tantas veces en su imaginación que la realidad se le antojó ficticia. Y más cuando supo que Fernando VII había accedido a jurar la Constitución con el decreto que rezaba aquello de «marcharemos francamente, y yo el primero, por la senda constitucional». El monarca, de debilitada reputación y apoyos, había sabido que ni siquiera toda la guarnición de Madrid le era leal, así que tuvo que rendirse a las exigencias de aquellos a quienes había intentado callar durante seis largos años.

El señorito Andújar brindó con sus compañeros, rio al imaginar el mañana. La liberación de los presos políticos y el retorno de los diputados exiliados era un hecho. Se iba a formar un nuevo gobierno. Fue tal el entusiasmo que sintió al saborear el futuro que, cuando la reunión se deshizo, no dudó en informar a aquella que había aguantado sus llantinas revolucionarias.

Cuando la Filo abrió la puerta de su humilde residencia, no supo descifrar si lo esperaba o no. Una sonrisa le dio la bienvenida al tiempo que él, acelerado, narraba a la joven todo lo que estaba pasando. El nacimiento de una época parecía estar a sus pies. Y Modesto no escaseó en adjetivos para transmitir a Filomena Esquivel lo importante de aquella efeméride. Ella, entre atenta y divertida, escuchó a su adorado pasante.

—Al final vamos a tener que darle la razón y va a ser ese diputado que soñaba —comentó ella.

—Ojalá, señorita Filo, ojalá.

—Lo haría bien. Yo he aprendido mucho con usted en estos meses —lo aduló.

—Muchas gracias, señorita Filo. Pero imagino que pasarán años hasta que pueda alzar mi voz en las Cortes. Por lo pronto, me conformo con contribuir a la causa del modo que más necesario sea. Por eso…

La Filo se rio.

—No sea usted humilde de pacotilla. No le sienta bien —lo interrumpió en tono de broma.

Modesto sonrió. Miró a la chica a los ojos y logró que se sonrojara. Permanecieron así un par de segundos, la conversación raptada por un mimetismo fugaz. Ella, que apenas ya lograba ocultar sus sentimientos, tras tantas noches de charla y vino en aquella habitación, acercó su rostro al del joven y buscó un beso que cicatrizara su alma. El señorito Andújar, acalorado por la adrenalina del día y la repentina cercanía de la chica, correspondió y la besó.

Cada una de las noches de pánico y los instantes de euforia vividos aquella jornada se tradujeron en pasión. Así que sus manos se rebelaron y recorrieron el cuello de Filo, para después desatar poco a poco la ropa de la joven. Modesto deseó cada uno de los centímetros de ese cuerpo desnudo y ella sintió que la amaban por primera vez. Besos sin pausa en aquella búsqueda del placer, tesoro escondido en los recovecos de aquellos dos seres mortales entregados a un sudor que empañaba su razón.

Las primeras luces del día alumbraron los rizos azabaches de la joven, desparramados por la almohada minutos antes compartida. Su piel, con marcas de clientes poco cuidadosos, danzaba al ritmo de su profunda respiración. El señorito Andújar acercó su boca a la oreja de ella y le susurró que, un poco antes de la una de la tarde, se pasaría por la taberna de Paquillo. Filomena sonrió con los ojos cerrados, asintió suavemente y prometió así acudir a la cita. Los pasos de Modesto desaparecieron por la puerta, que cerró con delicadeza.

Horas más tarde, cuando la Filo se despertó, se relamió los labios, se creyó en un sueño. Se rio. Bailó. Abrazó las sábanas, testigos de su dicha. Entonces se preguntó por la hora. Sacó la cabeza por la puerta y pegó un grito al casero, que siempre andaba por el patio, los corredores y las escaleras organizando turnos y reclamando pagos. Este particular reloj la informó de que eran las doce menos diez. Con apremio, decidió asearse y vestirse para llegar puntual a aquel reencuentro con su amado. Pasó un buen rato frente al espejo roto del tocador, atusando su cabellera salvaje y coloreando labios y mejillas. Una vez terminó el ritual, alcanzó su mantilla y salió. De camino todo le pareció más hermoso. Intentó encontrar señales de esa revolución de la que el señorito Andújar le había hablado tantas veces. ¿Volvería a ser Cádiz como en 1810? Aquellos años habían sido buenos para el negocio, con tantos diputados rondando por allí. Aunque quizá, si Modesto pedía su mano, ella podría dejar de trabajar. ¿Qué dirían sus hermanas cuando les contara que era la prometida de un comerciante? La hormigueante felicidad recorrió su cuerpo.

En la taberna solo estaban Paquillo, que secaba vasos con un paño, y tres clientes solitarios. La Filo extrañó entonces a Alonso, de quien no tenía noticias desde hacía un año. Supuso que estaría bien, quizá de nuevo con su familia, quizá casado con esa duquesa con la que lo habían comprometido. La joven pidió al tabernero un chatito para hacer más amena la espera. Él, en virtud de la amistad que compartían, le concedió aquel rato de asueto antes de comenzar la jornada. En el tiempo que estuvo allí acomodada tuvo oportunidad de inventarse nueve vidas distintas, aún con el recuerdo de la noche previa pintando su sonrisa.

Finalmente, un poco más tarde de lo que había prometido, el señorito Andújar apareció por la puerta. Sonrió al ver a la Filo y se acercó adonde ella se encontraba. No supieron bien cómo saludarse hasta que ella se lanzó a besarlo. Modesto enrojeció, desarmado. Después se sentaron.

—Qué bien que haya podido venir, señorita Filo.

—Por supuesto. —Sonreía ella.

—No quería irme sin despedirme de usted.

—¿Despedirse? —Dejó de sonreír.

—Sí, me marcho a Madrid. Con mi amigo el señorito Hernando. Se lo dije ayer..., ¿recuerda que le conté lo del rey? ¿Lo de la convocatoria de Cortes como indica la Constitución de 1812 y mi intención de contribuir a la causa en primera línea?

Antes de ir a casa de la Filo, entre chatos a rebosar, el inquieto señorito Andújar había convenido con su querido amigo Víctor Hernando que no esperarían un solo día para partir hacia aquella Corte que, si bien había sido hogar de lo que más despreciaban, ahora se dibujaba en el horizonte como su Ítaca.

—Sí, sí, me acuerdo de eso, pero no dijo nada de marcharse. Yo pensaba que las Cortes volverían a ser aquí...

—No, no, en absoluto. Se reunieron aquí entonces por la guerra, pero su lugar es Madrid, donde todo ocurre. Yo... pensé que ayer... Disculpe, no quería ser brusco con la noticia. Hubiera jurado que se lo dije.

—Pues no lo dijo —espetó ella, irritada.

—Lo siento.

Modesto puso su mano sobre la de la joven, buscando su perdón. La Filo lo miró, lo reconoció arrepentido. Se preguntó entonces si aquella cita sería para proponerle que lo acompañara...

—Entonces ¿cuándo se va?

—Esta misma tarde. La diligencia parte a las dos y media. Yo...

—¿Sí? —se interesaron los ojos brillantes de ella.

—Yo, verá, señorita Filo, no quería irme sin agradecerle lo de ayer. Puso el broche de oro a un día perfecto. Hacía tiempo que rondaba por mi mente la posibilidad, sin embargo no sabía muy bien… Ya sabe. Sé que no soy un gran amante a causa de mi nula experiencia, pero usted fue sensacional.

El señorito Andújar rebuscó en el bolsillo de su levita y, como si de una daga se tratara, sacó de él unas cuantas monedas.

—Es mi primera vez, así que no sé muy bien cómo funciona esto ni cuánto…

El gesto de horror de Filomena lo detuvo. Creyó que eran pocos cuartos los que llevaba encima, así que se justificó diciendo que podía ir a por más. Ella frenó sus balbuceos negando con la cabeza. El joven, al margen de la realidad, asintió y puso sobre la mesa la cantidad que había calculado en casa. Filomena Esquivel siguió negando con la cabeza gacha.

—La culpa es mía —se dijo—. Lárguese de aquí ahora mismo.

—¿Perdone?

Fijó su mirada en él.

—Le he dicho que se largue de aquí ahora mismo. ¡Ahora! ¡Váyase! ¡Fuera! —No pudo evitar gritar.

Los parroquianos interrumpieron sus profundos quehaceres para contemplar la escena, también Paquillo. Modesto, avergonzado y confundido, se levantó aprisa.

—¿Me podría decir qué le pasa? —intentó una última vez.

Filomena cogió las monedas que había dejado el pasante sobre la mesa y se las tiró a la cara.

—¡Le he dicho que se largue!

El señorito Andújar, incapaz de gestionar la escena, obedeció. Se digirió a la puerta de la taberna. En la calle del Solano, justo al salir, se topó con don José Salado, que se disponía a hidratar sus desengaños, causados por una pequeña avería en su embarcación. Al ver el mohín de preocupación de Modesto, se interesó por lo que le pasaba.

—A la señorita Filo le ha dado un ataque. No entiendo nada.

—¿Cómo? ¿Ha sido de pronto?

—Bueno, ayer... Verá, señor Salado, ayer fui a ver a la Filo por la noche y con la emoción del momento por todo lo que está pasando, pues terminamos, usted ya sabe... Hoy me voy a Madrid y no quería irme de aquí sin pagar por sus servicios. Pero se ha puesto como una fiera cuando he querido saldar mi deuda. ¡Me ha tirado el dinero a la cara!

El Ahorcaperros, personaje secundario que todo lo ve, exento de la ceguera de un estatus que las redes y las manos callosas no concedían, comprendió.

—¿Y no se le ocurre por qué puede ser eso, chico?

—Pues no, don José. No tengo ni idea. Se ha vuelto loca. De lo contrario, no entiendo que una prostituta no acepte su salario.

—Antes que prostituta es un ser humano, joven.

—Bueno sí, don José, pero es lo que es. Yo le tengo un gran aprecio, no me malinterprete, me encanta hablar con ella, pero no tiene sentido alguno su reacción.

—Si no es capaz de ver lo que pasa, no se merece otra respuesta, chico.

—¿Está de su parte entonces? Pero ¿qué le pasa hoy a todo el mundo? —se preguntó, desesperado—. La señorita Filo trabaja como meretriz. Ayer me prestó sus servicios y yo quiero pagar por ellos. ¿Es tan difícil de entender?

—Quizá ella no quería que usted la pagara.

—¿Y por qué no iba a querer? No está para rechazar dinero, usted ha visto donde vive y, con todos mis respetos, deja mucho que desear. Tampoco es el tipo de persona que veo en un palacio, pero, ya sabe, no debería ser tan orgullosa. Y menos dedicándose a lo que se dedica...

—Chico, está muy bien tener un gran discurso, llenarse la boca con paparruchadas y querer cambiar el mundo. Pero es en los pequeños detalles donde uno mide su dignidad.

—Pero ¡si lo único que he intentado es ser un buen pagador! ¡Están todos locos! Me voy de aquí ya mismo... —indicó—. No tendría que haberme juntado con chusma... —murmuró.

—Señor Andújar, aquí la única chusma que hay es usted. Hace bien en irse. Y no vuelva por aquí. Filomena es más de lo que usted podrá soñar nunca.

Modesto, sin ganas de más lecciones, resopló y siguió caminando, dejando atrás la infravalorada sabiduría del marino.

—Tanta palabrería para el vecino y tanta ceguera en casa —barruntó el Ahorcaperros mientras lo veía alejarse.

Mientras tanto, la Filo se preguntaba cómo había podido ser tan ilusa. Cómo había osado creerse querida, valorada. «No llores, Filo. No te atrevas a llorar por esto», se decía, al tiempo que la rabia se convertía en un llanto mudo. «No te dejo que llores, Filo. No, no llores», repetía. Limpiaba las lágrimas de su rostro con garbo y maldecía cada minuto concedido a aquel cuento de hadas que la había hecho prisionera de los sentimientos. Mujer de todos, mujer de nadie. Esa era la realidad. Daba igual que hubiera iniciado aquella vida por necesidad, para no morir de hambre. Ni siquiera lo hizo conscientemente. Las primeras veces, con aquellos soldados que pasaban por tierras jienenses, le parecieron desagradables pero rentables. Fueron la puerta de salida de Úbeda al morir su madre y la de entrada en la ansiada Cádiz, ciudad de la que su padre le había hablado una vez. Vivía mejor que con su familia. Ganaba más que tejiendo, limpiando o vendiendo mechones de cabello. Incluso le daba para comprarse algún caprichito de vez en cuando.

Los inconvenientes los descubrió poco a poco. Se alejó del sol, se internó en las tinieblas de la noche. Combatió infecciones, clientes peligrosos y otras pesadillas que su mente no se atrevía a recordar. Había querido abandonar muchas veces, pero el fluir de los años y los chismes gaditanos la habían condenado al grupo de indeseables, a la familia de los despojos a los que era mejor no mirar. La amabilidad e inocencia de Modesto durante aquellos años había dado una nueva perspectiva a su sufrimiento. Le dio agallas para pensar que quizá, después de todo, el infierno tendría fin. Se acabaría. Solo hacía falta que él la viera como algo más, que le tendiera su mano para levantarse.

Pero ahora sabía que todo aquello era una cantinela que ella misma había tejido en soledad. Él había puesto precio al amor sincero, a las caricias, a la entrega desinteresada. Había entrado en su casa, con mil modales, pero como quien entra a un café o a una tienda. Se había colado en su vida y la creyó en venta. ¿Cómo desquitarse del amor? ¿Cómo borrar de un plumazo las ilusiones? «No llores, Filo. No puedes llorar», continuó, sin poder reprimir las lágrimas. Entonces contempló las monedas que habían desgarrado su orgullo y su fe y recordó que las necesitaba. Así, cogió una por las molestias; otra, para tratar de calmar el dolor; otra, por el tiempo perdido en sueños y otra, por su madre y hermanas, que, si hubieran estado presentes, no la habrían perdonado rechazar una fortuna así.

El día 23 de marzo, tras un viaje sin prisas, Víctor Hernando y Modesto Andújar llegaron a Madrid. La diligencia los dejó en el patio de postas, desde donde decidieron pasear sin rumbo tras despedirse de otros viajeros a los que habían tenido el gusto de conocer durante el trayecto. Al término de este ya eran cómplices de los sueños y pesadillas de casi todos. También, con más o menos detalle, y si habían sido sinceros, lo que cada cual se disponía a hacer en la Villa y Corte. Habían compartido ratos de traqueteo, de paradas en ventas, de rumores de asaltos y de cenas a la luz de las velas en paradores perdidos. Sin embargo, sus caminos debían separarse en la plaza de Pontejos. Andújar y Hernando, sin tener muy claro dónde pernoctarían, priorizaron descubrir los rincones de aquella ciudad que tantas veces habían imaginado. Por la calle de las Carretas anduvieron hasta la Puerta del Sol.

Modesto, hatillo al hombro, dio una vuelta sobre sí mismo para admirar cada una de sus perspectivas. Su mirada quedó fija en la fachada rosada de la Real Casa de Correos, con el portón principal, los tres balcones en piedra y el frontón, pero enseguida le arrebató el protagonismo la de la iglesia del Buen Suceso, encuadrada entre dos calles, puntos de fuga de aquella plaza alargada, sin forma aparente. Edificios de viviendas, menos llamativos, completaban el resto de los flancos, con sus tejas de barro y esas buhardillas que, como niños curiosos, parecían asomarse más allá de las cornisas. En la zona central había una majestuosa fuente, también llamada del Buen Suceso, abordada por parroquianos con sus cántaros y hocicos de animales sedientos, vigilados en lo alto por la Mariblanca. El señorito Andújar dedicó un instante a contemplar los labios pétreos en los que, en forma de fina cascada, terminaba aquel viaje acuático matritense. Al margen del avituallamiento ajeno, dos berlinas y una carroza sorteaban bicornios, sombreros de copa, de paja, capotas y pañuelos. También burros, soldados que hacían la ronda, tres frailes y dos grupos de vecinos intercambiando chismes. A la sombra de un tejadillo, tres chiquillos hacían rodar una peonza sobre el suelo empedrado.

Sin conversar sobre sus impresiones con su compañero, suspiró satisfecho. No podía creer que hubiera conseguido llegar hasta allí. Tras muchas dudas, se convenció de que había hecho bien en tomar aquella decisión. No había sido fácil. Dejaba todo atrás. Incluida la fortuna y reputación familiar. Pero era preciso. La mera idea de pasar sus días en el cortijo donde había crecido lo asfixiaba. Así, había escrito una misiva a sus padres, otra al primo de su madre, y había metido todos sus ahorros en un saquito que, guardado en su levita, ahora protegía más que a su vida. Después de palparlo y confirmar que todo estaba en orden, se fijó en que, en el nacimiento de la calle que existía a la derecha de la iglesia del Buen Suceso —aquella llamada Carrera de San Jerónimo, camino hacia la iglesia de San Jerónimo el Real— había un grupo de caballeros. Sugirió a su amigo que fueran a ver.

Los dos jóvenes avanzaron convencidos y, con la cercanía, la escena empezó a tomar forma. Aquellos hombres buscaban entrar en un local, de puertas abiertas, del que se escapaban discursos apasionados y noticias frescas sobre el estado de las cosas. Como dos sabuesos que reconocen el aroma de su territorio, Modesto y Víctor pusieron oído e interés en cazar el sentido de las palabras del orador, que se perdían entre respuestas y arengas. Sabiéndose en casa, sonrieron y se unieron a los vítores, a ese rugido que nadie escucha. Era el café Lorenzini.

Un caballero con anteojos informaba de las últimas noticias que se tenían del viaje de aquellos que se iban a convertir en ministros. Muchos llevaban años exiliados o encarcelados, motivo por el que ese primer ejecutivo recibió el nombre de «Gobierno de los presidiarios», así que, aunque ya hacía un par de semanas que habían sido nombrados, todavía no habían podido tomar posesión. Se trataba del señor don Agustín Argüelles, de don Evaristo Pérez de Castro, de don José Canga Argüelles… Modesto había escuchado un sinfín de relatos acerca de sus intervenciones en las Cortes de Cádiz. No podía esperar a que el naciente parlamento se llenara con sus ideas.

Sin embargo, cuando esto ocurrió, sus aportaciones, que leía en octavillas o que escuchaba entre distintas voces en aquel abarrotado local, le parecieron insuficientes. Junto con sus amigos del Lorenzini, ansiaba que se pasara a la acción, que se tomaran determinaciones más contundentes. Aquello estaba por venir, estaba convencido, solo debía esperar a que aquel gobierno trajera la modernidad y la revolución a aquel reino lastrado por la camarilla y las viejas instituciones.

Así, durante aquella primavera de 1820, el sueño liberal fue tomando forma en cafés, pasquines y agrupaciones. Modesto y Víctor optaron por participar en la sociedad del Lorenzini, liderada por el poeta don Manuel Eduardo de Gorostiza. De pronto, el secretismo y la clandestinidad estaban de más para ellos. Podían enorgullecerse de sus compañías, presumir de compromiso con la causa en otros cafés, subirse a mesas para reclamar atención. Entre debates y cánticos, Modesto encontró trabajo en una imprenta. El salario era irrisorio, pero junto al de Víctor, que había conseguido uno de mancebo en una farmacia, les valía para pagar el cuarto que habían alquilado en la posada de la Reina, en la calle de San Miguel. No es que no hubiera empleos más adecuados para su estatus y formación, pero no querían correr el riesgo de que les arrebataran la posibilidad de pasar sus días bebiendo los vientos por la política, fin último de sus despertares. Con cada mecánica tarea de su día a día, Modesto se evadía pensando en lo que compartiría aquella noche con sus compañeros, imaginando su nombramiento como ministro. ¿Llegaría el día? No sabía. Por lo pronto, se contentaba con conocer a más caballeros interesantes y lanzarse a leer panfletos en voz alta en compañía del señorito Hernando.

Una de las cuestiones de las que enseguida se percató Modesto era que, si bien ya no tenía que esconder sus simpatías, el reino no había cambiado de opinión de golpe en aquellos meses. Seis años y una vida no se borran de un plumazo. Así, los sectores favorables al absolutismo, amedrentados momentáneamente por la fuerza militar de los liberales, continuaban moviéndose por las callejuelas de Madrid a la espera de organizar la contrarrevolución. Aquella certeza lo apremiaba más y más, debían asegurar el cambio sin dar margen a que los realistas pestañearan. Solo un caballero hizo que los pilares de su vehemencia se tambalearan, el señor don Antonio Alcalá Galiano, que llegó en junio a la Corte. Antes que él, otros pesos pesados del Mediodía habían arribado a Madrid. A principios del mes de mayo, Hernando y él habían tenido la oportunidad de parlamentar un rato con don Felipe del Arco Agüero. Pero fue el señor Alcalá Galiano el que más molestias se tomó en aconsejarlos y contarles cómo había sucumbido Cádiz al ejército liberal en abril.

—Deberían visitar el café de la Fontana de Oro en lugar de ir siempre al Lorenzini. Allí los debates son un tanto más calmados —opinó.

Los jóvenes valoraron la recomendación y prometieron dar una oportunidad a aquel local sito a solo unos metros del

Lorenzini. Lo hicieron una de esas noches pesadas del verano madrileño en las que ni las sombras confieren respiro. Las calles, que eran escenario de quejas y murmullos, rezumaban el calor seco del día, que hacía que se pegaran las ropas. El hedor que aquella villa desprendía, sobre todo en el estío, despertaba la morriña de los dos jóvenes, que soñaban, el día que conseguían pegar ojo, con las temperaturas, casi siempre suaves, del litoral. En muchos aspectos, Madrid era una ciudad más castigada y destartalada que Cádiz. Muchas de las vías, heridas de guerra, todavía no estaban asfaltadas. El trazado era irregular, tortuoso, peligroso debido a la parca iluminación. Modesto, que no había ido a juzgar la falta de gusto arquitectónico y urbanístico de los madrileños, recorría piedras de molino que hacían las veces de acera en su camino a la imprenta desde la calle de San Miguel. Se había aprendido el itinerario de memoria. También el que lo llevaba, en compañía de Hernando, a la Puerta del Sol. Aquella vez, como decía, faltaron a su fidelidad con don Carlos, el propietario del Lorenzini, y se marcharon al café ubicado en la esquina de la Carrera de San Jerónimo con la calle de la Victoria.

En su interior, no muy amplio, solo un par de parroquianos parecían dedicados en exclusiva a disfrutar de su café en la parte destinada a tal actividad. El resto miraba a un caballero que ya había tomado la batuta subido a una banqueta. La suela de las botas del orador reposaba sobre un cojín maltrecho que parecía estar a punto de vomitar todo su relleno sobre el suelo pringoso del local. El dueño, parapetado tras un mostrador en el que se vendían distintos alimentos y bebidas, cogió una de las botellas que estaban almacenadas en dos estantes a su espalda y sirvió una ronda a tres entusiastas. En aquella concurrencia, se fijó el señorito Andújar, había un poco de todo. Prohombres de impecable levita, militares con varias medallas en su casaca, actores huidos de las tablas por unas horas, pero también estudiantes, barberos, zapateros, matuteros y otras gentes diversas de la villa, inagotable fuente de tipos populares y otros perfiles menos evidentes. En cuestión de opiniones, en función de los comentarios que pudo ir cazando a medida que el señorito Hernando y él se internaban en el café, también había un buen refrito. Algunos eran más moderados, otros más exaltados. Unos eran liberales, otros serviles.

Los dos caballeros avanzaron posiciones para situarse a distancia idónea de los discursos y debates que se sucedían bajo la luz, casi marchita, de los quinqués. Una de las intervenciones que mejor recepción tuvo por parte de un sector de la audiencia fue la del señor Alcalá Galiano. Modesto lo había escuchado hablar antes, pero en aquella fonda madrileña, su voz parecía más poderosa, más importante. Su sermón fue *in crescendo* en contundencia y volumen. Al término de este, los dos aplaudieron al tiempo que observaban cómo el ovacionado se bajaba de la mesa en la que se había subido. Esperaron un rato hasta acercarse, más que por prudencia, por practicidad. El establecimiento, estrecho y alargado, estaba abarrotado. Cierto era que el ambiente era un poquitín más reposado, pero no podía negarse esa entrega y nervio de oradores y audiencia tan común en 1820.

Al abrigo de los susurros de los más rezagados, y colgados de las ojeras de don Antonio, comentaron la triunfal entrada en la Corte del coronel don Antonio Quiroga, el líder teórico de la revolución, una semana atrás. Y el banquete campestre que se había organizado ese día en la alameda de la Virgen del Puerto y al que se habían sumado muchos vecinos. El señor Alcalá Galiano también les informó sobre el paradero de algunos compañeros de Cádiz, les explicó asuntos útiles sobre las sociedades y asociaciones que estaban formándose o transformándose en la ciudad, de los planes de creación de periódicos... Los jóvenes atendieron con los ojos como platos. Ahora que estaban a solo unos días de la sesión de apertura de las Cortes en la iglesia de Doña María de Aragón y de la jura de la Constitución por parte del rey, era preciso que se tomasen las decisiones adecuadas, que la «senda liberal» fuera la deseada, no otra. En aquellos meses había funcionado, junto a ese «Gobierno de los presidiarios», una junta provisional consultiva que lo iba a acompañar hasta el inicio oficial de la legislatura. Don Antonio volvió a compartir su crítica visión acerca de ciertas personas que formaban parte del ejecutivo, también su temor a las medidas descafeinadas. El señorito Andújar no quiso dejarse llevar por el pesimismo pese a que la impaciencia siempre lo acompañaba en cuestiones políticas. Remató su chato y tomó la decisión de retirarse. Debía levantarse temprano para ganarse el pan. Detalle más relevante, si cabe, desde que había notado los primeros síntomas del abandono del cobijo familiar. Entonces, mientras rebuscaba monedas en su levita, echó un vistazo a otra de las mesas. El rostro de un hombre solitario dedicado a observar y beber lo pilló desprevenido. Era Conrado Íñiguez.

XXVIII

Dejándose alumbrar por la luz que atravesaba cristales y cortinas en el salón del palacio de su hermano, Alonso leía las últimas líneas que había recibido de parte de Inés. De pronto, la irrupción de Jonás, llegado a la ciudad a principios de la primavera, provocó que ocultara el mensaje y disimulara con una sonrisa apacible. El muchacho, cuyo cogote era codiciado tanto por Cosme como por el padre Gutiérrez de Lerma, veía los momentos a solas con su hermano Alonso como el único rato de libertad en su nueva vida en Madrid. Aunque habían pasado años sin verse, jamás había faltado la comunicación entre ellos, tampoco el interés sincero. Ahora, a ello se habían sumado las charlas interminables sobre asuntos baladíes, los paseos para husmear en la cosa pública y los relatos nocturnos acerca de gestas en campos de batalla y tabernas. Alonso opinaba que, más allá de los estudios, era importante que el benjamín de los Guzmán conociera el mundo real para estar preparado. Al fin y al cabo, ya tenía diecisiete años. Y, aunque joven e inexperto, era un adulto.

—Hoy he vuelto a verla, hermano. Es tan bonita... Llevaba otra vez ese sombrero con flor y lazos de color vino —dijo refiriéndose a la hija de un general a la que había echado el ojo en una de sus últimas visitas a la iglesia.

—Jonás... —trató de advertirlo Alonso, mientras se sentaba en un sillón, a sabiendas de que aquel detalle contravenía los planes que tenían para él sus tutores y que incluían su ingreso en la carrera eclesiástica.

—¿Qué? ¿Acaso no puedo tener ojos en la cara?

—Sí, pero luego no quiero lloriqueos.

—Aquí la única alma en pena que hay eres tú. Desde que viniste a buscarme a Asturias estás mustio. Algo te pasa.

—Demasiadas cosas, hermanito. Pero no has de preocuparte por ellas. Debo gestionarlas yo —dijo recordando lo que acababa de leer—. En fin, entonces ¿ya sabes cómo se llama?

—Hoy volvía a estar con su dama de compañía. Han entrado en una residencia de la calle de la Paloma y creo haber escuchado que la llamaba Elena.

—Bonito nombre.

—Precioso. Como ella. —Sonrió a la nada el enamorado—. El problema es que el padre don Eustaquio siempre me va a la zaga, vigila mis pasos y no puedo hacerme el encontradizo.

—Pero ¿ella sabe que existes? —se interesó Alonso a ceja alzada.

—Apostaría a que cruzamos una mirada a la salida de misa...

—Así que no... —Se rio el otro—. Vas a tener que distraer a tu lazarillo intelectual para poder presentarte.

Jonás resopló, asumiendo lo complejo que era conocer a señoritas aun si vivías en Madrid. Como era costumbre, Cosme no tardó ni cinco minutos en asomarse y pedir a su hermano menor que acompañara a su familia a una de aquellas protocolarias visitas que, previa esquela, sazonaban las tardes de verano. Alonso pudo entonces quedarse a solas, meditar sin rumbo. La investigación sobre su padre se hallaba en punto muerto. En febrero, aparte de realizar la prometida visita a su madre y acompañar en el viaje a Jonás, se había marchado a Asturias para buscar pruebas, algún documento que no encajara. Pero no había encontrado nada. Ni a favor ni en contra. Nada. Su madre había pasado allí la guerra y, salvo tres baúles con pertenencias suyas o recuerdos comunes de valor sentimental, no se había trasladado ningún objeto del palacio de Madrid tras el fin de esta. En varias ocasiones dudó si preguntar a la condesa directamente, pero ¿cómo prender la llama de la esperanza en su corazón sin estar seguro? No se veía capaz. Solo pudo interesarse, con muchísima cautela, por los viajes de su padre a La Mancha, pero la condesa de Valderas afirmó no saber nada de ninguna visita de su esposo a aquellas tierras durante la guerra.

Así, a su vuelta, había colegido que el único material que tendría, por lo pronto, era el archivo de su padre y lo que había extraído de casa de los Núñez de León. Revisó por enésima vez cada uno de los documentos, pero solo encontró un nombre completo vinculado al viejo servicio, el de don Luis Vecino. Estaba en una tarjeta traspapelada en la que, en 1813, reiteraba las condolencias a la familia y que, quizá por su contenido, se había guardado junto a las pertenencias archivísticas de don Bernardo Guzmán. Dedicó varias semanas a averiguar la residencia para la que estaba trabajando después del cierre del palacio, pero, cuando llegó, solo halló el sutil recuerdo de sus últimos días de vida en los labios del ama de llaves.

En lo relativo a su cometido real, los asuntos se habían enrevesado un poco tras el vuelco político de marzo, que lo había pillado de regreso del norte. A mediados de ese mes se había reunido con el rey, quien, entretenido en despegar las páginas de uno de los libros de su colección, le había confirmado lo importante de continuar con las listas de traidores. Ahora estaban a cara descubierta. La coyuntura los hacía ser poco o nada precavidos. Y si las tornas volvían a cambiar, no habría compasión para nadie. Días después tuvo otro encuentro, este más operativo, con el general don Francisco Eguía, a punto de marcharse a su nuevo destino, alejado de la Corte. Por lo pronto, y tras el cese de la actividad del Santo Oficio y el asalto a sus sedes, la consulta de sus archivos estaba suspendida hasta nuevo aviso. Así que la nueva prioridad era vigilar de cerca a cada uno de los empleados de la Real Casa y realizar informes sobre las tertulias de los cafés. Alonso cada vez tenía sentimientos más encontrados en el desempeño de su labor.

Algo en aquel ambiente nuevo le parecía fresco, provechoso. Sin embargo, otro tanto le parecía confuso, poco práctico. Fernando VII había acatado la Constitución sin estar convencido y aquello solo vaticinaba la caducidad de aquel nuevo régimen. Era palpable que la sociedad estaba dividida, por mucho que el entusiasmo liberal de aquellos meses, limitado a las clases intelectuales en su mayoría, hubiera desdibujado la oposición, favorable a esa tradición cómoda, a lo conocido o, en su defecto, a lo que más beneficiaba a su patrimonio. No obstante, una vez más por el bien de su bolsillo, con el que soñaba llegar a brindar un futuro dichoso a la señorita De Villalta, y de la investigación de su padre, optó por abstraerse del murmullo de su conciencia en las horas que dedicaba al servicio de Su Majestad.

Además de aquellos quebraderos de cabeza, y con objeto de cumplir la promesa que le había hecho a Inés, se encargó de tratar de esclarecer quién podía ser el Benefactor. Ateniéndose a la descripción que le había facilitado ella, Alonso había observado perfiles y había ido descartando. A esas alturas del verano, había encontrado seis caballeros que encajaban a la perfección y así lo había anotado:

Don Amador Sarmiento, II duque de Camarena. Propietario de tierras en la provincia de Toledo.

Don Eduardo Zabala, hidalgo. Dueño de varias tiendas de ultramarinos.

Don César Gallardo, VIII conde de Hontanar. En la Secretaría de Hacienda con Carlos IV.

Don Juan José Pedraza, mariscal de campo retirado.

Don Mamerto Colombo, VI señor de Alcozar. Oficial de la Secretaría de Gracia y Justicia.

Don Cayetano Estrada, X conde de Vallehermosa. Capitán de las Guardias de Corps.

Los detalles de la vida de unos y otros se le escapaban. Una gran parte de su pasado, como el de la mayoría de los hombres poderosos, era un misterio. Guzmán intentó vigilarlos, conocer más sobre sus identidades, pero sus vidas no dejaban entrever participación en espionajes y conspiraciones. Alonso era consciente de que el dinero es capaz de pagar dos realidades distintas para que estas jamás se toquen en público. Así que, con aquella creciente frustración, se convenció de lo complicado que sería descubrir al Benefactor y, por consiguiente, que Inés se liberara de sus deberes.

—Adelante —permitió Alonso, recluido en su gabinete revisando notas.

La puerta se abrió con parsimonia y apareció el padre don Eustaquio.

—Buen día, don Alonso.

—Buenos días. ¿En qué puedo ayudarlo?

—Verá, Jonás me ha hablado de esa idea que tiene usted de llevarlo a tomar un refresco a una botillería después de la misa del domingo.

Alonso no recordaba aquella propuesta, pero enseguida se percató de que era la estrategia escogida por Jonás para librarse de su ayo por un rato.

—Mmm..., sí, exacto. ¿Tiene algún comentario?

—Solo quiero confirmar con usted que no va a llevarlo a ninguno de esos lugares llenos de charlatanes. No es saludable para un joven tener contacto con gentes vulgares, podría influirlo de forma negativa.

—Padre, confíe en mí, se lo ruego. Le devolveré a mi hermano tan inmaculado como siempre. Además, creo que es bueno que vea mundo. Si no, lo idealizará y terminará entregándose a él sin freno —advirtió.

Las pobladas cejas grises del tutor se escandalizaron. Después volvieron a su lugar. Asintió, accediendo sin convicción ni armas a aquella excursión a la salida de la iglesia. Alonso reprendió a Jonás por el pasillo en cuanto tuvo ocasión. «No me importa ayudarte, pero avísame», le indicó. El chico aceptó la amonestación.

Así, ese domingo, a la salida de misa, los dos hermanos despidieron al padre don Eustaquio y a Cosme y su familia, y quedaron libres de todo protocolo. Cuando estuvieron lo suficientemente lejos del marco de acción, Alonso se interesó por el paradero de la joven a la que su hermano quería presentarse. Jonás le señaló un corrillo en el que dos militares y sus familias parloteaban. Sin titubear, Guzmán se encaminó hacia el grupo y, haciéndose el despistado, les lanzó una pregunta:

—Buenos días, disculpen que los interrumpa. Perdone, es que lo he visto antes y no he podido evitarlo... ¿Por casualidad... luchó usted en la batalla de Uclés? Ando buscando al hombre que me ayudó a salvar a mi compañero y al ver su cara...

El general negó con la cabeza, pero se alegró de coincidir con un veterano y más de que lo hubieran confundido con un heroico guerrero. Aprovechó la coyuntura para justificar las medallas que adornaban su casaca, detalle que Alonso aplaudió. El otro militar se unió también a la conversación y, envueltos por la amarga nostalgia del soldado, intercambiaron varios comentarios sobre la guerra contra el francés. Entonces, justo cuando Alonso notó que el ambiente generado era positivo, hizo gala de sus modales, se presentó e introdujo a Jonás en la conversación alardeando de sus capacidades intelectuales. La señorita, hija del militar, miró de reojo y sonrió. Jonás se sonrojó y, sin querer, complicó una chispita la situación:

—Nuestro hermano Cosme, el marqués de Urueña, planea celebrar un baile al inicio de la temporada. Será un honor si asisten. ¿A que sí, hermano?

Alonso empalideció, pero mantuvo la patraña.

—Por supuesto, será un verdadero placer contar con dos héroes como ustedes y sus familias.

Todos se entusiasmaron con la idea. Se despidieron tras haber intercambiado esquelas con los lugares de residencia y con la promesa de volver a encontrarse entre copas de champaña. Al alejarse, Alonso volvió a afear la nula cautela del joven.

—Ya puedes empezar a pensar cómo vas a convencer a Cosme de celebrar un baile.

Mientras planteaba alternativas para convencerlo, avanzaron por las callejas hacia la plaza Mayor. Dejaron atrás unos puestos de carne que se habían instalado en la puerta de Moros y en los que, con carteles y a voz en grito, se vendían frescas viandas. Las iglesias repartidas por la villa escupían devotos que inundaban las vías con sus mundanales chismorreos, episodio que siempre sucedía a los rezos. Bajo las sombrillas, señoras y señoritas, ataviadas con capotas y pañuelos, embellecían los corrillos con esos hombros cada vez más abullonados. Los caballeros y señoritos, pertrechados con fracs y levitas, se pavoneaban con bastones y sombreros de copa que, de vez en cuando, sobresalían entre los bicornios. El fuerte olor a ganado que anunciaba la bonanza de cualquier familia o ciudad los acompañó, aunque a veces se mezclaba con el de los pozos o el del carbón, despedido en forma de humo por las chimeneas que conectaban con las cocinas de las viviendas y fondas. También se escapaban los perfumes florales que interrumpían, por un instante, el aroma de la más grotesca realidad.

Tras pasar la plaza de la Puerta Cerrada, otrora límite de la población, y con intención de tomar la calle Mayor en dirección a la Puerta del Sol, se toparon con la plaza de San Miguel, donde comerciantes y hortelanos se afanaban en recoger sus puestos tras el cese de las compras y las ventas. Jonás, poco habituado a ver la ciudad en funcionamiento, quedó extasiado con el trajín de unos y otros, el baile de cestas, cajones, hojas de lechuga, plumas y restos de pescado. Aminoró la velocidad de sus pasos y obligó a Alonso a detenerse a contemplar una escena que poco o nada le importaba. Su intención era reanudar la marcha y alcanzar la calle Alcalá para invitar a un trago a su hermano pequeño y solventar aquel entuerto en el que se habían metido con el asunto del baile.

Sin embargo, mientras aguardaba a que el joven despertara de su asombro, reconoció un rostro entre los parroquianos que se retiraban. Y, en ese caso, no era ningún pretexto. Raudo, pues la paciencia merma con la edad, pidió a Jonás que no se moviera y se adelantó. Detuvo a la persona que lo había desconcertado por un instante, quien, canasto en mano, dejó de avanzar y lo atendió.

—Perdone, disculpe... Mi nombre es Alonso Guzmán, soy el hijo... Verá, usted, usted trabajó en las cocinas del palacio del marqués de Urueña, ¿verdad? La recuerdo, de pequeño me colaba allí mientras jugaba al escondite con mi hermano Joaquín.

La mujer arqueó las cejas. Después asintió confusa.

—No quiero molestarla. Imagino que tendrá innumerables tareas a las que atender. Solo deseo... Verá, mi padre murió en septiembre de 1812. ¿Estaba usted trabajando allí por entonces?

Empalideció.

—Sí, sí, señor —confirmó.

—¿Lo vio?

—¿Disculpe? —se extrañó sin entender.

—¿Vio a mi padre muerto?

La cocinera no acertó a comprender qué deseaba aquel caballero. Pero sabía que no podía negarse a responder. Así funcionaba la historia. Unos hacen las preguntas, otros acatan las órdenes.

—No, señor —dijo y se santiguó en un acto reflejo.

—¿No vio el cuerpo?

La mujer se tomó un segundo para rememorar aquellos días entremezclados con las memorias de la guerra y el hambre en Madrid.

—No, señor. El señor Vecino, el mayordomo, se encargó de todo. Nos pidió que nos marcháramos nada más recibir la noticia. Ya nos había advertido antes, cuando se vio que su padre no se recuperaría tras dos semanas en cama. Sé que vino un cura a la casa ese mismo día. El de la parroquia de San Pedro. Pero no sé nada más. Me fui con el resto al anochecer...

Alonso asintió lentamente.

—Lo siento, he de irme. No puedo retrasarme... —se disculpó la empleada.

—Sí, por supuesto. Muchas gracias por su ayuda. Tenga buen día —la despidió.

—Con Dios, señor Guzmán —dijo. Antes de empezar a caminar, añadió—: Sentí mucho lo del marqués.

Y se perdió entre el gentío. Alonso intentó recomponerse en un segundo, pero mientras regresaba al lado de Jonás la sombra de la sospecha lo recubrió todo, incluso los buenos recuerdos que tenía de su padre. Continuaron con su paseo hacia una de las posadas de la calle Alcalá. En el rato que compartió con su hermano en la de la Cruz, donde les sirvieron dos vasos de vino manchego, se forzó a no desaparecer de la conversación principal, pero en su mente solo existía el fuerte deseo de visitar la parroquia de San Pedro. Jonás, mientras tanto, se hacía oír entre el barullo de los viajeros que se disponían a subir a una tartana que iba a partir con destino a Granada en unos minutos. Mantuvo su discurso, reflexión en voz alta, hasta que llegó a una conclusión, creyéndose atendido por su acompañante.

—¡Diremos que fue idea tuya! Que estás interesado en encontrar esposa. Contigo no puede enfadarse más de lo que está siempre.

Alonso prestó de nuevo atención a su hermano.

—¿Disculpa? ¿Esa es tu propuesta? —negó con la cabeza—. Ni hablar. Como adulto tienes que hacerte cargo de tus actos. Si quieres que haya baile, tendrás que convencer a Cosme sin meterme a mí en medio.

—Pero ¡Alonso! —lamentó el otro—. ¡Por favor! Ya sabes cómo son conmigo. Preferirían guardarme en un tarro con salmuera a que me relacionase con otros seres humanos en un baile. Creen que todo me va a llevar por el camino de la perdición.

A veces mencionan a Joaquín, ¿sabes? Dicen que él se desvió... y que no quieren que me pase lo mismo.

—Si Joaquín estuviera aquí, les diría que alejarse de la carrera eclesiástica no fue lo peor de su vida —mascullo el otro.

—Lo sé, hermano. Algo me dice que me parezco más a él de lo que todo el mundo quiere admitir.

—Quizá sí lo admiten y por eso te atan en corto.

—Quizá sí. Y si mañana me tocase morir en una ciudad desconocida, me encantaría recordar todas mis andanzas en lugar de mi imagen sentado frente a un escritorio bajo la vigilancia de Cosme y el padre don Eustaquio —suplicó con ojos brillantes.

Alonso maduró aquella valoración. Bebió varios tragos de vino. El alcohol, pese a haber pasado a un segundo plano en su vida, continuaba siendo un perfecto calmante del dolor. Había noches que debía morder la almohada para no bajar a las cocinas o al despacho de Cosme para beber una copa. El brillo tostado del licor era su tentación más profunda, enraizada en vientre y garganta.

—Jonás, yo no creo que pueda salvarte —espetó Alonso al fin—. No creo que sea mi batalla ganadora. Pero, si tanto necesitas que ese baile sea una realidad y si me prometes que no harás más tonterías, hablaré con Cosme.

Las mejillas pecosas del benjamín se encendieron todavía más. Expresó su júbilo y su compromiso con el trato pidiendo otra ronda que Alonso enseguida rechazó. A la salida de la posada se paró frente a una almoneda, dio un abrazo a su hermano mayor y le prometió que sería cauto y que le devolvería el favor. Cuando llegaron al palacio, el padre don Eustaquio los recibió con cara de pocos amigos. No era muy partidario de los entretenimientos de Alonso y menos aún de que Jonás lo acompañara. Pero sabía que había dado su permiso en aras de la concordia con aquel hermano que el joven adoraba y de aplacar la curiosidad de este.

Sin dejar que pasara más tiempo, y antes de ponerse a trabajar, Alonso fue a hablar con Cosme, a quien le contó la escena matutina pero cambiando roles. El enamorado era él, la señorita misteriosa, hija de un militar, la razón de su existir, y el baile, una buena manera de avanzar en la relación que, en un tiempo, podría sellar lazos entre dos excepcionales familias. Cosme, que desconocía por completo que Alonso había dejado de ser soltero en otoño, transigió y aceptó la opereta. Le recriminó su imprudencia, su desmedida espontaneidad. Pero, como bien había aventurado Jonás, Cosme ya daba por perdido a Alonso, así que aquel proyecto, que quizá sacaría a su hermano de su casa y sería el inicio de la vida ejemplar que siempre había querido para él, le proporcionó más sosiego que disgusto. Así, tras comentarlo con su esposa, concretaron que celebrarían el baile a mediados de octubre. Jonás brincó al saber la noticia y, a partir de ahí, se esmeró en ser cortés y encantador en cada una de sus visitas a misa.

Durante aquellas semanas, al margen de los asuntos de la familia Guzmán, la situación general estaba adquiriendo un cariz de tensión. El Gobierno moderado de don Agustín de Argüelles había tomado la determinación de disolver el ejército que había iniciado aquella revuelta con el pronunciamiento en Cabezas de San Juan. La idea era evitar que el radicalismo creciera en sus filas y fuera de ellas —sobre todo en las Cortes y como grupo de presión—. De este modo, se había procedido a la reorganización de los efectivos, acantonados desde hacía meses en la isla de León, en Cádiz. La reacción, como cabía esperar, no había sido positiva y había profundizado el cisma entre los liberales. ¿Acaso renegaba el ejecutivo de los héroes de la revolución? Rápidamente, los «exaltados», como pasarían a la historia, señalaron un responsable: el marqués de las Amarillas, ministro del Despacho de la Guerra, al que muy pocos tomaban como un verdadero liberal. La presión de los diputados radicales surtió el efecto deseado solo en parte. Pues, pese a que el 18 de agosto el marqués de las Amarillas, sin apoyos en Gobierno y Cortes por su tendencia conservadora, se vio obligado a cesar, el decreto de disolución del ejército de la isla se mantuvo intacto. En los salones, en las calles y los cafés, muchos hablaban sobre las rencillas creadas entre los nuevos protagonistas de la escena pública: rey, Gobierno y Cortes. Cada uno iba por libre, literalmente. Cada cual tenía sus intereses. Estaba formado por personas diferentes. Y ya se percibía que, como en las mejores familias, la armonía brillaba por su ausencia. Pero el verdadero caos todavía estaba por llegar…

Alonso, que detestaba la inestabilidad política, leía el *Diario de Madrid* y *La Gaceta* siempre que podía. También los pasquines que recogía del suelo en sus horas de vigilancia a sospechosos. Escuchaba las súplicas y réplicas de los visionarios de café. Pero al cerrar los ojos por la noche solo podía imaginar un horizonte desdibujado en el que la certidumbre era una utopía. En uno de sus encuentros con el teniente Íñiguez, este le había dado una noticia que había agriado más, si cabe, su labor allí: el joven Modesto estaba en Madrid. Implicado en la causa como acostumbraba, era cuestión de tiempo que se lo encontrara dando voces sobre una mesa. «¿Cuánto margen tendré para ocultar su nombre de listas e informes?», se preguntaba Alonso, siempre enternecido por el entusiasmo del chico. Conrado tenía, sin embargo, otra perspectiva.

—Estaba con ese tipo de ojos saltones, Alcalá Galiano creo que se llama. Un fanático al que el gobierno este de pacotilla se le queda corto, le parece flojo. O eso dice en sus discursos…

—Bueno, pero el señor Andújar es perro ladrador poco mordedor. Deja que participe. En cuanto se le acabe el dinero, volverá a su cortijo. Los tipos como él no aguantan las miserias. De principios no se come —le contradijo Alonso.

—Es que no soporto este ambiente —dijo furioso, apretando el vaso—. Hay tantas autoridades que no hay ninguna. No hay contundencia ni estabilidad, no tengo sensación de seguridad y no puedo ofrecerla. Se han socavado los elementos básicos del reino y no puedo dejar de oír los vivas al rey de la multitud que se agolpó en palacio en marzo cuando se anunció que firmaría ese engendro de Cádiz. ¿Dónde queda nuestra dignidad si ni siquiera nuestro rey puede ejercer la suya? ¿Acaso nos hemos vuelto vasallos de la revolución, del libertinaje? No entiendo nada, Alonso. Y los señoritos repollo como Modesto me funden los nervios. Ojalá hubiera dejado que el coronel Valladares lo metiera en una celda por buscar el café Apolo... Ahora ya es tarde.

—Conrado...

—¿Qué? Es cierto. De no haber subestimado sus propósitos y su capacidad para alcanzarlos, otro gallo cantaría.

—Creo que es más complicado que eso... —reflexionó.

—Yo, por si acaso, no voy a volver a ir a la Fontana de Oro. No me hago cargo de qué puedo hacer si los veo conspirando otra vez.

—Intenta tranquilizarte. Estoy convencido de que saldrías perdiendo.

Alumbrados por el último quinqué en funcionamiento, se despidieron y dejaron que los engullera la oscuridad de la noche en la calle de Atocha. Guzmán, en su regreso a casa, itinerario tortuoso de avizores serenos, susurros, risas y faroles de llamas agonizantes, meditó sobre la ira que encerraba cada gesto de Conrado. Cada vez era menos tolerante y más agresivo. Querría haber sido sincero con él para calmarlo, indicarle que, a su modo, él continuaba velando por el orden. Pero no podía. Su cometido seguía siendo reservado. Solo así tenía sentido, solo así era efectivo. Rezó por que Modesto fuera cauto en su estancia en la Corte, que ansiaba fuese breve. Después, tras ser recibido por el mayordomo del palacio y subir por las escaleras a la planta principal, recordó que, a la mañana siguiente, tenía una cita muy especial que había pospuesto, por necesidad, hasta en cuatro ocasiones.

Después de asistir a la ceremonia del desayuno, se excusó ante la familia y el omnipresente ayo y se marchó a cumplir con su cometido. Anduvo con paso firme hasta que la torre mudéjar de la iglesia de San Pedro hizo titubear su serenidad.

Aquel templo, uno de los más antiguos que conservaba la villa, estaba a poca distancia de la calle de Segovia, a solo unos metros de la plaza de Puerta Cerrada. Alonso no lograba entender la relación que existía entre el párroco y su padre, pero la cuestión era que, según había indicado la cocinera, aquel hombre había acudido al palacio en la noche de su muerte. Al cruzar la puerta, tras dejar atrás aquella fachada renacentista que hacía las delicias de los paseantes más observadores, el ambiente fresco y penumbroso del interior alivió en parte la jaqueca que repiqueteaba sus sienes desde que se había despertado. Junto al altar, el capellán retiraba velas consumidas de un candelabro. Alonso no desaprovechó la oportunidad de acercarse con sigilo y, sin dar opción a que el sacerdote pudiera escabullirse, pedirle unos segundos de conversación. El buen hombre aceptó, todavía sin saber que aquello iba a parecerse más a un interrogatorio. Renunciando a su actividad previa, atendió a Guzmán que, después de pedir disculpas por el atropello, le preguntó, sin más rodeos, por el señor Vecino y por su padre, destapando su identidad desde el principio. El gesto que sucedió a la consulta de Alonso combinó el desconcierto y el nerviosismo, compañeros de viaje de aquel que guarda secretos.

—Mi intención no es perjudicarlo, padre. Pero necesito que sea claro conmigo. No tengo paciencia para más misterios —advirtió.

El párroco, necesitado de reposo para organizar sus remordimientos, se acercó al banco más cercano y se sentó. Guzmán le concedió esos segundos y sin insistir se acomodó a su lado.

—Verá, joven, la cuestión es que no creo que pueda ayudarlo en demasía. Yo... no me siento orgulloso, pero esta parroquia siempre ha necesitado protección y sustento. Llevo años cuidando de ella. Yo... acepté una generosa donación a cambio de mi discreción. No eran tiempos fáciles, ¿sabe? Había que ingeniárselas para sobrevivir. La miseria lo consumía todo...

—Padre, con todos mis respetos, no soy yo quién ha de juzgar sus motivos. Solo quiero entender...

El anciano cura asintió. La barbilla, poblada por una capa de corto vello blanco, se arrugó un momento, quizá conteniendo dudas.

—Unos meses antes de aquella noche, el mayordomo y secretario de su padre vino a verme. Me ofreció dinero, me aseguró abrigo de parte de una de las familias más importantes de la villa, la casa Guzmán, grandes de España. Pero debía corresponder con mi ciego servicio ante cualquier eventualidad, sin hacer preguntas. Me pareció un trato justo. No estaba Madrid para ponerse exquisito. Así, me beneficié de las donaciones que tuvo a bien hacerme el señor marqués, convencido de que había tomado una buena decisión para esta iglesia, para la parroquia. Mas el día en el que volví a ver al señor Vecino comprendí que estaba en deuda. Me comunicó que el señor don Bernardo Guzmán había fallecido de unas fiebres que lo habían tenido en cama varias semanas. Fui corriendo al palacio, creyendo que se precisaba mi apoyo y consuelo espiritual. Sin embargo, cuando me recibieron, el marqués yacía envuelto en sábanas, aislado en su dormitorio. Otro religioso, también presente, le había administrado el último sacramento. Me dijeron que un galeno había certificado su muerte y que ya se había marchado. Sin darme margen a cuestionar ningún procedimiento, me entregaron un pliego en el que se especificaban todos los pasos que debía seguir. El cadáver sería enterrado cuanto antes en el recién creado cementerio sacramental de San Isidro. Me dieron más dinero y se comprometieron a conseguir un ataúd a la altura de su grandeza. Todo era poco para cumplir las últimas voluntades del difunto. Me comentaron que la familia del marqués no se encontraba en la ciudad y que, a causa de la guerra, no iban a poder llegar a tiempo de velar el cuerpo. Así, gestioné el enterramiento, oficié una misa a la que acudió el señor Vecino, el otro sacerdote y un par de caballeros amigos de su señor padre. Y lo incluí en las oraciones de la misa del siguiente domingo en este templo. También di orden de que se anotara en los registros de fallecidos de septiembre de 1812. No puedo negarle que la manera de proceder me pareció fría, precipitada, cuadriculada, pero había prometido no ser más curioso de lo debido. Así que regresé a mi parroquia, convencido de que con la muerte del marqués ese anhelado apoyo económico se terminaría. Y sí es cierto que las donaciones se detuvieron un tiempo. Pero se reactivaron en junio de 1814.

De aquel relato, Alonso sacó muchas conclusiones, pero hubo un detalle que quiso confirmar enseguida.

—Entonces, padre, ¿usted nunca vio el cuerpo?

—Sí, por supuesto que lo vi. Como le he dicho, envuelto en sábanas.

—Pero ¿pudo contemplar su rostro sin vida?

El cura se quedó pensativo.

—No, eso no. Estaba cubierto cuando yo llegué. Y después ya en su ataúd.

—Interesante... —murmuró Alonso—. Y dice que los pagos no han cesado desde junio de 1814.

—Correcto, señor Guzmán. Su hermano sigue siendo igual de generoso que su padre.

Alonso asintió tras digerir toda la información. Entonces agradeció al párroco su tiempo y se despidió, abandonando a aquel capellán con sus recuerdos y juicios.

Regresó al palacio, subió las escaleras al galope, se internó en el pasillo del cuarto principal y se dirigió al despacho de Cosme. Este, que se hallaba reunido, pidió a Alonso un momento que él no tuvo a bien regalarle. Avergonzado por la impaciencia de su hermano, despidió a su visita y prometió buscar día para retomar la charla donde la habían dejado. Alonso ignoró lo poco acertado de su conducta, demasiado preocupado en analizar todos los matices de su conversación con el párroco de San Pedro.

—¿Me puedes explicar qué demonios te ocurre?

—¿Por qué das dinero a la parroquia de San Pedro?

Cosme estaba absolutamente perdido.

—¿Disculpa?

—¿Por qué haces donaciones a esa parroquia?

—¿Tengo que darte cuenta ahora de las donaciones que hace esta casa?

—No, solo me interesa esa. ¿Por qué?

Cosme observó a su hermano, con el ceño fruncido y las mejillas sonrojadas de la tensión.

—Estaba en las últimas voluntades de nuestro padre: proteger a la parroquia de San Pedro durante diez años. Yo solo me limito a cumplirlo. Y no me preguntes los motivos porque no los sé. Nuestro padre era de gustos caprichosos y volátiles. Quizá se enamoró de la torre al pasar por su lado.

—¿Últimas voluntades?

—Sí, un detallado documento que debí leer, como heredero del título, cuando llegué a Madrid desde Viena en la primavera de 1814.

—¿Y por qué yo no he tenido ocasión de hacerlo?

—Porque estabas pudriéndote en Cádiz.

Por una vez Alonso no pudo discutir. Interrumpió su discurso un instante, miró a Cosme a los ojos y pronunció aquel requerimiento que terminó de sacudir los débiles cimientos de aquella familia.

—Quiero desenterrar el cuerpo de nuestro padre.

XXIX

Cortar la pluma, sumergirla en tinta espesa y dejar que la absorbiera el papel siguiendo los trazos de la verdad cambiante. Ese ritual era para Inés como apartar las cortinas y abrir una ventana. La sensación era muy similar. En sus pupilas, concentradas en aquella tarea de alma artesanal, se reflejaba la llama del candil más cercano, tal y como el fuego de la casa de su hermana las había hechizado meses atrás.

El olor a humo, a madera y tela quemada se había enquistado en su nariz hasta llegar a Manzanares. Y más allá. El camino de vuelta a Salamanca había sido tanto o más pesado que el que la había alejado del palacio de los marqueses de Riofrío. Habían ocurrido tantas cosas en aquellas semanas que su cuerpo era incapaz de asimilarlas todas. En su mente, el duelo por la muerte de Dolores se había mezclado con el deseo insoportable de volver a ver a Alonso y hacerle todas las preguntas que se había callado por orgullo. Pero en aquellos días y noches de tartanas y ventas, se había exigido claridad para cumplir con los pasos que ella misma había concretado.

El primero fue cruzar la puerta de Toro y encontrar un lugar en el que pernoctar. El segundo fue escribir una carta dirigida a Julieta, que llegó a sus manos durante una de las cenas.

Quizá quien lee se pregunte cómo diantres iba a poder descifrar la señorita Salas una sola palabra escrita por su amiga. La respuesta es sencilla. Tal y como Inés había previsto, doña Fuencisla Baeza tuvo el detalle de leerle el mensaje a la joven, que descubrió en esas líneas que debía presentarse en la casa consistorial a la mañana siguiente sin demora. El ama de llaves no pudo oponerse a una orden como esa, emitida desde un lugar donde no alcanzaba su autoridad ni la de los señores, así que dio permiso a Julieta para que se ausentara durante un par de horas.

Al salir del palacio, vestida con el único traje que poseía aparte del uniforme, se lanzó a caminar por la calle de Toro hasta que se percató de que alguien la chistaba en la confluencia de esta vía con la calle del Azafranal. La muchacha se detuvo, miró y vio a Inés. Confusa, porque no quería llegar tarde a su cita ni tampoco obviar lo feliz que estaba por volver a verla, dudó un instante hasta que la otra se acercó y, dándole un abrazo, le indicó que ella había escrito el mensaje. No había prisa ni requerimiento. Solo necesitaba verla fuera del palacio, contarle todas las novedades.

Dieron un paseo entremezclándose con los carros, los animales correteando, los propietarios que abrían las puertas de sus comercios, los madrugadores que paseaban…, pero sin dejar de controlar que nadie las cazara. Julieta sintió lo de Dolores y percibió lo mucho que la señorita De Villalta necesitaba su ayuda. Su contribución al plan era simple: permitir que accediera al palacio de los marqueses de Riofrío. Al principio, Julieta titubeó, no deseaba meterse en problemas ni podía permitirse poner en riesgo su trabajo, sabía que la marcha repentina de Inés había sentado mal a la familia.

—Julieta, por favor, necesito trabajar otra vez para los marqueses. El Benefactor y sus hombres me tienen contra las cuerdas. Todo se ha vuelto terriblemente confuso. No tengo elección… —suplicó.

La criada resopló, agobiada por la petición. Hinchó los carrillos, miró a todas partes y al final la miró.

—Está bien, está bien... —aceptó—. Ahora, cuando regrese, voy a dejar la puerta de la cocina abierta. Entra rápido y no te detengas. Pero, si sale mal, te prohíbo que admitas que yo te he dejado pasar.

Inés asintió. Juntas se dirigieron al palacio que, ignorante, seguía con su rutina. Julieta entró primero y se puso a hablar con Carmen y Loreto sobre el error administrativo que la había obligado a darse un paseo innecesario aquella mañana. La otra aprovechó la coyuntura para pasar y, como una sombra, se deslizó hasta las escaleras secundarias que había más allá de la despensa. Al poner el pie en el primer escalón, escuchó voces que bajaban y corrió a esconderse tras la puerta más cercana. Consuelo y «madama generala» pasaron tan cerca que se le congelaron las piernas. Cuando las vio desaparecer por el corredor, su conversación hecha murmullo, salió de su escondite y subió a la planta principal. Allí estaba su destino. No deseaba hacer lo que estaba a punto de hacer. Le aterraba la idea. Pero era su única opción, la solución a aquel entuerto. La garganta se le agarrotó a medida que avanzaba por la galería hacia la zona en la que se encontraban los cuartos de los marqueses. No lo pensó demasiado, alcanzó el picaporte de la antecámara y lo giró sin aguardar anuncios o permisos. Estaba vacía. Respiró hondo. Caminó hacia la siguiente puerta y, volviendo a hacer uso de su inconsciencia, entró.

—¿Qué hace usted aquí?

Inés se bajó la capucha de la capa, anunciando así que no pensaba irse por no ser bienvenida.

—Teresa, vaya a buscar ahora mismo al señor Carrizo —ordenó la marquesa a su nueva doncella, una mujer de edad avanzada que no entendía nada.

—Doña Mariana, necesito hablar con usted. A solas.

—No, no, no. Ni hablar. ¿Quién se cree? Fuera de aquí.

—Si me concede una entrevista privada, se lo explicaré todo —prometió Inés—. Tengo información de gran interés para usted... y para la seguridad de su familia.

Mariana Fondevila apretó aquellos labios sutilmente coloreados. En aquel instante decisivo valieron las confidencias del pasado, también la gravedad del tono de la joven. Pero, sobre todo, la palabra «seguridad». Así, aunque Inés pensó que sería expulsada del palacio con la colaboración del señor Carrizo, la marquesa y sus intereses fueron más tolerantes de lo que había esperado. Pidió un momento a su empleada y las dos mujeres se quedaron solas, frente a frente, en aquel gabinete en el que habían compartido tantos ratos de falsa cordialidad.

—No tengo intención de dedicarle mucho tiempo después de la forma en la que se fue. Así que sea breve —solicitó la señora.

Inés asintió. Y, al margen de lo que cualquiera hubiera esperado de ella en ese momento, procedió a contarle a la marquesa toda la verdad. Le habló de su apellido, de donde venía, de Dolores, del Benefactor, del trato, del espionaje, de la información que había proporcionado, de las semanas en las que había estado desaparecida... Esta quiso entender todo el entuerto, pero una espiral de preguntas sin respuesta la condenó a dar vueltas por la estancia mientras negaba con la cabeza. Tratando de cumplir su palabra en cuanto a la extensión del encuentro, Inés pasó entonces a proponer a doña Mariana un acuerdo de colaboración y un pacto de no agresión.

—Si permite que vuelva a trabajar para usted, fingiré hallazgos, pasaré datos erróneos a los hombres que me trajeron aquí. Me aseguraré así de que nadie siga entrometiéndose en su vida, de que no encuentren lo que andan buscando. Solo así podrá librarse de ellos, podremos librarnos de ellos. También estoy encargándome de descubrir quiénes son para entender por qué están interesados en usted, hasta dónde llega su poder y la amistad con mi cuñado. Un contacto de confianza me ayuda con ese tema desde Madrid..., y sería maravilloso que usted también colaborara para comprender todo mejor... A cambio, no quiero ni su dinero ni su protección. Solo que me dé libertad para indagar sobre el paradero de la familia de mi hermana.

Tras haber escuchado toda aquella exposición y con los latidos descompasando su respiración, la marquesa se sentó. Lo necesitaba. Demasiados datos. ¿Era posible sentirse más vulnerable? Alguien intentaba descubrir lo que había ocurrido en 1814. Pestilentes sanguijuelas se habían colado en su hogar con ella dentro.

—¿Tuvo usted algo que ver en mi ataque? —alcanzó a preguntar.

Inés, nerviosa y acalorada, negó con la cabeza.

—No, doña Mariana. Traté de descubrir si ellos..., pero no, no lo sé.

—Está bien, no se preocupe. Sospecho que sus amigos no son los únicos que quieren hacerme mal. Le diría que me lo he ganado a pulso, pero no me rindo tan fácilmente —espetó.

Inés asintió.

—¿Y quién es ese contacto suyo en la Corte?

—No puedo decírselo. Es mejor si no sabe quién es, señora. Protegeremos así la investigación. Concédamelo —suplicó la joven.

Doña Mariana la miró fijamente y se mordió el labio con suavidad.

—¿Y a qué se refiere con darle libertad para investigar sobre el paradero de su familia? —se interesó la marquesa, docta en negociaciones de gabinete.

—Quizá tenga que viajar, ausentarme. Por eso creo que sería recomendable que su actual doncella se quedara. Además, en cuanto solucione todo esto, me gustaría...

—¿Hacer como si no hubiera pasado nada?

La joven arqueó las cejas. Aquella no era la respuesta que tenía preparada, pero... ¿era acaso una posibilidad real, más allá de aquel suplicio?

—Deseo recuperar mi vida, dar paz a mi familia. Soy la más interesada en que esto no se demore, señora. Así que me empeñaré en averiguar toda la verdad mientras sirvo de escudo aquí. Intentaré no tener que abandonar el palacio durante muchos días, pero desconozco dónde pueden estar don Diego y Manuel o quién puede proporcionarme información sobre lo que pasó.

—Pongamos que acepto. ¿Cómo mantendrá su palabra de protegerme de los espionajes desde otra ciudad? ¿Cómo obtendrá el beneplácito de esos hombres para ausentarse?

Inés esbozó una débil sonrisa. Ya había pensado en eso en sus noches en vela y en su camino de regreso a Salamanca.

—Solo necesitamos a un enlace que jamás me haya visto. Y para eso usted debe cambiar de lechero cuando el caballero al que paso las notas vuelva a fingir serlo. Yo la avisaré. Usted esgrimirá un problema con la acidez de la leche, ordenará que no se acepte una sola vasija más de ese hombre. Cuando se incorpore el nuevo enlace, Julieta se hará pasar por mí y será ella, y solo ella, la que entregue las notas siempre. Así nadie notará si no estoy. Dejaré mensajes preparados para que nadie sospeche.

Aquel último detalle todavía tenía que hablarlo con la involucrada, pero estaba desesperada y no creía posible avanzar sin tener todo atado a ojos de la marquesa. Doña Mariana, contraviniendo su intención inicial de proceder con brevedad, estuvo unos minutos en silencio. Sopesó lo que ganaba y lo que perdía con aquel pacto. Continuó haciendo preguntas, asegurándose de que conocía todos los pormenores. Después, analizó a la joven, angustiada, bañada con el halo de la sinceridad del derrotado. Suspiró. Se peleó con sus dudas. Y al final aceptó.

—Pero no estará aquí holgazaneando. De cara a mi familia, al resto del servicio y a toda Salamanca, usted continúa siendo mi doncella y deberá comportarse como tal. Solo tendrá permiso para dejar de serlo cuando lo exijan las circunstancias, diremos que viaja porque yo se lo ordeno, pero deberá informarme con detalle de sus planes. No quiero estar al margen de nada. Y leeré cualquier mensaje que venga de esos hombres. Si la veo comportarse de forma extraña, la denunciaré ante las autoridades, ¿está claro? Esto es solo un acuerdo mutuo. Mis intereses están por encima de mis ofensas. Pero jamás le perdonaré que haya husmeado en los asuntos de mi familia. Ahora, vaya a su cuarto. Tengo que reunirme con doña Fuencisla y preveo un enorme dolor de cabeza.

Inés asintió con energía al saberse ganadora. Se giró y se marchó a cumplir con las órdenes de la señora. Solo al salir de nuevo a la galería se permitió sonreír. Julieta, al descubrir la buena nueva, no pudo más que alegrarse, pese a que hubiera deseado que su amiga se salvara de aquella vida de servicio. No obstante, cuando aquella noche, aprovechando la soledad de las cocinas, le pidió ese nuevo favor, a la pobre se le indigestó la cena. Al principio se negó. Era peligroso. Aquellos caballeros le parecían siniestros y la situación en la que habían puesto a Inés no presagiaba compasión si descubrían la patraña. La otra la calmó y prometió asumir las consecuencias. Recalcó la importancia de su colaboración, lo mucho que iba a ayudar al asunto de su familia. «Y te deberé una, Julieta. Te lo prometo. Podrás pedirme lo que quieras», aseguró.

La señorita Salas necesitó aquella noche para barruntarlo. Mas, antes de que la jornada se iniciara, y cuando Inés todavía se estaba despertando, se acercó a su oreja y le comunicó que podía contar con ella. «Pero me deberás una», le recordó. Inés, sin abrir los ojos, asintió. Acto seguido, alcanzó a escuchar: «Te la dejaste cuando te fuiste. Me la quedé por si me servía de algo, pero no se puede abrir. Está rota». Curiosa, abrió un ojo y vio cómo Julieta dejaba sobre la almohada la cajita de madera que habían enviado a don Gregorio. No se había acordado de ella en todo ese tiempo, pero, sin dudar, la tomó, la observó y decidió guardarla. Tenía que existir un modo de hacer que cediera.

Aquel primer día fue extraño. Valentín también la recibió con los brazos abiertos. Pero el resto, incluida la mirada avinagrada de doña Fuencisla, juzgaron inadmisible la conducta de la joven y optaron por la frialdad a la hora de recibirla de nuevo. Doña Teresa, la mujer con la que ahora Inés debía compartir su atención a la marquesa, era un tanto maniática, así que, a los requerimientos de doña Mariana, se sumaron, en esa nueva etapa, los de su compañera.

... Cortar la pluma, sumergirla en tinta espesa y dejar que la absorbiera el papel siguiendo los trazos de la verdad cambiante. En las cartas dirigidas a su familia, narraba anécdotas de su ficticia vida en la sociedad madrileña como esposa de don Alonso Guzmán y prometía futuros viajes a casa. También escribía a Alonso utilizando señas falsas, con las parcas averiguaciones o avances en el plan. Las que iban dirigidas a Blanca eran, quizá, las más sinceras. En ellas se permitía compartir algunos detalles sobre Alonso, sobre su forma de ser, sobre su manera de tratarla. Se imaginaba presentándoselo a su hermana, preguntándole su opinión sobre él. Estaba convencida de que le resultaría caballeroso e inteligente, le gustaría su mirada. Entonces, recordaba que aquel hombre quizá no tendría interés alguno en conocer a su familia y detenía el fluir de la pluma, peligrosa confidente.

Aquellos mensajes ya no viajaban a través de los hombres del Benefactor. En su reencuentro con el lechero, este le había hecho la señal para que le entregara misivas. Ella había negado con la cabeza y confirmó así que había seguido el plan propuesto por la mujer que la había visitado en casa de Dolores: su familia ya no la esperaba, así que no tenía contacto alguno con ellos. Como sabemos, gracias a la boda con Alonso, aquello no era cierto. Pero era lo que el Benefactor debía creer. Así, las comunicaciones con sus padres, con Blanca y con Alonso viajaban con el resto del correo del palacio con el beneplácito de la marquesa. Todas se enviaban y se recibían en la dirección de Madrid que habían acordado, donde Alonso las dejaba o recogía. Tras coger la carta que iba a él dirigida, enviaba el resto para que continuaran el trayecto hasta Santa Cruz. E igual a la inversa. Inés, en sus líneas, había explicado a su familia que las señas correspondían a una residencia temporal de la pareja y que, en cuanto tuvieran un hogar definitivo, aspecto condicionado por las obligaciones y asuntos de su esposo, se lo haría saber.

En la primera misiva que le había escrito Inés, Alonso se había alegrado de descubrir cómo había procedido para volver a trabajar para la señora doña Mariana Fondevila. Parecía que lo tenía todo controlado. Aun así, continuaba preocupado por su situación, que veía insostenible a largo plazo. Tenía razón, pero Inés prefería centrarse en lo urgente: avanzar en la investigación sobre el Benefactor y su familia. Guzmán le había informado sobre los perfiles que parecían coincidir con la descripción que le había proporcionado de él. Pero no había pruebas. La joven compartió los nombres con doña Mariana, que barruntó horas y horas sobre si alguno podía tener motivos para espiar a su familia. Sí creía haber coincidido con alguno de ellos. Quizá antes de la guerra. Podía ser que el señor Pedraza fuera conocido de su padre, pero no lo sabía con seguridad. En sueños, a espaldas de su familia, una sola pregunta revoloteaba por su mente: ¿quién era *él*?

Entretanto, a finales de diciembre de 1819, y a medida que todo había vuelto a la extraña normalidad, Julieta recibió nota del nuevo lechero, un tipo de formas menos toscas que el anterior, quien, tras seguir el plan ideado por Inés, había cesado en su puesto a principios de mes. En ella, codificado, un encargo. Al parecer, los hombres del Benefactor habían aprovechado aquellos meses para investigar un poco acerca de don Pedro Macanaz. Años atrás lo habían detenido de forma un tanto extraña. Y es que, en la mañana del 8 de noviembre de 1814, el mismísimo Fernando VII, acompañado del duque de Alagón, había marchado a su vivienda para apresarlo. Por aquel entonces era el secretario del Despacho de Gracia y Justicia. Mas su servicio a la Corona, que lo había llevado hasta Valençay en 1808, terminó aquel día, acusado de corrupción. Acto seguido fue llevado al castillo de San Antón, en La Coruña, donde estuvo confinado durante aquel periodo. Por los corrillos de la Corte se había comentado que lo delató su compañera, una actriz que se había traído desde Francia al término de la guerra. La misma que lo ayudaba en sus tejemanejes. Pero, a tenor de las cartas que Inés descubrió en el archivo personal de doña Mariana, el Benefactor empezó a presuponer que la historia era un poco más compleja.

Uno de los rumores que también se había extendido era que la detención de Macanaz había sido demasiado ejemplar para tratarse de un simple asunto de compra-venta de cargos, bastante común entre covachuelistas. Así que Inés debía descubrir qué papel había jugado la marquesa en todo aquel asunto y si sabía los motivos reales del arresto del que, otrora, había sido su padrino. La tesis principal era que la solución podía hallarse en el segundo cajón del escritorio y que, por fin, podría explicar las prebendas a la familia Somoza al término de la guerra y así estar más cerca de lo que buscaba el Benefactor...

Cuando doña Mariana leyó el mensaje descodificado por Inés, empalideció. Tenía noticia del estado de las pesquisas de aquellos caballeros, pero no imaginaba que estuvieran tan próximos a la verdad.

—Nadie ha de saber nunca lo que pasó. Lo entiende, ¿verdad? —advirtió a la joven—. Nadie puede saber nada.

Inés asintió.

—En ese caso tendremos que pensar cómo distraerlos. Las primeras semanas será fácil. La tarea es complicada. Entenderán que no sea capaz de entresacar esa información o volver a acceder al cajón. Pero después se pondrán insistentes, se les acabará la paciencia. Y necesitaremos una explicación alternativa.

Entonces la que asintió fue la marquesa. Inés había acertado en sus predicciones. Tenía tomado el pulso a aquellos caballeros. Además, el curso de los acontecimientos jugó a su favor. El pronunciamiento del teniente coronel Del Riego en Cabezas de San Juan y la revolución liberal que lo había seguido a partir de febrero de 1820 justificaron la detención de las pesquisas de Inés. Arguyó que el ambiente en palacio era tenso, detalle que, por otra parte, hacía honor a la verdad.

El día 18 de marzo, momento en que la guarnición de Salamanca juró la Constitución, hito celebrado con tedeums, don Ildefonso protagonizó una de sus crisis nerviosas más espectaculares. Julieta y Eugenia se pasaron dos días limpiando el despacho de desperfectos. Se dijo por las escaleras secundarias que había rajado la tapicería de uno de los silloncitos con un abrecartas y que había terminado tumbado sobre la alfombra, casi inconsciente. Era su particular modo de ejercer oposición ante el júbilo que había llenado las calles de la ciudad. Tanto en Madrid como en el resto del reino, no todos entendían bien lo que estaba pasando, no todos lo celebraban, pero el eco de los vivas a los héroes revolucionarios y de las coplillas que festejaban el cambio resonaba por las callejas y patios salmantinos y más allá de la orilla del Tormes. Por mucho que gritase, que la tomase con el mobiliario, por mucho que doña Mariana o la Gran Dama pasaran noches en vela, el mundo de privilegios que siempre había conocido la casa Somoza se tambaleaba por momentos.

Durante la primavera llegaron rumores sobre las pretensiones del «Gobierno de los presidiarios» de rescatar medidas ya planteadas en tiempos de las Cortes de Cádiz y que atentaban contra las bases del patrimonio de familias como la suya. Tras las pataletas y los lamentos, los Somoza se reunieron con otros afectados por la situación para unir fuerzas frente a lo que se venía. Sin embargo, otro de los problemas de aquellos meses fue el cambio en los puestos de poder. Don Ildefonso vio mermada su influencia en el gobierno de la ciudad y de la provincia. El señor don José María Cienfuegos y Quiñones, gobernador político y militar de aquellas tierras desde 1814, fue sustituido por un jefe político interino llamado don Pascual Genaro de Ródenas, al que siguieron otros dos en apenas unos meses. Algo parecido le ocurrió a la marquesa, que recibió una misiva de su prima, la señora doña Isabel Diezma, en la que le narraba todos los cambios que se habían producido o se iban a producir en el servicio de la Casa Real. La situación era imposible de controlar.

Salamanca se llenó de pasquines, el rumor de los cafés inundaba los corrillos y alcanzaba hasta las cocinas del palacio, donde había opiniones para todos los gustos. Algunos de los más jóvenes defendían aquel cambio, mientras que los veteranos eran del todo pesimistas. Durante el verano, y con objeto de no estar presentes en las celebraciones previstas por la apertura de Cortes y la jura de la Constitución por parte de Fernando VII, la familia cumplió su tradición de marchar al norte. Allí, alejados del ambiente sobrecargado de las villas, pudieron relajarse, olvidar lo que estaba pasando, recluirse en su fortaleza rural, donde solo existían las meriendas y los paseos entre sol y bruma.

A Inés todo aquel asunto la pilló desprevenida. En las cartas de su familia, de vez en cuando, se colaba alguna reflexión sobre lo que estaba ocurriendo. En ellas se mezclaban el entusiasmo por las reformas y el miedo a la inestabilidad. Su padre, don Lorenzo de Villalta, había sido uno de aquellos caballeros que se habían alegrado del nacimiento de la senda constitucional que ahora el rey decía querer seguir. En su casa de Santa Cruz, sin ser demasiado apasionados ni revolucionarios, sí que se habían apoyado muchas de las ideas defendidas por los diputados liberales entre 1810 y 1813. Sobre todo en lo relativo a la división de poderes, el sistema participativo y los impuestos universales. Inés, como sabemos, solo había tenido acceso a ciertos comentarios y a determinados pensamientos que, en la cotidianeidad de su hogar, sus padres habían compartido con Blanca y con ella durante los años de la guerra. Ahora, en las escasas líneas que dedicaban a ese tema, abogaban por la mesura y por que el reino, por fin, se modernizara sin pasar por más crisis o contiendas. Inés, cuya noción de la realidad se nutría de esos comentarios, los recuerdos y los chascarrillos medio distorsionados que compartía el servicio de la casa Somoza en las cocinas, apenas podía formarse una opinión clara sobre lo que estaba ocurriendo. Así que, sin pedir permiso, su mente tomó prestada la de sus padres hasta ser capaz de alumbrar un juicio propio.

Durante aquel verano de 1820 en la casa de Asturias, Inés continuó encargándose de recoger las notas en el templo, pues había concluido no ausentarse nunca durante la temporada estival para no complicarlo todo más. A principios de agosto, escondida entre los evangelios, una nueva esquela aumentó la tensión sobre el asunto de la marquesa. La coyuntura política, lejos de apaciguar las ansias del Benefactor, parecía haber incentivado su insana curiosidad. Así, deseaba que Inés rebuscara en el archivo personal de la señora documentos o copias de documentos firmados por personalidades importantes, incluido el rey. Cuando se lo comunicó a doña Mariana, de vuelta de su paseo por el jardín bajo la sombrilla, esta estalló, asfixiada por la presión.

—Todo esto es por su culpa. Lleva tanto tiempo pasando información sobre mí que ahora es imposible detener a esos hombres —espetó mientras se deshacía de los guantes y los dejaba con desgana sobre la colcha.

—¿Cree que tuve elección? Para usted es fácil acusarme conspirando desde sus preciosos y ricos palacios, pero cada dato sobre usted significaba información sobre el estado de salud de mi hermana y noticias de mi familia en Santa Cruz —se defendió Inés desde la puerta.

—No se atreva a envidiar mis luces sin conocer mis sombras, Inés. Siempre hay elección. Creer que no es pura alquimia para la conciencia —sentenció señalándola. Inés calló—. Escriba a su contacto en Madrid, pregúntele si hay novedades sobre los caballeros sospechosos, si sabe algo más. Debemos descubrir quién es el Benefactor y detenerlo antes de que sus sucias manos toquen un solo documento de mi archivo personal —continuó mientras se quitaba la capota y la colocaba junto a los guantes, conjunto que sería recogido por la doncella mientras se mordía los labios.

Cortar la pluma, sumergirla en tinta espesa y dejar que la absorbiera el papel siguiendo los trazos de la verdad cambiante. Sus cartas a Alonso siempre estaban plagadas de dudas sobre el modo de dirigirse a él. Por lo pronto mantenía el protocolo, pero algunas noches deseaba tratarlo como alguien cercano, de confianza. Durante la estancia de la familia Somoza en Asturias, Inés había visto a la condesa de Valderas varias veces. Tras las bambalinas del uniforme, como el espectro invisible que era en aquel palacio, se había atrevido a rumiar sobre qué pensaría aquella dama de que se hubiera casado con su hijo Alonso en secreto. «¿Le gustará tenerme como nuera?», se había preguntado al verla envuelta en aquel aire melancólico que le había dejado la partida de su pequeño Jonás y su hombre de confianza, el padre Gutiérrez de Lerma. Aquellas cavilaciones, no obstante, jamás tenían espacio en los renglones que enviaba a Madrid. Las guardaba para sí, protegidas de la temible realidad.

Y volver a sumergirla en tinta espesa... con algo más por contar en la punta de la lengua. Era 16 de agosto. En aquella ocasión, aparte de insistir en el asunto del Benefactor por esa orden de doña Mariana, Inés debió comunicar a Alonso Guzmán otro aspecto que la preocupaba. Su hermana Alejandra había llegado a la península a principios del verano para viajar durante un tiempo con sus tíos, los señores Aguilar, como parte de su educación en sociedad. Aunque ella había enumerado mil pretextos por los que no iban a coincidir durante la estancia de estos en Madrid, Alonso debía conocerlos para mantener el mismo discurso por si se ponían en contacto con él. Al terminar aquella misiva, una parte de Inés deseó abandonar las excusas, salir corriendo hacia la Corte y dejarse abrazar por su familia, pero, una vez más, pudo su sentido del deber. Apagó la candela, dejó a un lado pluma, tintero y palabras, y se dejó acunar por el suave lucero de la noche. La horca ya solo aparecía a veces.

El final del verano, a la espera de respuesta de Guzmán, lo dedicaron doña Mariana e Inés a idear una estrategia para mantener distraídos a aquellos hombres. Terminaron por concluir que Julieta pasaría nota, en algún momento del otoño, sobre el descubrimiento de un cajón del dormitorio en el que la marquesa también guardaba papeles. Entretanto falsificarían algunas cartas que conducirían al Benefactor a callejones sin salida por un tiempo. Así, por las tardes, a solas en el gabinete de la señora, una y otra comenzaron a practicar la caligrafía de don Pedro y otros ilustres caballeros para, llegado el momento, ser capaces de fabricar aquella colección de pistas falsas. Distraídas con aquel plan plagado de trampas, el estío terminó y la familia regresó a Salamanca, apremiada por las tradicionales quejas de la baronesa. En esa nueva vuelta a la ciudad de provincias, no faltó el diligente y parlanchín servicio que, con el tiempo y tras conocer que Inés se había marchado sin dar explicaciones por graves motivos familiares, la trataban de nuevo con amabilidad. En el palacio urbano de la familia, tras comprobar que los meses en el norte no habían aminorado los cánticos en pro de la Constitución a orillas del Tormes, la rutina volvió a engrasarse.

Los hijos de los marqueses retomaron sus lecciones al margen de las efemérides que iban a marcar su futuro. De la lectura había pasado a encargarse definitivamente la señorita Marín. Doña Mariana podía asumir tener a una entrometida en su cuarto, pero no en el de sus hijos. A cambio, como una mezcla entre un castigo y un favor, Inés tuvo permiso para visitar a la Gran Dama con la orden de pasar nota a la marquesa de todo comentario hiriente sobre su persona. Así, con el beneplácito de la señora Lecubarri, quien no estaba muy contenta con los masajes de la señorita Ulloa, trató otra vez sus manos con el aceite de romero. Los ratos libres que le dejaba su atención a la marquesa, abundantes por la presencia de otra doncella, le permitían aceptar las invitaciones de la Gran Dama para pasear por la galería con objeto de ejercitar sus agarrotadas piernas. De lejos, pues tenía prohibido acercarse a los niños, contemplaba cómo la señorita Aurora trataba con sus primeros pretendientes, que la visitaban con sus familias y la convidaban a futuros bailes. Y cómo Ildefonso, ya un hombrecito, bebía los vientos por su padre, siempre ocupado y poco cariñoso, y repetía maldiciones en contra de los liberales, diablos fanáticos en su mente infantilizada. También pudo apreciar los arreglos finales del matrimonio de don Gregorio, quien, algo hastiado del sedentarismo aristocrático y de la tensión política, había marchado en julio al balneario de las Caldas, en Oviedo, a «tratarse la nostalgia y rebalsarse los humores», y a finales de septiembre todavía no había regresado.

—Si no vuelve antes de las Pascuas, tiraré el arsenal de mejunjes que me ha hecho almacenar todo este tiempo —se quejó Loreto, harta de que las baldas de su despensa estuvieran ocupadas por los tarros que había ido colocando ahí el señor Naranjo.

—Lo mismo vuelve renovado y menos caprichoso. —Se rio Carmen.

—Yo creo que deberíais entregárselos a su futura esposa el día de la boda. Así sabrá qué premio se lleva a casa —comentó el muchacho Pablo García, que montaba una de las bandejas del servicio de desayuno.

—No le demos pistas, a ver si cambia de opinión y tenemos que seguir aguantándolo nosotros —dijo Julieta.

La criada, junto a Inés, que disponía de un ratín libre, preparaba los saquitos de olor que colgarían en los armarios durante el invierno. Como hacían cada año a finales de septiembre, después de lavar aquellas bolsitas de algodón y seda, las llenaban con ramas secas de vainilla, aroma predilecto de la marquesa. Las de la baronesa, con violetas.

—Chisss, no digáis nada, pero el otro día, Diego Sazón me dijo que había visto a la niña, a la Aurorita, jugueteando con el abanico y hablando a un muchachito remilgado de esos que tanto le gustan a su clase —cotilleó Eugenia, que volvía de coger agua del pozo.

Inés y Julieta sonrieron.

—A esa cría nadie le ha contado en qué consiste el matrimonio. Si no, no tendría tantas ganas. Deberían dejarme un rato a solas con ella y le hablaría de mis dos maridos muertos. Se le acabarían los coqueteos y se metería a monja —bromeó Loreto.

—Vamos, mujer, tampoco seas así. Deja a la muchacha que se divierta. Es maravilloso verla tan bonita vestida y tan sonriente —intervino Pablo.

—¿Que al mozalbete le gusta la marquesita? —lo señaló Julieta, que soltó una carcajada—. Pablito, mejor fíjate en otra. Nosotros nunca terminamos con gente como ellos. Sería más fácil que la baronesa no nos complicara la vida con sus gustos específicos para los saquitos de olor.

Inés se rio. Después recordó a Alonso y se sonrojó sin querer. Con permiso de la rutina, las obligaciones y esas cenas en las cocinas que siempre se alargaban con chascarrillos y rumores, Inés arañaba horas para trabajar en unas notas que había empezado a su vuelta de La Mancha. Había configurado una cronología y había anotado posibles motivos que explicaran la desaparición de don Diego y Manuel. También apuntaba razones por las que su cuñado había guardado el libro de actas de la logia aun habiéndola abandonado. Se había traído de casa de su hermana una lista con los nombres que aparecían en aquel registro encuadernado que se había llevado Alonso. Los fue cotejando con otra lista en la que figuraban los nombres que aparecían en la correspondencia, en ese archivo que Alonso y ella habían devorado sin permiso.

Sabía que debía realizar un viaje a Manzanares, preguntar a todos los vecinos de la zona, averiguar si las personas que habían tenido contacto con la logia regresaron tras el vuelco político y la amnistía a los afrancesados aprobada en primavera. Tenía elaborada una lista de interrogaciones: «¿lo conocía?», «¿Vio usted algo?», «¿Pasó por aquí algún vehículo o varios caballos?». No quería que estuvieran más tiempo sin respuesta. Estaba segura de que tampoco Dolores, quien como la mujer decidida y encantadora que había sido una vez, la visitaba en sueños y en esos instantes en los que, a la luz de una candela, cortaba la pluma, la sumergía en tinta espesa y dejaba que la absorbiera el papel siguiendo los trazos de esa verdad cambiante.

Había pasado un tiempo prudencial, el Benefactor ya habría visto que de la casa solo quedaban cenizas y habría perdido su interés en la propiedad de la familia de su hermana. Era preciso volver a la zona y recabar datos. Así se lo hizo saber a doña Mariana a principios de octubre. Acordaron entre las dos que Inés podría partir a finales de noviembre. Sin embargo, y pese a todo el esmero que puso en los preparativos, aquel viaje nunca se llevó a cabo.

XXX

Solo tenía ojos para ella. Era la razón por la que se despertaba cada mañana, por la que se quitaba las legañas en compañía de desconocidos, por la que no aspiraba a renovar la levita, por la que había aprendido a limpiar las botas, siempre salpicadas de fango, polvo y excrementos de animales. Sin la política, nada de eso tendría cabida en su vida de señorito burgués. Tampoco su obediencia al propietario de la imprenta, un cascarrabias de tomo y lomo. Pero la fortuna había querido que se enamorara de ella. Su aliento era una oportunidad para cambiar el mundo. El silencio, una resignación que jamás podría perdonarse. A sus memorias más dulces, Modesto había sumado el 31 de agosto de 1820, el día en que el teniente coronel don Rafael del Riego por fin había llegado a Madrid. Había entrado dos veces, a falta de una. En la Fontana de Oro habían estado un tiempo preparando la pompa que debía acompañar al gran héroe de la revolución: baño de multitudes, banquetes, vivas. Y es que, aunque sobre el papel la maniobra del teniente coronel Del Riego no había sido ni brillante ni determinante, con el paso de los meses su figura se había alejado del mundo de los informes castrenses y acercado al de los cantares de gesta.

El día 1 de septiembre, en el teatro del Príncipe, uno de los más populares de la Corte, se había homenajeado al recién llegado con un cambio en la función. En lugar de la obra que estaba prevista, se había representado una tragedia patriótica de cuatro actos llamada *Virginia* a la que habían sucedido boleros y cánticos. Tras las ovaciones a los actores, el ambiente había empezado a caldearse. Algunos de los presentes propusieron cantar el *Trágala,* una cancioncilla que se había popularizado en Cádiz y que, recién llegada a Madrid, no gustaba a todos por su tono ofensivo y antimonárquico. El jefe político, que no olvidaba que el rey era socio en aquella «senda», se negó. No así don Rafael. Parte de la agitada audiencia, enfebrecida por la presencia del paladín de la libertad y entre la que se encontraban los señoritos Andújar y Hernando, se lanzó a canturrear aquello de «trágala, perro» —que, sutilezas aparte, venía a invitar a Fernando VII a engullir la Constitución como si fueran lentejas—. El resultado fue un revuelo importante que, aunque no llevó a nadie al calabozo, sí decidió la suerte del teniente coronel Del Riego y, por ende, la del naciente liberalismo. Acusado de desacato, el héroe de Cabezas de San Juan fue desposeído de todos sus cargos por el Gobierno, partidario de la moderación y de no tocarle las narices a la Corona, y quedó pendiente de destino.

¡Qué orgulloso se había sentido Modesto en el Teatro del Príncipe! ¡Cuánto valor acumulaba ese hombre! ¡Qué injusto era el Gobierno! ¿Cómo había osado disolver el ejército de la isla y castigar a uno de sus líderes así? Sus compañeros de los Amigos del Orden, sociedad patriótica que se había constituido en la Fontana, opinaron lo mismo y junto a otras formaciones similares se esforzaron en demostrar su apoyo al teniente coronel en las semanas que siguieron al altercado. Aquello, discursos del señor don Antonio Alcalá Galiano inclusive, inició una espiral de tensión en la ciudad que arreció durante los meses de septiembre y octubre. Hasta el cielo se revolvió el 7 de septiembre con un eclipse que oscureció la Corte. Al descontento de personas como Modesto se unió también el de personas como Cosme Guzmán, que atendía horrorizado a cómo, además de haber perdido el puesto en la casa de la Villa, se proponían medidas en las Cortes a favor de las desamortizaciones, la abolición de señoríos territoriales y mayorazgos, la supresión de los gremios, de la Compañía de Jesús...

—¿Adónde vamos a ir a parar? —clamaba, vaso de brandy en mano, mientras daba vueltas por su despacho.

Alonso lo observaba sin respuestas.

—Este baile tiene que servir para dejar claro en la Corte que nuestra familia no se va a doblegar a los nuevos vientos. Cuando todo cambie, estaremos preparados para recuperar todo lo que se nos niegue mientras esos cantamañanas estén en las tribunas y las secretarías.

Los eventos sociales siempre tenían motivaciones menos obvias que la danza y las sonrisas. Cosme solicitó a su esposa, la señora doña Ludovica Kern, que aumentara la lista de invitados y que incluyera a toda familia de renombre que se encontrara en Madrid el 28 de octubre. También a alguna que otra que se hallara en San Lorenzo de El Escorial junto a la familia real, pero de servicio prescindible durante un par de jornadas. Ella, dispuesta, se esmeró en cumplir los deseos de su marido sin desaprovechar la oportunidad de premiar o castigar a sus más allegados conocidos. Alonso, sin intención de mover un solo dedo en lo que a preparativos se trataba, se centró en aconsejar a Jonás en sus encuentros con la señorita Elena al salir de misa, y en buscar fórmulas para conseguir apoyos para exhumar el cadáver de su padre. Cosme ya le había manifestado su negativa. No había importado que Alonso le pidiera confianza ciega, que enfatizara lo relevante que era dar ese paso para su familia. «Cuando abramos el ataúd, te explicaré todo lo que sé. No antes. No me creerías y me negarías esta petición igualmente. Y no pienso pasarme la vida dudando...», le decía a su hermano. Mas el marqués de Urueña no admitía dudas sobre la defunción de su progenitor y, menos aún, experimentos con el cuerpo de un difunto que descansaba en camposanto. Guzmán probó a aliarse con la señora doña Ludovica, pero tampoco surtió efecto. A principios de octubre utilizó su último recurso: escribir a su madre. Quizá ella tendría un poco más de fe y menos preguntas.

En el tercer cajón del sifonier que ocupaba una de las esquinas de su dormitorio, yacían almacenadas las cartas de Inés. Desde que había recibido la última, a principios de septiembre, había intentado dar pasos para agilizar la investigación sobre los caballeros sospechosos de ser el Benefactor. Pero todos aparecían y desaparecían. Alonso ni siquiera sabía con qué frecuencia estaban en la Corte. En aquel tiempo solo consiguió eliminar a uno de los sospechosos de la lista, pues había descubierto que había vuelto a la península el pasado año tras una larga temporada de residencia en Burdeos. Frustrado, lamentaba las líneas, vacías de explicaciones, que debía escribir a la señorita De Villalta, a la que imaginaba angustiada. Decidió postergar la misiva en espera de que aquellos hombres bajaran la guardia para avanzar y proporcionar cierto sosiego.

—Mira, hermano, este va a ser mi atuendo para el baile. ¿Cómo me ves? —preguntó Jonás, que había entrado victorioso en el salón con un conjunto de frac negro y corbatín y pantalón grises.

—Como si de pronto fueras más alto, mayor... —lo admiró Alonso, que interrumpió su lectura.

—Es que lo soy —afirmó poniendo los brazos en jarra.

—Te pareces tanto a él...

—¿Sí? ¿De veras? —se interesó, y se sentó junto a su hermano en el sillón—. Madre me contó que era un donjuán.

—Lo era. —Sonrió Alonso.

—Cuéntame alguna historia sobre él.

—No sé, son muchas... —remoloneó—. Siempre andaba en líos con señoritas. Sonreía y hablaba demasiado. —Se rio—. A una le propuso fugarse. Y casi lo hicieron. Pero padre fue más rápido y lo encerró durante una semana en su cuarto. Aunque, al tercer día, Joaquín se escapó. Se marchó a ver a su enamorada, la hija de un oidor, y al parecer lograron encontrarse a solas. Pero padre prolongó el castigo un poco más y adelantó su fecha de entrada en el seminario. Después, la guerra..., bueno, ya sabes, la guerra trastocó todos los planes.

Jonás asintió.

—Yo seguiré su estela, pero no habrá guerras para mí —decidió el joven.

Alonso quiso darle la razón, pero, a juzgar por el estado del reino, la paz no parecía ser garantía en aquella recién estrenada década de 1820.

—Solo te pido que me dejes morir a mí antes, ¿de acuerdo, Jonás? Prométemelo.

El menor observó la mirada emocionada del hermano mayor y, sin ser capaz de responder de palabra, simplemente asintió.

—Bien. —Sonrió—. Deberías ir a cambiarte antes de manchar tu magnífico conjunto de caballero pretendiente.

Jonás enrojeció de pronto y pidió a Alonso, refunfuñando, que no lo llamara así. Se retiró y dejó al otro con una amplia sonrisa, divertido con la vergüenza del chico. Cuando volvió a estar a solas, de nuevo se metió de lleno en el ejemplar que tenía en las manos. Era una copia de la Constitución de 1812. Buscaba en ella una explicación a las simpatías. Deseaba hacerse una idea clara de qué podía ocurrir y de qué ganaban con aquellos cambios determinados cortesanos. En aquellas semanas había incluido en su lista, a la espera de hallar más pruebas, a dos gentilhombres de cámara que, según le había indicado un músico de palacio bastante charlatán, se relacionaban con masones. Lo que podía considerar un caballero como él como masón era algo difuso, pero Guzmán aceptó el chivatazo y decidió espiarlos. En parte porque necesitaba dar resultados al rey a través del engrosamiento de las listas del general Eguía, desterrado en Vizcaya desde abril. Pero también porque un gentilhombre sospechoso podía explicar todo el asunto del robo en Aranjuez. En relación con aquella cuestión, solo había podido hacer una visita en mayo a la imprenta de la plazuela del Ángel para hacer un reconocimiento del lugar. Descartó los interrogatorios, pues un paso en falso podía destapar a Inés.

En aquellas octavillas garabateadas también figuraban los nombres de la nueva generación de liberales, que estaba probando ser más radical que la de Cádiz. Alonso había podido escuchar sus discursos en cafés y librerías, donde habían tomado forma aquellas sociedades patrióticas. Él tenía la teoría de que no dejaban de ser una versión manifiesta y pública de las sociedades secretas existentes durante los seis años de reinado absolutista. Estas, cada vez más ruidosas en sus críticas al Gobierno, fueron disueltas el 20 de octubre, una semana antes del baile. El objetivo del Ejecutivo era detener la radicalización de determinados sectores liberales, agudizada desde el destierro del teniente coronel Del Riego a Oviedo, último golpe a su revolucionaria dignidad. Aquello hizo pensar al siempre pragmático Guzmán que pronto se alumbrarían nuevas formas de asociación, adaptadas a aquel cambiante contexto y que, muy posiblemente, muchas de ellas volverían a la clandestinidad. En todas sus incursiones en debates, discursos y tertulias se mantuvo alerta para no toparse con Modesto, uno de los más participativos, de los más adheridos a la defensa de Riego, de los más críticos con el Gobierno de Argüelles. Alonso pensaba que, si no lo veía o, por lo menos, no se daba por enterado de su presencia, sería como si no estuviera en la ciudad y, por ende, no existiría conflicto de intereses entre la péndola y su caprichosa compasión.

La señora doña Ludovica lo había organizado todo. Había contemplado un sinfín de contrariedades para que el baile fuera perfecto. El palacio había estado diez días preparándose para el evento, así que, cuando llegaron los primeros invitados, cada adorno y cada empleado se hallaba en su correcto lugar.

El recorrido que habían de seguir los asistentes estaba plagado de jarrones con flores frescas de la Casa de Campo y una selección de obras de arte que quitaba el hipo a los ojos más exquisitos. Entre ellas, colgados en los muros que circundaban la gran escalera y en los de la antesala que unía los dos salones, un retrato de los anteriores marqueses de Urueña firmado por el señor don Mariano Salvador Maella, un Bayeu y un retrato de Cosme realizado por el señor don José de Madrazo. Las alfombras turcas hacían agradable el paseo, enmudeciendo el repiqueteo de los tacones de botas y zapatos.

La fabulosa bóveda que coronaba la escalinata principal espiaba el desfile de sonrisas y vistazos chismosos de los asistentes. El suave aroma de las cremas y perfumes, que iría *diminuendo* a medida que avanzara la noche, flotaba entre los saludos, protocolariamente afectuosos, de los destacados apellidos que habían sido incluidos entre los invitados de los marqueses. Damas y caballeros habían seleccionado sus más deliciosas galas para la ocasión. Todos parecían desesperados por hacerse con una bebida y, entre valses, minuetos y cotillón, llorar juntos la desgracia política compartida. O, si no era el caso, al menos, fingirlo.

Como cualquier palacio, el de los marqueses de Urueña era una fortaleza inexpugnable para todo paseante sin abolengo. Desde la carrera de San Francisco o la calle del Ángel se intuía el lujo del interior; se apreciaba el poder que encerraban aquellas cuatro filas de ventanas, más pequeñas en el nivel inferior y en el superior; se ansiaba la calidez de sus estancias y pucheros —humo que siempre coronaba sus chimeneas—; se suponían sus riquezas y miserias… Pero eso era todo. Los atrevidos soñadores con comercios en esa misma calle o cuya ruta de vuelta a casa pasaba por delante de aquel palacio solo aspiraban a imaginarlas, a cruzar el umbral por accidente, por una carambola de su aciaga existencia. Pero la imperturbabilidad de aquellos muros los convencía de que no era alfombra para sus suelas desgastadas y dejaban ir aquella imagen, desdibujada en el horizonte de la cíclica rutina. Sin embargo, aquella noche las puertas permanecían abiertas, custodiadas por empleados de librea. Y, así, alguna de aquellas almas curiosas pudo asomarse, a distancia prudente, y confirmar las sospechas de su imaginación.

Como otras residencias construidas en el siglo XVII, los contornos de la portada de los marqueses de Urueña eran sencillos, mas el interior se había beneficiado de las reformas realizadas en el siglo XVIII por obra del abuelo y el bisabuelo de Alonso, otorgándole así una mayor suntuosidad. El zaguán, en el que se habían instalado varios espejos para la ocasión, servía de distribuidor. Más sirvientes uniformados tomaban las prendas que habían de guardarse hasta el fin de la fiesta. Otros indicaban el camino al baile, que se iniciaba en aquella gran escalera abovedada. Al término de los escalones, otra tanda de espejos y otros dos empleados que señalaban la dirección hacia el salón y también hacia el tocador, instalado en las estancias que quedaban a la derecha. La antesala y los dos salones, grandes habitaciones llenas de ventanales que daban a la carrera de San Francisco, estaban casi irreconocibles. Los asistentes se distribuyeron por estas tres salas, recubiertas por colgaduras beis, azules y rojas, iluminadas por primorosas arañas de cristal de La Granja, embellecidas con tapices, espejos y más obras de arte.

La familia anfitriona se dividió para atender a todos los invitados. Así, los marqueses pudieron conversar un rato con el XII duque de Híjar, don José Rafael Fadrique, y sus dos hijos, vestidos con frac de negro inmaculado y corbatines que hacían desaparecer sus cuellos. También con los X marqueses de Santa Cruz, don José Gabriel y doña Joaquina, que vivían en aquellos tiempos lo que sería el preludio de su notoriedad. La señora Ludovica admiró el fabuloso vestido de doña Joaquina, de mangas abullonadas y bordados por doquier. Un poco más allá, Jonás saludaba al jovencísimo XI duque de Osuna, que parloteaba con el señor don Pedro Ceballos. El doctor Yturbide y su esposa fueron recibidos por Alonso, que les presentó al señor don José Manuel de Goyeneche, I conde de Huaqui.

Al otro lado del salón rojo, deslumbraba el raso verde brillante del vestido de la X marquesa del Rafal, cuya mano enguantada reposaba sobre el brazo de su hijo, don Cristóbal Manuel de Villena, VI conde de Vía Manuel. Y por la zona del salón azul estaba el señor don José de Madrazo —ya mencionado como autor de una de las pinturas colocadas en la escalera—, pintor de cámara y uno de los pinceles más valorados en la Corte con el permiso del señor don Vicente López. Este saludaba a la XV condesa de Chinchón, aquella que, tiempo atrás, se había hecho llamar «Princesa de la Paz» por haber estado casada con el valido don Manuel Godoy, pero que ahora, y tras haber dejado atrás su matrimonio, alternaba en sociedad con un título más discreto. Se les unió enseguida el señor don Francisco Crespo de Tejada, dueño de una de las casas comerciales más pujantes del reino. Los barones de Guadalaviar intrigaban junto a unas cortinas con los señores Ferrer, cuya hija acababa de recibir una solicitud de baile de parte de un joven teniente, hijo del general Rozas.

En aquel baile había tantas caras que era imposible abarcarlas todas de un simple vistazo. Por ese motivo, Alonso fue descubriendo a algunos invitados a lo largo de la velada. Sin esperar a que zanjaran los diálogos ya iniciados, los marqueses, con sus respectivas parejas de baile, abrieron el primer vals. El inicio de la música molestó muy concretamente al duque de Híjar, entregado a una conversación en la que varios trataban de adivinar cuándo regresaría el VII duque de Berwick de su viaje por Italia, última fase de su *Grand Tour*. A la danza se sumó Alonso, que ya se había encargado de buscarse una pareja entre las señoritas que habían acudido. Cosme, entre paso y vuelta, miraba de reojo, creyendo que la dama con la que bailaba su hermano era la mujer por la que en un principio habían organizado aquel evento. No prestaba atención al nervioso

Jonás, que había reservado tres bailes con la señorita Elena el último domingo y que aguardaba paciente a que llegara su momento. Cuando al fin pudo reunirse con ella, el que no dejó de cotillear fue Alonso, deseoso de que su hermano pequeño guardara un buen recuerdo de su primer, y quizá último, amor.

No debía preocuparse. Jonás lo tenía todo controlado. Había practicado muchas horas aquellos pasos que ahora daba. Sus mejillas, sonrosadas, enmarcaban una perenne sonrisa correspondida por la joven. Era como si no tuvieran ojos para nadie más. De vez en cuando susurraban banalidades, anclas de la timidez. Poco a poco, y con ayuda de la dulzura de uno y otro, tejieron un diálogo con el que se contaron qué hacían viviendo en Madrid. Ella había nacido allí aunque su familia era catalana. Él le habló de Asturias y de aquellos acantilados, de los bufones, de una mar embravecida rodeada de prados verdes y picos nevados. A un baile lo siguió otro hasta que la madre de la señorita le recordó que debía complacer a otros muchachos. Jonás se quedó allí parado, al margen de aquel caleidoscopio de faldas y pantalones que se movían en círculos. Sonreía como si en su mente todavía estuviera parloteando con ella. El padre don Eustaquio, distraído en un corrillo en el que estaba otro sacerdote y una devota familia, no interrumpió ese instante de fascinación y libertad. Alonso se rio para sí al contemplar al bueno de Jonás con aquel gesto de enamorado. Quiso acercarse tras zanjar su conversación con el señor Goyeneche, pero entonces alguien se interpuso en su camino con los mejores modales.

—Señor Guzmán, qué alegría volver a verlo —saludó.

—Duquesa, qué sorpresa.

—No me diga que no me ha invitado usted... Me acabo de llevar una gran decepción —bromeó y se cogió del brazo de Guzmán—. ¿Cómo le ha tratado la vida todo este tiempo? Veo que, a diferencia de lo que manifestó aquella noche en mi palacio de Sevilla, ha vuelto a la vida en sociedad.

—Tiene usted mucha memoria, señora.

—Solo para lo que me interesa —aseguró.

—Aquello del retiro fue una etapa, pero ya se terminó. Ahora vivo aquí, con mi familia. Para lo bueno y para lo malo —contestó—. ¿Y usted? No la hacía en la Corte.

—Sí, bueno, voy y vengo. Ya sabe. Me gusta estar en todas partes. Y más si hay intereses en juego —indicó la duquesa de Olivera—. He de admitir que su cuñada tiene un gusto exquisito para confeccionar listas de invitados. Salvo por los barones de Porquera. ¿A quién se le ocurre? Siempre andan con esas medias verdades tan peligrosas, con ese afán por la crítica tan típico de las personas con gran inseguridad de carácter...

Alonso se rio. Aquella mujer, descarada y risueña, le caía bien. A su cabello rojizo se habían sumado muchas más canas. Era hermoso. Como si el color se hubiera hecho soberbio y hubiera decidido ocultarse en algunos mechones de aquel moño, de aquellos bucles que caían a ambos lados de la frente.

—¿Y va a estar mucho más tiempo por Madrid?

La partitura de aquel minueto del maestro Beethoven tomaba forma a través del melódico sonido del violín, la viola, el contrabajo y compañía, y abrazaba las vueltas de los danzantes y los susurros de los intrigantes.

—No lo sé. Quizá. Depende de cómo se desarrollen los acontecimientos. Verá, señor Guzmán, no me gusta que se tomen decisiones que me afectan sin mi presencia, así que mi intención es permanecer en la Corte hasta que pueda regresar con tranquilidad a Sevilla.

—Sabe que eso es poco probable a corto plazo, ¿verdad, señora? No sé si se ha enterado de las últimas decisiones del Gobierno...

—Sí. Y por eso deseo poner a buen recaudo todo lo que me importa —afirmó lanzando una mirada a aquella estancia.

Alonso creyó entender a qué se refería, así que asintió. En su paseo por la zona del salón azul se toparon con Cosme y la señora doña Ludovica, quienes acababan de terminar su primera ronda de bailes. Sonrientes, saludaron con afecto a la duquesa. Tras rememorar la última ocasión en la que habían coincidido, hablaron sobre las ausencias que se encadenaban en la Corte desde hacía meses. El duque de Alagón o el señor don Antonio Ugarte eran solo algunos de los nombres que se habían visto obligados a abandonar el círculo más cercano del rey. También hubo un momento, a modo de chascarrillo, de comentar lo mucho que estaban tardando Su Majestad y su nueva esposa, la reina doña María Josefa Amalia de Sajonia, en anunciar un embarazo.

—Dicen que ella se niega a cumplir con sus obligaciones..., una auténtica lástima. Ahora que es joven es más fácil. Pero cuentan que deseaba ser monja —parloteó la señora doña Ludovica.

—Dicen, dicen... Si se fijan, siempre dicen de las reinas. Unas, por promiscuas, a las que se mete en cama de cualquiera y se las culpa del mal gobierno de sus esposos. Otras, por frígidas o estériles, responsables de no aprovechar el buen hacer en la alcoba de sus excelsos maridos, desperdiciados sementales. La cuestión es que el elemento común en los tres matrimonios de nuestro queridísimo Fernando VII, más allá de la conspiradora, de la de salud frágil y de la monja, es él mismo. Sería maravilloso que nos preguntásemos más a menudo qué le pasa a Su Majestad y menos frecuentemente qué hay de malo en su consorte.

Alonso volvió a dejar escapar una risita ante el gesto inexpresivo de su hermano y su cuñada, que buscaban el equilibrio entre dar la razón a su invitada y no decir nada de lo que arrepentirse. Mientras estos reaccionaban, buscó a Jonás. Lo halló ya a la vera del ayo. Y lo lamentó. La señorita Elena estaba con sus padres, pero ambos se lanzaban miradas a escondidas de los guardianes. Aquello lo alegró en parte. A fin de cuentas no le estaba yendo mal al bueno de Jonás... Romances aparte, supo que debía ir a conferenciar un rato con la familia de la señorita, a quienes había invitado personalmente. Pero antes quiso volver a la conversación entre sus familiares y la duquesa de Olivera, que había continuado al margen de sus divagaciones. Creyó entender que parloteaban sobre negocios, pero antes de ser capaz de aportar algún comentario digno o medianamente interesante, alguien llamó su atención desde atrás. Alzó una ceja. Se giró, queriendo complacer a la persona que lo requería, pero al contemplar aquel rostro no lo reconoció. Solo mientras saludaba confuso empezó a resultarle familiar.

—Disculpe, de verdad, que lo aborde. No sabíamos que iba a estar en el baile, pero nos acaban de decir que usted se encontraba y no hemos podido evitar acercarnos para saludar. ¿Está Inés aquí también? Me encantaría verla. Pensábamos que iban a estar en Asturias hasta las Pascuas...

Alonso empalideció. Aunque no más que Cosme, a solo unos centímetros. Una señorita de cabello algo más claro que Inés, pero con la que compartía ojos y estatura, miraba hacia los lados en busca de su hermana. Llevaba un vestido blanco, bucles que danzaban en las sienes siguiendo el ímpetu de su búsqueda visual. En las manos, cubiertas por largos guantes, un abanico y un ridículo que, años ha, había sido de Inés.

—Buenas noches, señorita De Villalta. Es un auténtico placer conocerla al fin. Su hermana me ha hablado mucho de usted —dijo Alonso recuperando el temple—. Imagino que ustedes serán los señores Aguilar. —Acertó.

Don Jacinto y doña Virtudes, elegantes y prudentes como acostumbraban, se habían quedado un paso por detrás de su sobrina, a la que habían pedido mesura en el acercamiento al barón de Castrover.

—En efecto, señor Guzmán. Cuando nos llegó la invitación de la señora doña Ludovica y vimos que coincidía con su inaplazable viaje al norte, dimos por sentado que no coincidiríamos con ustedes, lo cual nos apenó profundamente —respondió don Jacinto.

—¿Ella está aquí? —se interesó la señora doña Virtudes con ojos brillantes.

—No, no, lo siento. Inés está enferma —se inventó.

Todos abrieron los ojos. Alejandra dejó de buscar y arrugó la frente. Alonso supo que debía concretar.

—Pero está bien, no es nada grave. Solo precisa reposo. Por ese motivo no hemos ido al norte.

—¿Podría visitarla? —se ofreció Alejandra.

—No, no, es contagioso, según ha dicho el doctor. Pero le diré que los he visto para que, cuando se recupere, pueda hacerles una visita.

—Nos vamos en tres días de vuelta a Sevilla... —lamentó la señorita De Villalta, a la que el disgusto le estaba costando un leve sarpullido en el escote y la intensificación del colorete en sus pómulos.

Alonso recordó todas y cada una de las prevenciones de Inés por carta. Ojalá hubiera sido todo tan sencillo como seguir las instrucciones, pero la realidad siempre terminaba por ser más escurridiza. Sin querer que aquella familia se marchara apenada o preocupada, añadió:

—Sé que la echan de menos. Ella también a ustedes. Tengan por seguro que, si todavía no hemos visitado a toda la familia, es por una buena razón. Pero cumpliremos con nuestra palabra. En cuanto mis responsabilidades nos lo permitan.

—Guarde cuidado, sabemos que es un viaje complicado y largo el de Santa Cruz —dijo doña Virtudes.

Alonso asintió complacido. La duquesa de Olivera vio entonces el momento de saludar a los señores con cortesía, a quienes conocía desde hacía años, aunque no estrechamente. Doña Ludovica les dio la bienvenida sonriente y agradeció su asistencia, lamentando el tiempo que hacía desde la última vez que habían coincidido y regalando varios cumplidos a su apellido, motivo, además de la simpatía de doña Virtudes, por el que los había incluido. Cosme, que continuaba desconcertado, empezó a notar cómo su rostro se movía a merced de espasmos nerviosos involuntarios. Como cabeza de familia se vio obligado a intervenir de algún modo, más allá de las normas dc educación.

—Disculpen que me entrometa, pero… ¿quiénes han dicho que son? Lo siento, son muchos nombres —indicó.

—Querido, son los señores Aguilar, ricos terratenientes. Ella desciende de la Casa de Tuy. La conocí hace un tiempo —le susurró al oído su mujer.

—Sí, pero ¿quién es la señorita de la que hablan? ¿Inés han dicho? —ahondó Cosme lanzando un vistazo a su hermano.

—Bueno, ella es nuestra sobrina, la hermana de la señorita —respondió el señor don Jacinto, señalando con ternura a Alejandra—. Y, bueno, ella es la… —esperó el permiso de Alonso para continuar, a sabiendas, gracias a la carta que Inés les había escrito desde La Mancha, de que existían motivos delicados por los que el matrimonio no se había hecho público todavía. Este le hizo una seña y logró que don Jacinto dejara la frase sin terminar.

Otra ráfaga de tensión recorrió las facciones de Cosme, para quien no pasó desapercibido el mudo intercambio entre los dos caballeros. Así, sonrió forzadamente y trató de proceder con normalidad. La duquesa de Olivera asistía, divertida, a aquella escena.

—Oh, por supuesto, por supuesto. Como les digo, muchos nombres. Encantadísimo de conocerlos. Espero que el baile sea de su gusto y que no les falte de nada. Si en algún momento precisan algo, háganmelo saber enseguida —ofreció.

—Es un evento magnífico, don Cosme. Mis más sinceras felicitaciones —correspondió doña Virtudes, complaciente como acostumbraba.

—Si me disculpan un segundo… —solicitó—. Alonso, hermano mío, ¿puedes acompañarme?

Alonso asintió a sabiendas de que no podía negarse. Se despidió del grupo tras prometer regresar en unos minutos y siguió a Cosme. Doña Ludovica supo que debía simular indiferencia ante la partida de su esposo, así que se esforzó en sacar otro tema de conversación con premura, labor a la que la ayudó la duquesa. Los hermanos salieron a la escalera esquivando invitados que se dirigían al tocador, a rincones oscuros en los que esnifar rapé o de vuelta a sus carruajes. Cruzaron aquella enorme estancia de paso abovedada y se adentraron en el entramado de antesalas y saletas que se internaba en las estancias privadas de la familia. Desembocaron en aquel largo pasillo en el que se encontraba el despacho del marqués. Cosme entró, dejó que pasara Alonso y cerró la puerta. Una vez dentro suspiró, intentó calmarse, se pinzó el tabique nasal con el índice y el pulgar, y después, ubicado frente al escritorio, dijo:

—¿Quién es esa mujer? ¿Qué relación tienes con ella?

El otro intentó idear una forma de salir de aquel entuerto, pero sabía que era imposible.

—Ella..., la señorita Inés de Villalta, es mi esposa.

Cosme arqueó las cejas, más sorprendido si cabe con la respuesta definitiva a su duda.

—¿Te has casado en secreto y sin mi permiso? —espetó.

Alonso, que se había quedado junto a la puerta, respondió, un poquito más sereno:

—Todo tiene una explicación. Te lo prometo.

—¡Respóndeme a la maldita pregunta, Alonso!

Silencio.

—Sí.

Cosme no conseguía relajarse, continuaba hiperventilando en aquellos calzones blancos y aquel impoluto frac azabache. La paz de los violines no alcanzaba esa estancia.

—¿Y toda la idea de este baile? ¿Y esa mujer de la que estás enamorado?

Alonso entendió que, por más que le pesara, debía desenmascarar a Jonás.

—No era por mí.

—¿Y entonces?

—Jonás...

—¡Increíble! ¡Increíble! Dios me ha castigado con los dos hermanos más estúpidos del mundo conocido.

El marqués se puso las manos en la cabeza y empezó a dar paseos longitudinales ante la mesa en la que se creía con el control de todo.

—Tranquilízate, Cosme. Lo de Jonás es un amor pasajero de juventud. Estoy seguro de que, después de esta noche, se centrará en sus obligaciones. Transigirá...

—Sí, sí, te puedo asegurar que lo va a hacer. —Se detuvo—. Pero ahora no estamos hablando de él. ¿Cómo se te ha ocurrido? ¿Cuándo te has casado? ¿Quién es esa mujer? —lo interrogó mirándolo a los ojos.

Los dos segundos que tardó en responder casi terminaron de reventar la paciencia de Cosme. Había prometido silencio...

—Su nombre..., su nombre es Inés de Villalta, procede de una familia de la alta burguesía tinerfeña —contestó y bajó la vista—. Yo... la conocí..., en realidad, la conocí en Aranjuez. —Sonrió sin querer—. Pero volví a encontrarme con ella por obra del destino mientras investigaba... —se aclaró la voz y alzó la mirada, recuperando la templanza—. Mientras me encargaba de asuntos reservados. Ella estaba en apuros. Por eso procedimos sin el beneplácito de nadie. Necesitaba ayuda y yo... Falsificamos escritos, tuvimos que ser rápidos para garantizar su seguridad y la de su familia.

—Su familia no parece en apuros.

—Es bastante más complicado, Cosme. Por eso no he dicho nada. Nadie puede saberlo, ¿entiendes? Debemos mantenerlo en secreto hasta que ella solucione unos asuntos. Después, viviremos como marido y mujer, no te fallaré, seré ese hombre digno que siempre has querido ver en mí.

—¿Dónde está ahora?

—Ya lo te he dicho. Solucionando unos asuntos...

—Bien, pues dile que venga. Si queréis mi discreción, mi bendición y recuperar tu asignación, me lo va a tener que pedir en persona. No voy a contribuir a ayudar a un fantasma. Cuando vea que es de carne y hueso, cuando sea capaz de mirarme a los ojos y justificar su ausencia, quizá me piense si aceptar este matrimonio. Dios quiera que no sea una cazafortunas...

—No lo es, hermano. Ella es..., ella es buena. La idea de casarnos fue mía.

—Por supuesto. —Se rio sarcásticamente.

Silencio.

—¿Por qué? —se interesó Cosme—. ¿Por qué ella?

Silencio.

—Porque... —Una sonrisa involuntaria apareció en el rostro de Alonso.

—Hasta para eso te consideraba más inteligente... —lo interrumpió Cosme, conocedor de la respuesta sin necesidad de palabras.

Silencio.

—Le escribiré para solicitar que venga. No sé si será posible, su situación es delicada —respondió aclarándose la garganta de honestidad.

—¡Por Dios santísimo, Alonso! Es tu esposa. Si no eres capaz de controlarla es que no eres de la familia. Haz que venga o haré preguntas y moveré hilos para invalidar este disparate —espetó acercándose a él. Cuando terminó no aguardó réplica y regresó al baile.

Alonso se quedó a solas y trató de no ver a su padre sentado en su silla, asintiendo con la cabeza. Aquella reprimenda podría haber salido perfectamente de su boca. Utilizaba un tono similar cada vez que afeaba a Joaquín su conducta. Él escuchaba todas las amonestaciones desde el pasillo y deseaba que no lo castigaran para poder seguir correteando juntos por calles y saletas. Cuando volvió al baile notó que el número de invitados había disminuido. Cosme se había integrado en un corrillo y sonreía como si nada. Él no era capaz de fingir con tanto aplomo. ¿Cómo iba a conseguir que Inés fuera a Madrid? El trato incluía que no la requeriría hasta que no descubriera la verdad sobre su familia. ¿Por qué no había sido más despierto? ¿Por qué no había analizado los pormenores del acuerdo con la mente fría? En medio de sus dudas y flagelaciones, la duquesa de Olivera volvió a entrar en escena.

—Tengo que admitir que su vida es notablemente más entretenida de lo que jamás imaginé —comentó mientras jugueteaba con su abanico, plagado de dibujos pintados a mano, y agarraba otra vez el brazo a Alonso.

—Duquesa... —la saludó—. Sí, bueno, más que entretenida diría que soy experto en complicármela.

—Los familiares de su esposa lo estaban buscando para despedirse.

Alonso se extrañó de la perspicacia de aquella mujer. O quizá no tanto.

—Sí, por supuesto. Iré a su encuentro. Tiene que hacerme el favor de no mencionar nada de lo que ha pasado. Es una situación compleja y el matrimonio no es público —contestó—. Yo, duquesa... Todo esto es por una buena razón.

—Tiene mi palabra. Señor Guzmán, ¿ha leído a los idealistas alemanes?

—Humm, no, no, señora —respondió Alonso confundido.

—Hágalo. El mundo está cambiando. Y con él nuestras lecturas y motivaciones. Solo si no se queda rezagado, logrará entenderlo —valoró de forma críptica. Alonso asintió, aceptando aquel extraño consejo—. Venga, vaya a buscar a los señores Aguilar. Yo ya me despedí de ellos antes y no hay nada más inútil que un adiós repetido.

Y se alejó dejando flotar su falda de raso dorado. En ese momento, justo cuando se fijaba en cómo se marchaba para unirse a otro grupo con su fantástica sonrisa y aquel jugueteo del abanico que funcionaba como telón de sus reacciones y aportaciones, a Guzmán se le ocurrió una idea que podría solucionar de golpe todos los problemas, tanto los que le habían surgido en la velada como alguno más relacionado con una de sus investigaciones.

XXXI

Inés leyó aquella carta sentada en el catre, arañando luz a la vela, casi derretida, de la palmatoria. Su estómago se contrajo y le provocó un repentino dolor. Las manos le sudaban. La garganta no dejaba pasar el aire. Se levantó y se dio dos minutos para tranquilizarse. No eran malas noticias lo que Alonso compartía con ella. Pero complicaban todo. En dos semanas iba a partir a Manzanares. Ya estaba todo arreglado. La marquesa había hablado con «madama generala» para contarle que Inés iba a ausentarse un tiempo siguiendo sus órdenes. Debía cumplir con un encargo de su parte que nadie más podía saber. Doña Fuencisla, que hacía tiempo que se había perdido con la relación entre aquellas dos mujeres, asintió y continuó con su tarea. Ningún comentario, ninguna observación. Inés había diseñado los objetivos de aquel viaje, el itinerario, dónde buscaría alojamiento. Guardaba todavía alhajas y monedas que había cogido de la casa de su hermana. No podía negar que era arriesgado viajar sola, que se moría de miedo con la mera idea de repetir los trayectos que ya había realizado. Caminos desconocidos, horizontes inhóspitos, paradores sin nombre. Pero era una situación desesperada. Y debía hacerlo. Por Dolores. Ella la asistiría en todo momento, la cuidaría, estaba convencida.

Esa era su actitud hasta que las líneas de Guzmán zarandearon sus planes. Le pedía que fuera a Madrid. Mandaría un coche de alquiler a Salamanca. Algo discreto. Pero era imperativo contar con su presencia antes de las Pascuas. Tenía un plan. Inés confiaba en esas palabras, pero, después de tanto tiempo, ¿cómo sería volver a verlo? ¿Era eso lo que más la alteraba? ¿Cómo podía ser? Sabía que no podía ausentarse tantos días. Solo podía hacer uno de los dos viajes. El otro debía posponerse. Intentó relajarse y, ansiosa de serenidad, abandonó la misiva bajo la almohada. Volvió al trabajo. Poco a poco se había ido acostumbrando a seguir las órdenes de doña Mariana y de doña Teresa mientras soñaba con el fin de sus días al servicio de los Somoza. Una vez más, los ratos que más la entretenían eran las charlas con la Gran Dama. Aunque era una suerte de espía para la marquesa, lo olvidaba y se entregaba a escuchar las anécdotas, a veces repetidas, que aquella mujer compartía con ella. Uno de los eventos que iba a perderse, fuera cual fuera su destino, era la boda de don Gregorio, que por fin había vuelto de su retiro en el balneario carbayón. Aquello la alegró sobremanera, aunque tuvo que asistir a los gritos y ataques de nervios que poblaron el piso principal de la casa con cada visita del sastre.

Más allá de la decisión que tomara, sabía que tenía que informar a la marquesa del cambio de planes. Así, esa misma noche, al término de la jornada, y tras guardar el vestido que había lucido en la cena en el guardarropa, le pidió un momento. Doña Mariana despidió a doña Teresa y alegó que deseaba que Inés le cepillara el pelo sin nadie revoloteando por detrás. La doncella obedeció y cerró la puerta a su paso.

—¿Algo que deba saber?

Inés cogió el cepillo del tocador y empezó con la tarea asignada, precio por aquellos minutos de intimidad.

—Sí, señora. Verá, mi contacto en Madrid me ha comunicado que ha habido novedades en la investigación, pero que precisa mi presencia allí para dar un importante paso.

—No pretenderá recorrer la península, ¿verdad?

—No, no, doña Mariana. Sé que debo elegir. Por eso…, creo que debo ir a Madrid. Ya marcharé a La Mancha más adelante, cuando proceda. Al fin y al cabo, en Manzanares, por lo pronto, solo hay preguntas. Quizá en la Corte haya alguna respuesta.

—¿Mismas fechas?

—Partiré unos días más tarde. Debo confirmar los detalles del viaje con mi contacto y eso demorará un poco todo.

—¿Sabe cuándo regresará?

—Trataré de que sea cuanto antes, mi señora. Como ya le dije, no está en mi ánimo complicar las cosas por aquí. Pero le pido paciencia. En Madrid voy a buscar soluciones. También para usted.

La marquesa le dio la razón con su silencio.

—He pensado que, durante mi ausencia, la señorita Julieta puede comunicar el hallazgo de la primera carta falsa. Ya han pasado semanas desde que les hablamos de su nuevo archivo secreto. Estarán ansiosos. Y no es recomendable que se vuelvan impertinentes mientras yo no estoy aquí. Dejaré todo preparado como prometí.

Doña Mariana asintió.

—¿Qué clase de cuento ha contado a sus padres para que la dejen llevar esta vida? —reflexionó en voz alta, de pronto.

Inés frunció el ceño, tragó saliva y siguió cepillando.

—Uno precioso, mi señora. Algún día se lo contaré —prometió sellando sus labios una vez más.

La señora volvió a asentir y dejó a un lado la vehemencia que solía acompañarla en sus diálogos con Inés. Si la usaba, era por miedo. Siempre por miedo. No terminaba de gustarle la idea de que se marchara sin fecha de vuelta. Mientras ella estaba en el palacio, las pesadillas sobre el ataque se difuminaban. Se sentía a salvo. Era una sensación extraña. ¿La protegía una doncella? La respuesta era que sí. Inés era la única con capacidad de distraer a aquellos hombres que habían osado inmiscuirse en su vida. La única que parecía tener la llave para terminar con aquel espionaje y quizá para evitar un nuevo atentado contra su persona. Esa noche, la señora Fondevila no pudo dormir. Le ardía el hombro, oía los gritos, sentía los párpados de hierro que la habían acompañado durante semanas, le ahogaba la incertidumbre sobre quién había sido el responsable. Cuando amaneció, supo que, sintiera lo que sintiera, debía dejarla ir a la Corte. Como había dicho, en Madrid estaban las soluciones. También las suyas.

La berlina que había arrendado Alonso la esperó, escondida, junto a un portillo que había al lado de la puerta del Río. El alba, que espantaba las tinieblas de la noche pero desdibujaba las siluetas, fue aliada en la salida de Inés del palacio de los marqueses de Riofrío. Aun así, se cubrió con la capa para que nadie la viera. El cochero le dio los buenos días mientras cogía su escaso equipaje y abría la puertecilla. La joven se subió con brío y, ya en el interior, ordenó a su corazón una chispita de calma. Sus tripas rugían al tiempo que contemplaba cómo, a su paso por el puente romano, el cielo, que todavía se desperezaba, se reflejaba sobre el río Tormes. Sombreros inundando las huertas y prados circundantes. Bajo ellos, aperos diversos movidos por los enérgicos brazos de los campesinos. También reses pastando. Y cayados inquietos. La composición que pudo apreciar desde la ventanilla del coche, que, pasado el puente, recorría la margen derecha del Tormes, era hermosa. A Inés se le ocurrió que, de haber estado allí, Blanca lo habría pintado. Habría resbalado el pincel sobre el lienzo y habría inmortalizado las cúpulas de la soberbia aunque herida Salamanca. También el halo de luz que enmarcaba aquella ciudad amurallada, abrazada por arrabales, pequeños templos extramuros, caminos y aceñas.

Una semana más tarde, el vehículo cruzó la cerca de Felipe IV. Inés portaba aquella cajita imposible entre las manos, divertimento en el trayecto. Estaba tan nerviosa e intrigada por lo que le deparaban sus días allí que había olvidado que jamás había visitado la capital del reino. Sus ojos curiosos enseguida pusieron remedio. Apartó la cortinilla y descubrió las calles de la villa, destartaladas y sucias en su mayoría. Parecidas a las salmantinas en algunos sentidos. Diferentes a todo lo que había visto en otros lugares. Palacios de ladrillo. Paseos plagados de árboles. Fuentes pétreas abordadas por cántaros. Barullo por todas partes. Tartanas y diligencias que llegaban y se iban. Perros sarnosos, ora rascándose, ora peleándose. Si Inés hubiera tenido que escoger un adjetivo para describir lo que sentía, habría sido «abrumada». Soltó la cortinilla y se apoyó en el respaldo. No sentía el trasero ni las piernas. Pero no estaba segura de querer llegar a su destino. A la media hora de adentrarse en Madrid, con frenadas y acelerones bruscos, acompañados con blasfemias cantadas desde el pescante —púlpito de los impacientes—, el vehículo se detuvo. El cochero, que todavía refunfuñaba por culpa de un carromato tirado por mulas que se había cruzado en su camino en la calle de Toledo, dio dos golpes en la puertecilla.

—Señora, es aquí. Avisaré de que ha llegado y regresaré si le parece bien.

Inés asintió sin saber si aquello era una orden o una petición. Mientras esperaba, se obcecó con aquella cajita una vez más. Pero no aplacó los nervios. El cochero volvió a tocar la puertecilla. La joven abrió, dispuesta a no permanecer mucho más ahí metida, pero entonces se topó no solo con el rostro amarillento del empleado sino también con Alonso.

—Buenos días, señorita De Villalta —la saludó sonriente.

Inés lo observó un momento.

—Buenos días, señor Guzmán. Me ha dicho el cochero que esta es mi última parada.

—Sí, así es. ¿La ayudo a bajar?

Ella asintió, guardó la caja y cogió la mano de Alonso para apearse del carruaje. En su camino hasta la puerta de entrada del edificio, se aseguró de calarse la capota a conciencia para que nadie pudiera ver su rostro. Mientras subía los tres escalones que separaban la calle del zaguán, comentó:

—Le agradezco que haya venido a recibirme, señor Guzmán, pero no hacía falta. —Cruzaron el umbral. Inés miró alrededor—. Esto... esto no es una posada.

—No —contestó él.

—¿Dónde me ha traído?

—Se lo contaré en breve. Pero antes..., ¿tiene hambre? ¿Quiere comer algo?

Inés miró fijamente a Alonso.

—¿Dónde estoy, señor Guzmán?

Él supo que no había escapatoria, debía hablarle de todos los motivos por los que era recomendable su viaje a Madrid.

—Déjeme llevarla a su cuarto. Y allí se lo contaré todo. Pero aquí no —pidió.

La señorita De Villalta aceptó a regañadientes.

—Ya puede ser buena la explicación —masculló mientras reanudaba el paso.

La tensión de su rostro desapareció a medida que subía las escaleras principales, hechizada por la bóveda, también por las cristaleras. Bordearon la baranda que coronaba la primera planta y, aunque sintió el impulso de buscar las escaleras secundarias que la llevarían a las buhardillas, contempló cómo el itinerario de Alonso se quedaba en ese piso. Cruzaron una puerta que daba acceso a un pasillo y ahí se detuvieron. Él giró el picaporte y entró en una pequeña antecámara vestida de gualda. Inés se olvidó de la explicación pendiente y admiró la estancia. Los ventanales daban a un bonito patio, uno de los dos con los que contaba el palacio.

—¿Me permite? —solicitó Alonso antes de cerrar la puerta.

Inés salió de su ensimismamiento y asintió. Guzmán cerró y la invitó a pasar al gabinete.

—Imagino que estará cansada del viaje. Ahí estaremos más cómodos.

La joven volvió a asentir. Pasó a la siguiente cámara, también decorada en los mismos tonos. Dos silloncitos y una mesita de café de estilo Imperio esperaban a ser utilizados.

—Verá, señorita De Villalta, no le pedí que viniera a Madrid solo por tener un plan con respecto al Benefactor. Estamos... estamos en el palacio de mi hermano. Él..., bueno, él descubrió lo de nuestro matrimonio secreto. Como podrá imaginar, no le hizo mucha gracia y, bueno, exigió su presencia para valorar si nos concede su bendición y su silencio.

—¿Cómo lo descubrió? Solo lo sabe mi familia.

—Coincidí con sus tíos y su hermana Alejandra. Vinieron a un baile que se celebró aquí en octubre... La mujer de mi hermano Cosme se encargó de la lista de invitados. No creí que hubiera riesgo de que estuvieran en ella, así que no me preocupé en revisarla. Pero, al parecer, conoció a su tía hace un par de años y, al saber que estaban pasando unos días en la ciudad, los incluyó.

—¿Mi hermana? ¿Estuvo aquí? ¿Cómo? Pero... ¿no se le ocurrió una mejor idea para ser discreto que celebrar un baile justo cuando mi hermana pequeña está en la ciudad? —se desesperó Inés.

—Disculpe, tenga por seguro que usted no es la única complicación en mi vida. Intento ayudarla, pero no puedo obligar a mi familia a recluirse en su palacio con ninguna explicación ni cuestionar las decisiones de mi cuñada sin poder dar un motivo. Por muy hermano que sea de Cosme, soy un invitado en esta casa.

La joven se sentó en uno de los sillones.

—¿Y qué se supone que tengo que hacer? —preguntó.

—No mucho. Solo dejar que la presente a mi familia.

—Pero nadie puede verme en sociedad —advirtió.

—Lo sé, lo sé. Será solo de puertas para dentro de este palacio. Cosme no es muy simpático, pero no le veo capaz de airear mis excentricidades por toda la Corte. Solo quiere asegurarse de que usted es de fiar.

Inés pinzó la falda de su vestido con los guantes. No había llevado apenas equipaje. Tan solo dos vestidos. Creía que viviría escondida en una posada y que solo saldría a la calle para cumplir con ese misterioso plan que Alonso tenía entre manos. ¿Acaso era atuendo digno con el que presentarse ante ese exigente marqués?

—Si le parece, puede tomarse la tarde para descansar. Vendré a buscarla un poco antes de la cena. Así podrá conocerlos antes de compartir mesa. ¿Está de acuerdo?

Volvió a asentir. Alonso se dio por satisfecho y procedió a retirarse.

—Señor Guzmán —lo llamó—. ¿Y su gran idea? ¿No va a decirme de qué se trata?

—Mañana. Con la mente fresca. No me gustaría atosigarla más. Me hago cargo de que no ha sido la bienvenida que esperaba.

Y se fue. Más de un año sin verse y seguía soñando con aquel beso que jamás le había dado. Inés se tomó un minuto para cerrar los ojos y recordar aquel día en que, recién casados, habían dejado escapar un instante precioso en el zaguán. Pero enseguida los abrió para atender a una criada que esperaba para entrar su equipaje. La joven la dejó pasar. Se quitó el sombrero, los guantes, el redingote, las botas, el vestido. En camisa, medias, corsé y enaguas se tumbó en la cama, tan mullida que quiso llorar. «Alejandra ha estado aquí», pensó. Y la señora doña Virtudes. Y el tío don Jacinto. ¿Si gritaba lo suficiente alcanzarían a oírla? ¿Irían a rescatarla de sus promesas y errores? No lo supo, se quedó dormida. Despertó cuando las luces del día eran ya un recuerdo. Estiró el cuello, bostezó. Y, sin dejar pasar más tiempo, buscó adecentarse para la ocasión. Habían dejado una tina con agua con la que se enjuagó la cara, el cuello y los brazos. Se rehízo el moño. Dos gotitas del perfume de azahar de Dolores en las muñecas. Se puso el otro vestido, el de color verde oscuro, menos castigado por el trayecto, y esperó. No se puso nerviosa hasta que Alonso llamó a la puerta. En ese momento dio un respingo, pero controló la ansiedad.

—No se preocupe, la tratarán bien —dijo él.

—No estoy preocupada —mintió.

Varias salas de paso, decoradas con consolas, jarrones y serviles empleados, los llevaron hasta el salón rojo, el que la familia solía utilizar para las visitas. Doña Ludovica tocaba el piano. Cosme, con la copa apoyada sobre el instrumento, se deleitaba con la música. En cuanto repararon en la presencia de la pareja, detuvieron su entretenimiento melódico y se acercaron a conocer a Inés.

—Así que usted es la señorita De Villalta —comentó Cosme, sonriente, agradecido de que aquella mujer existiera y tuviera una apariencia convencional.

—Buenas noches, señor marqués, señora marquesa. Agradezco muchísimo su hospitalidad, de verdad. Sé que no hemos obrado de la forma más ortodoxa, pero…

—Nada de justificaciones ahora, querida. Ya habrá tiempo de hablar —la interrumpió, cariñosa, la señora doña Ludovica.

—¿Ha ido bien el viaje? —se interesó Cosme.

—Sí, sí, ha ido todo bien —alcanzó a responder Inés, sorprendida por la calidez.

—Bien… —valoró Cosme—. El trayecto desde Salamanca tiene zonas peligrosas. Detesto pasar por el Arenal del Ángel.

De pronto entró en el salón Jonás que, al ver a Inés, esbozó una amplia sonrisa.

—¡Señorita! —exclamó—. ¡Es usted!

—¡Jonás! Cuánto tiempo. Ya es un hombre hecho y derecho —comentó ella, que comprobó cómo parte de la característica tristeza del joven había desaparecido de su mirada.

Alonso no entendía del todo lo que estaba pasando.

—¿Os conocéis?

—Sí, la señorita trabajaba en…

—Bueno, Jonás, no se puede llamar trabajar. He sido dama de compañía algunos años. Coincidimos en Asturias —logró decir Inés ante el desconcierto del joven.

—Per... —intentó.

—Pasemos al comedor. Yo ya tengo hambre. ¿Tenéis hambre? —improvisó Alonso.

Cuando se trasladaron a la sala contigua, Alonso logró susurrar a Jonás que no dijera nada más. «Te lo contaré en privado, pero es importante que no digas nada. Recuerda que me debes una», le indicó. El otro, divertido e intrigado, asintió enérgicamente, satisfecho de gozar del privilegio de la confianza de su hermano mayor. Una vez se acomodaron en torno a la mesa de madera de nogal, de patas como pezuñas que sobresalían por debajo del mantel de hilo blanco bordado, Inés tuvo que hacer frente a la mirada inquisitiva del ayo de Jonás, el padre Gutiérrez de Lerma, a quien su rostro resultó familiar. Por suerte solo se habían visto aquella vez en Mieres del Camino. Y el chico jamás le había especificado quién era ella. Solo que la conocía del palacio de los marqueses de Riofrío, y don Eustaquio no prestaba atención a aquello que no le interesaba. E Inés no le había suscitado el más mínimo aliciente. Durante la cena, eso sí, ambos se enteraron de que aquella mujer era la esposa de Alonso. También de que no debía hacerse público todavía. Jonás se rio por lo bajo, el ayo arqueó las cejas, a sabiendas de que, más allá de lo que Cosme quería hacer creer, no se había procedido del modo correcto.

Los marqueses, hábiles y atentos, se las ingeniaron para hacer las preguntas adecuadas a Inés. ¿Cómo se llamaban sus padres? ¿Desde cuándo vivía en la península? ¿Cuál era la historia de su familia? ¿Había recibido educación en casa? ¿Qué sabía hacer? Ella fue contando todo lo que pudo. Y sus respuestas contentaron a Cosme. El ambiente se fue relajando y dio pie a que, incluso, se contaran anécdotas de la infancia de los hermanos Guzmán, de las que aquellas cuatro paredes habían sido testigos. Hubo tiempo de risas. También de algún que otro sermón sobre el sacramento del matrimonio por parte del padre don Eustaquio. Al final, los hombres, a excepción del ayo, se retiraron al *fumoir*, ubicado junto al salón azul. Doña Ludovica e Inés se quedaron a solas. Y en aquel momento la señorita De Villalta pudo confirmar que la esposa de Cosme era una mujer agradable.

—No se preocupe por Cosme. Los ayudará. Él es firme porque su posición en la familia no es fácil. Siempre ha creído que Alonso y Jonás lo ven como un extraño, como menos hermano. Igual pensaba del difunto Joaquín. Él es el primogénito, pero de otra mujer. Pero yo sé que, aunque su relación sea complicada por todo lo que ocurrió en la guerra, se aman como los buenos hermanos que son. No imagino a nadie por el que Cosme cuestionaría sus principios más que por Alonso, Jonás y nuestros hijos.

—Se lo agradezco mucho, señora doña Ludovica. Sé que no es una situación deseable, pero prometo que todo tiene una justificación. Incluso mi ausencia —respondió Inés.

—Trate de recordárselo a mi marido mientras dure su estancia aquí —aconsejó.

Inés asintió. Cuando los caballeros terminaron de fumar y esnifar rapé, se reencontraron en el salón rojo. Allí, los cuatro fueron testigos del don para el pianoforte que tenía la señora doña Ludovica gracias a una partitura de un concierto de piano del maestro Mozart, a quien el padre de esta había conocido. Al término de su demostración, todos se retiraron afectando cansancio y deseo de dormir. En realidad, más de uno se hubiera quedado por allí, para reír y divagar. Pero nadie osó contradecir los horarios marcados por la recta mayoría, invisible, poderosa.

Alonso acompañó a Inés a la puerta del pasillo en el que se encontraba el acceso a su cuarto. «El palacio puede ser laberíntico. Así no se perderá», comentó. La joven asintió y se dejó ayudar. Antes de despedirse hasta el día siguiente, le recordó a Alonso que tenían una reunión pendiente en la que debía contarle todo el plan. Él propuso visitarla a las diez de la mañana. Inés accedió y desapareció en el interior de la antecámara. Alonso tardó un segundo en reaccionar antes de marcharse a su cuarto. Ella se quedó apoyada en la puerta unos minutos, reflexionando sobre todo lo que había pasado durante aquella jornada. Al final, dos golpes la sorprendieron. Dudó si abrir, pero la vocecilla de una empleada ofreciéndose a asistirla en el cambio de ropa la devolvió a la realidad.

Tardó en conciliar el sueño. El insomnio siempre la acompañaba en días como aquel. Ya en camisa, se sentó junto al ventanal del dormitorio. Admiró el patio. Se asomó y comprobó que, tal y como le anunciaba la inflamación de aquel tobillo que se había torcido en Aranjuez, no había estrellas en el cielo. Pronto llovería. Observó después todas las ventanas que daban a ese patio. Una de ellas mostraba velas encendidas tras el espeso cortinaje. Aunque ella no lo sabía, Alonso tampoco podía dormir. Resistiéndose a los vicios, se dedicó a trabajar un rato más en aquel gabinete que, desde hacía un par de meses, se había convertido en despacho. Revisó las últimas anotaciones que se disponía a compartir con el general Eguía y compañía. Pero hubo un momento en que simplemente se quedó pensativo, embrujado por las sombras, y reflexionó sobre aquella mujer de mirada parda e inconmensurable poder. Al final, uno y otra cedieron al agotamiento y, en la soledad de sus pensamientos, llegó el momento de aniquilar las llamas centelleantes que alargaban el día y, por ende, el molesto repiqueteo de la conciencia.

Inés amaneció abrazada a la almohada, rodeada de cojines rellenos de suaves plumas. Sus vértebras agradecieron aquella noche en una cama decente, así que, mientras oía de lejos la percusión de las gotas de lluvia sobre suelos, tejados y alféizares, se concedió unos minutos más para terminar de saborear el privilegio del buen durmiente. La solicitud de permiso de dos criadas la despertó. Se frotó los ojos y fingió que llevaba tiempo levantada. Deseaban servirle el desayuno en su gabinete.

Como no había dejado hora pautada, querían confirmar si era buen momento. Inés asintió. Con su colaboración, se adecentó y se volvió a vestir con el conjunto verde oscuro, antaño propiedad de doña Mariana. Pasó al gabinete, donde la esperaba una taza humeante acompañada de un plato con bizcochos templados y fruta. Se sentó para dar pie a que las empleadas ventilaran y arreglaran el dormitorio con permiso del aguacero, capaz de convertir en crepúsculo las mañanas más luminosas. Inés observó cómo se organizaban las silenciosas sirvientas, se vio en su posición y sintió el escozor de las manos. Cuando hubo terminado y las criadas se retiraron, decidió entretenerse de nuevo con la cajita sentada en uno de los silloncitos del gabinete. Afuera, el arrullo de la llovizna continuaba. Una paloma echó el vuelo, irritada por el impacto de las gotas en el friso donde se había acomodado, haciendo que su suave silueta se reflejara en ventana y cortina.

Alonso, puntual, se presentó en la puerta del cuarto de Inés a falta de tres minutos de que tocaran las diez en los más de veinte relojes que había repartidos por el palacio. Sus ojos se encontraron en el mismo umbral en el que se habían despedido. Ella le permitió el paso y cerró la puerta. Alonso se atusó la levita azul y los pantalones grises y se sentó tras los pasos de ella, que lo miraba con aquellos ojos oscuros deseosos de información.

—¿Ha podido descansar? —se interesó el caballero en un prólogo necesario.

—Sí, sí, señor Guzmán. Muchas gracias —respondió—. ¿Y usted?

—Sí, también —mintió sin saber por qué—. Si necesita cualquier cosa, el servicio está a su entera disposición.

—Muchas gracias, señor Guzmán. Pero estaré bien. No me gustaría incordiar a sus empleados con peticiones banales. He estado del otro lado y le agrían el día a una —comentó y sonrió, bajando la vista en busca de una salida a su sinceridad repentina.

—Por supuesto —asintió él. Se aclaró la voz. Después, rebuscó en la levita y le tendió tres misivas—. Son cartas de su familia. Han llegado en estas semanas. Supuse que sería más práctico entregárselas en persona ya que usted iba a venir. Sepa que tuve que decir que estaba enferma para justificar su ausencia en el baile. También comenté que era muy contagioso para evitar visitas.

Las manos frías de Inés tomaron las cartas. Asintió agradecida.

—Bueno, señorita De Villalta, si le parece bien, voy a contarle cuál es el plan que tengo entre manos. Como le comenté, he estado tratando de avanzar en las pesquisas relativas a la identidad del Benefactor. Actualmente, hay cinco caballeros que encajan en la descripción que usted me dio. Quizá existan más, pero apuesto a que, primero, debemos descartar a estos. Me está resultando casi imposible encontrar pruebas que los vinculen a los marqueses de Riofrío o a algún tipo de conspiración. Por lo pronto, la única evidencia que tenemos es su aspecto, algo que solo usted puede validar. Con el fin de que pueda verlos a todos, he convenido con una buena amiga, la duquesa de Olivera, que celebre una de sus famosas cenas, en las que los invitados desconocen quiénes son los asistentes. Los convidaremos a los cinco, junto a otras personas, incluido yo. Usted podrá mirar desde un escondite a los presentes y señalar quién es el hombre con el que se ha reunido en tres ocasiones. Así daremos con el nombre real del Benefactor y podremos investigar a fondo su conexión con los Somoza, cómo conoció a su cuñado. También qué intereses lo vinculan al robo en Aranjuez.

Inés analizó lo que Alonso pedía de ella. Y sintió frío.

—¿Y cómo podemos estar seguros de que todos aceptarán la invitación a una reunión tan peculiar?

—Bueno, la reputación de la duquesa la precede. Son encuentros interesantes, una forma de identificar a los iguales, analizar a los contrarios. Todos acuden desarmados. Y de ahí su potencial para cualquier caballero con inquietudes políticas, económicas o sociales, detalle que, si no me equivoco, comparten los perfiles sospechosos. Lo de que acepten todos es algo que no podemos controlar, pero tendremos que arriesgarnos. Por lo pronto, tal y como la duquesa me indicó ayer, tres de los cinco han confirmado ya su asistencia.

La señorita De Villalta asintió lentamente, como digiriendo cada palabra de Alonso.

—¿Y cuándo está previsto que se celebre esa cena de su amiga?

—El próximo jueves día 14 de diciembre.

—Para eso faltan... —trató de adivinar Inés, desubicada en el calendario.

—Doce días, señorita De Villalta.

—A doña Mariana no le hará gracia saber que voy a demorarme tanto... —murmuró para sí—. No había planeado estar tanto tiempo aquí... No, no puedo salir a la calle, señor Guzmán. Alguien podría verme, *él* podría verme. Hasta donde sabemos, vive en Madrid y... si descubre que no estoy en el palacio de los marqueses de Riofrío...

—No se preocupe, no tendrá que salir. Solo a la cena y cuidaremos de que nadie la vea. Prepararemos cada detalle. Y usted, usted puede sentirse como en casa. Lo que necesite, de verdad. No tiene más que pedírmelo... ¿Ha... ha podido averiguar algo sobre su cuñado y su sobrino?

—No..., solo tengo nombres y más nombres. Preguntas. Quería ir a Manzanares para interrogar a los vecinos, averiguar si alguien vio algo aquel día. Pero, en su lugar, he venido aquí... —comentó y fijó la vista en Alonso.

—Haré todo lo que pueda para que le merezca la pena el cambio de planes, señorita —prometió él, nervioso de pronto.

Inés asintió.

—¿Y usted ha sabido algo más del asunto de su padre?

—Solo que nadie parece haber visto el cadáver. Hablé con una antigua empleada, también con el párroco que gestionó el entierro y nada, ninguno recuerda ver a mi padre muerto. Estoy intentando convencer a mi familia de exhumar el cuerpo.

—Pero eso es terrible, señor Guzmán. ¿Cómo...? ¿Y si está ahí y solo sirve para alterar su descanso?

—No está ahí, señorita De Villalta. Estoy convencido. Pero necesito verlo con mis propios ojos para que mis tripas me permitan odiar a mi padre hasta que sea capaz de olvidar lo que ha hecho.

Silencio.

—¿Y cómo va a conseguir que le den permiso?

—Pues me faltan ideas... Escribí a mi madre hace un tiempo, pero me ha respondido que bajo ningún concepto puede apoyar una temeridad así. Cosme tampoco está a favor. Así que necesito alguna prueba más consistente...

—La encontrará —lo consoló Inés, que puso su mano sobre la de él, hasta entonces solitaria en el reposabrazos del silloncito.

Alonso levantó la vista y la encontró ahí, observándolo con una mezcla de interés y ternura. ¿Por qué, aun así, la sentía tan lejos?

—Gracias, señorita —respondió con voz rasgada.

Tras dedicar un rato más a completar los datos sobre la forma de proceder en aquella cena en el palacio madrileño de la duquesa de Olivera, Alonso se retiró. Tenía trabajo que hacer al servicio de Su Majestad. Inés, por su parte, pasó el día en su cuarto. Leyó las misivas de su familia. Una era de sus padres, en la que le narraban las cotidianeidades más reseñables del inicio del otoño en su casa de Santa Cruz y reiteraban su anhelo de verla y conocer a su esposo. Otra de Blanca, que le daba sabios consejos, compartía con ella aprendizajes sobre la vida matrimonial y le contaba en qué lienzo estaba trabajando. La última era de sus tíos y de Alejandra, quienes, ya desde Sevilla, expresaban su tristeza al no haber podido coincidir en Madrid y le deseaban una pronta recuperación.

Aquella jornada también tuvo ocasión de reflexionar sobre lo que había hablado con Alonso, repasar las notas sobre la desaparición de don Diego y Manuel y escribir una misiva a la marquesa para indicarle que su ausencia se iba a dilatar, por lo menos, hasta las Pascuas.

Por la noche volvieron a cenar en familia. Regresaron los debates, las anécdotas, las quejas de Jonás ante la falta de libertad que impregnaba sus días, los reproches cariñosos de doña Ludovica a su marido, los velados interrogatorios de Cosme a Inés... También la despedida en la puerta del cuarto de esta y ese rato de desvelo compartido, susurrado a través de las luces y las sombras del patio.

Al día siguiente, Alonso e Inés aprovecharon que la familia había acudido a misa para proseguir con sus preparativos. Otro más había confirmado asistencia. Por la tarde la casa se sumió en el silencio, solo aniquilado por la preciosa melodía que los dedos de doña Ludovica creaban al danzar por aquellas teclas blancas y negras. Inés salió de su cuarto para deleitarse desde el umbral del salón rojo. Pero la señora reparó en ella. Aunque presumida, no dejó de tocar hasta que no terminó el fragmento. Una vez lo hizo, alzó la vista, sonrió a Inés y se levantó.

—Tengo algunos vestidos que se me quedaron pequeños tras mi último embarazo y no he querido arreglar. ¿Le gustaría probárselos? Me encantaría que se quedaran en la familia —propuso afectuosa, tratando de abordar con tacto la cuestión de la parquedad del equipaje de Inés.

Ella, atraída por la idea de vestir un atuendo distinto a aquellos dos que siempre llevaba, asintió enérgicamente. El roce de la muselina, del raso, del terciopelo era una caricia que la arrastraba al pasado, cuando su madre encargaba nuevos vestidos o cuando sus hermanas le cedían los que ya no usaban. El vello de sus brazos, rehén de las sensaciones, se fundía con las mangas largas de aquellos ejemplares trasnochados por solo unos inviernos. La costura que marcaba la silueta por debajo del pecho sostenía los latidos de ese corazón deseoso de volver a ser el de antes. Algunas prendas no le ajustaban en el escote. Otras tenían la falda un poco más corta de lo deseado. Doña Ludovica, atenta, se ofreció a gestionar el arreglo. Pero uno de ellos, de color berenjena, era perfecto para ella. No precisaba de nuevas costuras, de añadidos disimulados o bordados que renovaran sus detalles a la moda imperante. La marquesa de Urueña la invitó a que se lo pusiera aquella misma noche para la cena. E Inés no pudo negarse. En su cuarto sacó los pendientes de Dolores que se había llevado con ella y contempló el conjunto. El espejo le devolvió un reflejo bastante similar a lo que había sido una vez, antes de todo. Sonrió. También Alonso cuando la vio aparecer.

—Perdonen que interrumpa tan agradable charla, pero me dispongo a escribir a su madre en los próximos días y me gustaría saber si puedo mencionar la presencia de la señorita en mis humildes líneas —dijo el padre don Eustaquio mientras se deleitaban con un guiso de liebre.

A Inés casi se le paró el corazón. Detuvo el baile del tenedor, resplandeciente gracias al buen hacer de los criados.

—Bajo ningún concepto, reverendísimo señor —se adelantó Alonso ante la mueca de Cosme, que tomó el relevo.

—Lo que quiere decir es que es mejor que la condesa no sepa nada, padre. Hay cuestiones en marcha que han de solventarse antes de que ella tenga noticia. Solo servirían para que se preocupara y todos en esta mesa somos conscientes de que la señora doña Ángeles padece en demasía con la distancia. Ahora no están ni usted ni Jonás. Además, apuesto a que Alonso la visitará en persona para hablarle de todo este asunto, ¿verdad, hermano? —Alonso asintió lentamente—. Su mención a la señorita y al matrimonio solo arrebataría a un hijo la posibilidad de anunciar una buena noticia a su madre —remató Cosme.

El padre Gutiérrez de Lerma arqueó las cejas sin comprender muy bien, pero al final asintió. Aquella noche, en la despedida, Inés manifestó su preocupación a Alonso. Si la condesa lo descubría, se lo diría a doña Mariana y... ¿a cuántos más? ¿Y si llegaba a oídos del Benefactor? Él quiso tranquilizarla, pero la única solución era confiar en la discreción del ayo y que esta pesara más que su estrecha relación con la condesa. Por suerte aquella semana, asuntos más relevantes conquistaron la atención del religioso y, por ende, poblaron sus líneas de reflexiones alejadas de la vida marital de Alonso.

En realidad, no solo él estuvo distraído. Todos en el palacio. Y por las calles. Y en los cafés. Había ocurrido algo insólito. Ese lunes, día 4 de diciembre, el rey había regresado anticipadamente de su estancia en San Lorenzo de El Escorial por orden del Gobierno. La razón principal que había llevado al Ejecutivo a forzar el fin de la jornada otoñal había sido la decisión de Fernando VII de cambiar, por su cuenta y riesgo, al capitán general de Castilla la Nueva. Desde allí, el día 16 de noviembre, había cesado al general don Gaspar Vigodet y había puesto en su lugar al general don José María de Carvajal, ferviente absolutista. El nombramiento, inconstitucional, quedó sin efecto, pero marcó un precedente en la compleja relación del rey con los nuevos órganos de gobierno. Solo cuatro meses después de jurar la Constitución, la había violado.

Aquello no solo alteró las bancadas del convento de Doña María de Aragón y agitó el ánimo de los caballeros que ocupaban los despachos de las secretarías, ahora ministerios, sino que molestó a una parte de la población cada vez más familiarizada con la jerga liberal. La expansión de tales ideas estaba alentada por todas esas cabeceras que, lentamente, estaban apareciendo en las ciudades gracias a la recientemente reconocida, aunque limitada, libertad de impresión y publicación sin censura. Así, algunos madrileños recibieron al monarca con abucheos, práctica que se convirtió en una constante en los días que siguieron a su vuelta, motivo por el cual la familia real decidió recluirse en palacio.

—Hace bien en no salir. Vergüenza debería sentir. No hay que fiarse de él. Cuentan que traicionó a sus propios amigos y apoyos cuando descubrieron sus intrigas en 1807 en el Escorial. Su felonía es cosa probada —comentó Modesto, sentado en una de las mesas del fondo, en la Fontana de Oro.

—Estoy con usted, señor Andújar. Hay que vigilarlo. También a sus contactos más estrechos. No me sorprendería que tuviera agentes repartidos con objeto de conocer nuestras debilidades y, así, hacernos caer —respondió otro compañero.

—No lo logrará. Cree que todos somos tan blandos como los hombres del primer gobierno. Pero en su intento por conservar sus privilegios, la verdadera libertad será la que le haga caer a él primero —concluyó nuestro amigo de Jerez, de mirada encendida y trago fácil.

—Sé de muchos que lo tuvieron a tiro hace un tiempo... Cuántos planes fracasados... —confesó un tipo de gesto siniestro, aplaudido tras la oreja por el fervoroso Víctor Hernando.

—Nada, nada, eso solo lo habría empeorado todo. El rey transigirá, tragará —comentó Modesto, que tarareó entonces aquel apasionado cántico.

El señorito Andújar, al que se le habían indigestado las medidas descafeinadas y el acoso a los revolucionarios del Ejecutivo, no perdía la esperanza en que él y sus aliados aprovecharían tamaña oportunidad, próxima a cumplir el año. Incluso se lo repetía al dueño de la imprenta que, entre bramido y bramido, a veces dejaba que el chico se explayara para, acto seguido, solicitar que dejara de decir «paparruchadas» y dedicara más horas a trabajar. Modesto le hubiera dado la razón en otra vida. Pero en aquella debía emplearse a fondo en escribir aquellos pasquines que imprimía cuando el jefe no estaba en la imprenta y que repartía por cafés y esquinas custodiadas por ojos hambrientos de argumentos para explicar su miseria.

Era consciente de que, en algunas ocasiones, se dejaba llevar por la demagogia, práctica que su maestro de latinidad le había enseñado a repudiar. Sin embargo, todo era poco para alimentar el nuevo régimen. Las palabras eran poderosas y, por lo pronto, no le costaban dinero. La firma en libelos y discursos le estaba reportando cierta fama en los círculos exaltados. En ellos se incluía alguna que otra señorita que, por unas horas, había detenido sus soflamas. Y aquello le encantaba. Poco o nada quedaba del mozalbete que declamaba frente al espejo, de aquel que habían amonestado la Filo y el Ahorcaperros, de aquel que se había encontrado el teniente Íñiguez en Cádiz buscando, como un idiota, todo lo que estaba por reconstruir. Modesto se alegraba de no haberse vuelto a topar con él. Aunque le guardaba un cierto cariño por las noches de taberna de tiempo atrás, aquel militar cada vez lo juzgaba más con la mirada, con las preguntas burlonas sobre sus quehaceres y con la condescendencia que siempre le regalaba.

—Un brindis por el señor Andújar —propuso uno de sus amigos.

—¡Eso! ¡Un brindis! —se unió Hernando.

Y comenzaron a entonar el *Trágala,* ahora con letra. Al tiempo que esta escena tenía lugar, un poco más arriba de la Carrera de San Jerónimo, a la altura de la calle del Baño, las puertas del palacio de la duquesa de Olivera se abrieron para dejar pasar al Benefactor.

XXXII

La señora doña Carmen Pilar Jiménez de Losada tenía un ritual estricto a la hora de preparar las cenas ciegas en sus palacios. Enviaba las invitaciones con un lacayo debidamente uniformado. Estas, guardadas en un sobre lacrado, solo podían entregarse al aludido, nunca a un sirviente o a un pariente. Dejaba una semana de margen para confirmar asistencia. La esquela la recogía otro lacayo. No había posibilidad de ponerse en contacto más allá de esta comunicación. La lista de invitados solía confeccionarla a solas y, tras proceder con los envíos, la quemaba. Nadie influía en ella. Solo había transigido aquella vez, tras las súplicas de Alonso Guzmán. No obstante, había cuatro asistentes que completaban la lista y que habían sido cosa suya. Los perfiles a los que invitaba los sacaba de un pequeño cuaderno en el que iba anotando los nombres de personas que le habían resultado interesantes en algún evento o de gente de la que le habían hablado, tanto para bien como para mal. Sentía debilidad por los viajeros, aquellos que solo estaban en la ciudad por unos días. Eran una piedra preciosa, una gema. Una oportunidad de provocar una situación genuina que, quizá, jamás se repetiría.

En cuanto a los preparativos, siempre mandaba traer flores frescas en la mañana del día señalado. Cuatro jornadas antes, probaba hasta tres propuestas de menú. Subían de la bodega personal algunas de las mejores botellas de caldo, a descorchar en el gabinete en el que los invitados siempre debían esperar antes de pasar al comedor. La duquesa jamás llegaba puntual. Creía que aquellos primeros minutos de encuentro entre los asistentes sin la obligación de contentar a la anfitriona eran vitales para el desarrollo de las posteriores conversaciones. Así, los empleados sabían que el momento en que ella abandonaba su cuarto, después de una hora mirándose en el espejo del tocador y retocándose los labios, era el pistoletazo de salida del servicio de la cena. Aquella ocasión, sin embargo, dedicó el rato de espera a recordar a Inés por dónde debía espiar el desarrollo de la velada.

—Hay dos puertas secundarias en el comedor mimetizadas en la pared. Hemos colocado cortinas para que usted pueda asomarse con mayor facilidad. Sé que no será fácil, pero trate de ser discreta. Yo distraeré a cualquier invitado que parezca sospechar, se lo prometo —acordó.

—Muchísimas gracias por toda su ayuda, duquesa, de verdad —dijo Inés.

—Un placer, señorita De Villalta. Ahora, vaya a su posición. Saldré en cinco minutos.

La joven asintió y se fue. Por el camino, se agudizó la sensación de peligro, el nudo en el estómago. Aquella duquesa había sido espléndida con ella. Era una mujer tan interesante que la hacía sentirse menuda, insignificante. Pero por aquella noche decidió controlar sus inseguridades y parapetarse en aquellos pasillos ocultos a los ojos de los invitados.

Mientras tanto, Alonso escuchaba las observaciones que el señor Sarmiento, duque de Camarena, tenía acerca del vino que bebían. ¿Sería *él?* No podía esperar a descubrirlo. Entre sorbo y sonrisa rezaba por que aquella selección de caballeros fuera suficiente. Uno de los cinco sospechosos no había aceptado la invitación, el señor don Eduardo Zabala. Pero quiso pensar que aquello no enturbiaría el hallazgo. No lo sabría hasta que no terminara aquella cena plagada de extraños. Aparte del señor don Amador Sarmiento, del señor don César Gallardo, del señor don Mamerto Colombo y del señor don Cayetano Estrada, habían cruzado el umbral del palacio la señora doña Lorenza Correa, cantante de ópera malagueña de fama europea; el señor don Marius Gagnebin, barón y arqueólogo francés, y el sacerdote don Sebastián de Miñano, escritor y redactor en el recién creado semanario *El Censor*. Solo faltaba una persona por llegar. Y cuando lo hizo, a Alonso casi se le cayó la copa de la mano. El señor don Nicolás de Loizaga, con aquella resplandeciente sonrisa, saludó a todos los presentes, incluido Guzmán. No parecía sorprendido con su presencia. Quizá lo había vuelto a hacer. Quizá, como aquella vez en Sevilla, había sido capaz de penetrar en el misterio de la lista de invitados de la duquesa. «¿Cómo lo hará?», se preguntó Alonso.

—Señor Guzmán, me alegra reunirme de nuevo con usted por mediación de la duquesa y no por algún asunto desagradable —comentó.

—Lo mismo digo, señor De Loizaga.

Justo en ese instante, los bucles cobrizos y ceniza de la anfitriona aparecieron en la estancia. Amable, tras agradecer a todos la asistencia, coordinó el paso al comedor, amenizado por el frufrú de su vestido de organza malva. Inés oyó los pasos decididos de las dos damas, seguidas por los siete caballeros. A un lado, para no entorpecer el itinerario de los criados, aguardó a que el chirrido de las sillas al moverse se detuviera para poder husmear. Mientras cascadas doradas y rosadas desaparecían en las copas de cristal labrado, Alonso repasó los rostros de todos los presentes. Un interrogante se repetía sin cesar, martilleando su temple: ¿quién era *él*? La duquesa, más habilidosa en el arte del disimulo, lanzó una de aquellas frases que daban pie al inicio de una conversación suave, sin aristas, sin tiranteces. Gracias a ella, algunos fueron presentando algunas facetas de su vida como, por ejemplo, su apellido, su lugar de origen o la forma en la que se costeaban caprichos y necesidades. La primera parte de la cena siempre era así, plagada de diálogos carentes de interés, pero útiles para que los interlocutores se identificaran y escogieran su compañía en el momento de fumar. De ahí salían acuerdos, negocios, intrigas y, en ciertas ocasiones, incluso amistades.

—Cuéntenos qué tal le ha ido en El Cairo, monsieur Gagnebin —se interesó la duquesa—. Tengo entendido que viene justo de allí.

—En efecto, señora duquesa. Me he detenido unas semanas en Madrid, pero me dirijo a París tras un tiempo fuera de casa —concretó—. Aquello es fascinante. Jamás he visto nada igual. La gran pirámide de Keops es colosal. Una maravilla en la tierra. Aunque, desde que la vi por vez primera en 1798, ya he vuelto un par de veces, nunca deja de impresionarme.

—¿Ha ido a trabajar en los jeroglíficos, monsieur? —intervino el señor De Loizaga—. He oído que la piedra que se encontró en Rosetta hace unos años podría ser clave para avanzar en el estudio de las inscripciones existentes en las paredes de las tumbas.

—Oh, no, no. A mí me interesan los objetos de pequeño o medio tamaño, los tesoros únicos escondidos bajo varias capas de tierra durante siglos. Figuras de *pierre verte,* piezas, joyas u ornamentos de *faïence ou schiste.* Todo está ahí, durmiendo, aguardando a que manos vivas lo rescaten del olvido y la muerte. —Sonrió—. Son mi oro, mi colección más preciada.

—¿Es cierto lo que cuentan sobre la noche que Napoleón pasó en la cámara del rey, en el interior de la pirámide? —preguntó el señor Estrada, poco o nada interesado en el muestrario arqueológico del señor Gagnebin.

—Eso parece —se limitó a decir antes de tomar una cuchara de la crema tibia de coliflor que se acababa de servir.

—Interesante... —murmuró la duquesa—. De lo que me alegro enormemente es de que las pirámides no puedan trasladarse. De ser así, a buen seguro estarían decorando alguna plaza de Londres o París.

—Solo si se ponen en venta, madame —apostilló el arqueólogo.

La duquesa se aclaró la voz, frunció el ceño confusa y dio por terminado su interrogatorio al señor Gagnebin. Pasó entonces a interesarse por las próximas representaciones de la señora Correa, a quien solicitó un concierto privado cuando pasaran a la sala contigua, aspecto que aplaudieron tanto el señor De Loizaga como el señor Colombo. El señor Gallardo encontró agradable la charla con el señor Sarmiento, a quien parecía conocer de antes. La anfitriona trató de dirigirse a todos remarcando su nombre en voz alta para que Inés pudiera tener a todos identificados desde detrás de las cortinas.

Sus ojos, hambrientos de respuestas, cazaron al caballero que se escondía tras aquel sobrenombre que susurraba virtud y temor a partes iguales. Analizó cada uno de sus movimientos, odió sus sonrisas, maldijo sus gestos amables. A ella también la había tratado bien. Hasta que comenzaron las medias tintas, hasta que el lechero la interceptó en las calles salmantinas para presionarla, hasta que empezaron los asaltos y los cabos sueltos, hasta que envió a una mujer a amenazarla a casa de su hermana, hasta que sus averiguaciones y promesas sonaron a falacia... Abrazada a las cortinas grana que se habían instalado, se retiraba cuando creía que alguien había identificado su presencia y se atrevía cuando se percataba de que la conversación estaba en su cenit y, por lo tanto, ningunos ojos estaban ociosos. De tanto en tanto, sin pedir permiso, contemplaba las comedidas sonrisas de Alonso, que logró evadirse un rato gracias a la interesante conversación del señor De Loizaga con el reverendo De Miñano.

—Me maravillan los tiempos que vivimos. Hace unos meses no hubiera apostado ni un maravedí a que esas cartas que llevan su firma pudieran ser públicas. Un hombre como usted criticando a la Santa Madre. «Lechuzos eclesiásticos», decía... Increíble... —negaba con la cabeza mientras se reía.

—Usted sabe que no sin motivo, señor De Loizaga. Brindo por que esté entre nuestros lectores. Sabe que, con tono menos jocoso, las páginas de *El Censor* lo esperan siempre que usted quiera.

—¿Es cierto que sus plumas están al servicio de Luis XVIII? —susurró en confidencia.

—Usted léanos al señor Lista, al señor Hermosilla y a mí, y después decida si le gusta lo que ve o no. Sus prejuicios podrían haber hecho que perdiera una apuesta. Que no sean dos —apostilló el cura.

Tal y como había vaticinado la experiencia, al llegar a la sala de fumadores, compartida por hombres y mujeres en aquellas extrañas cenas, los presentes se agruparon a placer. El señor Gagnebin parloteó con el padre De Miñano, quizá de lugares hermosos en Francia, donde el segundo había pasado su exilio tras la guerra; quizá de asuntos menos evidentes. El señor Gallardo y el señor Sarmiento continuaron con su diálogo, a veces vacuo, a veces grave. El señor Colombo se sentó a solas, en compañía de un habano y lanzó vistazos a la señora Correa a la espera de que esta comenzara a cantar. Mas doña Lorenza estaba distraída escuchando anécdotas del señor Estrada sobre desfiles y eventos reales, a las que también atendían la duquesa, el señor De Loizaga y Alonso. Finalmente, la dueña del palacio recordó que tenía una actuación pendiente y la artista procedió a amenizar el rato con un breve fragmento de *Il ritorno di Astrea*. Cuando esto ocurrió, los parloteos cesaron. La estancia quedó inundada por aquella voz celestial que recorrió las colgaduras de seda azul, las lámparas, los sillones, las butacas, las mesitas, las consolas y desapareció por el hueco de aquella chimenea rematada por un reloj de cristal y dos jarrones de china y bronce.

Solo a la una y media de la madrugada, cuando todos los asistentes se retiraron, incluido Alonso, Inés pudo salir. La duquesa, que todavía conservaba el gesto amable de su último adiós, la fue a buscar al comedor y le preguntó si había logrado su propósito. La señorita De Villalta se limitó a sonreír. Tal y como habían acordado, tras confirmar que no había peligro, la duquesa ordenó a su cochero llevar a la joven al palacio de los marqueses de Urueña. Por el camino, en la protectora oscuridad de aquel vehículo prestado, repasó cada una de las intervenciones y gestos de *él*. Hacía mucho tiempo que no lo veía. Se le había olvidado lo convincentes que eran sus formas. Bajó del coche envuelta en la capa, odiando los contados faroles que daban noticia de su presencia en la carrera de San Francisco. Un solo golpe en la puerta fue necesario. Un empleado abrió y permitió que pasara y se refugiara en aquel palacio. Al cruzar el zaguán, vio que Alonso la esperaba en el arranque de la imponente escalera, con el sombrero y los guantes blancos en mano. Se detuvo, lo miró y afirmó: «Lo tenemos». Alonso asintió, satisfecho e intrigado. Con un leve gesto, la invitó a subir los escalones delante de él. Marcharon juntos hasta el cuarto de Inés en busca de la privacidad necesaria para tratar aquel tema. Confirmaron que no hubiera nadie en el corredor y cerraron la puerta a conciencia. En la antecámara, Guzmán solicitó que le revelara la identidad del Benefactor.

—Es el señor don César Gallardo —confirmó.

—¿Está segura?

—Jamás lo he estado tanto. Era él, no hay duda —respondió entusiasmada.

Se quedaron en silencio. Pero sus pensamientos iban por otro cauce, más angosto. Inés ansió saber todo de aquel caballero. Alonso trató de recordar lo que había averiguado sobre él. Era *él*. Por fin lo tenían. Ella pasó al gabinete y se sentó en uno de los silloncitos. Candelabros encendidos, aguardando su vuelta, acentuaban la tonalidad amarillenta de la estancia.

—Es el VIII conde de Hontanar. Lo único que pude saber de él, gracias a un viejo contacto de mi padre, es que trabajó en la Secretaría de Hacienda en tiempos de Carlos IV, entre 1800 y 1805. Su vinculación con la política no es estrecha, creo recordar. Pero investigaremos y sabremos todo de él. Se lo prometo —dijo al tiempo que cruzaba el umbral y se acercaba a donde estaba ella.

Inés asintió.

—Por cierto, ese señor De Loizaga…, ¿lo conoce usted? —se interesó.

—Humm, sí, bueno…, apenas. Fue él quien me presentó a la duquesa de Olivera en Sevilla. Yo… terminé allí por cuestiones de mi trabajo, ya sabe. Es un caballero intrigante, inaccesible, pero ciertamente interesante. No sé cómo, pero es capaz de conocer la lista de invitados de la duquesa… Me da la sensación de que sus tentáculos llegan hasta resortes oscuros, donde las verdades están en carne viva, escondidas del común de los mortales… —reflexionó, un poco para sí—. ¿Por qué lo pregunta?

—Estuvo en el palacio de los marqueses de Riofrío hace un tiempo. Creo que trató asuntos relacionados con las minas del marqués en Asturias.

—Tiene sentido… El señor De Loizaga es un hombre de negocios.

Silencio.

—¿Por qué tiene que ser todo tan complejo? Antes, la vida no me daba dolor de cabeza… —musitó ella.

Alonso comprendió a lo que se refería. A él le ocurría lo mismo. Deseó decírselo, asegurarle que no estaba sola. Las yemas de sus dedos quisieron tocar su hombro, consolar a sus párpados cansados, pero sabía que no tenían permiso. Y, sobre todo, que cualquier paso en falso la alejaría para siempre, aunque estuvieran en la misma habitación. Sabía que aquello debía cambiar algún día, que, por mucho que se resistieran, tendrían que intentar vivir como marido y mujer. Él podía reclamar sus derechos, eso le decía insistentemente Cosme, pero, al hallarse frente a ella, solo pensaba en no estropear la frágil cuerda que los unía. Desconocía que Inés, confundida y creyendo que en esa vida suya no quedaba espacio para la emoción si deseaba sobrevivir, se había arrebatado el derecho a manifestar interés por temor a hacer el ridículo, a creerse deseada por un hombre que, posiblemente, la veía como una carga, un lastre lleno de problemas que había asumido para pagar por los documentos que se llevó de la casa de su hermana. O peor, por pura compasión. Le había prohibido tocarla, había convertido aquella relación en un pacto sin sentimientos y ahora se arrepentía. Lo había hecho desde el principio. Pues al negarle la posibilidad de desearla, generó en ella el efecto contrario. Apenas tenía experiencia en relaciones con hombres y menos aún en el ámbito matrimonial. Solo recordaba, de sus años de bailes y pretendientes, una lección grabada a fuego: «Una dama respetable jamás muestra interés desmedido ni dice que sí a la primera». Aun con todo, imaginó la mano de él sobre la suya, abrigando sus pesares. Y notó ese ardor que no cesaba cuando estaba cerca de él.

—En fin, la dejaré descansar. Imagino que habrá sido agotador estar ahí de pie todo el rato escuchando sandeces ajenas —propuso Guzmán.

Inés alzó la vista.

—Sí, sí, por supuesto, señor Guzmán. Usted también debería... —Se contemplaron, él de pie, ella sentada, ambos reflexivos—. Apuesto a que decir sandeces está infravalorado —bromeó.

Alonso la miró y sonrió.

—No tanto como escucharlas, señorita —respondió, bajó la cabeza en señal de despedida y, tras dudar un momento eterno, se marchó.

En el pasillo se maldijo a sí mismo. Sus treinta y tres años de veteranía en aquel mundo se desintegraban frente a ella. No era capaz de descifrar qué esperaba de él. Inés, por su parte, se desabrochó el redingote en busca de aire y, sobre todo, de compostura.

Al contrario de lo que había imaginado al partir de Salamanca, Inés alargó su estancia en Madrid más allá de las Pascuas. Al principio fue para avanzar con la investigación del señor don César Gallardo. Después, porque la ciudad del Tormes cerró sus puertas en enero ante un brote de peste. Cuando llegó la noticia al palacio de los marqueses de Urueña, Alonso recomendó a Inés que esperara a que la situación se estabilizara. Ella, temerosa de la reacción de doña Mariana, dudó, pero al final se convenció. Durante aquellas semanas, confinada en aquella residencia palaciega, tuvo oportunidad de seguir conociendo a la familia de Alonso. En especial, a doña Ludovica y a Jonás, enterado de una parte importante de la situación a cambio de su máxima reserva y de la complicidad de su hermano mayor para poder escaparse a ver a la señorita Elena. Embebido por aquel romance, el benjamín hacía las veces de alcahueta con Alonso, pues se negaba a admitir que él e Inés tuvieran una relación tan distante. Guzmán solucionaba cualquier observación de sus hermanos con un «es complicado», pero sabía que, algún día, alguien se percataría de que se esforzaba por no mirarla en las cenas, por que sus palabras jamás cruzaran la frontera invisible que mantenía a salvo aquel delicado equilibrio.

Por su parte, Inés, que muchas tardes tomaba el chocolate con la señora doña Ludovica en el gabinete de esta, esquivaba preguntas e intentaba obviar cada uno de los comentarios que hacía sobre Alonso, sobre aquellos años en Cádiz, sobre lo mucho que le había pesado la muerte de su querido hermano Joaquín.

—Formas aparte, no sabe lo que me alegré de saber que se había casado —comentó mientras golpeaba la cucharita sobre la taza de porcelana.

—¿Por qué? —se interesó Inés, que tampoco era de piedra.

—Bueno, es de esos hombres a los que no creerías ver jamás pasar por vicaría. No es que yo lo conociera mucho, pero sé de su reputación a través de Cosme y algunas amistades de la Corte. Al parecer, Joaquín siempre andaba con líos de faldas. Pero Alonso se mantuvo al margen, lo que lo ha hecho todavía más codiciado. Sé de alguna que otra dama que se llevará un buen disgusto cuando se entere de la buena nueva. —Se rio con picardía.

Inés se limitó a esbozar una sonrisa forzada y bebió chocolate, abrasándose el paladar en el proceso. Y es que, aquello no contribuía, en absoluto, a acallar sus impulsos, su confusión. Durante aquellas semanas, habían sido innumerables los ratos que había compartido con Alonso en su gabinete revisando los documentos de don Diego en busca del nombre de César Gallardo o recopilando datos sobre su identidad. Aunque los solía visitar aquella racional mesura, poco a poco, habían ganado complicidad a través de diálogos y miradas.

—La señora doña Ludovica es una mujer encantadora y muy lista. Tiene suerte de tenerla como cuñada —observó ella un día mientras trabajaban en la investigación—. Lo tiene en muy buena consideración.

—¿Sí? No sé. Si le soy sincero, nunca he prestado demasiado interés a su persona. Pero le haré caso, quizá tenga usted razón —dijo divertido. Levantó la vista y se fijó—. ¿Por qué anda siempre con esa cajita en las manos? —se interesó Alonso.

Inés, que estaba sentada en uno de los silloncitos leyendo notas del archivo secreto de su cuñado mientras jugueteaba con ella, dejó de manosearla.

—Oh..., me entretiene tratar de abrirla. Pero está rota. No ceden las bisagras. Supongo que soy demasiado terca como para aceptarlo —confesó.

—¿Me deja ver?

—Por supuesto.

La señorita entregó la caja a Alonso, sentado en el otro sillón. La mesita de café plagada de papeles, augurio de respuestas.

—Espero que no la abra. Sería terrible para mi orgullo —añadió.

—No creo que sea una cuestión de habilidad, señorita. Diría que es una caja acertijo.

—Una ¿qué?

—Una caja acertijo. Una vez conocí a un tipo en Cádiz que tenía una. Decía que la había comprado a un húngaro en el puerto de Trieste. La cuestión, si no recuerdo mal, es que no se abre como una caja normal. Hay partes que ceden, que se deslizan, pero hay que saber cuáles.

Alonso lo intentó durante unos minutos, pero no lo consiguió. Inés tomó el relevo, emocionada al valorar la posibilidad de que aquel artefacto no estuviera roto. Adoraba los enigmas como aquel. Era una caja secreta. Revisó todas las piezas, trató de comprender la estructura y las fue empujando hasta que una, en la base, se movió. Esta dejó otra a la vista, también móvil. Y apareció una llave. Continuó buscando, alentada por el cumplimiento de sus profecías. Al final, retiró una parte, corrió otra y apareció ante ella una minúscula cerradura. Metió la llave y abrió la caja. Guzmán sonrió, fascinado con la rapidez mental de Inés. Los dedos de esta pellizcaron el contenido. Un mechón de cabello.

—Parece que don Gregorio Somoza se lo pasó muy bien en sus viajes —comentó ella divertida.

—¿Era suya la caja?

—Sí, se la enviaron, pero la tiró al ver que era imposible abrirla.

—Imposible es una palabra muy presuntuosa —opinó él.

—Eso pienso yo —dijo ella y sonrió.

Cruzaron miradas, compartieron sonrisas.

—¿Ha encontrado algo en esos papeles? —preguntó Alonso, aclarándose la voz en busca de un modo de salir a flote.

—Nada..., ni una mención a don César Gallardo. Parece que no vamos a encontrar respuestas sobre su persona y su amistad con don Diego en este archivo... —se rindió Inés—.

Lo que no entiendo es... Si eran amigos, ¿cómo no guardó ni una sola misiva, ni una sola nota o esquela? Solo la que yo encontré con ese nombre críptico.

—Buena observación. Aunque, señorita, si me lo permite, nada de esto tiene ningún sentido desde el principio. La falta de evidencias siempre implica grandes secretos. Pero los averiguaremos.

—Eso espero, señor Guzmán. No puedo seguir viviendo así.

—Me hago cargo, señorita. A propósito de eso... —Volvió a aclararse la voz—. Mañana me gustaría llevarla a un sitio. Creo que puede ayudar a mejorar su ánimo.

—¿Se refiere al exterior? Pero ¿y si...?

—El señor don César Gallardo tiene mañana una cita en la sala de Alcaldes de Casa y Corte. Irá bien cubierta para que nadie la reconozca —afirmó—. De veras pienso que merecerá la pena... ¿Acepta entonces?

No pudo negarse. Al día siguiente, sobre la una de la tarde, se montaron en uno de los vehículos de la familia, el más discreto. Por las rendijas de las cortinillas, Inés cazaba al vuelo escenas de la vida en la Corte. Deseaba poder abrir la puerta y lanzarse a correr, sin rumbo, sin destino. Detestaba estar encerrada. Extrañaba el aire libre. La ciudad, aquellos días, estaba algo revuelta. Continuaba el malestar general provocado por el enfrentamiento entre el rey, las Cortes y el Gobierno. Se decía, y Alonso sabía, que algunos caballeros vinculados con el poder se reunían a escondidas. Los realistas, por su parte, cada vez estaban más organizados, alineados con el rey para buscar una salida a esa situación. De hecho, se rumoreaba que a mediados del mes de enero habían apresado al cura don Matías Vinuesa, personaje próximo a Fernando VII, por conspirar contra el régimen liberal.

Ajenos a la cháchara general, plagada de verdades a medias y propaganda al servicio de intereses que, solo en ciertas ocasiones, eran públicos y no privados, cruzaron la puerta de

Moros. Se dirigieron hacia el norte hasta unirse al trasiego de la calle Mayor, que desembocaba en la Puerta del Sol, invadida por grupos de guardias, de estudiantes, de animales de dueños distraídos, de mujeres con cántaros al hombro, de intelectuales —tanto auténticos como de postín— de camino a los cafés. Las herraduras, saltarinas y chispeantes, tomaron la calle Montera y, a la altura de la Red de San Luis, giraron al oeste por la larga calle Jacometrezo, aunque enseguida fueron a la derecha por la del Carbón y siguieron recto hasta la del Barco, donde, de pronto, se detuvieron. Alonso la invitó a bajar y a seguirlo con cautela. Ella asintió, nerviosa. Cubierta con aquella capa que siempre la acompañaba en sus andanzas clandestinas, avanzó por la vía junto a Guzmán. Este tomó la primera callejuela a la derecha y, agazapado en la esquina con la calle de Valverde, le pidió que mirara a dos casas más allá de la que ocupaba la Academia Española y que tuviera paciencia.

La señorita obedeció. Esperó un buen rato, sin solicitar más información, hasta que los rostros de sus tíos, los señores Aguilar, aparecieron por la puerta principal de la residencia indicada. A Inés se le aceleró el pulso. Dio un paso al frente, quiso lanzarse a sus brazos. Pero después recordó que nadie podía saber que estaba en Madrid, que el Benefactor podía tener vigilada a su familia por algún retorcido motivo, que no se perdonaría hacerles daño o ponerlos en peligro, que no podía ser totalmente sincera con ellos y... dejó de avanzar. Se limitó a observarlos. También divisó a su hermana Alejandra, que los seguía del brazo de un joven. Puso la mano en su boca, ahogando un grito de alegría y otro de horror. Era toda una dama. Iba preciosa con un redingote de seda gris y capota a juego. ¿Cuánto tiempo hacía que no la llamaba por su nombre, que sus labios no reclamaban la atención de esa niña que había dejado de serlo sin su permiso? Lágrimas de nostalgia inundaron el rostro de la joven, cobijada bajo la capucha. Coordinados, los cuatro se subieron a un vehículo que los esperaba en la misma calle. Y ahí volvieron a desaparecer.

Inés empezó a negar con la cabeza. El dolor se había enquistado en sus costillas. No podían irse sin ella. Consciente de que aquella vista no le proporcionaría la felicidad que ansiaba, dio media vuelta y caminó hacia el lugar en el que habían dejado al cochero. Alonso quiso alcanzarla. Y lo consiguió. Inés lloró desconsoladamente, le faltaba el aire. No podían irse sin ella, vivir sin ella. ¿Y si se habían acostumbrado a su ausencia? No tenía consuelo alguno. Guzmán, que al principio se limitó a concederle intimidad, no pudo soportar verla así, derrotada, y se acercó. Sin dar margen a que las dudas se hicieran con el control de aquella delicada situación, la abrazó y dejó que se deshiciera en quejas inundadas de tristeza sobre su pecho.

—Lo siento, señorita, yo... no pensé que..., lo siento, de veras. La duquesa de Olivera me avisó de que estaban aquí de paso y... creí que querría verlos, aunque fuera a distancia.

El llanto de Inés aumentó de volumen, por lo que Alonso optó por dejar de hablar y, con ternura, limitarse a acariciarle los brazos. Ahí estuvieron un buen rato hasta que ella retomó el control de sus emociones y propuso volver al palacio. Nada más llegar, se dirigió con paso firme a su cuarto, donde se recluyó durante dos días, sin ánimo de ver a nadie. En realidad, no estuvo lamentándose todo el tiempo. Solo necesitaba estar sola, ordenar sus ideas. Volver a equilibrar la balanza entre la razón y la emoción. El servicio, diligente, le servía las comidas en el gabinete, donde pasaba las horas con uno de los vestidos blancos de mañana que la señora doña Ludovica le había regalado y el cabello recogido en una trenza. La mayor parte del tiempo estuvo sentada en uno de los silloncitos, que había movido hasta la ventana, donde jugaba a abrir y cerrar la caja misteriosa o rozaba, con sus dedos fríos, los cristales de las ventanas, cementerios de gotas de lluvia. Si estaba en lo cierto, al palacio no había llegado ninguna esquela de sus parientes avisándola de que estarían unos días en Madrid. No habían intentado verla, quizá cansados de sus excusas, quizá apresurados por cuestiones que ella ya no conocía. La verdadera amargura se la ocasionaba la idea, siempre sospechada pero nunca confirmada, de todo lo que se estaba perdiendo de su familia. ¿Quién era el prometido de Alejandra? ¿Se casarían pronto? A aquellas elucubraciones no ayudó la visita del fantasma de Dolores, duelo que todavía no había llegado a término.

Durante aquellas jornadas, Alonso no pudo sentirse más culpable. Excusó a la joven frente a su familia, que, enternecida por la dulzura y naturalidad de Inés, llegó a la conclusión de que, pasara lo que pasara, seguro que era responsabilidad de Alonso. Pero no fueron duros con él. Su gesto dejaba patente que tampoco lo estaba pasando bien. Así, en los ratos que tuvo disponibles al acabar de vigilar a posibles liberales, también se encerró en su cuarto y rechazó varias invitaciones de Conrado Íñiguez que tenían que ver con aciagas tabernas y compañías de alquiler. Sobre el escritorio reposaba una misiva a su madre, todavía sin terminar, con el único ánimo de presionar, de conseguir zanjar el asunto de su padre. Junto a esta, mil documentos sin respuestas. Y al lado, un vaso que luchaba por no llenar.

La tercera noche, la desesperación chillaba tan fuerte en su cabeza que, angustiado, solo pudo abandonar aquel asfixiante montón de papeles e ir a por una botella al despacho de Cosme. Sabía dónde las guardaba. Había querido resistirse, pero estaba justificado que se sirviera un poco de licor, viejo amigo que todo lo curaba. Sin embargo, en el pasillo titubeó. Dudó si ir a la izquierda o a la derecha. Al final, decidió hacer una parada antes de asaltar el alijo espirituoso de su hermano, su particular oratorio en los instantes de fragilidad. Se dirigió al cuarto de Inés y dio un par de golpes en la puerta, solicitando permiso. Ella, que seguía sentada en el silloncito de la ventana, alzó una ceja y, extrañada, fue a abrir.

—¿Puedo pasar? Será solo un momento —pidió él.

Inés asintió, abrió la puerta y permitió que accediera. Las ojeras de ambos se encontraron cara a cara.

—Señorita De Villalta, he venido a reiterarle mis disculpas. Le aseguro que pensé que la animaría. Me hago cargo de que no debe resultar fácil estar aquí aislada, con una familia que apenas conoce, con tanto dolor sin curar. Yo... solo quería ayudar... Si hubiera sabido que tendría este impacto en su humor, jamás lo habría planteado. ¿Puedo hacer algo por usted...?

—No tengo nada que perdonarle, señor Guzmán —dijo mirándolo a los ojos, frente a él, en aquella antecámara ambarina.

Los pliegues de la frente de Alonso desaparecieron.

—¿Y entonces? ¿Por qué no quiere salir?

—Porque incluso las cosas buenas, a veces, dejan sin fuerzas —contestó con ojos brillantes.

Silencio.

—Le agradezco que me llevara ahí. Ha sido la única vez que he visto a alguien de mi familia, exceptuando a Dolores, desde hace casi seis años. Demasiado para mí, supongo. —Tragó la pena—. Jamás había visto tan claramente el paso del tiempo, el precio que estoy pagando por cumplir mi promesa.

—¿Se arrepiente?

Inés negó con la cabeza, enérgicamente, sin dejar de mirar a Alonso, que dio un paso hacia ella.

—Yo... Es usted muy valiente, señorita. Y, por mi parte, yo... le prometo que la ayudaré a salir de esta. Volverá a estar con su familia.

La esperanza dibujó en sus mejillas un rastro sinuoso, brillante. Y dio un paso hacia él. Se quedaron callados un instante, como para adivinar lo que estaba escrito en la mente del otro. Sus magullados espíritus se sintieron, por un segundo, reconfortados.

—Señor Guzmán... —dijo y con vértigo en la boca del estómago tendió la mano, maculada por las decisiones, desnuda de artificios.

Alonso fijó la mirada en los ojos de ella y, sin poder evitarlo, sonrió. Cogió la mano y con suavidad invitó a Inés a acercarse hacia él. Colocó la otra en el rostro de ella, cementerio de lágrimas.

—No le propuse lo de la boda por compasión ni por sentido del deber, señorita De Villalta... Soy un poco más egoísta que todo eso.

Inés, que ya no era capaz de controlar su corazón, al que la vida había hecho cálido y rebelde, deshizo las normas de aquel acuerdo que había sellado con un puñal en la garganta una noche como aquella. Se acercó más a Alonso, se puso de puntillas y, aferrada a su cuello, lo besó.

XXXIII

En silencio, revivía la sensación que le había producido el roce de los labios de Alonso en el cuello. Las manos en la espalda. El aliento en el pecho. El proscrito camino que habían seguido los dedos. Y el baile de los cuerpos desnudos entre las sábanas, fortaleza inexpugnable para la razón durante aquellas noches, eternas en su memoria.

—Señorita Inés, ¿me está escuchando? —le preguntó doña Mariana, impaciente.

La joven se sobresaltó.

—¿Le ocurre algo? Desde que volvió de Madrid está como ida...

—No, no, mi señora. Perdone. Solo es... el cambio de rutinas, solo eso —mintió.

—Bien, pues haga lo que le he dicho. Saque el vestido azul y devuelva este al guardarropa. No me gustan los hombros tan caídos.

—Sí, mi señora —obedeció.

En el vaivén de atuendos, en los ratos de paseo con la Gran Dama, en las idas y venidas coordinadas con doña Teresa al cuarto de la marquesa, en los momentos a solas en aquella alcoba compartida... siempre le acechaba esa sensación de no pertenecer, de estar en otro lugar a muchas leguas de allí. Si era valiente, rememoraba los besos, la respiración entrecortada, los susurros secretos, el olor de la pasión, las caricias a aquella cicatriz, recuerdo de supervivencia... Si no, y había muchos días en los que prefería no serlo, se prohibía regresar a los brazos de Alonso para ser capaz de soportar la distancia que los separaba.

No solo doña Mariana presintió que a la doncella le pasaba algo. También Julieta, perspicaz, dedujo que Inés viajaba constantemente a otra parte. Y era cierto. Pero, por mucho que su subconsciente colocaba trampas en sus jornadas, Inés era una mujer de fuertes convicciones, palabra férrea. Así, halló la manera de concentrarse en lo más importante para ella: buscar soluciones. A su vuelta, la marquesa le había confirmado que habían conseguido distraer a los hombres del Benefactor con aquellas misivas falsificadas. Inés compartió con ella el gran hallazgo del nombre para saber si doña Mariana lo conocía. Como ya había comentado al conocer la lista sobre la que trabajaba el contacto de Inés en Madrid, a la marquesa no le resultaba totalmente ajeno el nombre de don César Gallardo, pero, al igual que con otros de los caballeros, no había tenido contacto estrecho con él, de eso estaba segura. El enigma persistía.

—De todas formas, sabiendo el nombre puedo indagar si tiene alguna vinculación con mi esposo o con Salamanca —propuso la señora.

Y esa fue la línea de investigación que siguieron para ese tema. El problema fue que cuando Inés sugirió realizar, por fin, ese viaje a Manzanares que tenía pendiente, doña Mariana se negó en redondo. No le parecía cauto que volviera a desaparecer. Ni por los caballeros que la espiaban ni por el resto del servicio. El peor escenario era que sospecharan de ella, pues aquel sistema de protección mutua podría saltar por los aires. La señorita De Villalta debió transigir, ser paciente. Pensó que quizá en unos meses podría volver a intentarlo y, esa vez sí, tener éxito en la empresa.

Sin embargo, a inicios de la primavera la situación se complicó algo más. El nuevo lechero entregó una nota a Julieta en la que decía que aquellas cartas no servían y que debía ser más precisa en las averiguaciones si no quería tener problemas. Inés se temió lo peor. Enseguida compartió la información con la marquesa que, a puerta cerrada, caviló distintas opciones.

—¿Qué hacía usted para ganar tiempo cuando no hallaba respuestas? —se interesó.

—Yo..., yo..., bueno, señora, yo, en ocasiones, les hablaba del proyecto de las minas de su esposo. No tengo idea de por qué, pero aquello los mantenía entretenidos.

—Podían boicotearlas mientras tanto..., hacer daño a la familia por otra vía, aunque fuera secundaria —musitó doña Mariana.

—Eso parece.

—Si tuvieran el plan completo de las minas, ¿cuánto margen cree que ganaríamos?

—¿Perdone?

—Responda, Inés. ¿Cuánto?

—Supongo que unos meses. Es evidente que uno de los objetivos que tienen los hombres del Benefactor es limitar el poder de la casa Somoza. No sé por qué motivo, pero es lo que trasciende de sus actos. Con un documento así..., pero ¿usted le haría eso a su marido? Ese es su gran proyecto. Lleva años luchando por él.

—Ildefonso siempre tiene un gran proyecto entre manos. Quizá es hora de que corresponda con toda la generosidad que Dios no le ha concedido, que jamás me ha mostrado. —Silencio—. Puedo tenerlo en un par de días. Sé dónde lo guarda.

Inés asintió.

—Por supuesto, señora.

Antes de que se retirara, doña Mariana añadió, a modo de justificación moral:

—Me he pasado muchísimo tiempo llorando, pero llega un momento en que aprendes a tragar las lágrimas y descubres que es mucho más práctico arañar que lamentar.

La doncella volvió a asentir y recogió el argumento de la marquesa. No podía juzgarla. Ella tampoco obraba siempre como la buena cristiana que aspiraba a ser. Volvió al cuarto en las buhardillas sin entender muy bien cómo funcionaba aquel matrimonio lleno de espinas. ¿Sería así su vida con Alonso? Quiso creer que no y, abrazada a la almohada, se durmió pensando en él.

Al margen de las intrigas que poblaban el cuarto de la marquesa, el resto del palacio vivía en relativa calma. Los niños crecían sanos, continuaban formándose con el señor don Beltrán Enríquez y con la señorita doña Sofía Marín. La señorita Aurora, que acababa de cumplir los dieciséis, parecía estar a punto de cerrar un interesante acuerdo matrimonial con uno de aquellos señoritos con los que llevaba un tiempo compartiendo bailes y meriendas en compañía de su madre. Don Gregorio y su nueva esposa se habían instalado en un palacio en Ciudad Rodrigo. Y la Gran Dama continuaba criticando todo lo que le parecía mal, pero, sobre todo, lo que le parecía bien. La única salvedad a aquella paz primaveral de 1821 fueron los ataques de ira del marqués, que siempre terminaba haciendo jirones el ejemplar de *El Diario de Salamanca* que caía en sus manos.

El señor Carrizo, agotado de simular que no pasaba nada, lucía un rostro macilento en cada cena y trataba de mantenerse al margen de la comidilla popular de la planta baja de la residencia. En aquellos encuentros, los empleados, que cazaban rumores de aquí y de allá, comentaban las últimas noticias llegadas desde Madrid. Había sido un hecho sin precedentes: la escena del rey en las Cortes el 1 de marzo, cuando, al término de su discurso en la apertura de la segunda legislatura, había añadido una «coletilla» en la que se había despachado a gusto con el Gobierno, al que culpaba de los insultos con los que el pueblo lo increpaba cada vez que trataba de salir de palacio. Aquello había provocado tumultos entre los más radicales, organizados en sociedades de naturaleza diversa. También que se nombrara un nuevo ejecutivo el día 4, liderado por el señor don Eusebio Bardají, que mantuvo, como en las Cortes, la mayoría moderada. Pero no fue suficiente para amansar las aguas de un reino que, si bien había luchado más o menos unido durante los años de la ocupación, ahora se escindía en mil y una facciones, opiniones, versiones... Simplificadas, en honor al pragmatismo, en el binomio liberal-absolutista.

En aquel contexto, los marqueses de Riofrío no cejaron en buscar alianzas para revertir la situación imperante. Las familias de antiguo y nobiliario linaje debían unirse para mantener sus propiedades y prebendas. También aquellas amigas de la tradición, de la majestad monárquica —y no popular—, de su imperfecta felicidad. En las zonas rurales de la geografía se organizaron partidas realistas, animadas, principios aparte, por un poder mucho más determinante que la libertad: la necesidad. La falta de soluciones a la crisis agraria, que ya sumaba cuatro años, y la creciente presión fiscal producían caras largas entre una parte fundamental y mayoritaria del reino, aquella que vivía de y en el campo, colgada de los juicios vertidos desde los púlpitos y alejada de la órbita de la intelectualidad, de la influencia de los supuestos mesías políticos como Modesto, de la pomposidad de aquellos discursos bienintencionados pero faltos de eficiencia práctica probada. Muchas de estas formaciones eran hijas de las que habían surgido durante la guerra. Así, algunos de los otrora heroicos guerrilleros se fueron poniendo al servicio de una contrarrevolución que, con el paso de los meses, se extendió por las ciudades, a través de la prensa y la propaganda, y por las habitaciones de palacio, gracias al saber hacer de la sempiterna camarilla de Fernando VII, parte responsable de aquella «coletilla» que había dejado a más de un diputado con la boca abierta.

En la otra cara de la moneda, los liberales exaltados, a los que se llamó veinteañistas —hacedores de la revolución de 1820—, volvieron a la clandestinidad con logias que, si bien estaban inspiradas en las que se habían formado en los seis años de reinado absolutista, habían adquirido una nueva simbología. Durante el mes de enero de 1821, mientras Alonso e Inés buscaban refugio a la realidad en los brazos del otro, se formó la que sería la sociedad más relevante entre esas filas: la Comunería.

Guzmán había estado en lo cierto sobre la vuelta al anonimato tras la disolución de las sociedades patrióticas. El olfato de la experiencia había sido preciso. El problema era que el regreso a la oscuridad hacía más complicada la penetración en ellas, el descubrimiento de su naturaleza. Sobre todo, teniendo en cuenta que el contexto político favorecía que estuvieran mucho más extendidas que en los años de absolutismo fernandino. Sin embargo, con el paso de los meses y la consolidación de sospechas y miedos, la orden de palacio fue que dedicara todo su tiempo a investigar esas nuevas sociedades que se estaban gestando. Interesaba conocer todo sobre ellas. Así, Alonso envió informes periódicos sobre perfiles sospechosos, intereses implicados, lugares de reunión… El método, desde el advenimiento del régimen liberal y la proliferación de rostros sospechosos en la Casa Real, había cambiado sustancialmente. Las averiguaciones debían enviarse al cuarto de Su Majestad valiéndose de misivas falseadas, al estilo de las que mandaba al señor don Ventura Quesada, y tinta invisible, del gusto de revolucionarios y contrarrevolucionarios.

Para cumplir con su deber, Alonso frecuentó con mayor regularidad lugares como la fonda-café de la Gran Cruz de Malta, el café San Sebastián, el café Lorenzini, la taberna de la calle de la Estrella, la Fontana de Oro, así como las residencias de personajes susceptibles de hallarse en las tripas de aquella formación. Su concurrencia a tales locales terminó provocando aquello que había luchado por postergar: su encuentro con Modesto Andújar. Cuando sus miradas se cruzaron, al principio se sorprendieron. Ambos sabían que aquello acabaría pasando, pero no aquella noche en la Fontana. Se acercó el señorito Andújar, todavía agradecido por la protección de Guzmán aquella madrugada de septiembre de 1815, admirado por aquel caballero de selecta confianza. Alonso, como siempre, correspondió con amabilidad, también con pretextos para escabullirse cuanto antes. Pero no lo logró. Fue tal la insistencia del chico en invitarlo a un trago por los viejos tiempos que, sintiéndose en deuda por aquella paliza que le habían propinado por su culpa, aceptó. Y, a cambio, aquella charla fue bastante más ilustrativa de lo que había imaginado.

—El problema es que la transigencia de los moderados provoca que los absolutistas se fortalezcan. Y eso debe pararse —comentó Modesto.

—¿Y cómo pretende hacerlo? ¿Con violencia? ¿Otra guerra?

—Si es preciso, sí, señor Guzmán. No hemos llegado hasta aquí para que los señores Martínez de la Rosa, Argüelles y compañía lo echen todo por tierra.

—Cuando lo conocí, no hablaba así de ellos —opinó Alonso.

—Es mérito de ellos que mis convicciones hayan cambiado, señor Guzmán. Sus errores me alejan.

—Yo lo único que le digo, señor Andújar, al igual que le indiqué hace tiempo, es que tenga cuidado.

—Ya le dije que lo tengo. Además, ahora todo es distinto. El poder está en nuestra bancada, pese a que esté llena de bufos. Y, bueno, tengo firme intención de presentarme como diputado en alguna de las próximas legislaturas. Es la única forma que existe de contrarrestar el poder del Gobierno. Aunque, bueno, para eso tendré que ahorrar mucho. Quizá cambiar de empleo. Trabajo en una imprenta, ¿sabe? Lo hago porque no me quita tiempo y porque así puedo utilizar las prensas sin que se entere el dueño. Pero prosperaré y llegaré a las Cortes.

Alonso sintió un escalofrío. Pensó que no había sueños más peligrosos que aquellos que se convierten en realidad.

—¿Está seguro, señor Andújar?

—¿Cómo no he de estarlo? Lo que no entiendo es su equidistancia. ¿No siente nada por la causa? ¿No fantasea con un mundo mejor?

—Mi problema con la política es que no creo en las virtudes que usted le atribuye. Todo ideal tiene un estadio precioso y puro antes de corromperse por el dinero, el poder, la violencia y la intolerancia.

Modesto se quedó pensativo, con la vista fija en la madera lacrada en blanco de la superficie de la mesa.

—¿Y no le importa a usted la libertad?

—¿Qué es la libertad para usted, señor Andújar? Deme una definición que no aparezca en pasquines, que no haya tomado prestada de los labios de otro hombre al que considera más inteligente que usted, que no se esconda en los tratados filosóficos que refuerzan su opinión. —Se mantuvo un rato en silencio—. Cuando la tenga, sabrá por lo que está luchando y podrá intentar convencerme. Mientras tanto, permítame ser escéptico.

El señor Andújar no le contestó, jugó con el contenido de su chato, oscurecido por la parca luz del local. Después, sonrió.

—Sigue usted igual de incorruptible, señor Guzmán. Usted y su enfermizo desinterés. Pero prometo pensar en ello con la lucidez de la mañana... Solo respóndame a una pregunta para animar a mi sesera cuando despierte...

Alonso arqueó las cejas.

—¿Qué desea saber?

—¿Qué hacía en Cádiz? ¿Por qué vivía como un desgraciado?

Guzmán sonrió para su vaso y para sí. Dio un trago rápido. De fondo, el trajín del propietario en la barra y los murmullos que se alternaban entre aquellas columnas blancas de voluta amarilla.

—Para olvidar.

—¿Y por qué ha vuelto a la Corte?

—Porque me he dado cuenta de que ni siquiera el olvido puede expiar o sanar mi alma. Estoy condenado al dolor... y debo vivir con ello.

—Mmm... —asintió Modesto.

—Y, bueno, también por dinero —frivolizó y volvió a sonreír, y así obvió los motivos principales que lo tenían atado a aquella villa.

Modesto le devolvió la sonrisa. Continuaron charlando un rato más sin ser conscientes de que, agazapados en las tinieblas, más allá de los quinqués y los espejos de la entrada, la obsesión y el odio de Conrado Íñiguez los habían visto reír. Aunque se había prometido alejarse, el ahora teniente de la Brigada de Carabineros Reales, tras ser testigo de los constantes abucheos al monarca, había vuelto a pasearse por los focos de la traición. Su servicio a Fernando VII iba más allá de los Reales Sitios, aunque nadie se lo hubiera pedido. Sin atreverse a entrar, se quedó rezagado en la puerta, empujado sin querer por un parroquiano sediento. Contempló la escena desde fuera y allí estaban, dos viejos amigos, ahora enemigos. Se preguntó de qué hablarían, si se reunirían a menudo en aquel local de pestilentes proclamas, si la simpatía que siempre había sentido Guzmán por el chico encerraba intereses corruptos, en las antípodas de sus principios. Él lo había advertido de los entretenimientos del chico en Madrid. Alonso sabía con quién se estaba relacionando, así que su amistad dejaba poco lugar a las dudas. Hastiado, decidió reservar su diatriba y perderse en las callejas madrileñas en busca de más honrosa compañía.

El ánimo de Conrado, alterado por ese y otros asuntos, empeoró cuando se enteró de lo que había ocurrido con el cura don Matías Vinuesa. Este, acusado de conspiración contra el régimen constitucional, llevaba en la cárcel de la Corona desde enero a la espera de sentencia. La resolución del juez se hizo de rogar, pero, por fin, el viernes 4 mayo se compartió con el pueblo. Y no contentó a todos. Las voces más exaltadas llevaban pidiendo la pena capital desde el principio. Se habían encontrado papeles en los que figuraba un plan para terminar con ese experimento político nacido un año atrás, en los que se especificaba la pena de muerte para los liberales de primera línea. Y encima procedía de un hombre próximo a palacio. ¡Era preciso dar una lección a los serviles, al mismísimo rey! No obstante, la lupa de la moderación consideró que aquel religioso no estaba en sus cabales, que los documentos versaban sobre paparruchadas sin sentido y que, ya que el antiguo cura de Tamajón había servido con creces al reino durante la guerra contra el francés, no era de recibo aplicarle un correctivo tan severo. Así, se optó por que continuara encarcelado diez años más, pero nada de verdugos. Y aquello hizo estallar a los más radicales, que llevaban mordiéndose las uñas en sus sociedades desde hacía meses. Una indignada y violenta turba popular marchó aquel mismo día a la calle de la Cabeza, perpendicular a la de Lavapiés. Allí redujeron a la guardia de milicianos que custodiaba la prisión, cárcel del Santo Oficio hasta 1820, buscaron la celda en la que cumplía condena el sacerdote y, a martillazos, se tomaron la justicia por su cuenta.

Aquel episodio fue un revulsivo para el enfrentamiento. Los responsables huyeron de la Corte. Subió el tono de los debates entre los diputados. Se destituyó al gobernador político de Madrid y al capitán general de Castilla la Nueva. Y el rechazo de los absolutistas se arreció.

Aquel caldo de cultivo fue perfecto para que, el día 5 de mayo, el teniente Íñiguez, que había estado vigilando los pasos de sus otrora compañeros de tragos, fuera a visitar a Alonso al palacio de los marqueses de Urueña. Airado, pero controlando sus impulsos hasta estar a solas en el salón rojo, siguió a la empleada que lo guio por la escalera abovedada hasta la planta principal. Guzmán, que no esperaba visita y menos la acusación de su amigo, aguardó a que Conrado se desahogara tras dar varios tragos a una copa de brandy recién servida.

—Son unos salvajes, una peste. No soporto más esta situación. Me he prometido a mí mismo que no voy a mirar hacia otro lado. Y eso te incluye a ti, amigo mío. Te vi con el señor Andújar hace unas semanas. Y otra vez hace unos días. No voy a cubrir tus faltas. Te ayudé cuando creía que lo merecías, porque siempre he pensado que eres un hombre de fiar. Pero ya no sé qué pensar. Jamás me das la razón en las conversaciones sobre política. No criticas la actitud del chico. ¿No ves en lo que te estás convirtiendo? ¿Acaso viniste a la Corte a formar parte de todo lo que siempre hemos detestado?

—Conrado, cálmate.

—¡No me pidas que me calme, Alonso! ¡Han asesinado a golpes a un pobre cura enfermo! Y eso solo puede significar una ofensa hacia nuestro rey, hacia lo que somos y hemos sido siempre. Hacia nuestro origen —gritó, perdiendo la compostura—. Os delataré, Alonso. Al chico y a ti.

—¿Puedes hacerme el favor de callarte? —respondió de mala gana Alonso—. No vas a decir nada, porque yo soy el que delato, ¿entiendes? Me dedico a eso. Investigo para el rey desde hace años. Por eso te pedí que vigilaras al teniente Ángel Rincón, por eso mi cambio de actitud en Cádiz, mi vuelta a Madrid... Soy un agente de Su Majestad, un espía.

Conrado se quedó quieto, callado, pálido. Soltó una carcajada nerviosa. Después, meditó.

—¿No ibas a contármelo nunca?

Alonso, que estaba sentado en uno de los sillones como audiencia de los paseos nerviosos de Conrado, vestido de uniforme, lo miró a los ojos.

—No. Es reservado. Nadie puede saberlo. Es orden de tu amado Fernando —respondió—. Por eso necesito que te calmes, que dejes hacer a las personas que estamos a cargo de vigilar y poner solución. También que asumas que hay realidades mucho más poderosas que la voluntad de un hombre con corona. No quiero que te equivoques conmigo en ninguno de los dos sentidos. No conspiro, pero tampoco comparto tu fervor.

—No hables así, Alonso —dijo señalándolo—. Esto no es una cuestión de poder. Es honor, maldita sea. Es cordura. —Silencio—. Es justicia. ¿No..., no recuerdas la guerra, no...? Queríamos evitar otra..., ¿no te acuerdas?

—Conrado... —le pidió.

—¿Y qué vas a hacer con el chico? ¿Lo vigilas? ¿Por eso te has encontrado con él en ese local de mala muerte?

—Me estoy encargando de ello.

—¿Eso qué significa?

—Que me estoy encargando de ello —repitió.

Aquellos dos caballeros, hermanos de armas años atrás, se retaron a un duelo sigiloso del que era imposible salir victorioso. El teniente Íñiguez abandonó sobre la mesa la copa que lo había acompañado en su digresión y se dispuso a partir para incorporarse a su turno.

—O das su nombre tú o lo terminaré dando yo. Quizá mi trasero no sea tan delicado como el tuyo, pero también tengo acceso a algunos cuartos del palacio. —Y se marchó.

El repicar de los tacones de las botas se perdió más allá de la puerta. Alonso dio una coz con el talón a la pata del asiento en el que estaba acomodado, más intensa en intención que en fuerza. Después se sirvió otro vaso. Desde que Inés se había marchado, había vuelto a incrementar la ingesta de licores, calmantes del desánimo. No se sentía orgulloso, pero tampoco capaz de extrañarla completamente sobrio. Al dirigirse a las escaleras principales cada mañana, lanzaba un vistazo a la puerta que daba acceso al pasillo en el que se encontraba el cuarto donde se había alojado Inés. Durante un segundo, se permitía cerrar los ojos e imaginaba que volvía a estar allí. Volvía a ser de noche. Volvía a dejar que pasara. Volvía a encontrarse con aquella boca que nublaba su juicio y extinguía sus tormentos. Pero todo se desvanecía tan rápido que el resto de la jornada se hacía interminable. Era cierto que, algunos días, conseguía distraerse por completo. Continuaba investigando sobre las sociedades secretas y, en concreto, sobre la que había resultado ser una de las más relevantes, la Comunería. Tras intentar evitar al chico un par de veces sin éxito, aquel asunto lo había empujado a compartir algún chato que otro con Modesto, potencial informante, engañado por la complicidad. Sin embargo, la mayor parte de las veces se ahogaba en la frustración que le producía estar alejado de Inés y no tener respuesta de su madre a la última misiva que le había enviado.

En las cartas que escribía a Inés le hablaba de todo esto, del estancamiento en las pesquisas relativas a su padre. Ella trataba de ofrecer alternativas, ideas, pero la empresa que deseaba lograr Alonso era harto complicada. Por su parte, Guzmán intentaba consolarla ante la negativa de la marquesa de que realizara su ansiado viaje a la zona de Manzanares y La Solana. Le proporcionó los nuevos datos que había ido descubriendo sobre el señor don César Gallardo. Era un perfil escurridizo, pero estaba bien relacionado. No se le conocía esposa, tampoco hijos. Residía en una casa palacio ubicada en la calle del Amor de Dios. Su apellido había sido importante durante el reinado de Carlos III, pues había otorgado honores a la familia por sus iniciativas económicas. Alonso lo había seguido en un par de ocasiones, pero ninguna de sus actividades era sospechosa: participaba en selectas tertulias, visitaba a amistades, paseaba con socios a la luz del día, acudía a bailes, financiaba proyectos benéficos... Pero ni rastro de indicios de formar parte de alguna sociedad francmasona o similar, lo que explicaría su amistad con don Diego, o de tratar con baja calaña capaz de espiar, robar o asesinar.

Al margen de estas cuestiones, él pudo relatarle que Jonás seguía encontrándose con la señorita Elena, asunto que le preocupaba cada vez más. También que la señora doña Ludovica, a la que había dado una oportunidad para conocerla mejor, y que efectivamente era la agradable mujer que describía Inés, la echaba en falta. Y que Cosme continuaba convencido de su beneplácito al matrimonio con la condición de que aquella situación no se prolongara más de un año. Con su consentimiento, Inés indicó a su familia que la nueva y, por lo pronto, definitiva dirección a la que debían enviar las misivas era la del palacio del marqués de Urueña en Madrid. Les contó que, aunque iban a pasar largas temporadas en Asturias, acompañando a la madre de Alonso, residirían junto al hermano de este cuando visitaran la Corte. De ese modo, pudieron facilitar el proceso, que solo requería un cambio en los nombres y los remitentes antes de seguir camino hacia Salamanca o Santa Cruz. Así, Inés fue descubriendo las novedades de su familia que, sin duda, compartía con Alonso para mantenerlo al tanto de todo. Al parecer, Alejandra iba a casarse con aquel caballero con quien la habían visto del brazo. Su nombre era don Darío Pedrosa, era el segundo hijo de los vizcondes de Montesa, ostentaba el título de señor y a sus veintiséis años era propietario de una fábrica textil en Sevilla. Aquellos días en Madrid habían sido de visitas y preparativos tras haber aceptado la proposición. La madre de Inés lamentaba profundamente que no se hubieran visto. Blanca llenaba sus líneas con preguntas sobre una vida que no existía para ella. Aquella ficción le producía tal amargura que cada vez tardaba más tiempo en ser capaz de responder. Alonso opinó que debía darse tiempo y confiar en que el final estaba próximo. Pero había noches en las que Inés, aunque liberada del cadalso que la había atormentado en el pasado, no veía nada más que la oscuridad ante sí.

El consuelo mutuo era de lo poco a lo que los dos podían aferrarse en aquel mar de dudas. La situación política seguía sin ayudar. El ambiente en las calles de Madrid no era mejor que el de Salamanca, ciudad que vio cómo cerraban los conventos de religiosos durante el mes de junio de 1821, sumándose así a la lista de clausuras de diciembre de 1820, momento en que se había hecho lo propio con los monasterios de San Gerónimo, San Bernardo, San Basilio y San Vicente. Doña Fuencisla se santiguaba ante aquel despropósito. El señor Carrizo mascullaba improperios entre dientes con el permiso de la fina piel de su insigne señor. Y Julieta se hacía la pregunta más interesante de todas: ¿qué iba a pasar con todos esos edificios vacíos? A cambio se instauró la Junta de Beneficencia de la ciudad para ayudar a los más necesitados. Esta estaba presidida por el jefe político de la urbe, por entonces el señor don

Jacinto Manrique. Y, mientras tanto, las partidas realistas deambulaban por las localidades vecinas, más pequeñas, rurales. Aquello obligó a desplegar un dispositivo de vigilancia que asegurara las puertas salmantinas.

La coyuntura, como la persona que lee podrá imaginar, no mitigó los accesos de ira de don Ildefonso, expoliado en su propia casa sin darse cuenta. Mientras insultaba, tiraba sillas a la otra punta del despacho, deshacía candelabros sobre las alfombras, los hombres del Benefactor analizaban los pormenores de sus planes, sus contratos, sus confidenciales pretensiones... Doña Mariana ni se inmutó. Era como si aquella venganza, servida fría por mandato del refranero, fuera su particular forma de dar sutura a su dignidad hecha jirones. De puertas afuera de su cuarto era una elegante esposa, complaciente, silenciosa. Una madre atenta aunque distante. De puertas adentro, una mujer con mente estratégica y tantos deseos de resarcimiento como anhelos de redención. Cada día, sin embargo, mermaba su capacidad de soportar las pataletas del marqués. Aunque, a finales de junio, le concedió el derecho a disgustarse tras recibir una misiva en la que se le comunicaba el derrumbe del almacén que estaba construyendo a orillas del Nalón. Aquella noticia aceleró los preparativos del viaje a Asturias. Inés no pudo más que alegrarse. Necesitaba aquel verano. Alonso y ella habían acordado reencontrarse allí. Él iba a aprovechar para hablar con su madre en persona, preocupado por su falta de respuestas, dispuesto a contarle todo lo que sabía para convencerla.

Antes de partir hacia el norte, Guzmán pudo confirmar otro asunto que lo llevaba de cabeza: Modesto, tal y como sospechaba, había entrado a formar parte de la Comunería. También su amigo Víctor Hernando. Alonso lo había seguido después de tomar un trago con él en una taberna de la calle del León. Se había reunido con su compañero en la Puerta del Sol y habían caminado juntos hasta una casa de la calle de la Concepción Jerónima. Ese detalle le sirvió de pretexto para preguntarle por sus andanzas nocturnas en su siguiente encuentro. El señor Andújar, desconocedor del oficio de Alonso, fue bastante específico. Le confirmó que la Sociedad de los Caballeros Comuneros se había fundado en Madrid a principios de aquel año. En sus filas estaban algunos de los hombres del Gobierno, liberales de pro —como Modesto los llamaba—, y otros muchos parroquianos que deseaban luchar a toda costa por el cumplimiento de la Constitución. Algunos de los integrantes, le contó Modesto, eran también masones. Otros se habían alejado de las filas de la francmasonería por desapego con sus fórmulas y parafernalia. Se organizaban en «torres», no logias, de las que había varias en Madrid, mas Alonso no acertó a averiguar cuántas. Su referente era el héroe de la guerra de las Comunidades, don Juan de Padilla, motivo por el que terminaron haciéndose llamar «hijos de Padilla». Portaban bandas moradas como signo distintivo. Y aspiraban a influir de forma decisiva en el devenir de la política.

Guzmán, en aquella primera aproximación, no pudo cazar nombres concretos para incluir en sus informes, solo el del coronel don José María de Torrijos, aquel que había sido apresado en la oleada de detenciones de finales de 1817 y principios de 1818 tras la conspiración del general don Luis de Lacy, y que había sido liberado tras el levantamiento de 1820. Aquel caballero, juez de imprenta en aquel momento e identificado por Modesto como una de las piezas clave de la nueva sociedad, figuraba también en su lista de francmasones y en la de los integrantes de la sociedad de la Fontana de Oro, donde Modesto y Víctor lo habían conocido. Había descubierto que utilizaba el sobrenombre del tiranicida ateniense Aristogitón, aspecto que le recordó aquellas primeras conversaciones sobre francmasonería con el señor Guinot. Las razones por las que un francmasón formaba parte de los pilares fundacionales de la Comunería se le escapaban, pero estaba seguro de que las descubriría. En su mente resonaban los detalles que el señorito Andújar le había proporcionado sobre el ritual de iniciación, provisto de esa clase de simbología que hace tambalear la razón de cualquiera.

—Los comuneros somos hombres libres. Debemos velar por la prosperidad nacional, ¿entiende? Y, por cierto, a propósito de la libertad, ya he reflexionado qué es para mí.

Alonso sonrió.

—Ser dueño de mi presente y de mi futuro.

—Buena suerte con eso —comentó con ironía.

—No lograré convencerlo nunca, ¿verdad?

—Siento decirle que es poco probable. Pero me divierte que trate de conseguirlo —dijo.

—¿Y qué es para usted, señor Guzmán?

El otro se quedó pensativo un instante.

—Lo cierto es que no lo sé. Durante mucho tiempo, he creído que la libertad era no pertenecer. A nada ni a nadie. Por eso Cádiz, por eso todo. Pero ya no estoy tan seguro... —Silencio—. Bueno, basta de hablar de política. Cuénteme, ¿sabe algo de la Filo y el Ahorcaperros? ¿Estaban bien cuando se fue de Cádiz?

Modesto se revolvió en el cojín de su asiento.

—Bueno, no me despedí en los mejores términos, la verdad. Pero imagino que ellos están bien.

—¿Qué ocurrió?

El señorito Andújar le facilitó su versión de los hechos. Desconocía que Alonso sabía de los sentimientos de Filomena Esquivel por aquel joven, aspecto que confería una dimensión única al relato.

—Se volvieron locos, tremendamente mezquinos. Creo que fue por envidia, por saber que yo también abandonaba Cádiz. Pero ¿acaso se pensaban que íbamos a quedarnos allí por siempre? ¡Es una sandez!

—Señor Andújar, no fue por eso. Y siento decirle que no puedo más que apoyar la reacción de mis dos buenos amigos.

—¿Cómo? ¿Usted también?

—Creo que debería reflexionar por qué una mujer como la Filo se ofendería porque pagara por meterse en su cama. Trate de analizarlo dejando a un lado el velo que cubre su imagen de la Filo y quizá entienda el porqué de su disgusto. Algo nos diferencia a usted y a mí, pues a mí nunca me perdonó un pago. Dele un par de vueltas ahora que ya ha reflexionado sobre el nombre de la libertad. —Silencio. Un último trago—. En fin, debo irme. Mañana parto de viaje al norte y quiero estar descansado. Una vez más, ha sido un placer compartir conversación y vino con usted. No se meta en líos en mi ausencia. —Y le dio una palmadita en el hombro a modo de despedida.

Modesto asintió y se quedó allí pensativo. Guzmán salió a la calle, laberinto de titilantes faroles. Lamentó el pesar de Filomena, atrapada en una cárcel invisible. Deseó que supiera leer para enviarle unas notas de consuelo. Después, inevitablemente, su rostro apenado se desdibujó en su mente agotada, mareada de tragos y elucubraciones. Al acostarse, solo una idea: «Oh, bendito verano, por fin ha llegado».

XXXIV

Las sombras del jardín de la casa solariega de los marqueses de Riofrío jamás le habían parecido más bellas. Se abrazó a ellas, les ofreció las palpitaciones de su corazón, a veces confiado, otras temeroso. La humedad del verano astur acariciaba su rostro, imbatible en aquella oscuridad amiga. Los días de espera habían sido complicados. Más incluso que las jornadas en las que, en Salamanca, tenía por seguro que no lo vería. Pero, desde que la berlina de la casa Somoza había cruzado aquella verja de ensueño y fue engullida por la espesa niebla que se cernía a menudo sobre la propiedad, Inés se impacientó. Al deshacer el equipaje de la marquesa, lanzaba vistazos por la ventana y ansiaba ver junto a la fuente barroca a Alonso ignorando las observaciones de la señora doña Ángeles Carrasquedo y buscándola a ella con los ojos.

Doña Teresa tuvo que llamar su atención en varias ocasiones. Al final, hasta la propia Inés se reprendió por comportarse como una niña estúpida. Por las noches, en el catre, se prohibía releer la última misiva de Guzmán para no acrecentar su ansia. Pero no siempre se resistía. A la luz de una vela rebelde, confirmaba su promesa: llegaría a mediados del mes de julio. Con la sonrisa que dejaba aquel horizonte, se dormía y volvía a despertarse para afrontar un nuevo día de incertidumbre. Hasta que doña Mariana, ajena a su torbellino emocional, comentó de pasada que Alonso se había alojado ya en el palacio de la condesa de Valderas la noche anterior.

—Teresa, prepáreme pluma y octavilla. Los invitaremos a cenar. Debo corresponder la amabilidad del señor Guzmán en Aranjuez —arguyó.

A partir de aquel instante, Inés perdió el apetito, la voz, el dominio de sus pensamientos. Por un lado, no podía esperar a reencontrarse con él. Por otro, ¿y si los descubrían? Todavía no podía saberlo nadie. Su estómago, a través de punzadas a traición, le hablaba de los riesgos, de los temores. Una vez más, se exigió cautela. No podía irse todo al traste. Debía controlar sus impulsos. Aquel fue su mantra en el desarrollo de las tareas, en las cenas en compañía del resto del servicio, en los momentos de descanso con Julieta y Valentín. Hasta que, desde las ventanas de las cocinas, mirador de los curiosos sirvientes, observó cómo el coche de la señora doña Ángeles Carrasquedo recorría el coqueto paseo arbolado y se detenía junto a la puerta principal. En ese instante, su miedo la apartó de la vista al jardín. Buscó distracción en la cocina y la encontró gracias a «madama generala», necesitada de dos manos que subieran uno de los centros de mesa al comedor.

Mientras tanto, Alonso, que había deseado traspasar aquel umbral desde su llegada al norte, miraba a todas partes, distraído. El señor Carrizo los acompañó a él y a la condesa a la planta principal y, tras cruzar aquel distribuidor de techos repletos de tragaluces y suelos plagados de bellas esculturas, candelabros de pie y alfombras, los despidió en el salón, donde los marqueses tomaron el relevo de la hospitalidad. Pese a que su madre no reparaba en elogios a aquella familia, y quizá influido por todo lo que Inés le había contado, a Alonso le pareció que don Ildefonso era un caballero de opacas intenciones y sombríos pensamientos. Aun así, en virtud de la educación inculcada, se esmeró en ser lo más ingenioso y complaciente posible. Solo de vez en cuando, al notar que una puerta se abría, perdía la concentración en la conversación y renunciaba a algunos matices de las críticas del marqués al Gobierno, a la caótica situación al otro lado del Atlántico y a la vida en la Corte. Ante la ausencia continuada de la silueta de Inés, Guzmán aceptó que Federico Cruz rellenara su vaso. Casi había sucumbido al pesimismo cuando procedieron a pasar al comedor. La condesa de Valderas salió primero, acompañada de cerca por la marquesa. El marqués hizo amago de dejar pasar a Alonso, pero este ganó la batalla del protocolo y se quedó el último. Justo antes de cruzar a la otra estancia, engalanada a la altura de anfitriones e invitados, Guzmán escuchó un suave susurro a su espalda.

—En la biblioteca. Justo enfrente de la puerta norte del salón distribuidor.

Alonso quiso cazar la presencia de Inés con la vista, pero cuando se giró, ya se había esfumado. Siguió caminando, aliviado, y se acomodó en el asiento asignado. A partir de ese instante descontó platos y conversaciones para exponer cualquier excusa que le permitiera desaparecer por unos minutos. La condesa, soberbia con un colgante de perlas y un vestido verde, compartía con la marquesa las bondades de pasar tiempo en aquellos lares. También las novedades sobre Jonás, al que sabían en Madrid.

—Qué lástima haber tardado tanto tiempo en volver a coincidir, señor Guzmán. Fue maravilloso gozar de su compañía en la jornada del año 18.

—Cuán grata coincidencia, ¿no es así, hijo? De tener una hija un poco más mayor, podríamos haber aprovechado la circunstancia.

Alonso hizo una mueca involuntaria.

—El placer fue mutuo, señora Fondevila. ¿Ha vuelto a ir desde entonces?

—No, no..., lamentablemente no me ha sido posible —respondió mirando de reojo a don Ildefonso, al margen de la acusación.

—Mi hermano y su esposa irán esta primavera. Quizá, si les conviene, podría alquilar su palacio como aquella vez.

—¿Gregorio? ¿Va a...? —La pregunta de la marquesa se diluyó en el intercambio de pareceres.

—Por supuesto, sería delicioso. Dígale que me escriba con los detalles para arreglarlo.

El gesto de tristeza de la marquesa, el de satisfacción del marqués y la sonrisa constante de su madre, detalle que no soportaba de ella, se le antojaron como el mejor de los contextos para decir:

—Disculpen, creo que estoy algo mareado.

—¿Se encuentra usted bien? —se preocupó doña Mariana.

—Sí, sí, no se inquieten. Me ocurre tras viajes largos. Solo necesito que me dé un poco el aire. Me reuniré de nuevo con ustedes enseguida.

—Por supuesto, señor Guzmán. Si cruza el salón distribuidor, llegará a los gabinetes gemelos. Allí hay un amplio balcón a su entera disposición.

—Muchísimas gracias, doña Mariana. Ahora mismo vuelvo con ustedes.

Las zancadas de Alonso jamás habían sido tan precisas. Ignoró las indicaciones de la marquesa y siguió, a cambio, las que le había dado Inés. Salió por la puerta norte del salón distribuidor cuidando que nadie lo viera, ni siquiera aquellos rostros de mármol, y se internó en un pasillo. Buscó entre aquellas puertas la de la biblioteca. Tras dos intentos fallidos, al fin la encontró. Al volver a verse de frente, tardaron un segundo en reaccionar. Ese amor naciente, baile eterno entre pasión y conflicto, los condenó a la duda fugaz, que desapareció, como ráfaga de viento, con la sonrisa de Inés. Se acercaron casi a la vez, buscando los labios del otro, ansiando un calor que ahora estaba prohibido. Como un ave que llega a su nido después de un largo viaje a través de las nubes, se besaron entre aquellas estanterías repletas de verdades y mentiras. El deseo de sus bocas sedientas, de sus manos ambiciosas, solo estaba iluminado por la tenue luz plateada de la luna, intrusa que, por la rendija que dejaba el cortinaje, dejaba a la vista las sombras de aquel encuentro furtivo. Alonso besó el cuello de Inés, que con el poco raciocinio del que disponía en esa situación, le susurró al oído:

—Aquí no.

Guzmán rebajó rápidamente sus expectativas entendiendo la circunstancia, pero no pudo más que asegurarse:

—¿Dónde?

Ella se quedó pensativa y le contestó:

—Cuando todos duerman. Iré a buscarte a la puerta de la verja, conseguiré la llave.

—¿Estás segura?

Inés volvió a besarlo como respuesta. Las formalidades habían desaparecido entre ellos.

—Debemos regresar antes de que alguien sospeche. A la una en la puerta.

Alonso, aunque no tenía ganas de entrar en el comedor, aceptó el plan y, tras apretar con fuerza la mano de Inés, desapareció. Ella, con el alma en la garganta, se concedió unos segundos para recuperar la compostura y después se puso manos a la obra. Debía controlar a Valentín para, una vez se marchase la berlina de la condesa de Valderas y se procediera a la clausura de la propiedad, poder coger prestadas las llaves.

—Es atractivo el hijo de la condesa —comentó Consuelo a su regreso a las cocinas.

—Ese seguro que se divierte más que don Ildefonso —respondió alegre Loreto.

—¿Qué hemos dicho de chismorrear sobre los invitados de los señores? —criticó doña Fuencisla Baeza ante las risitas de Eugenia, Federico y Julieta—. Venga, vayan a servir los postres. ¡Rápido!

La señorita De Villalta, que se esforzaba por mantenerse al margen, casi fue responsable de una catástrofe culinaria al convertirse en un molesto obstáculo en el espacio de trabajo de la cocinera Carmen.

—Inés, quítese de ahí. Vaya a preparar la alcoba de la marquesa. Aquí solo es un estorbo —bramó doña Fuencisla, monóculo en mano.

La doncella hizo caso y se prometió regresar a la planta baja para concluir su ardid. Alonso, mientras tanto, continuó escuchando todas esas conversaciones que no le interesaban y esquivando propuestas de asociación de don Ildefonso con respecto a su gran plan de las minas, del que no trascendían los sinsabores que se le habían generado en las últimas semanas. Al derribo del almacén se sumó el fin del acuerdo con uno de sus socios de Sama. Pero el marqués luchaba, entre llantina y llantina, por ser optimista y remendar los descosidos de su inmortalidad en ciernes. El momento de fumar fue el peor. Mientras esnifaba rapé, aquel caballero de discurso infatigable no cesó ni un minuto de enumerar las virtudes de colaborar económicamente en una empresa como aquella.

—Podríamos ser los nuevos Fugger, señor Guzmán. Pero mejorados. ¿No se da cuenta?

Alonso asintió lo que pudo y se valió de las brumas de la duda para calmar la impaciencia del señor Somoza. Cuando llegó la hora de retirarse, anunciada por su madre con un fingido cansancio y citas en la mañana que no existían, se sintió desfallecer. Tras un sinfín de promesas, abandonaron aquel palacio rural subidos en el vehículo familiar. Guzmán escuchó los comentarios de su madre hasta que, ya en su residencia, le dio las buenas noches y simuló retirarse a su cuarto. Se aseguró de que no había peligro y, tras sortear el escaso servicio que todavía no había zanjado su jornada, se dirigió a los establos, preparó uno de los caballos, se subió y se fue. Cuando las suelas de sus botas impactaron contra la tierra y los guijarros del sendero que llegaba hasta la vivienda de los marqueses de Riofrío, toda la propiedad parecía sumida en la oscuridad y el silencio. Ató el caballo a algunos pies de la entrada para garantizar su ocultación y se encaramó a la verja tratando de descubrir la silueta de Inés en el jardín. Tardó un buen rato en verla aparecer, pero cuando casi saboreaba la amarga capitulación, intuyó a alguien a lo lejos. Cubierta con la capa que siempre le servía de escondite y con las llaves colgadas de los dedos, Inés permitió que Alonso pasara. Lo cogió de la mano y, suplicándole el mayor de los sigilos, lo guio al palacio.

Entraron por las cocinas, ya vacías. Subieron por aquellas escaleras secundarias que Guzmán jamás frecuentaba en casas como aquella. Primera planta. Y siguieron subiendo. Por el corredor de las buhardillas, repletas de empleados agotados soñando que eran libres, avanzaron hacia la habitación de Inés que, como todos los años, era privada hasta la llegada de la señorita doña Mari Nieves Ulloa. Alonso pasó y, por un segundo, la austeridad de aquella estancia lo conmovió. Mientras tanto, ella colocó la única silla que había en la alcoba bloqueando el picaporte de la puerta. Y se bajó la capucha, dejando visibles sus mejillas rosadas y un maltratado moño a punto de deshacerse.

—¿Aquí es dónde duermes? —se interesó Guzmán.

—Sí, es mi habitación.

—Recuérdame por qué permito que vivas así, por favor.

Inés se acercó a él y tomó su rostro entre las manos frías.

—Porque sabes lo importante que es para mí cumplir mi promesa —contestó—. Porque tú sientes lo mismo con las tuyas.

Y lo besó con ternura.

—Huelo a carbón —musitó ella.

Él correspondió, al margen del aroma que se había adherido a las ropas de Inés en las cocinas. Acariciando su cuello, la rodeó y, situado a su espalda, le desabrochó despacio el vestido. Cada palmo de piel que quedaba al descubierto, liberado de las capas de tela, era recibido por los labios de Alonso, que sabían bien cómo dibujar el itinerario hacia la completa evasión. Ella, que ansiaba una parte del control, hizo lo propio con la levita, el chaleco y la camisa de Guzmán, y dejó a la vista el resto de las cicatrices que decoraban su torso. Las había extrañado, a todas. En sueños, las había recreado, curando el poso que habían dejado en el ánimo de aquel hombre de las mil vidas.

Pero sabía que era imposible. Aquella noche, como otras, se limitó a acariciarlas, a abrazarlas, a arrastrarlas hasta las sábanas donde, tras jurarse el máximo silencio, sus figuras se fusionaron. Inés sentía que en ese instante su cuerpo dejaba de ser suyo. Pero aquel día supo que, mientras sucumbía a los designios del placer, era más suyo que nunca. El éxtasis era una bocanada de vida que se le escapaba de entre los dedos. A la vez Guzmán recorría los recodos de aquella mujer que le nublaba el juicio y deseaba que aquellos minutos fueran eternos. Después, solo había un lugar, abrazados en la oscuridad.

—Te he traído las últimas cartas de tu familia. Te las daré en nuestro próximo encuentro —le anunció Alonso, apoyado sobre el vientre de Inés.

—Gracias —respondió acariciando su frente—. Ojalá todo sean buenas noticias.

—Seguro que sí.

—¿Ya has hablado con tu madre? —le preguntó ella.

—No, todavía no. No me gustaría que pensara que mi visita es interesada.

—¿Alguna esperanza?

—Apenas..., pero es la única solución que se me ocurre. Ojalá Cosme no fuera tan terco. Me ahorraría tener que molestar a mi madre con cuentos de fantasmas.

—Siento decirte que te pareces más a él de lo que crees —comentó Inés divertida.

—Sí, bueno, ya, pero no es lo mismo —se defendió.

Silencio.

—Te he extrañado —añadió él.

—¿Sí? Por las cocinas opinan que debes de divertirte mucho con tu atractivo natural —aprovechó, pícara.

Él se incorporó con cuidado y la miró.

—¿Por qué demonios dicen eso? —se extrañó, sonriente.

—Porque si algo he aprendido al vivir en la planta baja y en las buhardillas, es que el servicio opina sobre todo. Deberías tener cuidado en Madrid —bromeó.

—Y tú, ¿qué opinas?

Inés se acercó.

—Me encantaría llevarles la contraria. —Y volvió a besarlo—. Yo también te he echado mucho de menos.

—Vas a volverme loco, señorita De Villalta —le susurró al oído antes de volver a ceder a las leyes de aquel erotismo que, por vez primera en su agitada y errática existencia, abrasaba su corazón.

Por cada una de esas noches inolvidables, una jornada en la que el sueño pesaba. También el anhelo de volver al cobijo del otro, donde solo existía esa voluntad enredada en besos. Alonso intentaba disimular, pero no siempre era sencillo. La condesa de Valderas, pese a vivir retirada, tenía una intensa vida social. La visita de su hijo mayor no había hecho más que acrecentar el número de compromisos. Al fin y al cabo, sobre él descansaba su legado, motivo que, a pesar de ser el segundón del marquesado de Urueña, lo había alejado de la carrera eclesiástica. Con la nueva política liberal, la señora doña Ángeles Carrasquedo no sabía en qué quedaría su herencia, hacia dónde se escribiría la historia de su linaje. De hecho, la distante actitud de su primogénito jamás había dado visos de tranquilidad a ese tema. Pero ahora estaba con ella. Podía presentarlo, ubicarlo en sus círculos del norte. Y hablar con él de ese mañana del que ella, por la amarga ley de la vida, no iba a formar parte. Guzmán, ducho en el arte de esquivar diálogos que no quería tener, intentó postergarlo, pero la condesa de Valderas fue más ágil. Así, entre visita, paseo, misa y cena, los comentarios sobre el futuro, un matrimonio conveniente, el aumento de los viajes al norte para conocer mejor la propiedad que pronto heredaría y la necesidad de revisar documentos administrativos dejaban sin respiro a Alonso.

Una tarde sin obligaciones, decorada por la lluvia que acariciaba los cristales de las ventanas del palacio de Valderas,

Guzmán optó por retomar el asunto que, al margen de su relación con Inés, lo había llevado hasta allí. La condesa jugaba al solitario en su gabinete. Alonso pidió permiso para entrar. Enseguida lo obtuvo. La doncella de su madre se retiró para dejarlos a solas, tal y como él había solicitado. Se sentó en la silla que quedaba vacía junto a la mesita en la que doña Ángeles se entretenía con los naipes. Ella tardó unos minutos en zanjar aquella afrenta con el azar. Después, recogió las cartas y dio dos toquecitos con el montón sobre la superficie de mármol. Sonrió.

—¿De qué quieres hablarme, hijo?

—Verá, madre, tiene relación con las cartas que le he enviado durante este último año.

La condesa apretó los labios, pero no evitó que prosiguiera.

—Entiendo que es un asunto delicado, que usted no está a favor de que hurgue en la tumba de padre, pero creo que es necesario hacerlo. Llevo años investigando sobre su muerte y nada encaja. He descubierto... —Alonso dudó—. He descubierto que él tuvo contacto con franceses y conjurados durante la guerra. Formó parte de una logia francmasona y asistió como visitante a otra, ubicada en Manzanares, la ciudad manchega, después de la fecha oficial de su muerte. Tengo pruebas de ello, madre. No he querido decírselo antes, pero... las he traído conmigo para que pueda verlas con sus propios ojos y tomar la decisión oportuna con toda la información.

El lugar de la baraja lo ocupó la carpeta en la que Alonso había guardado todas las evidencias del caso de su padre. La condesa de Valderas, con ojos vidriosos y orejas ardientes, atendió a las explicaciones de su hijo. Leyó el nombre de su difunto marido en aquel libro de actas. También los pagos que había realizado a la logia de la Beneficencia de Josefina en los años de la ocupación, los contratos con caballeros de nombre galo, la vinculación con aquel presbítero llamado don Juan Bautista Benegas... Por mucho que Alonso sabía que la condesa era mujer de carácter, no reaccionó. Se quedó muda. La tarde se convirtió en noche cerrada, confiriendo protagonismo a los candelabros que rodeaban aquella exposición. Después de leer y releer, de atender a los añadidos de su hijo, a los apuntes, a las teorías, a los argumentos en pro de aquella exhumación, entornó los párpados y, sin compartir ninguna resolución, le pidió que la dejara a solas.

—¿Puedo quedarme los documentos por esta noche?

—Por supuesto, madre. Lo que usted precise.

Doña Ángeles asintió y volvió a apretar los labios. Alonso se retiró a su cuarto con la esperanza de que una segunda lectura diera algo de determinación a su madre. Sin embargo, durante las dos semanas que siguieron a aquella reunión, y tras devolverle todos los legajos, no volvió a aparecer el tema en sus charlas. Guzmán lo intentó, pero la condesa lo evitó con pericia, así que terminó resignándose y dio por perdida la negociación.

Aquel asunto agrió en parte un verano que, por lo demás, se movía al son de sus encuentros a escondidas con Inés. El crepúsculo era aliento. Sus visitas a las buhardillas del palacio de los marqueses de Riofrío, una rutina. También para ella que, al margen de aquellas citas clandestinas, luchaba por concentrarse en las tareas. Como había presagiado Alonso, las novedades de su familia eran positivas, aunque la mayoría intrascendentes. Estaban emocionados con la boda de Alejandra, atareados con otros compromisos sociales. A finales de julio, además, había dejado otra de las cartas falsificadas en el templo familiar de los Somoza con la intención de que el Benefactor, más allá del asunto de las minas, continuara convencido de que su espía en el palacio seguía trabajando sin pausa.

—Ayer se escucharon pasos en el corredor —comentó Julieta durante el desayuno.

—¿Por la noche? —se interesó Consuelo.

—Por la noche —confirmó.

—A mí también me pareció oír algo —intervino doña Teresa—. Pero estaba convencida de que erais tú y Valentín.

—¿Por qué habríamos de ser nosotros? —se extrañó Julieta.

—Porque siempre andáis juntos..., a saber qué hacéis cuando nadie os ve —criticó Consuelo.

—Te hubieras enterado, mendruga. ¿No ves que yo comparto alcoba contigo?

—No te veo capaz de que eso te frene... —murmuró la otra—. Además, Sazón está sirviendo a la señora Lecubarri, por lo que el cuartucho de Miralles es solo suyo.

—Mira quién habla... —criticó Julieta—. Tienes que saber que me tomo mi trabajo muy en serio. Aquí todos sabemos cómo terminó la señorita Moyano.

—En cualquier caso, aquí hay alguien que se pasea por las buhardillas por la noche. Propongo vigilar a partir de hoy —dijo doña Teresa.

—No contéis conmigo. Dormir es de los pocos privilegios que tengo —comentó Federico.

Pablo García sonrió divertido con el misterio y enseñó sus carrillos repletos de pan.

—Pues yo sí voy a intentar averiguar quién es... ¿Acaso será la señorita Marín? —cotilleó Julieta.

Inés llegó entonces a la cocina, rezagada por el cansancio. Se concentró en masticar aprisa para llegar a tiempo a su primera labor como doncella. Para cuando quiso unirse a la cháchara matutina, esta ya se había deshecho. El servicio debía ponerse también en marcha. La Gran Dama llegaría en dos días. Había retrasado su viaje un poco más que otros veranos, cada vez más reacia al largo trayecto hacia el norte, pero estaba previsto que el miércoles, día 8 de agosto, su berlina apareciera por el horizonte. Así, todos se pusieron a arrimar el hombro para que el cuarto de la baronesa estuviera a su gusto, sin ningún fallo. La edad estaba restando paciencia y tolerancia a aquella mujer de cabellos plateados e infalible bastón.

Al revuelo en la organización se sumó, cómo no, el empeoramiento del humor de doña Mariana. Este sufrió un nuevo envite aquel día. Inés sacó fuerzas de donde pudo para que las ojeras fueran solo un adorno en su piel. Ayudó a que la señora se compusiera para el paseo por el jardín bajo aquella fabulosa sombrilla que la protegía de los rayos de sol que, caprichosos, rugían con intensidad en el cielo azul con el que, de vez en cuando, aquellas tierras deleitaban. Organizó el cuarto. Preparó el gabinete mientras doña Teresa recogía el correo de manos del señor Carrizo. Revisó los vestidos y alhajas que planeaba utilizar en los próximos días. Cumplió con los recados de la mañana y de la tarde. Supervisó el atildamiento de la marquesa por la noche. Y, cuando regresó de su visita al palacio de los Bernaldo de Quirós, cepilló su cabello y la asistió en la rutina de noche como seguía siendo costumbre.

No obstante, aquella velada, antes de dejar que Inés abandonara su cuarto, y tras aprovechar que doña Teresa hacía rato que se había retirado obedeciendo sus órdenes, se levantó del tocador y fue hacia el gabinete. Inés, cepillo en mano, aguardó a que la señora contextualizara su desconcertante conducta. Regresó al dormitorio con una misiva en las manos. Con gesto grave, miró a su doncella de postín.

—¿Recuerda que le dije que buscaría respuestas en mis contactos sobre mi vinculación con el señor don César Gallardo?

Inés dejó el cepillo.

—Sí, señora —respondió.

—Bien, pues ya tengo el dato que me faltaba.

La señorita De Villalta no osó hablar. Y surtió el efecto deseado.

—El señor don César Gallardo tenía una hermana llamada Amelia. Se casó con un hidalgo salmantino, de nombre don Hipólito Maldonado, con el que tuvo un hijo, Simeón. Don Hipólito falleció en 1801, así que el señor Gallardo se convirtió en protector de su hermana y su sobrino. Ellos continuaron viviendo en Salamanca. Doña Amelia pereció un año antes de la ocupación. Y quedó Simeón solo.

Inés no comprendía, pero se mantuvo atenta a las frases que, como si de serrín en la garganta se tratara, la marquesa iba expulsando con dificultad.

—Don Simeón Maldonado, además de heredar las prebendas y propiedades familiares a edad temprana, supo encontrar su hueco en la vida pública. Trabajó para el gobernador don Antonio de Zayas entre 1804 y 1806. —La marquesa había dejado de mirar la carta—. Durante la guerra, fue leal a Fernando VII, pero las ideas revolucionarias de Cádiz terminaron llegando. Quizá lo sedujeron... La cuestión es que formó parte de los gobiernos que se constituyeron durante las etapas en las que la ciudad se vio liberada de los franceses entre 1810 y 1813. —Silencio—. Hace siete años, con el regreso de Fernando VII, fue preciso probar fidelidades. Por eso no dudé en proporcionar listas de traidores. La orden fue clara: era necesario validar la lealtad para reconstruir el reino sin temor a una rebelión enmascarada. Yo... necesitaba probar que era digna de seguir en el círculo próximo al rey, que mi fidelidad continuaba intacta tras los avatares de la guerra, que mis promesas a la princesa María Antonia no se habían desvanecido con el fragor de los cañones, que no había mentido al duque de San Carlos cuando se reunió con nosotros a principios de 1814 para buscar apoyos... Sepa que no fue sencillo analizar a mis vecinos, elaborar aquellos informes de conjurados y liberales en los que, inevitablemente, los condenaba a ellos y a sus familias a la sospecha eterna. En ellos... recuerdo que incluí el nombre de don Simeón Maldonado, el sobrino de don César Gallardo, al que apresaron en enero de 1815. Se suicidó en su celda un mes después.

Inés se puso la mano en el pecho, como sujetando el peso de una culpa que no era suya.

—Algo entre 1815 y 1816 debió de guiar al señor Gallardo hasta mi familia como posible responsable de aquel horror. Y la infiltró a usted para vigilar a mi marido, al único que creía capaz de tal poder, y confirmar sus sospechas. Supongo que incluso por mis pecados se me infravalora... Ese hombre está jugando con nuestro destino mientras busca la verdad. Y, desde que sabe de mis contactos con la Corte y con don Pedro Macanaz, está más cerca de ella. ¿Quién puede saber qué pretende? Si está detrás de mi ataque, quizá...

Doña Mariana, que todavía tenía pesadillas con el día en que una bala había atravesado su hombro, sintió cómo su cuerpo se destemplaba. Inés no pudo creer que, por fin, todo tuviera sentido, que hubiera llegado al fondo de la cuestión que había unido su vida a la de los Somoza. Pensó que el trasfondo no podía ser más grotesco. Quiso sentir empatía por la marquesa, pero no lo consiguió. Estaba en medio de una afrenta familiar, de una venganza.

—Yo..., yo no sé si él está detrás, señora. Quizá solo desea torturarla, mermar su influencia, arrebatarle algo valioso para usted —supuso Inés, primera interesada en descubrir si había tenido algo que ver en el intento de asesinato de la marquesa.

Doña Mariana se volvió a sentar en el tocador, rodeada de su arsenal cosmético, bálsamo del desasosiego nocturno.

—Eso explicaría su interés en mi vinculación con el asunto Macanaz... —musitó dejando caer la misiva sobre la superficie de marquetería de aquel regalo de bodas en el que se procuraba aseo y calma.

Inés la contempló desde atrás, reflejada en el espejo.

—¿Podría perjudicarla tanto eso? —se interesó Inés.

—Solo si saben lo que sé, lo que guardo.

La otra alzó unas cejas sin entender muy bien.

—El día en que el señor don Pedro Macanaz me visitó en Salamanca, en el otoño de 1814, compartió conmigo una serie de informaciones sumamente sensibles. Pero no solo eso..., también me entregó algunos documentos. Llevo años guardándolos, protegiéndolos. Algunas noches ni siquiera sé por qué. Pero por la mañana lo recuerdo... Son mi salvación si lo necesito algún día. Si mi familia lo necesita. Puedo controlar a personas muy relevantes con ellos. Puedo hacer caer un imperio. Más allá del cambio de poder, de las revoluciones, las guerras... —Silencio—. Pero he cometido dos errores. Uno es no darme cuenta de que usted era una intrusa. El otro, dar a entender al duque del Infantado que tengo pruebas poderosas. Eso ha dado pistas a ciertas personas sobre lo que sé y lo que no. Sobre lo que tengo. Unas quieren usarlo, otras destruirlo. Pero a todas las mueve el ansia por poseer lo que creen que tengo y, en el proceso, neutralizarme por siempre jamás, quizá llamándome intrigante, conspiradora, traidora. Quizá matándome, silenciándome.

Inés asintió.

—En fin, deseo acostarme ya. A partir de mañana, doblaré la seguridad y necesitaré su entera dedicación para desviarlos de sus objetivos, ¿entiende? No debe haber errores ni distracciones ni viajes. Preciso de su presencia, tal y como me prometió.

La doncella volvió a asentir después de tragarse una respuesta ácida y se retiró. De camino a las buhardillas, un sinfín de pensamientos encontrados la visitaron. ¿Qué había descubierto la marquesa sobre don Pedro Macanaz? ¿Qué papeles guardaba con tantísimo celo en su archivo? ¿Los tocó ella cuando se inmiscuyó en ese segundo cajón del escritorio? ¿Los obvió por ignorante? ¿Por qué le importaban tanto? ¿Qué poder otorgaban al que los poseía? Volvió a repasar lo que le había contado la marquesa sobre su relación con el Benefactor. Todo iba tomando sentido. Ahora solo debía centrarse en descubrir cómo se habían conocido él y su cuñado para acabar de comprender. También averiguar qué había pasado con don Diego y su sobrino aquel día de junio de 1814. Más que nunca, sentía que debía ir a Manzanares. Pero ¿por cuánto tiempo requeriría doña Mariana de su cercanía?

Aquel runrún la acompañó en el itinerario hacia aquella verja que abría las noches en las que Alonso la visitaba. Cogidos de la mano, caminaron hacia la alcoba de Inés. Mientras tanto, por la rendija de la puerta de una de las habitaciones, los ojos curiosos de Julieta advertían cómo sus siluetas desaparecían en aquel dormitorio en el que escondían la verdad. Enseguida reconoció al hijo de la condesa de Valderas. Pero no terminó de comprender la conexión entre ellos. Salió al corredor y, sigilosa, puso la oreja en la puerta. No se escuchaba nada. Solo unos susurros imperceptibles. Rendida, volvió a su alcoba con tantas preguntas que tardó un buen rato en conciliar el sueño. Al otro lado de la puerta, Inés contaba en voz baja a Alonso todo lo que doña Mariana había descubierto y confesado.

—¿Cómo fue capaz de hacer esas listas y condenar así la vida de un hombre? —se preguntó ella.

—Es lo que yo hago, Inés. No es justo, pero tampoco existe elección. Si no las hago yo, las harán otros... Y una vez das tu palabra a la Corona, no hay vuelta atrás. Imagino que doña Mariana pensó lo mismo. Fue su arma para alejar la duda de su apellido.

—Sigo sin entender cómo sois capaces... —dijo con seriedad.

—Tampoco tus actividades son más honrosas.

Se miraron fijamente.

—Sabes que lo hago por obligación, que detesto cada día que paso aquí sirviendo a intereses ajenos y renunciando a mis principios —se quejó, ofendida.

Alonso se acercó a ella y puso la mano en su rostro, con cariño. Ella giró ligeramente la cara para ocultar sus remordimientos en carne viva.

—Lo sé..., perdona —se disculpó—. No dejemos que lo de fuera entre aquí, Inés. Te juro, te juro que dejaré de hacerlo en cuanto pueda —decidió de pronto, aborreciendo más que nunca la tarea que había asumido—. Encontraré un modo de convencerlos de servir de otra forma al rey. Pero debes darme tiempo, ahora mismo no parece posible renunciar al encargo, el ambiente está muy tenso, podrían interpretarlo como falta de lealtad y no nos conviene que nadie se ponga a investigarme.

Y, por lo pronto, es la forma en la que puedo aumentar mi patrimonio para ofrecerte el futuro que mereces y proteger a personas que me importan.

Inés bajó la mirada. Y asintió.

—Necesito que esto termine, Alonso. Tengo que conseguir ir a Manzanares, pero, después de lo que la marquesa acaba de averiguar, no quiere arriesgarse a que me aleje un solo centímetro. Detesto sentirme tan menuda ante ella, incapaz de llevarle la contraria, de desdecirla.

Silencio.

—Iré yo.

Ella negó con la cabeza.

—No, Alonso. Debo ir yo.

—Pero no puedes, Inés. Iré yo y avanzaré la investigación para que podamos vivir en paz lo antes posible. Ahora que el asunto de mi padre está en punto muerto, voy a tener más tiempo a mi disposición.

Inés terminó asintiendo, a regañadientes. Después volvió el rostro hacia él y lo miró a los ojos.

—No quiero separarme de ti —admitió.

—Todavía quedan unos días hasta mi regreso a Madrid.

—No los suficientes...

—Merecerán la pena —aseguró y la besó.

XXXV

Dormir en ventas no era algo que apasionara a Alonso. Y menos en invierno. Se sentía extraño en cama ajena, angustiado por el aislamiento, en medio del camino. Las jornadas se medían en leguas, cambios de caballos, ruedas atascadas... Cuando llegaba la noche, no sentía las piernas, agarrotadas de no hacer nada más que acomodarse en la berlina. El cansancio era absurdo. Sin embargo, en aquella ocasión, su ánimo estaba, además, condicionado por las pesquisas que lo habían llevado hasta allí. Era su segundo viaje a la zona de Manzanares. El primero, en octubre, había sido inútil. Apenas había logrado localizar a dos antiguos trabajadores de la casa de los Núñez de León, despedidos por Dolores a los tres días de la desaparición de su familia por no haber sido capaces de protegerlos. Esta, abatida, había reducido su servicio a la criada que la había acompañado a misa —la misma que la había asistido hasta su muerte— y tres nuevas incorporaciones. Los veteranos no le servían si no habían podido evitar la desgracia.

Aquellos dos empleados, que todavía conservaban la amargura del suceso en sus carnes, habían sido atacados por los asaltantes y quedaron inconscientes en el suelo durante los terribles eventos de aquel día de junio de 1814. Apenas recordaban que el caballero que los había asaltado por la espalda llevaba capa, quizá bicornio. Uno de ellos, no obstante, tras recordar y recordar, había ido a buscar a Guzmán a la posada justo antes de que partiera para proporcionarle un dato novedoso: eran cuatro, tres en la berlina, uno a caballo. Y una suposición: «Juraría que eran forasteros». Pero, con aquella vaga memoria, poco más había podido hacer. Entonces, de vuelta en el palacio de su hermano, y en medio de aquella soledad que solía acompañarlo en sus reflexiones, se percató: en los viajes, todo se medía en leguas, cambios de caballos, ruedas atascadas. Si los bandidos responsables de la infelicidad de la familia de Inés no eran de la zona, habían tenido que parar en alguna casa de postas o parador.

Consiguió, gracias a Cosme, un mapa de postas y, durante un mes, se dedicó a ubicar los lugares en los que se podían haber detenido. Aquello solo se sostenía en la suposición de que los asaltantes no fueran necesariamente de por allí. No era seguro, pero debía explorar aquella posibilidad. En caso contrario, registraría cada casa de cada aldea. Nada era suficiente si la recompensa era reunirse con Inés. A ella la mantenía al tanto de cada decisión por carta. Los avances, escasos, también figuraban en sus líneas, salpicadas de promesas y ansias que, algunas veces, le arrebataban el sueño y lo condenaban a tragos en compañía del teniente Íñiguez, que había decidido perdonar a Guzmán por su secretismo, pero no había rebajado el tono de sus amenazas respecto al joven Andújar.

La situación del reino no favoreció la reconciliación entre Conrado y el soñador de Modesto, quienes ya solo se encontraban por error. A la cascada de independencias americanas, facilitada por la permanencia del ejército expedicionario en la península tras la revolución de 1820, se sumaron los intentos de pronunciamiento republicano en Barcelona y Zaragoza, donde, tras su destierro en Oviedo, estaba destinado don Rafael del Riego. Ya no había duda, las facciones liberales estaban enfrentadas. Y la destitución del teniente coronel Del Riego no había hecho más que evidenciarlo. Sus partidarios, entre los que se encontraban los señores Andújar y Hernando, se habían lanzado a las calles madrileñas el día 18 de septiembre. Habían portado retratos y exigido justicia. Aquel suceso se llamó la batalla de las Platerías —mas no se trató de un enfrentamiento armado— y, sin que ministros, diputados y cortesanos pudieran hacer nada, se había replicado en diversas ciudades españolas durante aquel intenso otoño de 1821.

El cisma político cristalizó no solo en las protestas callejeras, sino también en la prensa. Amparados en aquella libertad que había concedido el neonato sistema liberal, surgieron numerosos periódicos que se alinearon con las distintas tendencias. Los moderados leían *El Censor,* aquel en el que escribía el invitado de la duquesa de Olivera, el señor don Sebastián Miñano, o *El Universal Observador Español,* y entre otros títulos, algunos locales, como los *Diario de*... Los radicales preferían, por ejemplo, *El Espectador* o la descarada agudeza de *El Zurriago,* especialista en poner motes a todo bicho parlante. La guerra era abierta. También en lo referente a la influencia que destilaban las sociedades secretas. A la acción de los comuneros, cada vez más organizados en aquellas casas fuertes, torres y comunidades o merindades —tal y como había descubierto Alonso gracias a sus reuniones con Modesto—, se sumó la aparición de una agrupación de naturaleza moderada, los anilleros, también hija de las logias francmasonas que habían entrado durante la invasión y que se habían transformado durante los años de absolutismo.

La carrera por incidir en el reparto de poder era un hecho y, tras la crisis del Gobierno de don Eusebio Bardají en enero de 1822, se resolvió del siguiente modo: los anilleros consiguieron el gobierno en febrero, liderado por el señor Martínez de la Rosa —al que *El Zurriago* apodó «Rosita, la pastelera»—, y las Cortes, cuya apertura se produjo en marzo, lograron mayoría exaltada con el teniente coronel don Rafael del Riego a la cabeza. Tras sus filas, en cafés y sociedades, le seguía Modesto

Andújar y aquella oratoria tantos años silenciada. Todavía no cumplía con la renta suficiente para ser elegido diputado. Y su orgullo era demasiado pronunciado como para pedir una sola perra a sus abandonados padres. En silencio, cuando nadie escuchaba sus terribles pensamientos, se había planteado que solo la muerte de su padre le concedería ese ansiado asiento en las bancadas de las Cortes. Las ideas que repetía hasta la saciedad sobre reformas en la administración y en la educación cada vez eran más rechazadas por Conrado Íñiguez que, junto a otros guardias de palacio, lamentaba la delicada situación del rey, todavía sin descendencia.

Con aquella coyuntura, a Guzmán se le multiplicó aquel trabajo que se había prometido abandonar. Aun así, aprovechando que Fernando VII estaba ocupado conspirando y preparando su marcha a Aranjuez, pudo disponer de algunos días en marzo de 1822 para realizar aquella segunda visita a La Mancha. Tras una de aquellas noches frías en un mesón cualquiera, y después de haber visitado varias postas en Tembleque, Madridejos, Nuestra Señora de la Consolación y Valdepeñas, se dirigió a una venta que estaba entre Villarta y Manzanares en un cruce de caminos. Sin demasiado preámbulo, se bajó de su vehículo y sacó de la confusión a un mozo, dispuesto a abrevar a los caballos que tiraban de la berlina que había alquilado. Le pidió ver al posadero. Este, desconcertado, asintió y, tras confirmar que en el horizonte no se avecinaban reatas ni diligencias, guio a Guzmán al interior de aquella venta sencilla de muros blancos y tejas color arena.

Cruzaron el patio, en el que un par de viajeros recolocaban las alforjas en sus caballos, recién salidos de las caballerizas en las que habían descansado. El ronroneo de las cluecas se mezclaba con el relinche de los ejemplares que, como Alonso, no gustaban de establos desconocidos. Un gato pardo salió de detrás de un botijo, subió la escalera por la baranda y desapareció por la planta principal, donde habría más de un comerciante reposando sus tratos y empachos. Pasaron al comedor, dejaron atrás una mesa llena de cestas y otra en la que un parroquiano sorbía un humeante caldo de huesos. El mozo llamó al encargado del establecimiento que, sin demasiada gana de conceder aquella entrevista, aceptó con la condición de que fuera breve para «poder volver al tajo». Se acomodaron en una sala modesta, ubicada junto a la cocina, que hacía las veces de oficina. Aunque, por la acumulación de instrumentos de labranza y trastos, Alonso intuyó que no se le daba mucho uso como tal. Por la puerta, se veía trajinar a la esposa, a cargo de un guiso y con un oído puesto en la conversación.

—Sí, sí, recuerdo el triste acontecimiento. Soy natural de Alhambra. La familia Núñez de León es conocida y querida en la zona —asintió.

—Bien, es importante entonces que trate de hacer un esfuerzo por recordar. Según tengo entendido, el día 3 de junio de 1814 unos hombres vestidos con capas oscuras y bicornios llegaron a su propiedad y se llevaron a don Diego junto con su hijo. Uno de los empleados recuerda un vehículo oscuro en el que iban subidos tres de ellos. Otro iba a caballo. ¿Se detuvieron aquí?

El posadero lanzó un vistazo a la izquierda.

—No, no recuerdo bien. Podría ser..., no lo sé, señor Guzmán.

—Sé que ha pasado mucho tiempo, pero podría ser vital para conocer la procedencia de esos bandidos, para descubrir su identidad y evitar que repitan una fechoría así. Quizá, si está enterado de las noticias de la región, sabrá que la viuda murió hace poco... Esa familia se merece un respiro.

—Sí, lo sé, lo sé. Pero, de verdad, no me acuerdo. No, no creo que se pararan aquí.

Entonces, la mujer se asomó al tiempo que se limpiaba las manos en el delantal que cubría el jubón y la falda.

—¿Cómo que no, Paco?

—Ricarda... —trató de frenarla. Pero ya era tarde.

—Sí se detuvieron aquí unos caballeros con ese atuendo. En un vehículo oscuro, sí, sí. Y uno más a caballo. Me acuerdo porque uno de ellos fue especialmente grosero, parecía nervioso. Pero no fue la única vez que pasaron por aquí. Ya habían estado antes. Aquella vez los acompañaba un caballero elegante. Con barba gris, patillas pobladas, pero ni un cabello bajo el sombrero. La segunda, iban solos. Los mandaba uno pelirrojo, escuálido. Ese era el del caballo. El desagradable era otro al que le faltaban casi todos los dientes. Exigió doble ración de potaje, pero ya no había y... se puso furioso.

—¡Ricarda! —gritó el hombre.

Se levantó y la llevó a la cocina donde, entre murmullos, le recordó que aquellos hombres les habían entregado varios reales por su silencio eterno. Pero la lengua de Ricarda era irrefrenable. Y su memoria, centrada en el trato con personajes de todo tipo y alejada de los acuerdos que, detrás de bambalinas, hacía su marido, estaba liberada de aquel condicionamiento. Quizá Paco la había infravalorado. Quizá también aquellos hombres misteriosos. Pero Alonso no lo hizo. Se incorporó y se aproximó a la otra estancia, deseando que aquel matrimonio no se enfureciera con su impertinencia.

—Disculpen la molestia. Yo... no quiero ocasionar problemas. Solo necesito saber una cosa más, ¿volvieron a parar después?

Ricarda, que se tapaba la boca con las manos al descubrir su insensatez, volvió a demostrar su valiente rebeldía y negó con la cabeza.

—Váyase, señor Guzmán. Quizá usted pueda permitirse asumir riesgos, pero esta familia no. Lo siento mucho por los Núñez de León, pero mi esposa no dirá nada más. Esos hombres no parecían de fiar. Prometí no hablar de su presencia jamás. Y si se enteran de que no lo he cumplido, a saber qué tropelías son capaces de hacernos a nosotros.

Alonso asintió y se retiró. Subido de nuevo en la berlina de alquiler, resopló. El testimonio de la señora Ricarda lo complicaba todo. ¿Cómo contárselo a Inés? Los datos no eran muchos, pero eran suficientes. El elegante caballero que había descrito no era otro que don César Gallardo. Aquel con el que había cenado en el palacio de la duquesa de Olivera, al que había seguido algunos días en Madrid y con el que, tal y como había recordado meses atrás, se había sentado en la misa funeral de la difunta reina María Luisa. Imaginó que otras postas y ventas habrían recibido el mismo chantaje por su silencio. Así que, falto de tiempo y de fe, el viaje a La Mancha terminó ahí.

El siguiente paso era de Inés, que no pudo creer las líneas de Alonso cuando las leyó en su alcoba del palacio salmantino de los marqueses de Riofrío. No podía ser. No era posible. ¿El hombre para el que había estado trabajando era el que había causado tanto dolor a su querida y añorada Dolores? ¿El que había asegurado ser buen amigo de don Diego? ¿Al que había creído sin dudar, presa de sus modales, de su contundencia? Sintió repulsión. Tuvo que vomitar. Después de revisar, una y otra vez, la información, coligió que el de maltratada dentadura era el primer lechero. El pelirrojo, el actual. Fue tan doloroso descubrir la verdad que vagó como un espectro durante varios días. No tuvo fuerzas ni para responder a Alonso, quien, al llegar a Madrid, descubrió que un misterioso mensaje aguardaba a ser leído desde un día después de su partida.

Al término de una de las cenas, Julieta pidió a Inés que se quedara para hacerle compañía mientras recogía todo. Sabía que le ocurría algo, así que se propuso descubrir el qué. Tardó varios comentarios baladíes en centrar la charla en el estado de ánimo de Inés, que remoloneó un rato hasta que, al final, confesó:

—Sé quiénes son los responsables de la desaparición de mi cuñado y mi sobrino.

Julieta dejó su tarea y se sentó a la mesa junto a ella. Aquellos ojos azules, donde la inocencia apenas había tenido espacio, abiertos como platos.

—¿Quié... quiénes?

Los ojos de Inés se humedecieron, avergonzados.

—El Benefactor y sus hombres. El desagradable lechero del que nos deshicimos para que tú pudieras hacerte pasar por mí, el que ahora nos sirve también de enlace... —De pronto, no podía parar de llorar.

Julieta levantó las cejas, se tapó la boca, negó con la cabeza. Acto seguido, abrazó a Inés y la consoló durante varios minutos. Mientras tanto, reflexionó sobre la paradoja de aquella familia. La trampa en la que la ilusa de Inés había caído, nada acostumbrada a tratar con la amarga realidad de las frías calles en las que ella había crecido.

—¿Cómo he podido ser tan estúpida? ¿Cómo me he dejado engañar así, Julieta?

—Porque no sabías que podía existir tanta maldad, Inesita. Pero eso no es tu culpa...

Cuando estuvo un poco más calmada, se separaron. Entonces Julieta curioseó:

—Y ¿por qué ahora? ¿Cómo lo has sabido? Si la marquesa no te ha dejado marchar...

—Alguien me ha ayudado —respondió, y se enjugó la culpabilidad de las mejillas.

Julieta hizo ademán de levantarse y volver a su labor, pero, antes de hacerlo, optó por abordar aquel tema que había pospuesto con el fin de no generar más problemas en aquella residencia plagada de normas.

—¿Ese alguien es el hijo de la condesa de Valderas?

Inés se sorprendió. Balbuceó, deseando saber cómo proceder sin fastidiarla.

—Os vi en el palacio de Asturias este verano.

Comprendió y bajó la vista.

—Ten mucho cuidado, Inés. Piernas cerradas, piernas siempre cerradas. Esos hombres... —empezó.

—Tengo algo que contarte, pero no puedes decírselo a nadie. Debes jurarlo.

Julieta asintió enérgicamente y dejó que Inés se acercara a su oreja y le hablara de Alonso. Al final de su susurrada exposición, a la criada se le escapó una risotada. Negó con la cabeza, esta vez divertida. Después concluyó:

—Tenemos que hacer que ese apestoso lechero hable, Inés. Lo arrinconaremos y contará todo.

—No puedo, Julieta. Eso nos descubriría, rompería el acuerdo con la marquesa. Yo le prometí...

—¡Al diablo con la marquesa, Inés! Ella no te está dejando investigar, no ha cumplido con su parte del trato. No puedes quedarte aquí, Inés. No es tu sitio. Tienes que descubrir la verdad y volver a casa con tu nueva familia.

—Pero ¿cómo?

—Eso es lo que tenemos que decidir ahora. Prepararé dos vasos de vino.

Julieta, desesperada porque aquella intriga terminara, agradecida porque Inés hubiera confiado en ella y deseosa de un poquito de justicia en el mundo, cumplió su palabra y, en aquellas cocinas desiertas, las dos mujeres tejieron el plan que iban a ejecutar. En medio de las elucubraciones, apareció Valentín, sonriente, y sin dudar lo convidaron a un chato para que contribuyera con más ideas. No le proporcionaron los detalles por seguridad, pero aquello no mermó la buena disposición que siempre acompañaba a aquel lacayo que ya era amigo. Inés dudó hasta el último momento de cada una de las decisiones que tomaron durante aquella velada. Sobre todo, tras uno de los episodios nerviosos de don Ildefonso, que ya sospechaba que alguien conocía los entresijos de los planes mineros, a punto de convertirse en papel mojado con la retirada del favor real. Pero, disgustos del marquesado aparte, la situación la condenaba a romper su palabra una vez más. Lo había hecho con el Benefactor al ir a despedirse de su hermana moribunda. Ahora lo iba a repetir con la marquesa. Pero no había alternativa. Era el único modo que tenía, por lo pronto, de saber qué había pasado con la familia de Dolores. Y la posibilidad de lograrlo, de dar paz a los suyos, era más poderosa que cualquier interés de doña Mariana Fondevila.

Así, en la mañana del día 5 de abril, Julieta acudió a su cita con el lechero como siempre. Por las cocinas pululaban solo los que se habían quedado rezagados en el desayuno. Loreto se había ido al mercado. Carmen ordenaba las últimas conservas. Doña Fuencisla estaba entretenida en las buhardillas después de que Valentín le dijera que se había colado un gorrión. La familia dormía, confiriendo a la planta principal esa quietud mágica del amanecer. Cuando el enviado del Benefactor cogió el papel que la criada le pasó en la entrega de vasijas, y antes de que se girase para iniciar su retirada, un fuerte impacto en la nuca lo dejó sin conocimiento. Inés escondió el rodillo que había utilizado y ayudó a Valentín a transportar a aquel hombre inconsciente hasta una tartana que había estacionada en la calle. El lacayo dio aviso a su amigo, un tipo de apariencia descuidada, para que arrancara, con lo que el carro desapareció por la calle de Toro y se mezcló con el escaso trasiego de primera hora.

Aquella jornada, mientras atendía a sus obligaciones, Inés no pudo dejar de pensar en el Benefactor. Tampoco en ese lechero agredido y retenido. Según le había prometido Valentín, su amigo conocía métodos para que aquel hombre se desesperara lo suficiente como para que su lengua se soltara a placer. Ella quiso creerlo. Le iba a pagar por ello. Así que, con aquella idea, realizó los deberes cotidianos hasta que, al finalizar la cena, se escabulló para encontrarse con el lacayo Miralles en el exterior del palacio. Julieta se quedó haciendo vigilancia. Era la encargada de abrir la puerta cuando regresaran. Cubierta, una vez más, por aquella capa que todo lo ocultaba y protegía, siguió a Valentín por las callejas salmantinas hacia el oeste. Por un callejón aledaño a la plazuela de San Cristóbal accedieron a un edificio ruinoso. En una estancia, que parecía haber funcionado como pequeño establo, se encontraban el amigo de Valentín, viejo compañero de guerrilla, y el lechero pelirrojo, maniatado y amordazado. Había recuperado el conocimiento, pero su mirada denotaba que no había pasado buen día. Inés se descubrió el rostro. El hombre no la reconoció. Dio permiso para que le dejaran libre la boca.

—¿Qué fueron a hacer el día 3 de junio de 1814 a la casa de don Diego Núñez de León? ¿Dónde se lo llevaron?

El tipo arqueó las cejas sin entender.

—¿Qué demonios…?

—Sé que trabaja para el Benefactor. Sé que fue a la casa de los Núñez de León aquel día. No tiene escapatoria. O me dice toda la verdad o le diré a mi amigo que termine con usted.

El compañero de Valentín, daga en mano, dio un paso al frente amenazando al sujeto.

—Y usted ¿quién es? ¿Quién la envía?

—Eso no le importa. Diga la verdad. Ahora mismo. —Inés estaba furiosa, se le terminaba la paciencia.

El falso lechero sonrió y asintió lentamente.

—La otra chica es un farol. Es usted el contacto, ¿verdad?

—¡Respóndame!

—¿Va a permitir que esa sanguijuela acabe con un colaborador del Benefactor? ¿Qué le dirá cuando se entere? ¿A qué cloaca irá a esconderse para que no la atrape?

La señorita De Villalta, a la que tantas horas de educación habían convertido en lo que, por aquellos tiempos, se entendía por dama respetable, sintió su orgullo arder. También la asfixiaban los años perdidos, el final de Dolores, la traición, la distancia con su familia, con Alonso… La muchacha tierna que se había subido al barco en Santa Cruz se había ido desdibujando, haciéndose fuerte en muchos aspectos, insensible en otros. Sin controlar muy bien sus impulsos, arrebató al amigo de Valentín el cuchillo de la mano y se encaramó al preso. Lo colocó, con decisión, en su gaznate y, apretando los dientes, hizo un pequeño corte superficial.

—Se olvida de que el Benefactor no sabe que usted está aquí. Aparecerá en los arrabales sin vida. Quizá flotando en el

Tormes. Uno de tantos otros crímenes y asaltos como el del señor Mintegui. —Silencio. Amplió la herida—. Si usted habla, permitiré que se vaya. Que vuelva con la familia que tenga. Y se esconda bien para que *él* no lo encuentre después de su confesión... ni mis amigos tampoco. La decisión es fácil: qué prefiere, ¿su vida o su lealtad?

El sudor caía por la frente del cautivo. También por la de Inés.

—Fuimos a por el señor Núñez de León por encargo del Benefactor. Uno de tantos. Yo no sé los detalles, ninguno los sabemos bien. Lo visitamos de forma amigable una vez. Se reunieron y hablaron durante un rato. Vimos a la mujer, pero no al niño. A los meses, nos mandó visitar de nuevo esa casa. La orden era forzar las tuercas hasta que nos entregara lo que el Benefactor le había pedido. Sé que se trataba de un documento, un libro. Pero juro que no sé más. Llegamos a la casa, nos recibió él. Un compañero y yo redujimos al servicio, que no era mucho. Los otros dos lo retuvieron en su oficina. Después lo interrogamos. Uno de mis compañeros revisó la casa para confirmar que no había nadie más. Encontró al bebé llorando. Lo llevó al despacho para que se calmara y no alertara a nadie más. El interrogatorio fue mal... y, entonces, nos entraron las prisas. Los que vigilaban, nos avisaron de que se veía movimiento en el horizonte, que la mujer iba a volver pronto. Pero no podíamos dejar el encargo así, con ese hombre con la cara amoratada y la nariz sangrando. Teníamos que conseguir resultados. Revisamos el despacho, cogimos varios libros que vimos en las estanterías y parecían sospechosos. Nos llevamos al tipo. Se nos ocurrió, sobre la marcha, no dejar al niño en casa para presionarlo más. Nos detuvimos en un campo cualquiera, en un sendero perdido en el que no había nadie. Continuamos intentando que dijera la verdad, que nos indicara dónde estaba ese libro. A Salazar se le fue la mano y... el desgraciado ya no reaccionó a nada. Ni siquiera tuvimos tiempo de usar la baza del crío. El hombre murió allí mismo. Quisimos arreglar el desastre llevándole el niño al Benefactor. Quizá podría servir en algún momento como moneda de cambio. Hubo un par de contactos sutiles con la viuda, pero no tenía ni idea de nada. Estaba ida. Así que tampoco sirvió... Ni siquiera tuvo sentido presionarla con que el bebé estaba vivo. Y no sé qué pasó con él. Bastante tuve con intentar demostrar al Benefactor que seguía siendo útil para él después de aquella chapuza. El 14 no fue buen año para tener enemigos.

Las lágrimas corrían por las mejillas de Inés, que intentó no flaquear con el cuchillo.

—Así que lo torturaron...

—Sí.

—Por orden del Benefactor...

—Eso es lo que le acabo de contar.

—Y lo mataron y separaron a un hijo de su madre.

Inés apretó los dientes más todavía. En ese instante, soñó con terminar el trabajo, con insertar la amenazante hoja en la garganta de aquel indeseable. Ansió su *vendetta*. Tenía enfrente a uno de los culpables de la desdicha de su hermana mayor, de su marido, de su hijo y de su propio destino. Cayó en un pozo de amargura al mirar a las pupilas de ese bandido. Pero después recordó que a Manuel no lo habían matado, que había viajado a Madrid, a casa de don César Gallardo. Aquella posibilidad hizo que su mano se relajara, también su odio.

—¿No sabe nada del niño? —quiso confirmar.

—Ya le he dicho que no. Lo llevamos al Benefactor. Él se encargó.

Inés asintió, tragándose sus maldiciones, sus preguntas sin respuesta. Se alejó del falso lechero.

—Entonces ¿va a dejar que me vaya? —preguntó desesperado.

—¿Quiere que acabe con él, señorita? Deme el cuchillo. Será rápido —propuso el compañero de Valentín.

Ella dudó un instante eterno. Pero al final negó con la cabeza.

—Asústele lo suficiente como para que no se le ocurra delatarme. Pero no lo mate. No soy como ellos. Mañana le entregaré su recompensa —respondió—. Vámonos ya —pidió a Valentín.

Como si sus mentes estuvieran conectadas, aquella noche Alonso no pudo dormir. Bien es verdad que habían sido meses complejos. Que la distancia con Inés era un calvario. Que se sentía incapaz de mantener la concordia entre Modesto y Conrado cada vez que se topaban. Por suerte, el segundo había acompañado a la familia real a Aranjuez, donde también se encontraban don Gregorio y su esposa. Pero si había un asunto que había terminado de golpe con su serenidad era aquel mensaje que se había encontrado a su vuelta de La Mancha. El sobre parecía corriente. Pero al desplegar el papel notó que el pulso se le aceleraba.

> *Querido Alonso:*
> *Deja de buscar en el pasado. No ansíes respuestas. Al querer encontrarlas, pones en peligro lo que me he esforzado en mantener a salvo. Yo sacrifiqué mi vida. Solo te pido que sacrifiques tu inquietud.*
>
> *QUIEÓN*

Era la caligrafía de su padre. Estaba vivo. Y no deseaba ser encontrado. Al contrario de lo que habría imaginado años atrás, Alonso se enfureció. Consideró que su progenitor era egoísta, cobarde. ¿Por qué firmaba así? ¿Acaso no era capaz de mostrarse ni ante su propio hijo? Los días que siguieron quiso entrar en el despacho de Cosme mil veces. Intentó reunir fuerzas para mostrarle el mensaje, para contradecir la orden de aquel a quien detestaba. Pero no pudo. La autoridad de don Bernardo Guzmán seguía teniendo peso en su vida, aunque hubiese querido olvidarlo por todos los medios a su alcance. En aquellos momentos, y a sabiendas de que no era tampoco cauto contárselo por carta, echó de menos a su amada esposa. Necesitaba las sonrisas, el afecto, el consejo y el cuerpo de Inés. Por más que se odiaba cuando ocurría, lloraba las penas con copas solitarias o en compañía del señor Andújar, siempre dispuesto a parlotear sobre política con su buen amigo y protector.

—Sigo pensando que el rey tiene demasiado poder todavía. De nada sirve que trabajemos incansablemente por mejorar el reino si él no sanciona las leyes propuestas. Mire la de los señoríos. Ahí se ha quedado, en agua de borrajas.

—Bueno, pero parece que la reforma de la educación y el código penal de sus amigos están en marcha —comentó Alonso.

—Sí, bueno…, todo va muy lento. Y las tensiones no facilitan que salga adelante. ¿Qué deparará el código civil en el que se está trabajando o la nueva división provincial? Me da que el felón de Fernando nos va a poner tantas zancadillas como pueda…

—Y a mí me da que no más que las que se ponen entre ustedes, señor Andújar.

—No me hable de eso… Estoy convencido de que los moderados del Gobierno están pactando una reforma constitucional al gusto del rey y sus amigos. No sé a quién detesto más.

Recorrían tabernas, la de la calle del León, una de Jacometrezo, otra de la calle Toledo, otra en la calle del Barco y otra en la calle Ancha. Se dejaban caer por el mesón de los Huevos o el de Maragatos. Visitaban la Fontana y el Lorenzini. Alonso se reunía con Modesto porque disfrutaba de su genuina compañía, curativa en aquellos momentos de angustia. Le gustaba escuchar sus exposiciones. Ponerle histérico al no responder su larga lista de interrogantes. Aconsejarlo en vano, reír a carcajadas con sus agudas ocurrencias. Sin embargo, y aunque en las últimas semanas había decidido separar el trabajo de la amistad, cuando había carestía de datos, no podía pasar por alto los comentarios del señor Andújar con respecto a esa sociedad de la que formaba parte.

Tampoco rechazaba acompañarlo a la calle de la Concepción Jerónima y una vez allí abrir bien los ojos. Ni anotar, al llegar a su despacho, todos los nombres que habían surgido en la charla vinculados a sus prácticas políticas y proceder a investigarlos. Se había prometido dejar de hacerlo. Pero, justo en esos días, vio cómo uno de los dos gentileshombres que espiaba desde hacía un tiempo se juntaba con su amigo en la entrada de aquella residencia en la que los comuneros se reunían desde hacía meses. Era el III duque de Cerreto, de origen italiano. Su padre, el II duque de Cerreto, había llegado acompañando a la princesa María Antonia de Nápoles, lo habían expulsado de la Corte en 1804, pero se había mantenido próximo al partido fernandino. Tanto es así que, en 1808, Fernando lo nombró gentilhombre de Su Majestad, cargo que ostentó hasta su muerte en la guerra contra el francés. Sin embargo, había sido tal su servicio a los intereses de Fernando VII que este decidió que su hijo, el gentilhombre al que Alonso vigilaba, heredara tan glorioso cargo. Alonso, que solo creía recordar vagamente al padre pero no conocía al hijo, su sospechoso, descubrió el porqué en las indagaciones que hizo en los días que siguieron: el III duque de Cerreto se había educado en la Corte de Nápoles y solo había viajado a la península en dos ocasiones en su juventud. La última, en 1813, para unirse al séquito de Fernando VII. Así que, tal y como le habían anunciado sus recuerdos, no se conocían.

Con aquella información y su probada deslealtad al monarca por su vinculación a la Comunería, Alonso supuso que aquel sujeto era, con gran probabilidad, el que había colocado los expedientes de aposentamiento en la chimenea. Se propuso interrogarlo en cuanto le fuera posible, pero estaba demasiado atareado con aquellos informes sobre las sociedades secretas, angustiado por el prolongado silencio de Inés, desolado al pensar en la misiva de su padre y atormentado por la información que extraía de sus encuentros con Modesto.

Por fin pudo encargarse de aquel espinoso asunto a mediados de abril de aquel convulso año de 1822. Valiéndose de las estrategias que había pulido en sus años como agente del rey en Cádiz, decidió tenderle una trampa. Escribió una esquela haciéndose pasar por el Benefactor, pues si tenía relación con el robo de Aranjuez, acudiría sin duda. Para ello, requirió la que el señor Gallardo había enviado a la duquesa de Olivera para confirmar asistencia a la cena e imitó la caligrafía. Lo citó en la ermita de Santa María de la Cabeza, más allá de la cerca. Apoyado en el frío muro, lo esperó, comprobando que el puñal que siempre lo acompañaba estuviese en su sitio. Tal y como había previsto, el caballero se presentó sin falta, con pose confiada. Sin embargo, pronto, gracias al farol que portaba consigo, sostenido por una mano que se hizo temblorosa de pronto, descubrió que su interlocutor no era ninguno de los caballeros a los que cabía esperar si se recibía misiva del Benefactor. Apagó la candela de un soplido, tiró el farol al suelo e intentó darse a la fuga, confiando su huida a la pesada oscuridad de la noche. Pero Guzmán tenía probada experiencia en dar caza a tipos sin que la vista lo ayudase en demasía. Así, iniciaron una carrera por el solitario paseo de las Delicias, solo iluminados por la luna, hasta que Alonso pudo abalanzarse sobre él y detenerlo.

—¿Quién es usted? —se quejaba el tipo, bocabajo en el suelo, aguantando el peso muerto de Alonso sobre él.

—Alguien que sirve al rey. Y quiero que me diga qué relación tiene con el Benefactor y, sobre todo, qué vinculación tiene con el robo en Aranjuez en la primavera de 1818.

—No voy a decir una palabra.

Alonso empujó la cabeza de aquel hombre, cuyos labios se toparon con el barro.

—Sé que dejó los documentos en la chimenea. Sé que fue usted.

—¡Me ahogo! —se quejó.

—¡Pues hable de una santa vez!

Intentó escupir los residuos que se habían colado en su boca.

—Fui yo, pero la idea no fue mía.

—¿Qué pretendían?

—Era, era... era un plan que buscaba atentar contra la vida del rey.

—¿Y de quién fue la idea? ¿Fue el Benefactor? ¿Tiene más atentados en curso y por eso ha acudido a su llamada? ¿Es alguna suerte de líder en la sombra de alguna sociedad secreta?

El duque de Cerreto negó con la cabeza.

—Él solo facilitó que ocurriera. A eso se dedica...

Guzmán se quedó quieto sin entender muy bien y rumió la siguiente pregunta, necesaria para comprender mejor. En medio de su cavilación, el tipo, harto del abuso, consiguió recuperar su movilidad con un giro brusco, se incorporó a gatas, le propinó un puñetazo y salió corriendo. El tiempo que Alonso estuvo anulado mientras comprobaba si la nariz seguía en el sitio adecuado y luchaba para poder fijar la vista en su objetivo, fue suficiente para que el condenado cortesano desapareciera entre los árboles que limitaban el camino. Guzmán se rindió, no sin antes exhalar un gruñido de frustración. Lo había tenido en frente, pudo descubrir la verdad, pero solo había aumentado su desconcierto. El problema se bifurcaba. En su despacho, con un paño húmedo para detener la hemorragia de la nariz, recordó que el duque de Cerreto había asegurado que «a eso se dedicaba» el Benefactor, pero ¿qué era eso? ¿Facilitar? ¿Atentar? ¿Despistar? ¿Qué clase de vinculación existía entre esa conspiración y el asalto a la casa de los Núñez de León? Frunció el ceño y supo que debía investigar más a don César Gallardo. Aunque no sería aquella noche.

En la cama sintió que su cuerpo le susurraba que algo lo había incomodado. Enseguida supo el qué. La madurez sumaba pericia al reconocimiento de las sensaciones que lo agitaban cuando apoyaba la cabeza en la almohada. Aquel duque era como su padre. Quizá, tras aquel interrogatorio a traición, desaparecería de la Corte por un tiempo. Con el palpitante dolor del tabique nasal acompasando sus reflexiones, se preguntó si también ese hombre tendría el valor de erigirse mártir de sus propias decisiones. El malestar lo acompañó durante las siguientes semanas, en las que se esmeró en avanzar en todos los asuntos que tenía sobre la mesa. También justificó ante Cosme que la lesión en su rostro no se debía a una trifulca en una taberna. Al fin, la angustia quedó en parte aplacada por la llegada de una misiva de Inés a mediados de mayo. La primera en mucho tiempo.

Inés había pasado varias noches en vela tras aquella en la que el lechero había realizado su confesión, ni siquiera las pesadillas tuvieron oportunidad de reaparecer. Al volver al palacio, Julieta los había recibido con un par de vasos de vino y un cálido abrazo con el que logró que se le saltaran las lágrimas. Valentín había permanecido al margen durante todo el tiempo, pero, una vez en las cocinas y tras confirmar que estaban solos, exigió que alguien le aclarara la situación. Inés le puso al día de sus problemas, a lo que el lacayo solo respondió con un gesto de preocupación. Julieta, bastante más práctica, preguntó a Inés qué iba a hacer. Por una vez, esta lo tuvo muy claro: «Tengo que encontrar al niño. Se lo prometí a mi hermana. Y lo voy a cumplir».

—Bueno, eso si sigue vivo. Han pasado siete años... —barruntó Miralles.

Julieta le dio un codazo.

—Pues claro que está vivo, tonto. Inesita lo va a encontrar. Estoy convencida. —Colocó una mano sobre la de su amiga, que yacía helada sobre la mesa de madera, lugar de preparaciones y reuniones en otras horas.

Inés sabía que, para ser capaz de llevar a cabo aquel cometido, debía dar un paso decisivo, arriesgado. Tenía que contar a la marquesa lo que había hecho con el lechero, desaparecido desde aquella velada. Doña Mariana se escandalizó, un sudor frío la alertó de un posible peligro. Se levantó, reduciendo el diámetro de su falda de raso.

—Ha dejado a esta familia expuesta. ¿Cómo se ha atrevido?

—Usted me ha obligado a ello, señora. Le pedí que me dejara investigar, alejarme. Pero tiene tanto miedo de que se repita lo de aquel día que no me da un respiro. Hicimos un trato y solo yo he cumplido mi parte. Y eso lo ha invalidado por completo...

—¿A qué se refiere? —preguntó la marquesa, de pie junto al escritorio de su gabinete, donde acababa de abandonar la pluma y una carta a medias.

—Voy a marcharme, me voy a Madrid. Es ahí donde puedo buscar a mi sobrino, ahora que sé que no murió junto a mi cuñado.

—No, no puede hacer eso... —negaba histérica con la cabeza—. Se enterarán, enviarán a alguien, Inés.

—He hablado con Julieta. Mantendremos la misma estrategia un tiempo. Imagino que habrá otro lechero, otro hombre al que pasar mensajes. Le enseñaré cómo descifrarlos para que pueda saber con detalle todo lo que desean de usted. Continuaremos con las pistas falsas, los callejones sin salida. Yo me comprometo a facilitarle cualquier información de interés para que pueda elaborar un plan para protegerse de él. No se me ocurre nada más... No puedo quedarme más tiempo aquí. Tengo que cumplir mi promesa, señora...

Doña Mariana se acercó a la ventana. Sus pendientes de amatista danzaban al son de la zozobra que sentía.

—¿Podré algún día deshacerme de todos los enemigos que he cosechado? —preguntó retóricamente—. Desde que me contó quién era, he querido creer que todos mis problemas estaban resueltos con su presencia aquí, que eso me hacía tener el control, al menos, sobre uno de mis adversarios, quizá el responsable de mi ataque... Me permitía tener los ojos abiertos para los demás. Desde pequeña he tenido gran conciencia sobre mi posición y el empeño necesario para mantenerla siempre, con distintos reyes, diferentes cortesanos. Puede que, en el intento por proteger a mi familia y garantizarme un lugar al calor del poder, haya logrado empeorarlo todo. Puede que esto acabe conmigo... —Se rio con pesar—. Supongo que alguien capaz de delatar a su protector por recuperar el favor real, la confianza de palacio y allanar el camino de su esposo hacia la Corte no puede vivir sin enemigos, es imposible. Algo así te marca, te define. —Silencio—. Quizá me he aprovechado de usted..., pero sepa que solo lo he hecho por proteger a mi familia. Siempre es por protegerlos a ellos.

Aunque Inés llevaba mucho tiempo sospechando que la marquesa había sido el dedo acusador del caso Macanaz o, al menos, uno de ellos, la impresionó escucharlo de sus labios. Intentó mostrar indiferencia, protegerse ante aquel diálogo.

—La entiendo, señora. Pero ahora debe dejar que yo vele por la mía.

La marquesa miró a Inés a los ojos, permaneció callada unos minutos y al final asintió.

—Está bien. Pero se quedará hasta que nos vayamos al norte. Necesito tiempo para confirmar que siguen creyéndose que Julieta es usted. Me lo debe por la insensatez que cometió anoche...

Inés transigió.

—¿Y adónde va a ir en Madrid? Si puede saberse... —curioseó volviendo a su asiento.

—No puedo decírselo. Es lo más seguro. Podrá enviarme toda comunicación a la posada de Elías, en la plazuela de la Paja, con nombres falsos, como la última vez. Así podrá estar al tanto de todo.

La marquesa volvió a asentir.

Una semana más tarde, un nuevo lechero pronunció la frase clave, «leche de las vacas más lozanas del reino», con la que se identificaban los enviados del Benefactor. Al otro lado de las vasijas, las manos de Julieta. Aquello probó que el señor don César Gallardo, estuviera donde estuviese, no sospechaba que se había producido un desajuste en sus planes más allá de la deserción de uno de sus hombres. Inés seguía a salvo y, por ende, la marquesa, su familia y aquellos misteriosos documentos que guardaba con celo en alguna parte de sus vastas propiedades. A Inés no dejaba de intrigarle el contenido de estos, también los matices de la vida de doña Mariana. Sus primeras impresiones habían sido acertadas, ni siquiera cinco años a su entero servicio habían difuminado los límites de su desconfianza.

Poco después de que Inés redactara la carta en la que le contaba a Alonso que iba a Madrid de forma definitiva, un nuevo ataque de don Ildefonso evidenció el colapso definitivo de su proyecto de las minas. Se había derrumbado parte del túnel. La marquesa sintió por un segundo el pesar de su esposo, que permaneció medio ido durante varias jornadas, pero después recordó que don Gregorio estaba en Aranjuez, que el marqués jamás había reconocido su labor allí, y se le pasó. Más allá de sus remordimientos, la señora Fondevila supo que aquello tenía dos implicaciones: el cese de aquellos planes de su marido en el norte y la necesidad de nuevas distracciones para sus enemigos. En los ratos de peinado y asistencia de su doncella, le repitió lo importante que era que continuara ayudándola desde Madrid para poder armar un contraataque. A principios de junio, con ánimo de seguir distrayendo al Benefactor, Julieta pasó una nota con la sospecha de que los Somoza podían tener una propiedad secreta en Valladolid.

—No puedo creer que vayas a irte. Te voy a echar mucho de menos —le decía la señorita Salas, cuchicheando bajo las sábanas, como Inés solía hacer con Blanca.

—Intentaré sacarte de aquí. Lo prometo.

Julieta negó torpemente con la cabeza.

—No te preocupes por mí. Tú encuentra a Manuelín.

Inés sonrió.

—Yo también te voy a echar en falta.

—Seguro que no tanto. Vas a estar con tu esposo, en un palacio, rodeada de lujos. Maldita Inesita... —Se rio—. Por cierto —dijo convencida mientras se retiraba un mechón de pelo rebelde de la boca—, creo que ya he decidido qué quiero como recompensa a mi ayuda. Me da un poco de vergüenza...

—No, dime, Julieta. Dime. Haré lo que quieras.

Julieta se acercó a su oído y le susurró su petición. Inés asintió.

—Lo haré.

La otra, emocionada, sonrió y, satisfecha, le dio las buenas noches y se marchó a su catre.

La despedida de la familia fue por partes e Inés tuvo que visitar cuarto por cuarto. Solo sus compañeros de la planta baja y la Gran Dama, que creían que se marchaba porque había conseguido trabajo cerca de su familia, detuvieron sus quehaceres para decirle adiós en el patio. Inés abrazó con intensidad a Valentín y a Julieta. Se le escaparon algunas lágrimas. Doña Fuencisla, tras admirar aquellas manos llenas de rasguños, sonrió orgullosa. Mari Nieves le deseó suerte y la baronesa buenas lecturas y salud.

Desde la galería de la planta principal, doña Mariana, a distancia prudente, contempló aquella escena. Era el fin de parte de su sosiego. Se quedaba a solas con la señorita Salas y su capacidad para disimular y seguir entregando pistas falsas. Inés lanzó un vistazo arriba y le dijo adiós con un leve movimiento de cabeza. Y, sin más dilación, se aferró a su escaso equipaje, volvió a abrazar a Julieta y salió de aquel palacio que la había visto crecer en tantos sentidos... que no sabía si alguno se perdería por el camino.

Un vehículo de alquiler la esperaba escondido en un recodo de la calle del Toro para no levantar sospechas. Inés dijo adiós frotando sus mejillas, liberándolas de esa melancolía que siempre la acompañaba en las despedidas. Cuando el cochero arrancó y empezó el traqueteo, se alegró al pensar en todo lo que la esperaba al llegar a Madrid: Alonso, la posibilidad de encontrar a Manuel y de descubrir toda la verdad. Sin embargo, la Corte tuvo su particular forma de recibirla. El coche de caballos se adentró en las calles madrileñas un día que terminó por ser tan complicado como determinante para el devenir de la historia.

XXXVI

—No se da cuenta, chico? ¡Sus amigos tienen retenido al general Elío! ¡Y mataron a Vinuesa el año pasado! No son distintos a los que dicen combatir. Son peores. Son unos sanguinarios, la carcoma de la sociedad.

—Por lo menos, yo sé que mi causa es justa y no por haber hecho propios los privilegios de un hombre deleznable que es incapaz de gobernar o limpiarse el trasero sin ayuda de su camarilla y esa cuñada perversa.

—¡No hable así del rey! —dijo Conrado, que cogió del cuello de la camisa a Modesto—. Debí haber dejado que lo tiraran al mar en Cádiz. Así habría una sabandija menos en esas sociedades plagadas de fanáticos charlatanes.

—¡Hágalo ahora! No tengo miedo. Usted es un hombre cegado, pero muchos entienden y participan de mis inquietudes. El señor Guzmán, por ejemplo. Quizá tendría que hablar con él. Así dejaría de hacer el ridículo.

Conrado Íñiguez, que se había topado con el señor Andújar en una de las posadas que le mostró a Alonso a su llegada a Madrid, la del Rincón, no pudo más que reírse.

—Guzmán trabaja para el rey, idiota. Pasa listas de desleales como usted. Lo lleva haciendo desde Cádiz y estoy convencido de que sus conversaciones son extremadamente útiles para que en palacio sepan el tipo de calaña que puebla los cafés y la política en estos tiempos. —Y lo soltó.

Modesto se quedó sin habla, algo no muy habitual. Conrado, poco hábil tras haber bebido, se alejó de la mala decisión de delatar a Alonso y abandonó al chico con el amargo sabor de la traición. El encontronazo entre estos dos caballeros estaba en consonancia con el ambiente general del reino y de Madrid en el mes de junio de 1822.

El arresto y más que segura condena a muerte del general Elío tras la insurrección realista en Valencia —en la que se le había nombrado, de nuevo, capitán general— había enturbiado, todavía más, las aguas. El patíbulo, a buen seguro, iba a terminar con uno de los pesos pesados de Fernando VII durante los seis años de absolutismo. Aquel que había aterrorizado y pasado por las armas a varios insurgentes, acusados de francmasonería y liberalismo. Si bien el teniente coronel Del Riego había durado solo un mes como presidente de las Cortes, estas continuaron con esa mayoría exaltada que ponía de los nervios tanto a los moderados como al rey y a sus partidarios, pasando por las monarquías europeas, que miraban con recelo la revolucionaria deriva de la política española. Las partidas realistas se habían multiplicado por el norte: Jep dels Estanys, el Trapense, Zumalacárregui, Albuín o Jaime el Barbudo eran solo algunos de los nombres de los líderes guerrilleros que en Navarra, Cataluña, Castilla, León y Murcia habían empezado a ganar presencia. Nada parecía detener la contrarrevolución.

Con aquel caldo de cultivo, no fue sorprendente del todo que el 30 de junio, día de la ceremonia de clausura de la legislatura de 1822 en las Cortes, algunos batallones de la Guardia Real se enfrentaran a los vecinos que en las inmediaciones de palacio gritaban vivas a la Constitución. Parece ser que, además de sus cánticos liberales, algunos de aquellos parroquianos provocaron a los guardias con insultos y pedradas. No se saben los detalles, pero la cuestión es que algunos de estos soldados, entre los que se encontraba el teniente Íñiguez, salieron de la formación y se abalanzaron contra sus atacantes. Si no tuvieron más paciencia puede ser que se debiera a que llevaban muchos meses bajo el influjo del victimismo palaciego: el rey y su familia plañían ante su precaria situación, ante los insultos que recibían de manera constante. Pero, sobre todo, bajo el paraguas de la conspiración. Y es que Fernando VII, en comunicaciones con el exterior desde hacía meses, estaba resuelto a cumplir una de las condiciones que el conde de La Garde, embajador en Madrid de la Francia restaurada de Luis XVIII, había expuesto para ayudar a terminar con el régimen liberal. Esta consistía en desestabilizarlo, todavía más, con un levantamiento desde dentro.

Los sucesos de Valencia y otros puntos de España se inscribieron dentro de estos planes en los que agentes y colaboradores civiles y militares tuvieron mucho que ver. En los mismos no solo actuaron los partidarios del absolutismo, sino que en las conversaciones también participaron algunos moderados convencidos de que, tal y como sospechaba Modesto, había que reformar la Constitución para terminar con el caos reinante. Así, la trifulca en los aledaños del Palacio Real no fue baladí y, aparte de ocasionar varios heridos, se cobró la vida del teniente primero del Segundo Regimiento de Infantería de la Guardia Real, don Mamerto Landaburu, un militar liberal que, momentos antes de su muerte, había tratado de contener a uno de los guardias insurrectos. Dos disparos a traición acabaron con la vida de aquel hombre que no tardó en convertirse en mártir para los liberales radicales, que bautizaron una de sus crecientes sociedades con su nombre —la Landaburiana—.

Cuatro de los batallones sublevados abandonaron la Corte aquella misma noche. La situación en palacio era insostenible. El rey Fernando, haciendo uso del poder que le confería la Carta de Cádiz, llamó a los ministros, a los que mantuvo encerrados en su regia residencia. A lo largo de las siguientes jornadas, trató de cumplir, con algunas modificaciones, el plan que se había frustrado con la detención de don Matías Vinuesa

—aquel a quien habían asesinado vilmente en prisión un año antes—. Intentó que el Consejo de Estado, al que convocó siguiendo los cauces constitucionales, avalara el golpe, perdonara a los guardias sublevados y anulara la Constitución ante el peligro que corría su vida, entre otros requerimientos. Mientras luchaba por lograr su propósito, la situación en el exterior del palacio empeoró con la irrupción de los batallones huidos de la Guardia Real por el portillo de Conde Duque en la madrugada del día 7 de julio.

Cuando la berlina en la que iba Inés avanzaba más allá de la calle Ancha de San Bernardo, se encontró que era imposible. El cochero despotricó con gana, pero la batalla campal que poblaba las calles era más poderosa que cualquier grito histérico. El problema fue que un enfrentamiento verbal con uno de los milicianos se convirtió en físico y lo condenó a bajarse del pescante y hacer valer su orgullo. Inés no podía creerlo. Estaba aislada entre un mar de chillidos, cañonazos, empujones, puñetazos, piedras, estocadas y disparos. Milicianos contra guardias, vecinos tirando objetos por los balcones —tal y como una vez le había contado Julieta—, turbas exaltadas de un lado y otro exigiendo una justicia que no iban a aplicar a la inversa. Jamás había presenciado nada igual. Se dio cuenta de que la pluma de la historia era terrible si se vivía en primera persona. Cogió las pertenencias que pudo del vehículo y se las ingenió para salir de aquel atolladero. Quería encontrar una tienda, una posada en la que preguntar cómo llegar al palacio del marqués de Urueña. En su avance entre aquella multitud rabiosa, perdió la capota, se le rajó la falda de su vestido azul de algodón y esquivó varios golpes, aunque no otros tantos empujones.

Desesperada, consiguió desviarse hacia la zona de San Martín y, tal y como había pretendido, pudo resguardarse en una mercería. Por las ventanas veía grupos de milicianos pasar, también algún parroquiano armado, animales desorientados, guardias en retirada. El mancebo a cargo le contó lo que le había dicho un cliente: era un pronunciamiento en contra del régimen liberal. «En los alrededores de palacio y por la Puerta del Sol y la plaza Mayor se ha liado la de San Quintín», le anunció. Después, lo adornó con episodios grotescos que eran fruto de la imaginación popular y del correveidile. Aun así, Inés agradeció la hospitalidad del mercero, que se dilató hasta que la algarabía se fue apagando. Cuando las ventanas del establecimiento mostraron la calma tras la tormenta, se decidió a terminar aquel viaje que había comenzado más de una semana atrás. Bártulos en mano, le pidió las indicaciones para ir a la plaza de Moros, lugar desde el que sabía llegar al palacio.

Aun con los resquicios del enfrentamiento popular del que habían sido testigo las vías, Inés pudo caminar sin mayor problema hacia su destino. La sangre dibujaba cercos en los trozos de escaso pavimento y se mezclaba con el barro. Algunos implicados trataban de recuperarse cobijados en las puertas de las múltiples caballerizas que había repartidas por cada calle. Allí, solos o en compañía, se limpiaban las heridas con paños húmedos. El llanto de un bebé se escuchaba de lejos, barullo en las casas de vecinos, ladridos de perros y gruñidos de cerdos. Por las vías, objetos que se habían lanzado desde los balcones y otros tantos que, a buen seguro, se reclamarían en las páginas del *Diario de Madrid*. En las esquinas, chismosos contando e inventando bajo sombreros y pañuelos. El olor a pólvora sobresalía entre todos los demás, más allá del hedor de los corrales y de los pozos que no se habían limpiado debidamente. Inés estaba pálida, tenía un frío inexplicable para aquellas fechas. ¿Qué había pasado? ¿Cómo se había llegado a eso? No quiso detenerse en demasía, y luchando por no resultar sospechosa a los milicianos que vigilaban, se dirigió hacia el palacio. La empleada que abrió se quedó algo sorprendida con su aspecto, la elegancia hecha jirones por la multitud. La invitó a pasar y fue a llamar a Alonso tal y como se le había pedido. Este, al descubrir el estado de Inés, se asustó. Ella le contó que el cochero la había dejado a su suerte horas atrás en medio del campo de batalla.

—Es la última vez que hago uso de un coche de alquiler... —lamentó—. Maldito impresentable...

Inés sonrió, consciente de pronto de que volvían a estar juntos después de tanto tiempo. Él tampoco pudo contener la sonrisa, la emoción por ese reencuentro después de muchos meses inventándose, imaginándose, recordándose. Mantuvieron las formas en el zaguán, fueron protocolarios al subir las escaleras y dirigirse al cuarto de ella, el mismo que la anterior ocasión. Pero, una vez dentro, dueños de su intimidad, liberados de las normas, no esperaron ni un segundo para abrazarse, para besarse, para borrar la añoranza que se había enquistado en sus almas. Ninguno de los dos podía creer que aquella vez fuera la de verdad, la buena. Se hicieron dueños de esos instantes juntos como quien encuentra una perla en el fondo de la mar. Las manos tiemblan, temerosas de perderla. Pero el corazón bombea firme, a sabiendas de que no la va a dejar escapar. Entre susurros y caricias, ambos se anunciaron que tenían mucho que contarse.

Ese encuentro fue el prólogo de una serie de días dulces al margen de la realidad que tomaba forma más allá de aquellas cuatro paredes. Todavía no podían hacer oficial el matrimonio, pero prometieron a Cosme que la fecha estaba más próxima que nunca. El hermano de Alonso, que había decidido devolverle la asignación, se contentó en parte y, atareado con compromisos familiares y sociales, aceptó la postergación del anuncio unos meses más. Tampoco estaba el ambiente de aquel estío de 1822 como para mucha pompa. Aprovechando que la estancia de Inés era definitiva, Alonso encargó que el maestro sastre que atendía a su cuñada hiciera una visita al palacio. Ella se alegró de, por fin, disponer de una colección de vestidos propios: uno de raso anaranjado para paseo, uno blanco de noche con incrustaciones verde esmeralda, otros dos de mañana en muselina y seda, otro de noche a rayas amarillas, un redingote gris, otro rojo... También encontró en su dormitorio, esperándola, varios ridículos, tres capotas, una de ellas de paja con flores, joyas preciosas, zapatillas de distintos colores, medias suaves y lazos para sujetarlas en el muslo, camisas, corsés, tres preciosos abanicos, guantes. Inés no podía creerlo. Era mejor que en sus sueños infantiles, aquellos que había atesorado en la habitación de Santa Cruz donde había imaginado una vida distinta.

Doña Ludovica, que había ayudado a adquirir algunos de los complementos que ya formaban parte del guardarropa de Inés, la volvió a tratar con cariño, aunque, ignorante de la cantidad de complejidades que poblaban la vida de esta, se entretenía preguntando por su pasado, por su presente y, lo peor, por su futuro. Enseguida le propuso reunirse para charlas tranquilas en el gabinete, a lo que la otra, de nuevo obligada a no salir a la calle salvo en caso de urgencia para no toparse con el señor Gallardo, no se pudo negar. Jonás, que se preparaba para su ingreso en la Facultad de Artes de la Universidad de Valladolid, fijado para enero de 1823, se alegró de la vuelta de su cuñada, con la que compartió lectura y parloteos en confidencia en el salón rojo. En alguna ocasión, tímido, le habló de la señorita Elena, a la que continuaba admirando en la distancia permitida por el padre Gutiérrez de Lerma y el padre de ella, que ya había descubierto que aquel pretendiente tenía planes de entrar en el seminario al término de sus estudios. Habían vuelto a hablar en alguna ocasión, pero la joven había enfriado su manera de dirigirse a Jonás, aleccionada por su familia y por aquella sociedad que no permitía fallos a las señoritas como ella. Él, por su parte, soñaba con otra vida en silencio, pero, con cada anochecer, se convencía más de que jamás sería libre para amarla como deseaba. A la semana de su llegada, además, Alonso pudo compartir con Inés un episodio que lo había dejado desarmado.

Dos noches antes de que Inés llamara a la puerta había ido al encuentro de Modesto Andújar en la Fontana. Quería controlar que no había cometido ninguna locura en aquel Madrid revuelto. Se había topado con Conrado y había visto en sus ojos la ira que poblaba los esqueletos de muchos vecinos en aquellas semanas. Sin embargo, en la misma puerta del local, frente a aquellos espejos cubiertos por telas que disuadían a moscas y moscones, el señorito Andújar se había encarado furioso con él. Lo había llamado «traidor», «rata embustera», «alguien peor que el teniente Íñiguez», «cínico» y «ricachón aburrido». Alonso intentó explicarle, apaciguar su ira, buscar su perdón... Pero Modesto ya no era el jovencito que había conocido en la taberna gaditana de Paquillo, sino un hombre de férreas opiniones. Rechazaba la ocupación de Alonso, pero, sobre todo, aborrecía su mentira.

—Solo he utilizado algunos datos cuando no me ha quedado más opción. Pero jamás he mencionado su nombre. Lo estoy protegiendo. No quiero que le pase nada malo si las tornas cambian. No pensaba traicionarlo, no podía destapar a qué me dedicaba. Sigo sin poder.... —confesó—. Debe creerme.

—No quiero su ayuda. Me repugna. Siempre me ha utilizado. Usted jamás ha tenido interés en ser mi amigo. Soy un informador, ¡un idiota a su servicio! Me ha convertido en lo que más detesto sin ni siquiera pedirme permiso —gritó, con el rostro inflamado, casi como un niño que acababa de contemplar cómo se hacen añicos sus sueños de porcelana—. No quiero volver a verlo, ¡nunca más! Ojalá no lo hubiera conocido.

—¡Señor Andújar! ¡Espere! —probó sin éxito al ver cómo salía del local, esquivaba a un insistente trapero y se perdía entre carros y gentío en la calle de la Victoria.

Inés escuchó el relato y descubrió a la vez lo que ese joven significaba para Alonso. Mientras se lo describía, vio en sus ojos cómo le dolían aquellas acusaciones y lo poco consciente que había sido del daño que estaba causando en alguien a quien había querido proteger.

—Iré a verlo. Le contaré la verdad que pueda. Él... En Cádiz le dieron una paliza por mi culpa y creo... creo que lo induje a frecuentar lugares que lo confundieron. Sus ideas siempre me han aterrado. No por malas, sino por distintas. Siempre me he mantenido a salvo de su curiosidad y he tratado de velar por su integridad física. Pero creo que di alas a su insensatez. Me he aprovechado de su confianza para mi beneficio y, aunque he querido evitarlo, no puedo negar que lo he hecho... Este trabajo me confunde, Inés. —Silencio—. Detestaría que me odiara para siempre. Y no sé muy bien por qué... —reflexionó en voz alta, sentado en el sillón del gabinete de Inés.

El crepitar de las brasas de la chimenea acunaba la desazón de Guzmán.

—No creo que debas ir a hablar con él, Alonso. No ahora. Está enfadado y merece su tiempo. Por lo que me has contado, tengo la sensación de que la forma de conseguir su perdón no es tan evidente —opinó cogiéndole de la mano.

Alonso jugó con los dedos. Después la miró. El calor de la lumbre teñía sus mejillas y hacía desaparecer las pecas que las poblaban y conquistaban la frontera con los carnosos labios.

—¿Y cómo lo sabré?

—Tú también mereces tu tiempo. Lo descubrirás. Pero has de seguir reflexionando sobre lo que ha pasado..., sobre por qué te importa. Solo así llegarás a la solución y podrás ser absolutamente honesto con él.

—¿Acaso tienes respuesta para todo, esposa mía? —bromeó él.

—Solo para lo que quiero —dijo ella y sonrió.

Más allá de aquellas charlas, de los ajuares y de las carantoñas, Inés no perdía por nada del mundo la concentración en la mayor de sus obsesiones. Esta se acrecentó a lo largo del verano, pues, tras aquellos días de intimidad, de risas, de confidencias, de besos entre almohadas, Alonso comenzó a estar muy ocupado. Era requerido en palacio de forma constante, síntoma del nerviosismo cortesano tras los sucesos de aquel determinante 7 de julio.

La victoria del bando liberal en aquella batalla callejera había provocado un nuevo cambio de gobierno. Al frente de este, el señor don Evaristo San Miguel, a quien Modesto había conocido en las logias gaditanas que colaboraron en la preparación del levantamiento fallido de El Palmar y que había sido detenido tras este. Aquel a quien se había liberado en aquellos primeros días de enero de 1820 del castillo de San Sebastián tras el pronunciamiento del señor don Rafael del Riego. Los nuevos ministros se inscribían dentro de la rama exaltada del liberalismo y eran, en su mayoría, francmasones que, junto a los comuneros, conformaban las dos vertientes de la tendencia veinteañista. Así, se reavivó la actividad de las sociedades patrióticas, detenida en otoño de 1820, y se potenció la milicia nacional, cuerpo armado de voluntarios que tenía como principal cometido la protección y defensa de la Constitución. El problema fue que, pese a que muchas de las ideas radicales habían ido cuajando en ciertos sectores de la población (por interés, emoción o convicción), la contrarrevolución seguía en marcha en las intrigas palaciegas y los avances de las partidas realistas. La toma de la Seo de Urgel en junio había dado lugar a la creación de una regencia allí establecida desde la que se coordinaban las acciones en pro de la liberación del rey, en esa retórica realista de que Fernando VII era prisionero de los liberales. Por extraño que pueda parecer, a los absolutistas les benefició que el Gobierno dejara de ser moderado. Continuaban las negociaciones con el exterior para lograr una intervención, así que cuanto más se desestabilizara el reino, mejor.

En esta línea, y con el convencimiento de que al régimen liberal le quedaba poco tiempo de gloria, se reforzó el trabajo de los distintos agentes del rey. El general Eguía, desterrado de Madrid, era una de las piedras angulares de la conspiración realista. Así, todo esfuerzo era poco para desenmascarar a traidores y enemigos, para encontrar puentes y recursos que ayudaran a reinstaurar el supuesto orden con el que soñaban los que odiaban el cambio. Alonso, sin apego alguno a la causa más allá del servicio a la Corona con el que se había comprometido en aras de una mayor libertad con respecto a su familia, detestaba alejarse del palacio, del cuarto de Inés, a quien había prometido ayudar con las pesquisas sobre el paradero de su sobrino. No obstante, y a este respecto, la ausencia de Alonso no amilanó, en absoluto, la determinación de la hija de don Lorenzo de Villalta. La confirmación del lugar exacto en el que se hallaba la vivienda de don César Gallardo, tras leer los papeles que reflejaban las pesquisas de Guzmán, la animó a abandonar la residencia de los marqueses de Urueña una mañana, en contra de lo que le susurraba la, en ocasiones, poco práctica cautela. Acompañada de su doncella, Isidra, a quien se prometió distraer, decidió dar un «inocente» paseo. Oculta tras un precioso abanico de marfil con bordados negros sobre fondo blanco, vigiló aquella imponente puerta ubicada en la calle del Amor de Dios durante un buen rato. Y otro tanto al día siguiente. Y al otro. La empleada no entendía muy bien por qué siempre pasaban por allí, por qué Inés se escondía detrás del abanico, por qué la mandaba entrar en una tienda de paños para comprar pequeños retales que luego no utilizaba. Pero, prudente, aprendió que la esposa de don Alonso quizá era más peculiar de lo que habían imaginado en las cocinas.

Una de aquellas veces, no obstante, cuando volvió tras cumplir con su recado, no encontró a Inés en el lugar de siempre. Al principio se asustó. Después, y tras dejar que pasara un parroquiano que azuzaba a dos asnos cargados con listones de madera, se fijó en que la capota de paja y flores blancas se encaminaba hacia una bonita casa palacio que estaba en la misma calle de la casa de paños. Discreta, contempló cómo se acercaba a una mujer con atuendo de faena que había salido por la puerta secundaria, la del servicio. Intercambiaron un par de palabras y se alejaron más allá de la plazuela de Antón Martín, esquivando berlinas, correteos de chiquillos y al vecino de los asnos. En un callejón que parecía seguro, y con palpitaciones que, en la garganta, le recordaban todos los riesgos que estaba asumiendo, Inés repitió la pregunta que le había lanzado a su desconocida interlocutora.

—¿Usted sabe si unos hombres trajeron a esta casa a un niño hace siete años? Era un bebé. Quizá lloró...

—Señora, no sé quién es, pero no es cauto andar interrogando al servicio de una casa. Y menos al de la casa del señor Gallardo... No puedo decirle nada.

—Por favor..., estoy desesperada. Prometo que jamás sabrá que usted me ayudó. Solo trate de hacer memoria. Quizá escuchó algo sobre la criatura. Sobre cuál sería su destino. He... he trabajado en un palacio. Sé que no hay secretos para una buena y disciplinada empleada.

Las dos mujeres se miraron a los ojos.

—Jure que no dirá una sola palabra.

—Se lo juro.

—Trajeron al niño. Fueron Salazar, Martín y compañía. El señor se puso furioso. Les ordenó deshacerse de él, pero al final su corazón debió de ablandarse. Se quedó aquí en la casa un tiempo, nos encargamos de cuidarlo. Había enfermado durante el viaje. Cuando se recuperó, nos obligó a llevarlo a la Casa de Niños Expósitos. Y... ya no sé más de ese pobre niñito. Aunque, usted sabe, la inclusa... La vida de esos chiquillos no es fácil, no puede serlo.

Inés, con ojos vidriosos de remordimiento, asintió.

—No vuelva por aquí, señora. Es peligroso. No sé qué relación tiene con el señor Gallardo, pero, a pesar de lo que cree la mayoría, no es un caballero bondadoso. Solo los que hemos visitado sus catacumbas podemos saberlo... —dijo—. Suerte —añadió y se alejó a paso ligero.

Abandonada a merced del miedo y la incertidumbre, Inés se obligó a fingir indiferencia y se reunió con su doncella con el rostro desencajado por la confusión.

—Una vieja amiga de una amiga. Tenía una conversación pendiente —concretó—. Volvamos a casa. Tengo frío.

Junto a aquel bello vano que decoraba su gabinete imaginó escenas grotescas en las que el pequeño Manuel lloraba desconsolado en una sala sombría. Pensar que los primeros años de vida de aquel niño habían trascurrido en un lugar así le partió el alma en dos. Quizá si hubiera sido más hábil en desenmascarar al Benefactor..., si no hubiera sido tan estúpida... Por suerte, cuando estaba a punto de perder el dominio de su templanza, Alonso le pidió entrar en el cuarto. La criada que había estado arreglando el dormitorio se retiró tras abrir la puerta con el permiso de Inés. Guzmán, hastiado de su rutina, la encontró alicaída, imbuida en aquella espiral de culpa. Con amplia experiencia en tales flagelaciones, no pudo más que abrazarla.

—Te has arriesgado mucho, Inés..., igual que con aquel interrogatorio... Tienes que ser más cauta. No debe pasarte nada malo.

—Solo me arriesgo lo necesario. No voy a pasarme la vida esperando, Alonso. Estoy harta de tener miedo, de esperar. Ninguna de las dos cosas me dará las respuestas que preciso.

Alonso asintió, reflexivo. No pudo llevarle la contraria.

—Lo encontraremos.

—Sí, pero ¿y si ya es tarde? Jamás lo había pensado, jamás había valorado el tipo de vida que había tenido Manuel en este tiempo. ¿Y si su destino ha sido peor que la muerte?

—No..., no digas eso, Inés. Vamos a encontrarlo y estará bien. Lo cuidaremos y haremos que olvide todo lo que ha vivido.

Aquellas frases sonaron a poesía en la mente de Inés.

—Y, quizá, pronto tenga más hermanos con los que jugar y seguir creciendo —comentó Alonso y puso su mano en el vientre de ella con delicadeza.

Inés soñó un instante con aquella estampa. El inicio de su matrimonio con Alonso estaba siendo tan complejo que, en ocasiones, olvidaba lo que, en otras circunstancias, habría deseado. Aquella idea le gustó, pese a que todavía no se sentía dueña de ella. No le sorprendía que la naturaleza no hubiera generado vida en ella. Hacía años que ni siquiera tenía el periodo todos los meses. Desde su llegada a Salamanca... Su cuerpo sabía que quedaba mucho por hacer antes de ser madre. Para ella, aquella idea era una isla de paz en un mar de problemas. Y estaba aprendiendo a nadar. Puso la mano sobre la de él y la subió hacia el pecho, el cuello.

Por más noches que pasaban juntos, la cercanía de sus labios todavía la entumecía. Subían la temperatura, las palpitaciones, el deseo. Y desaparecía todo lo demás. También para él. A aquella cama, donde se protegían de la realidad, los tentáculos del Benefactor no llegaban. Ni las preguntas sobre Manuel. Ni la pena por el espaciamiento de las cartas de su familia. Ni el recuerdo embrujado de Dolores. Tampoco las obligaciones de Alonso que, día tras día, lo alejaban de su ansiada independencia y lo sumían en responsabilidades que no le gustaban. Ni los remordimientos con respecto a Modesto, cada vez más conocido en Madrid por sus discursos y amistades. Ni la preocupación por Conrado, desaparecido desde el 7 de julio. En aquella cama estaban a salvo. Eso se repetía siempre Inés. Era un mundo que no les podían arrebatar. La auténtica libertad. Lo sentía tanto en la pasión como en las conversaciones que, en ocasiones, se tejían después. En una de ellas, a finales de septiembre, tuvo además un momento de lucidez tras muchos días de cavilación silenciosa. A los pocos días de llegar a Madrid, Alonso le había mostrado el mensaje de su padre. Aquella firma le había resultado familiar desde el principio, pero ¿de qué? Al fin, aquel crepúsculo, se acordó:

—Alonso, he estado pensando en algo con respecto a la esquela de tu padre...

—¿Sí? —se interesó él.

—Quizá es irrelevante, pero ¿Quilón no es el nombre del perro de tu hermano Jonás?

Guzmán se tensó. No estaba seguro de cómo se llamaba el can. Pero sí había oído hablar de él a su madre en Asturias... El nombre podría ser ese sin duda. Sin dejar pasar un solo segundo, se levantó de la cama y se vistió.

—¿Dónde vas?

—A preguntar a Jonás.

—Pero es tarde, Alonso. Estará dormido.

—Solo será un segundo —respondió sin atender a razones.

Inés lamentó haber sido tan poco oportuna. Alonso recorrió las salas de paso que separaban el cuarto de Inés del de Jonás. Sin protocolos, entró en la antecámara, en la estancia que usaba para estudiar e irrumpió en el dormitorio. Con cautela, pero sin un ápice de paciencia, lo despertó.

—Jonás, necesito que me digas algo.

—¿Qué... qué pasa?

—¿De dónde sacaste el nombre de Quilón para llamar a tu perro?

El chico, medio dormido, tardó unos segundos en asimilar la pregunta.

—¿Qué...? ¿A qué viene eso, Alonso?

—Respóndeme, Jonás.

—Yo no le puse el nombre. Madre me lo regaló así...

—¿Cuándo?

—Cuando acabó la guerra..., no sé.

Alonso comprendió entonces la magnitud de la situación. Se quedó quieto en la oscuridad.

—¿Quieres algo más o puedo dormir ya? Mañana tengo lección muy temprano.

El otro reaccionó.

—Sí, por supuesto, hermano. Disculpa por... Duerme bien.

Volvió al cuarto de Inés con parsimonia, sin saber muy bien cómo tomarse aquel dato. Lo compartió con ella, que esperaba preocupada.

—Mi madre sabe toda la verdad, es cómplice. No sé si la ha traicionado la soberbia o la nostalgia... Le contó a mi padre todo lo que sé cuando me marché de Asturias. Por eso él me escribió para detenerme. Yo... he sido un idiota al querer protegerla cuando es parte responsable de este sinsentido. Mi familia es detestable... —se desahogó.

—Quizá deberías ir a ver a tu madre. Ella podrá contarte la verdad, lo que siempre has deseado. Y también tendrá así una oportunidad de justificar sus actos. No es justo que la juzgues sin saber...

—Lo que no es justo es que mi familia viva en una mentira y que las dos personas que debían proteger nuestro apellido sean cómplices de las traiciones que nos han llevado a donde estamos. Yo... —Se levantó de la cama de nuevo—. Yo no sé si quiero verla.

Inés se levantó también y se acercó a él. Lo cogió de la mano.

—Irás, Alonso. Ella es la única que puede explicártelo todo —dijo, se puso de puntillas y con ternura posó los labios en aquella cicatriz, más profunda de lo que cualquiera podía apreciar a simple vista.

Guzmán, que había aprendido a fiarse del criterio de su esposa, preparó su marcha al norte unos días después. Para fijar las fechas, había tenido que atenerse a los pocos respiros que le dejaban sus obligaciones reales, más necesarias que nunca. El ánimo en palacio estaba un tanto agitado ante la prohibición de que Fernando VII y su familia y Corte salieran de Madrid. No les habían permitido marchar a La Granja. Tampoco a San Lorenzo de El Escorial. Gobierno y Cortes querían tenerlo vigilado. Que el rey continuara conspirando en su contra era algo difícilmente controlable, pero las leguas eran aliadas en cualquier plan de insurrección. Y no les faltaba razón. Alonso sabía que existían varios sobre la mesa que contaban con la ventaja de que la familia real no se hallara en la Villa y Corte. También que los absolutistas estaban haciendo buen uso de esa prohibición en su propaganda. «¡El rey está preso! ¡Debemos liberarlo!», clamaban. Más allá de las fronteras del reino, se preparaba la celebración del Congreso de Verona, al que iban a acudir las potencias de la Santa Alianza, nacida como fuerza restauradora del absolutismo tras el fin de las guerras napoleónicas en ese 1815 que había contemplado cómo Inés abandonaba su hogar.

Antes de su partida, no obstante, Alonso la acompañó a la Casa de Niños Expósitos. Quiso gestionarlo él, temeroso de que el Benefactor la viera por la calle, pero ella se negó. Inés simuló ser una de tantas mujeres nobles, entre las que se encontraban las de la familia real, interesadas en colaborar en el mantenimiento de aquel establecimiento de caridad. Pero ella deseaba hacerlo confidencialmente, lo que protegió su identidad durante la visita. Así, recorrieron las distintas estancias que componían el edificio, sito en la calle de Embajadores, guiados por una hermana de la Caridad. Les enseñó el torno en el que, para garantizar el anonimato de los padres, se dejaba a los niños. Inés se quedó extasiada al contemplar aquel artilugio, también al guardia que lo vigilaba. ¿Habría estado Manuelín allí? Les mostró una enfermería en la que había un médico y varias monjas que atendían a criaturas de llanto desesperado. Una habitación con cunas en la que había dos nodrizas. Otra en la que estaban algunos aislados, a la espera de que se curasen sus infecciones. Otra más en las que varios, controlados por otra religiosa, se entretenían con juguetes de madera castigados por el tiempo y las rabietas. Se fijó en que en toda la inclusa no había chiquillos mayores de siete u ocho años. Al final de la visita, en la que pudieron comprobar que, aunque bien atendidas, la realidad de esas desdichadas criaturas distaba mucho de ser ideal, preguntaron. Primero por los niños de siete años, por los mayores; después por uno en concreto, con una marca rosada de nacimiento detrás de la oreja izquierda con una característica forma de lágrima, muy estrecha por uno de los lados. La monja recordó y recordó y, al final, creyó identificar al pequeño del que hablaban. Como había llegado sin nombre, lo habían llamado Pepito.

—Estuvo aquí un tiempo, pero se fue a casa de una familia antes de cumplir el año. Pasa con algunos niños, no con muchos... Otros se van con nodrizas a las que se paga por ese servicio hasta que la criatura cumple siete años. Es una bendición que existan cristianos que deseen dar cobijo a estos pobres niños. Hay caridad, pero no suficiente, como habrán podido ver. Cuando cumplen la edad, las niñas ingresan aquí, en el colegio de la Paz, donde aprenden a coser y otras faenas...; los niños van al hospicio, a ganarse la vida en el trabajo que encuentren. Si es que no caen en la delincuencia, ya saben...

—Debe de ser complicado proporcionarles un futuro —comentó Alonso con tono grave.

—¿Y no recuerda quiénes eran? ¿Qué familia...? —interrumpió Inés.

—Lo siento, señora. Fue hace mucho tiempo. Pero apuesto a que estará en los registros. Si me acompañan...

Siguieron a la hermana por un pasillo que los llevó a una austera oficina. Les ofreció asiento y entonces revisó octavillas atadas con cintas color calabaza. Después de un buen rato, dijo:

—Aquí está. Pepito Expósito. Marchó con la familia García, vecinos de Segovia —anunció.

—Entonces ¿está ahí? ¿En Segovia? —se le iluminó la cara a Inés.

—Bueno, señora, diría que lo de Segovia es una generalidad. Verá, las familias con las que se suelen ir los niños son del campo. Yo... Ojalá tuviéramos más información, lo siento.

De nuevo, le golpeaba la duda. Alonso puso la mano sobre el hombro de Inés.

—¿Cómo voy a saber dónde está? ¿Quiénes son? —se desesperó ya en la berlina.

—Lo averiguaremos. Tiene que haber una forma.

Rendida, estuvo a punto de capitular en los días que siguieron. Aunque era ella la que había insistido, la marcha de Alonso no era tampoco muy alentadora ahora que todo iba mal. Pero quiso ser más fuerte que su pesimismo y tristeza. Soñaba despierta con escribir, por fin, verdades a su familia. Con reunirse con Alejandra si alguna vez volvía a Madrid. Con asistir a su boda la próxima primavera. Con conocer a los hijos de Blanca y contar todo a la que siempre había sido su cómplice. Con conversar con Lorenzo como el adulto que ya era. Volver a fundirse en un abrazo eterno con su madre. Llevar la contraria a los pesares de su padre, escuchar, durante horas, sus disertaciones sobre lo que estaba ocurriendo en el reino. Jamás había imaginado que recuperar lo que siempre había tenido podía ser tan difícil. Con el ánimo de no renunciar a ello, continuó ordenando sus ideas y sus próximos movimientos.

Entre las actividades que realizaba se encontraban las cartas que enviaba a la marquesa para contribuir a la venganza. En una de ellas, y después de que Alonso le hablara de su encuentro con el duque de Cerreto, implicado en el robo de Aranjuez y definitivamente esfumado de la Corte, había aprovechado para proporcionarle datos sobre la segura vinculación del Benefactor con un plan de asesinato al rey. Aquello había gustado a doña Mariana, que se disponía a utilizar aquella información para ganar ventaja sobre el hombre que la torturaba en la sombra. En sus líneas le había contado que, por lo pronto, todo allí seguía en orden. Durante el verano, Julieta había recogido todas las comunicaciones en el templo familiar sin contratiempos. El lechero continuaba distraído con pistas que no iban a ningún sitio sobre la localización exacta de aquella propiedad secreta en Valladolid, sobre cartas falsificadas y conversaciones ficticias con personajes notables de Salamanca. Inés sentía que quedaba poco tiempo para que este sospechara, sobre todo si alguien había visto a Julieta entrar a recoger los mensajes en Asturias. Pero necesitaba pensar que aquello no se desmoronaría si deseaba tener fuerzas para resolver todo lo demás.

La noche antes de que Alonso partiera al norte, tras la copiosa cena y el rato de esparcimiento familiar que siempre seguía al trajín de bandejas y cubiertos, Inés compartió con él una idea que rondaba por su cabeza desde hacía algunos días. Con ocasión de la cena en el palacio de la duquesa de Olivera, él le había hablado de los poderosos contactos del señor don

Nicolás de Loizaga. Se le había ocurrido que, quizá, podían pedirle el favor de que descubriera el paradero de Manuel. Solo alguien así sería capaz de disipar la espesa niebla que se cernía sobre las verdades más anheladas.

—Ni hablar, Inés. No, no quiero tener nada que ver con un caballero como ese. No me fío de él. Tú más que nadie has de saber que los hombres de largos tentáculos son peligrosos.

—No pensarás que es como *él*...

—No, no lo creo. Pero sus métodos no tienen fama de ortodoxos. Y, además, hice un trato con él hace tiempo. Prometí mantenerme alejado. Y es lo que vamos a hacer. Buscaremos otro modo de encontrarlo —zanjó.

Ella se dejó abrazar, pero, en espíritu, no estaba allí. Viajaba al mundo de las dudas, de la rabia, de esa frustración que siempre la encontraba por mucho que corriera.

—¿Estás bien? —quiso confirmar Alonso.

—Sí..., solo estoy cansada. Quiero dormir.

—Mañana me voy...

—Lo sé —contestó, le dio un beso en los labios y se retiró al dormitorio.

Alonso asintió. Quiso ser comprensivo, pero después se enfurruñó y se marchó sin decir nada más. Avisó de paso a una criada con la que se cruzó para que fuera a atender a su esposa, pues su intimidad se había evaporado en aquel diálogo absurdo. Dudó durante unos segundos, pero terminó yendo al salón rojo, donde se encontró a Cosme disfrutando de una última copa. Se sirvió una bebida y se acomodó en una butaca a pocos centímetros de él y de ese juego de anillos con el que se entretenía. Alonso resopló.

—¿Discusión?

—No lo sé —admitió.

—A mí me pasa también. Es mejor que bebas. No lo entenderás mejor sobrio.

—Dice poco de ti que me animes a ello. Sabes de mi pasado...

—También de tu presente, hermano.

Sonrieron.

—Me vuelve absolutamente loco..., y lo que más detesto es no poder tenerla al completo por todo lo que pasa a nuestro alrededor. Me desespera.

—Respeto vuestra reserva, pero si necesitas ayuda...

—No, no, no puedo hablar. Es demasiado complicado.

Silencio.

—Y tú, ¿por qué penas? —preguntó Alonso a su hermano mayor.

—Por la vida..., por el futuro de mis hijos, los gritos constantes en cualquier parte. Qué será de Jonás solo en Valladolid, sin vigilancia estricta. Por ti...

—Por mí no has de preocuparte. Todo saldrá bien. —Dio un trago—. Con respecto a lo demás, no puedo darte solución. Solo que confíes en que todo lo malo no ha de pasarte a ti. Así que, quizá, solo tendrás hijos desdichados o un hermano echado a perder en mancebías —bromeó.

—Muy gracioso —respondió Cosme.

—En fin..., debo acostarme. Mañana parto temprano hacia el norte.

—¿Algún motivo relevante que tratar con tu madre?

—Sí..., y creo que será preciso que hablemos a mi vuelta —le anunció.

Cosme asintió y lo dejó ir.

La berlina de Alonso salió al alba. Inés creyó escuchar sus pasos, cotilleó la luz del cuarto de su esposo desde la ventana de su dormitorio. Estaba furiosa. Y, durante aquel día, no supo si lo estaba más por la negativa a que contactara con el señor De Loizaga o por haber renunciado a una tierna despedida. En cualquier caso, no había solución, así que intentó concentrarse en la rutina. Tomó chocolate en el gabinete de doña Ludovica, jugó un rato con los niños, leyó en su cuarto, repasó los documentos sobre don César Gallardo ansiando encontrar, en aquella enésima búsqueda, una razón que explicara el ataque a su cuñado, consiguió reír en la cena con las ocurrencias de Jonás y deseó que aquel nuevo tiempo de separación pasara rápido.

Aprovechando el punto muerto en que se hallaba casi todo en su vida, decidió cumplir con el favor que le había pedido Julieta antes de irse de Salamanca. Se valió de la compañía de Isidra, su doncella. Fueron a la calle de las Tres Cruces, donde buscaron una casa de muros amarillentos. Inés se sabía de memoria las indicaciones, Julieta se las había repetido cada noche desde que había tomado aquella decisión. Pasaron al patio, la puerta estaba medio abierta. Subieron las crujientes escaleras de madera hasta el segundo piso, el último. Y llamaron a la vivienda. De ella salió un rostro rodeado por una escofieta cubierta por una manta marrón medio deshilachada. Las manos, huesudas, sostuvieron la puerta, como escapándose de los guantes de lana que dejaban a la vista las falanges.

—Buenos días, señora. Vengo de parte de Julieta Salas, la hija de Elvirita.

—¿Sigue viva?

—¿Quién?

—La cría.

—Sí, sí, ella sigue bien. Trabaja para…

—¡Trabaja! ¡Qué novedad! Pues dígale de mi parte que debe un dinero a esta casa. Maldita ladrona.

—A eso he venido, señora. Julieta me ha enviado a pedirle perdón. Le traigo —hizo una señal a Isidra— una cesta con comida como compensación a su terrible ingratitud infantil.

La mujer se abalanzó sobre Isidra, a la que casi le dio un pasmo del susto. Con el mimbre bien amarrado a su pecho, cubierto por un trozo de lana que, remetido por debajo del delantal y a modo de estola, daba calor a su torso, a la susodicha le cambió el gesto.

—¿Quieren pasar? —ofreció—. Estoy remendando medias, pero puedo hacer un descansito.

A Inés le pilló desprevenida aquel ofrecimiento. Isidra la miró sin saber qué esperar. Al final, aceptaron y pasaron a aquella humilde estancia, la misma en la que se había resguardado Julieta al morir su madre, la que había abandonado para reunirse con su padre y su hermano y malvivir en las calles madrileñas. La mujer parloteó animada, reconciliada con el recuerdo de la familia Salas. Contó a Inés que el padre de Julieta siempre había sido un tipo ausente. También que había muerto años atrás. El hermano había pasado algunos años «bajo el ángel» y ahora estaba desaparecido, quizá también muerto. «Menos mal que Elvirita se murió sin ver en qué acababa su familia. La última vez que vi a Gerardo y a Gerardito... no se dedicaban a nada bueno. Usted ya entiende... Pero es lo que pasa cuando te mueres de hambre y no tienes qué comer. La Julieta era una buena ladronzuela cuando estaban por aquí los franceses, una pilla de cuidado. No solo me robó al escaparse de mi desinteresado cobijo. Volvió varias veces más. La muy granuja descubrió dónde guardaba los cuartos para pagar al casero. La hacía también muerta, la verdad», concluyó mientras mordisqueaba un panecillo. Inés se escandalizó con este relato. También con las previsiones que todo el mundo tenía para su amiga. Al final, aquella mujer rebuscó en un baúl y sacó una camisa.

—Le arreglaba alguna que otra cosilla a la Elvirita de vez en cuando. Esto se quedó aquí cuando, bueno..., usted ya sabe —dijo y se lo dio a Inés, que asintió.

Antes de irse, consciente de que los hurtos de su amiga habían sido más habituales de lo que ella había contado, sacó unas monedas del ridículo y se las entregó a la mujer como devolución. Esta, cubierta con esos trapos que la aislaban del incipiente frío madrileño, mostró los cuatro incisivos y el colmillo que conservaba y le dio las gracias. Isidra, absolutamente desconcertada con todo lo que había presenciado, no podía esperar a llegar a las cocinas para contar todo a sus compañeros. El problema fue que, cuando ya estaban en la calle, Inés, conocedora de las dinámicas, le ordenó la máxima discreción. Isidra asintió, y vio cómo su chismorreo se deshacía como la nieve que decoraba algunos rincones de la ciudad. Al entrar de nuevo a su cálido gabinete, Inés sacó papel y pluma y escribió una misiva dirigida a Julieta. Sabía que doña Fuencisla podría ayudarla a leerla. Le habló de lo que había sabido de su familia, del perdón de la amiga de su madre... Envolvió la camisa, a la que ató un saquito con más monedas. Era consciente de que nada de aquello cambiaría la vida de su amiga, de que hacía falta mucho más. Pero sentía que debía compartir un poco de su nueva riqueza con ella. De pronto, pensó en Manuel. ¿También él viviría condenado a la miseria si no lo hallaba? ¿Sería tan tarde como para Julieta cuando por fin descubriera su paradero? No, no podía admitirlo. Presa de la angustia, de la impaciencia, dejó preparado el paquete para Salamanca y llamó a Isidra. Debían abrigarse y volver a salir.

XXXVII

Durante los últimos dos años, la duquesa de Olivera había pasado más tiempo en Madrid que en ningún otro sitio. Con el recrudecimiento del debate, se había planteado alejarse. Pero, con cada despertar, se convencía de que lo más interesante era seguir en la Corte, tener información privilegiada constante sobre el estado de las cosas. Había muchos frentes a los que mirar: el Gobierno, las Cortes, el Palacio Real, las tertulias, los bailes... En cada rincón existían rumores, datos de gran valor para tomar las decisiones más acertadas para su patrimonio y sus intereses personales. Con todo, la tensión política lograba agotarla. Así que agradeció enormemente que Inés de Villalta apareciera en su puerta, a principios del mes de diciembre, pidiendo ayuda. Encontrar al señor De Loizaga no fue difícil. Tampoco concertar una cita. Estaba en deuda con ella. No todos los caballeros podían presumir de tener acceso a la lista de invitados de sus famosas cenas ni derecho a ser convidado cuando le interesaba. Su vetusta amistad, favores antiguos y el hecho de que don Nicolás le hubiera presentado al amor de su vida, habían conferido a aquel español americano un privilegio que muchos en el reino soñaban con tener.

—Sé que lo que le estoy pidiendo es casi imposible, pero no sé a quién más acudir, señor De Loizaga.

—Tengo debilidad por lo imposible, señorita De Villalta.

—Entonces ¿va a poder ayudarme?

La duquesa de Olivera, admitida en aquella reunión como anfitriona, contempló a don Nicolás. Sus movimientos parecían coreografiados. La cadencia con la que jugaba con los dedos de impecable manicura, siempre decorados con anillos, la parsimonia al beber, la sonrisa tímida pero certera que dejaba ver su rectilínea dentadura... Las ropas inmaculadas, ajenas al polvo, al barro, que se fundían en el tapizado crema del sillón del salón de visitas, plagado de espejos, vasos de porcelana, hortensias y candelabros.

—No prometo nada. Pero voy a intentarlo —respondió—. Claro que todo tiene un precio.

Inés se tensó al recordar la advertencia de Alonso.

—No en este caso, don Nicolás —intervino la duquesa—. Ayudará a la señora con este asunto y lo arreglaremos entre nosotros —añadió, deseosa de contribuir a que aquella pareja, que tanta confianza y nobleza le inspiraba, pudiera solucionar sus problemas, así como formar parte de la aventura de descubrir aquel misterio.

Los ojos de Inés se llenaron de lágrimas de emoción, pero logró disimular.

—Está bien —aceptó el señor De Loizaga—. Le pasaré a usted los gastos. Tendré que recorrer hasta el último pie de la provincia de Segovia y pedir innumerables favores. —Se terminó el chocolate—. En fin, señoras, si no desean nada más, debo irme. Tengo mucho trabajo por delante.

—Por supuesto, don Nicolás. Y muchas gracias por su disposición. Como siempre.

—Un placer, duquesa. Sabe que estoy para lo que necesite. Dé recuerdos de mi parte. —Miró a Inés—. Un placer conocerla, señorita De Villalta.

—Lo mismo digo, señor De Loizaga.

Don Nicolás la miró fijamente un segundo antes de levantarse y abandonar la estancia. En lo que duró la entrevista, Inés obvió hacer mención de que conocía a Alonso y menos sobre su relación. Tampoco hizo falta. Aquel hombre trabajaba con poca información. Y lo agradeció. También había ayudado la discreción de la duquesa, que había cumplido a rajatabla la promesa que le hizo a Alonso en aquel baile en el que había descubierto el secreto. Inés seguía molesta con la intransigencia de su esposo, pero no tenía intención de perjudicar sus acuerdos pasados. Una vez supo que el señor De Loizaga había abandonado aquel bello palacio, se atrevió a preguntar a la duquesa:

—¿Cree que lo conseguirá?

—Si no lo hace, querida, es que no está escrito en el destino que se encuentre con su sobrino —contestó contundente.

Inés volvió a sentir que las lágrimas poblaban su mirada. Asintió dándose por satisfecha y bebió otro sorbo de aquel chocolate espeso y amargo que habían servido los diligentes empleados de la duquesa.

A partir de aquel día, lo único que pudo hacer Inés fue esperar. Aguardar noticias procedentes de don Nicolás, de la marquesa, de Alonso... Este último no había escrito durante su estancia en el norte. Y no sabía bien si aquello era buena o mala señal. Preguntaba a Cosme por misivas de su hermano, pero tampoco había recibido nada. Quizá se había ofendido, quizá planeaba repudiarla a su vuelta, quizá estaba enfermo o habían asaltado su berlina por el camino. Aquellas suposiciones le arrebataban el derecho a descansar, a soñar. Por el día, y aunque añoraba la lejana libertad de salir cuando quisiera al exterior, los chocolates en compañía de doña Ludovica, las conversaciones con Jonás y las cenas en familia la distraían. Pero la oscuridad siempre dejaba sus miedos en carne viva. No pasar las Pascuas con Alonso fue una muestra más de que su matrimonio estaba lejos de ser convencional. Inés sentía que la vida le pedía paciencia una y otra vez. Pero, en ocasiones, una voz interior, trémula, le susurraba que no se distrajera en exceso o se quedaría sin tiempo.

Durante las fiestas navideñas, Inés consiguió librarse de algunos compromisos en los que Cosme y doña Ludovica quisieron incluirla, como la misa del gallo, fingiendo estar indispuesta. No podía arriesgarse a toparse con el señor Gallardo o alguno de sus hombres. Una cosa era dar puntuales paseos justificados, abanico en mano. Otra, acudir a eventos públicos con la familia Guzmán. En los encuentros familiares privados a los que sí acudió, las conversaciones sobre política, aunque censuradas en un inicio, protagonizaron la mayor parte de los diálogos. Jonás, cada vez más enterado y a punto de partir a Valladolid, parloteaba sobre el alistamiento forzoso en la milicia de algunos de sus conocidos y del que él había logrado librarse. También, en las cenas y los ratos de música, naipes y lectura, Cosme se quejaba del caos reinante y comentaba los rumores que le habían llegado sobre el Congreso de Verona, al que España no había enviado a ningún representante. En general, pasados los primeros cinco minutos de estéril soliloquio, nadie le hacía mucho caso. Inés ponía atención, pero terminaba extasiándose al tratar de imaginar qué clase de acontecimientos depararía el año 1823. No lograba olvidar lo que había visto a su llegada a Madrid y temía que la inestabilidad del reino se convirtiese en un infierno peor al de aquel día de julio.

Del mismo modo, aunque con una mayor intensidad en la manifestación de su descontento, en el palacio de los marqueses de Riofrío buscaban noticias bisbiseadas a las que aferrarse para no perder la cordura ante tanta incertidumbre política. Doña Mariana no era capaz de asumir que el rey no tuviera permiso para cumplir con su agenda de viajes. Creyó a pies juntillas aquello de que Fernando VII era prisionero de los liberales, a los que imaginaba como demonios, como lunáticos. Al monarca, en ocasiones, lo dibujaba engrilletado, alimentado solo con migas de pan y gotas de leche de cabra. Y no podía pegar ojo. Aquella coyuntura la empujó, más que nunca, a utilizar la información que le había proporcionado Inés sobre la vinculación de don César Gallardo con un intento de atentado al rey. En silencio, decidió que, muy probablemente, los malhechores con los que había colaborado en aquel robo en Aranjuez eran los mismos que ahora retenían al Deseado en el Palacio Real en contra de su voluntad. Así, escribió una prolija carta en la que, como en los viejos tiempos, delataba las simpatías de un peso pesado de la Corte y recomendaba su destierro o arresto. Las elegantes líneas de la marquesa viajaron con un correo por la posta hasta Madrid, donde llegaron a manos de Fernando VII y, por supuesto, a las de su poderosa camarilla.

Ignorante de las intrigas de su esposa, don Ildefonso recibió con optimismo la noticia, hecha pública en las sesiones de Cortes del 9 y 11 de enero, de que Francia y la Santa Alianza habían enviado varias notas al Gobierno manifestando su desagrado con la naturaleza política del mismo. Los embajadores del Imperio austríaco, el ruso, Prusia y Francia lo habían conminado a moderarse a riesgo de una intervención. Los diputados, ofendidos por el atrevimiento extranjero de meter la nariz en los asuntos nacionales, entonaron discursos patrióticos en los que rechazaban una nueva invasión como la de 1808. Pero personajes como el marqués de Riofrío o el propio monarca deseaban con fervor que esa amenaza se cumpliera y diera paso a tiempos mejores en los que la incertidumbre no bañara sus prebendas. Las monarquías que se habían dado cita en Verona querían terminar con la experiencia liberal española antes de que algún revoltoso de sus reinos cogiera ideas. Pero, en aquella partida de ajedrez, Francia parecía ser la más interesada por cercanía y contacto. La camarilla fernandina, y sobre todo don Antonio Ugarte, lo había intentado con menor éxito con Rusia, pero los ojos del zar Alejandro I miraban hacia Oriente.

En la coyuntura presente, poco importaba a don Ildefonso y compañía que hubieran soltado improperios sobre los franceses durante años. Ahora los necesitaban más que nunca para librarse de un sistema liberal que, aun plagado de sueños útiles para el reino, no lograba despegar a causa de sus muchas debilidades. En el reino vecino, por su parte, eran muchos los agentes al servicio de Fernando VII que, desde hacía un tiempo, trataban de buscar apoyos en contra del régimen vigente. La proximidad de la Regencia de Urgel con la frontera francesa era un hecho provechoso. Así, por aquellas fechas, el pueblo francés convivía con la propaganda a favor de la intervención, con el fin definitivo de aquellas ideas perversas, con la salvación de la casa Borbón española gracias a la francesa, encabezada por el hermano del malogrado Luis XVI, víctima de aquella revolución que lo había cambiado todo y, a su vez, no había cambiado nada.

Inés recorría con los ojos una página de las *Obras poéticas* de doña María Rosa de Gálvez Cabrera que le había recomendado la duquesa de Olivera, en la sala de lectura. Entretanto, recordaba la dulce esquela que había recibido junto a la última de doña Mariana. En ella, a través de la caligrafía de doña Fuencisla Baeza, Julieta agradecía sus noticias y regalos. Dormía cada noche con aquella camisa de su madre y las monedas irían para ahorrar y, por fin, cumplir el sueño de ver el mar. De pronto, oyó trajín en el patio suroeste, al que daba aquella estancia decorada en maderas nobles y satén verde. Echaba de menos al risueño Jonás, con el que había iniciado la rutina de leer allí por las tardes justo antes de prepararse para la cena, pero ya estaba instalado en Valladolid, según había anunciado Cosme. El padre don Eustaquio iba a quedarse con él un tiempo. Después, se iría al norte, a servir a la condesa con su consejo y compañía. Aunque había intentado ignorar el barullo, pronto se dio cuenta de que había perdido el hilo de la lectura, así que cedió ante su curiosidad y se asomó a la ventana. Cruzando el patio, vio al mozo que había acompañado a Alonso en su viaje. El corazón se revolucionó sin permiso. Cerró el libro de golpe y fue a buscarlo. Por el salón azul salió al recibidor y, de ahí, pasó a aquella escalera abovedada que dejaba sin aliento. Al término de esta, flanqueado por un criado que cargaba un baúl y por la charla discreta de Cosme, estaba Alonso.

—En fin, mañana reúnete conmigo en mi despacho a primera hora —le dijo—. Imagino que querrás estar con tu esposa. —Se retiró sonriendo.

El empleado siguió su itinerario hacia el cuarto de Alonso, donde debía colocar el equipaje. Él e Inés se miraron fijamente. Ni una sola carta había curado la añoranza que la había acompañado cada día hasta aquella línea escrita por la señora De Gálvez en la que había detenido su lectura.

—Hola...

—Hola...

Inés bajó la vista saboreando la amargura de aquel adiós que no se habían dicho, de aquel tiempo de preocupación y duda. Sin embargo, el candor de su vuelta, el fin de la angustiosa espera y el gesto agotado de él hicieron que rectificara. Buscó palabras amables con las que darle la bienvenida sin renunciar por completo a su orgullo.

—Me alegra que hayas tenido buen viaje y que ya estés aquí.

—Quise escribir, pero el temporal suspendió el correo y retrasó mi viaje. Yo... siento haber estado ausente.

Ella asintió.

—Ni siquiera he podido despedirme de Jonás —lamentó.

—Él está bien —confirmó ella—. Se marchó contento.

Entonces, fue él quien asintió. Inés, dispuesta a posponer las recriminaciones y disculpas para mejor momento, se acercó a él y, con ternura, tomó sus manos y las besó.

—¿Has conseguido lo que deseabas? —susurró.

Alonso movió la cabeza lentamente. En su mirada, una mezcolanza de sensaciones. Algunas le proporcionaban cierto alivio tras tanto interrogante. Otras, lo habían atormentado desde entonces. Sin ánimo ni valor para compartirlas, se limitó a liberar sus manos y acariciar el rostro de Inés, que cerró los ojos, agotada de extrañarlo, de imaginarlo en riesgo, de culparse. Guzmán, que no había tenido los mejores días de su vida, se acercó a la oreja de su esposa y, casi como una súplica, le pidió que no lo dejara solo aquella noche. Inés notó cómo su cuerpo se destemplaba a merced de aquellas emociones que, en el fondo, jamás había podido controlar y asintió.

—Los déspotas de Europa creen que pueden decidir sobre nuestra patria, su vanidad es deleznable. Pero yo os digo, hermanos y amigos, que la revolución está más viva que nunca. Los franceses se han vendido al Borbón, su parlamento está plagado de serviles, pero nos infravaloran al pensar que tienen el poder de matar lo que hemos logrado en estos años. No han sido perfectos, y en eso estamos todos de acuerdo, pero sí determinantes. Lo que se ha avanzado no podrá ser borrado jamás. Hemos construido los pilares de la nueva historia. Esta nos pertenece por derecho. ¡Y ningún extranjero puede poner límites a nuestra merecida libertad! Ya cruzaron la frontera una vez y les dimos su merecido. Si vuelven a hacerlo, su poder se diluirá en el lodo para siempre. ¡Habrá mil 7 de julio! ¡Novecientos Arapiles! ¡Un millón de Bailenes!

Una ovación desmedida inundó la Fontana. Modesto continuó aquel encendido discurso con el que pretendía combatir con palabras las determinaciones nacidas en Verona. Con *El Zurriago* en mano, repartía imperativos categóricos a diestro y siniestro sin dar tregua a su lengua y saliva. Las suelas de sus botas dejaban motas de fango y diminutas piedrecitas sobre la banqueta en la que estaba subido. Aquellas semanas no habían sido del todo lisonjeras para el Gobierno de don Evaristo San Miguel, llamado «el de los siete niños de Écija» por Fernando VII. Las relaciones diplomáticas con la Santa Sede, con Rusia, Prusia, Austria y Francia se habían desintegrado con la retirada de los embajadores. La amenaza seguía vigente y el Ejecutivo español no estaba dispuesto a transigir. Cuatro días atrás, habían llegado los primeros rumores sobre el anuncio que el rey Luis XVIII había hecho en la Asamblea Nacional francesa: un ejército llamado «de los Cien Mil Hijos de San Luis», y liderado por su sobrino, el duque de Angulema, cruzaría los Pirineos para restablecer el orden perdido en el reino español.

En la zona de Cataluña, el general Espoz y Mina luchaba incansable por mantener el control. También se habían puesto manos a la obra en La Mancha, Galicia o Aragón con los generales O'Daly, Quiroga y Torrijos. Pero la Regencia de Urgel seguía intacta, apoyada por los grupos guerrilleros de la zona y por los contactos que en la frontera se hacían con tropas realistas para propiciar un levantamiento efectivo. El general don Francisco Eguía movía los hilos por las tierras que lindaban con Francia. También estaban implicados el marqués de Mataflorida, el barón de Eroles o el confesor del rey, el señor don Víctor Damián Sáez.

El averno que temía Inés iba tomando forma. El señor Andújar se mordía los labios cada amanecer hasta hacerlos sangrar. Ansiaba que el poder pasara a manos de gobernantes más competentes, más contundentes. La gestión de San Miguel no estaba siendo efectiva. Era preciso un cambio. Una vez más, sus ideas se quedaban en la almohada. Sus deseos se volatilizaban más allá de las charlas en el café y en las reuniones de comuneros. Estos, que ansiaban el poder antes de que fuera demasiado tarde, cada vez estaban más distanciados de los francmasones. Y mucho más de los templados y conservadores anilleros. Entre bambalinas, Modesto colaboraba en los planes para conquistar el anhelado gobierno y leía incrédulo las noticias sobre la próxima llegada de las tropas francesas y sobre el avance de las partidas realistas, dispuestas a tomar Madrid.

Durante aquel tiempo, absorbido por la política, no había logrado prosperar en demasía. Continuaba trabajando por horas en la imprenta. El dueño, cada vez más gruñón, estaba menos a favor de que Modesto se mezclara con personajes como el señor don Antonio Alcalá Galiano, don Ángel Saavedra y compañía. El negocio era el negocio. La política, solo un peligroso pasatiempo. Aun así, la simpatía que le generaba el joven, a la que contribuía el desconocimiento acerca del uso ilícito que hacía de su maquinaria, propició que lo mantuviera como recadero, aunque no aceptó ninguna de las propuestas de subida de sueldo que le planteó. De vez en cuando, en su alcoba de la posada, el señorito Andújar notaba que su dignidad se resentía y tomaba el plomo que guardaba en el cajón de la mesita para cortar la pluma y pedir dinero a sus padres. Pero antes de mojar la péndola en el tintero se arrepentía. Ponía todo en su sitio y abrazaba su vida humilde y ese libro de Voltaire que siempre tenía a mano. Sus días, más allá del empleo con el que pagaba la habitación, el sustento alimenticio y los remiendos de ropa, quedaban completados con la escritura de cuartillas un tanto incendiarias, la preparación de discursos, la alternancia en cafés y la asistencia a reuniones. Siempre en compañía de Víctor Hernando.

—Entonces ¿te ha gustado el discurso?

—Mucho, querido amigo. Todavía recuerdo lo comedido que eras cuando te conocí. Ahora eres todo un orador. Pronto le quitarás la cátedra a don Antonio como sigas así.

—No, no, no podría. Él es un genio de la palabra. Yo solo digo lo que no puedo dejar dentro de mí. Si lo hago, se me indigestaría y gangrenaría mi espíritu —comentó Modesto mientras avanzaban por las calles de vuelta a casa.

—Haces bien. Así se oirán más fuertes nuestras réplicas. Si piensan que van a poder con nosotros es que no nos conocen bien. Yo creo que todo el asunto del ejército francés es un farol. Quieren asustar al Gobierno. Volver a poner a los «pasteleros» para que sus posaderas puedan reposar tranquilas en los tronos de oro macizo.

—Pues andan listos si es esa su estrategia. A mí no me dan ningún miedo, no me achantan con amenazas. —Silencio—. No pueden ganar, Víctor. No podemos permitirlo —reflexionó mirando a su amigo.

—No lo harán, Modesto. —Sonrió—. Ahora, vamos a acelerar el paso. Mañana entro a la farmacia temprano y ya sabes que el boticario me ha prometido dejarme encargado los sábados a partir de la próxima semana. No quiero fastidiarla.

—Víctor... —empezó—. Me alegra mucho haber venido contigo a Madrid. Eres mi hermano.

El otro no dejó de sonreír y asintió, correspondiendo a aquella valoración en medio de la noche, plagada de risas y chirridos lejanos. En cada uno de los lugares que frecuentaba, Modesto observaba temeroso de encontrarse otra vez con Alonso. Desde su discusión no lo había vuelto a ver. Y aquello lo alegraba. Pero le preocupaba que estuviera escondido en las sombras, a la espera de infligirle la última estocada. Con objeto de evitar que su otrora amigo cumpliera su cometido con éxito y de que nadie lo tomara por chivato, Modesto, tras titubear durante meses, advirtió a sus allegados de que don Alonso Guzmán había resultado ser un espía del rey.

Y aquello, gracias a los agentes que Su Majestad tenía infiltrados en diversas sociedades secretas, llegó a conocimiento de Fernando VII y, por ende, obligó a reubicar a Alonso. El encargado de anunciarle el cambio de planes unos días después de su regreso del norte fue, cómo no, el señor don Ventura Quesada, siempre a cargo de cuestiones administrativas menores, que era en lo que, al final, se había convertido Alonso con su torpeza al ser descubierto por los supuestos enemigos del reino.

—Desconocemos el origen del rumor, señor Guzmán, pero no son pocos los desleales que saben de sus servicios al palacio como agente secreto. Esto pone en peligro cualquier investigación en curso. Le ruego que, tan pronto como sea posible, me entregue todo informe elaborado para poder derivar las pesquisas a otra persona.

Alonso asintió. Odiaba estar otra vez sentado en la residencia de aquel hombre de anteojos al que el tiempo solo afectaba en la coronilla.

—Como prueba de gratitud a su compromiso con la causa durante todos estos años, el rey desea ofrecerle un puesto en la Secretaría de Guerra que se creará cuando todo esto termine.

Guzmán arqueó las cejas. Le sorprendió la seguridad con la que el señor Quesada hablaba.

—¿Ya saben que van a ganar la guerra?

—Hemos de hacerlo, señor Guzmán. Y de no ser así, no sería cauto admitir duda alguna antes de que se resuelva el conflicto —respondió.

Se quedó callado aceptando la observación.

—La paga será algo más elevada. Deberá guardar silencio absoluto acerca de todo lo que ha hecho durante estos años.

—Mi silencio no tiene precio, señor Quesada. Sé que debo discreción al rey.

—Mejor entonces. Pero el asunto del pago es al margen.

Silencio. Alonso se atrevió a insinuar:

—Tengo que pensarlo. Verá, no sé si mi deseo es seguir residiendo en la Corte por mucho tiempo más. No me gustan los compromisos. Y tengo obligaciones en el norte que terminarán requiriendo mi presencia la mayor parte del año.

—Vaya... Aguardaré su respuesta. Pero no se demore. Su Majestad no entendería titubeos injustificados. Se avecinan tiempos complejos —lo amenazó.

Alonso asintió viendo cómo sus planes de desligarse de palacio se evaporaban. Antes de retirarse del despacho de don Ventura, se interesó:

—Por cierto, ¿averiguaron adónde fue a parar el mensaje del señor Guinot que desapareció?

—Oh, sí. Resultó que teníamos un traidor en nuestras filas. —Hizo una pausa—. Ya no —indicó despreocupado y lo miró fijamente, como perfecta conclusión.

De nuevo en la calle, Alonso se colocó el sombrero de copa, se alisó los pantalones grises y procedió a alejarse. Suspiró. El runrún sobre su futuro lo acompañó durante su paseo, que lo llevó por la plazuela de San Martín. Cruzó la calle del Arenal y luego la calle Mayor hasta la plaza Mayor, cercada al completo desde el incendio de 1790 gracias al saber hacer del maestro don Juan de Villanueva. Suelo y soportales habían sido testigos de aquel 7 de julio que ahora se evaporaba entre anuncios de una nueva contienda.

Alonso se preguntaba si la ciudad estaba preparada para más destrucción, si sería capaz de remontar el vuelo tras más cañonazos. Al recorrer la villa, aun eran apreciables los resquicios de la última batalla y de la ocupación. Las ruinas del antaño bello palacio del Buen Retiro, las del cuartel de Monteleón, la plaza porticada al oriente del Palacio Real a medio hacer, el espacio dejado por la demolición de la iglesia de San Juan Bautista, donde, hasta entonces, habían descansado los restos del célebre pintor don Diego de Velázquez… ¿Era posible acumular más heridas cuando las previas seguían infectadas?

Todavía no había vuelto a saber nada de Conrado. Tampoco de Modesto. Los buscaba cada vez que paseaba. Entre las caras de desconocidos. No tenía claro qué decirles si se topaba con su presencia. No estaba seguro de ser bien recibido por su verborrea. Pero algo en él lo animaba a tener una última conversación con ellos. Por eso deseaba localizarlos.

A eso se dedicaba aquella mañana cuando, de pronto, se encontró con la siempre complaciente sonrisa de la duquesa de Olivera. Esta, acompañada de dos damas, no dudó en saludarlo afectuosamente y presentar a su compañía. Alonso correspondió con la educación debida. Solo al final, como forma de alargar una conversación que, por las circunstancias, había de ser breve, la duquesa hizo aquel comentario que confundió a Alonso. «Espero que la señora doña Inés esté tranquila. Su problema está en las mejores manos», le susurró. Guzmán se despidió afectando conocimiento y mil modales que, acto seguido, se difuminaron al avanzar con determinación hacia el palacio de su hermano. De aquella frase se temió lo peor y sus presagios quedaron confirmados cuando cerró la puerta de la sala de lectura en la que Inés continuaba viajando a través de las páginas.

—¿Me has desobedecido? —preguntó absorto.

Inés cerró el libro. Sintió el ardor en sus mejillas.

—Debí hacerlo —respondió.

—¿Quién lo dice?

Silencio.

—Yo.

Silencio.

—Pensaba que te importaba mi opinión, que mi criterio tenía algún peso en tu vida.

—Y lo tiene, Alonso. Pero no en esto. Has juzgado de forma anticipada al señor De Loizaga, estás condicionado. Y, sobre todo, has ignorado lo complicado que es lo que me propongo. Ni siquiera hemos averiguado qué motivó al señor Gallardo a atacar a mi cuñado. Cada vez es más difícil avanzar... No puedo lograrlo sin su ayuda. Y lo sabes bien.

—Podrías haber esperado a que volviera. Podríamos haberlo discutido. ¡Podrías habérmelo dicho!

—Sí, tienes razón. Pero ya te dije que estoy harta de esperar. Estoy determinada a tomar decisiones aunque estas no sean siempre sencillas ni perfectas.

—Me alegra saberlo —contestó y se marchó, angustiado por tantos motivos que no fue capaz de continuar discutiendo.

Inés no volvió a abrir el libro. Se sentía culpable por habérselo ocultado. Pero continuaba convencida de que era lo mejor, la única manera de encontrar a Manuel. Lamentaba profundamente que en su intento de acercarse a su sobrino se hubiera alejado de Alonso. Mas no podía retirarse de aquella partida. Menos si tenía en cuenta el cariz que estaban tomando los acontecimientos políticos. Debía llegar hasta él antes de que fuera demasiado tarde. ¿Y si estaba en peligro? ¿Y si lo sorprendía un cruce de disparos? Día tras día, solicitaba a Isidra que confirmara que no había cartas para ella. Y con cada negativa su ser empequeñecía hasta la demencia. Durante aquel mes de febrero de 1823, las calles se llenaron más de una vez de turbas agitadas que reaccionaban a las destituciones y nombramientos de ministros, a las ausencias del monarca, a los rumores de invasión, a las desavenencias entre facciones liberales.

A finales se formó un nuevo gobierno integrado por comuneros, tal y como había soñado Modesto. A la cabeza, don Álvaro López de Estrada, con el general Torrijos encargado de la cartera de Guerra. Aquellas semanas, los gritos eran los protagonistas. Incluso se habían escuchado los primeros «mueras» al rey. Casi concluido marzo, la ansiedad se incrementó. Las Cortes ordinarias, cuya legislatura había comenzado a principios de mes sin presencia de Fernando VII, decidieron trasladarse a Sevilla, lo que evidenciaba que la situación en el reino estaba lejos de hallarse bajo control. Pero no solo ellos iban a emprender el viaje. También el nuevo Ejecutivo, el cuerpo de funcionarios, los diplomáticos que no habían abandonado la península y, por supuesto, la familia real. Este último aspecto fue el más controvertido. Como imaginará la persona que lee, Fernando VII puso todo de su parte para no moverse de la Corte. Pero la presión fue mayor a su empecinamiento, así que, antes del inicio de abril, se subió a un coche de caballos en dirección al Mediodía.

Modesto, sin ahorros para costearse el viaje, optó por quedarse en Madrid, junto a otros tantos liberales, para combatir la influencia servil desde allí. Víctor Hernando también se unió a aquella resistencia. Poca gracia les hacía a ambos que la ciudad, despojada del poder que la ponía en el mapa, hubiera quedado en manos del conde de La Bisbal, quien, tras sus ambigüedades en 1819, había encontrado un cómodo asiento en el bando liberal. Pero ¿quién podía volver a fiarse de él? Solo un necio. Y ninguno de los dos se consideraba tal.

Alonso, sin opción a negarse o a dilatar la respuesta, terminó aceptando aquel cargo en el régimen restaurado y se despidió, hasta nuevo aviso, de esa libertad que, en realidad, no existía. Prefería complacer a Su Majestad y no añadirse más problemas a la espalda por lo pronto. Al fin y al cabo, el señor don Ventura no había dicho nada de espiar ni elaborar listas en ese nuevo cargo. Sus interacciones con Inés se fueron destensando con el paso de las semanas, pero su orgullo estaba gravemente lastimado. También sentía temor ante las condiciones que, en tinta invisible, tenían ese tipo de acuerdos y favores. Toda decisión tenía un precio. Él lo sabía bien.

Y también la señora doña Mariana Fondevila que, mientras trataba de no perder la compostura ante los chismes sobre éxitos y derrotas de partidas realistas en los aledaños del Tormes, comprobó cómo su plan hacía aguas en la puerta de la cocina. En la mañana del 9 de abril, como siempre, Julieta se encargó de recibir al lechero. Lo hacía de forma sistemática, sin ya dar importancia a aquel intercambio en el que pasaba notas con datos inútiles. No obstante, esa vez, en el momento de recibir las vasijas y entregar el mensaje, el caballero las dejó caer y agarró a la criada del brazo.

—¿Te crees que no te iba a cazar nunca, bruja? Sé que no eres ella.

Julieta no podía creerlo. ¿Qué había salido mal? Las rudas manos del hombre apretaron y retorcieron su brazo hasta hacerla chillar de dolor.

—Dile a tu señora que el Benefactor sabe lo que ha intentado hacer con esa péndola peligrosa y delatora suya. Y que también conoce que la señorita Inés lo ha traicionado por la espalda. Nada quedará sin pago.

Entonces la empujó e hizo que cayera al suelo junto a aquellos añicos, otrora recipientes. Mientras se alejaba, Loreto acudió a socorrer a Julieta, que sollozaba asustada. Intentó descubrir lo que había pasado, pero la señorita Salas sabía que solo había una persona con la que podía compartirlo. Cuando doña Mariana descubrió, en su gabinete, el recado que había dejado aquel hombre y el cardenal que había dibujado en el brazo de su empleada, se escandalizó. Aquella rata de Gallardo tenía contactos en todas partes, incluso en el cuarto de Su

Majestad. Su poder era invisible y omnipresente. Sin dilación, escribió una misiva a Inés para avisarla, para alertarla. La envió a la posada de Elías, como habían acordado. Isidra fue quien la recogió, como siempre. Y se la entregó a Inés que, tras su lectura, tuvo miedo. Quizá, después de todo, ese era el fin. Quizá todo iba a estropearse justo cuando más cerca estaba de cumplir con la promesa que le había hecho a su querida Dolores en su lecho de muerte.

Herida por la frialdad de Alonso desde que había descubierto que se había puesto en contacto con el señor De Loizaga, optó por buscar una solución a aquel entuerto por su cuenta. Los primeros días, tras recibir la misiva de la marquesa, no había hecho otra cosa que releerla y negar con la cabeza. Lamentaba que hubieran agredido y asustado a Julieta. También que todos aquellos esfuerzos por proteger los secretos de la marquesa no hubieran sido suficientes. Se sintió vulnerable, insignificante en comparación a la jurisdicción del Benefactor. Si las líneas de doña Mariana eran acertadas, aquel hombre había descubierto que lo había denunciado al mismísimo rey. ¿Quién se lo había dicho? ¿Cómo era posible que tuviera aliados entre los amigos de Fernando VII y entre los que le querían hacer mal? ¿Cuánto sabía de su traición? Quizá no había asustado lo suficiente a aquel lechero barbirrojo. Inés ocultó la amargura y el miedo rezando para que no apareciera por la puerta alguno de aquellos indeseables, por no recibir malas noticias procedentes del norte o del sur. Después maquilló la rabia con sonrisas e indiferencia en chocolates y cenas. Pero aquel torbellino de sensaciones, de dudas, de preguntas sin respuesta aparente, de noches de pesadilla en la que un patíbulo nuevo la acompañaba, se convirtió en un valor que brotó del estómago con una fuerza mayor a la de todo lo demás, incluso la de la razón.

Un día de finales de abril, sin dar demasiadas explicaciones ni solicitar una prerrogativa que nadie iba a darle, apremió a Isidra para que la acompañara a dar un largo paseo por la ciudad. La doncella no estaba muy a favor, el ambiente estaba revuelto. Pero Inés no admitió postergarlo. Se colocó el redingote, la capota, los guantes y la sombrilla. Pero dejó el abanico sobre la colcha tornasolada de su dormitorio. Isidra se percató enseguida de que aquello no era un paseo sin más. El itinerario era el mismo que habían seguido los días en los que, sin razón, la empleada había tenido que visitar aquella tienda de paños de la calle del Amor de Dios. Inés, ignorando los temblores que le enviaba su amordazada prudencia, pidió a Isidra que llamara a la puerta de la casa palacio de la que había salido aquella criada a la que había abordado meses atrás. El servicio de la residencia de don César Gallardo vaciló al principio, pero, una vez confirmaron que su señor estaba conforme con aquella visita inesperada, la hicieron pasar a un salón con vistas a la vía, enmarcadas en largos ventanales vestidos con seda amarilla. Isidra se quedó fuera.

En los diez minutos que estuvo aguardando allí, Inés inventó mil maneras de iniciar aquel diálogo. En su mente revoloteaba aquella afirmación de la empleada: «a pesar de lo que cree la mayoría, no es un caballero bondadoso. Solo los que hemos visitado sus catacumbas podemos saberlo...». Inés se preguntó si había descubierto ya todos los horrores de los que era capaz aquel hombre o si le faltaba alguno más. Quizá el más grave de todos. Antes de llegar a una conclusión, la distinguida figura del señor Gallardo, con aquellos pantalones grises a rayas e impecable levita a juego, apareció. La cadena de oro de su reloj de bolsillo destacaba tímida entre la oscuridad de los tejidos. A juego con su anillo. Contrastando con la barba gris, casi blanca. Y aquella cabeza sin cabello.

—Señorita De Villalta, cuánto tiempo sin verla —dijo amable, sonriente.

—Buenos días, señor Gallardo.

—Veo que ha conseguido llegar hasta mí. Jamás la juzgué tan curiosa —confesó.

—No lo habría sido de no haber tenido necesidad.

—Me sorprenden sus exigencias. A tenor de la situación, diría que es la última persona en disposición de pedir. Yo cumplí con mi parte del trato y usted decidió volver a traicionarme. Una vez más. Su ingratitud es, como poco, pecaminosa.

—No es verdad —contestó ella con un hilo de voz al que exigió fuerza para seguir—. Me mintió sobre la familia de Dolores. Ha estado mareándome, amenazándome todo este tiempo para valerse de mis servicios para sus intereses. Me ha creído una niña estúpida a la que extorsionar. Pero está equivocado, señor Gallardo. Sé lo que pasó con don Diego y Manuel. Sé que no era amigo de mi cuñado. Sé que usted es el responsable de la desdicha de mi hermana. Y también de la mía.

—No hable como si fuera una víctima, señorita. Usted ha demostrado ser una embustera. Su infelicidad es solo culpa suya, así como todo lo que pueda pasarle a partir de ahora. Usted debía averiguar la verdad, una verdad importante —indicó con gravedad. Calló un instante al recordar a ese sobrino para el que todavía buscaba justicia—. Y me la ha jugado... —Recuperó el aplomo y la miró—. Me ha llegado noticia de que doña Mariana Fondevila ha enviado una carta a palacio alertando de mi posible vinculación con el robo en Aranjuez. Y sepa que, aunque por su culpa todavía no he podido confirmar mi sospecha de que ella es la persona a la que llevo buscando todos estos años, me encargaré de que pague por sus recientes calumnias. Encontraré lo que esconde, descubriré todo sobre el asunto Macanaz. También sé que Martín tuvo una interesante conversación con usted... Lástima que al elaborar su plan ignorase que los pobres diablos a mi servicio no tienen vida más allá de mis órdenes. Estuvo deambulando un tiempo, sí, quiso cumplir su palabra. Pero terminó descubriendo que usted no tiene, ni por asomo, mi capacidad de encontrarlo allá donde vaya. Por eso regresó y habló. —Silencio—. ¿De verdad creía que una mujer como usted podía enfrentarse a mí y confabular con esa marquesa delatora para destruirme? Está sola, señorita De Villalta. A los Somoza les importa un rábano. Y su familia, allá en esa isla en la que vive, no podrá siquiera oír su grito de desesperación cuando me ocupe de usted.

—En eso se equivoca, no estoy sola. Tengo protección aquí. Soy la esposa de don Alonso Guzmán, señor Gallardo. Lo hemos llevado en secreto todo este tiempo. Y su ignorancia me demuestra que sí hay forma de contrarrestar su poder. Quiero que me diga ahora mismo por qué visitó a mi cuñado, por qué envió a sus hombres a interrogarlo hasta la muerte...

Una risotada la dejó más confusa que nunca. El exquisito mobiliario, inutilizado en esa visita inesperada, encuadraba a aquellas dos figuras.

—¿Con Alonso Guzmán? Esto es demasiado... —No paraba de reír.

—¿Qué le resulta tan gracioso? —preguntó ella, sonrojada de ira y frustración.

—Verá, señorita De Villalta, no tenía pensado hablar de más, pero me genera tanta lástima que me veo obligado a hacerlo. Pregunta el motivo de mi interés en su cuñado. Bien, no tengo ninguno. Tampoco en robar expedientes del palacio ni en poner pruebas en despachos que provoquen destituciones ni en hacer desaparecer otras que supondrían detenciones. Ni en proporcionar documentos de interés a los integrantes de la camarilla de Fernando VII o a dos condes en un litigio sobre dónde terminan las tierras de uno y dónde empiezan las del otro, o en organizar fugas o asesinatos en prisiones inmundas. Verá, en la Corte de Carlos IV aprendí que todo funciona por equilibrios y desequilibrios de poder. Y que la información hace ceder la balanza a conveniencia. Hace unos años, Robespierre dijo que la intriga era la reina del mundo. —Silencio—. Yo soy, desde hace años, su humilde vasallo. Porque aprendí que, bajo ningún concepto, iba a ser su víctima. Los caballeros poderosos que me contactan a través de una red sumamente discreta lo saben. También que mi eficacia es probada. Quizá, por ese motivo, el señor don Bernardo Guzmán requirió mis servicios en 1812 para borrar todo el rastro de su relación con los franceses y los francmasones cuando alguien lo alertó de que la sospecha sobre sus fidelidades podía provocar su destierro y el de su familia a la vuelta del Deseado. Conseguí eliminar lo más evidente, no todo es posible, ya lo imaginará usted. De las actas de la logia de Madrid en la que participó, apenas pudimos tomar prestadas algunas hojas y tachar su nombre en otras. Pero ya estaban en posesión del Santo Oficio y el trato con mi enlace allí fue no destruir por completo el documento. El señor don Bernardo cumplió con su parte, fingió su muerte para que nadie hurgara en su pasado. Sin embargo, ya desde su escondite en Francia, me avisó de que había dejado un cabo suelto en los meses que se había resguardado en La Mancha antes de partir al extranjero... Lo había avisado un buen amigo suyo de la zona. Al parecer, el hermano secretario de la logia de Manzanares había ignorado el chantaje por el que se le trató de convencer de que no registrara en el documento su presencia en algunas reuniones. No había privilegios para un visitante... Hubiera dado lo mismo de no ser porque su cuñado tomó la errónea decisión de robar el libro cuando abandonó la logia, convencido de que sería su moneda de cambio al pasarse al otro bando, su salvación de cara a abrazarse con los constitucionalistas. Lo visité una vez con los mejores modales, pero no dejó de insistir en que lo había destruido por su propio interés. Jamás lo creí. Tampoco el señor Guzmán, más terco que una mula. Así, me vi obligado a enviar a mis hombres, más convincentes en sus formas que mi delicada retórica. Pero, ya ve, todo se torció y ese maldito libro se me resistió. Hasta hoy. He de reconocerle que su estúpida idea de quemar la casa de su hermana dio al traste con mi intención de buscar en cada rincón, pues ni en las cenizas hallé una sola muestra de ese cuaderno de actas. Tanto si lo tiene usted, su amado esposo, o se quemó, sepa que es un absoluto contratiempo porque mi intención siempre ha sido terminar el trabajo por el que el señor Guzmán me contrató. Deseo recibir el último pago. Y si don Bernardo no cumple con su parte, tendré que cobrármelo a mi modo.

Inés no podía creer lo que estaba escuchando.

—Quizá ahora entenderá por qué me alegré tanto cuando usted contactó conmigo. Después de lo inútil que había sido intentar averiguar algo a través de su hermana enferma, usted apareció como un modo de hallar ese libro, eliminarlo y obtener una suculenta cantidad de dinero, atractiva y pertinente tras la destrucción y el caos de la guerra. Quise ganarme su confianza para que, con el tiempo, me llevara hasta él. Pero, entretanto, recibí aquel nuevo dato sobre los poderosos oídos que Fernando VII tenía en Salamanca, en el palacio de Riofrío, asunto de sumo interés para una cuestión de gran importancia que tenía entre manos desde hacía un tiempo —dijo cauto, sin concretar, en relación con la delación, arresto y suicidio del hijo de su hermana—. Consulté el misterioso y rápido ascenso del marqués en apenas dos años, incluso tenía silla en el Consejo de Estado... En el invierno de 1816 se empezó a hablar de él como candidato para la Secretaría de Hacienda. Y todo sin motivo, sin explicación. Me encargué de que su nombramiento no prosperara, pero sabía que necesitaba a alguien que investigara para mí a ese hombre cuya casa había ignorado por estúpidos rumores sobre si habían alojado a imperiales en la guerra y porque no encajaba con el perfil de influyente, fiel e inmaculado servidor de Su Majestad, poseedor de una de las péndolas que habían determinado, al final de la contienda, quién era digno y quién no —comentó, único resquicio de indiscreción—. Tenía a otras dos personas vigilando en otros palacios que pensaba mejor conectados, más poderosos... Precisaba de alguien que no resultara sospechoso. Y usted apareció en el mejor momento. Con su desesperación y su inocencia. Y, para mi absoluta sorpresa, descubrió que no era el marqués, sino la señora marquesa la que tenía influencia en la Corte. Pieza que había ignorado por completo en mis planes y que devolvió a la Casa Somoza a la partida. De pronto, creí que el misterio podría revelarse, que estaba un paso más cerca de terminar con la incertidumbre que abrasa mi pecho desde hace años, pero usted se descubrió como una embustera, una traidora, aliada con esa marquesa sospechosa... y una idiota casada con el hijo del hombre que pagó por la desgracia de su familia. —Se le escapó una risa burlona.

«¿Es posible que me pese tanto el corazón?», se preguntó Inés, pálida, sin habla. Una punzada en el costado atravesó su torso.

—¿Cómo puede ser así?

—¿Y usted? —Se acercó a ella. Cuando se encontraba a muy poca distancia, bañándola con su hálito, añadió, cogiéndola del antebrazo con fuerza —: No debe dar lecciones de moral. No tiene derecho. Utilice el tiempo que dedica a juzgarme a temerme. Porque esto no se va a quedar así. ¿La marquesa le ha contado algo? ¡Hable de una vez! Es ella la persona a la que busco, ¿verdad? —La zarandeó perdiendo los papeles y la templanza que había mantenido en todo momento. Inés no dijo una palabra—. ¿Dónde está el libro? Sepa que solo tiene dos opciones para no empeorar su situación: o me entrega el cuaderno de actas o el dinero que me debe su suegro. —Y apretó más—. Desconoce de lo que soy capaz.

—No le tengo miedo, señor Gallardo. No va a conseguir nada de mí, ya no. —Lo miraba con aquellos ojos avellana recubiertos de centelleante determinación y rebeldía, luchando contra el dolor del brazo—. Tengo pruebas sobre usted que desmontarían su discreto negocio. No solo he averiguado dónde vive. Así que no me importan sus amenazas, porque sepa que, si se vuelve a acercar a mi familia o a la familia Somoza, haré pública su identidad y todo lo que tengo contra usted. Se acabará su poder, su vasallaje a la rentable intriga, se le multiplicarán los enemigos por todo lo que ha hecho en estos años, no habrá más clientes y no tendrá cloaca en la que esconderse. Voy a recuperar mi libertad, mi vida. Y usted no va a interponerse más. —La mano de él se relajó, preocupado por lo que acababa de escuchar.

Inés logró zafarse, se alejó de él, abandonó el salón y aquella vivienda. En la calle, de nuevo con Isidra, notó el peso de aquella cruda verdad. Se aguantó las ganas de llorar, de gritar, de correr hasta que llegó al palacio y solicitó ver a su esposo. Alonso estaba en su despacho. Cuando la vio aparecer, supo que algo no iba bien. Inés comenzó a hablar y confirmó sus peores sospechas.

—¿Cómo has hecho esa locura, Inés? ¡Ese hombre es peligroso! ¿Por qué me torturas con tu insensatez?

—Porque soy así, Alonso. Mi naturaleza es así, aunque intente reprimirla. Y no soy capaz de seguir aquí escondida, de regalar mi vida al miedo... Pero lo que más me preocupa de todo es que no te veo sorprendido por lo que acabo de contarte. ¿Por qué?

Las ojeras, marca de culpabilidad, parecieron hundirse bajo la mirada gacha de Alonso. Inés, angustiada, lo observó, deseando una respuesta que diera paz a su esquilmado espíritu.

—Porque ya lo sabía... —respondió, avergonzado.

Otra vez ese pinchazo en el torso.

—¿Desde cuándo?

—Desde que visité a mi madre en Asturias. Me contó que mi padre había contratado los servicios de un hombre que se hacía llamar el Benefactor a través del presbítero don Juan Bautista Benegas para eliminar cualquier prueba que perjudicase a la familia a la vuelta del rey. Al parecer, habían empezado a correr rumores en la Corte..., quizá los mismos que llegaron al general O'Donojú, el primero que me sugirió las simpatías de mi padre. Eran débiles pero preocupantes, como toda mínima sospecha que afecta a un patrimonio, a un apellido. Recordé el libro de actas, el tachón en su nombre en el de la logia de Madrid, los pagos al señor Benegas... y... Imagino que dejó sus libros de cuentas sin tocar porque no los creyó preocupantes, llenos de iniciales, sin concreción. Destruirlos habría sido más sospechoso que dejarlos ahí, en el despacho, donde permanecieron sin ser consultados durante años...

Inés negó con la cabeza. Una pátina de lágrimas cubría sus mejillas encendidas.

—Quise decírtelo, pero no sabía cómo... —Se acercó a ella, pero Inés se dio la vuelta.

Un silencio largo se interpuso entre las explicaciones que, histéricas, se agolpaban en sus bocas, secas de ánimo, huérfanas de toda fe.

—Dijiste que esto estaba a salvo de las garras de Gallardo. Que lo que había entre nosotros jamás podría tocarlo. Pero él ha sido quien nos ha unido. Y yo no sé si puedo soportar la idea de amar al hijo del hombre que arruinó la vida de mi querida Dolores —musitó Inés.

Sin ganas de alargar aquella tortura y buscando que los aguijonazos que la hacían retorcerse de dolor se calmaran, se fue a su cuarto, donde se deshizo en lágrimas amargas y lamentos ahogados en los suaves cojines de una cama que ya no sentía suya.

XXXVIII

La señora doña Inés continúa indispuesta, así que me ha pedido que les diga que hoy también cenará en su cuarto —indicó Isidra ante la resignación del resto de comensales.

Alonso dejó la servilleta sobre el plato, de mala gana, alcanzó la botella de vino que reposaba sin descorchar sobre el mantel de hilo y se retiró también. Cosme y doña Ludovica advirtieron que algo no marchaba bien. Se mantuvieron al margen durante los primeros cinco días, pero aquella noche, al ver que su hermano se disponía a volver a naufragar en un vaso de caldo, Cosme optó por seguirlo a sus dependencias. Lo encontró a punto de dar el primer sorbo, encaramado a la consola en la que descansaba una escueta colección de vasos de cristal labrado.

—No lo hagas, hermano —le pidió—. ¿Qué es lo que está pasando?

Alonso miró a Cosme con aquellos ojos marrones, desesperados. Había prometido a su madre que guardaría el secreto. A la vuelta de Asturias, había simulado ante su hermano que los asuntos que lo habían llevado al norte tenían que ver con propiedades y tierras, con contratos vinculados al condado de Valderas. Sin embargo, ya no podía más. Necesitaba un cómplice en aquella afrenta. Más ahora que sentía que estaba a punto de perder a Inés. Así, con la calma del que está asumiendo verdades incómodas, narró a Cosme todo lo que había descubierto en aquellos años, también lo que Inés le había contado de su conversación con don César Gallardo.

El mayor de los Guzmán no podía creerlo. Su padre se había quitado del medio para que sus simpatías durante la ocupación no salpicaran a la familia. Continuaba vivo, afincado en París bajo una identidad falsa. En el cementerio de San Isidro solo estaban enterrados su frágil reputación y el fantasma de sus errores. A ellos habían llorado. Pues su existencia no expiró a causa de unas fiebres en medio del rugido de los cañones imperiales. Alonso no podía creer que don Bernardo Guzmán pasara los últimos días de su vida pensando que era una suerte de mártir familiar. Su vanidad, siempre intuida pero jamás reconocida —como buen hijo que era—, le resultaba despreciable. La complicidad de su madre, una condena eterna para su ánimo.

Cosme escuchó todo el relato de Alonso, a mitad del cual hubo de sentarse. También lo referente a Inés, que explicaba el comportamiento distante de ella desde hacía una semana. El ahora marqués de Urueña optó por la practicidad tras digerir cada una de las frases despedidas por los labios de su hermano, pasajeramente a salvo de fundirse en copas llenas de tentaciones.

—Nuestro padre, con su exilio, ya está expiando sus pecados, hermano. Con su soledad, tu madre también. Así que propongo que nos centremos en aprovechar la oportunidad que tiene esta familia de salir indemne. No sé qué demonios nos deparará esta nueva guerra… Hace días que los franceses cruzaron la frontera. El rey está en Sevilla… Creo que, si Su Majestad vuelve a recuperar todos sus poderes, no habrá piedad para los detractores. Así que nos conviene, más que nunca, poner de manifiesto el diligente servicio a la Corona de esta familia. Con suerte, recuperaré mis cargos. Quizá tú también puedas situarte bien. Seremos discretos e intentaremos olvidarlo todo. No debes buscar a nuestro padre por mucho que te sientas tentado. Debemos conformarnos con saber que vive en Francia. Tienes que destruir todas las pruebas que has ido consiguiendo en estos años, incluido el libro de actas de esa logia. Nada puede vincular a la casa Guzmán con la traición. Padre escogió el apellido por encima de la familia. Nosotros debemos hacer lo mismo. Intentaremos olvidarlo y, con suerte, algún día entenderemos sus motivos para vincularse con juramentados durante la guerra. Y quizá un milagro ablande nuestro corazón y podamos perdonarlo.

Alonso no deseaba, por nada del mundo, escuchar aquella resolución. Pero tuvo que aceptarla. No había más opción si deseaba que su familia continuara a salvo en aquella España cambiante. No podían arriesgarse a que el rumor de la deslealtad de su padre llegase a los oídos inadecuados. Él más que nadie sabía lo que les pasaba a los traidores. Había ayudado a configurar listas que, llegado el caso, serían empleadas para activar la represión que se avecinaba si los Cien Mil Hijos de San Luis lograban «liberar» al monarca. Cosme se acercó a él y lo abrazó. En aquel instante, los dos hermanos se sintieron más unidos que nunca. El mayor le susurró un agradecimiento por la confianza.

—¿Crees que debemos decírselo a Jonás?

—Cuando podamos contárselo en persona —decidió Cosme.

Alonso asintió. Aunque prometió que no lo haría, en cuanto la puerta se cerró, procedió con aquel sorbo interrumpido, camino tortuoso a una redención que no existía. Cosme, por su parte, decidió prepararlo todo para realizar un pago en nombre de su padre al Benefactor y así saldar la última parte de la deuda. Alonso le habían transmitido el mensaje que Gallardo había planteado a Inés: o el libro o el dinero. La pareja, afectada por los pormenores, apenas había dado importancia al detalle. Pero Cosme sabía que podía ser una fuente de problemas para su familia. No hizo a nadie cómplice para que solo a él le escociera la conciencia.

Sentada junto a la ventana, Inés reflexionaba sobre lo que le había dicho Alonso semanas atrás al descubrir su trato con el señor De Loizaga. «Me has desobedecido», había afirmado. ¿De eso se trataba la vida a fin de cuentas? ¿De cumplir órdenes de padres, de marquesas, de benefactores, de esposos...?

Por un momento notó la cuerda que rozaba su clavícula y que, en torno a su cuello, la hacía presa por nacimiento. Inés todavía no la veía en el reflejo apagado que le devolvía el cristal, pero experimentaba la limitación a que la sometía. Siempre debía pelear por tomar decisiones. Llevaba años fantaseando con la libertad, pero ¿y si no estaba reservada para ella? Una vez más se encontraba en una casa muy lejos de su hogar.

Las palmeras, las nubes bajas que besaban las olas, los acantilados verdes, la brisa cálida, el aroma a limón que impregnaba las ropas de su madre..., todo estaba desapareciendo en su memoria. Incluso las conversaciones con Blanca mientras ella dibujaba en el gabinete. Inés siempre tenía la costumbre de hacer preguntas sobre lo que se disponía a pintar. Su hermana le pedía paciencia, le hablaba de la magia de la inspiración, más poderosa si había silencio. Pero ella era incapaz de mantenerse callada. Entre risas y vistazos a la calle, soñaban con bailes, pretendientes, viajes, visitas, vestidos, lecturas, encuentros con personalidades. Creaban, con el simple arte del diálogo desenfadado, senderos gloriosos que las llevaban hasta aquella plástica felicidad de la juventud. Con el paso de los años, Inés había concluido que eran demasiado inocentes. La dicha se había tornado vaporosa, abstracta, incapaz de retratarse con palabras o pinceles. Felicidad y tristeza estaban cada vez más mezcladas, como los colores en la paleta que usaba su hermana. Pero ¿podía haber un sitio que extrañara más que el gabinete de su casa de Santa Cruz? ¿Existía remedio para lo mucho que echaba de menos las mejillas sonrosadas de Blanca? ¿Podría contarle todo algún día?

En los momentos en los que era consciente, con toda la crudeza posible, de las leguas que la separaban de su familia, preocupados por la situación en la península en las cartas, se sentía desfallecer. En algunas ocasiones solo tenía fuerza para alejarse de su reflejo vítreo y entregarse a esas sábanas que siempre arropaban su amargo lamento. Quiso escribirles unas líneas, pero algo detenía la pluma: el hartazgo de mentiras. Deseaba desaparecer para ellos, liberarlos de su ficción. Pero, en el huracán de las noches en vela, se arrepentía, incapaz de renunciar al último resquicio de esperanza que le quedaba. Si pensaba en Alonso, le parecían pocos los pasillos entre sus cuartos. Algunas noches detestaba hallarse en aquella residencia, propiedad de aquellos a los que ahora aborrecía. Otras, ansiaba recorrer la distancia que la separaba de él. No sabía si quería gritarle o si, por el contrario, buscaba capturar su suspiro con un beso. Por más que se flagelaba, por más que se acusaba de ingenua, por más que destrozaba con sus propias manos la montaña de arena que había construido en honor a lo que sentía por Alonso Guzmán, se preguntaba, una y otra vez, ¿cómo hacía para olvidarlo de pronto? ¿Cómo podía aleccionar a su corazón para que odiara a quien amaba? ¿Por qué seguía esperando a que apareciera al anochecer? ¿Por qué pesaba su ausencia? ¿Por qué se tambaleaba su juicio? Cuando aquellos deseos se colaban en su pesar, los amordazaba con la almohada, como si esconderse bajo ella fuera a silenciar el latido de sus sentimientos.

En Salamanca la situación había vuelto a la normalidad. No había lecheros sospechosos. Había cesado la necesidad de fingir. Julieta se había recuperado del disgusto. Doña Mariana, no obstante, continuaba vigilante. Una de las pocas cosas que había hecho Inés en aquellos días de reclusión fue enviar una misiva a la marquesa contándole lo que había pasado con el señor Gallardo, lo que sabía y lo que no. Debían permanecer alerta por si la amenaza de Inés no surtía el efecto deseado. Aquel hombre seguía buscando la verdad y tenía intención de vengarse de la marquesa por el escrito que había enviado a palacio. En cualquier caso, lo que pareció obvio a la señora Fondevila es que habían ganado tiempo. Así, sin espías que acecharan sus movimientos, pudo poner a buen recaudo los más preciados secretos que, en forma de cartas y documentos, no solo atentaban contra sus intereses, sino contra los de ese reino absoluto que, posiblemente, se iba a reinstaurar en los próximos tiempos. Aquella tranquilidad le permitió centrarse en lo importante: restablecer vínculos con los realistas salmantinos para salvaguardar su poder y preparar la boda de Aurora, al tiempo que don Ildefonso se entretenía con proyectos urbanísticos futuros tras dar por finalizada su aventura minera.

Por su parte, en Madrid, Modesto maldecía a los franceses y a los serviles mientras acataba órdenes del dueño de la imprenta. Mientras lavaba los calzones en el patio y contaba las pocas perras que tenía. Mientras bebía en silencio y soledad en tabernas, cazando rumores de vientos de cambio que le daban náuseas. En aquel bucle de malas noticias, solo las charlas nocturnas con Víctor Hernando y los discursos que pronunciaba en cafés le proporcionaban el sosiego que necesitaba en aquella extraña primavera.

Con el mismo ahínco que él, Alonso empinaba el codo en otros locales. Había aprendido que no era cauto cruzarse con el señorito Andújar. Ya no. El festín seguía en casa. Pero jamás cruzaba los límites que, años ha, le habían hecho perder la razón y terminar abandonado entre embarcaciones, en la playa o en camas desconocidas, oliendo a alcohol e impudicia. Aun así, se odiaba a sí mismo por ello. Volverían los temblores al alejarse de las botellas. La ansiedad. Pero en aquellos días no se sentía dueño de sí mismo. Su mente estaba atrapada en el cuarto de Inés. No podía dejar de revivir cuando la vio por primera vez en Aranjuez. Y no soportaba que ahora lo rechazara por una decisión que él no había tomado. Así, uno de aquellos crepúsculos en los que sus entrañas le exigieron hidratación etílica, se vio en el espejo del despacho y detestó reconocer al hombre perdido que había sido por un tiempo. El líquido ambarino menguaba con el paso de los días. Y cada vez a mayor velocidad.

Al decimotercer día de estéril purgatorio, tapó la botella de licor y capituló. Después de probar a relajarse en la cama y luchar contra el dolor de cabeza que perforaba sus sienes y su paciencia, se decidió a poner fin a aquel suplicio silencioso. Salió de su cuarto y se dirigió al de Inés. Llamó a la puerta de la antecámara de su esposa y deseó que, en aquellos días, no se hubiera evaporado su presencia. Inés rehusó abrir al principio. Pero algo en su ser la hizo transigir.

—Necesito decirte algo, solo será un momento.

Inés asintió y permitió que pasara. Cerró la puerta y se reunió con él en aquel gabinete amarillo. Alonso paseó por la estancia hasta que encontró las palabras.

—Entiendo que me rechaces, que me odies. Yo… también siento repulsión hacia lo que hizo mi padre y no soy capaz de dormir si pienso en que él fue el responsable de lo que le pasó a tu hermana. Por eso no fui capaz de decírtelo. Me horrorizaba tener que contarte algo así. Y lo siento… Pero, Inés, esto… esto nunca ha sido obra de Gallardo. Jamás. No te conocí por él. Te descubrí junto al puente de Barcas admirando una cascada que yo jamás había contemplado con tanta pasión. Sé que, después, nuestros caminos se han cruzado por motivos nefastos, pero no convierten mis sentimientos en humo, no los deshacen ni los pervierten. Yo me casé contigo por cómo pensaba que eras. Hoy te amo por lo que sé que eres. Si le concedemos a Gallardo el poder de lo que existe entre nosotros, habrá conquistado lo único que nunca tuvo a su alcance. Por favor…, no dejemos que lo haga, Inés —suplicó.

Ella reflexionó sobre lo que Alonso le decía. Se quedó callada. Demasiado tiempo sin hablar… Él creyó entender.

—Disculpa si te he molestado, yo… aceptaré lo que decidas. Al fin y al cabo, en un matrimonio no tiene por qué haber amor.

Empezó a retirarse hacia la puerta, rendido, caído en batalla. Pero Inés fue más rápida.

—Alonso.

Él se detuvo.

—En este lo hay —admitió, con ojos llorosos—. Pero necesito tiempo.

Guzmán, como quien se aferra al único saliente que lo puede salvar del precipicio, sonrió y asintió.

Al tiempo que Alonso e Inés curaban las heridas y ella aguardaba la carta del señor De Loizaga, las tropas francesas del duque de Angulema ganaron posiciones. A pesar de los intentos de las tropas liberales, el ejército extranjero avanzó sin demasiada resistencia. ¿Quería decir eso que los españoles estaban dispuestos a dar carpetazo a la experiencia liberal? ¿Quizá muchos de ellos no la habían entendido ni se habían beneficiado de las bondades que plagaban discursos y periódicos, menos a mano en las zonas rurales que las homilías? ¿Acaso la división interna de los liberales había carcomido ese nuevo régimen? Todas estas cuestiones sobrevolaban los deseos y miedos de los habitantes de las zonas septentrionales de la península. Los Cien Mil Hijos de San Luis habían llegado a Burgos a principios de mayo. A finales, los marqueses de Riofrío, como era de esperar, acudieron a una de las corridas que se organizaron para festejar el control de la ciudad en manos de las tropas realistas del general Silveira, pertenecientes a la división lusa. La placa de la Constitución se cubrió con un velo negro y por las mismas calles donde en 1820 habían resonado los tedeums y se habían entonado los cánticos a favor de la revolución, ahora se escuchaban improperios escupidos a liberales, francmasones y comuneros. El único viva que se apreciaba iba dirigido a ese rey, «cautivo» de nuevo, deseado una vez más, bajo la fórmula «¡vivan las *caenas!*».

Algo similar ocurrió en Madrid en aquellos mismos días. Y es que la Villa y Corte fue ocupada por los hombres del duque de Angulema. La tensión aumentó a niveles insospechados. Algunos milicianos y liberales habían logrado huir en dirección a Sevilla, donde continuaba con relativa normalidad la actividad de Gobierno y Cortes. Fernando VII no colaboraba, pues no pretendía que nada hiciera dudar de su supuesta condición de prisionero. Soñadores como Modesto continuaron ejerciendo resistencia con la voz mientras los uniformes franceses se paseaban de nuevo por las calles madrileñas. Julieta Salas obvió imaginar la ciudad ocupada una vez más. Don Rafael Carrizo le decía que no era como en 1808, que no podía compararse. «Aquello fue una invasión. Lo de ahora, una operación de rescate. No vaya a confundirse», comentaba, como el charlatán que era, en las cocinas del palacio de Riofrío. La señorita Salas, víctima de la condescendencia constante, optó por asentir, pero en su fuero interno sabía que no se trataba solo de eso.

—Más rápido, Andújar. Que tienes que entregar las muestras al señor Orbate.

—Sí, señor. Pero es que no soy experto en arreglar máquinas como esta. Yo creo que se ha debido de soltar una pieza —le explicaba Modesto, tumbado en el suelo inspeccionando la prensa con las mangas de la camisa remangadas.

De pronto, tres soldados entraron en aquella humilde imprenta e interrumpieron la conversación entre el dueño y el empleado. Modesto se levantó para averiguar qué ocurría.

—¿Es usted el señor don Modesto Andújar?

—Sí, ¿qué desean?

—Cogedlo —ordenó el de mayor rango.

Los otros dos obedecieron. Fueron tan eficientes que a Modesto apenas le dio tiempo a planear la huida. El impresor, aterrado, no se atrevió a pronunciar palabra y observó desde la barrera cómo aquellos realistas detenían al empleado, acusado de crímenes de lesa majestad divina y humana, así como de traición al rey y a la religión. Uno de ellos añadió de cosecha propia el término «jacobinismo», aplicado a los comuneros de los que Modesto formaba parte. Mientras lo llevaban de malas formas a la cárcel de Corte, el señor Andújar buscó caras amigas entre el gentío. Pero nadie lo rescató. Ya en la celda, se aferró a los barrotes sin querer creer lo que le acababa de pasar.

En el fondo no le había sorprendido la noticia de que el general de La Bisbal se hubiera rendido en Guadarrama. O que el general Ballesteros se hubiera replegado. O que el general Zayas hubiera entregado la ciudad. O que no se escucharan coplas ensalzando la resistencia de los milicianos. Quizá tampoco le extrañó el linchamiento que se estaba produciendo en contra de los liberales. Sabía de algunos a los que habían roto las ventanas de casa con piedras. De muchos a los que habían perseguido, apresado y agredido. De otros tantos que habían huido. Y que existían los que habían respondido a los ataques con más y menos acierto.

Alonso se enteró de la suerte que había corrido el señorito Andújar en una visita esporádica a la taberna de la calle Ancha donde, en varias ocasiones, habían compartido mesa y bebida. El dueño le preguntó por Modesto, al que sabía «bajo el ángel». Guzmán se temió lo peor. Se valió de sus contactos en las filas serviles para averiguar el estado de la causa del joven. El avance militar de los Cien Mil Hijos de San Luis y las tropas realistas había ido acompañado del desarrollo de una red de instituciones y organizaciones con las que se pretendía devolver al reino a su estado de 1819. Una junta provisional de Gobierno, liderada por el general Eguía, cada vez más cerca de regresar a esa Corte que jamás había abandonado de facto, fue sustituida con la llegada del duque de Angulema a Madrid por una regencia encabezada por el duque del Infantado, aquel con el que doña Mariana se había enfrentado en Aranjuez. La Regencia tenía como cometido representar los intereses del monarca mientras este estuviera retenido en el sur. En ella tuvieron asiento el señor don Tadeo Calomarde, el duque de

Montemar o el barón de Eroles. También tuvo un papel destacado don Víctor Damián Sáez, confesor de Fernando VII y pieza clave en la contrarrevolución.

En aquellas semanas de principios de junio de 1823, el aparato absolutista se puso manos a la obra en las zonas conquistadas. Restituyeron las instituciones religiosas y los derechos señoriales, borraron las medidas más controvertidas de los liberales, se eliminaron los ayuntamientos constitucionales, se devolvieron los cargos arrebatados tres años atrás, se crearon comisiones de depuración y se estudió la posibilidad de resucitar a la Inquisición para colaborar en la represión que se iba a llevar a cabo.

Alonso descubrió, gracias a una supuestamente inocente charla con don Ventura Quesada, vinculado a la Regencia tras años de trabajo entre bambalinas, que el destino de los liberales no era otro que la muerte. Preocupado porque aquel vaticinio pudiera hacerse realidad, intentó pensar en formas de sacar a Modesto de la prisión.

—¿Quieres que pare de leer? —se interesó Inés, que sostenía un libro en las manos, recostada en el sillón del gabinete sobre las piernas de Alonso.

—No, no, continúa.

—Sé que no me estás escuchando. ¿Te… te ocurre algo?

—Sigo pensando en lo del señor Andújar.

—¿No sabes de nadie que te pueda ayudar?

Alonso negó con la cabeza.

—Lo único que se me ocurre es convencerlo de que se arrepienta. Quizá así pueda tener una oportunidad…

—¿Crees que aceptará?

—No lo sé, pero tengo que intentarlo. Y conseguir que alguien cuerdo escuche sus disculpas y lo exonere.

Inés lo observó desde su posición. Le gustaba su compasión con aquel joven, pero temía que su sincera voluntad se estrellara contra el muro de la intransigencia de aquellos que ahora controlaban el reino.

—Creo que deberíamos prepararnos para la cena —sugirió Inés tratando de distraer a su esposo.

Alonso volvió a asentir y, antes de que ella se incorporara, le dio un beso en la frente. Le gustaban aquellos ratos. Volvía a sentirla cerca, cada vez más reconciliada con la terrible vinculación de su familia con el Benefactor.

—Jonás ha incluido una lista de recomendaciones de lectura para mí en su última misiva —le contó ella sonriente.

—Me encanta que haya tenido ese detalle. Ojalá esté bien por allí. Cosme le ha aconsejado que no salga mucho a la calle hasta que la situación se calme.

—Es un hombre inteligente, Alonso. Cuidará de sí mismo.

—¿No tienes noticias del señor De Loizaga?

—No... —musitó ella mientras se levantaba.

—¿Cuánto tiempo más necesita ese hombre? No me da buena espina... —Y murmuró—: Ya dije yo que no era de fiar...

—Alonso, no empieces, por favor. Solo malgastas tu saliva con una decisión tomada. Confío en don Nicolás, pero, sobre todo, en la duquesa de Olivera. Me pidieron paciencia. E imagino que la situación general no hace sencillo el cometido. Así que, con todo mi amor y respeto, por favor, deja que me prepare para la cena —respondió haciendo acopio de paciencia y volvió a sonreír.

Él se levantó del sillón también y con gesto divertido se marchó. A los minutos, pasó Isidra, que ayudó a Inés a cambiarse de atuendo. Mientras esperaba uno de aquellos maravillosos vestidos de seda que llenaban su guardarropa, aromatizado con bolsitas de lavanda en aquel palacio, con la camisa, el pequeño corsé limitado al pecho y las enaguas, se acarició el vientre. Seguía sin tener prisa. Menos ahora que se peleaba con la culpabilidad por todo. Pero algunas veces le surgían dudas sobre si, llegado el momento, el cuerpo le concedería ese privilegio. Las inseguridades ante la perspectiva de no lograrlo recubrían su matrimonio de una sombra espesa que la paralizaba por momentos. Mas la imagen inventada de Manuel hacía que aquellas ideas se escondieran en recovecos oscuros, postergadas así para ese futuro desconocido al que siempre le suplicaba soluciones.

Cuando, dos días más tarde, Alonso cruzó las puertas de la cárcel de Corte —aquella misma en la que había interrogado al ujier Castro, muerto en extrañas circunstancias—, le sorprendió enterarse de que Modesto no había recibido ninguna visita con anterioridad. No es que fuera sencillo, pero tampoco era imposible. Entre aquellas barras de hierro descubrió el gesto desesperado del señor Andújar, quien no se alegró de verlo.

—¡Sé que todo esto ha sido por usted! —lo acusó—. ¿Ha venido a decirme que me advirtió? ¿Me visita para anunciarme su victoria?

—Señor Andújar, cálmese, se lo ruego —le pidió Alonso bajando la voz—. Yo no lo he delatado. Y puedo asegurarle que no siempre ha sido fácil mantener su nombre al margen. Creo que usted solo se ha encargado de dejar patente su adhesión a la causa constitucional.

—Muy bien —contestó—. ¿Quiere algo más o eso era todo?

—¿Puede dejar ese tono? He venido a ayudarlo.

—Ya le dije que no quiero su ayuda.

—¿Usted se ha visto, señor Andújar? No está en condiciones de rechazarla.

—Cumpliré la condena hasta que vengan a rescatarme. Tengo muchos amigos poderosos, señor Guzmán.

—¿Y dónde están? —Negó con la cabeza, angustiado—. No lo entiende, ¿verdad? Van a condenar a muerte a todos los traidores, señor Andújar. Y usted está en primera línea.

Modesto arqueó las cejas de forma involuntaria, espasmo del miedo.

—Puedo sacarlo de aquí, pero tiene que desdecirse de sus discursos y quizá colaborar para apresar a las caras más visibles. Conseguiré que su arrepentimiento llegue a la Regencia para que lo dejen en libertad. Y podrá volver con su familia o hacer lo que le venga en gana. Tal vez viajar, conocer esos lugares que siempre ha querido descubrir. Escribir un libro. Casarse. Ser dueño de su futuro.

El señor Andújar se quedó en silencio un rato mirando las botas negras de Guzmán. Odió que utilizara aquella conversación que habían tenido en Cádiz, que se valiera de sus sueños de juventud, también de los del presente, para tambalear los cimientos de su conciencia.

—Nunca lo ha entendido... —murmuró.

—¿Disculpe?

—Usted nunca ha entendido nada. Si quieren fusilarme, que así sea. Prefiero morir a renegar de mis principios. Es lo único que me queda, señor Guzmán. Lo único que siempre me ha acompañado. Lo único de lo que soy propietario. Porque, sin ellos, mi futuro jamás me pertenecerá —aseguró, con los ojos brillando como centellas en la oscuridad de los calabozos—. Puede irse.

—Modesto... —intentó convencerlo.

—¡Lárguese!

Alonso negó con la cabeza lamentando la obcecación de aquel desgraciado. Se retiró de los barrotes y se perdió en el corredor que lo devolvía a ese mundo en el que se había censurado a los allí cautivos. Las pisadas acompañaron a Modesto que, afectado por la delicada situación en la que se encontraba, se retiró a una de las esquinas de la celda. Se sentó y rezó por que la rata que lo visitaba siempre estuviera entretenida en otra cloaca. Se abrazó las rodillas e inhaló aquel aroma a orina y humedad que ya no olía. La magullada mano sacó del bolsillo de la levita un pañuelo, el mismo que había soñado con ondear al ser nombrado diputado. De pronto, como antídoto a la tristeza, escuchó la risa de Filomena Esquivel. «¿Qué será de ella?», se preguntó. «¿Me habrá perdonado?», fantaseó. Ahora que su altivez se había descompuesto en la miseria, entendía lo erróneo de su comportamiento. Había asumido que un ave herida jamás desea volar. Pero él sí quería ver la luz del sol otra vez. Al igual que la Filo había soñado con que alguien la amara más allá del negocio de la pasión en venta. Mas ambos estaban presos en cárceles, aunque de distinta naturaleza. Y, por primera vez en su vida, Modesto experimentó lo que significaba que nadie reparara en su presencia. Se había convertido en un indeseable, en alguien a quien era mejor olvidar. «Quizá este es mi castigo por ser un insensato», pensó mientras aspiraba el aroma perdido de la prenda y apoyaba la cabeza en el muro, casi tan frío como sus manos temblorosas.

Alonso maldijo a Modesto mientras volvía a casa. También la época que le había tocado vivir. Se había prometido tirarse al mar si había otra guerra. Y ahí estaba. Aunque lejos del desdibujado frente, podía oler la sangre que se estaba derramando. Por la calle de Toledo pudo apreciar el creciente despliegue de aquel cuerpo armado que había creado la Junta de Eguía: los voluntarios realistas. Era complicado identificarlos, pues no llevaban uniforme. Solo una escarapela y armas de diverso tipo y tamaño. Mas si había un elemento que todos compartían, era la arrogancia que acompañaba sus pasos y gestos. No es que fuera un rasgo de carácter. Es la marca que deja la rápida adquisición del poder sobre otro, quizá tu enemigo, y el monopolio de la verdad, ambas cosas defendidas por la fuerza. Cuando entró en el palacio, y para calmar su nerviosismo, se prometió visitar de nuevo a Modesto en unos días para comprobar si había cambiado de opinión. Seguro que lo hacía. Ninguna idea era lo bastante buena como para morir por ella.

Distinto opinaban los liberales. En sus semanas de actividad en Sevilla habían continuado legislando. Habían eliminado los señoríos, como si hubieran optado por ignorar lo que estaba ocurriendo en el norte y el centro del reino. Se había sustituido el Gobierno del señor don Álvarez de Estrada por un Ejecutivo de corte más moderado en el que la figura de don José de Calatrava, ministro de Gracia y Justicia, destacaba sobre las demás. Pero templar gaitas no sirvió de nada. El avance del duque de Angulema hizo preciso un nuevo traslado. El señor Martínez de la Rosa, el señor Argüelles, el señor Alcalá Galiano y compañía decidieron que el mejor destino era la ciudad que les había ofrecido cobijo con anterioridad, la hermosa Cádiz. A Fernando VII no le pareció tan buena idea, pues suponía alejarse todavía más de las tropas que planeaban rescatarlo más pronto que tarde. Los diputados, desesperados, decidieron entonces declarar al rey incapaz y constituir otra regencia, en este caso liberal, presidida por el señor don Gabriel Císcar. Y así, el día 12 de junio lograron marchar a la isla de León dejando atrás una Sevilla que, en horas, quedó engullida por el gritería realista.

Pese a que el rey recuperó sus poderes de camino a Cádiz, aquella maniobra de los constitucionalistas no tuvo buena prensa en el resto del reino y dio de comer a la propaganda absolutista que trataba aquella coyuntura como una suerte de rapto del monarca. Doña Mariana, don Ildefonso y la Gran Dama clamaban al cielo pidiendo piedad para Su Majestad. «Es in-a-cep-ta-ble», juzgaba la baronesa, apuntando con su bastón al ser humano más próximo. Doña Fuencisla Baeza se pasaba el día santiguándose, asimilando el noticiero voceado del señor Carrizo. Julieta y Valentín inventaban gestas que quedarían cinceladas en los anales mientras fumaban en secreto y contaban las monedas que los harían libres. Cosme y doña Ludovica se esforzaban en cuidar sus amistades y contactos con objeto de conservar su posición al regreso del rey. Jonás disfrutaba de su vida en Valladolid sin los ojos del padre don Eustaquio en el cogote, ya en Asturias con la condesa, y analizaba la posibilidad de formar parte del cuerpo de voluntarios si la situación se tensaba más. Alonso, que todavía buscaba reconciliarse con las decisiones de su familia, digería las negativas de Modesto a recibirlo de nuevo. Inés, orgullosa de haber frenado la actividad del Benefactor con su amenaza, se forzaba a no sucumbir a la exasperación que le generaba la incertidumbre.

Había visitado a la duquesa de Olivera, hambrienta de noticias, quien le aconsejó no perder los nervios.

—Sé de buena mano que está trabajando en ello. Debe ser paciente. No arreglaremos nada apremiándolo —recomendó.

Inés deseaba ser capaz de abrazar el estoicismo pero no siempre lo conseguía. Había logrado escribir unas líneas a sus padres y Blanca para calmar su angustia por la guerra y contarles que estaban bien, mas no sabía cuándo las recibirían. Sin embargo, durante aquel complicado verano, quiso pensar que su familia había llegado a leer esas cartas en la que les reiteraba su cariño y en las que les prometía una visita segura en compañía de su esposo cuando todo pasara. También quiso creer que tendría algún mensaje de su parte en el que le hablaran de la boda de Alejandra, de la salud de los demás, de las siempre acertadas previsiones de su padre con respecto al conflicto... Pero, de nuevo, en la vida de Inés no había espacio para la impaciencia. Paulatinamente, como todo proceso profundo, logró separar a la familia Guzmán de los tejemanejes de don Bernardo. Cosme habló con ella en privado para reiterarle su rechazo a los métodos de su antecesor, para explicarle por qué habían decidido destruir todo, incluido el libro de su cuñado, y dejar de buscarlo. No obstante, obvió el asunto del pago, ya efectuado. Inés se rindió a la evidencia, agotada de problemas, cansada de la soledad tras la muralla que había construido con el miedo y la rabia. Ella también deseaba que aquella familia, su otra familia, estuviera a salvo de la sospecha.

Aquello terminó por reflejarse, poco a poco, en su relación con Alonso. Tras meses de reflexión, curación, largas conversaciones sobre el tema y pequeños gestos de acercamiento, las noches estivales les terminaron devolviendo las caricias, los besos que no tenían fin, los susurros prohibidos y esa realidad en la que solo existían ellos, entre sábanas que les pertenecían de nuevo. Además, gracias a las confidencias, fueron compartiendo historias de la niñez y fantasmas de la madurez. Alonso le confesó su compleja relación con el alcohol, muesca en su orgullo de la que no le gustaba hablar. Con los ojos de ella atendiéndolo con tierno interés, pudo hablar de su hermano Joaquín, aspecto que, extrañamente, lo liberaba, apaciguaba el dolor. Ella le describió, con todo lujo de detalle, la casa de Santa Cruz, le reveló manías de los marqueses de Riofrío, le habló de los paseos por la Alameda del Marqués de Branciforte, de las carreras con Blanca, a quien tanto deseaba que conociera, de los sueños que siempre había tenido antes de embarcar hacia la península. También se confesaron los detalles de las conversaciones que habían mantenido uno y otra con la condesa de Valderas y don César Gallardo. Y, aun apesadumbrados por el cariz que había tomado aquella pesadilla, agradecieron, por fin, tener las respuestas a tantas y tantas preguntas. Reían, se llevaban la contraria, incluso delante de Cosme y doña Ludovica, jugaban a los naipes, leían en compañía y pasaban largos minutos en silencio, sin necesidad de llenarlo con nada más que con su presencia, cura de la desazón de allá afuera.

Entretanto en Cádiz permanecía el último baluarte liberal. A Filomena Esquivel, al principio, le alegró la llegada de la familia real y aquella cohorte de constitucionalistas. Ese tipo de circunstancias siempre eran buenas para el negocio y, desde el cierre del café Cachucha, necesitaba ampliar su cartera de clientes para comer. Máxime teniendo en cuenta que el tiempo no pasaba en balde y su piel se hacía cada vez menos tersa y provocaba que su figura se fuera difuminando entre la cruel muchedumbre, de tal manera que esa circunstancia rebajaba su valor sin piedad, como la mercancía en la que se había convertido. Al principio, la Filo creyó que el ambientillo sería parecido al que se recordaba de 1810. Pero pronto se percató de que aquella escena y la presente tenían poco que ver. Muchos en la ciudad estaban en contra de que Fernando VII y su familia se alojaran en el palacio de la Aduana, retenidos. Otros, en el café del Correo, agradecían que el monarca estuviera controlado. Estaba probada la veleidad y el gusto por la felonía del monarca, así que lo mejor era que su poder se mantuviera vigilado de cerca. La Filo recogía rumores de aquí y allá: el suicidio desesperado de uno de los diputados, las intrigas orquestadas por la señora doña María Francisca de Braganza —esposa del infante don Carlos—, los cuentos que explicaban que los reyes siguieran sin tener descendencia, la llegada de refuerzos ingleses, el avance del duque de Angulema...

Una vez más, aquella joya se vio sumida en un bloqueo que duró todo el verano. El Ahorcaperros quería ser optimista. Ya habían salido airosos del último. Pero aquella situación dificultaba su trabajo en la mar y convertía la ciudad en una prisión. La Filo, que al principio había deseado ver a algún miembro de la familia real entre el gentío, en la Alameda, acudiendo a misa en la catedral nueva o paseando en carroza por la plaza de San Antonio, empezó a aborrecer la circunstancia. Detestaba dormir a sabiendas de que los barcos franceses apuntaban de nuevo en dirección a la ciudad que había sido su hogar durante más de diez años. Desconocía que, a finales del mes de septiembre, dos centenares de bombas caerían sobre ella.

XXXIX

Abrazada a su vecina la señora doña Paloma, Filomena Esquivel aguantaba la respiración mientras oía los estruendos de la destrucción. Los navíos de la coalición realista vomitaban fuego, que se fundía en el caserío, borraba las calles por las que, una vez, habían deambulado Alonso Guzmán y Modesto Andújar. Era martes, 23 de septiembre de 1823. La pólvora era la emperatriz de la bahía. Era la conclusión de un estío en el que la angustia había ido en aumento. El día 31 de agosto los franceses habían logrado penetrar en la ciudad por el fuerte del Trocadero. Aquello hizo que las esperanzas de los optimistas que veían a Cádiz como aquella ciudad que salvaguardaría a su hija, la Constitución, hasta que pudieran reorganizar la resistencia armada, se derritiesen como hielo en la arena de La Caleta. Aquel delicado contexto obligó a negociar. Del palacio de la Aduana salieron y entraron cartas entre Fernando VII y el duque de Angulema. Sin embargo, el truco final se resolvió con aquel bombardeo sistemático de finales de mes tras la toma del fuerte de Sancti Petri.

Cuando la Filo y la señora doña Paloma siguieron al resto de los vecinos al exterior de aquel refugio en la muralla en el que se habían resguardado, quedaron cubiertas por un manto de polvo blanquecino. Filomena no pudo evitar horrorizarse por los desperfectos causados en las casas. Sobre todo, cuando descubrió que en su edificio se había hundido parte del tejado. El patio estaba lleno de escombros que no entendían de absolutismo ni liberalismo. El casero, no obstante, indultó a los culpables y se unió al júbilo generalizado por el fin del bloqueo y la supuesta liberación del monarca. Filomena Esquivel no comprendía nada.

Jamás había llegado a entender completamente a Modesto, pero ¿qué diantres estaban celebrando aquellos hombres, aquellas mujeres? Cubierta con su manto, paseó por las ruinas y se preguntó dónde dormiría aquella noche. Mientras tanto, al margen de las consecuencias materiales del bombardeo, las Cortes terminaron por asumir la derrota y, cinco días más tarde, acordaron dejar que el rey se reuniera con sus aliados. La negociación fue ardua, pues los constitucionalistas sabían que debían dejar todo bien atado para que la transición no les estallara en la cara. Así, Fernando VII accedió a firmar el decreto resultante de las mismas, con condiciones específicas que garantizaban la seguridad de los diputados y el nombramiento de un gobierno digno del pueblo.

Sin más dilación, la familia real se subió a una falúa en Cádiz en la mañana del día 1 de octubre y desembarcó, poco más de una hora después, en el Puerto de Santa María con toda la pompa absolutista que cabía esperar. El duque de Angulema, el duque del Infantado y el nuevo jefe del Gobierno, el clérigo don Víctor Damián Sáez, formaban parte de la comitiva que recibió a su adorado Fernando VII. Los liberales asumieron la derrota. Solo algunas zonas del norte, del Levante y de Extremadura resistían. Tras la desintegración de su columna en tierras jienenses, el gran héroe de 1820, el general don Rafael del Riego, había sido apresado por una partida de voluntarios realistas a mediados de septiembre. Muchos soldados se habían pasado al bando absolutista, conscientes de que salvar el cuello no sería fácil si los apresaban combatiendo a favor de la Constitución. Sin embargo, si algo dejó absortos a muchos de los que habían luchado para salvar la obra del trienio, fue la decisión del monarca de desdecirse de todo lo que, la noche antes, había prometido a los políticos liberales. Nada más poner pie en tierra, anuló el decreto firmado y aprobó otros cuatro en los que reconocía el poder de regencia y gobierno, así como sus determinaciones en aquellos meses de preparación. Gracias a las listas que Alonso Guzmán había elaborado, se cesó a todos los empleados del palacio simpatizantes con la causa liberal. Los tres años de constitucionalismo no habían existido. Cualquier traidor sería perseguido, la represión no tendría piedad. Y menos con los caballeros con los que el rey había pasado las últimas horas negociando.

Al conocer las noticias, así como su nombramiento como oficial de la Secretaría de Estado liderada por don Víctor Damián Sáez —que, en realidad, tenía poder sobre todas al recibir el pretencioso cargo de «ministro universal»—, Alonso comprendió que el asunto de Modesto se había complicado todavía más. De nada había servido aquella ordenanza de Andújar que en agosto había insuflado esperanza a muchos presos con la determinación del duque de Angulema de controlar el bucle de venganza y represión que habían iniciado regencia y gobierno. El joven jerezano seguía en la cárcel de Corte a la espera de sentencia. Las calles de Madrid se habían convertido en un polvorín. Los voluntarios realistas, envalentonados por el desenlace en Cádiz, perseguían a los liberales, los maltrataban, les arrancaban el pelo, los apresaban... Las delaciones, instigadas desde algunos púlpitos como parte de la limpieza necesaria en el reino, se incrementaron. Las miradas entre vecinos se hicieron sospechosas. Las puertas entreabiertas se convirtieron en una constante. También los suicidios, última carta en aquella partida perdida. Como en todo conflicto entre hermanos de tierra, la celebración se mezcló con el llanto en el fango que recubría cada rincón de la villa. La comitiva real, no ajena al revuelo, inició el trayecto de vuelta a Madrid solo un día después de aquel desembarco en falúa que quedaría inmortalizado por el pincel de don José Aparicio. Un viaje que se dilató y se dilató y se dilató...

Sin tener muy claro cuánto quedaba para que el monarca hiciera su aparición en Madrid, Alonso se presentó en palacio para cumplir con las obligaciones que le exigía el nuevo cargo que ostentaba. El ambiente no le agradaba en absoluto, pero en aquellas circunstancias poca alternativa tenía. En esos días, no obstante, se consolaba pensando en que quizá aquella cercanía al poder haría más sencillo liberar a Modesto. En aquella visita se topó con el teniente Conrado Íñiguez, ya de vuelta de su destierro. Estaba pletórico, algo en su gesto era distinto. Y quizá por ese motivo, al margen de lo que narraban sus títulos, Alonso optó por evitarlo. Visitó el despacho que, ahora sí, don Ventura Quesada tenía en la primera planta de aquel insigne edificio. Era temporal, pues a la llegada de Fernando VII todo se organizaría con mayor rigor.

—Tenemos que acelerar los procesos. El papeleo está ocasionando que las cárceles se abarroten —comentó tras ojear por encima unos documentos.

—No creo que sea sensato, señor Quesada —opinó Alonso—. A propósito de eso, tengo noticia de un preso que lleva meses retenido en la cárcel de Corte sin ningún cargo específico más que su intuida vinculación con la Comunería.

—¿Y le parece poco?

—No, en absoluto, pero considero que no hay pruebas fiables. Me gustaría que se revisara su caso y que, en caso de no encontrar una razón de peso, se le liberara. No es aconsejable diezmar la población. Y menos si hablamos de inocentes.

—¿Cuál es su nombre?

—Modesto Andújar, señor.

—Veré en qué estado se encuentra su causa. Pero no le prometo nada.

—No lo pretendo.

Aquella perspectiva dio un respiro a Guzmán. También llegar a casa y encontrar la sonrisa de Inés, dedicada a preparar un baile junto con doña Ludovica para anunciar, por fin, su matrimonio. Lo habían decidido a final del verano, a raíz de la falta de acción por parte del Benefactor y por haberse consolidado su reconciliación. La fecha prevista era enero, cuando todo se hubiera calmado un poco. Pero ya valoraban telas para los vestidos, ideas de decoración, opciones de sonatas. Inés no podía creer que aquello fuera a hacerse realidad. Entraría en sociedad como la esposa de Alonso Guzmán, barón de Castrover y futuro conde de Valderas. Se terminarían los bisbiseos que la alertaban de que aquello no era real. Así mismo, no concebía que fuese asistir a un baile sin formar parte del servicio. Podría moverse al son de la música. No sabía si lo recordaría. En silencio, además, se inventaba que por aquellas fechas Manuel ya estaría con ellos. Los días en los que concedía mayor libertad a sus anhelos planeaba las fechas de su viaje a Santa Cruz e imaginaba contar toda la verdad a sus padres y a su añorada Blanca. Solo las conversaciones sobre la inestabilidad constante y las imágenes de terror en las calles la sacaban de su convicción de que, por una vez, el viento soplaría a su favor.

Una tarde, al pasear por el jardín del Tívoli con Alonso, su dicha terminó de estallar.

—He estado pensando y... cuando anunciemos nuestro matrimonio y visitemos a tu familia, podríamos buscar un hogar para nosotros. Seguro que Manuel agradece no tener que soportar a Cosme.

Inés se rio. A Alonso le gustó ver cómo se arrugaban sus mejillas, cómo le echaba un vistazo y, tras mojarse el carnoso labio inferior, aseguraba:

—Eso sería un sueño, Alonso.

—Pensamos lo mismo entonces. —Él también sonrió.

—¿Dónde?

—Eso me importa poco. De momento no puedo irme de Madrid, pero me encantaría que, algún día, pudiéramos marcharnos. Quizá convenza al rey de que puedo servir al reino de otro modo... —afirmó bajando la voz.

Ella comprobó, más allá de la sombrilla que llevaba, que nadie alrededor podía escucharlos.

—Lo entiendo —contestó—. No me ata nada aquí, Alonso. Cuando sea posible, iremos donde podamos ser felices.

Dieron varios pasos en silencio. Desde que había descubierto aquel lugar, Inés siempre deseaba volver. Las avenidas arboladas le recordaban a la Alameda de Santa Cruz. Damas y caballeros acudían, con los conjuntos de paseo, a tomar un refrigerio, a deleitarse con la música o como invitados a los bailes que se celebraban en los edificios que, en el centro de aquel jardín limitado por una valla de madera, funcionaban desde la primavera hasta mediados de noviembre. La melodía de un violín se escapaba y se unía a la brisa que zarandeaba las hojas anaranjadas de los castaños de Indias. Al incorporarse de nuevo al siempre agitado trasiego del paseo del Prado, los sombreros de copa y las capotas se cruzaban con pañuelos y sombreros de estilo portugués. Los bastones de remates en joya o marfil acompañaban las zancadas de sus dueños, a veces custodiados por sombrillas de tonos claros, otras por relojes de bolsillo que marcaban el fin del paseo. Parroquianas con cestas al hombro y trabajadores de jornada infinita que chistaban a los asnos mientras comprobaban las alforjas. Algunos coches de caballos sorteaban caminantes, azuzados por cocheros y mayorales impacientes. Aquí y allá, mesas con bebidas en venta, pícaros mercaderes ambulantes y voluntarios realistas de mirada penetrante. Al este, al margen de la humanidad, el magnífico edificio del museo recubierto por el halo azafranado del atardecer. Inés recordaba que doña Mariana le había contado que la conversión en pinacoteca se había debido, precisamente, a la anterior reina, doña María Isabel de Braganza, a la que ella había podido ver de lejos en la primavera de 1818.

—Bueno…, cuando mi madre falte, tendremos que ir a Asturias. Pero… ¿qué te parecería marchar una temporada a Sevilla?

—Maravilloso. Así estaría cerca de mis tíos y de Alejandra.

—Pues Sevilla entonces —confirmó alegre.

—Sevilla entonces.

—Y pararemos en Aranjuez. —Sonrió y se miraron con complicidad.

De vuelta a casa, soñaron juntos con la que sería su residencia. Inventaron colgaduras y muebles. Recepciones a amistades. Inés tenía claro que, vivieran donde vivieran, propondría a Julieta que los acompañara. Le daría trabajo como doncella. Parlotearían y pasearían. Le regalaría la mitad de sus vestidos. Y la ayudaría a encontrar un futuro mejor. Sería una señora comprensiva con el servicio, aplicaría todo lo que había aprendido en las cocinas y buhardillas de los Somoza, no caería en los mismos errores que doña Mariana. Todo podía solventarse. Todo estaba a punto de resolverse. Durante la cena, lo hablaron con Cosme y doña Ludovica, que aplaudieron la decisión de la pareja de trasladarse a otra casa y, con el tiempo, quizá a aquella bella ciudad a orillas del Guadalquivir. Mientras masticaba el asado, miraba a su esposo y se prometía no perderlo nunca. Las mejillas estaban encendidas de emoción. También las de él. Aquella dulce sensación de tener un poderoso motivo para sonreír hizo que conciliaran el sueño rápido. Solo en el negror de la mente durmiente aparecieron los temores que todavía no se habían disipado.

En los primeros días de noviembre, al margen de la alegría de la pareja, la ciudad se tiñó de gris. El chisme de la ejecución del general Del Riego se coló en corralas, salones, cafés, tabernas, botillerías, fuentes y establos. Los más macabros compartían ideas infundadas sobre lo que se pretendía hacer con el cadáver del héroe de Cabezas de San Juan. No solo él debía temer por su pescuezo. Desde Cádiz habían llegado los presos más golosos de todos, los de primer nivel que no habían conseguido escapar, traicionados en lo que dura un paseo en falúa. Como bien había juzgado el señor don Ventura, los calabozos estaban cada vez más llenos. Así, la relajación de los procedimientos permeó en las causas acumuladas. El rey todavía no había llegado a Madrid. Las últimas plazas en las que quedaban liberales resistiendo caían en cascada. El general Torrijos acababa de rendirse. También el general San Miguel. Y gran parte de la población se convenció de que la venida de los franceses había sido para bien. Con esta idea u otra, el día 7 de noviembre una multitud se congregó en la plaza de la Cebada para asistir al ahorcamiento del señor don Rafael del Riego. Ya no se oían coros entonando el *Trágala*. Lejos quedaba el *Lairón,* el Himno de Riego, los gritos en favor de la Constitución. La muerte del líder por antonomasia del levantamiento de 1820 funcionó como anuncio y advertencia. Su arrepentimiento y súplicas, como dramatización del precario estado de salud de la revolución.

—Sí, está previsto que lo ejecuten mañana —comentó don Ventura.

—¿Disculpe? ¿Mañana? ¿Por qué?

—Usted estaba equivocado. Sí hay pruebas. Más una delación.

Guzmán se preguntó si Conrado habría cantado.

—Pero se podrá hacer algo, ¿no? Solo es un muchacho confundido. Conozco a su familia, son respetables y leales. Creo que es un terrible error que se le aplique la condena. No... no es culpable. Puedo encargarme personalmente de él.

—Señor Guzmán, usted jamás ha actuado de un modo que yo apruebe o comprenda, pero, con diferencia, es la ocasión en la que menos lo entiendo —observó, sentado en la resplandeciente silla de acolchado grana de su nueva oficina.

—Conozco a su familia... —musitó.

—Sí, yo también he visto cómo se corrompían jóvenes prometedores. Pero ese es el riesgo de esas fanáticas ideas revolucionarias. Pudren el seso. Rechazan lo propio. De ahí la importancia de purificar el reino. ¿Ha visto lo que ha pasado en América? No, no se puede admitir que esta peste siga destruyendo lo que tantos años ha costado lograr.

Alonso, sin ganas ni poder para discutir con aquel funcionario, asintió y se retiró. Las siguientes veinticuatro horas visitó a todos los contactos que pudo. Habló con buenos amigos de Cosme. Pidió favores a deshora. Pero nadie detuvo la maquinaria. Bajo la luz de los faroles, buscó a Conrado Íñiguez por cada una de las tabernas, mancebías, posadas y mesones para averiguar si había sido él; para que, en caso de que sí, retirara su acusación.

Cuando despertó, Inés supo que Alonso no había dormido en casa. Por momentos temió que le hubiera ocurrido algo. Así que pasó la mañana mirando por las ventanas del salón rojo a la espera de verlo aparecer de nuevo. Entretanto, y cuando ya no le quedaban puertas a las que llamar ni beodo que importunar en busca de su otrora amigo, Guzmán fue a la cárcel de Corte para lograr que Modesto entrara en razón. Quizá una súplica, una disculpa, una explicación. Quizá una huida desesperada, un grito, un guardia compasivo. Pero nada de eso pasó. Solo pudo cruzar una mirada con él en la salida, antes de que le pusieran la capucha amarilla que contaba su traición a los curiosos. Alonso se las ingenió para acercarse, quiso interrumpir el procedimiento. Pero había prisa. Solo alcanzó a aproximarse lo justo para susurrar al señor Andújar que lo había intentado. Modesto le respondió «bolsillo». Alonso metió la mano en la desaseada chaqueta del joven y cogió una cadena con una cruz. «Llévesela a mi madre», alcanzó a decir antes de que un empujón lo tirara al suelo.

—¡Tengan cuidado! —clamó Alonso, desesperado.

—Si no le va a servir el cuerpo mucho rato más —bromeó uno de los guardias.

Guzmán respiraba con dificultad, asqueado. Se llevó la mano con la cadena a la frente. Miró a todas partes en busca de alguien a quien suplicar clemencia. Mientras se aferraba a aquella última opción, subieron a Modesto a un asno que se dirigió directo al patíbulo. Por la calle de Toledo, bajó hacia la plaza de la Cebada, donde siempre había público. Guzmán se quedó petrificado. No quiso rendirse. Recorrió los pasillos de la prisión y solicitó ver a algún responsable, a alguna persona con poder suficiente como para detener una injusticia. Lo guiaron hasta el señor don Francisco Chaperón, al mando de la recién creada Superintendencia General de Vigilancia —antecedente de la Policía— al que le faltó reírse en la cara de Alonso.

—Ningún hombre es lo bastante importante como para detener el cometido que es necesario, señor Guzmán. Ellos no tuvieron duda en tenerme preso un año y medio. Ahora es tiempo de que paguen por sus excesos —afirmó para, acto seguido, proseguir con sus ocupaciones.

—Pero ni siquiera el duque de Angulema está a favor de esta carnicería, señor Chaperón. ¿No es mejor parar antes de que sea demasiado tarde?

—Señor Guzmán, lo recuerdo bien de la guerra, defendía Cádiz con la bravura exigida y lo tengo en gran estima por ello. También por la amistad que me unía a su difunto padre y su primera esposa, la señora doña Elena Pedroza. Pero si sigue hablando así, voy a dudar de su lealtad. Y no se lo recomiendo —advirtió.

No pudo más que asentir y retirarse. De pronto, en el pasillo, un pensamiento cruzó la mente de Alonso: «No puedo dejarlo solo». Y echó a correr. Cuando se encontró frente al cadalso, como audiencia de la hora de la cicuta de su buen amigo, no sintió nada. Porque para sentir hay que creer. Y él estaba convencido de que era una de sus pesadillas. Las mismas que lo hacían chillar por las noches. Las mismas que habían entregado su alma a la bebida.

Se repitieron, a voz en grito, los motivos por los que el señor don Modesto Andújar y otros dos caballeros se hallaban en la horca con la soga al cuello. Alonso no los oyó. El rumor del gentío borraba cualquier atisbo de justicia y lo convertía en una tragedia muda. Modesto se mantuvo impasible. No hizo amago de rendirse. En aquella horca lo acompañaban sus principios —complejos, mejorables, peligrosos—. Aunque, más que ellos, la imagen difusa de su familia, de las risas en la taberna de Paquillo, las vistas desde el castillo gaditano de Santa Catalina, los cuentos de grandeza en la diligencia que lo había llevado a Madrid. En sus manos, el pañuelo de la Filo, caricia en la penumbra de sus días. El camino había sido tortuoso, emocionante. Lo que de verdad lo apenaba era que el destino hubiera terminado por ser aquel. Ordenó a sus ojos no capitular, no postrarse con lágrimas ante los ejecutores. En un alarde de optimismo, contrapunto siniestro en aquellas circunstancias, quiso creer que cada una de las líneas que había escrito, cada uno de los discursos que había pronunciado, cada noche en vela al servicio de la utopía de la igualdad, la libertad, la propiedad y la justicia, habían servido para algo. Que el mañana se inclinaría ante la débil estela de su recuerdo pese a que ahora todo pareciera perdido.

La proximidad del desenlace, con las gruesas manos del verdugo sobre la palanca de madera, motivó a Guzmán a acercarse para ser más rápido que el sayón. Podía intentarlo una última vez, solo una. Pero, antes de ser capaz de adelantar a dos vecinos, la manivela se movió y, al grito de «¡viva la libertad, abajo las cadenas!», la imparable voz de Modesto Andújar dejó de servir a su causa, a su futuro. Las piernas se movieron histéricas hasta aceptar el vacío. Tras detener una incauta queja, la reacción de Alonso fue apartar la vista, concederse el privilegio de no recordar a su amigo en la horca. Pero cuando la gente se fue dispersando, llamada por sus obligaciones hasta el siguiente ahorcamiento, se forzó a ser valiente. Al contemplar la grotesca escena, continuó sin experimentar sensación alguna. Solo frío en las manos, pesadez en las piernas, un nudo en el estómago. Aquello no podía haber ocurrido. Aquel no podía ser él. Como quien mueve un saco de trigo, retiraron los cadáveres del estrado para dejar paso a una nueva ronda. Al verlo desaparecer en una tartana, se percató de que ya no hacía nada allí. En aquel estado de incredulidad, decidió dar un paseo. No quería ir al palacio de su hermano, no se veía capaz de contar lo ocurrido. Sin brújula, deambuló por las callejas aledañas hacia el norte rechazando la golosa invitación de las tabernas. Cuando atravesaba la plaza de Puerta Cerrada, recordó que Modesto le había contado que se alojaba en la posada de la Reina. Como si ansiara encontrárselo allí, avanzó aprisa hasta el establecimiento. Preguntó al posadero, que le confirmó la información y, desconocedor de la terrible noticia, le permitió subir a visitar al señor Andújar.

Al abrir la puerta, un crisol de crujidos inundó el espacio. Había dos catres, una mesilla de noche con un candelero, libros por todas partes, pasquines descoloridos. Un zapato sin su pareja en la repisa de la ventana, con una cortina rasgada y cosida con nula pericia. Alonso, que todavía tenía la cadena en la mano, se sentó en una de las camas. En la contraria, apreció que varios papeles sobresalían por debajo de la almohada. Sin ningún tipo de pudor, consecuencia del letargo que lo había invadido, los alcanzó. Leyó las líneas que Modesto había escrito a sus padres pero que nunca había enviado. Les narraba sus progresos y aspiraciones. Todo salpicado de mil perdones por haber desaparecido, por no ser el hijo que ellos habían deseado. Guzmán, que se había sentado en el suelo que separaba los dos catres, notó que, con cada palabra, la ausencia de Modesto se hacía más real.

Entonces tuvo que parar. Dejó las cartas a un lado, se llevó la mano al rostro y rompió a llorar desconsoladamente. ¿Cómo había ocurrido? ¿Cómo había vuelto a pasar? Lo de Joaquín había sido demasiado. No era justo. Modesto, no. Aunque… ¿no llevaba años dedicándose a que otros como él fueran castigados por el rey? ¿Por qué aquella arrogancia que lo había llevado a pensar que podía ganar dinero como agente de Su Majestad y, a la vez, proteger a aquel muchacho que le recordaba tanto a la persona que él una vez fue? Aquello le pareció repugnante, no pudo evitar toser y deshacerse en mil lágrimas más. ¿Por qué Modesto había entregado su vida a esa libertad hechicera? ¿Acaso su equidistancia, el adormecimiento de sus principios en favor de ese dinero que debía solventar todos sus problemas lo hacía cómplice del final de Modesto? Furioso, dio una patada a la cama que tenía en frente con el tacón de la bota.

De pronto, un ruido cercano lo alertó. Sin tiempo para secarse las lágrimas, se levantó del suelo y miró a todos lados. Entonces notó movimiento dentro del armario de madera. Con cautela, se acercó al mueble y, sin dar opción al intruso a que reaccionara, abrió una de las puertas para cogerle del cuello de la camisa por sorpresa.

—Usted... —descubrió Alonso.

—¿Quién es? ¿Por qué está aquí?

—Usted... ¿cuánto tiempo lleva escondido?

—Desde que escuché que alguien se acercaba a la puerta.

—¿Y sin salir de esta habitación?

La barba sin rasurar y el aspecto desaliñado de Víctor Hernando dejaban poca duda acerca de sus ocupaciones en los últimos tiempos.

—Desde finales de junio...

—¿Se ha recluido aquí?

—No quiero que me maten. Vi lo que les hacían a los liberales y yo me he expuesto mucho en estos años. No, no quiero morir.

—¿No visitó al señor Andújar ni una vez?

Víctor Hernando negó con la cabeza, todavía sujeto por la mano de Alonso.

—Él era su amigo, lo adoraba. Usted podría haberlo ayudado, podría haber buscado entre sus compañeros, podría haberlo salvado, ¡maldita sea!

—¡Le he dicho que no quiero morir! —gritó con las venas inflamadas en las sienes—. No hubiera sido inteligente dejarme ver por allí. Están por todas partes, dicen que han creado sociedades clandestinas, persiguen y apedrean a los constitucionalistas. ¡Les cortan las manos, descuartizan los cuerpos tras ahorcarlos!

Alonso lo soltó, incapaz de entender.

—Sé que usted lo introdujo en las logias de Cádiz, así que espero que, al igual que a mí, jamás le abandone la amarga culpa de lo que ha sucedido hoy.

—¿Lo... lo han matado? —preguntó, más asustado por su devenir que por el final de su hermano.

—Sí... y, sin saberlo, nos ha dado una lección de valentía, de coherencia, que jamás podremos superar. Dominó su futuro y abrazó su destino con dignidad, sin lloriquear ni suplicar, aunque fuese la peor de todas las alternativas. Siento que no sea su caso en absoluto. Ahora, vuelva a esconderse. Lo encontrarán de todos modos.

Y recogió las cartas de Modesto; después, se encaminó a la puerta. De fondo se escuchaba a Hernando preguntar si iba a delatarlo, gimoteando de horror. Alonso decidió castigarlo con la ignorancia.

Cuando Inés vio por el ventanal que la figura agotada de Alonso se acercaba a la puerta principal, corrió a su encuentro en las escaleras. Su gesto fue suficiente para saber qué había ocurrido. Habían ejecutado al muchacho en aquella horca con la que ella había soñado tantas veces... Sin pedir información, avanzó hasta él y lo abrazó para intentar contener su desesperación. Él hundió la nariz en el cuello de ella y aspiró la esencia de la paz que, en aquella vida suya, olía a esa mezcla de agua de azahar y dulce aroma corporal. En los días que siguieron, Inés se esforzó en apoyarlo, preocupada porque volviese a beber para olvidar el dolor. La muerte de Modesto había abierto viejas heridas. Lo había llevado de vuelta a aquella tarde en la que descubrió que su querido Joaquín había caído en el sitio de Zaragoza. Alonso aceptaba la muerte pero detestaba que la parca se llevara a hombres más jóvenes que él, a los que admiraba de algún modo, que consideraba importantes en el mundo. Había demasiados caballeros pérfidos vivos. ¿Por qué se marchaban los que merecían la pena, los más nobles? En medio del duelo, nació una obsesión con la que creyó que cicatrizarían antes las llagas del espíritu: descubrir si había sido Conrado el que había delatado a Modesto.

Así, una semana más tarde de la ejecución, Alonso se colocó el redingote, el sombrero de copa y, tras confirmar a Inés que regresaría para cenar, se fue a hacer una nueva visita a las dependencias de la Superintendencia General de Vigilancia. Simulando indiferencia, y una pizca de arrepentimiento por sus formas, fue recibido por el señor Chaperón en su oficina.

—Así que ha estado trabajando con el señor Eguía todo este tiempo —valoró.

—Sí..., pensé que se había cometido un error en el caso del señor Andújar. Desconocía que habían llegado pruebas por otras vías.

—Algunos se nos han escapado, señor Guzmán. Pero podemos estar orgullosos de todos los que están confinados, en capilla o bajo tierra.

—Por supuesto —respondió Alonso fingiendo una sonrisa—. Bien, el señor don Ventura Quesada me ha pedido que consulte las pruebas que tienen sobre él para incluirlas en nuestro informe y cerrarlo.

—Sin problema. Mandaré que lo acompañen a la sala en la que guardamos los archivos. No juzgue la falta de organización. Quizá tenga que buscar durante un rato... Aquí hay más papeleo del que se necesita.

Alonso asintió y aguardó a que se gestionara su acceso a aquella estancia de papeles amontonados y funcionarios inútiles. Tal y como le había anunciado el señor Chaperón, tuvo que escarbar en pliegos y octavillas hasta dar con el montón de anotaciones que tenían sobre Modesto. Una de las hojas estaba dedicada, en exclusiva, al detallado testimonio del teniente de la Real Guardia de Carabineros, don Conrado Íñiguez, del 10 de mayo de 1821. Justo después de aquella tensa conversación en su casa sobre su amistad con el señor Andújar. Conrado sabía perfectamente que Alonso no iba a delatarlo, así que se había encargado él de que, en palacio, los agentes de la contrarrevolución tuvieran noticia de las ocupaciones del joven. La rabia que lo invadió fue solo pasajera, pues enseguida sus ojos se detuvieron en un legajo en el que reposaba un primer papel que rezaba «Delaciones relevantes, octubre-noviembre de 1823». Una curiosidad malsana lo llevó, con permiso del guardia que lo acompañaba, a ojearlo con intención de confirmar si Víctor Hernando debía preocuparse. No había decidido si lo iba a avisar. Por lo pronto, solo deseaba descubrir su suerte. Sin embargo, lo que encontró entre aquellas octavillas fue la peor de las noticias, capaz de hacer que se olvidara del amargo final de Modesto Andújar.

En su gabinete, Inés remataba una carta para su familia. Días atrás había recibido noticia de ellos. La boda de Alejandra se había pospuesto ante la delicada situación que asolaba el reino. Su amado padre volvía a estar postrado en cama, quizá sin remedio. Su madre continuaba atendiendo los compromisos sociales, ayudada por la labor en el negocio del ya no tan pequeño Lorenzo. Los hijos de Blanca, de nuevo embarazada y muy implicada en asuntos de beneficencia, crecían sanos. Confiada en que todo se arreglaría en los próximos meses, escribió que tenía mucho que contarles, pero que era preciso tener un poco más de paciencia. Estaba pletórica. La duquesa de Olivera le había anunciado, en un chocolate compartido en su palacio, que el señor De Loizaga tenía noticias y que, si lo permitían las lluvias, llegaría a Madrid antes de final de mes. No podía esperar a descubrir qué había averiguado. Con una sonrisa en los labios rosados, dio permiso para que entrara Alonso que, acelerado, empezó a hablar.

—Prepara tus cosas, Inés. Debemos irnos. Ahora —indicó.

—¿Disculpa? ¿Adónde?

—Conseguiré un vehículo que nos lleve a la frontera con Francia.

—¿A Francia? ¿Por qué? ¿Qué ocurre? ¡Alonso, para, por favor! —pidió ella, abrumada al ver cómo su esposo abría las puertas del guardarropa.

—Estás en las listas, Inés. Hay papeles de testigos, hay una declaración del duque de Cerreto. Dicen que has trabajado en la sombra para los liberales desde antes de 1820, que tú extrajiste los expedientes y los entregaste a una facción que deseaba asesinar a Fernando VII para restablecer la Constitución. Todo me huele a que varios caballeros han decidido reinventar el relato para que recaiga sobre ti la culpa y así salvarse ellos... Pone en el informe que se han presentado las copias de los expedientes de aposentamiento incautados a los facciosos como prueba.

Inés arrugó la frente y dejó la péndola sobre la inacabada misiva.

—Ha debido de ser *él*..., ha cumplido su amenaza, lo ha organizado todo en la sombra. La calma ha sido solo una ilusión —musitó.

—Eso no importa, Inés. Da lo mismo. Pero ahora debemos irnos —concluyó—. Llamaré a alguien para que te ayude con tu equipaje. Solo lo indispensable.

Guzmán estaba a punto de pasar a la antecámara.

—No —contestó Inés.

Él se detuvo. Después se giró para mirarla.

—No voy a ir a ningún lado —aseguró.

—¿No me has escuchado? ¡Estás en una maldita lista! Vendrán a por ti. Te, te encerrarán si te encuentran, Inés. No están tratando distinto a las mujeres que a los hombres. No habrá atenuantes. Ya has visto lo que ha pasado con Modesto. No pude salvarle a él y tampoco podré salvarte a ti si te detienen. Así que no me tortures, te lo pido por favor. Prepara tus cosas...

Inés había temido la soga durante todos estos años, pero contestó:

—Alonso, llevo casi un año esperando noticias de don Nicolás. Se dirige a Madrid para decirme si el niño al que llevo buscando siete años está vivo y puedo darle una oportunidad después del infierno. No voy a moverme de esta casa. No voy a salir de Madrid hasta que no sepa algo de él. ¡No pienso hacerlo!

—¿Vas a renunciar a tu vida por él?

Una lágrima acarició la mejilla de Inés.

—Lo hice ya en 1815, Alonso.

Guzmán fue consciente entonces de que huir aquella misma noche no era una opción. Las manos, temblorosas, volvieron a sostener su frente. Dio varios pasos nerviosos, sin rumbo, y se sentó en una de las sillas.

—No podré soportar perderte, Inés —confesó al fin—. Yo no, no puedo...

Inés, dueña de su temple, se acercó a Alonso y le cogió la mano.

—No vas a hacerlo. Deja que descubra lo que sabe el señor De Loizaga. Solo serán unas semanas... ¿Apareces tú en el informe?, ¿saben que estamos casados?

Alonso negó con la cabeza.

—Ni rastro, pero lo terminarán averiguando, Inés. Es cuestión de tiempo que sepan que estás aquí.

—Confiemos en que no será inmediato. No saldré de mi cuarto, nadie sabrá que estoy aquí. Si no puedo hacer nada más, nos iremos. Te lo prometo.

Alonso asintió.

—Iré buscando cómo arreglar nuestra salida del reino antes de que termine el año. No podemos dejarlo para el último momento, hay muchos que quieren escapar. Y no creo que la situación vaya a mejorar... Ese Chaperón me da mala espina. ¿Crees que habrá margen suficiente?

—Espero que sí —respondió ella que, arrodillada junto al sillón, tocó la barbilla de Alonso con cariño y esa cicatriz alargada—. Quizá, en este tiempo, podrías cumplir tu palabra con Modesto. Si nos vamos, no tendrás oportunidad. Y sé que no te lo perdonarás.

—No, no voy a dejarte sola, Inés.

—¿Estás seguro?

—No. —Negó con la cabeza—. Pero hoy no soy capaz de pensar más.

Inés le besó el labio, a lo que él correspondió deseando así huir de la realidad.

—No puedo perderte —repitió, amando y odiando la gallardía de su esposa.

—No lo harás.

En lo más profundo de su ser, Inés no podía creer que el Benefactor, aquel hombre elegante, educado e inteligente que había conocido en Manzanares hubiera llegado hasta ese punto. Aunque su nombre no figurara en la delación, sabía que estaba detrás de todo. Solo podía haber sido *él*. Era indiscutible que, después de todo, deseaba su muerte, pero que no tenía intención alguna de mancharse las manos con su sangre. Días después compartió con Alonso la fantasiosa imagen que al principio se había formado de aquel caballero a través de las cartas intercambiadas, alimentada por las promesas en paseos a pie después. Se trasladó, por un momento, a la relectura de esas primeras misivas donde vio una opción de borrar la desesperación de los rostros de su familia. También al día que conoció en persona a don César Gallardo. Él se mostró alegre de que Inés hubiera aparecido, deseaba hacer justicia con el que, dijo, era su buen amigo. Garantizó poner en funcionamiento todas sus redes de contacto e influencia. Maldijo a los malhechores que se habían llevado a padre y a hijo. Aplaudió la valentía de Inés, cualidad que, años después, se había vuelto en su contra.

—Me hizo sentir protegida, ¿sabes? Tuvo la retorcida capacidad de hacer que creyera cada una de sus palabras e intenciones. Hubo momentos en que casi lo vi apuesto. —Se rio con desdén—. Estábamos solas, Dolores y yo. Y aunque mi familia siempre quiso ayudar…, la verdad es que era muy distinto imaginar a mi hermana desde Santa Cruz que ser testigo de la mujer derrotada en la que se había convertido y ver así su aflicción. Nunca se me ha dado bien aceptar la realidad. Mi madre siempre me decía de pequeña que tenía que aprender a ser más conformista para poder ser feliz algún día. Pero ¿cómo admitir que no había solución para Dolores? ¿Cómo aceptar que no volverían las bromas, la risa contagiosa, la verdad, el carácter y las lecciones y discursos de mi hermana? El Benefactor fue tan cálido, me dijo cosas tan bonitas de la familia de Dolores, me dibujó un porvenir en el que ella ya no estaría encerrada en su cuarto y yo podría aspirar a tener una familia propia. Me dijo exactamente lo que deseaba escuchar y no me di cuenta. Y aquel canto de sirena me condenó… hasta hoy.

Aunque quería mostrarse tenaz frente a Alonso, no pudo evitar que su mirada se humedeciera y que una de aquellas indómitas lágrimas cayera por la garganta hasta fenecer en el remate del vestido. Él, ignorando lo profundamente culpable que se sentía Inés por haber confiado en la persona equivocada, se limitó a abrazarla por detrás frente al espejo en el que terminaba de atildarse para la cena.

—Siento que mi torpeza haya provocado que tengas que dejarlo todo por mí, que nuestros planes no puedan llevarse a cabo, que tu nombre también se vea comprometido al abandonar tu cargo o cuando descubran que estamos casados… —se excusó.

Alonso se puso delante de ella. La tomó de la barbilla y alzó su rostro.

—No me interesa ningún rincón del mundo que no te acepte en él.

Inés asintió, algo reconfortada. Los preparativos del viaje ya se habían iniciado y con ellos se había disipado toda posibilidad de celebrar el baile en el que, por fin, iban a anunciar su compromiso. También aquello de tener su propio hogar, de, con el tiempo, buscar el modo de trasladarse a Sevilla, de pasear por los jardines de Aranjuez… Si todo salía bien, podrían subir a un barco que partía el 30 de diciembre de La Coruña en dirección a Plymouth. Pero todavía quedaban muchos cabos sueltos, asunto del que se estaba ocupando Alonso. Por las noches, sin embargo, las pesadillas sobre Joaquín y Modesto habían ganado nitidez. Inés escuchaba los lamentos de Alonso cuando compartían lecho y rezaba porque no recordara nada al amanecer. En silencio, cada vez que abría los ojos, se preguntaba cuánto tardaría el señor don Nicolás de Loizaga en aparecer.

Sus dudas se disiparon la última semana de noviembre, tal y como le había prometido la duquesa de Olivera. Con motivo de los peligros que corría Inés si salía del palacio, arreglaron un encuentro allí en el que participaron tanto don Nicolás como la duquesa y Alonso. El señor De Loizaga encontró chistoso que la señorita a la que estaba ayudando no fuera otra que la esposa de aquel agente del rey al que había querido evitar, pero, tras hacer un comentario jocoso a Alonso, no le dio más importancia. Cosme y doña Ludovica, ocupados con otros menesteres, cedieron el salón rojo para aquella importante reunión. Ambos conocían la delicada situación de Inés y Cosme sospechaba que el hecho de que no figurara en las listas como mujer de su hermano se debía a la discreción del matrimonio, que todavía no era oficial, así como a alguna condición del acuerdo entre su padre y el señor Gallardo, válido gracias a ese último pago que todavía le provocaba náuseas. Con las tazas llenas de chocolate y la leña crepitando en la chimenea, el señor De Loizaga se aclaró la voz y, tras marear la cucharilla, concluyó:

—No ha sido fácil, pero creo que he encontrado al niño.

Inés dio un respingo en el sillón. La duquesa de Olivera la miró solicitando mesura a sus esperanzas.

—¿Y? ¿Dónde está?

—Vive con una familia de aparceros, cerca de Fuentidueña, al norte de la provincia de Segovia. Tienen con ellos otros dos muchachos más.

—¿Ha hablado con la familia? ¿Les ha contado lo que ocurre?

—Verá, señora, me he limitado a identificar al niño a través de la descripción que usted me dio y las pistas que he podido ir descubriendo por mi cuenta. Pero no he podido sacar al crío de allí.

Inés apenas podía hablar.

—Y... y ¿cómo podría...? ¿Necesita algo?

—Verá, lo conveniente sería que fuera usted en persona. Creo que es preciso que confirme que es él. Y, después, que tenga una charla con la familia. El niño trabaja en la granja, no les hará gracia perder dos manos. Pero tiene ya nueve años..., quizá tengan pensado enviarlo de vuelta al hospicio si les acarrea más gasto que otra cosa.

—Por supuesto, iré. Iré cuanto antes. Hablaré con la familia, les explicaré... —se lanzó, ansiosa.

—¿Hablas en serio? Inés, no puedes salir de aquí. Te andan buscando. Es un milagro que Gallardo no haya revelado que eres mi esposa. Pero es cuestión de tiempo que te encuentren... No puedes ponerlo tan fácil.

—Alonso, precisamente por eso. Tengo que salir de aquí antes de que los rumores lleguen al despacho equivocado.

La duquesa de Olivera y don Nicolás, visiblemente incómodos por ser testigos de la discusión, se entregaron a sus respectivas tazas.

—Inés, tenemos pasajes para el barco que sale el día 30 de diciembre y he conseguido que venga a buscarnos un vehículo en la madrugada del día 6 para llevarnos a La Coruña por caminos secundarios sin vigilancia. Es de vital importancia que sigamos el plan si queremos salir de la península antes de que sea demasiado tarde.

—Podemos ir a por Manuel, Alonso. Lo recogeremos y nos marcharemos.

—Señora, siento llevarle la contraria, usted me cae sustancialmente mejor que él, pero considere que necesitará dedicar tres jornadas a este asunto, más cuatro de desvío. No creo que sea tan fácil como pasar a buscarlo y salir corriendo. Nadie quiere que se convierta en un secuestro —se atrevió don Nicolás ante la crítica mirada de Alonso—. Si sirve de ayuda, yo puedo acompañarlos. E incluso facilitar su viaje a La Coruña si compromete a ese servicio que usted ha contratado, señor Guzmán.

—¿Ves? —indicó ella.

Alonso no terminaba de verlo claro. No había sido fácil arreglar el traslado. Añadir aquella parada, sin garantías de éxito, podía poner en peligro aquel plan de huida con el que finalizaría, por fin, su servicio a aquel palacio que sus principios y su corazón repudiaban. Sin embargo, Inés quiso dar un paso más allá y solicitó, con permiso de los visitantes, charlar a solas con su esposo. Se retiraron al comedor y cerraron la puerta.

—¿De veras quieres hacer eso? No sabes si es él con seguridad. ¿Y si sale mal, Inés?

—Alonso…, debemos buscar otro barco.

—¿Por qué? Me prometiste que sería el límite.

—Lo hice antes de saber dónde estaba Manuel.

—¿Vas a arriesgarte definitivamente? ¿Vas a facilitar que te arresten?

—No, no… El señor De Loizaga nos ayudará a que no ocurra. Puede acompañarme y darme protección.

—¿Por qué hablas en singular?

—Porque tú debes ir a Jerez, Alonso. Debes cumplir la promesa que hiciste a Modesto.

Alonso negó con la cabeza. Inés se acercó a él y tomó su rostro entre las manos asintiendo.

—Necesitas hacerlo. Lo oigo cada noche. Y no podré vivir si sé que te arrebaté la posibilidad… Ve, da paz a esa familia y encuéntrate conmigo para tomar el barco hacia nuestra nueva vida.

Él seguía negando con la cabeza.

—Es solo la última prueba, solo la última. Y podremos estar juntos y nuestros corazones, libres —aseguró, con mejillas sonrosadas de emoción y pupilas llorosas.

A pesar de que Alonso se resistió al principio, terminó dando la razón a su sabia mujer. Regresaron al salón rojo con la decisión tomada, aunque no digerida. El señor De Loizaga se ofreció a gestionar el asunto del barco. La duquesa de Olivera, a su vez, se comprometió a acompañar a Inés en su viaje para que no tuviera que ir sola con don Nicolás. En una escasa media hora, el giro de timón ganó estabilidad y planearon cómo se desarrollarían los siguientes días. Lo primero fue confirmar el navío en el que zarparían. El señor De Loizaga solo consiguió hueco en uno de ellos, el que salía el día 17 de enero. Comprobó que, tal y como había supuesto Alonso, la débil posibilidad de escapar abarrotaría los medios de transporte disponibles. Don Nicolás compartió la información con el matrimonio y, tras entregarle los documentos, intentó tranquilizar a Guzmán prometiendo cuidar de Inés. «Su viaje será más complicado, porque hay que evitar los caminos principales, pero lograremos llegar a tiempo», afirmó el comerciante. «Más le vale», respondió Alonso. Él, por su parte, podía moverse con más ligereza, iría a caballo por la posta, pero sus trayectos eran significativamente más largos. Tenía mes y medio. El tiempo justo. Cualquier contingencia podía poner en peligro que embarcara. A sabiendas de que eso podía ocurrir, Inés atesoró cada uno de los segundos que compartió con él en esos días antes de su partida. En medio de los preparativos de Alonso, el primero en iniciar su viaje, ella tuvo ocasión de reescribir la misiva a sus padres sin mención a aquella visita deseada a Santa Cruz, ahora una quimera. También mandó a Isidra a la posada de Elías con una carta para doña Mariana en la que le aconsejaba ser precavida y le anunciaba su delicada situación, despidiéndose de ella y de Julieta hasta nuevo aviso.

En la última cena con Cosme y doña Ludovica rieron, bebieron vino con moderación —quizá ella, por una vez, con menos que él— y disfrutaron de una de esas demostraciones de virtuosismo de la señora en el piano. Cuando se retiraron a los dormitorios, Inés se puso el camisón con ayuda de Isidra y aguardó a que Alonso se despidiese de ella. Saldría de viaje a primera hora, debía descansar, así que aquellos minutos eran lo único que poseían. Alonso se reunió con Cosme en su despacho, al tanto de los planes del matrimonio y de la necesidad de cubrir la ausencia de su hermano durante un tiempo ante el rey. Aunque Alonso tenía ahorros de sobra, le ofreció protección si lo necesitaba. Sin embargo, por el bien de la familia, y aunque la destrucción de las pocas pruebas que todavía quedaban sobre las simpatías de su padre hacía menos delicada una potencial investigación a su apellido, acordaron que Cosme se desentendería de la fuga de Alonso cuando lo acusaran de desertar de su cargo y abandonar el reino clandestinamente. Se haría el sorprendido, sería cruel hablando de sus problemas con el alcohol y, si la política cambiaba de rumbo algún día, lo abrazaría de vuelta y aceptaría los errores de ese hermano redimido por la veleidosa moral del reino. Si no conseguía regresar, Jonás heredaría el condado de Valderas, asunto que también Cosme tendría que ayudar a gestionar, conversación con la condesa mediante. Cuando terminaron de cerrar todas esas cuestiones, Alonso se dirigió al cuarto de Inés aborreciendo tener que despedirse.

Ella, ya sin servicio que revoloteara, accedió a que pasara. Cuando se encontraron en el gabinete, estancia intermedia entre la antecámara y la alcoba, se miraron fijamente a sabiendas de lo que iban a extrañarse. Inés, con espontáneo colorete sobre las pecas que había bajo sus ojos y aquella larga melena rizada suelta a placer, dio un paso al frente. Despojada de los hilos que, como títere, siempre movían sus brazos, se deshizo del camisón y lo dejó caer sobre la alfombra. Alonso avanzó hasta ella y la besó apasionadamente, y recorrió con la mano el cuerpo desnudo de Inés, desarmado frente a él.

Sin querer creerlo, ambos sabían que existía una posibilidad de que aquella noche fuera la última. Habían acordado que Inés embarcaría con Manuel pasara lo que pasara. No era cauto que aguardase a Alonso. Don Nicolás había arreglado su estancia en Londres gracias a buenos amigos suyos. Él se uniría en cuanto tuviera ocasión. Pero Inés no dejaba de pensar en todos los peligros que acechaban los caminos. Sobre todo, al ir a caballo. Una caída, un asalto, una enfermedad, una noche de inclemencia.

Así, en aquel crepúsculo incierto, solo deseaba que la amara una vez más, que cada uno de sus besos le contara lo mucho que necesitaba que llegara a tiempo, que se cuidara, que no asumiera riesgos innecesarios. Por su lado, Alonso temía que las precauciones de don Nicolás no fueran suficientes y que un encuentro fortuito con un grupo de voluntarios realistas, un puesto de guardia en un lugar recóndito, desterraran a Inés a los calabozos más cercanos. Sabía, además, que en los distintos pueblos se habían ido constituyendo Juntas de Fe donde los procesos distaban, todavía más, de ser modélicos. Las manos unidas por el placer, la danza de los cuerpos en aquella cama, sagrada para ambos, la tensión de las piernas abrazadas y la forma en la que los labios se pedían más les hicieron creer que todo era posible. Entre las sábanas, aferrada al cuello de Alonso, Inés le susurró:

—Júrame que te subirás a ese barco.

—Te lo juro —le respondió él y siguió besándola.

Desenlace

XL

El balanceo de la berlina era mayor en los caminos secundarios, de cuidados olvidados y trazado escarpado. Inés siempre encontraba en la ventanilla su particular remanso de intimidad. Pero sabía que tanto el señor De Loizaga como la duquesa de Olivera observaban su gesto de preocupación cada cinco minutos. Agradecía enormemente que aquellas dos personas hubieran accedido a ayudarla. Sentaba bien poder fiarse de alguien después de su nefasta experiencia con el Benefactor. Habían emprendido el viaje en medio de las Pascuas lo que, en muchos aspectos, era una ventaja y en otros, un inconveniente. Las coplas navideñas siempre distraían, pero ¿quién viajaba en fechas tan destacadas? Al tiempo que deseaba que la distancia con Manuel se acortase, se preguntaba si Alonso estaría bien, si ya habría conseguido reunirse con la familia del señor Andújar.

Después de cuatro días de trayecto esquivando puestos de guardia apostados en ventas, llegaron a las inmediaciones de Fuentidueña. Tal y como había indicado don Nicolás, el vehículo se dirigió a una granja ubicada a una legua del pueblo. El primer día solo sirvió para que Inés observara al chiquillo, vestido con calzones, camisa y boina, dedicado a dar de comer a las gallinas. A pesar de que nunca lo había visto, los rasgos de Dolores le confirmaron que era su sobrino. Con la mano plantada en la ventanilla del coche, ansió correr para abrazarlo, pero, una vez más, debió contenerse. Pasó la noche en vela en una posada ubicada en el pueblo, con un nombre falso ideado por el siempre astuto señor De Loizaga. En aquellas horas, al igual que en cada ocasión que se detenían en el camino, se llamaba doña Clara Pinzón y era una aristócrata tinerfeña, buena amiga de la duquesa de Olivera, que se encontraba recorriendo la península.

Por la mañana esperó junto a la duquesa a que don Nicolás regresara con noticias. Lo hizo justo antes del servicio de comida, preparado por los dos empleados de confianza de la duquesa que junto al cochero los acompañaban en la expedición. La familia había aceptado recibirla aquella tarde. Inés se compuso con un vestido verde oscuro estampado y su redingote gris. Acompañada de la duquesa, acudió a aquella cita donde las miradas de desconfianza le dieron la bienvenida. El matrimonio, de toscos modales, aceptó que se sentaran a la mesa que había en la estancia principal y que ocupaba la mayor parte del piso bajo de la granja. Apartaron los recipientes de barro, un cuenco en el que fermentaba una masa —y cuyo aroma, junto al de la leña, inundaba la sala—, una cuchara de madera y dos platos de latón con migas, útiles necesarios e iluminados por las llamas de la lumbre que, con servicio constante, proporcionaba calor y cocción. De fondo se oía el trajín de los niños y los trabajadores, solo silenciado por los gritos del hombre, al que parecía molestarle la evidencia sonora de que la granja seguía funcionando mientras él atendía a Inés.

—Así que secuestrado... Santa Madre de Dios, señora, ¡vaya historia!

—Entiendo que es un relato desconcertante, pero quiero que sepan que no los importunaría si no supiera que es el hijo de mi difunta hermana y no tuviera claro que debo ofrecerle la vida que aquellos hombres le arrebataron.

—¿Y cómo sabe que es él? ¿Está segura? Porque los niños,

a estas infernales edades, son todos más o menos iguales —comentó el granjero, burlón.

—Manuel tiene una marca de nacimiento detrás de la oreja. Es rosada, con forma de lágrima, muy estrecha en uno de sus lados.

—Ya, sí…, y es el único niño en el reino que la tiene —respondió la mujer—. Mire, señora, estoy un poco hasta las narices de que los ricachones vengan por aquí a arrebatarnos lo que es nuestro por derecho. Llevamos sufriendo el hambre y las malas cosechas desde hace demasiado tiempo. Su gente no lo entiende porque está ocupada en decidir cómo seguir explotándonos. Pero aquí no importa si toma la decisión uno o cuatro, si tenemos rey o un cencerro de oro. Lo que cuenta es poder llevarse algo a la boca para no morir. Nosotros lo intentamos. Cada día. Y ustedes vienen aquí con sus preciosos vestidos, sus guantes bordados, sus sombreros con plumas y me dicen que quieren llevarse a uno de mis hijos. Pues no, señoras, no va a ser posible. Pepito se queda aquí.

Inés estuvo a punto de levantarse y reclamar, a gritos, que trajeran a Manuel. A cambio, un espasmo nervioso recorrió sus piernas, calmadas por la mano de la duquesa.

—Entendemos su punto de vista, señora. Pero que ustedes hayan acogido al niño y lo quieran no hace menos cierta la historia de mi buena amiga. Si desean lo mejor para él, sabrán que cualquier opción supera a estar trabajando aquí.

—No nos ofenda. Nuestra casa es un sitio magnífico para crecer. El trabajo curte. Más cuando se ejerce desde pequeño —contestó él.

—¡Los tienen faenando sin descanso y ninguno de los chicos supera los diez! ¿De veras sienten alejarse de un hijo o temen perder un empleado? —se quejó Inés.

—Lo uno y lo otro, *madamuasel* —respondió el hombre.

—¡Calla! Solo lo uno…, solo lo uno. Pena muy honda que ese chiquillo, al que hemos alimentado y vestido durante años, se vaya… —interrumpió la esposa.

La duquesa de Olivera, cansada de aquella estéril negociación, se levantó.

—Volveremos cuando se hayan calmado y hayan reflexionado. Pero esto no acaba aquí —advirtió.

Inés la siguió, confusa, detestando abandonar a Manuel con aquel cínico matrimonio. En la berlina estalló. Comprendía las necesidades, pero no las formas de esa pareja. No quería que el niño pasara un día más llenando cubos, rastrillando paja, fregando suelos. Ella había conocido esa vida. No la deseaba para el hijo de Dolores.

—Les daremos lo que quieren. Encontraré la forma de reunir una cantidad de dinero lo suficientemente suculenta como para que dejar ir a Manuel no les suponga un contratiempo —decidió Inés sin darse por vencida.

La duquesa asintió.

—Yo la ayudaré.

Así pasaron varios días gestionando la recaudación. Inés, a la que pesaba cada minuto, visitó los alrededores de la granja para vigilar que Manuel continuara bien atendido. La observación le permitió confirmar que ese matrimonio, quizá por desesperación, trataba a los tres niños como subalternos. Los chillidos eran constantes. También las tareas. Verlo sobreponerse al peso de barreños de madera y secarse el sudor de la frente, siempre teñida de suciedad, le rompió el corazón. La duquesa y don Nicolás pidieron a Inés que dejara de dar ese paseo a solas, que no se arriesgara. «El pueblo está vigilado, señora. Y no quiero que el señor Guzmán me cuelgue de un poste por no cumplir mi promesa», solicitaba el señor De Loizaga. En los ratos de espera, encerrada en su habitación, Inés jugueteaba con aquella caja de madera que siempre la acompañaba y calmaba su angustia. Desde que había descubierto cómo funcionaba, se dedicaba a abrirla y cerrarla sin descanso.

—Tiene que comer, señora. Ese niño no puede perder a nadie más —opinó don Nicolás al ver que Inés no probaba la sopa castellana que había servido el criado de la duquesa.

Inés hizo un mohín de agotamiento. Tenía razón. Colmó la cuchara y se la metió en la boca.

—Mañana iremos a primera hora. No quiero postergar más este sufrimiento —opinó antes de volver a comer.

—Por supuesto. Además, no es recomendable que nos alarguemos mucho más. Tienen un barco que coger —susurró don Nicolás.

La delicada luz de las velas creaba un juego de sombras en el comedor de aquel establecimiento. El resto de los viajeros dedicaba su completa atención a llenar el estómago a conciencia. Cuando uno se lanzaba al camino, nunca sabía cuándo se presentaría el próximo condumio.

—A propósito, don Nicolás. ¿No tenía usted algo que contarnos? Esta mañana ha hablado de noticias frescas de la Corte —recordó la duquesa.

—Oh, sí, en efecto. Gracias por recordármelo —contestó, al tiempo que su lengua rebuscaba entre las muelas. El vaso de vino a la espera—. Desde que me contó lo que había pasado, doña Inés, me he tomado la libertad de investigar un poco a quien usted ya sabe…

Inés arqueó las cejas queriendo entender.

—El Benefactor —susurró.

—Oh, de acuerdo, de acuerdo.

—Chisss, no deberíamos hablar de esto aquí —se preocupó la duquesa.

—Solo será un momento. Verán, señoras, al parecer, según me han relatado mis fuentes, a raíz de una misiva enviada a palacio por parte de una buena amiga de la real familia, la influencia de Gallardo ha mermado en la Corte. Digamos que, aunque todo apunta a que ha contraatacado mediante los contactos que sigue teniendo, y ocultado su nombre en la delación que la tiene a usted como protagonista, señora, el rey y, más concretamente, el infante don Carlos, ya no se fía de él. Se ha corrido la voz de que trabaja para el mejor postor. Y esa filosofía no gusta ya en los pasillos de palacio. Por lo menos, por ahora.

—Pero ¿él frecuentaba esos cuartos en persona? —se interesó Inés.

—Bueno, oficialmente, no. Lleva retirado de las idas y venidas cortesanas desde antes de la guerra. Fue gentilhombre de cámara del rey y trabajó en la Secretaría de Hacienda hasta 1805 —confirmó así los datos que había sabido Alonso tiempo atrás—. Se cuenta que su relación con don Manuel Godoy fue un tanto compleja y que por ese motivo decidió dar un paso al lado e internarse en las sombras. Su red de poder y manipulación funciona desde entonces. Nadie tira de la manta porque haría que grandes fortunas y excelsos prohombres cayeran. Pero, de forma disimulada, Fernando VII ha decidido censurarlo de determinados círculos y darle un cargo en Barcelona aprovechando que tiene algunas propiedades allí.

—Estará contento... —opinó la duquesa—. Mujer perspicaz la que ha escrito esa carta...

Inés, conocedora de que se trataba de doña Mariana, sonrió.

—No se imagina cuánto... —musitó, alegrándose de que uno de los planes hubiera surtido el efecto deseado—. Solo espero que su alejamiento de la Corte dificulte que siga entrometiéndose en la vida de ciertas familias.

—A buen seguro lo dificultará..., pero este tipo de personajes son como las termitas. Cuando crees que has terminado con ellos, se te caen las vigas encima —valoró don Nicolás.

—¿Habla por experiencia? —se burló la duquesa.

—Usted sabe que no, yo fomento los acuerdos comerciales, no venganzas ni crímenes, y me garantizo mi fortuna sin dejar cadáveres o enemigos por el camino. No tenemos nada que ver ese caballero y yo. Bueno, sí. Ambos contamos con oídos en cualquier parte.

—Brindemos por ello —propuso la duquesa y chocaron sus vasos con delicadeza.

Gracias a la compañía, Inés, tras quedarse pensativa un rato con todo lo comentado por don Nicolás, logró relajarse un tanto aquella velada. Incluso se rio con anécdotas compartidas.

A la mañana siguiente, no obstante, la invadieron aquellos nervios que la alertaban de que todo podía salir mal. Con un saco lleno de reales, la duquesa e Inés volvieron a cruzar el umbral de la casa principal de la granja. El matrimonio las recibió con hartazgo. Estaban avisados de que regresarían, pero no imaginaban que tan pronto. Inés rehusó sentarse. Entregó el dinero a la mujer que, con mirada rapaz, contó los cuartos que componían el inesperado botín. Después lo pasó a su esposo, entretenido con un mondadientes y con el análisis visual a las dos visitantes. El granjero, tras confirmar que las monedas eran verdaderas mordiendo una de ellas, miró a Inés y asintió.

—Está bien, está bien. Iremos a por el chico... —transigió.

Sin embargo, la mujer arqueó las cejas. Observó a aquellas damas y se acercó al oído del marido, a quien ofreció una alternativa mejor. Este sonrió, orgulloso del ingenio de su esposa.

—Queremos más. No es suficiente para olvidar la pena que nos dará separarnos de Pepito —concluyó ella dejándose llevar por la avaricia.

Inés estuvo a punto de salir corriendo a buscar más monedas de plata. Pero después, y antes de que la duquesa se comprometiera a nada, reflexionó. Había aprendido que la emoción y la razón dejaban de ser enemigas si se aplicaban con mesura. Supo que aquel soborno jamás terminaría. Podía apreciarlo en los ojos de aquella pareja. Conocían la necesidad de Inés y serían capaces de explotarla hasta garantizarse el sustento eterno. Si miraba alrededor, no podía culparlos. Pero tampoco iba a permitir que se aprovecharan de ella.

—Está bien. No... no me había percatado de lo realmente importante que es ese niño para ustedes. A la vista está que nada es suficiente para convencerlos. Nos marcharemos.

La duquesa no entendía.

—Solo... solo quiero pedirles que me dejen abrazarlo y despedirme de él. Consideren el dinero que les he entregado como un pago por ese privilegio.

El matrimonio dudó unos segundos, fastidiados por no haber logrado que el chantaje surtiera efecto. Sin embargo, al final, contentos al sentir el peso del saquito en las manos, aceptaron la petición. La mujer se ofreció a ir a buscar al niño. En el tiempo en que estuvieron aguardando, el hombre lanzó sonrisas pérfidas a Inés, que deseó salir de allí cuanto antes. La duquesa, poco acostumbrada a esos ambientes, miraba cada rincón con pesar, como si acabara de descubrir que su amado reino no se componía solo de salones decorados en estilo Imperio. Cuando la señora apareció con Manuel de la mano, a Inés casi se le saltaron las lágrimas. Sin esperar permiso, se acercó a él y se arrodilló. Se presentó con ternura y pidió al niño permiso para abrazarlo. Este, algo confuso, accedió. Entretanto, la duquesa intentó sacar conversación al matrimonio sobre la meteorología.

Manuelín, que ya era un muchachito, dejó que su tía lo estrechara entre sus brazos y entonces aspiró un aroma que quizá le resultó misteriosamente familiar. Y la abrazó más fuerte. Inés se percató de que se había echado el agua de azahar que había cogido de la casa de su hermana. Sin poder evitar que las pestañas se le humedecieran, sintió que, de algún modo, Dolores estaba allí con ellos. Sabía lo mucho que su hermana habría deseado poder dar ese abrazo a su hijo. Así que Inés lo hizo por las dos, soñando con transmitirle todo el amor que su mamá había profesado por él hasta el último de sus alientos. Manuel, mimoso y confiado, dejó que el abrazo se dilatara unos minutos. Inés observó la marca de nacimiento que le había descrito Dolores. Después de unos segundos, aprovechados con un susurro, se apartó y permitió que las manos de la señora lo alejaran de ella. Sin mucho más protocolo, se despidieron. La duquesa de Olivera seguía sin comprender que Inés hubiera capitulado tan pronto. No obstante, cuando se subieron a la berlina, la otra le explicó:

—Le he dicho que me espere junto a la puerta esta noche. Vendremos a buscarlo.

Lo que no debía convertirse en un rapto iba a terminar siéndolo. Pero la duquesa no se negó. Tampoco don Nicolás cuando se enteró. Los empleados de la duquesa prepararon el equipaje. El cochero, reacio a viajar de noche, aceptó asumir los riesgos que los serpenteantes caminos secundarios ofrecían tras el ocaso a cambio de un aumento en su retribución. Tras cenar y despedirse del posadero —que vio, con desconcierto, cómo aquel grupo abandonaba su establecimiento en medio de la noche—, se subieron al vehículo y se dirigieron a las inmediaciones de la granja. Para no levantar sospechas ni ser identificados por nadie, Inés decidió apearse y acercarse a pie a la casa.

Mientras avanzaba, tiritando de frío y nervios, pensó que si el niño no acudía a la cita, eso significaría que no vivía tan mal allí. A no ser que lo hubieran encerrado como castigo... Inés valoró alternativas detestables al tiempo que se aproximaba a la puerta. Sin embargo, cuando dio tres toques suaves, tal y como había prometido a Manuel en su abrazo, aguardó un segundo y enseguida el chiquillo apareció. Sonrió. Inés sintió que, de algún modo, ese niño sabía que era cierto lo que Inés le había susurrado: era su tía, la hermana de su madre. Era ella quien la había enviado. Lo iba a cuidar. No tenía nada que temer. Eso o estaba tan desesperado por huir que cualquier desconocido le valía... Una vez más, Inés silenció sus temores y se puso el dedo en el labio para indicar con una seña que debían estar callados. Ofreció la mano a Manuel, que la tomó decidido.

Cuando llegaron a la berlina, la duquesa ahogó un suspiro de emoción. Se subieron aprisa y, sin dar pábulo al peligro, el cochero arreó a los caballos e iniciaron la marcha. Manuel, algo desconcertado por la profusión de rostros nuevos, se quedó mirando fijamente a don Nicolás con cara de susto. Este, con ánimo de tranquilizarlo, jugó a cambiar de gesto, algo que terminó haciendo reír al niño. Había heredado la risa de su madre. Inés, que lo rodeaba con los brazos para darle calor en aquella noche gélida, sonrió conmovida. Algo en ella no podía creer que, por fin, hubiera conseguido cumplir la promesa. Cuando estaba a punto de proclamarse victoriosa, el conductor dio dos golpes al vehículo y desaceleró. El señor De Loizaga miró por la ventanilla. Alguien estaba en uno de los lados del sendero. La duquesa e Inés se tensaron. «Dejen que hable yo», pidió el caballero. Los nervios, que apenas habían abandonado el esqueleto de Inés, regresaron con fuerza arrolladora. La berlina se detuvo y, enseguida, una bayoneta tocó la puerta del coche con impertinencia.

—Buenas noches, señor.

—Muy buenas noches —respondió don Nicolás.

—¿Podría decirme qué hacen deambulando por estos caminos a estas horas de la noche?

A ninguno de los tres adultos, y quizá tampoco a los empleados desde el pescante, les costó descubrir que se trataba de tres voluntarios realistas.

—Por supuesto, faltaría más. Verá, hemos recibido una esquela sobre la próxima muerte de la madre de esta buena mujer, la duquesa de Olivera. Nos encontramos desesperados por llegar para que pueda despedirse. Ustedes saben, la familia es sumamente importante. No queremos que una buena cristiana se marche de este mundo sin reunirse antes con su única descendiente. Por eso las prisas, las horas, estos detestables caminos... Es el modo más rápido de alcanzar el monasterio en el que vive retirada desde que enviudó —improvisó.

El parroquiano armado levantó una ceja. Su respiración formaba nubes en la oscuridad.

—¿Todos son parientes?

Don Nicolás miró al interior del vehículo.

—Somos buenos amigos. Nos encontrábamos recorriendo la península en compañía ahora que se ha restablecido el orden... Mi buena amiga es la señora doña Clara Pinzón. Y ese es su hijo. Su marido pereció hace unos meses defendiendo al rey —continuó.

—Oh, de acuerdo —respondió el otro—. De todas formas, sepan que no es cauto moverse por la noche. Y menos por estos lares.

—Lo sabemos, señor mío. No lo haríamos de no estar desesperados —respondió don Nicolás.

El voluntario volvió a analizar a los ocupantes y, tras mover la mandíbula, decidió creer al señor De Loizaga. Repitió que debían extremar los cuidados. Y, sin más, comunicó a sus compañeros que no había problema. Se apartaron del camino y permitieron que la berlina reanudara la marcha. Inés sentía los latidos del corazón en la garganta. Tardaron varios minutos en hablar, temerosos de que aquellos hombres cambiaran de opinión. Pero las agujas del reloj no les dieron la razón. Nadie los detuvo. Al alba, con los primeros rayos de sol atravesando las cortinas, todos parecieron convencerse de que iban a lograr el objetivo. Inés, que no había podido dormir, acariciaba el cabello de Manuel, recostado sobre ella. En su intento por calmarlo y proporcionarle cariño, tarareó una cancioncilla que su madre solía cantarles a sus hermanos y a ella cuando eran niños. Al abrigo de aquella nana, miró por la ventanilla y, al contemplar el sol naciente, solo pudo desear que todo fuera bien y que fueran capaces de zarpar en aquel barco que los esperaba en La Coruña.

XLI

Todas las leguas que Fernando VII se había empeñado en recorrer con parsimonia, en parte para no llegar a Madrid antes de la ejecución de don Rafael del Riego, Alonso las transitó a gran velocidad. Estaba en juego su destino, su paz, su libertad. Paraba solo el tiempo necesario. Aprovechaba las jornadas al máximo. La posta era más cómoda que los senderos por los que debía viajar Inés. Pero no estaba exenta de riesgos y contratiempos. Tras dos semanas de trayecto, Guzmán logró llegar a Jerez de la Frontera. En las tabernas y posadas, fuentes de información de la zona, consiguió averiguar dónde se ubicaba, exactamente, el cortijo de los Andújar. Sin embargo, dada la tardía hora en la que lo descubrió, optó por dormir y realizar la visita al día siguiente. Debía estar fresco para afrontar aquel amargo encuentro. En cada instante de reposo se preguntaba qué tal estaría Inés, si el señor De Loizaga estaría cumpliendo su promesa, si ya se habrían reunido con el hijo de los Núñez de León, si el señor don Ventura Quesada sospecharía…

Por la mañana comprobó que la cadena de Modesto continuaba en su poder, también las cartas que había encontrado en su habitación de Madrid, y fue a visitar a la familia. Se bajó del caballo justo en la verja de entrada. Esperó a ver movimiento.

Necesitaba que alguien anunciara su presencia. Aguardó durante una hora sin que nadie entrara o saliera. Probó a abrir la puerta, sin éxito. Al final, un jornalero pasó por allí y le preguntó si esperaba a alguien. Alonso facilitó unas cuantas explicaciones, sin dar demasiados detalles.

—Los señores Andújar están en Cádiz, señor. Se marcharon allí hace dos días y no creo que vuelvan en menos de seis. Están con unos parientes suyos —contó.

Alonso asintió y agradeció la información con un par de monedas. Aquello trastocaba los planes y alargaba en dos jornadas su viaje. Sin embargo, no se concedió ni un segundo para lamentarse. Había ido hasta allí con un propósito claro. Sabía en qué casa vivía la familia de Modesto. En el número 2 de la calle del Rosario. Se subió de nuevo al caballo y, al galope, se dirigió a su nuevo destino, antiguo en muchos aspectos. Tal y como había calculado, tardó todo aquel día en lograr pisar su queridísima Cádiz. Al entrar por la puerta de Tierra, enseguida se dio cuenta de la destrucción que había ocasionado el bloqueo de aquel verano. De nuevo, heridas por todas partes. Como si la noche siempre atropellara sus intenciones, decidió descansar y visitar a la familia de buena mañana. Se hospedó en una de las posadas de la calle del Hondillo. Y, en sueños, deseó no tener que dar tan funesta noticia.

Después de desayunar en soledad, y comprobar que había algo en esa ciudad que jamás cambiaba —al margen de políticas—, se adecentó y se dirigió a la residencia del primo de la madre de Modesto, aquella misma casa a donde lo había acompañado la noche de septiembre de 1815 en que lo conoció. Recordar su charla y despedida fue un trago que casi le arrebató la voz y las agallas. Pero, al llamar con el aldabón a la puerta, se repitió que aquello era lo que debía hacerse. El mismo empleado que, otrora, lo había recibido con marcada incomodidad por su inesperada presencia reaccionó de modo similar. Avisó a la familia, que, en virtud de las palabras con las que Modesto siempre se había referido a Alonso, permitió que pasara.

El desconcierto llegó cuando Guzmán expuso que debía hablar, en privado, con los padres del joven, que no lo conocían. Con gesto grave, anunció que, precisamente, traía noticias de su hijo. Y la madre adivinó que no eran buenas. Luchando por reprimir un desconsuelo que necesitaba confirmación definitiva, pasaron a un gabinete, en el que se acomodaron. Alonso contó a los padres de Modesto, con toda la delicadeza que pudo reunir, lo que había ocurrido. Ambos se quedaron pálidos, no parecían entender lo que escuchaban. Se taparon la cara con las manos, negaron enérgicamente los hechos. Guzmán quiso realzar la valentía de Modesto, la coherencia en sus últimos momentos, el ardor que sentía por aquella causa que lo había condenado. Después, respetando los sollozos de la madre, le entregó la cadena. Acto seguido, le ofreció las cartas al padre.

—Él me dijo que se la trajera, señora. Las misivas... las encontré entre sus pertenencias. Pero sé que le hubiera gustado que las tuvieran ustedes... Yo... siento de veras no haber podido hacer más por él.

A Alonso se le quebró la voz. El señor Andújar le puso la mano en el hombro y asintió disculpándolo. La madre estrechó la cadena contra su pecho y cerró los ojos.

—Jamás entendí a mi hijo. Ni una sola vez. No sé si no quise o no pude —reflexionó el padre, afectado—. Gracias por venir, señor Guzmán. Gracias... —dijo derrotado.

Guzmán asintió. No había palabras que pudieran sanar el enorme dolor que estaban experimentando esos padres abatidos. Alonso se quedó con ellos unos minutos más, deseando acompañarlos y responder a las preguntas que pudieran tener. Les prometió escribirles para que pudieran comunicarse siempre que lo desearan. Cuando supo que lo prudente era retirarse, se despidió de aquel matrimonio. En el pasillo se cruzó con los tíos segundos de Modesto, que al escuchar el llanto que salía del gabinete supieron el triste desenlace de su sobrino. Alonso aprovechó para darles el pésame y, sin alargar más su presencia en aquella residencia necesitada de íntimo luto, se fue.

Las calles de Cádiz no le proporcionaron aire fresco. Muchos rincones le recordaban a Modesto, a sus sueños, a sus incisivas preguntas de niño curioso... Mil veces había reflexionado que si su yo de diecisiete años se hubiera topado con el hombre que era a los treinta, hubiera hurgado en los mismos asuntos que el señor Andújar. Aquello, por algún retorcido motivo, le hizo sonreír. La vida, veleta de los vientos, le había concedido una oportunidad que no había reservado para su amigo. Él había podido resarcirse. Continuaba teniendo esa posibilidad. Aprovechó que ya nada tenía que hacer durante ese día, pues partiría hacia el norte a la mañana siguiente, y decidió dar un paseo, como siempre que necesitaba aclarar sus ideas. Recordó a Conrado Íñiguez, con el que había compartido innumerables ratos en esas vías, conversaciones por doquier. Algunas en compañía del entusiasta de Modesto. Jamás imaginó que la relación entre los tres terminaría así. Había querido enfrentarse a su antiguo compañero de batallas. Había deseado llevarlo más allá de la cerca de Felipe IV y cogerlo del cuello hasta arrancar un perdón de esa lengua ahora envenenada por el enfermizo fervor. Pero, cuando quiso hacerlo, se enteró de que Conrado había vuelto al ejército con honores tras la disolución de la Real Guardia de Carabineros, y que, como sargento mayor, había sido enviado a la guarnición de Valencia. Aquella incendiada conversación quedaría pendiente... Durante su paseo, por todas partes se encontró con soldados franceses que todavía tardarían años en irse de la ciudad. Intentando obviar su presencia, caminó por aquella bella calle Ancha, lugar de noticias a voces; por la plaza de San Antonio, en la que todavía se oía el recuerdo de los debates del café Apolo, después del Rey, y los aplausos concedidos a las princesas portuguesas a su llegada, asomadas al balcón de la casa de la viuda de Lavalle; por la calle del Aire hacia la Alameda, lugar de corrillos, sombrillas y chascarrillos, enmarcado por la simpar vista atlántica. Era curioso que, pese a haber contemplado numerosas veces aquella estampa, solo entonces fuera capaz de apreciar el abanico de tonalidades añiles en las que se desplegaban las olas. Intentó dejar la mente en blanco, deseoso de una quietud que jamás le concedía su espíritu, lacrado con esa perenne culpabilidad.

—Chico, espero que, allá donde estés, seas libre —murmuró.

Después se rio al percatarse de que estaba hablando solo. Aunque él sabía bien que no. Echó un último vistazo a la mar y realizó la última visita que le quedaba. Ya que había tenido que desviarse, esperaba poder encontrarse con la Filo y el Ahorcaperros. Tenía que contarles…, que despedirse. Anduvo nostálgico hasta la taberna de Paquillo, cuya fachada había ganado unos cuantos desconchones más desde su última visita. El propietario, que, como la catedral vieja o el castillo de San Sebastián, constituía un monumento inmutable en la villa, se dedicaba a secar algunos vasos que pronto proporcionarían calor a algún parroquiano. Al ver a Alonso, no lo reconoció. Este tuvo que presentarse y remarcar que su imagen solía ser un tanto menos elegante. Entonces, el tabernero cayó en la cuenta y rodeó la barra para abrazarlo. Sin esperar comanda, le sirvió un chato. Guzmán dudó si dar rienda suelta a su eterno vicio, pero al ver que Paquillo se servía otro y se disponía a brindar, no pudo negarse. Este le puso al día sobre los asuntos de Cádiz. Los que habían muerto, los que seguían vivos, los que se habían escapado, los que ahora mandaban.

Desde el día 4 de octubre, solo tres jornadas después del trayecto en falúa de Fernando VII y su familia, habían nombrado un nuevo gobernador, un tipo apellidado Daunois. Este no se había demorado en sustituir a los regidores por caballeros más alineados con la causa realista. Al igual que estaba pasando en cada ayuntamiento, en cada resquicio de poder, se pretendía borrar los tres años de constitucionalismo y volver a 1819. Los de principios más volátiles supieron cambiarse de bando. Los que se aferraron a ellos debieron huir. Como el almirante don Cayetano Valdés que, después de gobernar la falúa real, tuvo que ingeniárselas para escapar de la condena a la horca.

—Lo de las tropas francesas debe de ser algún chanchullo o acuerdo con el duque de Angulema ese. Pero a mí me parece bien siempre que vengan aquí a emborracharse. —Se rio.

De pronto, el chirrido de la puerta anunció la llegada de otro visitante. Alonso se giró y la vio. Era la Filo. Iba cubierta con un manto para protegerse del frío del incipiente invierno. Al descubrir a Alonso allí sentado, como en los viejos tiempos, no pudo más que sonreír. Guzmán se levantó y se acercó para saludarla. Filomena puso la mano en el pecho de Alonso, como sacudiendo el polvo de la levita.

—Hay que ver, Guzmán. La vida no te ha tratado mal —observó—. ¿Estás de visita o has venido para quedarte?

—Filo..., tengo algo que contarte —respondió él, antes de que fuera más difícil dar la noticia—. Es... es sobre Modesto...

La Filo, astuta hasta en los asuntos más resbaladizos, miró a los ojos a Alonso y empezó a negar con la cabeza. Él, conocedor de todo lo que había sentido su buena amiga por el joven, la abrazó para consolarla. En silencio, y ante la desconcertada mirada del tabernero, admiró la capacidad de aquella mujer para sentir tristeza por la muerte de alguien que la había despreciado. Pero Filomena Esquivel era así. La vida había curtido su corazón, lo había moldeado a base de desilusiones. De lo que había sido una vez solo quedaba esa pureza, ese sentimiento honesto tan genuino. Cuando consiguió calmarse, se sentaron en una de las mesas. Un rayo de luz, que se inmiscuía por la puerta entreabierta, iluminaba las lágrimas que se habían quedado decorando sus ojeras.

—Siento mucho que tuvieras que verlo —dijo ella.

—No, no lo sientas. Yo... quizá podría haberlo evitado. Lo intenté, Filomena, te juro que lo intenté. Pero lo que está ocurriendo en Madrid es un absoluto disparate. Nada parece detener la represión. Y a los motivos políticos se suman además las delaciones personales. Y no parece que vaya a parar en mucho tiempo...

Alonso Guzmán, en aquellas divagaciones de taberna, tenía razón. La represión llevada a cabo en aquellos años fue de las más brutales que se han conocido. A finales de aquella década, miles de personas serían víctimas de esta a través de las distintas penas aplicadas.

—Aquí está pasando igual, Alonso. Vigilan, delatan, apresan a gente... Hace tiempo que no entiendo este mundo en el que vivimos...

Filomena le contó a Alonso que no había podido recuperar su casa tras el bombardeo de finales de septiembre. Había recogido todas sus pertenencias y, tras algunos días durmiendo en la taberna, se había marchado a vivir con el Ahorcaperros.

—Nos damos compañía, ¿sabes? Somos una familia. Él es el padre que nunca he tenido. Y yo un mal intento de hija —bromeó.

—No digas eso. Estoy convencido de que te siente como tal.

—Sí, es verdad... —Sonrió recuperando el color en el rostro.

—¿Y no has pensado en marcharte de aquí? ¿Empezar en un nuevo lugar, una nueva vida?

La Filo bajó la mirada en busca de un modo de responder a la ingenuidad de Alonso.

—La gente como tú es la que se va, Guzmán. La gente como yo siempre se queda. Y no es malo. Lo verdaderamente malo es desaparecer... —afirmó, emocionada, intentando sobreponerse a la *damnatio memoriae* a la que estaba destinada por nacimiento—. ¿Y tú qué? ¿Qué tienes que contarme? —cambió de tercio.

—Bueno..., estos años han sido tan complicados como maravillosos. Estoy casado con una mujer increíble y debo reunirme con ella en La Coruña. Vamos a irnos, Filo. Debemos irnos —concretó sin dar más explicaciones.

Filomena entendió.

—Seguro que solo será un hasta luego —lo reconfortó poniendo la mano sobre la de él—. Y, cuéntame, ¿cómo es ella? ¡Seguro que es una señora la mar de refinada!

Alonso se rio y procedió a describir a Inés. Narró a Filomena algunas escenas que hablaban de lo mucho que se amaban y respetaban. Ella disfrutó con cada apunte, imaginando a esa mujer que había terminado por robar el zaherido corazón de Guzmán. Poco a poco, se sinceró y proporcionó a su buena amiga una idea bastante clara de todo por lo que habían pasado, del importante cometido que tenía su esposa en Segovia, de lo que escucharía sobre él cuando se supiera que había abandonado su cargo en la secretaría de Estado, sin avisar, para marcharse al extranjero. Filomena, que se sentía en uno de aquellos cuentos que su madre le contaba antes de dormir, deseó que todo saliera bien.

En medio del diálogo apareció también don José Salado, al que la edad había hecho más encorvado. También se alegró de ver a Alonso. Se sentó y se unió a la cháchara. Como antes, como tantas veces. Le contó qué había ocurrido con Modesto, la implicación de Conrado y su nuevo destino. Con el paso de las horas, el establecimiento se llenó. Guzmán tuvo oportunidad de ver a algún que otro manzanillero y pícaro con el que había tratado en el pasado, algunos de su red de información, y al señor don Patrick Moore que, tras tres años de explosión periodística, volvía a estar aferrado a su copa de brandy para combatir la incertidumbre. También aparecieron algunos voluntarios realistas y soldados franceses... no necesariamente revueltos. Aquello censuró todo comentario político en cada una de las mesas. Y no eran pocos los temas que se podían abordar en aquellos días.

Aunque el duque de Angulema se había marchado de la península unas semanas atrás, la presión extranjera —las monarquías europeas seguían vigilantes— había obligado a Fernando VII a nombrar un nuevo gobierno, un poquito más moderado en sus formas que el de don Víctor Damián Sáez.

Así, a principios de diciembre, se había constituido, vía decreto, otro ejecutivo encabezado por el marqués de Casa Irujo. El rey, inspirado quizá por ese camino intermedio que representaba la Francia de Luis XVIII, había creado un Consejo de Ministros que, no obstante, tardaría un tiempo en tener poder real. Es importante saber que durante los años de aquella década, que fue bautizada por la posteridad como «ominosa» —sinónimo de abominable—, la división interna también alcanzó a los partidarios del absolutismo. Así, desde el principio, los defensores del tradicionalismo más estricto, y que ya en aquellos primeros meses clamaban porque se restituyera, por ejemplo, la Inquisición, se diferenciaron de los que aspiraban a un régimen moderado y regalista en el que tuvieran cabida ciertas reformas, herederas de la Ilustración. Este abanico de simpatías se reflejó también en palacio y moduló las fuerzas enfrentadas en las guerras civiles que estaban por venir. A su vez, las voces liberales no desaparecieron. A pesar de aquella dura represión, continuaron defendiendo sus ideas desde el exilio o a través de nuevos levantamientos en el reino.

En aquella taberna, no obstante, los concurrentes solo eran dueños del presente de sus insaciables bocas. Hablaban de nimiedades que los hacían sentirse a salvo. La Filo deleitó a todos ellos con una bella aria y un bailecillo con el que paseó entre las mesas y los barriles. Las apuestas continuaban. Algún atrevido osaba poner su dinero a disposición de un embarazo real que, a buen seguro, se anunciaría en el año entrante. Otros habían renunciado a aquello. El heredero no parecía cosa probable. Aunque la reina doña María Josefa Amalia ya era, por mérito propio, la esposa que más le estaba durando a Fernando VII. No obstante, los chismes sobre la pareja, en los que, cómo no, la culpa de la ausencia de descendencia continuaba recayendo en aquella joven sajona, eran constantes entre la población, al margen de los reales que descansaran en el bolsillo de los interlocutores.

En un momento dado, y aun apreciando la compañía, Alonso se retiró. Tenía que descansar para la última etapa de su viaje. No sería sencillo. Le esperaban más de veinte días de trayecto. Contaba con dos menos. Lo que imposibilitaba desvíos, averías o sorpresas. También reducía los descansos. Se preguntó cómo lo lograría. No tenía claro si lo conseguiría. Pero debía intentarlo. No deseaba que Inés se fuera sin él ni quedarse más tiempo del necesario en un reino que pronto lo vería con ojos sospechosos. La situación era cada vez más tensa. Y las salidas se estaban complicando.

Antes de abandonar la taberna, se despidió de Paquillo. También de la Filo, a la que dio un intenso abrazo. Le pidió que se cuidara y ella asintió, a punto de llorar al saber que, quizá, no volvería a ver a Guzmán, dispuesto a irse más allá de donde terminaba su mundo. Don José Salado salió también de la taberna porque le dolía la espalda. En la calle del Solano se detuvieron para tomar caminos separados. Mientras se colocaba el pantalón en su sitio, el marino observó:

—Ya no bebe como antes.

Alonso se rio.

—Intento no hacerlo. Además, tengo un importante cometido por delante.

—Eso me ha parecido entender... Así que sigue huyendo...

—Sí, eso es. Pero esta vez por los motivos adecuados —respondió satisfecho.

El Ahorcaperros lo miró y sonrió. Después asintió y le dio una palmada en la espalda.

—Me alegro entonces. Cuídese mucho.

—Usted también. Ha sido un honor beber con usted. Yo siempre he creído lo de Gravina —confesó.

Don José se rio fuerte y se marchó, desapareciendo en aquella noche en la que las estrellas eran la única evidencia de que el cielo, allá arriba, seguía existiendo.

XLII

Habían llegado a La Coruña el día anterior. Se hospedaban en la casa de unos marqueses, buenos amigos de la duquesa, ubicada en la calle Santiago. Con intención de garantizar la máxima seguridad, desde que cruzaron el umbral, Inés no había vuelto a salir. Don Nicolás le confirmó, con el sobretodo empapado, que el arreglo para el embarque seguía vigente. Las nubes grises poblaban las calles de aquella ciudad portuaria. A Inés le hubiera encantado visitarla, descubrirla. Pero no era sensato. Aprovechó para que Manuel la conociese a través de breves charlas y juegos inventados. En él, aparte de la risa, veía mucho de Dolores, lo que suponía un inesperado reencuentro con ella y su gracia natural. La marquesa, dueña de la residencia, le ofreció ropa antigua de sus hijos para vestirlo, así que pudo estrenar unos pantalones y varias camisas sin lamparones. El niño descubrió que era posible una vida sin gritos. Con todo, se sentía desubicado, agotado de tanto viaje. En una conversación mientras hacía viajar un caballito de madera por todos los muebles del gabinete en el que pasaban las horas, había confiado a Inés que todavía no sabía si quería que lo llamaran Pepito o Manuel. Ella se rio y aceptó la postergación de aquella decisión. En silencio, se preguntaba por qué Alonso no aparecía.

Esa noche, después de cenar en compañía de aquella espléndida familia y de asegurarse de que el niño dormía plácidamente, Inés se reunió a solas con la duquesa y el señor De Loizaga. Este, ante la ausencia de Guzmán, explicó a Inés cada uno de los pasos que debía seguir en su huida. Le entregó una licencia falsificada de la Casa de la Contratación dirigida a la señora doña Clara Pinzón y el pasaje para embarcar en el paquebote que saldría del puerto a las doce en punto del mediodía del día siguiente. También la dirección de una posada en Londres y una lista de contactos de confianza. Ella asintió, aunque le pesaba cada uno de esos papeles.

—Recuerde que deben embarcar pase lo que pase —advirtió don Nicolás—. Si él no lo consigue, lo ayudaremos. No ha de preocuparse por eso.

—Guarde cuidado. Lo haré, aunque se me parta el alma en dos. No puedo perder a Manuel —aseguró ella—. Pero no puedo evitar preocuparme por él.

—Ahora vaya a descansar. Mañana tendremos tiempo de despedirnos debidamente —recomendó la duquesa.

—Gracias a los dos por toda su ayuda... Jamás podré corresponder todo lo que han hecho por mí.

—Señora, cuando uno vive unos años y conoce a tantas personas, se percata de cuáles son por las que merece la pena dormir menos. No debe corresponder. Ha sido un placer poder hacer el bien entre tanta locura —confesó don Nicolás con ternura.

Inés asintió emocionada y se retiró a su cuarto. Antes de hacer caso a su sabia amiga, terminó aquella extensa misiva que había redactado en las posadas en las que se habían ido alojando. Un recorrido en tinta por los últimos años de su vida. Apenada por el hecho de que Alonso no hubiera llegado aquella tarde, tal y como estaba previsto si no se presentaba ningún contratiempo, apagó la vela con un soplido suave para zanjar esa extraña jornada inundando de oscuridad el dormitorio prestado. Los sueños llevaron a Inés a escenas angustiosas, a despedidas eternas. También a esa horca que había regresado a sus noches. Se despertó varias veces empapada en sudor, añorando una realidad que jamás había disfrutado.

Cuando amaneció y descubrió que Alonso no se había personado, supo que debía continuar sin él. Quiso idear formas en las que se reencontrarían, razones por las que él estaría a salvo. Pero, en aquellas horas, no tuvo tiempo. Empaquetó sus pertenencias y las nuevas prendas que acompañarían a Manuel. La duquesa le regaló un bonito ridículo en el que guardar todos los documentos y el dinero. Tras agradecer la hospitalidad a aquellos bondadosos marqueses de los que jamás recordaría el nombre, salieron a la calle en dirección al puerto.

—Debo enviar algo por la posta antes de embarcar. ¿Podríamos detenernos un minuto? —solicitó Inés.

Don Nicolás y la duquesa hicieron una mueca, pero asintieron al ver su mohín de desesperación. Manuel, que miraba hacia arriba sin entender, siguió el cambio de rumbo a la casa de postas. Inés entró sola. Don Nicolás miraba, cada tres segundos, el reloj de bolsillo que había coordinado con la hora local al llegar a la ciudad. Y al comprobar que se estaba retrasando se preocupó. Decidió asomarse y vio que había dos parroquianos delante de ella para proceder con sus gestiones. Le propuso encargarse de todo, pero Inés necesitaba asegurarse de que sus envíos llegaban a los destinos adecuados. No podían existir fallos. El señor De Loizaga se rindió tras insistir un par de veces y salió de nuevo. Continuó consultando el reloj.

—Si no sale en dos minutos, van a perder el barco... —anunció a la duquesa, que lo miró angustiada.

Los vecinos iban y venían al margen de horarios y fugas. Aquella ciudad, también víctima de un bloqueo solo unos meses antes, se recuperaba de los envites de las últimas batallas. El sol, presente selecto en aquellos lares, había acudido a despedir y dar la bienvenida a los comerciantes, correos y viajeros que entraban y salían del puerto. Cuando la duquesa vio aparecer la capota de Inés, suspiró. No así don Nicolás, que supo que debían apresurarse. Avanzaron todos juntos por las callejas coruñesas, esquivando carros, animales perdidos, paseantes y soldados. Pero al llegar a las inmediaciones del puerto, donde el paquebote flotaba con sus níveas velas al viento, supieron que debían separarse. Pescadores, comerciantes y familias inundaban el paseo de la Marina, pues todos se despedían de o recibían a viajeros. Todos ellos, por tanto, ocupaban el último tramo hasta la rampa que daba acceso, previa presentación de documentos, a la embarcación. Don Nicolás priorizó el éxito del plan a la longitud y afecto de la despedida, pero deseó toda la suerte a Inés. La duquesa le dio un cariñoso abrazo y le susurró que siempre tuviera cuidado.

—Escríbanos cuando llegue a destino —le hizo prometer.

Inés asintió conmovida. Ambos dijeron adiós a Manuel pellizcando sus mejillas y pidiéndole que se portara bien. Una vez concluyeron e Inés repitió un millar de veces lo agradecida que estaba por todo lo que habían hecho por ella y su familia, cogió de la mano a su sobrino y caminaron entre el gentío. El avance era complicado, ralentizaba sus pasos. Y no había mucho tiempo más. Así que, cuando Inés identificó la rampa exacta a la que debían dirigirse, propuso al niño una carrera.

—Tienes que correr lo más rápido que puedas, sentir que vuelas. Dejar a todos atrás. ¿Podrás hacerlo?

Manuel aceptó el reto creyéndose en un juego.

—Una, dos y ¡tres!

Ambos corrieron a gran velocidad. Inés se alegró de ver que el niño había heredado su agilidad. Pero, con las primeras zancadas, notó que ella tenía algo más de dificultad. El equipaje y aquella lesión en el tobillo que la acompañaba desde Aranjuez no permitían que avanzara como le hubiera gustado. Sus pasos, inestables en muchos momentos, hicieron que, al tratar de esquivar a un hombre que empujaba una carretilla, cayera de bruces al suelo. Manuel tardó varios metros en percatarse de que su tía no lo seguía. Inés sintió que el mundo se desmoronaba ante ella. ¿Por qué últimamente se caía? Una punzada intensa atravesó su pierna. No podía más. No era capaz de superar más dificultades. Necesitaba un poco de paz. ¿Por qué todo siempre se ponía patas arriba? Nada parecía bastar nunca. Ni sus sacrificios ni sus renuncias. Al final, un nuevo traspié casi hizo que su única esperanza de salir indemne de aquella traicionera delación se desintegrara bajo las suelas de los zapatos de aquellas personas sin nombre.

Estuvo a punto de rendirse, de echarse a llorar. Una lágrima se escapó de su mirada oscura. Pero después observó el rostro inocente de Manuel, sin saber cómo continuaba el juego cuando uno de los dos caía, y vio aquella rampa a punto de desaparecer. No se concedió ni un segundo más para atormentarse. Ella era la más veloz de sus hermanos. Y aquella era su carrera, su obra maestra. Ahogando un grito de dolor, se incorporó, cogió las pertenencias y echó a correr. Al pasar al lado del niño, lo cogió en brazos y se apresuró. No podía parar, no debía parar. Evitó chocarse con los concurrentes. Ignoró cualquier detalle que pudiera desconcentrarla. Y, sin echar la vista atrás, hacia todo lo que dejaba, presentó sus credenciales al tripulante que estaba apostado al inicio del acceso, no sin antes dejar a Manuel en el suelo. Después de un minuto de silencio y análisis en el que Inés no sentía ni los brazos ni las piernas, asintió y permitió que pasaran.

En la cubierta, Inés notó, con mayor ardor que antes, la inflamación de su tobillo. A los lados, los castillos de San Antón y de San Diego vigilaban su regreso a la realidad. De pronto, un hondo vacío la invadió. Vio a los vecinos que despedían a seres queridos o desconocidos desde el puerto. También el resto de las fragatas y corbetas que fondeaban más allá de aquel muelle en construcción. Las lágrimas que antes no se habían atrevido a precipitarse por sus mejillas ahora se escapaban sin control. Apretó con fuerza la mano de su sobrino y buscó un lugar en el que acomodarse. Estaba tan ocupada analizando dónde poder reposar su tobillo y así contar tranquila a Manuel que lo habían conseguido que tardó unos segundos en verlo a él... Su rostro apareció entre los de dos marineros, ya dedicados, con las palmas encarnecidas de sus manos, a la magia que haría zarpar a aquel navío.

Cuando alzó la vista, no podía creer que estuviera allí, que hubiera conseguido llegar a tiempo, que no se cerniera sobre ellos un nuevo tiempo de separación y espera. Sonriente, con Manuel de la mano, se acercó a Alonso que, emocionado, los abrazó a los dos. Volvía a estar en casa tras tantas leguas cabalgando sin descanso. El niño no comprendía muy bien el porqué de aquella felicidad, testigo privilegiado de aquellos besos, risas y abrazos entre los dos adultos. Pero no importaba. Habría tiempo de contárselo en aquella vida que estaban a punto de estrenar los tres. Sentados mirando a estribor, contemplaron aquel sol resplandeciente que los acompañaba en su travesía oceánica hacia el norte. Se divirtieron señalando las nubes caprichosas que decoraban el horizonte. Alonso extrañó, de golpe, a Cosme. Y a Jonás. Y a Joaquín. Y a su madre. De algún modo, quiso pensar que habría un mañana con ellos. Pero el hoy se lo debía a ellos, a Manuel e Inés, a la que besó con ternura, ignorando un segundo los confines de la mar.

Doña Mariana, desde la ventana de su gabinete en Salamanca, también podía admirar, en las mañanas soleadas, la forma de las espumas celestes que se extendían más allá de los tejados. Tras recibir la primera carta de Inés, había lamentado el destino de su antigua doncella. Le había resultado gracioso descubrir que estaba casada con el hijo de la condesa de Valderas, que también había conocido la noticia durante aquellos meses. Pensó que, siendo así, terminarían reencontrándose. No obstante, si algo devolvió el ánimo a la señora Fondevila fue el segundo envío de Inés, realizado desde la casa de postas de La Coruña. No tenía remite, pero doña Mariana supo enseguida quién era la emisora. El paquete contenía algunas pruebas de los tejemanejes de don César Gallardo que Alonso había conseguido. Inés no podía presentarlas, su nombre estaba lacrado, pero la señora sí podía utilizarlas para protegerse de él o, en su defecto, hacer que algunos de sus negocios salieran a la luz. La marquesa agradeció la generosidad de Inés. Sabía que aquello era desinteresado, pues, al no tener evidencia de la intermediación de el Benefactor en su delación, no iba a solucionar su situación. Había demasiadas personas señalándola y, por el momento, no había manera de demostrar que era una artimaña por venganza, ni tampoco de explicar su colaboración en el robo de Aranjuez. La marquesa contempló las nubes y se sintió dueña de ellas. Don César Gallardo, próximo a tener problemas, estaba lejos de la Corte, lo que le estaba permitiendo conciliar mejor el sueño. Continuaba a salvo, por lo pronto. Solo ella sabía toda la verdad, solo ella conocía dónde se encontraba aquel alijo documental que le había entregado su padrino don Pedro Macanaz antes de percatarse de que ella, por miedo, altivez y ceguera, elegiría la fidelidad al rey frente al chascarrillo conspirador de ese hombre. Solo la aristócrata conocía los motivos por los que había decidido empapelar su cuarto de Asturias, muy al estilo de la nueva decoración imperante, y ocultar en los muros la huella de la historia. Así, solo ella podría recuperar esas copias de las cartas que Fernando VII había escrito desde Valençay, en las que dejaba patente su habilidad para el soborno, y los documentos sobre el desconcertante caso Amézaga. Lo haría solo si lo necesitaba, si se volvía preciso. Continuaba sin saber quién había intentado matarla. ¿Había sido una venganza o una advertencia? ¿Lo descubriría algún día? ¿Volverían a terminar con el cometido? ¿Algún día César Gallardo confirmaría la sospecha de que ella era la culpable a la que buscaba? No sabía.

Por si acaso, decidió que, al día siguiente, tomaría un pausado chocolate con su hija Aurora, a la que haría cómplice en la sombra, futura llave de los errores de ese complejo monarca y, quizá, de su libertad. Con la mano apoyada en la jamba de la ventana, deseó calma para su familia, suerte para Inés y, ¿por qué no?, el peor de los finales para el Benefactor y sus hombres. De ello se iba a encargar. Era tiempo de arañar. El revoloteo de un gorrión interrumpió sus pensamientos y dio, de pronto, un respiro a sus miedos.

También las aves planeaban sobre el mar, más allá de la orilla de La Caleta. El graznido de las gaviotas siempre había hecho reír a Filomena, sentada junto al Ahorcaperros para admirar el atardecer. Continuaban con buen sabor de boca tras la visita de Alonso. Pero la noticia de Modesto todavía les pesaba. En sus rutinas apenas había novedad. Así que un anuncio como aquel duraba semanas en perder intensidad, en dejar de supurar.

—¿Dónde cree usted que está Modesto?

Silencio.

—Yo diría que vive donde se forman las olas, allá en lo hondo. Está con Maruja y Candela. Y seguro que lo cuidan —contó el señor Salado.

Filomena sonrió.

—Cuando yo ya no esté aquí, mi barco será para ti —decidió de pronto el marino.

—¿Y para qué quiero yo un barco, don José? Si no sé ni nadar —comentó ella.

—Para comer, hija mía, para comer. —Silencio—. Y si te dejan, para vivir.

Filomena sonrió, agradecida por lo que acababa de ofrecerle aquel padre que la bella Cádiz le había regalado.

—Bueno, pero quédese un ratito más aquí conmigo... —dijo sonriente, con ojos llorosos, acomodando su cabeza en el hombro del marino y estrechando su brazo como el bien más preciado que tenía.

El Ahorcaperros sonrió y asintió, comprometiéndose a acompañarla todo lo que su agotada osamenta le permitiera. Sin mediar más palabra, ambos se dedicaron a contemplar el arrebol surgido de la retirada del sol. Las luces magentas y anaranjadas tiñeron la playa. A lo lejos, se escuchaban los juegos de los niños, el barullo de la ciudad.

En el balcón de la casa en la que vivía con su esposo en Santa Cruz de Tenerife, Blanca intentaba absorber cada detalle de aquel cielo azafranado. Tenía que ser capaz de inmortalizarlo con su pincel. Pero su existencia era tan fugaz que siempre se olvidaba de memorizar cada detalle, dedicada al deleite visual. Una de aquellas tardes en las que el tiempo, en forma de engaño lumínico, se le escapaba entre los dedos, una empleada la interrumpió con un recado. Había llegado un paquete para ella. Estaba envuelto en papel. Intrigada, desató la cuerdecita que lo rodeaba, quitó el envoltorio y descubrió una misteriosa cajita de madera. Nada indicaba un remite. Perspicaz como acostumbraba, frunció el ceño y supo que aquel artilugio tenía que poder abrirse de algún modo. Probó distintas opciones mientras su adorado atardecer desaparecía ante ella. Un día menos para estudiarlo. Pero, concentrada en aquella caja, lo olvidó por completo. Al final, después de varios intentos, lo logró. Con cuidado, extrajo unos papeles que alguien había doblado en numerosas partes para que cupieran. Los fue desdoblando, nerviosa, y ante ella apareció la caligrafía de su hermana Inés. Sin poder despegar los ojos de aquellas líneas, descubrió toda la verdad de esos años, a lo que se había dedicado, los motivos de su ausencia. A Blanca le abrumó toda aquella información, pero aquel final... Empezó a reír y a llorar a la vez.

—Lo ha conseguido... Mi Inés lo ha conseguido —repetía sin parar, cubriéndose risa y lágrimas con la mano.

Debía contárselo a sus padres. Debían saber que el hijo de Dolores estaba vivo, que estaba con Inés y que volverían a casa en cuanto la situación política mejorase. También que les explicaba que tenían que ser discretos con aquella información si alguien los visitaba preguntando por ella. Fue rápidamente a llamar al general don Julio, su esposo, para proceder con aquella visita que proporcionó calma a aquel hogar después de tanto tiempo de incomprensión e incertidumbre. Celebraron, brindaron, rezaron para que el señor don Lorenzo tuviese oportunidad de volver a ver a su hija y conocer a su yerno y a su nieto. Doña Micaela se alegró de que, por lo menos, si tenía que marcharse, lo hiciera sabiendo que Inés había luchado con tanta valentía por devolver la paz a su hermana. Aquella noche,

Blanca apenas pudo dormir. Pidió quedarse con la carta durante unos días. Necesitaba releerla, reencontrarse con las aventuras de su querida Inés bajo la luz de las centellas.

Julieta, desde la cama de la buhardilla y abrazada a la camisa de su madre, era capaz de inventarlas aunque no las viera. Solía dibujar el cielo que más le gustaba mientras intentaba dormir y olvidar que Consuelo roncaba. Echaba de menos a Inés. Pero se alegraba de que nada ni nadie la hubiera hecho volver. Ella también se iría algún día. Y llegaría hasta la costa. Quizá se lo podría decir a Valentín..., pero tendría que prometer comportarse. Y hacerla reír a cada instante. Y jurar que bailarían descalzos en el mar. Con aquellos planes en la mente, consiguió olvidar la voz de «madama generala» y dormir.

No así Blanca, que, cuando despuntó el alba, continuaba imaginando a su hermana. Se asomó de nuevo al balcón con las primeras luces. Hacía tanto tiempo que la sentía lejos, inalcanzable, perdida por siempre, que aquellas cartas habían insuflado una energía sin parangón a su alma, como si se hubieran sentado a charlar de nuevo después de todos esos años. Cerró los ojos, se puso la mano en el vientre y deseó que ella supiera lo orgullosa que se sentía, allá donde se encontrara.

Inés, desde la posada en la que dormía aquella noche, oyendo de fondo la respiración de Alonso y Manuel, soñó con un abrazo de Blanca, con otro de su madre, de su padre, de sus otros hermanos, de Julieta... Quiso pensar que estaba más cerca que nunca de todos ellos, que la situación política se relajaría y podría, por fin, verlos, responder a sus preguntas. Admirando las luces blanquecinas del alba, recordó del todo la letra de aquella cancioncilla que le canturreaba a Manuel para que durmiera. Blanca también la rememoró desde su balcón y ansió volver a jugar con Inés en aquellas cuevas que creaban con las sábanas mientras compartían confidencias y se sabían libres e invencibles. Y así, las dos hermanas, sin conocer cuál sería su futuro, tesoro prohibido, abrazaron aquellos versos que, por un segundo, y sin permiso, les hicieron creer quc volverían a verse.

Cuando el céfiro sople
y te encuentre la libertad,
pregunta cuál es su nombre
y quién le puso los demás.

Si la visitó el olvido,
y no es capaz de recordar,
sé su medida y abrigo
ante el fanático aclamar.

Protege así su llama eterna
contra el odio que aparece
cuando azota la galerna
que la conduce a la muerte.

Cuando el céfiro sople
y te encuentre la libertad,
pregunta cuál es su nombre,
pregunta cuál es su nombre…

Nota de la autora

Las páginas que preceden a esta han sido todo un reto para mí. Jamás me había sentido tan próxima a la historia ni había conseguido perderme en sus matices de esta forma. El proceso de documentación ha sido un viaje maravilloso que comencé en 2019. Más de un año después, seguía con preguntas. Porque en la investigación histórica estas nunca se agotan. Si algo dio inicio a la historia de Inés, de Alonso y de Modesto fue mi pasión por la época en la que está ambientada la novela: los primeros años del siglo XIX. Devoré mis apuntes escolares en su momento y, después, me perdí en grandes novelas como *Guerra y paz*, *Orgullo y prejuicio* o *Cumbres borrascosas,* o me sentí dentro de musicales como *Los miserables*. Con el paso de los años, y después de trabajar en mis dos primeras novelas, sabía que quería contar mi propia historia ambientada en esos convulsos años. La investigación sobre la época solo me dio la razón y alimentó mi inspiración, dando lugar a las tramas que configuran este libro.

Es importante que sepas que, como siempre ocurre en mis novelas, los personajes protagonistas son ficticios. Ahí reside mi libertad. No obstante, con Alonso, con Inés, con Modesto o con doña Mariana he querido acercarme al máximo a la realidad política de la época. Como siempre me gusta hacer, los cuatro se cruzan, hablan e incluso trabajan con personas que existieron en realidad (el duque de Alagón, el duque del Infantado, el rey Fernando VII, Pedro Macanaz, Antonio Alcalá Galiano, el conde de La Bisbal etcétera...). No obstante, y aunque se desprende de su naturaleza ficticia, todos los diálogos en los que están implicados no se produjeron jamás. Aun así, he intentado ceñirme, dentro de las posibilidades, a los datos que se conocen sobre ellos. En la biografía de Fernando VII de Emilio La Parra, por ejemplo, descubrí la tendencia del monarca a decir tacos, también su manía de despegar las páginas de los libros. En las memorias de Alcalá Galiano constaté sus andanzas, sus reflexiones y, aunque parezca baladí, su ubicación geográfica en determinados momentos.

Para construir esta novela, he consultado centenares de fuentes. Entre ellas, algunos de los documentos incluidos en los Papeles Reservados de Fernando VII —guardados en el Archivo General de Palacio—, una de las piezas documentales más interesantes de la historia de la España contemporánea. Gracias a ellos, he podido comprender una parte muy importante del trabajo que se hacía desde palacio en aquellos años —volcada, entre otros, en la ocupación de Alonso Guzmán, quien, por supuesto, no es responsable de las listas de traidores que cualquier investigador puede hallar en esos papeles confidenciales—. También completar las informaciones del asunto de don Pedro Macanaz, personaje controvertido y presente en la trama de doña Mariana Fondevila. Aunque todo lo relativo a la marquesa es pura invención, Pedro Macanaz existió, así como su extraña detención y todo lo que aparece en relación con su presencia en la Corte de Fernando VII.

El historiador Carlos Franco de Espés, en su obra *Los enigmas de Valençay,* hace un pormenorizado análisis de todo lo que ocurrió en los años en los que Fernando VII, Carlos María Isidro y el infante don Antonio estuvieron retenidos en el palacio francés de Valençay (1808-1813). Este incluye el misterio de las cartas que Fernando VII escribía a Napoleón aplaudiéndolo, felicitándolo, mientras en la península luchaban por traerlo de vuelta; también las que envió a personajes como el general Espoz y Mina o Francisco Crespo de Tejada —que, por cierto, aparece como invitado en el baile de los marqueses de Urueña— buscando que le mandaran dinero, en una treta que casi se acercó a la extorsión y que, de hecho, por lo poco propio de un monarca, se tomaron por falsas y se apresó a los mensajeros. También se habla del caso de don Juan Gualberto Amézaga, criado de Fernando VII y cortesano presente de forma intermitente en Valençay, al que se le «colgó el muerto» de todas esas misivas. Un irregular proceso judicial —cuyos legajos se hallan en el Archivo Histórico Provincial de Zaragoza— concluyó que eran falsas y que el único responsable era el señor Amézaga. El duque del Infantado, que ocultó unas copias durante un tiempo y remoloneó a la hora de declarar, terminó uniéndose a esa coartada —de ahí la ficticia amenaza de doña Mariana en Aranjuez—. Así, en 1817, se condenó a muerte a Amézaga, quien se suicidó días antes de la fecha de ejecución en su celda de la prisión de Zaragoza. La teoría de la falsedad de las cartas y de la culpabilidad de Amézaga está desterrada por muchos historiadores en el presente.

Otro de los aspectos que más me han gustado de crear esta novela es lograr describir la ambientación de espacios y lugares. Jugar con mapas y planos históricos (accesibles gracias al Instituto Geográfico Nacional), devorar crónicas, visualizar grabados... En este punto, uno de los grandes retos fue reconstruir el palacio de Aranjuez de tiempos de Fernando VII. Y no podría haberlo conseguido sin el consejo y orientación documental de José Luis Sancho Gaspar, investigador de Patrimonio Nacional; de Javier Jordán de Urríes, conservador de Patrimonio Nacional; y de la historiadora del arte Diana Urriagli. Gracias a la consulta de los inventarios y otras obras de gran interés, como la representación de Manuel Aleas, he podido hacer mi recreación de Aranjuez en 1818 (con distribución de estancias y detalles decorativos registrados). Por tanto, no puedo estar más agradecida con ese asesoramiento experto, así como con los autores de cada una de las fuentes que he consultado y que me han ayudado a entender mejor esta compleja época.

Y en cuestión de agradecimientos no puedo pasar por alto el apoyo y la confianza de Gonzalo Albert, mi editor, y toda la familia de Suma de Letras y Penguin Randon House Grupo Editorial, que me dan alas, con cada historia, para explorar el pasado, aprender y seguir evolucionando. ¡Me siento muy afortunada! También por tener personas maravillosas muy cerquita, que sueñan conmigo y me hacen mejor. Sin todas ellas, nada de esto sería posible (y más de un personaje de esta novela tendría otro nombre o apellido).

Como siempre me gusta decir, la línea entre realidad y ficción es muy fina. De hecho, en muchas ocasiones, la primera supera a la segunda. Estas páginas solo pretenden entretener, pero respetando, al máximo y en la medida de las posibilidades y hallazgos actuales, la historia en todos sus matices (cronología, efemérides, situación política, legal, decoración, vida cotidiana, vestido, cultura…), vertiendo además en ellas toda la honestidad que he sabido reunir. Quizá, gracias a ello, algo te haya despertado interés. Si ha sido así, te recomiendo que te zambullas en ensayos, contenido de divulgación o artículos académicos para seguir dando forma a esta época. Y es que es imposible reconstruir el pasado al cien por cien, por lo que la mejor manera de descubrir sus detalles es no quedarse con una sola obra o aproximación. Yo, como siempre, te espero en el próximo viaje en el tiempo.

¡Gracias por haberme acompañado en este!

Con todo mi cariño,

María

EJE CRONOLÓGICO

1805 → **21 octubre:** Batalla de Trafalgar
1806 → **21 mayo:** Muerte de María Antonia de Nápoles
1807 → **27 octubre:** Tratado de Fontainebleau
→ **29 octubre:** Conjura de El Escorial

GUERRA INDEPENDENCIA Y OCUPACIÓN

1808 → **17 marzo:** Motín de Aranjuez
→ **19 marzo:** Abdicación de Carlos IV a favor de Fernando VII
→ **23 marzo:** Las tropas francesas en Madrid
→ **2 mayo:** Levantamiento popular en Madrid
→ **5 mayo:** Abdicaciones de Bayona
→ **23 mayo:** Inicio de la guerra de Independencia
→ **18-20 julio:** Batalla de Bailén
1809 ...
1810 ...
1811 → **Febrero:** Comienzo del sitio de Cádiz
→ **24 septiembre:** Sesión inaugural de las Cortes en Cádiz
1812 → **19 marzo:** Aprobación de la Constitución
→ **22 julio:** Batalla de los Arapiles
→ **24 agosto:** Fin del asedio de Cádiz
1813 → **11 diciembre:** Tratado de Valençay

REINADO FERNANDO VII
(SEXENIO ABSOLUTISTA)

1814 → **24 marzo:** Vuelta de Fernando VII a España
→ **11 mayo:** Publicación del *Manifiesto de los persas* con el que se reestablece el orden de 1808

→ **Septiembre:** Pronunciamiento de Espoz y Mina en Pamplona
→ **15 septiembre:** Inicio de las conversaciones informales del Congreso de Viena

1815 → **16 marzo:** Inicio del Imperio de los Cien Días de Napoleón
→ **9 junio:** Acta final del Congreso de Viena
→ **18 junio:** Batalla de Waterloo
→ **8 julio:** Fin del Imperio de los Cien Días de Napoleón
→ **19 septiembre:** Pronunciamiento del general Díaz Porlier en A Coruña
→ **26 septiembre:** Ejecución del general Díaz Porlier Tratado de la Santa Alianza entre Rusia, Prusia y Austria

1816 → **Abril:** Conspiración del Triángulo
→ **6 mayo:** Ejecución del general Vicente Richart
→ **5 septiembre:** Desposorios en Cádiz por poderes entre las princesas María Isabel y María Francisca de Braganza con Fernando VII y el infante Carlos María Isidro

1817 → **4 abril:** Pronunciamiento del general Luis de Lacy
→ **5 julio:** Ejecución del general Luis de Lacy
→ **21 agosto:** Nacimiento de la primera hija de Fernando VII y María Isabel de Braganza

1818 → **9 enero:** Muerte de la primera hija de Fernando VII y María Isabel de Braganza
→ **Febrero:** Llegada de los barcos rusos a Cádiz
→ **26 diciembre:** Muerte de María Isabel de Braganza y su segunda hija

1819 → **2 enero:** Muerte de María Luisa de Parma
→ **19 enero:** Muerte de Carlos IV
→ **22 enero:** Ejecución de los participantes en la conspiración liderada por el coronel Joaquín Vidal en Valencia

→ **8 julio:** Conspiración y suceso de El Palmar
→ **Octubre:** Llegada a España de la tercera esposa de Fernando VII, María Josefa Amalia de Sajonia

REINADO FERNANDO VII
(TRIENIO LIBERAL)

1820 → **1 enero:** Pronunciamiento del teniente coronel Rafael del Riego en Cabezas de San Juan
→ **7 marzo:** Fernando VII se compromete públicamente a jurar la Constitución de 1812
→ **Marzo:** Liberación de presos políticos y vuelta de exiliados
Gobierno de Pérez de Castro, llamado «de los presidiarios»
→ **9 julio:** Jornada de apertura de Cortes 1ª Legislatura
→ **Julio:** Gobierno moderado de Argüelles
→ **31 agosto:** El general Rafael del Riego entra en Madrid
→ **4 diciembre:** Primer desencuentro entre el rey y los liberales por el nombramiento inconstitucional del capitán general de Madrid por parte de Fernando VII

1821 → **Enero:** Detención del cura de Tamajón, Matías Vinuesa, por conspirar contra el gobierno
→ **1 marzo:** Jornada de apertura de Cortes 2ª Legislatura. Día de «la coletilla del rey»
→ **Marzo:** Gobierno moderado de Bardají y López Pelegrín
→ **5 mayo:** Asesinato del cura de Tamajón, Matías Vinuesa, a manos de los liberales
→ **Julio:** Clausura cortes
→ **Septiembre:** Conatos de levantamiento republicano en Zaragoza y Barcelona
→ **18 septiembre:** Batalla de las Platerías

1822 → **28 febrero:** Gobierno moderado de Martínez de la Rosa
→ **Marzo:** Apertura de cortes, con mayoría exaltada
→ **30 mayo:** Sublevación absolutista de los artilleros de la ciudadela de Valencia
→ **12 junio:** Creación de la Regencia absolutista de la Seo de Urgel
→ **30 junio:** Clausura de cortes y asesinato del teniente liberal de la Guardia Real don Mamerto Landaburu
→ **7 julio:** Levantamiento absolutista de la Guardia Real en Madrid
→ **5 agosto:** Gobierno exaltado de Evaristo San Miguel
→ **14 diciembre:** Fin del Congreso de Verona

REINADO FERNANDO VII
(TRIENIO LIBERAL)

1823 → **2 enero:** Noticia del ultimátum recibido por el Gobierno de parte de los embajadores de Austria, Prusia, Rusia y Francia acerca de su radicalización
→ **20 marzo:** Traslado de las Cortes, rey y Gobierno a Sevilla
→ **7 abril:** El ejército de los Cien Mil Hijos de San Luis cruza la frontera
→ **23 abril:** Decreto de la regencia absolutista que condena a muerte a todos los diputados liberales y constitucionalistas más destacados en los territorios controlados
→ **24 mayo:** Llegan los franceses a Madrid
→ **Mayo:** Gobierno de crisis de Calatrava
→ **11-12 junio:** Traslado de las Cortes a Cádiz y declarada incapacidad del monarca
→ **23 septiembre:** Bombardeo de Cádiz
→ **28 septiembre:** Los liberales dejan ir a Fernando VII tras negociaciones

→ **1 octubre:** Fernando VII desembarca en el Puerto de Santa María y se desdice de lo prometido a los liberales
→ **7 noviembre:** Rafael del Riego es ejecutado en la plaza de la Cebada de Madrid
→ **13 noviembre:** Fernando VII llega a Madrid

INICIO DÉCADA OMINOSA

GUÍA DE PERSONAJES HISTÓRICOS PRINCIPALES

Agustín de Argüelles (1776-1844)

Político liberal que participó en la redacción de la Constitución de 1812 y fue uno de sus mayores defensores. Presidió el primer gobierno del Trienio liberal como parte de la tendencia moderada. Tras sufrir exilio en la década ominosa, fue el tutor de la futura reina Isabel II y su hermana, Luisa Fernanda.

Alberto Rodríguez de Lista (1775-1848)

Poeta, periodista y canónigo que realizó una gran aportación a las letras españolas a finales del siglo XVIII y principios del siglo XIX. En materia política, se caracterizó por la ambivalencia, pues pasó de ser afrancesado a colaboracionista del régimen fernandino y liberal. Estuvo al frente de diversas cabeceras a principios del siglo XIX como *La Gaceta de Sevilla, La Estafeta de San Sebastián* o *La Gaceta.*

Ángel de Saavedra, duque de Rivas (1791-1865)

Dramaturgo y poeta que combinó su carrera literaria con una estrecha conexión con la política. Sobre todo, durante el Trienio liberal, momento en que fue elegido diputado por Córdoba, cargo que ostentó hasta el restablecimiento del absolutismo en 1823, cuando debió huir al exilio a Malta y Francia, donde permaneció hasta la muerte de Fernando VII. En esos años escribió algunas de sus obras más conocidas como *El moro expósito* o el primer manuscrito de *Don Álvaro o la fuerza del sino.*

Antonio Alcalá Galiano (1789-1865)

Jurista, político y escritor, que formó parte de la corriente exaltada o radical del liberalismo durante el Trienio liberal, periodo en el que ostentó el cargo de ministro en distintas carteras y en el que fue uno de los participantes recurrentes de la tertulia madrileña de la Fontana de Oro. Reconocido masón, debió huir al exilio a Inglaterra y Francia durante la década ominosa tras ser condenado a muerte.

Antonio Quiroga Hermida (1784-1841)
Militar y político liberal. Aunque fue arrestado por el suceso de El Palmar en julio de 1819, quedó en libertad tras el pronunciamiento de Riego en Cabezas de San Juan y fue llamado a liderar el Ejército liberal, convirtiéndose en uno de los héroes de la revolución de 1820. Durante el Trienio liberal, fue elegido diputado y nombrado capitán general de Castilla La Vieja y Galicia, cargos que abandonó con la restauración fernandina y su exilio a Inglaterra. Regresó a España en 1834, a la muerte de Fernando VII, periodo en que volvió a servir en el Ejército.

Antonio Ugarte (1766-1830)
Consejero de Estado, agente de negocios y de la embajada rusa y pieza fundamental de la camarilla de Fernando VII. Personaje que, tras bambalinas, jugó un importante papel tanto en la guerra de la Independencia como en la corte fernandina, sobre todo en las relaciones diplomáticas con Rusia. El episodio más conocido entre sus gestiones fue el del escándalo de los barcos rusos, entregados en discutibles condiciones a España para la guerra en América. Debió exiliarse durante el Trienio liberal, época en la que formó parte de la contrarrevolución a favor de la vuelta del absolutismo.

Bartolomé Gutiérrez Acuña
Militar y político liberal que fue elegido diputado por Cádiz en las Cortes del Trienio liberal, entre 1820 y 1822. Como tantos otros liberales, debió emigrar en 1823 ante la restauración del absolutismo. Se sabe que fue condenado a muerte en 1826, sentencia de la que lo libró su exilio. Formó parte de la masonería, círculos en los que utilizó el sobrenombre de «Dichoso».

Bartolomé José Gallardo (1776-1852)
Escritor, periodista y político liberal, autor del *Diccionario crítico burlesco,* obra emblemática del Cádiz de las Cortes y la Constitución por su contenido liberal y reaccionario. A la vuelta de Fernando VII, en 1814, debió marchar al exilio por su actividad a favor del constitucionalismo. Regresó en 1820 con el advenimiento del régimen liberal, al término del cual fue detenido y desterrado.

Blas de Ostolaza (1771-1835)
Eclesiástico y político que tuvo un importante papel durante la ocupación francesa y la guerra de Independencia. Capellán y confesor de Fernando VII y el infante Carlos María Isidro, luchó en la península por los intereses de ambos y llegó a ser diputado de la bancada absolutista de las Cortes de Cádiz. Formó parte de la corte fernandina al término de la contienda hasta 1816, momento en que fue nombrado deán de la catedral de Murcia.

Carlos IV de Borbón (1748-1819)
Rey de España desde 1789 hasta 1808. Su reinado estuvo marcado por la presencia de su mano derecha, Manuel de Godoy, cuyo poder no hará más que crecer en los años de su gobierno, llevándolo, entre otras cuestiones, al enfrentamiento con su sucesor, su hijo Fernando, que propició, junto a sus partidarios, su abdicación tras el motín de Aranjuez en 1808.

Carlos María Isidro de Borbón (1788-1855)
Infante de España, hijo de Carlos IV de Borbón y María Luisa de Parma y hermano de Fernando VII. Pese a que no formó parte, en primera línea, de los movimientos en pro de la abdicación de su padre por la animadversión hacia Godoy, apoyó a su hermano Fernando en su escalada al poder y lo acompañó en su exilio en Valençay durante la ocupación francesa. A su vuelta a España, se casó con María Francisca de Braganza, con la que formó un potente frente en la Corte que fue ganando

apoyos y que, tras la relajación en la política absolutista de Fernando VII y la ausencia de descendiente varón por parte de este, se convirtió en la alternativa a la línea fernandina y en el germen de las sucesivas guerras carlistas del siglo XIX.

Conde de Miranda
Gentilhombre de cámara y mayordomo mayor de la Casa Real. En 1816 fue el encargado de recoger en Cádiz a las infantas María Isabel y María Francisca de Braganza, aspecto que confirma su relevante posición en palacio, a menudo recompensada con cargos como el de secretario de Despacho. Fue alejado del lado de Fernando VII durante el Trienio liberal, pero regresó al término de este.

Diego Muñoz Torrero (1761-1829)
Sacerdote, político liberal y periodista que fue elegido diputado por Extremadura en las Cortes de Cádiz, de las que fue nombrado presidente en la sesión inaugural del 24 de septiembre de 1810 y, por tanto, encargado del discurso de apertura. Su intensa actividad a favor de ciertas libertades y de la abolición del Santo Oficio durante la ocupación lo llevaron a prisión a la vuelta de Fernando VII, donde permaneció hasta el Trienio liberal, de cuyo primer gobierno formó parte. De nuevo, al fin de este, el exilio y la prisión condicionaron de nuevo su vida hasta su muerte.

Duque de Angulema, Luis Antonio de Borbón y Saboya (1775-1844)
Militar, miembro de la familia real francesa en tanto que nieto de Luis XVI, sobrino de Luis XVIII e hijo del conde de Artois, que reinó entre 1824 y 1830 con el nombre de Carlos X, pero al que no llegó a suceder. Avalado por sus victorias militares contra Napoleón y por la creciente importancia adquirida en el ministerio de Guerra de la Francia restaurada de su tío Luis XVIII, se le encargó el liderazgo del ejército de los Cien

Mil Hijos de San Luis, cuya misión era terminar con el régimen liberal en España.

Evaristo San Miguel (1785-1862)
Militar y político, pieza fundamental en la revolución de 1820 y en la corriente exaltada liberal del Trienio. Destinado en el ejército expedicionario acantonado en Andalucía, formó parte de la conspiración que culminó en los sucesos de El Palmar, en julio de 1819, por los que fue detenido y apresado en el gaditano castillo de San Sebastián, del que fue liberado tras el pronunciamiento de Riego en enero de 1820. A partir de este momento inició una intensa actividad política e intelectual en la que se incluye la redacción de la letra definitiva del Himno de Riego, la fundación del periódico *El Espectador* o la creación de la sociedad patriótica Amantes del Orden Constitucional, con sede en la Fontana de Oro. Formó parte de la masonería con el sobrenombre de «Patria». En 1823, herido en combate contra las fuerzas del duque de Angulema, debió ser trasladado a Inglaterra, donde se exilió hasta la muerte de Fernando VII.

Felipe del Arco-Agüero (1787-1821)
Militar y político, formó parte de la masonería con el sobrenombre de «Ciro» y de los preparativos del pronunciamiento liberal que fracasó en El Palmar, motivo que lo llevó a la cárcel hasta el alzamiento de Riego unos meses más tarde. Contrario a la disolución del ejército de la isla de León, responsable de los primeros momentos de la revolución en Andalucía, ostentó diversos cargos políticos y militares fuera de Madrid hasta su muerte en un accidente de caza en 1821. En 1824, con la restauración absolutista, su tumba fue profanada.

Fernando VII de Borbón (1784-1833)
Rey de España desde 1808 a 1833 con la interrupción de la ocupación francesa entre 1808 y 1814. Hijo de Carlos IV y María Luisa de Parma, se rodeó, desde su juventud, de pesos

pesados en la Corte que, a menudo, aprovecharon lo influenciable que era para intrigar e influir en la política española. Ayudado por el partido fernandino, orquestó dos intentos de derrocamiento del gobierno de su padre, Carlos IV, y de Godoy, al que veía como un competidor directo en la línea hacia el trono, la conjura de El Escorial (1807) y el motín de Aranjuez (1808), con la que logró su objetivo de convertirse en rey. La inestabilidad ocasionada por este enfrentamiento en el seno de la Casa Real facilitó la maniobra de Napoleón Bonaparte de hacerse con el control del reino de España, que no solo consiguió que Carlos IV y Fernando VII abdicaran en favor de su hermano José Bonaparte, sino que, además, logró mantenerlos retenidos en Francia durante la ocupación. De este monarca ha trascendido, además de su errática política, su capacidad para la traición, su afición por el lenguaje vulgar y malsonante, así como por las aventuras nocturnas. Tuvo, a lo largo de toda su vida, cuatro esposas, la última de las cuales, María Cristina de Borbón, su sobrina, dio a luz a su heredera, Isabel II, y fue regente tras su muerte en 1833.

Francisca Javiera Ruiz de Larrea y Aherán, «Frasquita Larrea» (1775-1838)

Intelectual y anfitriona de una de las dos tertulias más importantes del Cádiz de las Cortes, de tendencia conservadora. Su hija, Cecilia Böhl de Faber, fue una importante escritora romántica y folclorista española que firmaba con el pseudónimo masculino de «Fernán Caballero».

Francisco Crespo de Tejada (1773-1837)

Financiero y político liberal moderado durante el Trienio liberal, periodo en el que llegó a ser nombrado alcalde de Madrid. Integrante de la familia propietaria de una de las casas de comercio más relevantes en la década de 1810, fue uno de los receptores de las cartas que Fernando VII envió desde Valençay pidiendo dinero.

Francisco de Paula de Borbón (1794-1865)
Infante de España. Hijo de Carlos IV y María Luisa de Parma y hermano de Fernando VII y Carlos María Isidro. Su marcha de Madrid el 2 de mayo de 1808 para reunirse con el resto de su familia en Francia fue uno de los motivos que colmaron la paciencia de los madrileños, que se levantaron contra las tropas napoleónicas tras esta. Vivió en el exilio, junto a sus padres, hasta que, en 1818, Fernando VII le permitió regresar a la Corte. Aunque mantuvo posiciones alejadas de la política durante la mayor parte de su vida, a la muerte de Fernando VII comenzó a apoyar abiertamente la causa liberal, llegando incluso a rumorearse su adscripción a la masonería. Su hijo, Francisco de Asís, se casó con Isabel II.

Francisco Espoz y Mina (1781-1836)
Guerrillero y militar. Con una participación muy destacada durante la guerra de Independencia como líder guerrillero, protagonizó en Pamplona el primer levantamiento en contra de Fernando VII tras su vuelta en septiembre de 1814. Tras el fracaso de este, consiguió huir a París. Regresó a España durante el Trienio liberal, momento en que ostentó el cargo de capitán general hasta que fue cesado por escribir en contra del Gobierno. Con la llegada de los Cien Mil Hijos de San Luis, volvió al Ejército y contribuyó a frenar el avance de las tropas realistas en Cataluña. No obstante, la victoria absolutista lo obligó a exiliarse de nuevo, esta vez en Inglaterra. Volvió a España tras la muerte de Fernando VII y luchó en la primera guerra carlista al servicio de María Cristina.

Francisco Javier de Istúriz y Montero (1785-1871)
Político y comerciante. Procedente de una familia de comerciantes y prestamistas de Cádiz, tras combatir en la guerra de Independencia, formó parte de las sociedades secretas gaditanas y de la masonería, llegando a convertir su casa en un centro de reunión de una logia masónica que él mismo dirigía. Miembro

destacado de la conspiración que culminó en los sucesos de El Palmar, logró huir a Gibraltar, pero fue apresado al volver a Cádiz unos días antes del pronunciamiento de Riego, del que se le considera parte inspiradora. Durante el Trienio liberal, se alineó con la tendencia liberal exaltada en las Cortes. Tras su exilio en Inglaterra con el restablecimiento del régimen absolutista, volvió a España al morir Fernando VII, momento en que desarrolló la mayor parte de su carrera política.

Francisco Javier Elío y Olóndriz (1767-1822)
Militar. Habiendo participado en conflictos en el norte de África, en la guerra del Rosellón, en la guerra de Portugal, en Buenos Aires y en la guerra de Independencia, fue nombrado capitán general de Valencia a la vuelta de Fernando VII en 1814, cargo que mantuvo hasta el advenimiento del régimen liberal. Conocido por su compromiso antiliberal, fue sentenciado a garrote en 1822 tras liderar un intento de insurrección absolutista.

Francisco Martínez de la Rosa (1787-1862)
Escritor y político. Procedente de una familia acomodada de comerciantes granadinos, fue elegido diputado por Granada en las elecciones a Cortes ordinarias tras la promulgación de la Constitución de 1812. Su defensa de la causa liberal provocó que lo arrestaran y lo desterraran al peñón de La Gomera a la vuelta de Fernando VII. Volvió al inicio del Trienio liberal, época en la que llegó a presidir el gobierno moderado de 1822. Con el restablecimiento del absolutismo, marchó al exilio en Francia. No obstante, al morir Fernando VII, pudo volver a España y continuar con su carrera política, llegando a participar en la redacción de la Constitución de 1845.

Francisco Ramón de Eguía (1750-1827)
Militar y político. Destacado en su defensa de los intereses de Fernando VII durante la guerra de Independencia, fue el que le entregó las llaves de Madrid a su vuelta en 1814. Desde este

momento, ocupó importantes cargos como el de secretario de Estado y del Despacho de Guerra, consejero de Estado, capitán general de Castilla La Vieja o de Granada. Así mismo, trabajó en la sombra en la elaboración de listas de traidores a Fernando VII y fue una de las piezas clave en la contrarrevolución durante el Trienio liberal y el restablecimiento del absolutismo.

Gerardo Vázquez de Parga (1747-1821)
Obispo de Salamanca. Ocupó el cargo desde 1807 hasta su muerte en 1821. No obstante, durante la guerra de Independencia se aisló en el monasterio de Oseira.

Giacomo Giustiniani (1769-1843)
Nuncio de España desde 1816 hasta 1826. De origen italiano, formó parte de las intrigas de la contrarrevolución durante el Trienio liberal.

I conde de Huaqui, José Manuel de Goyeneche y Barreda (1775-1846)
Militar, político y gentilhombre. Tras un destacable servicio a Fernando VII en su Perú natal, tratando de sofocar los levantamientos revolucionarios de la zona, se estableció en la península ibérica, donde recibió cargos políticos de importancia durante toda su vida, al margen de los vaivenes políticos, como vocal de la Real Junta Consultiva del Gobierno, consejero de Estado, prócer del reino o senador vitalicio.

I Conde de La Bisbal, Enrique José O'Donnell (1776-1834)
Militar y político. Personaje caracterizado por su veleidad en sus posicionamientos políticos durante el primer tercio del siglo XIX. Nombrado conde de La Bisbal y capitán general de Andalucía por sus méritos durante la guerra de la Independencia, pronto comenzó a tomar contacto con la masonería, llegando a creérsele vinculado con la conspiración del Triángulo

de 1816 que intentó asesinar al rey y habiéndose probado su participación en la preparación de los sucesos de El Palmar en 1819. En 1820, y tras seis años de servicio a Fernando VII, proclamó la Constitución de 1812 en Ocaña. Logró huir a Francia con el restablecimiento del absolutismo, donde murió tras ser amnistiado en 1834.

I Duque de Alagón, Francisco Ramón de Espés (1755-1841)

Mano derecha y mejor amigo de Fernando VII. Habiendo hecho carrera en el Real Cuerpo de Guardias de Corps, y tras servir en la guerra de Independencia, mostró su apoyo a la vuelta de Fernando VII en 1814, aspecto por el que recibió su título nobiliario de duque. A partir de ese momento se convirtió en una de las piezas fundamentales de la camarilla fernandina y fue nombrado capitán del Real Cuerpo de Guardias de Corps, cargo que solo dejó durante el Trienio liberal, periodo en el que fue alejado de la Corte.

II Duque de San Carlos, José Miguel de Carvajal-Vargas (1771-1828)

Militar y gentilhombre. Desde su llegada a la Corte española, procedente de su Perú natal, se alineó con el partido fernandino, que buscó derrocar el gobierno compartido de Carlos IV y Manuel Godoy a favor del príncipe heredero. Así, participó en la conjura de El Escorial (1807) y el motín de Aranjuez (1808), acompañó a Fernando VII a su exilio en Francia y ayudó a preparar su regreso en 1814. Desde entonces recibió honores y cargos, como el de director de la Real Academia de la Lengua Española.

José de Madrazo y Agudo (1781-1859)

Pintor. Perteneciente a la corriente neoclasicista, se formó en la Real Academia de San Fernando de Madrid y en el taller parisino de Jacques-Louis David. Fue nombrado pintor de cámara en 1819 tras regresar de Roma y ocupó el cargo de director del Museo del Prado durante veinte años. En su obra destacan las pinturas alegóricas, religiosas y los retratos, siendo especialmente conocidas *La muerte de Viriato, jefe de los lusitanos* o *Retrato de Fernando VII, a caballo.*

José María Blanco White (1775-1841)
Periodista y político. Activo en la defensa del liberalismo desde Sevilla durante los dos primeros años de ocupación francesa, desarrolló la mayor parte de su carrera en Inglaterra, desde donde editó el periódico *El Español* hasta 1814.

José María Calatrava (1781-1846)
Jurista y político. Diputado liberal por Extremadura en las Cortes de Cádiz, fue detenido a la vuelta de Fernando VII y desterrado a Melilla. No obstante, durante el Trienio liberal, consiguió reactivar su carrera política como diputado por Badajoz, ministro de Gobernación y de Gracia y Justicia, con gran importancia en los momentos finales del liberalismo en 1823. Se integró en los círculos masónicos con el sobrenombre de «Tiberio Graco» y debió marchar al exilio con el restablecimiento del absolutismo, del que regresó a la muerte de Fernando VII, tras la que llegó a ser presidente del Consejo de Ministros.

José María Cienfuegos y Quiñones (1766-1850)
Militar. Gobernador y corregidor de Salamanca durante el sexenio absolutista (1814-1820). Se caracterizó por tratar de contener las agresiones indiscriminadas a los liberales tras la vuelta de Fernando VII.

José María de Torrijos Uriarte (1791-1831)
Militar y político. Procedente de una familia de la nobleza, sirvió en la guerra de Independencia en contra de los franceses, pero, a la vuelta de Fernando VII, y al ver que anulaba, de golpe, todo lo elaborado en Cádiz, incluida la Constitución, optó

por alinearse con los liberales. Fue apresado por su participación en la conspiración del general Luis de Lacy en 1817, pero fue liberado tras el pronunciamiento de Riego en 1820. En Madrid formó parte de la sociedad patriótica de los Amantes del Orden Constitucional, de las logias masónicas bajo el sobrenombre de «Aristogitón» y fue uno de los fundadores de la Comunería en 1821. Tras el restablecimiento del absolutismo, en 1823, continuó luchando a favor del liberalismo, lo que terminó ocasionando su fusilamiento en 1831, inmortalizado en el famoso cuadro de Antonio Gisbert.

José María Moreno de Guerra (1777-1823)
Político y periodista. Miembro destacado de las conspiraciones en contra de Fernando VII en Cádiz, ocupó cargos de relevancia durante el Trienio liberal, además de diputado, y fue uno de los fundadores de la Comunería en 1821. Alineado con la rama exaltada, debió huir tras la restauración absolutista. Murió tratando de llegar a Liverpool.

José Mintegui (1756-1843)
Catedrático, profesor y político. Habiendo recibido el grado de doctor en 1786, trabajó como profesor en la Universidad de Salamanca hasta su jubilación en 1812. Durante la ocupación francesa, mantuvo contactos cordiales con los generales franceses, lo que hizo dudar de sus fidelidades, y después se aproximó a la causa liberal como parte de la Junta Provincial de Censura de Salamanca. Según la *Historia de Salamanca* del historiador Manuel Villar y Macías, robaron en su casa en enero de 1817.

José Montero
Comerciante y político. De este personaje habla tanto el historiador Adolfo de Castro en su *Historia de Cádiz y su provincia* como Antonio Alcalá Galiano en sus *Memorias*. Está identificado como un comerciante de Cádiz, participante en

primera línea de la conspiración que concluyó en los sucesos de El Palmar y en la que terminó con el pronunciamiento de Riego. Al parecer, era encargado de la redacción de los planes y contribuyó con financiación y ofreciendo su casa como centro de reunión.

Juan Álvarez de Mendizábal (1790-1853)
Financiero y político. Procedente de una familia de comerciantes gaditanos, desde las etapas finales de la guerra de la Independencia, tomó contacto con la familia Bertrán de Lis, valencianos dedicados al negocio de los suministros al Ejército y que estaba ligada a la causa liberal. Fue Vicente Bertrán de Lis hijo el que puso en contacto a Mendizábal con el grupo liberal de Cádiz, donde ambos trabajaban, con el cual colaboró en la conspiración que culminó en el pronunciamiento de Riego en enero de 1820. Sin cargos destacables durante el Trienio liberal, marchó al exilio tras el restablecimiento del absolutismo, donde se dedicó a los negocios. A partir de 1830 desarrolló una meteórica carrera política que lo llevó a sentar las bases del partido Progresista.

Juan Escoiquiz Mezeta (1747-1820)
Sacerdote y preceptor de Fernando VII durante su juventud. Fue uno de los principales miembros del partido fernandino, en contra del gobierno de Carlos IV y Manuel Godoy. Tanto es así que fue arrestado tras la conjura de El Escorial (1807), pero liberado poco tiempo después. Acompañó a Fernando VII al exilio en Francia, aunque, conocido por su gusto por la intriga, fue enviado a Bourges para alejarlo de Valençay. Al término de la ocupación cayó en desgracia y fue alejado de la Corte.

Juan Gualberto Amézaga (¿? - 1817)
Criado y confidente de Fernando VII durante su estancia en Valençay. Pariente lejano de Juan Escoiquiz, se unió a la comi-

tiva real en Vitoria. Durante los años de ocupación, su relación con Fernando y Carlos María Isidro y el poder otorgado por esta fue variando. Mantuvo contacto estrecho con los franceses y, al término de la guerra, en 1814, regresó a España con un alijo de copias de algunas de las cartas redactadas por Fernando VII en Valençay en las que solicitaba dinero con fórmulas cuestionables. Fue detenido en San Sebastián en junio de ese mismo año y, tras un proceso lleno de irregularidades, se lo culpó falsamente de la autoría de todas las misivas vergonzosas firmadas por Fernando VII. Presuntamente, se suicidó en su celda justo antes de ser agarrotado en Zaragoza.

Juan O'Donojú y O'Ryan (1762-1821)

Militar. Tras su servicio en la guerra de Independencia, ocupó cargos en la Regencia que gobernó hasta la vuelta de Fernando VII. No obstante, pronto se integró en los círculos de la masonería y los de las conspiraciones para derrocar el régimen absolutista, entre las que destacó la del Triángulo, de 1816, por la que se le arrestó y condenó a cuatro años de prisión, que no cumplió por falta de pruebas. De vuelta en Sevilla, continuó formando parte de las logias masónicas y de las conjuras orquestadas en la zona. Tras apoyar el pronunciamiento de Riego en 1820, se le encomendó la misión de apaciguar la revolución independentista en México, durante la cual encontró la muerte en 1821.

Juan Van Halen y Sarti (1788-1864)

Militar. Fue uno de los miembros más destacados de la masonería durante el sexenio absolutista, iniciado en Granada, donde el conde de Montijo había establecido el centro neurálgico de esta. Un agente al servicio de la monarquía de Fernando VII le tendió una trampa en 1817. Se ganó su confianza y consiguió una serie de documentos de contenido comprometido que terminaron llevándolo a prisión. Logró escapar unos meses después. Su vida, a partir de ese momento, alternó etapas en el extranjero, sirviendo a otros ejércitos —como el ruso o el belga—, y regresos a España cuando la situación política era favorable.

Lorenza Correa (1773- c. 1832)
Cantante. Aunque desde muy joven llamó la atención en la escena madrileña, fue en los escenarios de París, Milán o Venecia donde su carrera se consolidó. A partir de 1818, regresó a Madrid, donde contribuyó al desarrollo de la ópera en España y formó parte del Real Conservatorio de Música de Madrid.

Luis de Lacy (1772-1817)
Militar. Con una destacable carrera en el Ejército, fue uno de los grandes nombres de la guerra de Independencia gracias a su participación en las campañas de la zona de Cataluña. Liberal convencido, lideró uno de los pronunciamientos que, durante el sexenio absolutista, trataron de derrocar el régimen de Fernando VII en favor de la Constitución. El fracaso de este lo llevó al patíbulo.

Manuel de Godoy y Álvarez (1767-1851)
Valido de Carlos IV. Acumuló títulos entre los que destacó el de Príncipe de la Paz, que alertó a sus detractores, temerosos de que su poder escalara hasta el trono. Procedente de una familia noble empobrecida de Badajoz, ingresó en el Real Cuerpo de Guardias de Corps. Durante su servicio, en 1788, conoció a los entonces príncipes de Asturias, con los que se entendió tan bien que, al convertirse en reyes, catapultaron su carrera política y militar, así como su bolsillo, sin necesidad de probar su valía en el frente. A partir de ese momento y hasta su declive en 1808, fueron muchos los aspectos de la política, la economía y la cultura en los que participó Manuel de Godoy, entre los que está el Tratado de Basilea, el de San Ildefonso o el de Fontainebleau, que permitió la penetración de tropas francesas en suelo español en 1808. El motín de Aranjuez terminó

con todas sus prebendas y lo conminó al exilio, del que no se le permitió volver hasta 1836.

Manuel José Quintana (1772-1857)
Escritor y jurista. Considerado uno de los primeros autores románticos españoles, fue pieza fundamental en los círculos intelectuales del Cádiz de las Cortes a través de su participación en el periódico *El Semanario Patriótico*. A la vuelta de Fernando VII, fue apresado y no lo liberaron hasta tiempos del Trienio liberal, durante el que ocupó cargos de relevancia. Volvió a ser retenido tras la victoria absolutista de 1823. Al morir Fernando VII, tuvo una segunda oportunidad de desarrollar su carrera política, llegando a ser ayo de Isabel II y su hermana Luisa Fernanda, así como ministro del Consejo Real, entre otros cargos y honores.

Margarita López de Morla y Virués (1790-1850)
Intelectual jerezana y anfitriona de la tertulia liberal del Cádiz de las Cortes a la que asistían Francisco Martínez de la Rosa, Antonio Alcalá Galiano o Agustín de Argüelles. Las reuniones que organizaba en la casa que compartía con su hermano competían con las de Frasquita Larrea, a la que acudían los diputados conservadores o «serviles».

María Antonia de Nápoles (1784-1806)
Princesa de Asturias entre 1802 y 1806. Era sobrina de la reina María Antonieta, esposa del rey Luis XVI de Francia, ambos ajusticiados durante la Revolución francesa. Fue la primera esposa de Fernando VII cuando todavía era príncipe. Desde su llegada a la Corte española, se caracterizó por su vinculación con el partido fernandino, de cuyo origen se la considera parte responsable. Enfrentada a la reina María Luisa y a Manuel Godoy, mantuvo una relación de gran tensión con ellos —que incluyó la expulsión de la Corte de sus aliados y damas o la revisión de su correspondencia— hasta su muerte, que la rumorología popular llegó a atribuir a la reina y el valido.

María Francisca de Braganza (1800-1834)
Infanta de España entre 1816 y 1834. Fue la primera esposa del infante Carlos María Isidro de Borbón, hermano de Fernando VII, ambos hermanos de su madre, la infanta Carlota Joaquina, casada con el rey Juan IV de Portugal. Durante su estancia en la Corte española, formó con el infante un matrimonio sólido e implicado en las intrigas palaciegas.

María Isabel de Braganza (1797-1818)
Reina consorte de España de 1816 a 1818. Hija de la infanta Carlota Joaquina y el rey Juan IV de Portugal, así como hermana de María Francisca de Braganza, se casó en 1816 con su tío materno, Fernando VII. Aunque su estancia en la Corte fue breve debido a su temprana muerte en su segundo parto, estuvo muy implicada en la conversión del edificio que Juan de Villanueva estaba construyendo en el paseo del Prado en una pinacoteca en lugar de destinarlo a gabinete de Ciencias Naturales. Así, se la considera una de las fundadoras del hoy mundialmente conocido Museo del Prado.

María Josefa Amalia de Sajonia (1803-1829)
Reina consorte de España de 1819 a 1829. Hija del príncipe elector de Sajonia Maximiliano y de Carolina de Borbón Parma, contrajo matrimonio con el rey de España, Fernando VII, cuando solo tenía dieciséis años. Se convirtió así en su tercera esposa y en su reina consorte más duradera. A pesar del tiempo que permanecieron casados, no lograron tener descendencia, asunto que pobló de rumores su matrimonio. Uno de los aspectos en los que más destacó en su breve vida fue en la escritura y, más concretamente, en la poesía.

María Luisa de Parma (1751-1819)
Reina consorte de España desde 1781 hasta 1808. Su reinado estuvo marcado por la estrecha relación del matrimonio con Manuel Godoy, al que ella y su esposo conocieron en 1788, y

que se convirtió en una pieza fundamental en el gobierno, lo que originó rumores y chascarrillos propagandísticos que la vincularon sentimentalmente con el valido real. Durante su vida, fue mecenas de artistas como Francisco de Goya y creó la Orden de Damas Nobles. Desde 1808 vivió en el exilio en Francia e Italia hasta su muerte.

María Rita de Barrenechea (1757-1795)
Escritora. Formó parte de los círculos ilustrados madrileños y fue anfitriona de una conocida tertulia. De su obra se conocen tres comedias, así como varios ensayos. *Catalin* fue la única que se publicó mientras ella estaba viva, en 1783.

María Rosa de Gálvez Cabrera (1768-1806)
Dramaturga y poetisa. Fue una de las representantes del neoclasicismo español de finales del siglo XVIII. La mayor parte de su producción literaria está recogida en los volúmenes que conforman el título de *Obras poéticas,* publicado en 1804. Sus obras de teatro fueron estrenadas, con más o menos éxito, en la escena madrileña. En ellas destacaba el alejamiento del realismo, la caricatura, la tragedia y la presencia de protagonistas femeninas.

Matías Vinuesa (¿?-1821)
Confesor de honor de Fernando VII y sacerdote de Tamajón, en Guadalajara. Ferviente absolutista, tras su servicio en la guerra de Independencia, fue uno de los personajes que lograron posicionarse muy cerca del rey a su vuelta. Conocido popularmente como «el cura de Tamajón», fue arrestado en enero de 1821 por conspirar contra el régimen liberal al hallarse un escrito redactado por él en el que se especificaban los pasos que se debían dar para derrocar al gobierno, así como las penas que habían de aplicarse una vez recuperado el poder absoluto. Su muerte a martillazos a manos de una turba exaltada tuvo especial importancia en la polarización de posturas durante el trienio.

Pedro Ceballos (1759-1838)

Político, diplomático y gentilhombre. Caracterizado por ser capaz de tener cargo en situaciones políticas diversas, comenzó su carrera durante el reinado de Carlos IV y tuvo la habilidad de mantenerse en primera línea, como secretario, embajador o consejero de Estado hasta 1823.

Pedro Collado «Chamorro»

Amigo de Fernando VII e integrante de la camarilla. Originario de Colmenar Viejo, «Chamorro» fue un personaje inaudito en la Corte que llegó a convertirse en una de las personas más allegadas del rey. Tras trabajar como aguador, entró en palacio con el oficio de barrendero y, gracias a su buena relación con el monarca, logró convertirse en pieza clave de las intrigas del momento.

Pedro Macanaz (1764-1830)

Político y diplomático. Procedente de una familia destacada en el mundo de la política en la Corte de los Borbones, ascendió a través de diversos puestos en la Secretaría de Estado y Hacienda, además de otros cargos, durante el reinado de Carlos IV. En el momento de las abdicaciones de Bayona, jugó un papel ambivalente, pues reconoció rápidamente al rey José I, pero se ofreció a servir de cerca a Fernando y Carlos María Isidro, con quienes pasó unos meses en Valençay hasta que, al ir a negociar las asignaciones prometidas por Napoleón Bonaparte a los príncipes españoles, fue encerrado en el castillo de Vincennes. Pudo regresar junto a ellos en diciembre de 1813. Así, formó parte de las negociaciones para el Tratado de Valençay y de la redacción del *Manifiesto de los persas*, declaración de intenciones que acompañó el golpe de estado de Fernando VII a su vuelta de Valençay y que eliminaba toda la obra de las Cortes de Cádiz. Enseguida, Macanaz obtuvo un puesto de poder y fue nombrado secretario de Gracia y Justicia en mayo de 1814. Durante su mandato, se arrestó e inició el proceso contra Juan Gualberto Amézaga. Sin embargo, en noviembre de 1814, Fernando VII en persona, acompañado del duque de Alagón, entró en su casa para arrestarlo, acusado de venta cargos. Algunos historiadores señalan que, más allá del tráfico de influencias, el motivo de la caída en desgracia de Pedro Macanaz fue conservar cartas y copias de cartas de contenido comprometido firmadas por Fernando VII de la época de Valençay. Fue enviado al castillo de san Antón, en La Coruña, donde cumplió presidio. Jamás consiguió rehabilitarse y volver a la Corte.

Pedro Sarsfield (1781-1837)

Militar. Con una destacada hoja de servicios en la que figuraba su participación en la guerra de Independencia, que le valió numerosos ascensos, fue nombrado comandante de una división del ejército expedicionario acantonado en Andalucía a la espera de marchar a la guerra en contra de la independencia de las provincias americanas. Lo promovieron a segundo jefe bajo las órdenes del conde de La Bisbal. Junto a él protagonizó la suerte de trampa a los constitucionalistas, al fingir colaborar con ellos para después arrestarlos, en El Palmar (1819). Meses después, se negó a secundar el pronunciamiento de Riego, motivo por el que fue retenido. Su carrera se reactivó tras 1823. Murió en combate durante la primera de las guerras carlistas.

Rafael del Riego (1784-1823)

Militar y político. Destinado como parte del ejército expedicionario acantonado en Andalucía en 1817, tomó contacto con otros militares que, como él, eran favorables a la causa liberal —como, por ejemplo, Evaristo San Miguel—. Así se integró en la conspiración que planeaba proclamar la Constitución y en la que, además de efectivos del ejército, estaba involucrado el relevante círculo de burgueses intelectuales gaditanos (Antonio Alcalá Galiano o Francisco Javier de Istúriz). Aunque esta estuvo a punto de fracasar, como había ocurrido con el anterior intento en El Palmar, Riego hizo lo propio en la localidad sevillana donde aguardaba, junto a sus compañeros, el día de embarcar hacia América, Cabezas de San Juan. Su movimiento no tuvo gran repercusión y, aunque trató de controlar Andalucía, estuvo a punto de rendirse hasta que, en marzo de 1820, se replicaron los levantamientos que obligaron a Fernando VII a jurar la Constitución. Su nombre pasó entonces a engrosar la lista de héroes de la revolución de 1820, pero su postura radical o exaltada encontró resistencia en los liberales más moderados, y sufrió destierros y destituciones durante el Trienio liberal. En 1823 fue arrestado y ahorcado en la madrileña plaza de la Cebada como parte de la represión fernandina tras el restablecimiento del régimen absoluto.

Sebastián de Miñano (1779-1845)
Escritor. Tras sufrir exilio por su condición de afrancesado, pudo regresar a España y desarrollar su carrera literaria a partir del Trienio liberal y durante la llamada década ominosa (1823-1833), en la que Fernando VII se acercó a los postulados afrancesados, herederos de la Ilustración, más moderada que el liberalismo. Además de colaborar en periódicos como *El Censor, El Imparcial* o *La Gaceta de Bayona*, publicó destacadas obras como *Los lamentos políticos de un pobrecito holgazán que estaba acostumbrado a vivir a costa ajena* (1820) o, en su faceta de geógrafo, el *Diccionario geográfico-estadístico de España y Portugal* (1826-1829).

Sebastián Fernández Vallesa (1783-1846)
Político y abogado. Íntimo amigo de Francisco Javier de Istúriz, formó parte del grupo de intelectuales de la burguesía gaditana que conspiró para proclamar la Constitución en 1819 y 1820. Tras sufrir exilio con el restablecimiento del absolutismo, pudo volver a España a la muerte de Fernando VII y continuar con su carrera.

V Marqués de Castelldosrius, Francisco Javier de Sentmenat Oms (1767-1842)

Militar y político. Tras ser rechazado para formar parte del Real Cuerpo de las Guardias de Corps, hizo carrera en el Ejército, en el que ascendió sin descanso, en parte gracias a su servicio durante la guerra de Independencia. En 1815 fue nombrado capitán general de Andalucía y gobernador de Cádiz, cargos que conservó hasta 1818, relevado por el conde de La Bisbal. Se sabe que formó parte de la masonería con el sobrenombre de «Alexandro». Al secundar el pronunciamiento de Riego, fue condenado a pena de prisión con el restablecimiento del absolutismo. Como tantos otros, recuperó su grado y honor tras la muerte de Fernando VII.

Vicente López Portaña (1772-1850)

Pintor. Fue nombrado primer pintor de cámara de Fernando VII en 1815. A partir de este momento, estuvo vinculado a la familia real y a la Corte como uno de los pinceles más solicitados. Entre sus obras destacan *Alegoría de la donación del Casino a la reina Isabel de Braganza por el Ayuntamiento de Madrid* o el retrato de su antecesor *El pintor Francisco de Goya y Lucientes.*

Vicente Richart (¿?-1816)

Militar. Uno de los responsables del intento de secuestro y asesinato de Fernando VII en un burdel madrileño para la posterior proclamación de la Constitución —la conocida como conspiración del Triángulo de 1816—. La delación de dos compañeros provocó su detención y ejecución. Aunque hubo muchos más implicados, no se logró destapar la conjura al completo.

Víctor Damián Sáez (1777-1839)

Canónigo, político y confesor de Fernando VII. Su cercanía al rey comenzó tras ser el responsable de la ceremonia de exequias de la reina María Luisa de Parma en 1819. Al parecer, su facilidad de palabra asombró al monarca, que lo tomó como confesor poco tiempo después. Pieza clave en la contrarrevolución en el Trienio liberal, durante el cual debió exiliarse, recuperó su cargo de confesor y fue nombrado ministro de Estado en 1823. Participó de forma activa en la dura represión contra los liberales que siguió al restablecimiento del régimen absoluto.

VII Conde de Montijo, Eugenio Palafox y Portocarrero (1773-1834)

Militar y político. Tras su competente servicio en la guerra de la Independencia, fue nombrado capitán general de Granada en 1814, desde donde estructuró la masonería española estableciendo el Gran Oriente —centro neurálgico— en esta ciudad. Desde allí contribuyó en las conspiraciones, en contacto con las logias establecidas por distintos puntos de la geografía. Al ser descubierto, fue cesado y detenido. No terminó de entenderse con los liberales durante el Trienio ni con los partidarios del absolutismo a partir de 1823. Solo pudo volver a la Corte en 1830 y fue amnistiado tras la muerte de Fernando VII, pero falleció un año después.

XIII Duque del Infantado, Pedro Alcántara Álvarez de Toledo (1768-1841)

Político y militar. Fue pieza clave en el partido fernandino que buscó derrocar el gobierno de Carlos IV y Manuel de Godoy y, por tanto, participó en la conjura de El Escorial y en el motín de Aranjuez. Aunque acompañó a la Corte a Bayona, regresó para combatir en la guerra de Independencia y, poco después, fue enviado como embajador a Londres, donde recibió una serie de documentos procedentes de Valençay en los que figuraban peticiones de dinero de Fernando VII con fórmulas un tanto cuestionables. Al parecer, dio por falsa la documentación, que guardó en su archivo personal. Tras resistirse, su declaración contribuyó a que en el caso Amézaga se culpara falsamente de todo al antiguo criado del rey, acusado de falsificar la rúbrica del monarca. Durante el sexenio absolutista, ocupó la presidencia del Consejo de Castilla y tuvo un lugar próximo a Fernando VII, aspecto que lo condenó al destierro durante el Trienio liberal, periodo en el que se encargó de organizar la contrarrevolución. Al restablecerse el régimen absolutista, pudo volver a la Corte y recibir nombramientos como el de presidente del Consejo de Ministros. Años después, en la cuestión sucesoria, se posicionó a favor de Isabel II.